Über das Buch

Eine junge Frau wird tot aus der Isar geborgen, Kriminalhauptkommissar Henri Wieland ermittelt mit seinem Team. Die erste Spur führt in die nahegelegene Spielbank. Auch Journalistin Elisa Gerlach forscht nach. Sie steckt bald in ihrer Recherche fest. Nachdem sie Henri einen Korb gegeben hat, erhält sie keine Informationen von ihm. Henri spürt mit seinem Team schnell einen Verdächtigen auf, der Fall scheint gelöst. Doch dann bekommt Elisa einen Tipp: In der Spielbank geht nicht alles mit rechten Dingen zu ...

Über die Autorin

Liv Morus wuchs im Rheingau auf. Heute lebt sie mit ihrer Familie in der Nähe von München, wo auch ihre Krimireihe um Journalistin Elisa Gerlach und Kriminalhauptkommissar Henri Wieland angesiedelt ist. Mehr auf www.livmorus.de.

Liv Morus

Glück. Spiel. Mord.

Der 2. Fall für
Elisa Gerlach und Henri Wieland

Kriminalroman

FSC
www.fsc.org
MIX
Papier aus ver-
antwortungsvollen
Quellen
Paper from
responsible sources
FSC® C105338

Die *Morgenzeitung*, die Spielbank in Grünwald, die Charaktere und die Handlung dieses Romans sind frei erfunden. Jede Ähnlichkeit mit realen Personen oder Begebenheiten ist rein zufällig und nicht beabsichtigt.

Bibliografische Information der Deutschen Nationalbibliothek:
Die Deutsche Nationalbibliothek verzeichnet diese Publikation in der Deutschen Nationalbibliografie; detaillierte bibliografische Daten sind im Internet über http://dnb.dnb.de abrufbar.

2. Auflage 2018
Copyright © 2018, Liv Morus
www.livmorus.de
kontakt@livmorus.de

Lektorat: Anke Höhl-Kayser, www.textehexe.com
Covergestaltung: Anne Gebhardt, papierprintit GmbH, Konstanz
Covermotiv: shutterstock_382808800

Herstellung und Verlag: BoD – Books on Demand, Norderstedt

ISBN: 978-3-746-03513-0

Prolog

Als seine Mutter an die Tür klopfte, ahnte er nicht, dass das einer der letzten Momente war, in dem er alles unter Kontrolle hatte. Sie klopfte leise und zögerlich. Er ließ sie ein paar Augenblicke warten, bevor er ihr erlaubte hereinzukommen.

»Schätzchen, ich will dich nicht stören«, sagte sie mit Blick auf das Comicheft in seiner Hand. »Ich möchte dich nur um etwas bitten ...«

Sie setzte sich auf die Bettkante und strich ein paar Falten in der Tagesdecke glatt.

»Es ist so ...« Sie schluckte, suchte nach Worten, doch er dachte nicht daran, es ihr leichter zu machen. Stattdessen runzelte er die Stirn, wie es sein Vater immer getan hatte. Sofort senkte sie den Blick. Sie hatte reichlich blauen Lidschatten aufgetragen.

»Ich nehme an, dass Herr Schneider nach dem Essen noch auf ein Glas Wein bleibt ... wenn du ins Bett musst ...« Sie zögerte, holte dann tief Luft.

»Du kannst heute nicht in meinem Bett schlafen, Schätzchen ...«

Ihre Worte klangen bittend.

»Dein Chef wird nicht hier übernachten, oder?«

»Nein!«, wehrte sie ab. »Auf keinen Fall! Aber er würde es merkwürdig finden, wenn ich dich in meinem Schlafzimmer ins Bett bringe.«

»Merkwürdig? Warum?«

»Schätzchen, er hat keine Kinder. Er versteht das nicht ... na ja ... außerdem bist du jetzt schon zwölf Jahre alt ...«

»Na und?«, unterbrach er sie mit lauter Stimme und genoss ihr Zusammenzucken. »Wenn ich in deinem Bett schlafen will, dann schlafe ich in deinem Bett.«

»Nur heute, Schätzchen. Es ist doch nur dieses eine Mal. Mir zuliebe.« Jetzt bettelte sie. Sie wollte unbedingt einen guten Eindruck bei ihrem Chef hinterlassen. Als sein Vater sie verlassen hatte, war sie zuerst putzen gegangen. Aber ihre Hände hatten die harte Arbeit und das Wasser nicht vertragen. Sie konnte keine Putzhandschuhe tragen, von dem Plastik bekam sie rote Pusteln. Ihre Finger waren nicht mehr glatt und gepflegt, sondern rau und blutig. Erst als sie anfing, für Herrn Schneider die Buchhaltung zu machen, fühlten sich ihre Hände wieder besser an.

Sie sah ihn erwartungsvoll an, die blauen Augen weit aufgerissen. Er ließ sie noch ein wenig zappeln.

»Bitte, Schätzchen.« Sie streckte die Hand aus und strich über seinen Oberschenkel. Der Ärmel ihrer Bluse rutschte zurück und er konnte blaue

5

Flecken an ihrem Unterarm sehen. War sein Vater zurückgekommen? Für einen Moment verwirrte ihn dieser Gedanke so, dass er ihrem Betteln nachgab.

»Wenn es dir so wichtig ist ...«

Sie umarmte und küsste ihn.

»Ich wusste, dass du das verstehst, Schätzchen.« Ihre Augen leuchteten dankbar, sie strich ihm übers Haar, wurde mutig. »Vielleicht könntest du dich kämmen und ordentliche Kleidung anziehen ...?«, fragte sie mit einem unsicheren Lächeln.

Sie mochte seine weiten Hosen, deren Schritt zwischen den Kniekehlen hing, nicht, aber sie wagte nur selten, etwas dagegen zu sagen. Auch jetzt genügte ein leichtes Stirnrunzeln und sie lenkte ein.

»Du musst natürlich nicht ... Es wäre nur schön ...«

Sie strich noch mal über seinen Schenkel. Als es klingelte, zuckte sie zusammen. Sie warf einen Blick auf die Uhr.

»Oh!«, stieß sie aus. »Das ist er schon!«

Sie sprang auf und lief aus dem Zimmer. Er konnte das Quietschen der Wohnungstür hören, gleich darauf die tiefe Stimme eines Mannes und das verlegene Gekicher seiner Mutter. Ohne Eile schob er sich vom Bett. Er verwuschelte das Haar, das sie glattgestrichen hatte. Erst dann ging er hinaus in den Wohnungsflur. Neben seiner Mutter stand ein mittelgroßer Mann mit Bauchansatz und breitem Schnurrbart. Niemand der einem auffallen würde. Das einzig Bemerkenswerte an ihm war der riesige Blumenstrauß, den er in der Hand hielt. Der war gigantisch und hatte mindestens einen Fünfziger gekostet.

»Ist der für mich?«, flüsterte seine Mutter gerade und schlug die Hand vor den Mund. Sie war beeindruckt. Zu ihm sagte sie immer, dass er sein Taschengeld nicht für so etwas Kurzlebiges ausgeben sollte, wenn er ihr einen Bund Blumen aus dem Supermarkt mitbrachte.

»Natürlich!« Herr Schneider lachte dröhnend. »Ein kleiner Blumengruß für die Hausfrau ist ja selbstverständlich, wenn man zum Essen eingeladen wird.«

Sie wurde rot und nahm die Blumen entgegen. »Danke, Karl!«

Karl also, nicht mehr Herr Schneider.

Er schob sich durch den Flur und baute sich neben seiner Mutter auf. Herr Schneider ließ sich von seinem abweisenden Gesichtsausdruck nicht irritieren, sondern schüttelte ihm die Hand wie unter Männern.

»Das ist also der Sohnemann, von dem ich so viel gehört habe«, sagte er und musterte ihn von oben bis unten. »Du bist ja schon ein richtig großer Junge!«

Er zuckte mit den Schultern. Was sollte man auf solchen Blödsinn antworten? Seine Mutter stieß ihn leicht an.

»Sag doch mal *Hallo*«, forderte sie ihn auf.

»Hallo.«

Sie strich ihm die Haare glatt, bis er unter ihrer Hand wegtauchte, worauf sie nervös auflachte.

»Ich werde mal die Blumen in eine Vase stellen.« Sie drückte den Strauß an sich. »Oh! Ich hab ja meine Kochschürze noch umgebunden.«

Mit einer Hand balancierte sie den Blumenstrauß, mit der anderen versuchte sie, die Schleife am Rücken zu lösen. Karl trat zu ihr.

»Ich helfe dir.« Er löste die Bänder und fuhr vollkommen überflüssig mit der Hand einmal um ihre Taille. »Obwohl ich finde, dass die Schürze dir gut steht«, raunte er ihr halblaut ins Ohr und kniff sie in den Hintern. Sie kicherte und verschwand in der Küche.

Karl war kein bisschen verlegen. Er grinste ihm zu und inspizierte dann ungeniert die Wohnung. Viel gab es nicht zu sehen. Das Wohnzimmer mit der abgewetzten Couch, das kleine Schlafzimmer seiner Mutter, das von dem Bett vollkommen ausgefüllt wurde, weshalb sie ihre Kleider in einem Schrank im Flur unterbringen musste, und schließlich das winzige Bad mit den braungemusterten Kacheln und dem orangefarbenen Duschvorhang.

»Jetzt weiß ich, was du gemeint hast!«, rief Karl zu seiner Mutter in die Küche. »Ihr lebt hier wirklich beengt.«

»Für uns beide reicht es!«, fuhr er Karl an. Was bildete der Typ sich eigentlich ein?

Er versperrte Karl den Weg in sein eigenes Zimmer, doch Karl trickste ihn aus, indem er auf dem Rückweg zur Küche zwei schnelle Schritte zur Seite machte, um den letzten Raum auch noch anzusehen.

»Da hast du ja das größte Zimmer abbekommen, Junge«, stellte Karl fest, als sein Blick über die Wände glitt, die seine Mutter sorgfältig mit der Schwammtechnik blau gefärbt hatte, wie es sein Wunsch gewesen war.

»Meine Mutter fand, dass ich dort die meiste Zeit verbringe ...« Er brach ab. Warum rechtfertigte er sich überhaupt? Wie er und seine Mutter hier wohnten, ging Karl nicht das Geringste an.

Karl bemerkte seine Feindseligkeit nicht. Oder er ignorierte sie.

»Würdest du nicht lieber auch in einem Haus leben? Mit richtig großen Zimmern und einem Garten?«, fragte er und ging in die Küche, wo seine Mutter die Blumen auf dem Esstisch platzierte. Ihre Vase war für den Strauß nicht groß genug, am Rand waren bereits einige Blumenstiele abgeknickt.

Sie hatte Karls Worte gehört.

»Karl hat ein riesiges Haus mit einem wunderschönen Garten«, sagte sie.

Woher wusste sie das? War sie dort gewesen? Wann? Und warum hatte sie ihm nichts davon erzählt? Er musste sich umdrehen, um seine Wut zu verbergen. Sein Blick fiel auf die beiden großen Töpfe auf dem Herd. Im Ofen darunter brannte kein Licht.

»Gibt es keine Lasagne?«, fragte er seine Mutter. Er hatte sich Lasagne gewünscht. Sie wich seinem Blick aus.

»Es gibt Gulasch und Knödel, das magst du doch auch ...«, setzte sie an, doch Karl unterbrach sie.

»So ein Kinderessen ist nichts für eine Einladung«, erklärte er. »Ich bin überzeugt davon, dass deine Mutter eine gute Köchin ist. Und dann soll sie ihre Kunst auch zeigen!« Er trat an den Herd. »Es riecht hervorragend. Gulasch war schon immer mein Lieblingsessen.« Karl lächelte seiner Mutter zu. »Damit machst du mir eine Riesenfreude.«

»Gerne.« Sie wurde wieder rot, wich nun ihnen beiden aus.

»Die Knödel sind fertig.«

Sie schöpfte sie aus dem Wasser und legte sie auf eine Platte.

»Lass mich dir helfen«, sagte Karl. Er nahm ihr die Platte ab und stellte sie auf den Tisch.

»Machst du bitte den Wein auf?« Sie reichte ihm die Flasche und einen Korkenzieher. Karl strich ihr über den Arm, bevor er nach der Flasche griff. Es war, als wären die Erwachsenen allein.

»Setz dich doch, Schätzchen«, forderte ihn seine Mutter auf.

Er ließ sich auf seinen angestammten Platz sinken, obwohl dort ein Weinglas stand. Seine Mutter sagte nichts. Sie nahm die Weingläser vom Tisch und reichte sie Karl zum Eingießen.

»Prost!«

»Prost!«

Erst als die Erwachsenen mit ihrem albernen Anstoßen fertig waren, verteilte seine Mutter das Essen. Karl ließ sich eine große Portion geben und geriet nach der ersten Gabel ins Schwärmen.

»Das schmeckt ganz hervorragend! Wusste ich doch, dass du eine tolle Köchin bist!«

»Danke!«

Erneutes Zuprosten über den Tisch hinweg. Und wieder dieses lächerliche Gekicher. Er schob sich das Essen schweigend in den Mund. Karl sah ihn tadelnd an.

»Wo sind deine Manieren? Willst du deiner Mutter nicht für dieses leckere Essen danken?«

Er hatte sich noch nie fürs Essen bedankt und er würde sicher jetzt nicht damit anfangen.

»Karl, lass doch den Jungen ...«

»Aber das ist das Mindeste, nachdem du dir so viel Mühe mit dem Kochen gegeben hast!«

»Das mache ich gerne!«, sagte sie schnell und wechselte das Thema.

»Möchtest du Karl nicht ein bisschen von der Schule erzählen, Schätzchen?«

»Was soll ich denn von der Schule erzählen?«

»Sei nicht so bescheiden! Er ist so gut in Mathematik, dass er den Kopfrechenwettbewerb gewonnen hat.«

Karl nickte beifällig.

»Sehr gut!«, sagte er. »Und wie steht es in den anderen Fächern?«

»Befriedigend«, antwortete seine Mutter nach kurzem Zögern, als er keine Anstalten machte, Karls Frage zu beantworten. »In manchen Fächern steht er auf Ausreichend, aber da hat er auch merkwürdige Lehrer.«

Karl zog die Augenbrauen hoch.

»Auf was für einer Schule bist du denn?«

Wieder ließ er seine Mutter antworten.

»Auf dem Gymnasium«, sagte sie nicht ohne Stolz in der Stimme.

»Auf einem staatlichen?«

»Ja.« Sofort wurde sie unsicher. »Ist das nicht gut?«

Karl wiegte den Kopf hin und her.

»Ich kann natürlich nicht beurteilen, wie gut er dort gefördert wird. Das sind meistens riesige Klassen mit viel zu vielen Schülern, wo ein Kind leicht untergehen kann, wenn seine Talente nicht erkannt werden.«

»Oh.« Seine Mutter sah fragend von Karl zu ihm und wieder zurück zu Karl. *Was wollte der Typ?*

»An meiner Schule ist alles bestens«, platzte er heraus.

»Aber hast du nicht erst letzte Woche gesagt, dass es furchtbar laut in der Klasse ...«, wandte seine Mutter ein.

»Nein!«, fuhr er ihr über den Mund. »Alles bestens.«

Karl zog demonstrativ die Augenbrauen in die Höhe und sah zu seiner Mutter. Sie senkte den Blick, doch Karl ließ nicht locker.

»Ist das der Ton, in dem du mit deiner Mutter sprichst?«

Karl würde sich umschauen, wenn er wüsste, in welchem Ton er sonst mit seiner Mutter sprach.

»Ich weiß nicht, was Sie das angeht.« Er funkelte Karl wütend an und wünschte ihn auf den Mond. Seine Mutter schnappte laut nach Luft.

»Schätzchen, so kannst du nicht mit unserem Gast sprechen! Ich möchte, dass du dich entschuldigst!«

»Er muss sich nicht *bei mir* entschuldigen, sondern bei *dir*.« Karl ergriff die Hand seiner Mutter und drückte sie mitfühlend. »Das war absolut respektlos!«

Auf keinen Fall würde er sich entschuldigen! Er schob den Stuhl zurück. Und wenn der Typ tausendmal der Chef seiner Mutter war, keiner konnte ihn zwingen, länger mit ihm an einem Tisch zu sitzen. »Ich bin satt«, sagte er und ging in sein Zimmer. Er schlug die Tür hinter sich zu, damit seine Mutter wusste, dass er enttäuscht von ihr war. Normalerweise kam sie schnell angekrochen und lenkte ein. Diesmal würde er sie aber erst reinlassen, wenn sie diesen nervigen Typen rausgeworfen hatte.

Er wartete. Er konnte Karls laute Stimme aus der Küche hören, dazwischen das Gegurre seiner Mutter, die besänftigend auf ihn einredete.

»Er meint es doch nicht so ...«

»Das ist einfach nur respektlos! Niemals hätte ich gewagt, so mit meiner Mutter zu sprechen!« Karls Stimme überschlug sich. »Noch dazu, wo du dich so abrackerst, um euch ein schönes Leben zu ermöglichen.«

»Er macht eine schwierige Phase durch.«

»Das mag sein, aber das ist kein Grund dafür, sich dir gegenüber so zu verhalten. Mir scheint, du lässt ihm zu viel durchgehen, hast ihn zu sehr verwöhnt ...«

»Meinst du?«

»Ich mache dir keinen Vorwurf, ich verstehe ja, dass du das aus Liebe zu ihm getan hast. Aber ich glaube, es ist an der Zeit, dass der Junge an die Kandare genommen wird.«

»An die Kandare ...?«

»Er braucht eine feste Hand, die ihn führt. Er muss lernen, was richtig und was falsch ist. Er muss Respekt lernen und er muss lernen, sich unterzuordnen. Sonst tanzt er dir nur auf der Nase herum.« Ein Stuhl wurde über den Boden gerückt. »Du bist so eine liebevolle, gute Frau.«

Küsste er sie jetzt etwa? Aus der Küche war nichts mehr zu hören, so sehr er auch das Ohr gegen das Schlüsselloch presste. Warum schickte seine Mutter Karl nicht einfach nach Hause? Gefiel ihr das Geschleime etwa?

Wieder wurde ein Stuhl gerückt, dann hörte er ganz leise die Stimme seiner Mutter.

»Was soll ich denn tun?«

»Als Jugendlicher hatte ich auch so eine schwierige Phase.« Karl räusperte sich. »Meine Eltern haben mich in ein Internat geschickt, eine reine Jungenschule. Da wurden mir die Flausen schnell ausgetrieben.«

»Ein Internat? Aber das kann ich mir nicht leisten.«

Hallo? Das war ja wohl nicht der Punkt!

Er merkte, wie es in ihm zu kochen begann. Sein Atem war plötzlich so laut, dass er Mühe hatte, die Stimmen in der Küche zu verstehen.

»Ich war auf einem kirchlichen Internat«, sagte Karl. »Das hat nicht viel gekostet. Und wenn er in Mathematik gut ist, bekommt er vielleicht ein Stipendium.«

»Meinst du?«

Sie dachte nicht ernsthaft darüber nach?!?

Am liebsten wäre er in die Küche gestürmt und hätte ihnen seine Meinung gesagt, aber er wusste, dass es leichter war, seine Mutter zu kontrollieren, wenn er selbst ganz ruhig blieb. Er würde sie sich vornehmen, wenn Karl weg war.

Doch Karl schien nicht die Absicht zu haben, bald zu gehen. Zuerst säuselte er seiner Mutter noch eine Weile Komplimente ins Ohr, dann erbot er sich zu spülen und nötigte sie dazu, es sich währenddessen auf der Couch bequem zu machen. Das Ploppen eines Korkens verriet, dass Karl eine weitere Flasche Wein aufgemacht hatte. Aus dem Wohnzimmer war nur noch leises Stimmengemurmel zu hören.

Seiner Mutter schien es egal zu sein, ob er sich vor dem Zubettgehen die Zähne putzte. Sonst war ihr das so wichtig, dass sie deshalb sogar gelegentlich einen Streit mit ihm anfing. Doch an diesem Abend lullte Karl sie vollkommen ein.

Er schreckte aus dem Halbschlaf hoch, als er ihre Stimmen vor seiner Zimmertür im Flur hörte. Seine Mutter kicherte, sie hatte zu viel Alkohol getrunken.

»Aber nein ... das geht nicht«, murmelte sie und lachte leise. »Der Junge ...«

Durch das Schlüsselloch sah er, wie Karl sie fest um den Arm fasste und sie an sich zog. Er küsste sie und griff mit der anderen Hand nach ihrem Hintern.

»Du willst mich doch nicht etwa wegen des Jungen rauswerfen«, sagte er und den drohenden Unterton in seiner Stimme konnte selbst seine betrunkene Mutter nicht überhören. Sie sah Karl für einen Moment unsicher an.

»Nein ... natürlich nicht ... es ist nur so ...«

Karl packte fester zu und schob seine Mutter zum Schlafzimmer.

»Dann ist ja alles gut«, erklärte er und klang zufrieden.

Vor der Tür war nichts mehr zu sehen, doch die Wände waren dünn und er konnte gleich darauf hören, was im Nebenzimmer vor sich ging. Das Stöhnen seiner Mutter, die Befehle von Karl, sein Keuchen, das Klatschen seiner Hand auf der Haut seiner Mutter, ihre Schreie. Sie wollte es ja nicht anders. Sie hatte es nicht anders verdient.

Sein Vater hatte recht gehabt. Sie war eine Hure wie jede andere Frau auch. Er würde sich nicht anmerken lassen, wie enttäuscht er war über ihre Schwäche. Wenn sie angekrochen kam, würde er sie mit Verachtung strafen. So wie sein Vater es auch getan hatte.

Doch er konnte nicht verhindern, dass ihm Tränen über das Gesicht liefen, als er die Stimmen aus dem Nebenzimmer hörte.

»Sag es!«

Sie wimmerte.

»Sag es!«

»Ich ...« Ihre Stimme war nur ein Flüstern.

»Ich kann dich nicht hören. Sag es laut!«

»Ich liebe dich!«

»Ich kann dich nicht hören«, wiederholte Karl. »Sag es laut!«

»Ich liebe dich!«

Er zog sich das Kissen über den Kopf und bedeckte die Ohren, doch ihre Stimme, die Worte, der Tonfall brannten sich in sein Gedächtnis. Er empfand Ekel, Scham und Verachtung.

Und gleichzeitig war er so erregt wie nie zuvor in seinem zwölfjährigen Leben.

Teil 1

Als Sarah Peschke mit der Rolltreppe auf Straßenniveau angekommen war, bog sie nach rechts ab. Der Eingang zum *Rechts der Isar* war bei den Bäumen, die ein Stück weiter die Straße entlang hinter den Häusern hervorragten. Die Sonne strahlte vom Himmel. Eigentlich hätte sie jetzt noch in der Wäscheabteilung des Oberpollingers stehen müssen. Aber heute war sie früher gegangen. Carola durfte sich mit der unangenehm lauten Kundin herumschlagen, die nicht einsehen wollte, dass sie bei Konfektionsgröße 46 angekommen war. Doch Sarah hatte keine Zeit, den warmen Sommertag zu genießen. Vielleicht konnten Marcel und sie nach dem Gespräch noch in den Biergarten gehen, falls seine Schmerzen ihn nicht mehr so plagten. Sie eilte die Ismaninger Straße entlang, lief neben der Auffahrt hoch zum Eingang und betrat die Klinik. Sarah schwitzte.

»Ich möchte zu Professor Winter, mein Mann hat dort einen Termin«, sagte sie zu einer der Damen an der Information. Die Frau reichte ihr einen Übersichtsplan des Klinikums und markierte darauf ein Gebäude.

»Sie müssen diesen Gang entlang nach links gehen«, sie zeigte den Weg auf dem Plan an, »dann hier abbiegen und dann noch mal hier, dann sind Sie im Haus 6 angelangt.«

Urologische Klinik stand auf dem Plan neben Haus 6.

»Das muss ein Irrtum sein!«, sagte Sarah. »Ich muss in die Orthopädie.«

»Professor Winter ist in der Urologie«, entgegnete die Pförtnerin sanft. »Wenn Sie dort einen Termin haben, wird das schon seine Richtigkeit haben.«

Hatte Marcel sich geirrt? Er war in der Orthopädie untersucht worden, oder nicht? Sie hatten ihn stundenlang durchgecheckt, sogar eine Biopsie gemacht. Sarah war verunsichert. Seine Stimme hatte am Telefon so merkwürdig geklungen, als er sie gebeten hatte, ihn zu dem Gespräch mit dem Arzt zu begleiten. Er hatte nicht viel gesagt, nur dass man ihn angerufen hätte und ihn sprechen wollte, heute um 16 Uhr. Sie warf einen Blick auf die Uhr. Fünf vor. Sarah nahm den Übersichtsplan.

»Danke.«

Als sie dem Weg folgte, den die Frau ihr gezeigt hatte, kam ihr ein junges Paar entgegen. Er hatte keine Haare auf dem Kopf und seine Haut sah grau aus. Die junge Frau schaute den Mann von der Seite an. Eine Träne lief über ihre Wange, er drückte sie fest an sich. Sie gingen an Sarah vorbei nach draußen. Für einen Moment schien die Zeit stillzustehen, Sarah kam es vor, als könnten ihre Füße sich nur in Zeitlupe bewegen. Drei vor. Sie musste zu

Marcel. Sarah rannte los. Ihre Absätze klapperten in einem schnellen Stakkato auf dem Linoleumboden. Er saß in einem kleinen Wartebereich auf einem von mehreren Stühlen und wippte mit den Füßen.

»Marcel!«, rief Sarah.

Er sprang hoch und fing sie in seinen Armen auf. Drückte sie fest an sich, ließ sie nicht mehr los. Auch sein T-Shirt war nassgeschwitzt.

»Warum sollst du hierher in die Urologie kommen und nicht in die Orthopädie?«, fragte Sarah. »Was bedeutet das, Marcel?«

»Ich weiß es nicht. Bei der Untersuchung letzte Woche hatten sie am Ende auch einen Urologen hinzugezogen, aber sie haben gesagt, das sei nur Routine.«

Er ließ sie los, Sarah rückte ein Stück von ihm ab und sah erst jetzt, wie blass er war. Ihr Fels in der Brandung schwankte. Sie griff nach seiner Hand.

»Haben sie am Telefon nichts dazu gesagt?«

Er schüttelte den Kopf.

»Nur den Termin und die Adresse. Und seitdem ...« Er brach ab.

Sarah beendete seinen Satz.

»Seitdem machst du dir Sorgen.«

Marcel nickte. Sie drückte seine Hand. Bei Marcel war das Glas immer halb leer.

»Warte doch erst mal ...«

Hinter Sarah ging eine Tür auf. Ein Arzt in Weiß sah heraus.

»Marcel Peschke?«, fragte er.

Marcel nickte.

»Das ist meine Frau Sarah.«

»Ich bin Professor Winter.«

Er gab ihnen die Hand und bat sie in sein Büro. Überall lagen Unterlagen, aber Sarah nahm die Unordnung kaum wahr. Sie versuchte, in der Miene des Arztes zu lesen, was er ihnen gleich sagen würde, doch sein Gesichtsausdruck verriet nichts. Er sah kühl und frisch aus, ihm schien die Hitze nicht so zuzusetzen wie ihr. Sarah merkte, wie ihr der Schweiß über den Rücken lief.

»Bitte nehmen Sie Platz.«

Er deutete auf den Stuhl vor seinem Schreibtisch und zog einen zweiten dazu.

»Herr Peschke,« setzte Professor Winter an und nahm hinter dem Schreibtisch Platz, »die Kollegen aus der Orthopädie haben uns Ihren Fall übergeben, nachdem die Untersuchungen und die Laborwerte gezeigt haben, dass nicht Ihre Hüfte der Grund für Ihre Beschwerden ist. Ich will nicht lange um den heißen Brei herumreden. Leider muss ich Ihnen mitteilen, dass Sie Prostatakrebs haben, Herr Peschke.«

Das Wort hing im Raum, doch Sarah konnte seine Bedeutung nicht erfassen.

»Prostatakrebs?«, flüsterte Marcel ungläubig und räusperte sich. »Das bekommen doch nur alte Männer.«

Alter Mann sagte Sarah manchmal im Spaß zu Marcel, wenn er bei einem Oldie im Radio mitsang oder wenn er lieber den Abend vor dem Fernseher verbringen wollte als auszugehen. Sie war erst sechzehn gewesen, als sie sich kennengelernt hatten. Er war damals siebenundzwanzig.

Sarah griff nach seiner Hand, doch Marcels Blick war auf den Arzt fixiert. Der blätterte in den Papieren auf seinem Tisch.

»Sie sind ... äh ... 54 Jahre alt. Das ist tatsächlich früh, doch es kommt vor.«

»Aber ich habe Schmerzen in der Hüfte, nicht an der Prostata! Ich bin gestürzt. Ich hatte Blutergüsse ... hier war alles blau ... Das muss ein Irrtum sein!«

Marcel wollte es genauso wenig wahrhaben wie Sarah, seine Stimme zitterte. Professor Winter nickte behäbig.

»Ich weiß, dass eine solche Diagnose nicht leicht zu akzeptieren ist. Aber Sie müssen mir glauben, dass wir sie keineswegs leichtfertig stellen. Leider ist der Krebs schon in einem fortgeschrittenen Stadium. Die Kollegen aus der Orthopädie konnten Metastasen an der Wirbelsäule und im Becken ausmachen.«

Krebs. Fortgeschritten. Metastasen. Jedes einzelne Wort war wie ein Faustschlag in den Magen. Sarah wurde schlecht. Sie drückte Marcels Hand. Er sah sie an. Sein Blick war matt, gebrochen, ohne jede Hoffnung.

»Aber Sie können ihn doch heilen, oder?«, fragte Sarah den Arzt. »Wie werden Sie meinen Mann behandeln?«

Professor Winter legte die Fingerspitzen aneinander. Es sah aus, als ob er mit erhobenen Händen betete.

»Die Wahl der Behandlung liegt bei Ihnen ... Es gibt zwei Optionen ... operative Entfernung der Prostata ...«

»Entfernung ...«, echote Marcel.

»... mit anschließender Chemotherapie und Bestrahlung. Ich muss Ihnen allerdings gleich sagen, dass die Erfolgschancen in diesem fortgeschrittenen Stadium eher gering sind. Metastasen bilden sich ...«

»Was heißt gering? Wie groß sind die Erfolgschancen?«, hakte Sarah nach.

Der Arzt wich ihrem Blick aus, sah auf seine Unterlagen.

»Die Wahrscheinlichkeit, dass man vollkommen geheilt werden kann, liegt in diesem Stadium bei drei Prozent.«

»Bei drei Prozent!? Aber Sie haben doch gesagt, dass Sie eine Chemotherapie und Bestrahlungen machen. Damit verhindert man doch, dass sich der Krebs weiter ausbreitet, oder?«

Sarah merkte selbst, wie laut sie wurde. Professor Winter schien es ihr nicht übelzunehmen. Er nickte verständnisvoll.

»Wir müssen davon ausgehen, dass der Krebs bereits im ganzen Körper gestreut hat. Da wir jetzt Metastasen im Becken und an der Wirbelsäule feststellen können …«

»Und was ist die andere Option neben OP, Chemotherapie und Bestrahlung?«, unterbrach Marcel den Arzt. »Sie haben gesagt, dass es zwei Optionen gibt.«

Professor Winter hielt seinem Blick stand, diesmal sah er nicht auf seine Unterlagen.

»Die zweite Option ist eine Palliativtherapie. Wir würden Ihnen die Schmerzen nehmen. Sie müssten sich nicht quälen.«

»Aber sterben würde ich.« Marcel sah Professor Winter immer noch in die Augen. »Sterben werde ich so oder so, nicht wahr?«

Sarah konnte ein Schluchzen nicht unterdrücken. Eine Träne fiel auf ihren Rock.

»Leider kann ich Ihnen nicht viel Hoffnung machen.«

»Wie viel Zeit bleibt mir?«

Der Arzt hob die Schultern.

»Mit solchen Einschätzungen sind wir vorsichtig. Ein paar Wochen, ein paar Monate vielleicht. Ich weiß es nicht.«

Marcel nickte. Seine Hand in Sarahs Hand wurde feucht.

»Trotzdem …« Er zögerte, warf einen kurzen Seitenblick zu Sarah, dann sah er wieder zu Professor Winter.

»Ich entscheide mich für die zweite Option«, sagte er mit fester Stimme.

Es fühlte sich an, als würde Sarahs Herz explodieren, auf ihre Lunge drücken, ihr den Atem nehmen. Sie würgte.

»Nein, Marcel«, brachte sie hervor.

Professor Winter mischte sich ein.

»Sie müssen sich nicht sofort entscheiden. Reden Sie miteinander, schlafen Sie darüber. Verdauen Sie das alles erst mal. Mir ist klar, dass es nicht leicht ist, einen solchen Entschluss zu fassen. Nehmen Sie sich dafür Zeit!«

Sarah nickte.

»Er hat recht, Marcel. Du kannst nicht jetzt gleich entscheiden, nachdem du es gerade erst erfahren hast.«

Er drehte sich zu ihr und sie konnte sehen, wie seine Augen flackerten.

»Drei Prozent, Sarah! Das ist aussichtslos. Wir würden uns nur quälen. Das möchte ich mir nicht antun und das möchte ich dir nicht antun!«

»Wer sagt denn, dass du nicht zu den drei Prozent gehörst, die es schaffen?« Sie drückte seine Hand und appellierte an ihn. »Ich bin bei dir, Marcel. Wir kämpfen gemeinsam. Wir sind ein Team, das weißt du doch! Wenn wir zusammenhalten, schaffen wir alles! Bitte, Marcel, gib nicht jetzt schon auf!«

Er löste seine Hand aus ihrer und strich ihr damit sanft über die Wange.

»Sarah, ich glaube nicht an Wunder. Ich werde sterben.« Mit dem Daumen strich er die Träne weg, die sich aus ihren Wimpern gelöst hatte. »Ich möchte die verbleibende Zeit nicht damit verbringen, mich sinnlos aufschneiden zu lassen oder mir bei einer Chemotherapie die Seele aus dem Leib zu kotzen. Wir haben doch schon mal darüber gesprochen, dass wir unser Leben nicht auf diese Weise beenden wollen.«

»Das war hypothetisch!«, kreischte Sarah. Wie konnte Marcel nur so ruhig bleiben? »Wenn wir mal über achtzig sind und unser Leben hinter uns haben! Aber doch nicht jetzt!«

Marcel legte seinen Zeigefinger auf Sarahs Lippen. Sie sah, dass auch in seinen Augen Tränen standen.

»Ich möchte die Zeit, die mir noch bleibt, nicht im Krankenhaus, sondern mit dir verbringen. Du bist mein Ein und Alles, meine Geliebte, meine Seelenverwandte, meine beste Freundin. Sarah, ich liebe dich! Ich wünsche mir, dass mein Leben voller Liebe endet. Nicht in einem zermürbenden Kampf ... Ich bitte dich von ganzem Herzen, mir diesen Wunsch zu erfüllen!«

Er zog sie in seine Arme und sie weinten gemeinsam.

Kristina Sommer sah auf die Uhr am Herd. In einer Stunde musste sie los. Die Waschmaschine würde in einer halben Stunde fertig sein. Wenn sie die Wäsche noch vor dem Elternabend aufhängen wollte, dann sollte sie jetzt das Essen zubereiten. Sie wusste, dass es nicht der optimale Zeitpunkt gewesen war, die Waschmaschine anzustellen, aber irgendwann musste sie sich um den Wäscheberg kümmern. Bei dieser Hitze brauchten sie jeden Tag etwas Frisches.

Sie war schon später als sonst im Kindergarten und im Hort angekommen, weil sie noch mal kurz an der Kasse einspringen musste. Und dann hatten Lillis Erzieherin und die Mutter von Max' neuem Freund Theo sie auch noch angesprochen, sodass sie erst viel später als geplant nach Hause gekommen waren. Sie hatte als Erstes die Waschmaschine angestellt. Zur Not würde sie die Wäsche in der Nacht aufhängen, wenn sie vom Elternabend zurückkam. Solche Tage waren heftig.

Sie holte Kartoffeln und eine Zwiebel heraus. Bratkartoffeln mochten die Kinder gern, sie würde dazu einen Salat machen. Kristina begann, die Kartoffeln zu schälen.

»Mama, weißt du, wie man das nennt, wenn ein Auto zusammengebaut wird? Wenn der obere Teil auf den unteren gesetzt wird? Da gibt's doch so einen Fachbegriff«, fragte Max. Im Hort war er noch nicht mit den Hausaufgaben fertig geworden und schrieb nun am Küchentisch seinen Aufsatz. In letzter Zeit war er nie fertig mit den Hausaufgaben, wenn sie ihn abholte.

»Keine Ahnung«, sagte Kristina. »Über was schreibst du denn deinen Aufsatz?«

»Wir sollen über den besten Ausflug, den wir je gemacht haben, schreiben. Ich schreibe über die Führung, die wir mit Papa bei BMW gemacht haben. Das war so cool!«

Alle paar Monate geruhte ihr Ex, die Kinder mal für ein paar Stunden zu nehmen, wahrscheinlich wenn seine Neue in Ruhe zum Friseur oder zur Kosmetikerin gehen wollte. Dann unternahm er tolle Ausflüge mit Max und Lilli, gegen die ihre Spaziergänge an der Isar oder ein Besuch bei der Großmutter im Seniorenheim nicht anstinken konnten.

»Bei der Führung haben sie gesagt, dass es ein bestimmtes Wort gibt, wie es heißt, wenn das Auto zusammengesetzt wird, aber es fällt mir nicht mehr ein«, sagte Max und killerte die Tinte von seinen Fingern.

»Hochzeit«, warf Lilli ein, ohne von ihrem Malblock aufzusehen. Sie war nicht ganz so begeistert wie Max von der Führung zurückgekommen, aber anscheinend hatte sie besser aufgepasst.

»Genau!«, rief Max und beugte sich über sein Heft.

»Danke, Lilli«, erinnerte ihn Kristina.

»Ja ja, danke, Lilli.« Er schrieb schon wieder.

Das Geräusch der laufenden Waschmaschine aus dem Bad brach plötzlich ab. Kristina sah, dass die Uhrzeitanzeige am Herd erloschen war.

»Irgendwas stimmt da nicht.«

»Warum?«

Die Kinder hatten nichts gemerkt.

»Wir haben keinen Strom mehr.«

Kristina ging ins Bad, Lilli folgte ihr. Die Waschmaschine stand still und das Anzeigedisplay war dunkel.

»Ist das schlimm?«, fragte Lilli. »Ist die Waschmaschine jetzt kaputt?«

Kristina lachte.

»Ich hoffe nicht. Wahrscheinlich ist nur die Sicherung rausgeflogen.«

Sie ging zum Sicherungskasten im Flur. Der Sicherungsschalter war nach unten gekippt. Kristina drückte ihn nach oben. Gleich darauf war wieder das Rumoren aus dem Bad zu hören.

»Schau, jetzt läuft die Waschmaschine wieder.«

Sie gingen zurück in die Küche. Lilli malte weiter, Kristina stellte die Uhrzeit am Herd neu ein und schälte die restlichen Kartoffeln.

»Elfriede passt heute Abend auf euch auf.«

»Bist du nicht da?«, fragte Lilli.

»Ich muss zum Elternabend fürs Zeltlager.« In den Sommerferien würden Lilli und Max zwei Wochen ins Zeltlager fahren. Kristina konnte nicht sechs

Wochen freinehmen. »Sie sagen uns, was ihr mitbringen sollt und was ihr im Zeltlager unternehmt.«

Kristina schnitt die letzte Kartoffel in Scheiben und wollte den Herd einschalten. Sie drehte am Knopf einer der vorderen Kochplatten, die Platte blieb dunkel. Kristina sah auf die Uhr. Die Anzeige war erneut erloschen.

»Das gibt es doch nicht!«

Sie hatte nicht gehört, dass auch die Waschmaschine wieder gestoppt hatte. Fluchend schob sie den Sicherungsschalter nach oben. So würde die Wäsche nie fertig werden! Kristina stellte von Neuem die Uhrzeit am Herd ein. Langsam wurde es eng. Sie schaltete den Herd an und zog die Pfanne auf die Platte, die rot glühte. Sie ließ darin ein Stück Butter schmelzen und schnitt währenddessen die Zwiebel in kleine Würfel. Die Kartoffelscheiben zischten, als sie sie in die Pfanne gab, doch schon einen Moment später verstummte das Zischen. Genau wie die Waschmaschine im Bad. Wieder war die Sicherung rausgeflogen.

»Verdammter Mist!«

»Mama!«

»Ist doch wahr! Das ist so nervig!«

Kristina schob den Schalter nach oben, Herd und Waschmaschine sprangen erneut an. Sie wusch gerade den Salat, als die Sicherung wieder rausflog.

»Aaaaaaah!«, schrie Kristina. »Scheiße, Scheiße, Scheiße!«

Lilli und Max sahen ihre Mutter mit großen Augen an. Kristina stellte die Waschmaschine aus. Die Wäsche lag darin im Wasser, bis zum Schleudergang hatte es die Maschine noch nicht geschafft. Sie schob die Sicherung wieder rein.

»Ich hole jetzt Bruno. Da muss eine Leitung kaputt sein oder so.«

Bruno war der Hausmeister, der unten in der Erdgeschosswohnung lebte. Er war zu den anderen Mietern extrem unfreundlich und wenig hilfsbereit, doch an Kristina hatte er einen Narren gefressen. Sie durfte ihn zu jeder Tages- und Nachtzeit behelligen, wenn sie seine Hilfe brauchte, und er hatte nicht mal geschimpft, als Max den Fußball in sein Wohnzimmerfenster geschossen hatte.

»Wenigstens bringt mir mein Aussehen mal was«, dachte Kristina, als sie Brunos Nummer wählte. Ihr Ex hatte immer gesagt, dass sie wie eine bessere Version von Cindy Crawford aussah mit den langen dunklen Haaren und dem Muttermal über der Lippe. Na ja, sie war eben jünger. Am Ende hatte ihr das aber auch nichts genutzt, als er sie wegen der Liebe seines Lebens sitzengelassen hatte.

Das Telefon klingelte und klingelte. Kristina wollte gerade auflegen, als Bruno sich in barschem, abweisendem Ton meldete. Sie nannte ihren Namen und sofort überschlug er sich vor Freundlichkeit. Natürlich würde er sofort mal hochschauen, gerne!

Während sie auf Bruno wartete, konnte sie wenigstens das Essen fertigmachen. Kristina ging zurück in die Küche, gefolgt von Lilli und Max. In der Pfanne lag ein matschiger Brei. Die Hitze hatte nicht annähernd ausgereicht, um die Kartoffeln goldbraun anzubraten.

»Das sieht ekelhaft aus, Mama!«, sagte Max mit angewidertem Blick. »Müssen wir das wirklich essen?«

»Ich hab doch auf die Schnelle auch nichts anderes!« Kristina sah auf ihre Armbanduhr. »Außerdem muss ich gleich los. So ein Mist! Ausgerechnet jetzt muss das passieren!«

Es klingelte an der Tür. Bruno war ausgesprochen schnell in den dritten Stock hochgekeucht. Er strahlte Kristina aus seinem runzeligen Gesicht an.

»Wo brennt's denn, schöne Frau?«

»Die Sicherung fliegt alle paar Minuten raus. Die Waschmaschine ist gelaufen und ich wollte was kochen, aber das funktioniert nicht, wenn der Strom dauernd weg ist. Ich muss gleich los zum Elternabend. Ich muss mich noch umziehen. Und die Kinder haben noch nichts gegessen, ich weiß gar nicht, wie wir das jetzt noch schaffen sollen!«

Kristinas Stimme wurde hysterisch und schrill. Die Wohnungstür ihrer Nachbarin ging auf und Elfriede schaute besorgt zu ihr rüber.

»Was ist denn los, Kindchen?«

Bruno atmete erleichtert auf, Kristinas Wortschwall hatte ihn überfordert.

»I schaug ma amoi eana Maschin' o.« Er schob Kristina zur Seite und ging mit seinem großen Werkzeugkasten in die Wohnung. Elfriede kam zu Kristina.

»Ist deine Waschmaschine kaputt?«, fragte sie.

»Ich hoffe nicht. Die Sicherung ist dauernd rausgeflogen. Jetzt ist die Wäsche nicht fertig und ich konnte für die Kinder nichts kochen. Aber ich muss gleich los zum Elternabend.«

»Das bekommen wir schon hin!«, sagte Elfriede und strich über Kristinas Arm. Die Ruhe der älteren Frau übertrug sich sofort auf sie. Kristina atmete tief durch. »Bruno schaut nach der Waschmaschine, ich nehme die Kinder jetzt gleich mit rüber und gebe ihnen was zu essen und du kannst zum Elternabend gehen. Mach dir nur keine Sorgen, alles wird gut!«

»Meinst du?«

Elfriede schob Kristina sanft in die Wohnung.

»Geh dich umziehen. Ich nehme die Kinder mit.« Sie begrüßte Lilli und Max, die sich freuten, Elfriede zu sehen. Sie waren gern bei ihr. Elfriede hatte immer etwas Süßes für sie und bei ihr durften sie viel mehr fernsehen als bei Kristina.

»Danke!«

Kristina drückte Elfriede und die Kinder zum Abschied. Ihre Nachbarin hatte einen Schlüssel für Kristinas Wohnung, sie würde die beiden später dort ins Bett bringen. Kristina zog sich um. Da Bruno im Bad war, konnte sie sich nicht frischmachen, aber es tat schon gut, aus den Kleidern rauszukommen, die sie seit dem frühen Morgen anhatte. Sie hatte stundenlang Paletten hin- und hergefahren und abgeladen und war dabei ins Schwitzen gekommen.

»Und?« Sie steckte den Kopf durch die Badezimmertür. »Woran liegt es, dass die Sicherung permanent rausfliegt?«

Bruno richtete sich auf und stützte die Hände in die Hüften.

»Wann'd Maschin' aus is, laft ois. As Kabe von derra Maschin' hob i prüft: des is in Ordnung. In'd Waschmaschin' konn i ned neischaug'n mit derra Wäsch und dem Wassa.« Er räusperte sich. »De Breitners aus'm zwoadn Stog ham des a amoi g'habt. Dene eana Elektriga hod g'sogt, dess da Motor feicht worn is und in de Dromme da Strom g'floss'n is und oiwei wieda an Kurz'n ausg'löst hod.«

»Und was heißt das? Muss der Motor repariert werden? Soll ich einen Elektriker holen?«

»Des kennas Eana sparn.« Er musterte die Waschmaschine. »Des lohnt se ned, in de oide Maschin an neia Motoa einibaun.«

»Heißt das, ich soll mir besser eine neue Waschmaschine kaufen?«

»Des Reparieren lohnt se ned.«

Kristina hielt sich am Türrahmen fest. Plötzlich fühlten sich ihre Beine an wie Wackelpudding. Bruno umfasste ihren Arm.

»Gäd's no?«, fragte er.

»Ja, alles in Ordnung.« Sie riss sich zusammen. »Danke, dass Sie alles geprüft haben.«

»Wann'd Dromme laar is, schaug i mia's noch amoi o.«

»Danke.«

Kristina begleitete Bruno zur Tür. Als er weg war, lehnte sie sich an die Wand. Eine neue Waschmaschine! Wie sollte sie die bezahlen? Ihr Ex überwies ihr nur dann etwas für die Kinder, wenn er Lust hatte, und das wurde immer seltener. Auf ihre Forderungen reagierte er überhaupt nicht, nur wenn ihr Rechtsanwalt ihm schrieb, ließ er sich dazu herab, einmalig den Betrag zu überweisen, den er eigentlich jeden Monat zahlen sollte. Er wusste ganz genau, dass sie sich die Kosten für den Anwalt nicht leisten konnte. Beim letzten Mal hatte er vor Gericht eine vollkommen hanebüchene Geschichte über seine angebliche finanzielle Misere aufgetischt, mit der er die Richterin zu Tränen gerührt hatte. Kristina hatte nicht nur kein Geld gesehen, sondern auch noch die Verhandlungs- und Anwaltskosten selbst tragen müssen. Ihr Ex wusste genau, dass sie nicht so schnell wieder vor Gericht gehen würde. Kristina brauchte Geld.

»Scheiß auf den Elternabend.«

Die Packliste für das Zeltlager konnte sie sich auch so im Pfarrbüro holen. Und die Kinder würden dann eben erst vor Ort erfahren, welche Aktivitäten im Zeltlager angeboten wurden.

Kristina griff nach dem Telefon. Doro war sofort am Apparat.

»Hi Doro, hier ist Kristina. Du hast gesagt, ich soll mich melden, wenn ich mir mal wieder was dazuverdienen möchte.«

»Ich dachte, du wolltest hier nicht mehr arbeiten.«

Kristina hasste es, wenn die Männer in der *Spielbar* ihr an den Hintern grapschten. Aber sie verdiente dort an einem Abend mehr als im Supermarkt während einer ganzen Woche.

»Ich habe es mir anders überlegt.«

Doro lachte.

»Ich wusste, dass du dich wieder melden würdest.«

»Kann ich kommen?«

»Jetzt gleich?!«

»Sonst würde ich nicht fragen.«

Doro überlegte einen Moment.

»Gut, hinten bei den Separees brauche ich heute noch jemanden, Carmen ist krank. Aber nur, wenn du sofort kommst!«

»Ich ziehe mich schnell um, dann mach ich mich auf den Weg.«

Kristina legte auf. Sie warf einen Blick in den Spiegel. So konnte sie nicht gehen. Sie wusch sich das Gesicht mit einem Schwall kaltem Wasser und rieb sich den Oberkörper mit einem Waschlappen ab. Beim Abtrocknen sah sie die Wäsche in der Maschine. Darum würde sie sich morgen kümmern.

Kristina schlüpfte in ihren kurzen schwarzen Rock und die tadellos gebügelte weiße Bluse. Doro legte Wert darauf, dass ihre Servicekräfte gepflegt aussahen.

Kristinas Magen knurrte. Sie hatte Hunger. Aber Doro wartete schon. Sie schob sich ein paar der matschigen Kartoffeln in den Mund und machte sich auf den Weg. Elfriede nahm das Babyfon mit rüber in ihre Wohnung, wenn die Kinder schliefen. Sie würde es hören, wenn sie aufwachten. Also war es egal, ob Kristina ein paar Stunden früher oder später heimkam.

»Lächeln«, sagte sie zu sich selbst, als sie die *Spielbar* betrat, und versuchte vergeblich, die Mundwinkel nach oben zu ziehen. »Du musst alles vergessen und lächeln. Sonst gibt es kein Trinkgeld ...«

Als Bastian Gschwendtner sein Fahrrad in die lange Reihe der geparkten Räder quetschte, strömten neben ihm kleine und große Studentengruppen in das altehrwürdige Hauptgebäude der Ludwig-Maximilians-Universität. Im Audimax stand die Vorlesung zur *Allgemeinen Betriebswirtschaftlehre* an, da war der Hörsaal bis auf den letzten Platz gefüllt. Die Studenten redeten und lachten. Die meisten kamen wahrscheinlich gerade aus einem der umliegenden Cafés, würden jetzt die Vorlesung absitzen und danach gemeinsam nahtlos ins Nachtleben hinübergleiten. Sie stammten aus anderen Städten oder Regionen, lebten während des Studiums in einer WG oder hatten sogar eine eigene Wohnung. Beneidenswert.

Bastian wohnte immer noch in seinem Elternhaus in Freimann. Mit dem Fahrrad sieben Kilometer von der Uni entfernt, wenn er durch den Englischen Garten fuhr. Er hatte einen Großteil des Tages damit verbracht, das Altpapier zum Wertstoffhof zu bringen, den Rasen zu mähen und für seine Mutter ein Beet umzugraben, das sie neu bepflanzen wollte. Und nach der Vorlesung erwarteten ihn seine Eltern zum Abendessen zu Hause.

Bastian nahm den Fahrradhelm vom Kopf. Er zog das Verbindungskabel zu seinem Handy heraus und überprüfte den Ladestatus. Die Fahrt in der Sonne hatte für die Solarzellen, die er oben auf dem Helm befestigt hatte, ausgereicht, den Akku nahezu ganz aufzuladen. Bastian schwitzte, das Fahrradfahren in der prallen Sonne war anstrengend gewesen. Er freute sich auf den kühlen Hörsaal.

Als er ihr Lachen hörte, fuhr Bastian herum und hatte sie eine Sekunde später umringt von ihren Freundinnen neben dem Brunnen auf dem Geschwister-Scholl-Platz entdeckt. Mara. Eigentlich hieß sie Maria, wie er von der Teilnehmerliste der *Einführung ins empirische Arbeiten* wusste, doch alle nannten sie Mara. Als Bastian ihr zum ersten Mal über den Weg gelaufen war, hatte ihr Anblick ihn umgehauen. Sie war eher auffällig als schön, mit ihren weißblonden Haaren und den ungewöhnlichen hellblauen Augen. Es dauerte nach Beginn des Wintersemesters nicht lange, bis sie eine Clique um sich versammelt hatte, deren lebhafter Mittelpunkt sie war. Sie war der Grund, warum Bastian das Studium, das ihn langweilte, nicht nach dem ersten Semester hingeschmissen hatte.

Bastian beobachtete sie und kannte bald ihren Stundenplan. Er besuchte die gleichen Vorlesungen und Kurse, doch er hatte noch nie ein Wort mit ihr gewechselt. Jemand wie sie hatte es nicht nötig, sich mit jemandem wie ihm abzugeben. Er war ein Nerd und er würde immer einer bleiben. Die Clique der Coolen war für ihn unerreichbar. Nicht dass er jemals abgewiesen worden wäre. Das Problem war, dass sie ihn noch nicht einmal wahrgenommen hatten. Und daran würde sich auch nie etwas ändern. Sie sahen einfach durch ihn hindurch.

Bastian beobachtete, wie Mara mit ihren Freundinnen vom Brunnen herübergelaufen kam. Gleich würde sie nur wenige Zentimeter entfernt an ihm vorbeigehen. Sie sagte etwas zu dem Mädchen neben ihr, warf den Kopf in den Nacken und lachte. Jetzt oder nie.

Bastian machte zwei schnelle Schritte nach vorn und stellte sich ihr in den Weg. Sie prallte gegen den Helm, den er in der Hand hielt.

»Hoppla!« Sie lachte immer noch.

»Ent ... Entschuldigung«, stotterte Bastian. »Hast du dir wehgetan?«

»Nix passiert.« Sie wollte weitergehen, doch dann fiel ihr Blick auf den Helm in seiner Hand. »Was ist das denn?«

»So ... Solarzellen.«

»Solarzellen auf einem Fahrradhelm?«

Bastians Zunge war wie gelähmt, die Worte steckten in seinem Kopf fest.

»Ich ... ja ... Das war so 'ne Idee ...«

Ihr Lächeln war ermutigend. Ihr ganzer Anblick in dem Minirock und dem Top mit dem weiten Ausschnitt war ermutigend.

»Du siehst toll aus«, platzte er heraus. »Ich finde dich toll!«

Das Lächeln erlosch.

»Das ist ja mal eine wahnsinnig originelle Anmache«, schnaubte sie. »Ich hab dich nach den Solarzellen auf deinem Helm gefragt ...«

»Ja, natürlich«, unterbrach Bastian sie eifrig und hob den Helm bis knapp vor ihre Nase. »Mit den Solarzellen lade ich mein Handy auf. Schau!« Mit der anderen Hand hielt er das Ladekabel hoch. »Das stecke ich hier ein und hab damit eine direkte Verbindung zu meinem Handy in der Tasche.«

»Das ist ja cool! Und wie lange dauert es, bis es aufgeladen ist?«

»Das kommt darauf an, wie stark die Sonneneinstrahlung ist und wie leer der Akku vorher war. Mir reicht meistens die knappe halbe Stunde Fahrt, um den Akku komplett aufzuladen.«

»Du solltest die Idee patentieren lassen. Damit kannst du reich werden!«

»Meinst du?«

»Sicher!« Sie nickte überzeugt. »Das ist absolut cool. Diese Helme werden weggehen wie warme Semmeln.«

»Mara!«, rief eine ihrer Freundinnen vom Eingang des Gebäudes aus.

Sie wandte sich zum Gehen.

»Wenn du willst, kann ich dir auch so einen Helm machen.«

Sie drehte sich um und er meinte, Bedauern in ihren Augen zu sehen. Oder war es Belustigung?

»Ich trage keinen Helm. Aber danke!« Sie ging zum Eingang. Bastian folgte ihr schnell. Wenn er es jetzt schaffte, während der Vorlesung im Audimax neben ihr zu sitzen! Vielleicht bekam er ihre Telefonnummer.

»Ich hab noch mehr coole Sachen erfunden«, erzählte er ihr. »Eine Mess-vorrichtung am Fahrrad, mit der man feststellen kann, wie viel Energie man beim Fahren verbraucht. Und ein Gestell für einen Hundespaziergang mit Fahrrad. Damit immer ein sicherer Abstand zwischen Rad und Hund ist und der Hund sich nicht an den Speichen verletzen kann.«

»Du fährst wohl viel mit dem Rad?«

Sie betraten gemeinsam das Gebäude. Bastian ließ sich von ihr die Tür aufhalten, schließlich hatte er die Hände voll mit seiner Tasche und dem Helm. Er folgte ihr zur Treppe. Er wusste, dass sie sich mit ihren Freunden meistens oben auf der Empore einen Platz suchte.

»Natürlich fahre ich mit dem Rad, wann immer es mir möglich ist. Ich finde, dass jeder die Verantwortung für den ökologischen Fußabdruck trägt, den er auf der Erde hinterlässt.«

Sie zog die Augenbrauen hoch und beschleunigte ihre Schritte.

»Ist dir das nicht auch wichtig?«

»Doch, natürlich.«

Sie lief neben ihm an Ludwig I. vorbei, die zweite Treppe nach oben und bog in den Flur zum Audimax ab. Ihre hellen Haare flatterten um den Kopf, ihre Brüste wippten, Bastian konnte seinen Blick nicht von ihr abwenden.

»Du bist echt schön, Mara!«, sagte er.

Sie blieb stehen.

»Woher kennst du meinen Namen?«

»Oh ... den hab ich wohl aufgeschnappt ... äh ... deine Freundin hat dich vorhin so gerufen ... Ich heiße übrigens Bastian.«

Er griff nach ihrer Hand und schüttelte sie.

»Freut mich sehr, dass wir ins Gespräch gekommen sind.«

Sie ließ seine Hand los und lief die letzten Stufen zur Empore des Audi-max oben. An der Tür blieb sie stehen. Das Sonnenlicht, das durch die Glaskuppel über ihr hereinschien, ließ ihre hellen Haare leuchten.

»Und jetzt ist das Gespräch auch schon wieder beendet«, sagte sie. »Heb dir deine Plattitüden für eine andere auf. Ich hab kein Interesse!«

Sie drehte sich um und ging zu ihren Freunden. Als sie sich hinsetzte, sah er, dass sie die Augen verdrehte und dem Mädchen neben ihr lachend etwas erzählte. Von seinem Helm? Oder von ihm?

Bastian stieg ein paar Stufen nach oben und setzte sich auf einen Platz zwei Reihen hinter Mara. So konnte er genau sehen, ob sie der Vorlesung aufmerksam folgte oder ob sie abgelenkt war und über anderes nachdachte. Vielleicht ließ sie ihr Gespräch noch einmal Revue passieren. Ihre letzten Worte konnten unmöglich ernst gemeint sein. Wahrscheinlich glaubte sie, dass sie ihn auf Distanz halten musste. Wenn man so aussah wie sie, wurde man vermutlich ziemlich oft blöd angesprochen. Da war es notwendig, sich einen Schutzwall aufzubauen. Aber er würde ihr beweisen, dass es ihm ernst war mit ihr. So schnell gab er nicht auf. Sie war von seiner Erfindung beeindruckt gewesen und er würde ihr zeigen, dass noch viel mehr in ihm steckte.

Diana Weinhold nahm die Brille herunter und beugte sich zum Spiegel. Ohne die Brille konnte sie nicht gut sehen, ob die Wimperntusche da landete, wo sie hingehörte, aber mit Brille konnte sie sie schlecht auftragen. Also tuschte sie, setzte die Brille wieder auf und prüfte das Ergebnis. Sie wischte die überschüssige Wimperntusche vom Lid. Dabei verschmierte der Lidschatten und sie wiederholte die Prozedur mit dem Lidschattenapplikator. Sie schminkte sich nicht oft, weil es jedes Mal damit endete, dass sie genervt war – so wie jetzt. Deswegen hatte sie nicht viel Übung, das nannte man wohl einen Teufelskreis. Seit Jahren hoffte sie darauf, dass irgendein schlauer Mensch Kontaktlinsen aus einem Material entwickelte, auf das sie nicht allergisch reagierte.

Die Zahnpastatube war fast leer. Diana drückte den letzten Rest auf ihre Zahnbürste. Das reichte nicht. Sie nahm die Nagelschere und schnitt das untere Ende der Tube auf. Da war noch genug Zahnpasta für mindestens dreimal Zähneputzen.

Diana bleckte die frisch geputzten Zähne und betrachtete ihr Spiegelbild. Sie trug den gleichen Rock wie beim letzten Mal zusammen mit einer nahezu durchsichtigen kurzen Bluse, die sie für nur einen Euro im *Gebrauchtwarenhaus* ergattert hatte. Etwas nuttig. Diana beschloss, darunter noch ein Top anzuziehen, dann war sie zufrieden mit ihrem Aussehen. Wenn nur die Brille mit den dicken Gläsern nicht wäre. Sie würde sie nachher runternehmen. Und hoffen, dass sie nicht überall anrempelte.

Sie cremte sich die rauen Hände mit Melkfett ein, griff nach ihrer Tasche und verließ die Wohnung. Im Flur roch es schon wieder nach Urin. Ekelhaft. Diana stakste mit möglichst großen Schritten zum Aufzug. *Defekt* stand auf einem eingerissenen Stück Papier, das der Hausmeister mit Tesafilm an die Aufzugstür geklebt hatte. Das war nichts Neues. Sie lief die Treppe hinunter, immerhin neun Stockwerke. Die Ecken, wo sich Müll und Substanzen sammelten, von denen sie nicht wissen wollte, worum es sich dabei genau handelte, mied sie. Sie hielt die Luft an, bis sie vor dem Haus stand, doch dort war es auch nicht besser, denn eine Horde Jugendlicher saß auf den Treppenstufen am Eingang. Sie rauchten. Nikotin und anderes. Diana eilte an ihnen vorbei. Sie kannte die meisten vom Sehen. Sie waren harmloser, als sie aussahen, auch wenn sie gern den Proll raushängen ließen.

»Hey, Puppe, warum hast du es denn so eilig?«, rief prompt einer hinter ihr her. »Lass uns doch ein bisschen Spaß haben!«

Die anderen lachten.

»Du mich auch!«

Diana drehte sich nicht mal um. Sie hatte in den zwölf Jahren, die sie in diesem Wohnblock lebte, gelernt, dass es das Beste war, einfach schnell weiterzugehen. Kein Blickkontakt, kein Gespräch, nichts, was die Jungs unnötig herausforderte.

Mit der U5 fuhr Diana direkt bis zum Odeonsplatz. Sie nahm nicht den Ausgang zum Hofgarten, sondern fuhr mit der Rolltreppe auf der anderen Seite des Platzes hoch. Beim letzten Mal waren sich ihre neuen Freundinnen einig gewesen, U-Bahn-Fahren sei asozial. Sie mussten nicht unbedingt sehen, dass Diana mit der U-Bahn hergekommen war, weil sie sich kein Taxi leisten konnte. Von einem eigenen Auto ganz zu schweigen.

Zum ersten Mal gingen sie nicht nach der Yoga-Stunde einen trinken. Sie hatten sich verabredet, um Sannas Scheidung zu feiern. Diana freute sich, dass Sanna sie eingeladen hatte. Das bedeutete doch, dass sie sie inzwischen als Freundinnen betrachtete, nicht nur als Frauen, die zufällig den gleichen Yoga-Kurs besuchten.

Diana spähte über den Platz. Vor dem Tambosi saßen die Leute in Reihen wie im Kino, streckten ihre Gesichter der Sonne entgegen, beobachteten die Passanten und wirkten unfassbar elegant und kultiviert. Es war immer noch heiß, aber nichts im Vergleich zu den Temperaturen in der Wäscherei.

Ganz vorn, in der ersten Reihe saßen ihre Freundinnen und stießen mit ihren bauchigen Aperol-Spritz-Gläsern an. Diana mochte den bitteren Aperol nicht, aber es war leichter, einfach nur *Für mich bitte auch* zu sagen. Sanna, die frischgebackene Exfrau, trug ein todschickes weißes Etuikleid und lachte so laut, dass Diana sie auf der anderen Seite des Platzes hören konnte. Neben ihr saß Ann-Kathrin mit einer riesigen Sonnenbrille auf der Nase und fuchtelte mit ihren sorgfältig manikürten Fingern in der Luft herum. Corry, die Tierärztin, war immer legerer als die anderen gekleidet – heute trug sie Jeans und ein schwarzes Top. Beides hatte sie sicher nicht im Supermarkt oder bei H&M gekauft.

Diana nahm ihre Brille ab und verstaute sie in ihrer Tasche. Jetzt war der Odeonsplatz in einen schummrigen Nebel gehüllt, die Konturen der Menschen und Dinge waren nicht mehr so beängstigend scharf. Eigentlich keine schlechte Methode, um die Realität für eine Weile auszublenden.

Mit unsicheren Schritten überquerte Diana den Platz. Sanna sah sie schon von Weitem.

»Huhu!« Sie winkte ihr zu und sprang auf, als Diana zu ihrem Tisch kam. Sanna drückte sie an sich und küsste sie auf beide Wangen. »Schön, dass du da bist!«

»Tut mir leid, dass ich zu spät komme.«

Diana begrüßte Corry und Ann-Kathrin ebenfalls mit Küsschen.

»Hast du es auch nicht aus dem Büro geschafft?«, fragte Ann-Kathrin.

»Mein Chef hat mich in letzter Minute aufgehalten. Ich bin gerade erst angekommen.«

Ann-Kathrin war die rechte Hand des Geschäftsführers eines mittelständischen Familienunternehmens in der Elektronikbranche. Anscheinend war er ohne sie handlungsunfähig, wie sie gern betonte. Irgendwie war der Eindruck entstanden, Diana hätte in ihrem Hotel eine ähnliche Stellung und sie hatte nicht widersprochen. Auch jetzt murmelte sie nur: »So ungefähr.«

Sanna drückte ihr ein Glas Spritz in die Hand und deutete auf den vierten Stuhl, den sie freigehalten hatte.

»Ich hab gleich für dich mitbestellt. Das ist dir doch recht, oder?«

»Sicher.« Diana lächelte. »Also ist die Scheidung gut über die Bühne gegangen?«

»Ja, sehr gut. Er muss mir sogar noch mehr Geld zahlen, als ich gedacht habe!«

»Darauf stoßen wir an!«

Sie erhoben die Gläser und tranken auf Sannas neues Leben ohne ihren Mann.

»Mädels, ich bin jetzt frei!«, rief Sanna. »Ich muss mir nicht mehr sein Schnarchen anhören ... Oder sein Schweigen am Esstisch ... Ich muss sonntags nicht mehr in die Kirche gehen und lächeln, während er den Spießern die Hand schüttelt, die genau wie er ihre Frauen betrügen ... Ich muss kein Fleisch mehr zubereiten, sondern kann Tofu kochen, ohne dass jemand die Augen verdreht ... Ich bestimme, was im Fernsehen läuft ... Ich kann abends ausgehen und endlich mal wieder richtig einen draufmachen ... Ich kann mich jederzeit mit euch treffen, ohne dass mir jemand reinredet. Ist das nicht herrlich?«

Sie lachten. Diana lehnte sich behaglich in ihrem Stuhl zurück. Sie streckte ihr Gesicht in die Sonne. Aus dem Augenwinkel sah sie, dass ein junges Mädchen sie im Vorbeigehen musterte. Für sie sah es sicher so aus, als gehörte Diana richtig dazu.

»Und du kannst lauter junge Kerle aufreißen und viel Spaß haben«, sagte Ann-Kathrin und schob ihre Sonnenbrille hoch in die Haare. Sannas Ex-Mann war mehr als zehn Jahre älter als sie.

»Ich weiß nicht.« Sanna erwiderte Ann-Kathrins Blick nachdenklich. »Mein Bedarf an Männern ist gerade gedeckt. Ich habe es nicht eilig, mir einen neuen zuzulegen.«

»Ich rede ja nur vom Spaßhaben«, meinte Ann-Kathrin. Diana wusste, dass Ann-Kathrin sehr wohl nach einem Mann suchte. Sie hatte sich beschwert, dass sie bei ihren Arbeitszeiten viel zu selten Gelegenheit zum Ausgehen und Kennenlernen hatte. Sanna schüttelte entschieden den Kopf.

»Ich glaube, dass ich mich durchaus auch ohne einen Mann gut amüsieren kann. Mein ganzes Leben bin ich von einer Beziehung in die nächste gestolpert. Diesmal mache ich es anders. Ich nehme mir jetzt erst mal Zeit für mich. Ich tue nur Dinge, auf die ich wirklich Lust habe. Ich will keine Kompromisse mehr eingehen. Ich habe mich immer nach den Männern gerichtet ...«

»Und dabei wird man meistens ausgenutzt«, warf Diana ein. Sanna nickte.

»Du hast vollkommen recht, Diana. Letzten Endes habe ich für jeden etwas aufgegeben oder Dinge getan, die ich eigentlich nicht tun wollte.«

»Dafür ist dein Kleiderschrank voller Designermode und du wohnst in einem Haus mit Whirlpool und Sauna«, spottete Corry.

»Ich brauch das alles nicht«, behauptete Sanna. »Zumindest nicht, wenn der Preis so hoch ist.« Sie lachte. »Was aber nicht heißt, dass ich es mir von dem Geld nicht gutgehen lassen will. Was haltet ihr davon, wenn wir zusammen ein bisschen Urlaub machen? Ich glaube, wir könnten viel Spaß miteinander haben.«

Urlaub. Diana fuhr hoch. Deswegen hatte sie bei dem Gewinnspiel mitgemacht. Sie hatte gehofft, eine Woche in einem wundervollen Hotel an der Cote d'Azur zu gewinnen. Stattdessen war sie im Yoga-Kurs in einem der exklusivsten Studios der Stadt gelandet und hatte Sanna, Corry und Ann-Kathrin kennengelernt. Das war viel besser als ein Urlaub allein.

»Urlaub klingt toll«, meinte Corry. »Ich brauche dringend Erholung. In letzter Zeit habe ich so viel gearbeitet.«

»Geht mir genauso«, stimmte Ann-Kathrin zu. »Aber ich hatte keine Lust, allein zu verreisen. Mit euch ist es sicher lustig!«

Sanna sah zu Diana.

»Bist du auch dabei, Diana?«

»Gerne.«

Sie zögerte, doch bevor sie mehr sagen konnte, sprudelte es aus Sanna heraus.

»Toll! Alle kommen mit! Das ist eine geniale Idee.« Sie hob ihr Glas und stieß mit den anderen an. Erwartungsvoll schaute sie in die Runde. »Wo wollen wir denn Urlaub machen?«

»Ibiza soll cool sein«, meinte Corry.

»Da war ich schon.« Sanna stellte schwungvoll ihr Glas auf dem Tisch ab. »Das ist ganz nett. Aber habt ihr nicht auch Lust auf was Außergewöhnliches? Die Fidschi-Inseln oder so?«

Diana schluckte. Die Fidschi-Inseln waren auf der anderen Seite der Erde. Allein der Flug dahin würde ein Vermögen kosten. Sanna deutete ihren Gesichtsausdruck falsch.

»Na ja, wenn ihr nicht nur am Strand rumliegen wollt, wie wär's dann mit der Karibik? Da gibt's türkisblaues Meer, traumhafte Strände und man kann viel unternehmen.«

»Karibik klingt gut! Mein Chef war letztes Jahr dort auf Kreuzfahrt«, erzählte Ann-Kathrin, »und er ist völlig begeistert zurückgekommen. Er war auf Kuba, Haiti, den Bahamas und ein paar kleineren Inseln.«

»Eine Kreuzfahrt! Das ist *die* Idee!«, rief Sanna. »Das wollte ich immer mal machen, aber leider wurde mein Mann schon seekrank, wenn er den Ausflugsdampfer auf dem Starnberger See betrat. Ja, lasst uns eine Kreuzfahrt in der Karibik machen. Das wird ein Spaß!«

Während Sanna, Ann-Kathrin und Corry in hysterisches Gekicher ausbrachen und anfingen, wild durcheinanderzureden, blieb Diana still. Sollte sie zugeben, dass sie sich eine Kreuzfahrt niemals leisten konnte? Aber die anderen freuten sich so. Und was würden sie sagen, wenn sie erfuhren, dass Diana ihnen etwas vorgemacht hatte? Angefangen bei dem Yoga-Kurs im teuersten Studio der Stadt, den sie nicht bezahlt, sondern gewonnen hatte, bis zu ihrem vorgetäuschten gutbezahlten Job. Sie hatte zwar nie gelogen, aber sie hatte sich auch gehütet, ihnen die Wahrheit zu verraten. Jetzt war es dafür zu spät. Entweder sie musste auf die Kreuzfahrt verzichten oder sie brauchte auf die Schnelle einen ganzen Haufen Geld.

Torsten Schilling betätigte die Fernbedienung. Das Garagentor fuhr mit einem leisen Quietschen nach oben. Die Hortensien vor dem Haus ließen die Köpfe hängen, er würde sie später wässern müssen. Torsten bog in die Einfahrt und steuerte den Audi in die Garage neben Simones BMW. Er stieg aus und warf einen Blick in den Kofferraum. So sauber war der Wagen noch nie gewesen. Torsten schloss ihn ab, ließ das Garagentor herunterfahren und ging durch die Verbindungstür ins Haus. Im Gegensatz zur Garage war es im Haus angenehm kühl.

»Hallo, ich bin da!«, rief er.

»Wir sind schon beim Essen«, antwortete Simone aus dem Erker. Sie sah ihm mit einem erwartungsvollen Lächeln entgegen, die Kinder hatten die Köpfe über die Teller gebeugt und reagierten überhaupt nicht auf seine Ankunft. Sie schoben sich das Essen in den Mund, als ob sie kurz vor dem Verhungern stünden.

Torsten gab Simone einen flüchtigen Kuss auf die Wange, strich Hannah über den Kopf und boxte Felix und Leon spielerisch gegen den Oberarm.

»Hi, Papa«, sagte Hannah, Felix grunzte. Sie waren mitten in der Pubertät. »Wir haben schon angefangen, weil Felix nachher noch Training hat«, erklärte Simone.

Torsten legte sein Portemonnaie und sein Handy auf die Theke, die die Küche abgrenzte, und setzte sich an den Tisch. »Tut mir leid, dass ich zu spät komme. Der Kickoff-Workshop hat sich länger hingezogen, als ich dachte. Ich habe doch erzählt, dass ich heute bei dem neuen Kunden in Augsburg war. Der Betriebsrat hat sich quergestellt, deswegen hatten wir endlose Diskussionen.« Torsten warf einen Blick in den großen Topf auf dem Tisch. Ihm war immer noch übel, er hatte keinen Hunger, doch wie jeden Abend stellte er die gleiche Frage, die er seit Jahren stellte, wenn er heimkam. »Was gibt es denn Leckeres?«

»Fischgulasch mit Kartoffeln.«

Simone nahm den Teller von seinem Platz und schöpfte eine große Portion aus dem Topf.

»Danke, ich habe nicht so viel Hunger. Die haben uns dort heute Nachmittag Kuchen aufgedrängt.«

Simone runzelte die Stirn, ließ einen Teil des Fischgulaschs wieder in den Topf zurückfallen und schaufelte den Rest auf Torstens Teller.

»Was gibt es Neues aus der Schule?«, fragte Torsten.

»Nichts«, sagte Felix eilig.

Er ist ein genauso schlechter Lügner wie ich, dachte Torsten.

»Felix hat in Mathe eine Fünf«, petzte Hannah.

»Blöde Kuh!«

Die Geschwister fingen an zu streiten. Torsten stocherte in seinem Fischgulasch und zwang sich dazu, ein paar Bissen zu essen, als er Simones Blick spürte.

»Es reicht! Hört auf damit! Ich kann es nicht mehr hören!« Simone hielt sich die Ohren zu. »Felix, wenn du fertig bist, darfst du aufstehen.«

Felix schnitt seiner Schwester eine Grimasse und schob den Stuhl zurück.

»Was ist jetzt mit der Fünf?«, erkundigte sich Torsten mit Verspätung. »Hast du nicht gelernt?«

»Es war nicht angekündigt ...« Felix ließ den Satz in der Luft hängen. »Ich mach mich dann mal fertig, ich werde gleich abgeholt.«

»Glaub nicht, dass es damit erledigt ist. Wir reden später weiter.«

Felix zuckte mit den Achseln und verschwand.

Ich muss mich zusammenreißen, dachte Torsten. Er wandte sich an Hannah und Leon.

»Und bei euch? Was gibt es da Neues?«

»Bei uns gibt es *wirklich* nichts Neues, Papa! Aber fällt dir an Mama gar nichts auf?«

Zum ersten Mal an diesem Abend sah er Simone ins Gesicht.
»Ich weiß nicht.« Trug sie ein neues Kleidungsstück? Konnte es sein, dass die Haare kürzer geschnitten waren? Oder heller wirkten?
»Warst du beim Friseur?«, fragte er vorsichtig.
Sie schob die Lippe vor, als ob sie schmollte.
»Sieht man das denn gar nicht? Ich habe mir frische Strähnchen machen lassen. Für die Vernissage am Freitag.«
»Doch ... jetzt kann ich es sehen ...«, beeilte er sich zu sagen. »Es schimmert richtig golden.«
Sie strich sich durch die kinnlang geschnittenen Haare und sah nicht mehr ganz so beleidigt aus.
»Du wirkst dadurch irgendwie viel jünger.«
Jetzt lächelte sie.
»Irgendwie ... soso. Ich war diesmal nicht bei Lipperts, ich wollte mal was Anderes probieren.«
Es sah nicht so aus, als sei die neue Frisur günstiger gewesen. Gut, dass er jetzt erst mal wieder flüssig war.
Simone schob den Stuhl zurück und begann, den Tisch abzuräumen.
»Schön ... es sieht gut aus ... du siehst toll aus«, sagte Torsten zu ihrem Rücken.
Hannah und Leon standen ebenfalls auf. Sie trugen ihre Teller in die Küche und verdrückten sich in ihre Zimmer. Torsten schob sich rasch die letzten Bissen in den Mund, doch er bekam sie nicht hinunter. Er kaute und kaute, spülte den Fisch schließlich mit einem großen Glas Wasser runter.
Simone rumorte hinter der Theke in der Küche. Torsten stellte seinen Teller auf die Spülmaschine und zog sein Smartphone aus der Tasche.
»Ich checke mal meine Mails«, sagte er wie jeden Abend.
Er setzte sich im Wohnbereich auf das Sofa. Keine einzige Mail. Wie jeden Abend. Normalerweise vertiefte sich Torsten in die neuesten Meldungen auf der Website der *Tagesschau*, wenn er vorgab, mit diversen wichtigen E-Mails beschäftigt zu sein, doch an diesem Abend interessierten ihn die Nachrichten nicht. *Ich habe nichts Schlimmes getan*, sagte er sich immer wieder, doch auf dem dunklen Display seines Smartphones konnte er selbst die Zweifel in seinen Augen sehen.
»Ich hoffe, dieser Betriebsrat nervt dich nicht allzu sehr«, rief Simone aus der Küche. Sie interessierte sich immer dafür, mit welchen Themen er bei seinen Projekten zu tun hatte. »Ich finde es schön, dass du zur Abwechslung mal ein Projekt hier in der Nähe hast. Du bist schon lange nicht mehr geflogen.«
Torsten schluckte. Sie hatte recht. Daran hatte er nicht gedacht, dass er sonst viel mehr mit dem Flugzeug unterwegs gewesen war.

»Für die meisten Projekte können wir zurzeit im Büro Ausarbeitungen machen. Aber zufällig muss ich gerade morgen früh mal wieder zum Flieger.«

»Wo musst du hin?«

»Nach ... nach Köln.« Dort war er bei seinem letzten Projekt oft gewesen, das klang glaubwürdig. Auch wenn Simone ihn über die Theke so merkwürdig ansah. Hatte sie sein Zögern bemerkt? Er sah schnell wieder hinunter auf das Smartphone und tat so, als tippte er eine Antwort.

Hannah kam die Treppe herunter. Sie und Felix bewohnten das ausgebaute Dachgeschoss der Villa, Leon hatte sein Zimmer im ersten Stock neben Simones und seinem Ankleidezimmer.

»Ich brauche zehn Euro für den Ausflug nächste Woche«, sagte Hannah zu niemand Bestimmtem. Als Torsten nicht aufhörte zu tippen, nahm Simone sein Portemonnaie von der Theke und zog einen Zehn-Euro-Schein daraus hervor.

»Was schleppst du denn da alles mit dir rum?«, fragte sie.

Mehrere Zettel waren an dem Zehn-Euro-Schein hängengeblieben. Es war Torsten in Fleisch und Blut übergegangen, sämtliche Belege für die Reisekostenabrechnung aufzuheben. Er stutzte. Nein! Da war doch nicht noch ...

Aus dem Augenwinkel beobachtete er seine Frau. Simone hatte den Geldschein von den Zetteln befreit und gab ihn Hannah. Sie wollte die Zettel zurück ins Portemonnaie stecken, doch plötzlich hielt sie inne.

»Hast du nicht gesagt, du wärst heute den ganzen Tag beim Kunden in Augsburg gewesen? Warum ist dann hier ein Kassenzettel von *Coffee Fellows*? In der Leopoldstraße?«

»Der ist bestimmt alt. Da gehen wir vom Büro gelegentlich zum Essen hin. Oder auf einen Kaffee. Das ist nicht weit.«

»Der Bon ist von heute. Wie kann das sein?«

Torsten überlegte fieberhaft.

»Der muss von Jens sein«, sagte er geistesgegenwärtig und lehnte sich erleichtert zurück. »Jens hat mir Geld geschuldet, er hat mir den Zehner gegeben, als er zum Workshop kam. Vermutlich hat der Bon an dem Geldschein gehaftet.«

»Hast du nicht erst vor ein paar Tagen erzählt, dass Jens im Urlaub ist und du einen Haufen Arbeit für ihn erledigen musst?«, fragte Simone mit misstrauischem Blick.

»Das war letzte Woche. Er ist seit Montag wieder da. Weil er noch einiges aufarbeiten muss, ist er heute zum Workshop erst später nachgekommen. Ich nehme an, dass er mittags bei *Coffee Fellows* war.«

Da er das Ganze möglichst beiläufig rüberbringen wollte, hatte er sich erneut seinem Smartphone zugewandt. Deshalb konnte er nicht sehen, ob sie ihm glaubte.

»Ach so.«

Sie drehte sich zurück zur Spülmaschine. Torsten atmete auf. Und verfluchte sich für den Hang, seine Lügen mit allzu vielen Details auszuschmücken.

Die hohen Temperaturen des Tages hatten die Wohnung unter dem Dach aufgeheizt. Nach dem Duschen war die Luft noch stickiger. Elisa öffnete die Tür zur Dachterrasse und fächelte mit dem Handtuch frische Luft von draußen herein. Sie füllte sich ein Glas mit Wasser und trank es in einem Zug aus. Bei der Hitze hatte sie keinen Hunger auf etwas Warmes. Sie nahm einen Apfel, biss krachend hinein und ging zu ihrem Bett. Sie schlüpfte in das lange Top, in dem sie schlief, seit es so heiß geworden war. An diesem Abend würde sie keiner mehr zu Gesicht bekommen.

Aus Annas Zimmer, das sich unter Elisas Kochecke befand, dröhnten die Bässe ihrer Stereoanlage, ein sicheres Zeichen dafür, dass Elisas Vermieterin Karen nicht zu Hause war. Sie erlaubte ihrer Enkelin nie, die Musik so laut aufzudrehen. In Elisas Wohnung war das Gewummere zwar nicht schön, aber nicht so laut wie unten. Wenn sie selbst das Radio einschaltete, war es kaum noch zu hören. Elisa biss wieder in den Apfel.

Im Radio lief Glasperlenspiel und wünschte ihr ein geiles Leben mit knallharten Champagnerfeten. Sofort sah Elisa Carsten vor sich. Ihr Ex-Freund. Ihr Ex-Chef. Mit seiner Vorliebe für Champagner und coole Auftritte.

Es tat nicht mehr ganz so weh, an ihn zu denken. Er hatte Elisa mit der Volontärin Suki betrogen. Sie hatte gekündigt und war aus Hamburg geflohen. Von ihrer Schwester Sasha wusste sie, dass Suki inzwischen bei Carsten eingezogen war. Sollte er mit ihr seine Champagnerfeten feiern. Sie brauchte keinen Champagner, sie brauchte Carsten nicht. Sie kam auch gut ohne ihn zurecht.

Wolf Borowsky, der Chef vom Dienst der *Morgenzeitung*, hatte ihr beim Gehen gesagt, dass sie nicht nur viele, sondern vor allem gute Beiträge für die morgige Ausgabe geliefert hatte – das war aus seinem Mund ein großes Lob. Sie hatte die Anwohner an der Wittelsbacher- und an der Eduard-Schmid-Straße interviewt, nachdem es am Vorabend unterhalb der Reichenbachbrücke zu einer Schlägerei mit feiernden Jugendlichen gekommen war. Sie hatten ihr erzählt, dass in den lauen Sommernächten nicht an Schlaf zu denken war, wenn die jungen Leute mit ihren Bierkisten und den Ghettoblastern anrückten und bis in die Morgenstunden an der Isar Musik hörten und laut mitgrölten. Lena hatte Elisas Interviewpartner fotografiert, sie konnte deren Worte für sich sprechen lassen. Die Berichte über einen Passanten, der einen Unfall ausgelöst hatte und geflüchtet war, und über die Überführung einer Diebesbande hatten mehr Zeit gekostet. Elisa hatte mit der Pressestelle im Polizeipräsidium und mit verschiedenen Polizeidienststellen telefonieren müssen, bis sie alle nötigen Angaben zusammengetragen hatte. Zwischendurch hatte sie noch einige Agentur- und Pressemeldungen bearbeitet und aus den Informationen kurze Meldungen formuliert. Manche Vorgänge bei der *Morgenzeitung* waren ihr noch nicht geläufig, sie musste häufig nachfragen, aber es wurde jeden Tag besser. Und es zeigte sich, dass sie bei Carsten viel gelernt hatte. Elisa warf das Apfelgehäuse in den Biomüll.

Durch die offene Terrassentür war plötzlich Klavierspiel zu hören. Elisa horchte auf. Ludwig van Beethoven. *Für Elise.* Das hatte ihre Mutter immer an ihrem Geburtstag für sie gespielt. Henri musste nach Hause gekommen sein. Er spielte zweifellos für sie auf dem Flügel in der Bibliothek. Elisa schaltete das Radio aus und trat hinaus auf die Dachterrasse. Sie lehnte sich an das Gitter und hörte zu.

Henri war Karens Sohn und Annas Vater. Er war Leiter eines Teams der Mordkommission. Als Elisa vor gut zwei Wochen eingezogen war, hatte er sie überaus abweisend behandelt. Er hatte nicht ganz zu unrecht vermutet, dass seine Mutter ihn mit ihr verkuppeln wollte, weil sie fand, dass er zwei Jahre nach dem Tod seiner Frau eine neue Beziehung brauchte. Unfreiwillig hatten sie zusammen einen Mordfall gelöst und dabei festgestellt, dass der jeweils andere gar nicht so unsympathisch war, wie sie angenommen hatten. Henri hatte ihr gestanden, dass sie Gefühle in ihm weckte, die er lange nicht für eine Frau gespürt hatte. Doch Elisa war noch nicht bereit für eine neue Beziehung.

Trotzdem war es nett, dass Henri für sie spielte. Als er geendet hatte, dauerte es nur ein paar Sekunden, bis er auf der Treppe auftauchte, die von der Veranda in den Garten führte. Er hatte eine Weinflasche und zwei Gläser in den Händen. Als er auf dem Rasen angekommen war, drehte er sich um und sah zu Elisa nach oben. Sie klatschte Beifall.

»Vielen Dank, das war sehr schön.«

Er deutete eine Verbeugung an.

»Kommst du runter?«, fragte er.

»Ich ziehe mir schnell was an.«

»Meinetwegen kannst du so bleiben.«

Er ging über den Rasen zu der Pergola neben dem gemauerten Grill. Elisa tauschte das Schlaftop gegen Shorts und eine ärmellose, bunt gemusterte Tunika. In Flipflops lief sie die Treppe hinunter. Aus der Wohnung im ersten Stock, wo Henri, Karen und Anna ihre Schlafzimmer hatten, dröhnte noch immer laute Musik. Die Tür im Erdgeschoss, die in den Wohnbereich der Wielands führte, hatte Henri für Elisa angelehnt gelassen und auch die Fenstertür zum Garten stand offen. Sie ging hinaus. Henri war dabei, den Wein einzuschenken.

»Guten Abend«, sagte Elisa.

»Guten Abend.« Henri musterte sie von oben bis unten und berührte sie leicht am Arm. Er schien sie gern anzufassen, das war ihr schon mehrmals aufgefallen. »Das Top hat mir noch besser gefallen.«

»Man kann nicht alles haben.«

»Ja, du hast recht. Ich sollte dankbar sein, dass ich dich überhaupt mal ungestört erwische.« Henri deutete zu den Stühlen und wartete, bis Elisa sich gesetzt hatte. Dann ließ er sich neben ihr nieder. »Hoffen wir, dass es dabei bleibt, auch wenn ich Bereitschaft habe.«

»Darfst du Wein trinken, wenn du Bereitschaft hast?«

»Eigentlich nicht. Aber ich kann doch die Chance nicht ungenutzt verstreichen lassen, wenn meine Mutter mal nicht da ist und dazwischen quatscht.« Henri sah Elisa unverwandt an.

»Wo ist Karen denn?«, wich sie aus.

»Bei einer Lesung.«

»Und Anna darf dann gern mal ein bisschen laute Musik hören?«, spottete Elisa.

»Genau. Das braucht ein Teenager ab und zu.«

Henri beugte sich nach vorn und nahm das Glas, das näher bei ihm stand. »Schön, dass du heute da bist und dass wir reden können.«

Sie stießen an und nahmen einen Schluck. Der Wein schmeckte gut. Und teuer. Elisa schauderte. Hier unten im Garten im Schatten der Pergola war es kälter als oben in ihrer Wohnung.

»Frierst du?« Henri gab ihr den dünnen Wollpulli, der über seinen Schultern hing. »Nimm den.«

»Brauchst du ihn nicht?«

Henri schüttelte den Kopf. Elisa schlüpfte hinein. Der Pulli roch nach Henri, nach seinem Aftershave mit der fruchtigen Zitrusnote, und sie konnte seine Körperwärme noch spüren.

»Wie läuft es in der Redaktion?«

»Gut. Abgesehen von Jette ...«

Henri lächelte.

»Die schreibst du doch locker an die Wand.«

»Schon. Aber das macht es nicht unbedingt leichter. Sie merkt, dass der Chefredakteur mir manchmal interessantere Themen gibt. Dann versprüht sie wieder Gift.« Elisa trank noch einen Schluck Wein. »Aber ich will mich nicht beschweren. Es läuft viel besser als am Anfang.«

»Das freut mich für dich!«

Auch Henri nahm noch einen Schluck. Einen Moment sagte keiner etwas, dann holte Henri Luft.

»Ich habe das Gefühl, dass du mir aus dem Weg gehst, Elisa.« Sein Blick hielt ihren fest.

»Das tue ich nicht«, widersprach sie, spürte aber die Hitze in ihrem Gesicht. »Ich habe ein paarmal lange gearbeitet. Dann war ich mit meiner Kollegin Lena beim Volleyballtraining und beim Stammtisch des Volleyballteams. Und ich habe deiner Mutter beim Einkochen geholfen, weil sie mich darum gebeten hat.«

Henri verzog das Gesicht zu einer Grimasse.

»Sie versteht nicht, dass es sinnvoll wäre, uns mal allein zu lassen, wenn sie uns verkuppeln möchte.« Er griff nach ihrer Hand. »Elisa, ich würde gern mehr Zeit mit dir verbringen. Ich weiß, dass du Bedenken hast, aber wie willst du die loswerden, wenn wir uns nur ab und zu im Treppenhaus begegnen?«

Elisa senkte den Blick. Sie fuhr mit dem Finger über den Glasrand. Ihre andere Hand lag noch immer in Henris Händen.

»Henri, versteh mich bitte nicht falsch. Ich habe keine Bedenken gegen dich. Ich mag dich, das weißt du. Ich habe nur Bedenken dagegen, mich jetzt schon wieder in eine Beziehung zu stürzen. Natürlich ist es schön, wenn du für mich Klavier spielst und wenn du mir Komplimente machst. Das tut mir gut nach allem, was mit Carsten passiert ist. Aber ich habe Angst, dass ich mich zu schnell wieder aufgebe. Kannst du das verstehen?«

Henri schüttelte den Kopf.

»Nein, das kann ich nicht verstehen. Ich bin kein Mann, der möchte, dass seine Partnerin sich aufgibt ...«

»Aber ich würde es trotzdem tun. Ich kenne mich. Ich muss hier erst mal richtig Fuß fassen, mein Leben wieder in den Griff bekommen.« Elisa sah Henri bittend an. »Können wir nicht einfach Freunde sein?«

»Freunde.« Henri ließ ihre Hand los und strich sich über seinen kurz gestutzten Bart.

»Wir können zusammen Wein trinken, wir können quatschen«, Elisa lachte und merkte selbst, dass es künstlich klang, »wir können zusammen Mordfälle lösen, wir sind ein gutes Team. Die Elysium-Connection, wäre das nicht was?«

»Die Elysium-Connection«, sagte Henri langsam. »Wie stellst du dir das vor? Wir sitzen hier gemeinsam im Garten, ich erzähle dir von unseren Ermittlungen und am nächsten Tag steht alles in der *Morgenzeitung*?«

»Nein, natürlich nicht. Ich recherchiere ja auch. Und wenn ich etwas herausfinde, erzähle ich es dir genauso.«

»Du bist ja verrückt, Elisa! Glaubst du im Ernst, ich würde Ermittlungsergebnisse an eine Journalistin ausplaudern? Das würde ich nicht mal tun, wenn du mit mir ins Bett gehst ...«

Henris Handy, das er auf dem Tisch abgelegt hatte, klingelte. *Lenz Albrecht* konnte Elisa auf dem Display lesen. Henri nahm das Handy und entfernte sich ein paar Schritte vom Tisch.

»Hallo, Lenz ... Das war klar ... Ja, ich komme ... Wo? ... Okay, wir treffen uns direkt dort.«

Er beendete das Gespräch und steckte das Handy in die Tasche seiner Jeans.

»Ich muss los«, sagte er zu Elisa.

»Was ist passiert?«

»Das werde ich dir sicher nicht auf die Nase binden.«

Er drehte sich um und ging über den Rasen zum Haus.

»Henri, du bist sauer auf mich«, rief Elisa hinter ihm her. »Das tut mir leid, ich wollte dich mit dem Vorschlag nicht kränken. Ich fand nur, dass wir bei den Morden an Adrian Hildebrand und Emily Jacobi gut zusammengearbeitet haben. Das mit der Elysium-Connection war nur ein Spaß! Sei nicht sauer deswegen.«

»Ich bin nicht sauer, ich muss nur los, meinen Job erledigen.«

Er war sauer, das konnte Elisa seinem Rücken deutlich ansehen. Und man hörte es an der Art, wie er die Terrassentür zuknallte. Elisa wartete, bis das Licht in der unteren Wohnung erloschen war und sie hörte, wie Henris Wagen draußen vor dem Haus wegfuhr. Sie trank ihren Wein, dann trug sie beide Gläser und die Flasche hinein in Karens penibel aufgeräumte Küche. Sie stellte Henris Glas mit der Flasche auf die Arbeitsfläche. Ihr eigenes spülte sie und räumte es zurück in den Schrank. Dann schlüpfte sie aus Henris Pulli und legte ihn auf das Sofa. Kaum dass sie ihn ausgezogen hatte, fröstelte sie wieder.

Langsam stieg Elisa die Treppe hoch zu ihrer Wohnung. Irgendwo in dieser Stadt musste ein Mensch ermordet worden sein, sonst hätte man Lenz und Henri nicht gerufen. Henri hatte darauf geachtet, dass sie kein einziges Wort von dem, was sein Kollege Lenz zu ihm gesagt hatte, mitbekam. Damit hatte er dafür gesorgt, dass sie erst recht wissen wollte, was passiert war. Ihr journalistischer Instinkt war geweckt. Doch wie sollte sie jetzt an weitere Informationen kommen? Um diese Uhrzeit am Abend war die Pressestelle der Polizei sicher nicht mehr besetzt. Auch über die Ticker der Nachrichtenagenturen kamen die Neuigkeiten nur noch spärlich. So einen lauen Sommerabend verbrachten alle lieber draußen, als sich für den Mord an wem auch immer zu interessieren.

Bis Buchenhain war Henri dem Navi gefolgt, das letzte Stück Weg lotste ihn Lenz per Handy über schmale Wege zum Fundort an der Isar. Der Notarzt, der hier nichts mehr ausrichten konnte, kam Henri entgegen, kurz darauf sah er mehrere Autos hintereinander aufgereiht an dem Pfad direkt am Ufer stehen. Wasserwacht, ein Einsatzfahrzeug des ASB und ein Streifenwagen der Polizei. Dahinter Lenz' Wagen. Henri parkte am Ende der Kolonne und stieg aus.

Ein Beamter hielt ein paar Schaulustige mit ausgebreiteten Armen davon ab, näher an die Fundstelle heranzukommen, doch er konnte nicht verhindern, dass einige ihr Smartphone zückten und Fotos schossen. Inzwischen dämmerte es bereits, aus dieser Entfernung würde auf den Aufnahmen nicht viel zu erkennen sein. Henri nickte dem Beamten, den er vom Sehen kannte, zu und ging an den Autos entlang zum Ufer. Lenz kam ihm entgegen.

»So viel zu einem ruhigen Abend«, sagte er.

»Kommt Hans allein klar?«

Lenz' Vater, mit dem er zusammenlebte, litt unter starker Arthritis. Am Nachmittag hatte er seinen Sohn angerufen und gebeten, nach Hause zu kommen. Er rief nicht oft an. Wenn er es tat, dann musste es ihm sehr schlecht gehen. »Ich habe ihn überredet, was einzunehmen. Er schläft jetzt.«

»Sicher?«

»Sicher.«

Henri hätte auch Marius herrufen können, doch wenn er die Wahl hatte, arbeitete er lieber mit Lenz. An den neuen Kollegen hatte er sich immer noch nicht gewöhnt.

Während er mit Lenz sprach, sah Henri sich um. Auf dem schmalen Grasstreifen zwischen Weg und Fluss, der an dieser Stelle frei von Bäumen war, lag der Körper der toten Frau neben einem Schlauchboot der Wasserwacht. Ihre Kleidung, ein Top und ein Rock, waren triefnass und hatten sich eng um ihren Körper geschlungen. Die Männer von der Wasserwacht standen unschlüssig herum, warfen immer wieder kurze Blicke auf die Tote, einige rauchten, zwei im Neoprenanzug gossen sich aus einer Thermoskanne qualmende Flüssigkeit in Becher. Etwas weiter entfernt standen zwei Frauen mittleren Alters mit einem Hund, die mit einem Beamten in Uniform und mehreren Sanitätern sprachen.

»Die beiden Frauen haben die Tote auf der anderen Seite am Rand des Schilfs treiben gesehen«, erklärte Lenz und zeigte übers Wasser. »Sie haben den Notruf gewählt. Bis die Wasserwacht kam, hing die Frau schon am Wehr fest.«

Nur ein kurzes Stück flussabwärts wurde die Isar gestaut. Ein Wehr stoppte die Wassermassen und alles, was darin trieb. An dieser Stelle zweigte links der

Isarwerkkanal ab, ebenfalls durch ein Wehr oder eine Schleuse abgetrennt, soweit Henri erkennen konnte. »Die Kollegen von der Wasserwacht haben sie mit dem Boot rausgeholt, aber alle Hilfe kam zu spät. Dr. Vogel ist bereits auf dem Weg.«

Der Rechtsmediziner würde die Tote hier am Fundort einer ersten Untersuchung unterziehen, bevor sie in sein Institut abtransportiert wurde.

»Mit den beiden Frauen habe ich schon gesprochen«, berichtete Lenz weiter. »Sie sind uns keine Hilfe. Die stehen unter Schock. Der Anblick der Leiche hat sie umgehauen.«

»Wissen wir was über die Personalien der Frau?«

Lenz schüttelte den Kopf. Henri ging hinüber zu den Männern von der Wasserwacht.

»Henri Wieland, Mordkommission«, stellte er sich vor. »Wurden die Taschen der Frau schon durchsucht? Gibt es irgendetwas, das Rückschlüsse auf ihre Identität zulässt?«

»Kein Portemonnaie, kein Ausweis, kein Handy, nichts«, antwortete einer der Männer, vermutlich der Einsatzleiter. »Nur die Kleider, die sie am Leib trägt.«

Erst jetzt sah Henri sich die tote Frau näher an. Sie kann noch nicht lange im Wasser gelegen haben, war sein erster Gedanke. Ihre Haut war glatt, nur an den Fingerspitzen etwas verschrumpelt. Sie hatte blaue Flecken an der Stirn und an den Knien, ansonsten sah ihr Körper unversehrt aus. Ihre Augen waren geschlossen. Sie lag auf einer Rettungsdecke aus Goldfolie, die im Licht der untergehenden Sonne glänzte.

Es handelte sich um eine junge Frau mit einer attraktiven Figur und langen blonden Haaren, die nass an Kopf und Hals klebten. Sie trug einen kurzen, schwarzen Rock und darüber ein dunkles Top, dessen Ausschnitt verrutscht war, sodass man sehen konnte, dass sie darunter spitzenbesetzte rote Dessous anhatte.

Ob Elisa auch Dessous trug? Sie war nicht der Typ für schlichte weiße Wäsche aus reiner Baumwolle. Ein knalliges Rot konnte sich Henri eher an ihr vorstellen.

Spinne ich jetzt vollkommen, mir Gedanken über Elisas Unterwäsche zu machen?

Sie hatte keinen Zweifel daran gelassen, dass ihre Unterwäsche genau wie alles andere tabu für ihn war.

Henri löste seinen Blick vom Körper der jungen Frau. Die anderen Männer, die um sie herumstanden, starrten sie mehr oder weniger auffällig weiter an.

»Wir übernehmen jetzt hier«, sagte Henri. »Der Rechtsmediziner wird gleich eintreffen. Sie können schon Ihr Boot abtransportieren.«

In die Gruppe kam Bewegung. Die Männer im Neoprenanzug liefen zum Einsatzwagen der Wasserwacht, die anderen machten sich daran, das Schlauchboot auf dem Anhänger zu verstauen.

»Kannst du eine Rettungsdecke organisieren, um sie abzudecken?«, sagte Henri zu Lenz. »Ich rufe Marius an und lasse ihn die Vermisstenmeldungen durchgehen.«

Auch Marius hatte das Büro bereits verlassen. Henri konnte an den Geräuschen im Hintergrund nicht ausmachen, wo er war. Lebte er eigentlich allein oder mit jemandem zusammen? Henri hatte keine Ahnung. Er berichtete Marius kurz, was er bisher erfahren hatte, und beschrieb die junge Frau, so gut es ging. Marius versprach, sich zu beeilen und sich zu melden, wenn die Vermisstenmeldungen einen Treffer lieferten.

Henri sah, dass Dr. Vogel in seinem Saab anrollte, gefolgt von einem Dienstwagen der Gerichtsmedizin. Er wollte ihm entgegengehen, als das Handy, das er noch in der Hand hielt, klingelte. Ohne auf das Display zu schauen, nahm er den Anruf an. Es war sein Bruder Sönke.

Henri bedeutete Lenz, sich um Dr. Vogel zu kümmern, und ging ein paar Schritte zur Seite.

»Sönke, ich hab jetzt keine Zeit. Ich stehe hier gerade neben einer Leiche.«

»Das tust du doch immer«, sagte Sönke ungerührt. »Dein Job ist dir wichtiger als alles andere. Deswegen schaffst du es auch nie, dich mal um deine Familie zu kümmern. Du rufst nie bei mir an!«

Henri stöhnte.

»Du rufst doch auch nur bei mir an, wenn du Geld brauchst. Und zwar immer zum ungünstigsten Zeitpunkt.«

»Na hör mal, das kann ich ja nicht ahnen, dass du gerade nicht mit der neuen Mieterin, von der Mama so schwärmt, im Garten sitzt, ein Gläschen trinkst und flirtest.«

Schön wäre es. Aber Elisa wollte ja nicht.

»Dabei hättest du genauso gestört«, knurrte Henri. »Also, um es kurz zu machen: Wie viel brauchst du?«

»Fünfhundert wäre super.«

»Du weißt schon, dass ich dir erst letzte Woche Geld überwiesen habe?«

»Doch ... klar ... Ich war mir sicher, den Auftrag für die *taz* zu bekommen.« Sönke arbeitete freiberuflich als Grafiker und Karikaturist. »Hat leider nicht geklappt. Aber ich zahl es dir bestimmt zurück, wenn es wieder besser läuft, ich hab da noch ein paar andere Jobs in Aussicht.«

Wer's glaubt, wird selig.

»Letztes Mal, Sönke.«

»Ja, klar.«

41

»Ich meine es ernst.«

»Sicher.«

Henri legte auf und ging zu Dr. Vogel hinüber, der die Tote bereits untersuchte. Lenz stand in gebührender Entfernung daneben. Für einen Ermittler der Mordkommission hatte er erhebliche Berührungsängste mit dem Tod.

»Guten Abend, Dr. Vogel.«

»Guten Abend.«

Dr. Vogel richtete sich auf und nickte Henri zu. Seine Hände steckten in Plastikhandschuhen. Die wollte Henri nicht schütteln.

»Sie lag nicht lange im Wasser, sie hat nur an den Fingerspitzen Waschhaut entwickelt. Sehen Sie!« Er hob eine Hand der Toten hoch, hielt sie Henri entgegen und ließ sie wieder fallen.

»Über welchen Zeitraum reden wir? Tage oder Stunden?«

»Maximal ein paar Stunden. Sie hat Prellungen an den Gliedmaßen, im Gesicht, am Hals und am Rumpf, die kann sie durch das Treiben im Wasser und das Anschlagen an Steine und den Flussgrund bekommen haben. Jetzt fragen Sie sicher gleich nach der Todesursache ...«

»Sie nehmen mir die Worte aus dem Mund.«

»... aber dazu kann ich noch nichts sagen. Ich weiß nicht, ob sie an Land oder im Wasser gestorben ist, das wird erst die Obduktion zeigen.«

»Sehen Sie Einstiche an den Armen?«, fragte Lenz. Die letzten beiden Ertrunkenen, mit denen sie zu tun gehabt hatten, waren Junkies gewesen.

»Nein, weder an den Armen noch an anderen Stellen.«

Dr. Vogel drehte die Tote um. Da ihre Position nach der Bergung aus dem Wasser rein zufällig war, konnte er ihre Lage verändern, wie er wollte. Der Fundort war definitiv nicht der Tatort. Sofern es überhaupt so etwas wie einen Tatort gab und sie nicht freiwillig ins Wasser gegangen war.

Henris Handy klingelte erneut. Diesmal war es Marius.

»Wir haben keine aktuellen Vermisstenmeldungen für eine junge blonde Frau. Oder ist eine 47-jährige für dich jung?«

»Wie alt schätzen Sie die Tote?«, fragte Henri Dr. Vogel.

»Zwischen zwanzig und dreißig, eher Richtung zwanzig.«

»Sie ist zwischen zwanzig und dreißig, schätzt Dr. Vogel«, gab Henri die Information an Marius weiter.

»Wir haben keine Vermisste in diesem Alter.«

»Möglicherweise ist sie erst seit ein paar Stunden tot.«

»Dann wurde sie noch nicht als vermisst gemeldet.«

»Wäre wohl zu einfach gewesen. Danke, Marius.«

Henri legte auf und steckte das Handy in die Hosentasche. »Wir brauchen ein Foto von ihr. Falls wir sie über die Medien identifizieren müssen.«

»Lassen Sie sie mich erst ein bisschen herrichten«, sagte Dr. Vogel und wackelte mit dem Kopf. »So sollte sie keiner zu sehen bekommen, schon gar nicht ihre Angehörigen. Ich schicke Ihnen morgen ein Foto.«

Erstaunt über Dr. Vogels ungewöhnliche Sensibilität nickte Henri. Der Anblick der jungen Frau, die lebendig eine Schönheit gewesen sein musste, rührte auch ihn.

Vielleicht gab es irgendwo jemanden, der sie liebte. Der sich im gleichen Moment fragte, wo sie war. Der sich Sorgen machte, weil sie nicht nach Hause gekommen war.

So wie er sich Sorgen um Elisa gemacht hatte, als sie dem Mörder von Adrian Hildebrand und Emily Jacobi in die Hände gefallen war und plötzlich wie vom Erdboden verschluckt gewesen war.

Schon wieder Elisa. Es ist wirklich schwer, sie sich aus dem Kopf zu schlagen.

»Ein Wunder, dass die Presse noch nicht da ist«, sagte Henri zu Lenz.

»Irrtum.«

Lenz deutete mit dem Kopf zu den beiden Streifenbeamten, die inzwischen ein rot-weißes Absperrband zwischen den Bäumen gespannt hatten, um die Schaulustigen auf Abstand zu halten. Unter den Leuten waren auch einige mit großen Fotoobjektiven auszumachen. Henri stellte sich so hin, dass sein langer Körper den der Toten am Boden verdeckte.

»Wenn Sie fertig sind, Dr. Vogel, decken wir sie jetzt wieder zu.«

»Moment noch. Haben Sie die Wäsche gesehen?«

Der Rechtsmediziner schob den Rock der Toten nach oben und zog den knappen String-Tanga nach unten. Henri und Lenz griffen gleichzeitig nach der Rettungsdecke und hielten sie so, dass die Schaulustigen nicht sehen konnten, dass Dr. Vogel den Intimbereich der jungen Frau mit einer Taschenlampe untersuchte. Henri wandte den Kopf ab. Sein Blick begegnete dem von Lenz.

»Sehen Sie das?«, fragte Dr. Vogel.

»Nein«, sagten Henri und Lenz gleichzeitig.

»Sie hat Verletzungen an den Genitalien, und zwar ganz schön heftige. Genaueres kann ich natürlich erst nach der Obduktion sagen, aber im Moment sieht es für mich so aus, als sei diese Frau sexuell missbraucht worden.«

Im Pressebericht auf der Website des Polizeipräsidiums stand noch nichts über einen neuen Mordfall – die letzten Einträge bezogen sich auf Vorfälle vom Vortag; eine Rentnerin hatte sich erfolgreich gegen Trickdiebe gewehrt, die sich als Wasserhandwerker ausgegeben hatten, und nach einer Karambolage auf einem Supermarkt-Parkplatz in Moosach war der schuldtragende

Fahrer geflohen. Darüber hatte Elisa bereits vor ein paar Stunden kurze Meldungen verfasst. Auf die Nachrichtenticker der Agenturen konnte Elisa von zu Hause aus nicht zugreifen. Sie wählte die Nummer der Polizei-Pressestelle. Auf der Website stand, dass der Journdienst für die Medien-Vertreter rund um die Uhr erreichbar war.

Es läutete mindestens zehnmal, bis jemand abhob. Elisa hörte einen Schwall unverständlicher Worte, ganz am Ende kam *Pressestelle* vor.

»Elisa Gerlach von der *Morgenzeitung*. Ich habe gehört, dass es heute Abend zu einem Mordfall gekommen ist. Können Sie mir mehr darüber sagen?«

»Ein Mordfall?« Die Stimme klang unsicher. Ein junger Mann.

»Die Mordkommission wurde alarmiert.«

»Ach ... Sie meinen die Tote, die sie aus der Isar gezogen haben? Das ist noch nicht klar, ob es sich um einen Mordfall handelt. Die Mordkommission ist routinemäßig für unklare Todesfälle zuständig.«

»Verstehe. Demnach liegen Ihnen keine genaueren Informationen vor?«

»Nein. Schauen Sie morgen in den Pressebericht ...«

»Wo wurde denn die Frau aus der Isar gezogen?«

Konkrete Fragen werden gern konkret beantwortet, hatte Carsten immer gepredigt. Und auch diesmal bewahrheitete sich seine Journalistenweisheit.

»Irgendwo an einem Wehr. In der Nähe von Grünwald«, sagte der Pressesprecher. Papier raschelte. »Bei Buchenhain. Mehr kann ich Ihnen aber wirklich nicht dazu sagen.«

Wahrscheinlich hättest du mir nicht mal das sagen dürfen.

»Und wie war bitte noch mal Ihr Name?«, fragte Elisa.

»Ich ... Das ... Das ist nicht wichtig ... Ich bin hier nur der Praktikant.«

Er legte auf. Elisa hatte keine Ahnung, wo Buchenhain war. Sie kannte sich in München noch nicht besonders gut aus. Sie gab Buchenhain bei Google Maps ein. Es handelte sich um eine Siedlung außerhalb der Stadt, ein Stück isaraufwärts. Elisa sah auf die Uhr. Es war noch nicht spät. Mit der S-Bahn und ihrem Fahrrad konnte sie schnell dort sein und sich vor Ort selbst ein Bild machen. Sie brauchte Henri nicht, sie würde auch ohne ihn herausfinden, was passiert war!

Während Elisa ihre Shorts gegen eine lange Jeans austauschte, wählte sie Dennis' Nummer. Er war der Leiter der Stadtredaktion und ihr direkter Vorgesetzter. Sie war seit dem Studium mit ihm befreundet und er hatte ihr zu dem Job bei der *Morgenzeitung* verholfen, als sie bei der *Abendzeitung* in Hamburg gekündigt hatte.

»Elisa!«, sagte Dennis knapp. Sie hörte, dass im Hintergrund jemand mit Geschirr klapperte. Wahrscheinlich seine Verlobte Sabine.

»Hallo, Dennis. Entschuldige, wenn ich euch beim Essen störe, ich habe nur zufällig von einem Leichenfund in der Isar mitbekommen und mich gefragt, ob wir noch eine kurze Meldung aufnehmen können.«

»Jetzt noch? Wir gehen bald in Druck. Hast du mehr Informationen?«

»Ich weiß nur, dass eine Frau aus der Isar gezogen wurde, bei Buchenhain. Mehr nicht.«

»Mord? Selbstmord? Unfall?«

»Keine Ahnung.«

»Die letzten beiden, die sie aus der Isar geholt haben, waren ertrunkene Junkies, das waren keine besonders tollen Stories.« Dennis redete so leise, dass Elisa ihn kaum verstehen konnte.

»Ich könnte hinfahren und mich vor Ort ein bisschen umschauen. Ich habe heute Abend nichts weiter vor.«

»Wenn du meinst. Für die neue Ausgabe ist es zu spät, aber dann haben wir schon was für morgen.«

»Soll ich Lena fragen, ob sie für ein paar Fotos mitkommt?«

Lena war eine der Fotografinnen der *Morgenzeitung*. Elisa hatte sich mit ihr angefreundet.

»Soviel ich weiß, ist Lena mit Jette bei einer Kinopremiere im Mathäser. Du hast doch auch eine Kamera, oder?«

»Nicht so ein Geschoss wie Lena, aber sie ist ganz okay.«

»Dann nimm sie mit und mach ein paar Aufnahmen vom Fundort. Wenn du dich beeilst, ist die Leiche vielleicht noch dort.«

Jetzt flüsterte Dennis. Offensichtlich sollte Sabine nicht mitbekommen, dass er mit Elisa sprach.

»Gut, dann mache ich mich auf den Weg.«

Elisa legte auf. Sie ließ sich auf der Website des Verkehrsverbundes die schnellste Verbindung anzeigen, packte ihre Kamera, den Notizblock und eine dünne Strickjacke in ihre Tasche und radelte los. Es war immer noch warm. Schon der kurze Weg bergauf zur Tramhaltestelle brachte Elisa ins Schwitzen.

Sie musste nicht lange warten, bis die Trambahn kam, doch der Fahrer teilte ihr mit, dass sie das Rad nicht in der Bahn transportieren durfte, das war nur in der S- und der U-Bahn erlaubt. Außerdem brauchte sie eine eigene Fahrkarte für das Rad.

Elisa fluchte. Buchenhain war zu weit draußen, um die ganze Strecke mit dem Rad zurückzulegen. Sie fuhr bis zur nächsten S-Bahn-Station. Diesmal hatte sie mehr Glück. Am Isartor dauerte es keine drei Minuten, bis die S-Bahn nach Wolfratshausen einfuhr. Hoffentlich war die Story interessanter als ein Unfall wegen Drogenkonsums.

45

Die S-Bahn-Station Buchenhain lag direkt an dem Waldstück, das Elisa durchqueren musste, um an die Isar zu kommen. Sie hatte sich den Weg auf der Satellitenaufnahme im Internet eingeprägt, doch vor Ort sah alles anders aus. Was sie für Fahrwege gehalten hatte, waren nur kleine Fußpfade durch den Wald. Sie konnte nicht fahren, vielmehr musste sie ihr Rad über Wurzeln und Steine schieben. Elisas Rad war kein leichtes Mountainbike, sondern ein schweres, altes Hollandfahrrad. Sie war froh, als sie am Ende eines kleinen Hohlwegs das Wasser der Isar durchschimmern sah. Sie kam zwischen Einsatzfahrzeugen der Polizei und der Wasserwacht am Uferweg heraus. Es konnte also nicht mehr weit bis zum Fundort der Leiche sein. Wenn die Autos hier parkten, musste es eine Straße bis zum Isarufer geben. Auf keinen Fall würde Elisa auf dem Rückweg das Fahrrad den ganzen Berg durch den Wald zurück hinaufschieben, wenn sie den Autos auf der Straße folgen konnte.

Die Polizei hatte einen Teil des Uferwegs abgesperrt, hinter der Absperrung hatte sich eine kleine Menschenmenge angesammelt; Spaziergänger mit ihren Hunden, Paare, die sich an den Händen hielten, und zwei Fotografen mit großen Teleobjektiven. Da war jemand schneller als die *Morgenzeitung* gewesen. Elisa lehnte ihr Rad an einen Baum und holte die Kamera heraus. Es wurde nun rasch dunkler, deshalb machte sie als Erstes ein paar Fotos von den Einsatzfahrzeugen, dem Fluss, der Sandbank in der Mitte des Flusses, dem Wehr und den Personen, die vorn am Wasser bei dem zugedeckten Körper auf dem Boden standen. Henri ragte mit seiner langen Gestalt aus der Gruppe hervor. Neben ihm konnte Elisa seinen Kollegen Lenz Albrecht erkennen. Sie sprachen mit einem Dritten, der eine große Tasche in der Hand hielt. Vermutlich der Rechtsmediziner.

Elisa versuchte, den Körper am Boden heranzuzoomen, doch unter der goldglänzenden Rettungsdecke waren keine Details zu erkennen. Sie hatten darauf geachtet, dass die Decke den Leichnam komplett verbarg. Elisa drückte trotzdem ein paarmal auf den Auslöser. Das war besser als nichts.

Sie ging hinüber zu den Fotografen an der Absperrung. Neben einem von ihnen stand ein Mann, der ihr mit seiner markanten Hakennase bekannt vorkam. Vielleicht hatte sie ihn bei der Pressekonferenz nach Emilys Tod gesehen. Der Fotograf sah mitleidig auf die Kamera in Elisas Hand.

»Na, ein paar schöne Schnappschüsse für's Familienalbum gemacht?«

»Nein, für die *Morgenzeitung*.«

Der Mann lachte, der mit der Hakennase drehte sich zu Elisa um.

»Für die *Morgenzeitung*? Haben sie die Praktikantin hergeschickt?«

Sie grinsten.

»Für den Dreck hier draußen ist sich Fräulein Jette natürlich zu fein.«
»Ich bin nicht die Praktikantin. Ich bin die neue Stadtreporterin.« Sie
reichte ihnen die Hand. »Elisa Gerlach.«
Der mit der Hakennase zog die Augenbrauen hoch.
»Sieh an.«
Er würde es nicht zugeben, aber wahrscheinlich hatte er ihre Berichte
nach der Verhaftung von Michael Engl gelesen.
»Und mit wem habe ich das Vergnügen?«
»Harry Ewers, *Merkur*.« Er schüttelte ihre Hand. »Unser Fotograf Knut
Mahler. Die da drüben sind von der *Süddeutschen*.«
Er zeigte auf den zweiten Fotografen, der mit einer Frau ein paar Meter
weiter entfernt an der Absperrung stand und telefonierte.
»Haben die Polizisten schon was gesagt?«, fragte Elisa.
»Bis jetzt noch nicht. Der Rechtsmediziner hat die Frau untersucht, seither
reden sie nur.«
»Wie heißt der Rechtsmediziner?«
»Vogel.«
Elisa notierte den Namen.
»Jetzt tut sich was«, sagte der Fotograf und hielt seine Kamera vor das
Gesicht.
Zwei Männer zogen eine Bahre aus dem Wagen der Rechtsmedizin. Sie
trugen sie hinüber zu der toten Frau und hoben den Körper mitsamt der
Decke darauf. Elisa schoss ein paar Fotos, als sie sie nicht weit entfernt von
der Absperrung zum Wagen brachten. In dieser Entfernung reichte das
Licht noch für ausreichend scharfe Aufnahmen, die Polizisten am Ufer
waren dagegen nur verschwommen zu erkennen. Elisa beobachtete Henri
durch das Objektiv. Er schaute kurz zu der Menschenmenge hinter der Absperrung herüber. Er stutzte, schien sie zu sehen. Elisa nahm die Kamera
herunter. Sie würde ihm nicht zuwinken.
»Kommissar Wieland!«, rief Harry Ewers neben ihr. »Wer ist die Frau?
Was ist die Todesursache? Kommen Sie schon, Sie haben doch sicher ein
paar Informationen für uns!«
Henri zögerte. Er sprach kurz mit seinem Kollegen und kam dann zu
ihnen herüber.
»Ich staune, wie Sie schon wieder so schnell von diesem Todesfall erfahren
haben. Hören Sie den Polizeifunk ab?«
Harry grinste nur. Die Journalisten von der *Süddeutschen* gesellten sich zu
ihnen.
»Kommen Sie, was haben Sie für uns?«
»Nicht viel.«

Henri sah sie der Reihe nach an. Elisa erwiderte seinen Blick ohne mit der Wimper zu zucken, als ob sie nicht erst vor Kurzem mit ihm im Garten gesessen und Wein getrunken hatte. »Die Tote hatte nichts bei sich, was Rückschlüsse auf ihre Identität zulässt.«

»Keine Vermisstenmeldung, die auf sie zutrifft?«, fragte Harry.

»Nein, wir wissen noch nicht, wer sie ist ... Wer sie war.«

»Alter?«, hakte die Frau von der *Süddeutschen* nach.

»Zwischen zwanzig und dreißig. Mehr können wir Ihnen morgen nach der Obduktion sagen.«

»Wann findet die statt?«

»Am Vormittag.«

»Wer hat die Frau gefunden?«

»Spaziergänger haben sie auf der anderen Seite im Fluss treiben sehen und die Polizei verständigt.«

»War die Frau schon länger im Wasser?«, fragte Elisa.

Henris Blick bohrte sich in ihren.

»Nein«, setzte er an, als plötzlich ein kollektives Stöhnen durch die Schaulustigen ging. Elisa sah zum Wagen der Rechtsmedizin, dem sich alle, die weiter vorn standen, zuwandten. Die Bahre mit der toten Frau musste dem einen der beiden Männer aus der Hand gerutscht sein, als er die Heckklappe des Autos öffnete. Die Fotografen und die Journalisten drängten nach vorn, genauso wie die anderen Zuschauer, von denen einige ihre Smartphones gezückt hatten. Die Decke, mit der die Tote vor Blicken geschützt worden war, schien verrutscht zu sein.

»Ekelhaft«, sagte Elisa.

»Willst du etwa kein Foto für die Titelseite bekommen?«, fragte Henri.

»Ich nehme an, dass ihr der Presse ein Foto zur Verfügung stellen werdet, wenn ihr ihre Identität nicht auf anderem Weg ermitteln könnt.«

Henri nickte.

»Ja, und zwar ein Foto, das nicht ganz so gruselig aussieht.«

Die beiden Männer aus der Rechtsmedizin hatten den Körper der toten Frau schnell wieder auf die Bahre befördert und zugedeckt. Ihr Gesicht war immer bedeckt geblieben.

»Wie bist du hierher gekommen?«, fragte Henri.

Elisa deutete mit dem Kopf zu dem Baum, an dem ihr Fahrrad stand.

»Das meine ich nicht! Wie hast du erfahren, dass wir hier sind?«

Sie lachte.

»Berufsgeheimnis. Es wäre natürlich einfacher gewesen, wenn du mich mitgenommen hättest, aber wie du siehst, habe ich es auch so herausgefunden.«

Elisa sah, dass die anderen Journalisten zu ihnen zurückkamen.

»Um deine Frage zu beantworten: Sie war nur ein paar Stunden im Wasser«, sagte Henri schnell zu Elisa, bevor er sich umdrehte und zu seinem Kollegen ging.

»Was hat er noch gesagt?«, fragte Harry.

»Dass sie uns ein Foto zur Verfügung stellen, wenn sie nach Angehörigen suchen.«

»Das war ja klar!« Harry nickte seinem Fotografen zu. »Dann gibt's für uns hier nichts mehr zu tun.«

Sie verabschiedeten sich und verschwanden entlang des Uferwegs. Inzwischen war es dunkel geworden. Der Wagen der Rechtsmedizin fuhr weg, die Polizisten entfernten die Absperrung und die Menge zerstreute sich langsam. Elisa ging zu ihrem Rad und schlüpfte in ihre Strickjacke. Als sie losfuhr, bemerkte sie, dass Henri zu ihr herüberschaute. Er sah ernst aus, vermutlich passte es ihm nicht, dass sie hier aufgetaucht war. Elisa wandte den Blick ab und trat in die Pedale. Sie würde sich von ihm nicht abhalten lassen, ihren Job zu machen, denn genau wie es seine Aufgabe war, herauszufinden, wie die junge Frau zu Tode gekommen war, war es ihre Aufgabe, darüber zu berichten.

Teil 2

Henri holte die Zeitung aus dem Briefkasten, bevor er zu Karen in die Küche ging. Er überflog die Titelseite, dort wurde die tote junge Frau nicht erwähnt. Elisa arbeitete in der Stadtredaktion, doch auch auf den München-Seiten wurde der Todesfall nicht thematisiert. Dann war die *Morgenzeitung* schon im Druck gewesen.

»Guten Morgen«, sagt Henri zu seiner Mutter, die bereits geraume Zeit in der Küche hantierte.

»Morgen, Bärchen.«

»Kannst du nicht aufhören, Bärchen zu mir zu sagen, Mama? Ich bin nicht mehr drei Jahre alt.«

»Ach Bärchen, ich nenn dich doch schon immer so. Das kann ich mir nicht so einfach abgewöhnen.«

»Nicht mal, wenn Elisa sich darüber lustig macht?«

»Das meint sie bestimmt nicht ernst, darüber haben wir doch bereits gesprochen.«

»Hast du eine Ahnung!«

Henri legte die Zeitung auf den Tresen zwischen Küche und Essbereich, griff nach den Marmeladengläsern, dem Brotkorb und dem Geschirr, das Karen dort abgestellt hatte, und verteilte alles auf dem Tisch. Karen schnippelte Obst in den Mixer.

»Hast du einen neuen Fall?«, wechselte sie das Thema.

»Ja, ich musste gestern Abend noch mal weg.«

Als er heimgekommen war, hatten Karen und Anna bereits im Bett gelegen und geschlafen.

»Findest du es in Ordnung, wenn Anna bis elf wach ist und außerdem noch so laut Musik hört, dass weder die Nachbarn noch Elisa schlafen können?«, fragte Karen. Ihr Tonfall ließ erkennen, dass *sie* es nicht in Ordnung fand.

Henri nahm sich eine Tasse und ging zur Kaffeemaschine.

»Elisa war überhaupt nicht zu Hause. Außerdem bin ich davon ausgegangen, dass du früher heimkommen würdest.«

»Bin ich aber nicht. Wir haben uns nett unterhalten.« Mit grimmigem Gesichtsausdruck stopfte Karen irgendwelches Grünzeug zu dem Obst in den Mixer. »Vielleicht solltest du mich wenigstens mal anrufen, wenn du wegmusst.«

»Vielleicht solltest du dann mal dein Handy mitnehmen. Das lag nämlich hier.«

Karen zog eine Grimasse und wandte sich wieder ihrem Smoothie zu. Sie kippte etwas Wasser in den Mixer, setzte den Deckel darauf und schaltete ihn ein. Er ging mit ohrenbetäubendem Getöse los.

»Jetzt kann Elisa auch nicht mehr schlafen«, meinte Henri.

»Was ist denn hier los?« Anna stand in ihrer schwarzen Montur in der Küchentür und schrie gegen den Mixer an.

»Ich mache einen Smoothie, das ist supergesund«, erklärte Karen.

Anna verzog das Gesicht.

»Das ist ja grün! Das trink ich nicht!«

»Probier es wenigstens mal.«

»Im Leben nicht.«

Anna belud sich mit ihrer Müslischale, einem Löffel, der Müslipackung und der Milch und ging zum Esstisch.

»Guten Morgen«, sagte Henri zu ihr.

»Morgen.«

Er gab ihr einen Kuss auf den Hinterkopf und setzte sich ans Kopfende des Tisches.

»Was ist das denn für ein neuer Fall?«, fragte Karen und stellte jedem ein Glas des grünen Smoothies hin.

»Ich trink das nicht«, wiederholte Anna.

»Das ist der perfekte Energieschub zum Start in den Tag«, verkündete Karen. So hatte es wahrscheinlich in einer ihrer Ernährungszeitschriften gestanden.

Karen und Henri nippten an der grünen Flüssigkeit.

»Schmeckt nach Kokos«, meinte Henri überrascht.

»Weil Kokosmilch drin ist. Gut – nicht?«

»Ja, ist lecker.«

Karen hatte ihnen schon Schlimmeres zugemutet. Henri nahm eine Brotscheibe und bestrich sie mit Butter und Marmelade.

»Was ist das für ein neuer Fall?«

»Eine Frau wurde tot aus der Isar geborgen. Wir wissen noch nicht, wer sie ist. Sie hatte nichts dabei, woraus wir auf ihre Identität schließen konnten.«

»War sie älter oder jünger?« Anna zeigte ein morbides Interesse für Henris Fälle. Ihre schwarz geschminkten Augen glitzerten.

»Jünger. Dr. Vogel schätzt zwischen zwanzig und dreißig.«

»War sie verletzt?«

»Sie hatte Abschürfungen, aber keine offensichtlichen größeren Verletzungen. Mehr wissen wir nach der Obduktion.«

»War sie aufgedunsen? So eine richtig ekelhafte Wasserleiche?«

»Anna!«

»Was denn?« Henris Tochter sah ihre Großmutter herausfordernd an.

»Nein, sie kann noch nicht lange im Wasser gewesen sein. Sie hatte noch keine Waschhaut, wie man das nennt.«

In Annas Kopf schien bereits ein Film abzulaufen. Sie sah an Karen vorbei in die Ferne und trank gedankenverloren von dem Smoothie.

»Was hatte sie denn an?«

»Einen Rock, ein Top und Unterwäsche.«

Henri sah die Frau wieder vor sich. Wie jung und verletzlich sie ausgesehen hatte mit ihrem hochgerutschten Rock und dem knappen Top. Er hatte von ihr geträumt. In seinem Traum war sie erst blond gewesen, wie er sie am Fundort vor sich gesehen hatte. Dann hatte ihr Gesicht auf einmal Elisas Züge angenommen, beängstigend real. Henri spürte eine leichte Gänsehaut auf seinen Armen.

»Keine Schuhe?«

»Nein, entweder sie hatte keine an, als sie ins Wasser kam, oder sie hat sie durch die Strömung verloren.«

Henri trank einen großen Schluck Kaffee.

»Wo wurde sie gefunden?«, erkundigte sich Anna.

»In der Nähe von Grünwald.«

»Schmeckt dir der Smoothie jetzt doch?«, fragte Karen dazwischen.

Anna stellte abrupt das Glas ab und nahm ihren Müslilöffel wieder in die Hand.

»Nee, ist eklig.«

Henri verdrehte die Augen. Hätte Karen nichts gesagt, hätte Anna das ganze Glas leergetrunken.

»Ich muss jetzt los«, sagte er. »Soll ich dich an der Schule absetzen, Anna?«

Sie warf einen Blick auf die Uhr und schüttelte den Kopf.

»Ist noch zu früh.«

»Was haltet ihr davon, wenn wir heute Abend grillen?«, fragte Henri und sah hinaus. »Scheint wieder ein heißer Tag zu werden.«

Er sah in zwei überaus skeptische Gesichter.

»Heute Abend? Wenn du einen neuen Fall hast?«

»Solange wir nicht wissen, wer die tote Frau ist, kommen die Ermittlungen eh' noch nicht richtig in Gang.«

»Und das glaubst du wirklich?« Anna lachte spöttisch.

»Ich kann ja mal Fleisch besorgen«, sagte Karen. »Und dann meldest du dich. Einfrieren geht immer noch.«

»In Ordnung.« Henri stand auf und trug sein Geschirr in die Küche.

»Schönen Tag euch!«

»Dir auch, Bärchen.«

Henri ging durch das Wohnzimmer, wo er seinen Autoschlüssel immer auf der Kommode ablegte. Er griff danach und stieß an einen Papierstapel, den Karen daneben hingelegt haben musste, der nun ins Rutschen kam. Henri fing die Blätter auf und sah, dass es sich um Elisas Mietvertrag handelte. Er legte ihn zurück, nahm ihn dann aber wieder in die Hand.

Nur ein kurzer Blick.

Er wollte wissen, wie alt Elisa war. Ob sie tatsächlich so viel mit der Toten gemeinsam hatte.

Sie war 33. Also älter. Außerdem hatte sie braune Haare statt blonde. Henri legte den Mietvertrag zurück und nahm den Autoschlüssel. Im Flur schlüpfte er in seine Schuhe. Daneben lagen Annas klobige schwarze Stiefel, die sie auch jetzt, bei den hochsommerlichen Temperaturen, trug. Sie musste darin zerfließen. Er hatte ihr angeboten, mit ihr luftigere Schuhe kaufen zu gehen, doch sie wollte nichts anderes.

Unter dem Carport lehnte Elisas knallrotes Fahrrad neben seinem Dienstwagen an der Wand. Er hatte sich am Abend im Erdgeschoss herumgedrückt, bis er sie an der Haustür gehört hatte. Er hatte sie samt ihrem Rad vom Fundort der Leiche mit nach Hause nehmen wollen, doch sie hatte ihn so abweisend angesehen, als sie in den Sattel gestiegen und losgestrampelt war, dass er sich keine weitere Abfuhr holen wollte. Sie hatte für den Heimweg sehr viel länger gebraucht als er. Zu später Stunde fuhren nicht mehr so viele S-Bahnen.

Immerhin wusste Henri jetzt genau Bescheid über die Staustufen in der Isar, denn damit hatte er sich beschäftigt, während er darauf wartete, dass Elisa heimkam. Er war erst beruhigt gewesen, als er ihre Schritte auf der Treppe gehört hatte. Und selbst dann hatte er lange nicht einschlafen können. Seit Claires und Jonathans Tod schlief er generell nicht viel, doch in dieser Nacht waren es höchstens drei Stunden gewesen – drei Stunden voller wirrer Bilder und Gefühle, in denen die tote junge Frau und Elisa immer wieder ineinander verschmolzen.

Auf der Fahrt in die Hansastraße, wo sich die Büros der Mordkommission befanden, rief Marius an. Dr. Vogel hatte sich bei ihm gemeldet und ihm mitgeteilt, dass er am Morgen gleich mit der Obduktion der jungen Frau beginnen würde. Marius begab sich direkt ins rechtsmedizinische Institut und kam gar nicht erst ins Büro.

Lenz war bereits da und hatte die Kaffeemaschine angeworfen, aus der Teeküche roch es nach frisch aufgebrühtem Kaffee.

»Wie geht's deinem Vater?«, fragte Henri.

»Viel besser. Mit den Medikamenten hat er wie ein Murmeltier geschlafen und heute Morgen sind die Schmerzen weg.«

»Das ist gut! Wir wollen heute Abend grillen. Kommt ihr auch?«

Lenz und sein Vater Hans waren oft bei ihnen zum Essen eingeladen. Karen hatte den Verdacht, dass sich die zwei Männer nicht anständig selbst versorgten. Deshalb kochte sie besonders viel Gemüse für die beiden. Henri ahnte, dass es Lenz und Hans lieber war, wenn es reichlich Fleisch gab.

»Wenn es meinem Vater später immer noch so gut geht, gerne.«

Henri setzte sich an den Schreibtisch und schaltete den PC an. Er vertiefte sich in seine E-Mails und fuhr zusammen, als Lenz ihm gegenüber plötzlich durch die Zähne pfiff.

»Da geht die Sonne auf!«

In der Tür stand ihre Kollegin Tanja, die nicht wie sonst Jeans und ein ausgeleiertes T-Shirt trug, sondern ein gelbes, weit geschnittenes Sommerkleid, das die Rundungen ihrer üppiger werdenden Figur gut kaschierte. Sie wurde rot, als sie Lenz' Worte hörte, doch er war noch nicht fertig.

»Du siehst toll aus, Tanja. Du solltest öfter mal Kleid tragen, das steht dir!«

Er starrte sie unverhohlen an, als ob ihm gerade erst klargeworden wäre, dass sie eine Frau im Team hatten. Tanja waren seine Blicke sichtbar peinlich, verlegen sah sie erst auf den Boden, dann hilfesuchend zu Henri.

»Wir haben einen neuen Fall«, sprang er in die Bresche.

»Ein neuer Fall? Warum habt ihr mir nicht Bescheid gegeben?«

Innerhalb von Sekunden war die Verlegenheit von Tanja abgefallen und hatte ihrer üblichen Bissigkeit Platz gemacht.

»Wir waren zu zweit, das hat gestern Abend gereicht.«

»Was ist passiert?«

»Eine junge Frau wurde tot aus der Isar geborgen, in der Nähe von Grünwald. Ihre Identität ist noch unbekannt, in ihrem Alter gibt es keine aktuelle Vermisstenmeldung. Marius ist gerade auf dem Weg zur Obduktion.«

Tanja setzte sich auf Henris Tischkante.

»Verletzungen? Todesursache?«

»Laut Dr. Vogel ist sie sexuell misshandelt worden, mehr will er erst nach der Obduktion sagen.«

»Also eher Mord als Unfall oder Selbstmord?«

»Das wissen wir noch nicht«, bremste Henri sie.

»Was habt ihr noch?«

»Nichts Wesentliches ...«, setzte Lenz an.

»Nichts Wesentliches?«, rief Tanja. »Wer hat sie gefunden? Wie lange war sie im Wasser? Was hatte sie an? Was hatte sie bei sich? Ich habe tausend Fragen! Wisst ihr eigentlich, wie nervig das ist, wenn man euch die Würmer einzeln aus der Nase ziehen muss? Deshalb hasse ich es, wenn ihr mir nicht Bescheid gebt!«

»Aber wir wissen doch, dass du dich um deine Kinder kümmern musst. Du arbeitest nur Teilzeit und dann brauchst du nicht abends los, wenn wir schon genug Leute sind.«

Lenz hatte es gut gemeint, aber sein beruhigender Tonfall und sein verständnisvolles Lächeln brachten Tanja noch mehr auf die Palme.

»Meine Kinder haben geschlafen und ich hätte einfach meinen Eltern das Babyfon hochbringen können.« Sie wohnte seit ihrer Scheidung in der Souterrainwohnung im Haus ihrer Eltern. »Dann wüsste ich jetzt Bescheid und wir müssten nicht dieses bescheuerte Gespräch führen!«

»Tanja, dein Engagement in allen Ehren, aber ich werde auch in Zukunft immer nur so viele Leute an einen Tatort holen wie nötig. Wir brauchen deine Arbeitskraft bei den Ermittlungen und wir werden sicher nicht deine kostbaren Stunden mit Doppelbesetzungen vergeuden.« Henri sah, dass Tanja schon wieder Luft holte. »Wir können im Ernstfall gern telefonieren, ob du einsatzbereit bist oder nicht. Wenn nein, auch gut, dann fahren wir zum Tatort. Wenn ja, kannst du *anstelle* von einem von uns zum Tatort fahren, aber sicher nicht zusätzlich. Ich kann nachvollziehen, dass du auf dem Laufenden sein willst, aber wir können deshalb nicht während der Ermittlungen auf dich verzichten, weil du irgendwann auf einem Berg Überstunden sitzt. Verstehst du?«

Tanja nickte.

»Schon.« Sie zögerte. »Ich komme mir nur immer so ausgeschlossen vor ...«

»Wir könnten dich gern jederzeit informieren. Nur ... wenn du zu Hause bist, sollst du eigentlich abschalten und frei haben.«

»Lass das mein Problem sein.«

»Wenn du willst, rufe ich dich immer an, wenn es nach deiner Arbeitszeit was Neues gibt«, sagte Lenz.

»Wirklich? Würdest du das tun?« Tanja nagelte Lenz mit ihrem Blick fest.

»Klar, wenn ich es sage, dann mache ich das auch.«

Tanja nahm Lenz' Hand und drückte sie feierlich. Sein Versprechen schien ihr viel zu bedeuten.

Was würde Elisa erst für ein solches Versprechen von ihm geben?, überlegte Henri. Das würde ihr gefallen, immer vor allen anderen Journalisten die Erkenntnisse der Mordkommission aus erster Hand zu bekommen.

Schon wieder Elisa. Henri schob den Gedanken an sie beiseite. Er hatte einen Todesfall zu klären. Er stand auf und drehte sich zu dem überdimensionalen Stadtplan um, der hinter seinem Platz an der Wand hing, als sein Telefon klingelte. Es war Marius.

»Dr. Vogel ist mit der äußeren Besichtigung gleich fertig. Er meinte, es könnte euch interessieren, dass die Tote ein Tattoo am Fußknöchel hatte, das gestern anscheinend niemandem aufgefallen ist. Könnte für die Identifizierung hilfreich sein.«

Besser als ein Foto des Gesichts der Toten ins Internet zu stellen.

»Was für ein Tattoo ist das?«

»Ein kleiner Schmetterling, direkt am linken Knöchel.«

»Kannst du mir ein Foto davon schicken?«

»Mach ich.«

Marius legte auf. Henri berichtete Lenz und Tanja, was er gesagt hatte. »Wir werden mit der Personenbeschreibung erst mal nur ein Foto des Tattoos rausgeben. Selbst wenn Dr. Vogel sich Mühe gibt, wird der Anblick des toten Gesichts nicht schön sein. Marius schickt mir ein Foto von dem Tattoo, ich werde gleich die Pressemeldung schreiben.«

Henri drehte sich zurück zu dem Stadtplan hinter ihm. Er zeigte von der Stelle an der Isar, wo die Tote gefunden worden war, bis zum nächsten Wehr isaraufwärts.

»Ich möchte, dass ihr diesen Bereich absucht. Wir können davon ausgehen, dass sie zwischen den beiden Staustufen ins Wasser gekommen sein muss. Vielleicht finden sich irgendwo Spuren, vielleicht steht irgendwo ein Auto oder ein Fahrrad.«

»Das würde bedeuten, dass sie freiwillig – absichtlich – in den Fluss gegangen ist.«

»Wir wissen es nicht. Möglicherweise findet ihr auch andere Gegenstände, wie eine Tasche, weitere Kleidungsstücke oder ihre Schuhe. Der Bereich ist nicht so groß, dass es vollkommen aussichtslos wäre. Versucht, so viele Einsatzkräfte wie möglich zu bekommen und sucht beide Uferseiten ab. Und falls Spaziergänger unterwegs sind, die dort immer ihren Hund ausführen, dann fragt sie, ob ihnen gestern irgendetwas aufgefallen ist. Wir können jeden noch so kleinen Hinweis brauchen, um herauszufinden, wer diese Frau ist.«

Torsten Schilling sah seine Frau Simone prüfend an, als sie vom Frühstückstisch aufstand. Irgendwas hatte sie. Sie war ungewöhnlich schweigsam und er merkte, dass sie ihn beobachtete.

»Zucker«, sagte sie auf seinen fragenden Blick hin und holte die Zuckerdose aus der Küche. Sie war misstrauisch geworden. Dieser verfluchte Kassenzettel! Wahrscheinlich hatte sie gemerkt, dass er sie belogen hatte. Mit ihrem sechsten Sinn für so was.

Als sie an seinem Stuhl vorbeiging, tätschelte er ihren hübschen Hintern. Er bekam nicht wie sonst ein Lächeln und einen Kuss, Simone sah ihn nicht mal an. Sie gab zwei Teelöffel Zucker in ihren Kaffee, schob die Dose in die

Tischmitte und setzte sich wieder. Dieser blöde Kassenzettel würde ihn doch nicht reinreiten, so kurz bevor das Lügen sowieso ein Ende hatte! Torsten richtete sich auf, er durfte sich nichts anmerken lassen. Er durfte nicht wie ein Häuflein Elend auf seinem Stuhl hängen und sie seine Nervosität spüren lassen.

»Krass!« Felix, der sein Handy neben sich auf dem Tisch liegen hatte, und immer wieder darauf tippte, während er sein Frühstück in sich hineinschob, sah auf. »Der Jogi hat gerade geschrieben, dass seine Mutter gestern mit einer Freundin einen Spaziergang an der Isar gemacht hat und dass sie da 'ne Leiche gefunden haben.«

Torsten zuckte zusammen.

»Eine Leiche?«, kreischte Hannah. »Igitt! Haben sie die etwa angefasst?«

»Weiß ich doch nicht. Er hat nur geschrieben, dass die Wasserwacht sie rausgeholt hat.«

»Was für eine Leiche denn? Mann oder Frau?«, fragte Simone Felix, sah dabei aber zu Torsten. Er bemühte sich um einen angemessen sensationslüsternen Gesichtsausdruck.

»Eine junge Frau. Sie wissen noch nicht, wer sie ist.«

»Ist sie denn schon vermodert? Von den Fischen angeknabbert?« Hannah schwankte zwischen Ekel und Faszination.

Felix sah auf sein Handy.

»Das hat Laura gerade auch in der Klassengruppe gefragt ... warte ... Jogi schreibt ... die Polizei hat gesagt, dass sie noch nicht lange im Wasser gewesen sein kann.«

»Dann muss sie irgendwo dort in der Nähe in die Isar gelangt sein«, meinte Simone. »Mit den ganzen Staustufen kann sie nicht von weither angetrieben worden sein. Hoffentlich hat sie sich nicht selbst ins Wasser gestürzt. Es muss ein furchtbarer Tod sein zu ertrinken!«

»Von jemandem reingeworfen zu werden ist auch nicht besser!«

»Du bist ja ganz blass, Torsten!« Simone musterte ihn noch kritischer als vorher. »Und du sagst gar nichts. Geht es dir gut?«

»Ja ... schon ... das ist nur eine etwas unappetitliche Nachricht zum Frühstück.«

»Hast du denn gar kein Mitleid mit der Frau?«

Torsten hob vage die Schultern.

»Am Ende war sie auch so ein Junkie wie der letzte, den sie aus der Isar gezogen haben.«

»Was soll das denn heißen? Ist ihr Tod weniger schrecklich, wenn sie ein Junkie war?« Simones Empörung waberte über den Tisch.

Torsten ruderte zurück.

»Ich will damit nur sagen, dass jemand, der Drogen nimmt, dadurch irgendwie einen früheren Tod in Kauf nimmt.« Torsten wandte sich schnell an Felix: »Haben sie denn bei der Frau Einstiche oder so gefunden?«

»Davon hat Jogi nichts geschrieben.«

»So was halten sie vielleicht erst mal aus ermittlungstaktischen Gründen geheim.«

Felix schob seinen Stuhl zurück und steckte das Handy in die Hosentasche. »Ich muss los.«

Seine Geschwister folgten ihm, sie fuhren alle mit demselben Bus. Hannah gab ihren Eltern einen Kuss zum Abschied, Felix und Leon winkten ihnen nur mit einem coolen Handnachobenklappen, das Leon sich von seinem großen Bruder abgeschaut hatte, kurz zu. Auch Torsten stand auf.

»Könntest du bitte den Anzug, den ich gestern getragen habe, gleich heute in die Reinigung bringen?«, fragte er Simone. »Ich brauche ihn nächste Woche wieder.«

»Sicher.«

Simone blieb noch am Tisch sitzen und trank ihren Kaffee aus, während Torsten nach oben ging, um sich die Zähne zu putzen und seine Krawatte anzuziehen.

Beim Zähneputzen starrte Torsten ins Waschbecken. Erst als er die Zahnbürste zurück ins Glas stellte, begegnete er dem Blick seines Spiegelbilds. Er lehnte sich mit der Stirn an das kühle Glas.

Dass sie schon so schnell auftauchte, hätte er nicht gedacht. Er hatte überhaupt nicht viel gedacht, sondern einfach nur gehandelt – schnell, in Panik. Er hätte auch selbst nach den Einstichen schauen können. So merkwürdig es war, er würde sich wirklich besser fühlen, wenn die Polizei bestätigte, dass sie ein Junkie gewesen war. Das würde alles leichter machen.

Torsten entschied sich für eine weinrote Krawatte. Sorgfältig band er den Knoten. Er trug gern Krawatte. Ohne fühlte er sich nicht vollständig.

Als Torsten nach unten kam, stand das Frühstücksgeschirr noch auf dem Tisch. Er warf einen Blick hinüber zur Küche und sah gerade noch, wie Simone sein Handy zurück auf die Theke zwischen Esszimmer und Küche legte.

»Was machst du da?«, fragte er. »Warum nimmst du mein Handy?«

Simone fuhr zu ihm herum, ihr Blick war defensiv, schuldbewusst.

»Da kam gerade eine Nachricht. Ich ... es war irgendwie ein Reflex ...«

»Wie kommst du dazu, meine Nachrichten zu lesen? Ich lese deine ja auch nicht.«

»Ich ...« Sie sah zur Decke, suchte vermutlich nach einer Ausflucht, entschied sich dann aber für die Flucht nach vorn. »Ich habe das Gefühl, dass du mir was verheimlichst, Torsten. Du erzählst von irgendwelchen Terminen, die du hast, aber später stellt sich dann heraus, dass du doch nicht dort warst. Da sind in letzter Zeit so viele Ungereimtheiten; du verhältst dich so merkwürdig! Du widersprichst dir selbst und ich habe das Gefühl, dass du mich anlügst ...«

»Simone ...«

»Hast du eine Affäre, Torsten?«

Scheiße, Scheiße, Scheiße ...

»Simone, was redest du da? Du weißt genau, dass ich nur dich liebe! Da ist niemand anderes, ich schwöre es dir!« Er trat zu ihr und nahm sie in den Arm. »Alles ist in bester Ordnung! Du musst dir wirklich keine Sorgen machen!«

Er machte einen Schritt zurück und sah ihr in die Augen.

»Ich liebe dich!«, sagte er und küsste sie auf den Mund. Sie erwiderte seinen Kuss nur zögernd. Mit der Zunge öffnete er behutsam ihre Lippen. Er fasste ihr mit der linken Hand an den Hintern, mit der rechten tippte er auf sein Handy, das hinter ihr auf der Theke lag. Auf dem Sperrbildschirm erschien die Nachricht, die sie gesehen hatte. Jens bat ihn um einen Anruf. Das war absolut unverdächtig, vollkommen harmlos.

»Ich wünschte, ich hätte Zeit, dir noch intensiver zu zeigen, wie sehr ich dich liebe, aber ich muss jetzt los zum Flughafen«, flüsterte Torsten Simone ins Ohr und gab sich Mühe, heiser und erregt zu klingen. »Versprich mir, dass du nicht mehr so einen Unsinn denkst!«

Sie schüttelte den Kopf.

»Es tut mir leid. Ich wollte nicht schnüffeln. Du warst nur so ...«

»Schwamm drüber«, sagte Torsten großzügig und küsste sie noch mal. Er griff nach seinem Handy, steckte den Geldbeutel ein und wandte sich zum Gehen. »Heute Abend kann es spät werden.«

Simone nickte nur. Sie sah niedergeschlagen aus. Er warf ihr einen Luftkuss zu und ging hinaus. Das war eng geworden! Aber er hatte gerade noch die Kurve gekriegt. Während er wartete, dass das Garagentor hochfuhr, lehnte er sich im Autositz zurück und lockerte seine Krawatte. Torsten hatte das Gefühl, keine Luft mehr zu bekommen.

Henri beugte sich über den Bildschirm und betrachtete die Fotos, die Dr. Vogel ihm geschickt hatte. Die junge Frau sah bleich aus, das Gesicht war blutleer. Ihre Lider waren schon beim Auffinden geschlossen gewesen. Die Haare waren über Nacht getrocknet oder hatte Dr. Vogel sie geföhnt? Lange blonde Strähnen rahmten das Gesicht ein, am Ansatz war das Haar etwas dunkler. Sie war nicht so lange im Fluss gewesen, dass das Wasser ihr viel hatte anhaben können. Ihre Stirn war aufgeschürft, doch ansonsten wies ihr Körper keine offensichtlichen Verletzungen auf.

Jetzt war deutlich zu sehen, dass sie ein ganzes Stück jünger als Elisa gewesen sein musste. Die Haut der Toten war glatt und makellos. Auf Elisas Stirn bildete sich dagegen bereits eine leichte senkrechte Falte, was sicher auf ihr Stirnrunzeln zurückzuführen war, wenn sie nachdachte oder wenn ihr etwas missfiel. Und sie hatte jede Menge kleiner Falten um die Augen, wenn sie lachte.

Schon wieder Elisa!

Henri klickte die Fotos weg und holte den Entwurf für die Pressemeldung auf den Bildschirm. Sie beschränkte sich auf die nötigsten Informationen: den Fundort der Leiche, eine Beschreibung der Toten und die obligatorische Bitte um Zeugenhinweise. Dazu wollte Henri das Foto des Schmetterlingstattoos rausgeben. Auch wenn Dr. Vogel sich Mühe gegeben hatte – das Gesicht der Frau sah wie das einer Toten aus. Nichts, was gedruckt oder in die Weiten des Internets geschickt werden sollte. Erst würden sie es auf dem herkömmlichen Weg mit der Personenbeschreibung versuchen. Wenn sich daraufhin keine Zeugen fanden oder die junge Frau nicht doch noch als vermisst gemeldet wurde, dann war die Veröffentlichung des Fotos ihres Gesichtes die letzte Möglichkeit, die Identität der Toten zu ermitteln.

Roman Richter, Polizeioberrat und Henris direkter Vorgesetzter, steckte seinen Kopf durch die Tür.

»Wisst ihr inzwischen, wer die Tote ist?«

Henri schüttelte den Kopf.

»Die Obduktion läuft noch, erst danach werde ich die Pressemeldung rausschicken.«

Schließlich machte es einen Unterschied, ob die junge Frau freiwillig ins Wasser gegangen oder Opfer eines Gewaltverbrechens geworden war. Nach der Obduktion würde Dr. Vogel dazu mehr sagen können.

»Wir brauchen bald Ergebnisse«, sagte Roman und rückte die runde Brille auf seiner Nase zurecht. Das war sein Standardspruch.

»Sicher«, erwiderte Henri. Er beugte sich über die Tastatur, doch Roman hatte noch mehr zu sagen. »Braucht ihr denn wirklich so viele Leute, um den Fluss abzusuchen? Herrmann hat mich deswegen angerufen. Du weißt schon ... das Budget ... Es ist ja immer das Gleiche. Wir haben nicht genug Leute. Alle schieben eine Menge Überstunden vor sich her. Da muss man jeden Einsatz genau hinterfragen. Ob wirklich so viele Personen gebraucht werden. Ob der Aufwand im Verhältnis zu den Kosten steht ...«

»Sollen wir denn herausfinden, wie die junge Frau ins Wasser gekommen ist oder nicht?«, unterbrach Henri Romans Redeschwall. »Wenn es irgendwelche Spuren gibt, dann sind sie jetzt noch heiß, deshalb müssen wir sie jetzt suchen. Und das geht eben nicht mit zwei Kollegen.«

»Ja, aber gleich so viele?«

Henri hatte keine Ahnung, wie viele Beamte Lenz und Tanja angefordert hatten, aber er verließ sich darauf, dass sie wussten, was sie taten.

»Du kannst Herrmann sagen, dass es sich um einen überschaubaren Flussabschnitt handelt. Die Tote wird kaum durch ein Wehr hindurchgerutscht sein. Also kann es sich bestenfalls um ein paar Stunden handeln, dann stehen die Leute wieder anderweitig zur Verfügung.«

»Wenn du meinst ...«

Roman zuckte zurück, als Marius Henris Büro betrat. Auch er hatte sich anscheinend noch nicht an dessen Anblick gewöhnt. Marius sah aus wie eine Kreuzung aus Totenkopfäffchen und Giraffe mit seinem langen Hals und den abstehenden Ohren, die seinen Kopf dreieckig erscheinen ließen. Seine ungepflegten Haare und die zerknitterte und fleckige Kleidung bewirkten auch nicht unbedingt, dass er auf seine Mitmenschen vertrauenserweckend wirkte. Er trug zwar einen förmlichen Anzug und im Gegensatz zu Henri und Lenz sogar eine Krawatte, doch er sah damit so liederlich aus, dass ihn niemand für einen Polizeibeamten hielt, bevor er seinen Ausweis zückte.

»Hallo, Herr Richter«, sagte Marius höflich zu Roman.

»Grüß Sie.« Roman nickte Henri zu. »Ich muss dann mal wieder ...«

Er verschwand.

»Störe ich?«, fragte Marius.

»Nein, überhaupt nicht. Setz dich.«

Marius nahm auf Lenz' Stuhl Platz und zog einen Notizblock mit dicken Eselsohren an den Ecken aus seiner Hosentasche.

»Wir können ziemlich sicher von Mord ausgehen.«

»Hat das die Obduktion ergeben?«

Marius nickte. Er blätterte in seinem Block.

»Sie war schon tot, als sie ins Wasser kam. Dr. Vogel hat kein Wasser in der Lunge festgestellt, sie kann also nicht ertrunken sein.«

»Was ist dann die Todesursache?«

»Sie ist wahrscheinlich erstickt. Dr. Vogel hat Reste von Erbrochenem im Hals und im Rachenraum gefunden.«

»Reste von Erbrochenem?«

»Das willst du nicht genauer wissen.« Marius verzog das Gesicht. »Dr. Vogel hat da so eine Theorie ... Natürlich weiß er nicht mit hundertprozentiger Sicherheit, ob es sich so zugetragen hat, aber alles deutet darauf hin.«

»Nämlich?«

»Er meint, es könne sein, dass die Frau bei sexuellen Aktivitäten ums Leben kam. Sie hat Fesselmale an den Gelenken, Würgemale am Hals ...«

»... und Verletzungen an den Genitalien, das hat Dr. Vogel schon am Fundort festgestellt.«

Marius nickte. »Dr. Vogel meint, dass sie möglicherweise geknebelt war. Das kann er zwar nicht nachweisen, weil er keine Fasern oder so gefunden hat, aber es würde erklären, warum sie an ihrem Erbrochenem erstickt ist. Sie konnte es einfach nicht ausspucken.«

»Deutet irgendetwas darauf hin, dass sie sich gewehrt hat?«

»Du meinst, ob sie freiwillig oder gezwungenermaßen an den Fesselspielen teilgenommen hat?«

Henri nickte.

»Nicht wirklich. Dr. Vogel glaubt, dass es sich um eine Prostituierte handeln könnte. Wegen der Dessous, die sie getragen hat. Aber ich finde, das muss nicht automatisch heißen, dass sie Prostituierte war. Sicher waren die Dessous scharf, aber ich fand sie nicht irgendwie nuttig ... schon sexy, aber ... ich meine ...«

Marius wurde rot und schwieg.

»Ich glaube auch, dass das eine voreilige Schlussfolgerung ist. Soweit ich das gestern gesehen habe, trug sie weder Strapse noch Lack und Leder. Solche Dessous könnte jede beliebige Frau tragen. Dr. Vogels persönlicher Geschmack ist kaum eine geeignete moralische Richtschnur.«

Sie lachten. Es war schwer, sich Dr. Vogel überhaupt in einem sexuellen Kontext vorzustellen.

»Hat er Sperma sicherstellen können?«

»Nein. Er meinte, dass der Täter entweder ein Kondom verwendet hat. Oder ...«

Marius zögerte.

»Oder?«

»Dass er sie mit etwas anderem penetriert hat. Etwas Größerem.«

»Deuten die Verletzungen darauf hin?«

»Sieht so aus.«

Henri schüttelte sich. Für ihn war es unvorstellbar, Lust dabei zu empfinden, wenn er seiner Partnerin Schmerzen zufügte. Aber in seiner Polizeilaufbahn war seine persönliche Vorstellungskraft schon häufig übertroffen worden. Er hatte gelernt, grundsätzlich nichts mehr für unmöglich zu halten, auch wenn es für ihn selbst völlig undenkbar war.

Henri ließ Marius die Personenbeschreibung in der Pressemeldung gegenlesen und gemeinsam schlossen sie mit den Erkenntnissen der Obduktion die letzten Lücken. Dr. Vogel schätzte das Alter der Toten inzwischen niedriger ein als am Vortag. Sie sei um die zwanzig, meinte er, keinesfalls schon dreißig.

»Der Rock und das Top, das sie getragen hat, waren von H&M«, berichtete Marius. »Die Dessous von Passionata. Das ist nicht die günstigste Marke, gibt es aber in jedem Kaufhaus zu halbwegs erschwinglichen Preisen.«

»Sagt Dr. Vogel? Oder bist du der Kenner?«

Marius wurde wieder rot.

»Sagt Dr. Vogels Assistentin.«

»Verstehe.«

Henri machte sich Notizen.

»Was hat die Obduktion sonst noch ergeben? Keine Drogen, kein Alkohol?«

»Alkohol muss sie kurz vor ihrem Tod konsumiert haben, Dr. Vogel hat in ihrem Magen außerdem Pizzarückstände gefunden. Was Drogen angeht: Es waren keine Einstiche oder so zu erkennen, doch Dr. Vogel ist misstrauisch geworden, als er sie aufgeschnitten hat. Schleimhäute, Magen, Herz und Leber waren angegriffen, das könnte auf den Konsum von Amphetaminen hinweisen. Dr. Vogel hat verschiedene Proben entnommen, die im Labor untersucht werden müssen.«

»Aber die Wahrscheinlichkeit, dass sie Drogen genommen hat, ist hoch?«

Marius nickte, Henri machte eine weitere Notiz.

»Verletzungen?«

»Treibverletzungen an den Knien und an der Stirn, die sie sich im Wasser zugezogen haben muss, als die Strömung sie auf den Grund geworfen hat.«

Marius blätterte in seinem Block und richtete sich plötzlich auf. Henri ahnte, dass nun noch eine interessante Information kam.

»In der Tasche ihres Rocks haben wir etwas Merkwürdiges gefunden.«

»Nämlich?«

»Einen Chip von einer bayerischen Spielbank. Ein Fünfer-Chip. Rund, weiß-silber glänzend. Etwa so groß.« Marius zeigte die Größe einer Euro-Münze an.

»Steht darauf, von welcher Spielbank der Chip stammt?«

»Nein, es steht nur *Bayerische Spielbanken* darauf. Da kommen mehrere in Frage.«

»Kennst du dich damit aus?«

»Nein, aber das lässt sich rausfinden.«

»Vielleicht hat sie sich vor ihrem Tod in einer Spielbank aufgehalten. Wir müssen jeder noch so kleinen Spur nachgehen.«

»Sie könnte sich mit dem Ding auch 'nen Einkaufswagen geholt haben.«

»Wenn der Chip fünf Euro wert war?«

Henri sah Marius zweifelnd an.

»Recherchiere mal, wie viele Spielbanken infrage kommen und welche in der Nähe sind.«

Marius zog ab in sein eigenes Büro. Henri nahm sich wieder die Pressemeldung vor. Er wusste genau, dass die Journalisten damit nicht zufrieden sein würden, aber er konnte ihnen nicht mehr geben. Jetzt ging es erst mal darum, die Identität der Frau zu ermitteln. Alles andere war bloße Spekulation.

Henri war dabei, den letzten Stand der Vermisstenmeldungen durchzugehen, als Lenz anrief.

»Wir haben einen Schuh gefunden!«, rief er. »Ein hochhackiger Damenschuh, Größe 38, schwarz.«

»Und wo?«

»In der Nähe vom Gasthaus zur Mühle an der Floßrutschen, kennst du das? Ein bisschen weiter flussabwärts. Hier ist eine Stelle, die vom Gasthaus nicht einsehbar ist. Auf der anderen Flussseite ist auch kein Weg, von dem jemand rüberschauen könnte.«

»Kommt man dort mit dem Auto bis ans Wasser?«

»Ja, das ist zwar keine richtige Straße, aber der Weg ist problemlos mit einem Auto befahrbar.«

»Der ideale Platz, um ungesehen eine Leiche zu entsorgen.«

»Sozusagen. Hier haben wir den Schuh ein paar Meter weiter zwischen ein paar Wasserpflanzen in Ufernähe gefunden. Und das Gras auf der Böschung ist heruntergedrückt, als ob hier was Größeres ins Wasser gerutscht wäre.«

Henri drehte sich zum Stadtplan hinter ihm und schätzte die Entfernung ab.

»Wenn sie dort am Nachmittag in den Fluss geworfen wurde, kann die Strömung sie bis zum Abend zum Wehr bei Buchenhain getragen haben. Wir brauchen jemanden, der uns die Fließgeschwindigkeit berechnen kann. Damit wir den Zeitpunkt genauer bestimmen können, an dem sie in die Isar befördert wurde.«

»Warum bist du dir so sicher, dass sie ins Wasser geworfen wurde und nicht freiwillig reingegangen ist?«

»Nach der Obduktion können wir davon ausgehen, dass sie getötet wurde.«

Henri fasste für Lenz zusammen, was er von Marius erfahren hatte.

»Gibt es vor Ort weitere Spuren?«, fragte er. »Reifenabdrücke oder so was?«

»Es hat lange nicht geregnet. Der Boden ist staubtrocken. Mit bloßem Auge ist nichts zu erkennen.«

»Ich möchte trotzdem, dass die Spurensicherung sich die Stelle näher anschaut. Die entdecken immer was, das mit bloßem Auge nicht zu sehen ist. Ich gebe Arnie Bescheid, dass er sich direkt mit dir in Verbindung setzen soll.«

»Arnie« Arnold war der Leiter der Spurensicherung. Er war ein Koloss von einem Mann, der mit seinen riesigen Pranken erstaunliche Feinheiten zutage brachte.

»Heißt das, wir suchen nicht mehr weiter? Wir sind sowieso gleich am nächsten Wehr, auch die Kollegen auf der anderen Flussseite.«

»Dann lass sie das letzte Stück auch noch absuchen, darauf kommt es jetzt auch nicht mehr an. Ich kläre mit Dr. Vogel, ob Schuhgröße 38 hinkommt.«

Henri legte auf, um gleich anschließend wieder zum Hörer zu greifen. Dr. Vogel bestätigte die Schuhgröße. Es war sehr wahrscheinlich, dass der gefundene Schuh der Toten gehört hatte. Den zweiten musste sie im Wasser verloren haben, denn sie war barfuß aufgefunden worden. Henri verständigte daraufhin Arnie, der ihm mit dröhnendem Lachen mitteilte, dass er große Lust auf einen Ausflug an die Isar hatte.

Nachdem Henri Marius beauftragt hatte, die wahrscheinliche Fließgeschwindigkeit der Leiche und damit auch einen möglichen Zeitpunkt für den Beginn ihres Aufenthalts im Wasser berechnen zu lassen, rief er wieder bei Lenz an.

»Die Schuhgröße passt. Es sieht so aus, als ob ihr auf der richtigen Spur seid.«

»Das ist doch wenigstens mal ein Anfang.«

Wenn sie schon nicht wussten, wer die Tote war, konnten sie zumindest rekonstruieren, wo sie in den Fluss gelangt war.

»Arnie macht sich auf den Weg zu euch. Er meldet sich bei dir wegen der genauen Koordinaten.«

»In Ordnung.«

»Befragt bitte in der Zwischenzeit die Leute vom Gasthaus, ob ihnen gestern etwas aufgefallen ist. Ein Auto, das da nicht hingehört, verdächtige Personen – du weißt schon.«

»Die Gäste, die heute da sind, werden uns nicht viel sagen können, aber vielleicht hat das Personal irgendwas bemerkt.«

Nachdem Henri aufgelegt hatte, ergänzte er die neuen Informationen in der Pressemeldung; dass ein Damenschuh, der der Toten gepasst haben könnte, ein Stück weiter flussaufwärts gefunden worden war und nun auch dort, in der Nähe des Gasthauses zur Mühle, nach Zeugen gesucht wurde, denen am Vortag etwas Verdächtiges am Isarufer aufgefallen war. Auf die Verletzungen der jungen Frau und die Vermutungen hinsichtlich der Todesursache ging er nicht weiter ein, erwähnte aber, die Obduktion habe ergeben, dass sie bereits tot war, als sie in die Isar gelangte. Zusammen mit dem Foto des Schmetterlingstattoos, das die Tote am Knöchel gehabt hatte, schickte Henri den Text an die Pressestelle, die für die Veröffentlichung sorgen würde. Vier Minuten später rief ihn Martin Sobotta, der Pressesprecher, an.

»Können Sie nicht mehr zur genauen Todesursache sagen oder wollen Sie nicht?«

»Das ist im Augenblick nicht relevant. Wir wissen nur mit Sicherheit, dass sie schon tot war, als sie im Fluss gelandet ist, da sich in der Lunge kein Wasser befand. Alles andere ist Spekulation und hilft niemandem weiter. Im Moment geht es darum, Zeugen aufzutreiben und herauszufinden, wer die junge Frau war.«

»Die superschlauen Journalisten werden nachfragen, weil sie die ganze Story haben wollen.«

»Dann sagen Sie ihnen, dass wir die ganze Story noch nicht kennen. Und dass wir die ganze Story auch nur dann erfahren werden, wenn wir wissen, wer die Tote ist.«

»Das ist ein gutes Zitat, das werden sie lieben.«

Henri verdrehte die Augen und legte auf. Er wusste, dass es mindestens eine Journalistin gab, der das nicht reichen würde. Die weiter nachbohren würde. Die sowohl seine Durchwahl als auch seine Handynummer hatte. Es war nur eine Frage der Zeit, bis Elisa ihn anrief.

Elisa betrachtete die Fotos auf dem Bildschirm. Sie konnte sich nicht entscheiden. Entweder die Totale, auf der man im Vordergrund die zugedeckte Tote mit den Polizisten und im Hintergrund den Fluss sah. Oder die Nahaufnahme, auf der sowohl die Konturen der Leiche als auch die angespannten Gesichter des Gerichtsmediziners und der Polizisten – Henri und sein Kollege Lenz sowie ein Beamter in Uniform – zu erkennen waren.

In einem kurzen Artikel hatte Elisa alles zusammengefasst, was sie bisher in Erfahrung gebracht hatte. Zum x-ten Mal klickte sie auf die Website des Polizeipräsidiums, um herauszufinden, ob dort eine Meldung eingestellt worden war. Über die Identität der Toten. Oder das Obduktionsergebnis. Vergeblich.

Elisa hatte bereits in der Pressestelle angerufen und war auf den Pressebericht vertröstet worden, der gegen Mittag veröffentlicht werden würde. Henri anzurufen war sinnlos, er würde ihr keine Informationen geben. Ob sie ihn oder einen seiner Kollegen nach der Obduktion abpassen konnte? Elisa rief im rechtsmedizinischen Institut an, wo sie barsch an die Pressestelle des Polizeipräsidiums verwiesen wurde. Die Obduktion sei noch im Gange und überhaupt wäre man nicht für die Information der Pressevertreter zuständig.

Immerhin wusste Elisa jetzt, dass die Obduktion noch nicht abgeschlossen war. Es konnte sich also lohnen, in die Nussbaumstraße hinüberzufahren und dort den zuständigen Kommissar abzupassen. Wenn es aber nicht

Henri oder Lenz war, der an der Obduktion teilnahm, dann würde sie ihn nicht mal erkennen. Elisa seufzte. Dennis sah von seiner Tastatur auf.

»Alles in Ordnung, Elisa?«

»Ich bin nicht zufrieden mit dem Text. Mir fehlen noch Informationen. Und ich weiß nicht, welches das beste Bild ist.«

Jette Jasmund, Elisas Kollegin, die ihr direkt gegenüber saß, hielt kurz in ihrem energischen Tippen inne und verzog die Mundwinkel zu einem spöttischen Lächeln. Dann hackte sie weiter auf ihre Tastatur ein. Sie schrieb einen längeren Artikel über die Kinopremiere des Vorabends. Elisa war sich sicher, dass darin jedes einzelne Outfit der anwesenden Prominenten ausführlich besprochen wurde. Gut, dass Jette solche Jobs liebte. Elisa wäre hoffnungslos verloren gewesen, da sie keine Ahnung von angesagten Marken und Modetrends hatte. Ihr eigener Kleiderschrank war bunt zusammengewürfelt und sie kombinierte die einzelnen Stücke eher aus ihrer aktuellen Stimmung heraus als aus stilistischen Überlegungen. Jette war dagegen immer perfekt gekleidet. Accessoires, Nagellack und Make-up waren auf die Kleidung abgestimmt, und zwar jeden Tag in einer neuen geschmackvollen Kombination. Elisa fragte sich, wann Jette wohl morgens aufstand, um derart durchgestylt in der Redaktion erscheinen zu können.

Dennis stand auf und kam zu Elisa. Er sah ihr über die Schulter. Sie spürte seinen wabbeligen Bauch an ihrem Rücken. Kein Wunder, er schob sich in der Redaktion jeden Tag mindestens eine Tüte Chips oder ein Kilopack Gummibärchen rein. Elisa rückte ein Stück nach vorn und deutete auf die Fotos auf dem Bildschirm.

»Welches findest du besser?«

Dennis beugte sich vor und zeigte auf das Bild mit dem größeren Ausschnitt, auf dem im Hintergrund die Isar zu sehen war. Unweigerlich berührte sein Bauch wieder Elisas Rücken.

»Hier hast du die Stimmung gut eingefangen. Gib das an die Bildredaktion weiter!«

»Mit dem Text will ich noch warten, die Obduktion läuft im Moment. Ich habe überlegt, ob ich mich am rechtsmedizinischen Institut postiere ...«

»Du wirst da kaum was Exklusives bekommen. Alle Informationen, die sie rausgeben wollen, werden sie in einer Pressemeldung veröffentlichen. Ich glaube nicht, dass es sich lohnt, dort herumzulungern. Versuch es lieber am Nachmittag noch mal bei der Polizei.« Dennis wusste natürlich, dass Elisa einen der ermittelnden Beamten persönlich kannte. Und aus seiner Sicht sprach nichts dagegen, diesen Kontakt auszunutzen. »In der Zwischenzeit hätte ich den Fußgänger, der Fahrerflucht begangen hat, für dich. Er wurde aufgrund einer Zeugenaussage identifiziert.«

Elisa nickte und holte sich die entsprechende Meldung auf den Bildschirm. Dennis beugte sich wieder über ihre Schulter und zeigte auf den Text.

»Genau das meine ich.« Sein Bauch drückte sich gegen Elisa. »Sag mal, wollen wir nachher zusammen zum Mittagessen rausgehen?«

»Können wir machen.«

Elisa war schon in den Text vertieft. Sie merkte nicht, dass André Sievers, der Chefredakteur, auf dem Weg zu seinem Glaskasten an ihrer Tischgruppe stehengeblieben war. Erst als Jette anfing zu kichern und ihre langen blonden Locken in die Luft zu werfen, stellte sie fest, dass nicht mehr Dennis, sondern André hinter ihr stand.

Jette berichtete laut und langatmig von der Kinopremiere, die sie besucht hatte. Sie hatte am roten Teppich mehrere Interviews geführt, von denen eins banaler als das andere schien. Doch Jette schaffte es, die Aussagen der Stars und Pseudostars interessant klingen zu lassen. Elisa musste zugeben, dass ihre Schlagzeilen neugierig machten.

André nickte zufrieden.

»Hört sich gut an«, sagte er zu Jette. »Und Sie, Elisa? Dennis hat gesagt, dass Sie gestern Abend am Fundort der Leiche an der Isar waren.«

»Stimmt. Ich habe schon die Informationen zusammengefasst, die bisher bekannt sind.« Sie klickte den Text über die unbekannte Tote nach vorn, sodass André ihn über ihre Schulter ansehen konnte. »Die Obduktion läuft noch, die Ergebnisse werde ich später ergänzen.«

Er überflog den Text.

»Sieht gut aus.«

»Die Information, dass die Tote nicht lange im Wasser lag, haben wir exklusiv, aber das hat sich wahrscheinlich nach der Obduktion erledigt, wenn eine offizielle Pressemeldung rausgeht.«

André wusste, woher sie ihre Exklusivinformation hatte, und fragte nicht weiter nach.

»Haben Sie es an die Online-Redaktion weitergegeben?«

»Klar.« Im Internet war die *Morgenzeitung* damit bei der Berichterstattung ganz vorn dabei, für die gedruckte Ausgabe würde sich der Informationsvorsprung längst erledigt haben.

»Sehr gut! Was die anderen Infos angeht, müssen wir abwarten, was noch bekanntgegeben wird. Vielleicht können Sie am Nachmittag noch mal bei der Polizei nachhaken und was Zusätzliches zur Pressemeldung herausbekommen.«

Genau! Henri würde begeistert sein, wenn sie ihn anrief ...

André setzte seinen Weg zum Glaskasten fort, drehte sich dann aber noch mal um.

»Elisa, ich müsste noch etwas mit Ihnen besprechen. Vielleicht könnten Sie mich zum Mittagessen begleiten?«

Elisa warf einen Blick zu Dennis, der ergeben mit den Schultern zuckte. Wenn der Chefredakteur mit Elisa essen gehen wollte, musste er zurückstecken.

»Sicher.«

Als André sich umdrehte und weiterging, fiel Elisas Blick auf Jette. Sie funkelte Elisa böse an. Jette war Andrés erklärte Favoritin und vielleicht auch mehr – das durchschaute Elisa nicht. Jette schien es als Affront zu empfinden, dass er nun mit Elisa essen gehen wollte.

Fast hätte sie ihr das gesagt, was sie auch Henri gesagt hatte. Sie war noch nicht bereit für einen neuen Mann in ihrem Leben – weder für Henri noch für André –, sie wollte sich ausschließlich auf ihre Arbeit konzentrieren und erst mal zu sich selbst finden. Doch dann hielt sie sich zurück. Jette konnte ein kleiner Dämpfer nicht schaden, sie bildete sich ohnehin schon viel zu viel ein und spielte sich wie Elisas Vorgesetzte auf. Elisa würde sich zunächst anhören, was André mit ihr besprechen wollte.

Bastian Gschwendtner war schon unzählige Male am Europäischen Patentamt vorbeigekommen. Sein Großvater hatte es ihm bei einem ihrer zahlreichen Besuche im Deutschen Museum gezeigt, als sie auf der Terrasse unterhalb des Planetariums gestanden und auf die Stadt geblickt hatten.

»Schau, Bastian, das da drüben ist das Europäische Patentamt«, hatte sein Großvater in ehrfürchtigem Ton gesagt und ihm erklärt, was ein Patent war. Großvater war ein Tüftler wie Bastian. Er hatte viele abenteuerliche Konstruktionen entwickelt, um Großmutter die Arbeit im Haushalt zu erleichtern. Doch soweit Bastian wusste, hatte er niemals ein Patent angemeldet. Für Großvater war das Erfinden und Basteln ein Hobby. Es machte ihm Spaß – wahrscheinlich mehr als sein Job in der Stadtverwaltung –, aber er hatte nie den Mut gehabt, mehr daraus zu machen.

Bastian dagegen würde es tun! Er würde ein Patent anmelden für seinen Solarzellen-Helm. Mara hatte recht, die Idee war großartig. Er konnte damit einen Haufen Geld verdienen. Und wenn es mit dem Helm lief, dann wollte er weitere Erfindungen anmelden. Mara sollte staunen und sehen, dass in ihm viel mehr steckte als in den geschniegelten Bürschchen, mit denen sie befreundet war. Und wenn seine Eltern erkannten, dass er damit gut verdiente, dann würden sie auch nicht mehr von ihm verlangen, dieses sterbenslangweilige Studium zu beenden. Makroökonomie. Mikroökonomie. Recht. Wörter, nichts als Wörter. Bastian wollte am Ende des Tages etwas in der Hand haben.

Den ganzen Abend und die halbe Nacht hatte er an einem zweiten Proto-typ gearbeitet, den er den Leuten im Patentamt jetzt zu zeigen beabsichtigte. Er hatte darauf geachtet, dass die Solarzellen genau mittig auf dem Helm angebracht waren, nicht so schief wie bei seinem ersten Versuch. Der neue Helm sah perfekt aus, damit würde er schnell sein Patent bekommen.

Das Patentamt war ein riesiger Kasten, stellte Bastian fest, als er vom Fahrrad stieg. Vom Deutschen Museum aus hatte es zwar groß gewirkt, aber wenn man davorstand, war es erst richtig beeindruckend. Dem Braun an der Fassade nach zu urteilen, musste das Gebäude in den Siebzigern gebaut worden sein. Das Metallungetüm vor dem Komplex sollte wohl Kunst sein, Bastian konnte damit nichts anfangen.

Nirgends war ein Fahrradständer zu sehen. Bastian lehnte sein Rad an einen der Bäume am Gehweg und wand das Spiralschloss um den Stamm. Er ging zum Eingang. Gleich nach der Drehtür war der Durchgang mit mobilen Absperrungen blockiert, Besucher wurden zum Informationsschalter auf der rechten Seite gewiesen. Hinter dem hohen Tresen stand ein Mann mittleren Alters in dunklem Anzug und musterte Bastian streng.

»Guten Morgen«, grüßte Bastian.

Der Mann sah demonstrativ auf seine Armbanduhr. Es war kurz nach elf.

»Guten Tag«, sagte er.

»Ich möchte ein Patent anmelden«, teilte Bastian ihm mit und konnte nicht verhindern, dass seine Stimme einen feierlichen Unterton bekam.

Der Mann streckte die Hand aus. Bastian reichte ihm den Helm, den zweiten, den schönen. Den anderen hatte er hinten an seinem Rucksack befestigt.

»Was soll ich denn mit Ihrem Helm?«

»Das ist meine Erfindung. Sehen Sie hier! Die Solarzellen ...«

»Ich brauche Ihre Antragsunterlagen.«

»Unterlagen?«

»Haben Sie denn keine Beschreibung angefertigt? Und die Formulare aus-gefüllt?«

»Welche Formulare?«

Bastian war davon ausgegangen, dass das Patentamt die Erfindung selbst sehen und testen wollte. Er hatte keine Ahnung von irgendwelchen For-mularen.

»Haben Sie sich denn nicht im Internet erkundigt, was Sie benötigen, um ein Patent anzumelden? Da haben wir alle Informationen zusammengestellt. Sie können Ihren Antrag zwar auch persönlich hier abgeben, aber per Inter-net ist es günstiger. Und ohne Formulare kann ich gar nichts annehmen.«

»Oh ...« Bastian spürte, wie die Enttäuschung in ihm hochstieg. Sie breitete sich von seinem Bauch aus, kroch langsam den Hals nach oben und musste auf seinem Gesicht erkennbar sein, denn die strenge Miene des Mannes wurde freundlicher.

»Haben Sie denn schon überprüft, ob Ihre Erfindung wirklich eine Neuheit ist?«

Bastian sah ihn verständnislos an.

»Wenn jemand anders für diese oder eine ähnliche Erfindung bereits ein Patent angemeldet hat, dann können Sie sich einen Haufen Geld und Aufwand sparen. Deshalb sollte man immer zuerst prüfen, ob eine gleichartige Idee schon patentiert wurde«, erklärte der Mann. »Für welche Staaten möchten Sie denn ein Patent anmelden?«

Bastian zuckte mit den Schultern. Darüber hatte er sich keine Gedanken gemacht.

»Macht das einen Unterschied?«

»Natürlich! Sie müssen doch wissen, ob Sie eine nationale, eine europäische oder eine internationale Patentierung anstreben.«

»Keine Ahnung. International, schätze ich ...«

»Das wird Sie dann erheblich mehr kosten.«

»Kosten? Ich dachte, ich verdiene was mit dem Patent.«

»Langfristig schon, wenn es sich um eine Idee handelt, die Sie später gut verkaufen. Aber erst mal müssen Sie für die Patentierung bezahlen.«

»Oh ...« Bastian schluckte. »Mit welcher Summe muss man da rechnen?«

»Eine nationale Anmeldung kostet durchschnittlich 5.000 Euro, eine internationale 15.000 bis 30.000. Später kommen noch Jahresgebühren hinzu.«

»5.000 Euro?« Bastian hatte schon beim ersten Betrag abgeschaltet. »Wofür muss man denn 5.000 Euro bezahlen?«

»Für die Überprüfung der Erfindung. Bei der internationalen Anmeldung machen die Übersetzungsgebühren einen großen Anteil ...«

»Das ist ja der Wahnsinn! Wo soll ich denn so viel Geld hernehmen?«

Diesmal zuckte der Mann mit den Schultern.

»Viele leihen sich das Geld für die Anmeldung. Wenn man Glück hat, kommt es tausendfach wieder rein.« Er lächelte geheimnisvoll. »Aber das weiß man leider vorher nicht.«

Etwas zweifelnd betrachtete er den Fahrradhelm, den Bastian auf der Theke zwischen ihnen abgelegt hatte. Er griff danach, schob ihn unschlüssig von der rechten in die linke Hand und zurück.

»Ja ... dann ...«

»Schauen Sie sich unsere Website an. Da finden Sie alle Informationen und alle Formulare, die Sie benötigen. Wenn Sie sich mit dem Patentierungsverfahren gar nicht auskennen, kann es hilfreich sein, sich Unterstützung von einem spezialisierten Patentanwalt zu holen. Auf unserer Website finden Sie dazu viele Hinweise.«

»Dann wird es ja noch teurer! Wie viel kostet denn so ein Anwalt?«

»Das ist ganz unterschiedlich, je nachdem wie viel er mit dem Antrag zu tun hat. Irgendwas zwischen 3.000 und 6.000 Euro.«

Bastian blieb der Mund offen stehen.

»Krass!«, brachte er nur heraus.

»Schauen Sie sich unsere Website an«, wiederholte der Mann. »Dort erfahren Sie alles Wissenswerte. Ich gebe Ihnen unser Infoblatt mit weiteren Webadressen mit.«

Er zog ein Blatt von einem Stapel, der sich hinter der Glaswand auf der rechten Seite des Infoschalters befand, und gab es Bastian.

»Danke«, murmelte Bastian im Gehen.

»Keine Ursache«, rief der Mann fröhlich hinter ihm her, als hätte er gerade nicht seinen Traum zerstört, sondern sich mit ihm über das schöne Sommerwetter unterhalten.

Bastian trottete zu seinem Fahrrad. Den Helm, den er in der Hand hielt, verstaute er zusammen mit dem Infoblatt sorgfältig in seinem Rucksack, den anderen Helm zog er auf. Es war so eine tolle Idee gewesen! Nicht übermäßig kompliziert, aber man musste erst mal darauf kommen, die Fläche oben auf dem Helm zur Stromgewinnung zu nutzen. Die einfachen Ideen waren doch immer die besten! Bastian merkte, dass er nicht bereit war, seine Erfindung so schnell aufzugeben.

Grob geschätzt brauchte er 10.000 Euro für eine nationale Patentierung. Das war keine Summe, die er auf dem Konto hatte. Der Mann hatte erläutert, dass viele sich das Geld für die Anmeldung liehen. Leicht gesagt. Eine Bank würde ihm als Student ohne jegliche Sicherheiten kein Geld leihen. Ob seine Eltern ihm die Summe zur Verfügung stellen konnten? Sie waren sparsam, hatten immer etwas Geld auf der hohen Kante für unvorhergesehene Anschaffungen. Falls das Auto mal kaputtging. Oder die Waschmaschine. Aber ob sie in der Lage waren, ihm 10.000 Euro zu leihen?

Er hätte sie gern mit dem Patent überrascht. Hätte ihnen schwarz auf weiß gezeigt, dass er mehr draufhatte, als sie dachten. Wenn er sie nun um das Geld bitten musste, dann konnte er sie nicht mehr überraschen.

Aber er konnte ihnen zeigen, dass er dieses langweilige Studium nicht brauchte, um etwas auf die Beine zu stellen. Er würde sich die Informationen auf der Website des Patentamtes genau ansehen. Er würde alle nötigen Unterlagen vorbereiten. Er würde Zeichnungen anfertigen und eine detaillierte Beschreibung der Funktionsweise seines Helms. Alles musste extrem professionell aussehen. Und dann würden sie erkennen, wie genial er war und welches Potenzial in ihm steckte. Er wollte ihnen erklären, dass der Helm nur der Anfang war. Dass er noch hunderte von Ideen im Kopf hatte, die er alle zu Geld machen konnte. Und dann würden sie ihm die 10.000 Euro gern geben. Sie mussten einfach!

Elisa überflog den Artikel ein letztes Mal, bevor sie ihn ins Redaktionssystem einstellte. Sie hatte im Lauf des Vormittags nicht nur einen Text über den flüchtigen Fußgänger geschrieben, sondern mehrere Kurzmeldungen und den Artikel über ein Spendenprojekt des Tierparks. Nachdenklich holte sie den Textentwurf über die Tote aus der Isar auf den Bildschirm. Ob die Polizei inzwischen eine Meldung dazu veröffentlicht hatte? Sie sah im Polizeibericht nach, doch an diesem Tag war noch keiner online gestellt worden. Das geschah normalerweise um die Mittagszeit, es war noch zu früh.

Elisa teilte einen langen Satz in zwei kurze und änderte einige Formulierungen, obwohl sie genau wusste, dass das wenig Sinn machte. Sobald sie mehr Informationen hatte, würde sie den Text komplett überarbeiten.

Die Sonne brannte durchs Fenster. Elisa zog das dünne Strickjäckchen aus, das sie beim Herfahren gegen den Fahrtwind gebraucht hatte, um nicht zu frieren. Wenn die Sonne um das Gebäude herumgewandert kam, wurde es auf ihrem Arbeitsplatz erst warm und dann heiß. Die Luft war stickig. Elisa stand auf und kippte das Fenster. Tatsächlich wehte ein leiser Windhauch über ihren Arm. Draußen war keine Wolke am Himmel zu sehen.

Das Telefon auf ihrem Schreibtisch klingelte, auf dem Display war die Durchwahl von André Sievers zu sehen, dem Chefredakteur. Elisa sah ihn in seinem Glasbüro sitzen mit dem Telefonhörer in der Hand. Er schaute zu ihr hinüber und lächelte. Sie hob ab.

»Wird Ihnen warm?«, fragte er. »Sollen wir jetzt gleich zum Essen rausgehen?«

»Das wäre nicht schlecht. Bis jetzt stand noch nichts Neues im Polizeibericht, aber spätestens in einer Stunde wird es soweit sein. Dann wäre ich gern wieder hier.«

Im gleichen Moment ging der Klingelton von Elisas Handy los. André konnte es hören.

»Gehen Sie ruhig dran. Ich sehe ja, wenn Sie fertig sind.«

Er legte auf. Elisa griff nach ihrem Handy. Es war Sasha, ihre Schwester.

»Halt dich fest, Elisa«, platzte sie los. »Mein Anwalt hat ein Kind.«

Sasha traf sich seit zwei Wochen mit einem Anwalt, den sie bei einem Urheberrechtsstreit kennengelernt hatte. Sasha arbeitete als Lektorin in einem Verlag. Obwohl der Anwalt kein bisschen ihrem Beuteschema entsprach, hatte er es geschafft, sie für sich zu interessieren. Sie war inzwischen ein paarmal mit ihm ausgegangen.

»Meinst du, er hätte es bis jetzt mal für nötig gehalten, sein Kind zu erwähnen?«

»Vielleicht hatte er Angst, dass du dich dann nicht mehr mit ihm treffen willst?«, warf Elisa ein und schielte zu André. Er sah konzentriert auf seinen Bildschirm.

»Das hat er auch gesagt. Als ob ich per se was gegen Kinder hätte!«

»Das kann er ja nicht wissen. Vielleicht wollte er dich erst besser kennenlernen. So wie du dich jetzt aufregst, war seine Sorge wohl nicht unbegründet.«

»Ich rege mich ja nicht darüber auf, dass er ein Kind hat, sondern darüber, dass er nichts davon gesagt hat.«

»Wie alt ist das Kind denn?«, erkundigte sich Elisa.

»Zwei. Es ist ein Mädchen.«

»Oh.« Elisa hatte sich einen Teenager wie Anna vorgestellt. Ein Kleinkind war eine ganz andere Nummer für eine frische Beziehung. »Wie ist denn sein Verhältnis zur Mutter des Kindes?«

»Sie sind seit über einem Jahr getrennt. Aber sie sehen sich natürlich regelmäßig, da er sich so viel wie möglich um die Kleine kümmert.« Sasha zögerte. »Ich bin angeblich die Erste, mit der er nach ihr etwas angefangen hat.«

Elisa spürte Andrés Blick auf sich und drehte sich zur Seite.

»Ändert es deine Gefühle für ihn?«

Sasha überlegte.

»Ich weiß nicht. Seine Tochter wird am Wochenende bei ihm sein. Er möchte, dass ich sie kennenlerne.«

»Das ist doch schön.«

»Ich wäre gern mit ihm ans Meer gefahren.«

Ans Meer hieß nach Hause, nach Sankt Peter-Ording, wo ihre Eltern ein Hotel hatten. Dort wollte Sasha bestimmt nicht mit Kind und Kegel auftauchen.

»Ich glaube, Zweijährige haben am Meer auch viel Spaß. Muss ja nicht Sankt Peter sein.«

»Du hast recht. Wir könnten einfach so für einen Tag ans Meer fahren.« Sasha hörte sich nicht mehr ganz so verzweifelt an. »Ich werde mit ihm darüber reden.«

»Mach das. Ich muss jetzt los. Der Chefredakteur möchte mit mir zum Mittagessen gehen.«

»Der Chefredakteur!«, stöhnte Sasha. Nach dem, was mit Carsten passiert war, war sie auf Chefredakteure generell nicht mehr gut zu sprechen. Dabei war Elisa sich sicher, dass André ihrer Schwester gefallen würde mit seinem Model-Aussehen. Er hätte problemlos den distinguierten Geschäftsmann für eine Boss- oder Brioni-Kampagne geben können. »Überlass Ken doch bitte Barbie!«

An ihrem ersten Arbeitstag hatte Elisa Jette für sich *Barbie* getauft. Sie hatte angenommen, dass André der dazugehörige Ken war, doch inzwischen ahnte sie, dass sie ihm damit unrecht tat.

»Es ist rein geschäftlich.«

»Ja, klar.« Sashas Stimme triefte vor Hohn. »Außerdem feiern wir dieses Jahr Weihnachten und Silvester am gleichen Tag!«

»Sehr witzig!«

Elisa lachte noch, als sie bereits aufgelegt hatte. Sie sah zu André in den Glaskasten und begegnete seinem fragenden Blick. Sie nickte ihm zu und zog ihre Tasche unter dem Schreibtisch hervor.

»Wir sind dann mal zu Tisch«, sagte André zu Dennis und Jette, als er sie abholte.

»Mahlzeit«, antwortete Dennis.

Jette sagte nichts, doch ihr Blick sprach Bände. Elisa folgte André durch die Redaktion. »Haben Sie neue Informationen bekommen?«, fragte er. »Sie scheinen sich ja gut mit dem Kommissar zu verstehen.«

»Das war er nicht. Es ging um ein anderes Thema.«

Ob er genauso geduldig gewartet hätte, wenn er gewusst hätte, dass sie mit ihrer Schwester telefonierte?

»Ich habe im System gesehen, dass Sie heute schon sehr produktiv waren.«

Er hielt ihr die Tür auf. Elisa lachte.

»Ja, mein Essen habe ich mir verdient.«

»Lassen Sie uns rüber zum Bahnhof gehen. Im *L'Osteria* können wir ungestört reden.«

Elisa hatte nichts dagegen einzuwenden. In der Kantine war es so eng, dass man zwangsläufig jedes Wort vom Nachbartisch hörte. Nachdem Elisa ihren festen Vertrag bekommen hatte, waren sie dort einmal gemeinsam essen gegangen, hatten aber letztendlich kein Wort miteinander gesprochen, da sich einige Kollegen einfach zu ihnen an den Tisch gesetzt und sie zugetextet hatten. Im *L'Osteria* war es zwar auch laut, doch dort würden sie keine Gesellschaft bekommen.

Sie bestellten Pasta. André versuchte, Elisa zu einem Glas Wein zu überreden, doch sie lehnte ab. Sie wollte einen klaren Kopf behalten.

»Ich freue mich wirklich sehr, dass wir Sie in unserem Team haben, Elisa«, sagte André, nachdem der Kellner gegangen war. »Auch wenn es anfangs nicht so ausgesehen hat ...« Er grinste und beide dachten an den Kaffee, der am ersten Tag wegen eines Zusammenstoßes mit Elisa auf seinem Hemd gelandet war und eine ganze Weile zwischen ihnen gestanden hatte.

»Ich habe inzwischen festgestellt, dass Sie sehr gut schreiben. Informativ und gleichzeitig unterhaltsam.«

»Danke.«

»Und Sie schreiben schnell. Die Artikel von Dennis und Jette sind auch gut, aber die beiden brauchen dafür viel länger.«

»Ich bin durch eine harte Schule gegangen.«

Carsten war ein strenger Lehrer gewesen, er hatte Elisa keine Fehler durchgehen lassen. André sah sie fragend an, doch Elisa hatte nicht die Absicht, ihm von Carsten zu erzählen. Schließlich wollten sie über die *Morgenzeitung* reden.

»Ich habe mir schon ein paar Gedanken gemacht«, fuhr Elisa schnell fort. »Wenn ich richtig verstanden habe, dann wollen Sie das Profil der *Morgenzeitung* als lokale und regionale Zeitung schärfen?«

Er zog eine Augenbraue hoch und nickte.

»Das stimmt. Wir müssen uns stärker von den überregionalen Zeitungen abheben. Natürlich ist auch das Weltgeschehen wichtig, aber wir wollen uns in Zukunft mehr als vorher auf das konzentrieren, was unsere Leser direkt betrifft. Was Tag für Tag um sie herum geschieht und unmittelbare Auswirkungen auf das Leben jedes Einzelnen hat.«

»Verstehe.«

»Demnach bekommt die Stadtredaktion natürlich ein besonderes Gewicht. Und deshalb bin ich sehr froh, dass wir Sie an Bord haben, denn Sie schreiben sehr einfühlsam über unterschiedlichste Themen und Sie können auch komplizierte Sachverhalte gut auf den Punkt bringen.«

Elisa fühlte, dass sie rot wurde. Schnell ergriff sie wieder das Wort.

»Ich hätte da schon ein paar Ideen. Wir könnten Artikelserien zu verschiedensten Themen beginnen, die neugierig auf mehr machen.«

»Zum Beispiel?«

»Zum Beispiel eine Interviewreihe mit Personen des öffentlichen Lebens. Keine Prominenten, sondern Leute, denen man täglich begegnet, die man aber nicht persönlich kennt. U-Bahnfahrer, Briefträger, Bademeister, die Verkäuferin am Viktualienmarkt, der Stadionsprecher in der Fußballarena – eben lauter Menschen, ohne die die Stadt nicht das wäre, was sie ist. Ich glaube, die hätten alle massenweise Geschichten über das Leben hier zu erzählen, die die Leser interessieren würden.«

André hörte Elisa aufmerksam zu.

»Oder man könnte bestimmte Plätze herausgreifen, die zwar in keinem Reiseführer stehen, die aber für die Bewohner der Stadt eine Bedeutung haben. Jeder kommt Tag für Tag an irgendwelchen Gebäuden vorbei, die eine spannende Geschichte haben, aber man weiß einfach nichts davon.«

»Und das alles in Form von Serien?«

»Richtig.« Elisa nickte eifrig.

»Das klingt gut.«

»Kaum etwas interessiert die Menschen mehr als das eigene Leben. Deswegen sollten wir genau darüber schreiben.«

André sah Elisa nachdenklich an. Seine grauen Augen mit dem sonst so eisigen und undurchdringlichen Blick funkelten sie an.

»Ich habe Sie wirklich unterschätzt, Elisa. Das tut mir leid.«

Kein Grund, sie schon wieder in Verlegenheit zu bringen!

»Sie sind eine große Bereicherung für unsere Redaktion.«

Elisa war froh, dass der Kellner mit dem Wasser kam. Er füllte zwei Gläser und stellte die Flasche zwischen ihnen auf den Tisch. André hob sein Glas auffordernd in die Höhe.

»Wollen wir nicht mit dem albernen *Sie* aufhören? In der Redaktion duzen sich alle.«

Elisa verzichtete darauf, ihn daran zu erinnern, dass *er* es gewesen war, der mit dem *Sie* angefangen hatte. Sie nahm ihr Glas und stieß damit gegen seins.

»Gerne.«

»Ich heiße André.«

»Ich weiß.« Sie lachte. »Ich heiße Elisa.«

»Ich weiß.«

Jette würde einen Tobsuchtsanfall bekommen, wenn sie sie sehen könnte.

»Das heißt, dass ich mir konkretere Gedanken zu möglichen Serien machen soll?«, kam Elisa auf ihre Themenvorschläge zurück.

»Die Idee ist sehr gut! Vielleicht kannst du eine Liste passender Personen für eine Interviewreihe erstellen. Und ein Konzept für weitere Serien. Das würde ich gern in der Redaktionskonferenz vorstellen.«

»Ich bereite was vor.«

»Großartig!« André strahlte Elisa an. »Ich verstehe jetzt, dass Dennis so von dir geschwärmt hat.«

»Hat er das?«

»Ja, so sehr, dass wir alle misstrauisch geworden sind, bevor wir dich das erste Mal zu Gesicht bekommen haben. Mir war bald klar, dass er in dich verknallt ist. Deshalb konnte ich schwer einschätzen, ob er deine fachliche Kompetenz realistisch beschreibt.«

»Ich glaube nicht, dass er in mich verknallt ist. Das war mal vor langer Zeit im Studium. Inzwischen ist er doch glücklich verlobt.«

André sah sie zweifelnd an.

»Dennis hat angedeutet, dass du Hamburg wegen eines Mannes Hals über Kopf verlassen hast.«

»Mein Freund hat mich betrogen, ich habe ihn in flagranti mit der Volontärin erwischt.« Elisa grinste. »Er war übrigens der Chefredakteur der Zeitung, bei der ich gearbeitet habe.«

»Der Chefredakteur?« André lachte, wurde dann aber schnell wieder ernst. »Der muss ziemlich blöd sein, wenn er eine Frau wie dich betrügt.«

»Sag so was nicht. Wenn Jette dich hört, flippt sie aus.«

»Das ist mir egal.«

»Ich dachte, ihr beide ...«

»Nein!«, wehrte André ab, doch Elisa hatte sein Zögern bemerkt. »Kann sein, dass Jette mehr möchte. Aber ich bin definitiv nicht an mehr interessiert. Nicht mit Jette.« André machte eine kurze Pause. »Dagegen könnte ich mir mit *dir* sehr viel mehr vorstellen.«

Sein Tonfall klang beiläufig, doch Andrés graue Augen beobachteten Elisa wachsam.

»Du bist sehr direkt«, wich sie aus und suchte nach Worten.

»Warum Zeit verschwenden?«

André hob die Hand, Elisa zog ihre blitzschnell vom Tisch, doch er fuhr sich nur mit den Fingern durch die Haare. Er ist wirklich attraktiv, stellte Elisa fest und schob den Gedanken schnell beiseite. Er war ihr Vorgesetzter und sie hatte sich geschworen, nie wieder etwas mit dem Chefredakteur anzufangen. Auch wenn er noch so gut aussah.

»Ich schätze deine Offenheit«, brachte Elisa schließlich heraus.

»Aber?« Seine rechte Augenbraue wanderte nach oben.

»Aber ich bin noch nicht über Carsten hinweg ... Sein Betrug hat mich sehr verletzt ...« Elisa seufzte und Andrés Blick war plötzlich voller Mitleid. »Ich bin noch nicht bereit für eine neue Beziehung, André. Ich hoffe, du kannst das verstehen ... Und ich hoffe, dass das nicht unsere Zusammenarbeit beeinträchtigt.«

André lachte leise auf.

»Auf keinen Fall. Ich muss das respektieren, wenn du im Moment noch Zeit brauchst. Aber das heißt ja nicht, dass das ewig so bleibt, nicht wahr? Ich kann warten.«

Er grinste selbstsicher. Im Gegensatz zu Henri schien er Elisa die Zurückweisung nicht übelzunehmen. Das war gut, denn das hieß, dass sie sich nicht schon wieder einen neuen Job suchen musste. André schätzte ihre Arbeit und würde nicht zulassen, dass ihre Zusammenarbeit litt. Er ließ nicht mal zu, dass eine peinliche Situation im Gespräch entstand. Er brachte sie nicht weiter in Verlegenheit, sondern kehrte zu unverfänglichen Themen zurück. Elisa hörte nur mit halbem Ohr zu, wie er sie über die Eigenheiten einiger Kollegen informierte, während sie ihre Fettuccine um die Gabel wickelte.

Ihr war aufgefallen, dass sie André in einem Punkt nicht die Wahrheit gesagt hatte. Sie war inzwischen über Carstens Betrug hinweg. Nachdem sie ihn mit Suki im Bett erwischt hatte, hatte sie an sich selbst gezweifelt. Warum war sie ihm nicht genug gewesen? Warum hatte er sie nicht mehr geliebt? Was war so verkehrt an ihr? Sie hatte darüber gegrübelt, was sie falsch gemacht hatte.

Jetzt wusste sie, dass *Carsten* es gewesen war, der falsch gehandelt hatte, nicht sie. Denn so verkehrt konnte sie wohl nicht sein, wenn innerhalb von zwei Wochen bereits zwei neue Männer an ihr interessiert waren. Und zwar nicht irgendwelche Männer, sondern zwei, die gleichermaßen intelligent, charmant und attraktiv waren und mit beiden Beinen fest auf dem Boden standen. Ihre Aufmerksamkeit tat Elisas Ego gut und ließ sie Carsten vergessen. Neben Andrés natürlichem Charisma und Henris galanter Fürsorglichkeit wirkte Carsten wie ein aufgeplusterter, selbstverliebter Gockel.

Kristina Sommer steckte den Kopf durch die Tür zu Elfriedes Wohnzimmer. Sie war auf dem Sprung. »Die Waschmaschine läuft. Vielen Dank, dass ich die Wäsche noch mal bei dir waschen darf, Elfriede. Sie hat so komisch gerochen.«

»Das ist doch selbstverständlich.« Elfriede deutete auf den Sessel neben ihrem. »Komm, Kindchen, setz dich einen Moment hin. Du brauchst mal eine Pause. Ich habe gerade frischen Tee aufgebrüht.«

»Aber ich muss Lilli und Max abholen.«

»Papperlapapp. Die würdest du sonst auch erst später abholen. Nur weil du heute früher gehen durftest, musst du dich jetzt nicht schon wieder abhetzen. Komm, trink einen Tee mit mir.«

Elfriede legte die Zeitschrift, in der sie geblättert hatte, beiseite, stand auf und holte eine zweite Tasse aus dem alten Buffetschrank. Kristina ließ sich auf die Kante des Sessels sinken. Als sie einer Kollegin erzählt hatte, wie das mit der Waschmaschine abgelaufen war, hatte ihr Chef Mitleid mit ihr bekommen. Zum Ausgleich für den Vortag, als sie an der Kasse eingesprungen war, hatte er sie früher gehen lassen.

»So können Sie sich um das Chaos kümmern, solange Ihre Kinder noch im Kindergarten und im Hort sind«, hatte er gesagt.

Mit Brunos Hilfe war es ihr gelungen, das Wasser abzupumpen, sodass sie den Waschgang nicht mehr beenden musste. Sie hatte die tropfnasse Wäsche in Elfriedes Maschine gesteckt, wo sie nun ihre Runden drehte. Elfriede goss

Tee in die geblümte Porzellantasse und stellte sie vor Kristina auf dem kleinen Sofatisch ab. Der heiße Tee dampfte, ein zarter Hauch von Vanille zog zu Kristina. Sie lächelte Elfriede zu.

»Danke! Und vielen Dank, dass du den Kindern gestern was zu essen gemacht hast.«

»Ich hatte sowieso eine große Portion Eintopf gekocht.«

»Jetzt kannst du nichts mehr einfrieren.« Kristina wusste, dass Elfriede immer auf Vorrat kochte. Ihre Rente war nicht hoch, auch sie musste mit dem Geld haushalten. »Sie haben dir bestimmt alles weggegessen.«

Elfriede winkte ab.

»Hauptsache, es hat ihnen geschmeckt und sie sind satt geworden. Mach dir nicht so viele Gedanken, Kindchen. Ich freue mich doch, wenn ich dir helfen kann. Und wenn die beiden hier bei mir sind. Dann ist es nicht so still.«

Kristina nahm einen Schluck Tee. Die Wärme breitete sich wohlig in ihrem Bauch aus. Auch wenn es draußen heiß war, hatte sie gefröstelt.

»Mach es dir doch bequem«, forderte Elfriede sie auf.

Kristina rutschte von der Sesselkante nach hinten, bis sie mit dem Rücken an der Lehne anlangte. Sie legte den Kopf zurück und schloss für einen Moment die Augen.

»Du bist ein Engel, Elfriede, weißt du das?«

Die Falten auf dem Gesicht der alten Frau wurden tiefer, als sie lächelte.

»Wenn du möchtest, kann ich gern öfter auf Lilli und Max aufpassen. Ich könnte sie vom Kindergarten und vom Hort abholen, dann kannst du länger arbeiten und mehr verdienen.«

Kristina öffnete die Augen und sah Elfriede an.

»Das ist sehr lieb von dir.«

Sie zögerte.

»Was ist?«, fragte Elfriede.

»Ich war gestern Abend nicht beim Elternabend. Ich war bei Doro.«

»Ich dachte, du wolltest nicht mehr in der *Spielbar* arbeiten?«

»Ich war so verzweifelt wegen der Waschmaschine. Ich hätte es nicht ertragen, beim Elternabend nur rumzusitzen und mir das Gerede der anderen Mütter anzuhören. Deshalb habe ich bei Doro angerufen.« Kristina senkte den Kopf über die Teetasse. »Es tut mir leid, dass ich es dir nicht gleich gesagt habe.«

»Unsinn, für mich hätte es keinen Unterschied gemacht.«

Kristina sah Elfriede erleichtert an und lächelte.

»Aber für mich hat es einen Unterschied gemacht. Ich habe über hundert Euro verdient, weil ich viel Trinkgeld bekommen habe. Davon kann ich neue Fußballschuhe für Max und die Geschenke für Lillis Geburtstag kaufen.«

»Das ist schön.« Elfriede freute sich mit Kristina. »Waren die Kunden in der *Spielbar* diesmal nicht so zudringlich?«

»Ein, zwei Kerle schon. Aber das Geld hat es mich schnell wieder vergessen lassen.«

Kristina machte eine Handbewegung, als hätte sie die Erinnerung an den vorigen Abend in den Papierkorb hinter sich geworfen. Sie trank noch etwas Tee und legte den Kopf wieder auf der Lehne ab.

»Das tut gut. Einfach nur hier sitzen.«

Sie hörte das Rascheln von Elfriedes Zeitschrift und ihren eigenen Atem. Die Stille, die Elfriede manchmal zu viel wurde, umgab sie wie ein weiches Kissen. Kristina spürte, wie ihre Atmung tiefer und gleichmäßiger wurde, wie sich die Ruhe in ihrem ganzen Körper ausbreitete.

Plötzlich klopfte es an der angelehnten Wohnungstür. Es war Bruno. Er hatte sich Kristinas Waschmaschine noch mal ansehen wollen, nachdem sie geleert war.

Als Kristina die Augen öffnete und in sein Gesicht sah, wusste sie gleich, dass er schlechte Nachrichten hatte. Mit treuherzigem Dackelblick sah er sie an, suchte nach passenden Worten, doch es gab nichts zu beschönigen.

»De Maschin' führt se auf wia die von de Breitners. Da konn ma nix macha.«

»Das heißt, ich brauche eine neue?«

Bruno nickte. Es war ihm anzusehen, dass er Kristina gern geholfen hätte.

»Trotzdem danke, dass Sie es sich noch mal angeschaut haben«, sagte sie. Plötzlich war die ganze Müdigkeit wieder da.

»Da Saturn und da Mediamarkt, de ham immer wieda guade Angebode. Wenn's wuin, schaug'i mi amoi um«, meinte Bruno.

»Das wäre sehr nett.«

Bruno trat unschlüssig von einem Fuß auf den anderen.

»Danke für Ihre Hilfe!«

»Nix zum dankn.«

Er ging rückwärts aus dem Zimmer, als hätte er eine Audienz bei einer Königin gehabt. Kristina fühlte sich alles andere als königlich.

»Ich hab's mir schon gedacht. Aber die Hoffnung stirbt zuletzt.« Sie fuhr sich mit den Händen über das Gesicht. Die Ruhe war wie weggeblasen, sie war auf einmal wieder kribbelig.

»Das tut mir leid, Kindchen.« Elfriede tätschelte Kristinas Hand. Doch plötzlich drehte sie sich zur anderen Seite und griff nach ihrer Zeitschrift. »Dabei steht in deinem Horoskop, dass du gerade eine Glückssträhne hast. Hier …« Sie fuhr mit dem Finger über eine Textspalte, die von einer wuchtigen Anzeige für Kopfschmerztabletten an den Rand gedrückt zu werden schien. War das die *Apotheken-Umschau?*

»Steinbock«, las Elfriede vor. »Sie haben eine regelrechte Glückssträhne. Ihnen scheint alles zu gelingen, Ihre positive Ausstrahlung steckt Ihre Mitmenschen an und kommt doppelt und dreifach zu Ihnen zurück. Auch finanziell zeigt die Kurve steil nach oben. Riskieren Sie etwas und profitieren Sie von Ihrer Glückssträhne.«

Elfriede sah auf.

»Lieb dass du mich trösten willst, aber ich fürchte, die Waschmaschine passt nicht ganz ins Bild«, meinte Kristina und lachte bitter auf. »Außer man interpretiert Brunos Hilfe als Echo meiner ... hm ... positiven Ausstrahlung.«

»Vielleicht findet er ja tatsächlich ein günstiges Angebot für eine neue Waschmaschine, was dich finanziell nicht in den Ruin treibt. Warte doch erst mal ab.«

Kristina überlegte, während sie ihre Tasse leer trank.

»Mein Chef war ungewöhnlich nett und verständnisvoll. Und dann noch das ganze Trinkgeld, da könnte man wirklich von einer Glückssträhne sprechen.«

Sie lachte, doch Elfriede nickte ganz ernsthaft. In der Zeitung las sie stets zuerst das Horoskop. Nach ihrer Erfahrung bewahrheitete es sich sehr häufig und dann war es immer gut, wenn sie darauf vorbereitet war, hatte sie Kristina schon oft erklärt.

»Du solltest den Rest des Tages nicht ungenutzt verstreichen lassen, Kristina! Hier steht es: Riskieren Sie etwas und profitieren Sie von Ihrer Glückssträhne, dann geht es finanziell aufwärts! Du musst aktiv werden!«

»Was soll ich denn tun? Mit meinem Chef über eine Gehaltserhöhung sprechen?«

»Das wäre eine Möglichkeit. Aber eine Glückssträhne, das ist doch etwas viel Größeres!« Elfriedes Augen leuchteten. »Du könntest Lotto spielen! Wenn das Glück auf deiner Seite ist, dann gewinnst du richtig viel.«

»Aber die Ziehung ist doch erst am Wochenende, da ist meine Glückssträhne vielleicht schon wieder vorbei«, wandte Kristina lachend ein.

»Du hast recht! Du solltest besser heute noch dein Glück versuchen.« Elfriede dachte nach. »Wie wäre es mit Glücksspiel? Haben sie nicht erst vor ein paar Monaten eine Spielbank eröffnet, in Pullach oder in Grünwald, irgendwo da draußen bei den Reichen?«

Kristina zuckte mit den Achseln.

»Ich kenne mich mit so was überhaupt nicht aus.«

»Aber Roulette kann ich dir erklären. Das ist nicht schwer.«

»Meinst du?«

»Einen Versuch ist es doch wert. Wenn du dir vorher ein Limit setzt, kannst du dabei nicht viel verlieren.« Elfriede tätschelte wieder Kristinas

Hand, diesmal nicht vorsichtig tröstend, sondern voller Begeisterung. »Ich passe heute Abend auf die Kinder auf und du gewinnst in der Spielbank ein Vermögen! Du wirst schon sehen!«

»Arnie und seine Leute haben einen Reifenabdruck gefunden«, sagte Lenz, als er und Tanja das Büro betraten. »Auf morastigem Boden im Schatten nah beim Fundort des Schuhs.«

Henri sah auf. »Warte! Ich hole Marius dazu.«

Er rief bei ihrem Kollegen im Nachbarzimmer an. Lenz setzte sich auf seinen Schreibtischstuhl, Tanja wie gewohnt auf die Tischkante. Marius blieb an der Tür stehen. Henri schaute Lenz an.

»Wir haben sehr wahrscheinlich einen Schuh der Toten gefunden«, erklärte er. Marius nickte ungeduldig.

»Das wissen wir schon.« Lenz sah kurz zu Tanja. Sie hatten offensichtlich über Marius gesprochen – gelästert? – und sein Verhalten schien ihre Eindrücke zu bestätigen. *Siehst du*, sagte Lenz' Blick.

»In der Nähe hat die Spusi einen Reifenabdruck ermittelt. Es scheint, als sei der Mörder mit dem Wagen nah ans Wasser gefahren, um die Tote nicht weit tragen zu müssen.«

»Was für eine Marke?«, fragte Marius.

»Das konnte Arnie uns noch nicht sagen. Sie haben alles dokumentiert und müssen das jetzt durch den Computer laufen lassen. Er gibt uns Bescheid, wenn sie eine Marke bestimmen können.«

»Wir wissen dann aber immer noch nicht mit Sicherheit, ob es sich wirklich um den Reifenabdruck des Mörders handelt«, wandte Tanja ein. »Jede x-beliebige Person könnte diesen Weg entlanggefahren sein, dann festgestellt haben, dass das keine richtige Straße ist und zufällig genau an dieser Stelle umgedreht haben.«

»Die Auto- oder Reifenmarke kann uns helfen, wenn wir einen konkreten Verdachtsmoment haben und der Verdächtige einen Wagen dieser Marke fährt«, meinte Henri. »Doch davon sind wir leider noch weit entfernt. Habt ihr mit dem Personal des Gasthauses gesprochen?«

Lenz nickte.

»Keinem ist gestern etwas Besonderes aufgefallen. Was aber auch nicht verwunderlich ist, denn die Stelle am Fluss kann man vom Gasthaus nicht einsehen.«

»Der Wirt hat uns gesagt, dass über Nacht kein Fahrrad oder Auto auf dem Parkplatz stehengeblieben ist. Er meinte, das wäre ihm aufgefallen«, ergänzte Tanja. »Wir dürfen uns also von der Theorie verabschieden, dass die junge Frau selbst dorthin gefahren ist, um sich ins Wasser zu stürzen.«

Henri nickte.

»Das hat auch die Obduktion ergeben. Wir können im Moment höchstwahrscheinlich davon ausgehen, dass sie bei Sadomaso-Spielchen an einem anderen Ort ums Leben kam. Der Mörder hat sie in sein Auto gepackt und in die Isar geworfen, wahrscheinlich in der Hoffnung, dass sie untergeht und verschwunden bleibt. Tatsächlich hat die Strömung sie aber relativ schnell flussabwärts befördert, wo sie dann am Abend gefunden wurde.«

»Ich habe die Strömungsgeschwindigkeit von einem Experten berechnen lassen, von einem Physiker an der Uni. Wenn man annimmt, dass die Tote permanent weitergetrieben ist, ohne zwischendrin irgendwo hängenzubleiben, können wir davon ausgehen, dass sie zwischen 16 und 17 Uhr ins Wasser geworfen wurde«, erklärte Marius.

»Welchen Todeszeitpunkt hat Dr. Vogel genannt?«

»Der Todeszeitpunkt lässt sich schwer genau bestimmen, da sie ja eine Weile im Wasser war. Ich habe ihn nach der Strömungsberechnung noch mal angerufen und er meint, dass ungefähr 15 Uhr realistisch ist.«

Henri, Lenz und Tanja machten sich gleichzeitig eine Notiz.

»In der Rocktasche der Toten wurde ein Spielchip gefunden«, erklärte Henri Lenz und Tanja, die aufhorchten. »Was hast du darüber herausgefunden, Marius?«

»Es handelt sich um einen 5-Euro-Chip einer beliebigen bayerischen Spielbank. Es gibt insgesamt zehn Spielbanken in Bayern, die nächste ist die in Grünwald.«

»Ich wusste gar nicht, dass dort eine Spielbank ist«, meinte Lenz.

»Die gibt es noch nicht lange, sie wurde vor noch nicht mal einem Jahr eröffnet«, erklärte Marius.

»Denkt ihr, dass die junge Frau in der Spielbank war, bevor sie umgekommen ist?«, fragte Tanja.

»Sie kann den Chip natürlich zufällig in der Tasche gehabt haben«, meinte Henri. »Aber wir müssen auch diese Spur verfolgen. Marius, ich möchte, dass du mit einem der Fotos in die Spielbank gehst und die Leute befragst, ob sie die Frau schon mal dort gesehen haben.«

Henri hielt Marius einen Ausdruck des Fotos, das Dr. Vogel vom Gesicht der Toten aufgenommen hatte, hin. Tanja reichte das Foto weiter und warf dabei einen Blick darauf.

»Puh, das ist heftig.«

Henri nickte.

»Wir werden die Fotos erst mal noch zurückhalten. Mit der Pressemeldung habe ich nur eine Aufnahme des Tattoos herausgegeben. Wenn sich darauf niemand meldet, können wir immer noch mit einem der anderen Fotos an die Öffentlichkeit gehen.«

Marius betrachtete das Foto mit abschätzigem Blick, bevor er es in die Innentasche seines Jacketts steckte. Henri konnte ihm ansehen, was er von seinem Auftrag hielt, doch er verschwand ohne ein weiteres Wort.

»Was steht noch an?«, fragte Tanja Henri. »Die Kinder sind heute ausnahmsweise bei ihrem Vater, ich kann bleiben.«

Henri zuckte mit den Achseln.

»Im Moment können wir nicht viel mehr tun. Die Pressemeldung ist draußen. Jetzt müssen wir warten, bis die Medien die Infos verbreitet haben und sich jemand meldet, der die Frau identifizieren kann. Rückfragen wird die Pressestelle entgegennehmen, Hinweise werden direkt an mich weitergegeben.« Henri sah Tanja bedauernd an. »Ich würde euch eher raten, heute früher Schluss zu machen, denn wenn die Identität der Frau feststeht, werden wir alle Hände voll zu tun haben.«

Tanja stöhnte.

»Ausgerechnet heute willst du, dass wir heimgehen, wenn ich mal länger bleiben kann! Wisst ihr was? Ich werde die Zeit nutzen, um meinen Schreibtisch mal richtig aufzuräumen.«

Schwungvoll rutschte Tanja von der Tischkante und verließ den Raum. Der glänzende Stoff ihres gelben Kleides wehte an ihren Beinen wie eine Fahne hinter ihr her.

»Ich gehe jetzt auch«, sagte Henri zu Lenz. »Dann kann ich vor dem Grillen noch eine Runde joggen. Irgendwie habe ich das unbestimmte Gefühl, dass ich in den nächsten Tagen nicht mehr dazu kommen werde.«

»Viel Spaß bei der Hitze!« Lenz ging zwar gern mit Henri zum Polizeisportbasketball, aber er war kein Freund vom Joggen. »Ich hole meinen Vater ab. Wir sehen uns nachher bei euch.«

Der Artikel über die Tote aus der Isar würde so ähnlich in jedem der Konkurrenzblätter erscheinen. Elisa hatte die spärlichen Informationen, die Henri und seine Kollegen im Pressebericht zur Verfügung gestellt hatten, zwar durch ihre eigenen Eindrücke ergänzt, aber sehr viel mehr war das nicht. Die Polizei ging inzwischen von einem Gewaltverbrechen aus, doch es waren keine Details des Obduktionsergebnisses preisgegeben worden.

Das Foto gab die Stimmung am Fundort gut wieder, außerdem hatte Elisa sich noch etwas Platz erstritten, um das Tattoo der Toten neben dem Text abzubilden. Die *Süddeutsche* und der *Merkur* würden ebenfalls Fotos vom Fundort haben. Elisa hätte sich gern durch einen besonders informativen Text abgehoben, aber sie konnte nicht viel mehr schreiben als das, was in der Pressemeldung stand. Sie würde auf keinen Fall bei Henri anrufen, um an eine exklusive Detailinformation zu kommen.

André schien mit dem Text zufrieden zu sein. Er hatte ihn gelesen und freigegeben, damit war Elisas Aufgabe eigentlich erledigt. Aber sie selbst war nicht zufrieden. Als Dennis sie fragte, ob der Artikel fertig sei, zuckte sie mit den Achseln. »Ich weiß nicht ...«

Er stand auf und trat hinter sie.

»Zeig mal.«

Elisa scrollte an den Textanfang. Dennis beugte sich über ihre Schulter und begann zu lesen.

»Irgendwie fehlt da noch was ...«

Dennis lachte.

»Ja, klar! Der Name der Toten zum Beispiel. Aber woher willst du den wissen? Den kennt selbst die Polizei noch nicht.«

»Ich weiß ...«

Dennis klopfte ihr auf die Schulter.

»Komm schon, Elisa, der Text ist vollkommen okay. Sobald die Identität der Toten bekannt ist, darfst du dich weiter austoben.«

»*Wenn* sie jemals bekannt wird! Stell dir vor, sie finden niemals heraus, wer die junge Frau ist ...«

»Das werden sie schon. Irgendjemand wird sie vermissen und sich melden, das ist nur eine Frage von Tagen.«

»Meinst du?«

»Klar!« Dennis machte eine Geste, als würde er das Thema vom Tisch wischen. »Schluss für heute, das geht jetzt so in Druck.«

Elisa schloss das Dokument.

»Schade, dass es heute Mittag nicht geklappt hat mit uns«, sagte Dennis. »Wollen wir morgen zusammen essen gehen?«

»Können wir machen.«

»Oder mal abends was trinken gehen? Heute geht es nicht, weil ich mich gleich mit Sabine zum Shoppen treffe, aber vielleicht morgen?« Dennis stand immer noch hinter Elisa und sein Bauch streifte ihre Schulter. »Wäre schön, wenn wir mal wieder ungestört quatschen könnten.«

Von Jette kam ein undefinierbares Geräusch. Sie griff zum Telefonhörer, Elisa beachtete sie nicht weiter. Sie drehte sich zu Dennis um und rückte dabei von ihm ab.

»Mittagessen ist prima«, sagte sie zu ihm. »Ich habe heute mit André ein paar neue Ideen besprochen, dazu würde ich gern deine Meinung hören.«

»Mit André?«, hakte Dennis nach. »Dann seid ihr jetzt also auch endlich per du?«

Elisa lachte.

»Er scheint mir die Kaffeenummer nicht mehr nachzutragen.«

»Schön«, entgegnete Dennis in einem Ton, der alles andere als *schön* bedeutete. Er warf einen Blick zu André in den Glaskasten. Der Chefredakteur telefonierte mal wieder. Dennis ging zu seinem Platz zurück. Elisa hörte, dass Jette irgendetwas von *unbedingt hochschicken* sagte und dann auflegte. Sie kannte die Kollegin inzwischen gut genug, um zu ahnen, dass ihr verkniffener Gesichtsausdruck nichts Gutes verhieß.

»Hallo zusammen!« Lena, die Fotografin, setzte sich bei Elisa auf die Tischkante. »Alles klar?«

»Ja, alles bestens. Und bei dir?«

Lena stöhnte.

»Mir hängt der ganze Mist gerade so zum Hals raus!«

Elisa sah sie fragend an. Lena machte eine minimale Kopfbewegung zu Jette hinüber.

»Zum Beispiel gestern die alberne Kinopremiere. Diese ganzen pseudo-interessanten Personen mit ihrem affigen Posieren auf dem roten Teppich. Es ist immer das Gleiche!«

»Stimmt doch gar nicht!«, mischte Jette sich ein. »Sie tragen jedes Mal andere Kleider. Gestern waren wieder tolle Designerroben dabei.«

»Von denen jeder weiß, dass sie geliehen sind. Und dass die Schauspielerin, die das Ding trägt, es sich niemals selbst leisten könnte. Zumindest nicht von dem Winzgehalt, das sie für ihre Minirolle in diesem bescheuerten Film bekommen hat.«

»Warum regst du dich denn so auf?«, fragte Elisa. »Das ist eben so.«

»Für Lena ist das alles zu banal«, spottete Jette. »Sie hat künstlerische Ambitionen, nicht wahr?«

Lena wurde rot.

»Ehrlich?«, fragte Elisa. Lena hatte noch nie vorher angedeutet, dass sie mit ihrem Brotjob unzufrieden war.

»Na ja, ich habe vor einer Weile eine kleine Ausstellung gehabt.« Lena drehte Jette den Rücken zu und sprach so leise wie möglich. »Mit Schwarz-Weiß-Porträts. Und jetzt bin ich dabei, einige Makroaufnahmen für einen Bildband zusammenzustellen. Aber ich weiß nicht, ob wirklich was daraus wird.«

»Das hört sich toll an! Darf ich die Fotos mal sehen?«

»Sicher. Es ist nichts Besonderes ...«

»Sei nicht so bescheiden. Ich wette, die Bilder sind toll.«

Elisa war schon aufgefallen, dass Lena häufig ungewöhnliche Perspektiven einnahm und dadurch der Blick des Betrachters unauffällig, aber sehr wirksam auf das Wesentliche gelenkt wurde. Lena verstand etwas von ihrem Handwerk.

»Ich habe deine Aufnahmen von gestern Abend gesehen. Wenn du willst, zeige ich dir mal ein paar Tricks, wie du bei solchen Lichtverhältnissen noch mehr Schärfe erzeugen kannst.«

Elisa grinste. Die Kritik war angekommen, auch wenn Lena die Fotos nicht direkt bemängelt hatte.

»Ich hätte dich gestern lieber mitgenommen als die Fotos selbst zu machen.«

»Ich wäre auch lieber mit dir gekommen, als zu der langweiligen Filmpremiere zu gehen. Ruf mich beim nächsten Mal an, dann sehen wir, ob ich mich nicht loseisen kann.«

Hinter Dennis kam zögernd eine kleine, pummelige Frau in einem grasgrünen Kleid mit weißen Tupfen auf sie zu. Sie musterte Lena und Elisa neugierig. Lena stieß sich von Elisas Tisch ab und hob die Hand zu einem kurzen Winken.

»Ich muss weiter. Mach's gut.«

»Du auch.«

Jette schenkte der Frau im grünen Kleid ihr wärmstes Lächeln.

»Hallo, Sabine. Schön, dich mal wieder zu sehen!«

Dennis fuhr herum und schien erstaunt, seine Verlobte plötzlich hinter sich zu sehen.

»Sabine? Was machst du hier? Ich wollte runterkommen, wenn du da bist.«

»Der Pförtner hat gesagt, dass ich hochgehen soll ...«

Sabine sah ihn verwirrt an. Sie wirkte eingeschüchtert und Dennis' abweisende Reaktion machte es nicht besser.

Elisa sah Jettes verschlagenes Grinsen. Sie musste dafür gesorgt haben, dass Sabine in der Redaktion auftauchte. Und es war klar, was sie damit bezweckte: Sabine sollte Dennis gegen sie – Elisa – aufbringen.

Sie stand auf, ging zu Sabine hinüber und ergriff ihre Hand.

»Du bist Sabine? Dennis' Verlobte?« Sie betonte das Wort *Verlobte*. »Ich bin Elisa. Freut mich sehr, dich endlich kennenzulernen.«

Sabines Hand war verschwitzt, unter ihren Achseln zeichneten sich Schweißflecken ab.

»Freut mich auch!«

Sie rang sich ein Lächeln ab, doch das Misstrauen in ihrem Blick blieb. Verstohlen musterte sie Elisa. Ihre Schultern fielen nach unten, danach ihre Mundwinkel, die Eifersucht stand ihr deutlich ins Gesicht geschrieben. Elisas Anblick schien ihre schlimmsten Befürchtungen zu übertreffen.

»Ich bin noch nicht fertig«, fuhr Dennis Sabine an. »Wir hatten ausgemacht, dass du anrufst.«

»Ich wollte doch nur ...«

»Ich habe dir gesagt, dass ich nicht möchte, dass du einfach hier aufkreuzt. Ich muss diesen Text noch fertig machen.« Dennis fuchtelte vor seinem Bildschirm herum und bekam hektische Flecken über dem weinroten Schal, den er trotz der Hitze um den Hals geschlungen hatte. Sabines Mundwinkel zuckten. Elisa empfand Mitleid mit ihr.

»Sei nicht so ein Arsch, Dennis!«, sagte sie. »Nur weil du Stress hast, musst du das nicht an Sabine auslassen. Du kannst dich auf meinen Platz setzen, während du auf Dennis wartest, Sabine. Ich muss sowieso noch was mit André besprechen.«

Sabine schaute unschlüssig von Elisa zu Dennis und zurück zu Elisa. Dennis sah sie mit gleichbleibend unfreundlichem Gesichtsausdruck an, doch Elisa nickte ihr aufmunternd zu.

»Magst du ein Glas Wasser?«, fragte sie. »Bei der Hitze draußen musst du am Verdursten sein.«

»Gerne.«

»Elisa ...«, begann Dennis.

»Mach du deinen Text fertig!«

Elisa holte ein Glas Wasser für Sabine. Als sie zurückkam, schien sich Dennis' Verlobte endlich etwas zu entspannen. Sie hatte es sich auf Elisas Stuhl bequem gemacht und erwiderte trotzig Dennis' genervte Blicke. Elisa reichte ihr das Glas.

»Danke!« Gierig trank sie die Hälfte des Wassers auf einmal aus.

Elisa griff nach dem Zettel, auf dem sie ihre Ideen für die Interviewreihe notiert hatte. Sie lächelte Sabine zu und ging hinüber zu Andrés Glaskasten. Wie immer bemerkte er, dass sich jemand näherte, bevor sie anklopfen konnte. Er sah auf und nickte ihr zu.

»Darf ich kurz stören?«

»Gern auch lange.« André lachte und sah auf den Zettel in Elisas Hand. »Was hast du da für mich?«

»Das sind meine Ideen für die Interviewreihe.«

Sie reichte ihm den Zettel.

»Handschriftlich?! So kann ich das in der Redaktionskonferenz nicht vorstellen ...«

»Natürlich nicht ...« Elisa druckste herum. »Ich wollte das erst noch mal mit dir abstimmen.«

Sie setzte sich auf seine Tischkante, was sich sonst nur Jette erlaubte. Elisa beugte sich nach vorn zu André und lächelte ihn offenherzig an. Sie wusste, dass das ausreichte, um von ihrem Platz aus den Eindruck zu erwecken, dass sie mit André flirtete. Als sie einen kurzen Seitenblick riskierte, sah sie, dass nicht nur Sabine, sondern auch Jette und Dennis neugierig herübersahen. André überflog Elisas Notizen. Dort stand kaum mehr, als sie beim Mittagessen schon besprochen hatten.

»Das ist gut. Aber vielleicht könntest du dir noch ein paar mehr Beispiele ausdenken?«

»Sicher.«

Elisa beugte sich quer über den Schreibtisch und griff nach einem von Andrés Stiften. *Mehr Beispiele*, notierte sie auf dem Zettel. André runzelte die Stirn. Er schien nicht zu wissen, was er von Elisas Auftritt halten sollte.

»Meinst du, es wäre sinnvoll, schon konkrete Personen herauszusuchen?«, fragte sie mit unschuldigem Gesichtsausdruck.

»Das kannst du machen.«

Konkrete Personen, schrieb Elisa. Dumm, dass die schlichte Bluse, die sie trug, nicht so einen tiefen Ausschnitt wie Jettes Kleider hatte.

»Alles in Ordnung, Elisa?«, erkundigte sich André.

»Klar.«

Aus dem Augenwinkel sah Elisa, dass Dennis aufstand. Er schien es plötzlich eilig zu haben, die Redaktion zu verlassen. Er zog Sabine am Arm mit sich.

Idiot!

Wenn er sich so aufführte, konnte Elisa sich so viel Mühe geben, wie sie wollte, um Sabine zu zeigen, dass *sie* nicht an Dennis interessiert war. Jeder erkannte, dass Dennis dagegen sehr viel Interesse an Elisa hatte, wenn er es nicht mal ertrug, sie mit dem Chefredakteur flirten zu sehen.

Teil 3

Lenz hielt schützend eine Hand über den Kopf seines Vaters Hans, als er ihm half, auf dem Beifahrersitz Platz zu nehmen. Selbst wenn ihn die Arthritis nicht akut plagte, war er steif in seinen Bewegungen und schlug sich beim Einsteigen häufig den Kopf am Türrahmen an. Lenz befestigte den Gurt.

»Alles gut?«

»Alles gut!« Hans strahlte. Er freute sich auf den Ausflug zu Henri. Und auf das leckere Essen von Karen.

Lenz schlug die Beifahrertür zu, lief um das Auto herum und setzte sich hinter das Steuer. Er startete den Motor und fuhr los.

»Henri hat gesagt, dass Karen ihren legendären Kartoffelsalat machen wird.«

Hans leckte sich über die Lippen. Je älter er wurde, desto mehr Freude bereiteten ihm kulinarische Genüsse. Die Mahlzeiten waren die Höhepunkte seiner ansonsten ereignislosen Tage. Wenn es ihm gut ging, löste er stundenlang Rätsel oder vertiefte sich in Kriminalromane oder sein Lexikon. Wenn es ihm schlecht ging, konnte er weder Stift noch Buch halten, dann saß er vor dem Fernseher oder lag im Bett. Lenz hatte ein schlechtes Gewissen, wenn er ihn den ganzen Tag allein lassen musste. Doch Hans versicherte ihm jeden Abend, dass er nicht mehr brauchte und vollkommen zufrieden mit seinem Leben sei. Hans war schon immer bescheiden gewesen.

»Der Kartoffelsalat ist so gut, dass man sogar Karens Vorträge über gesunde Ernährung über sich ergehen lassen kann.«

Sie lachten. Karen schien der Meinung zu sein, dass sie sich nur unzureichend verpflegten. Jedes Mal, wenn Lenz bei Henri war, servierte sie ihm mit dem Essen Tipps zur Aufbewahrung und Zubereitung besonders wertvoller Lebensmittel. Die meisten hatte er im nächsten Moment schon wieder vergessen. Aber das Essen schmeckte hervorragend.

»Ich habe Riesenhunger. Ich war den halben Tag an der Isar und habe mir nur schnell in der Cafeteria eine belegte Semmel geholt.«

»Wie läuft es denn mit der Kassiererin?«, erkundigte sich Hans.

Lenz hatte ihm vor ein paar Wochen erzählt, dass er die neue Kassiererin in der Cafeteria süß fand, eine junge Frau mit hüpfendem Pferdeschwanz, die immer gut drauf war. Doch mit ihr war es wie mit allen anderen Frauen, die Lenz gefielen: Sie nahm ihn überhaupt nicht wahr. Sie war freundlich und lächelte ihm zu wie jedem anderen auch, aber er war sich nicht mal sicher, ob sie ihn wiedererkannte. Obwohl er sich in letzter Zeit oft etwas in der Cafeteria holte. Sogar mehrmals am Tag.

»Es läuft gar nicht. Sie sieht mich nicht.«

Hans' Blick war voller Mitleid. Lenz sah schnell wieder nach vorn. Sein Vater wusste, dass Lenz sich mit den Frauen schwertat. Seine Schüchternheit hatte er von ihm geerbt.

»Was hast du denn an der Isar gemacht?«, wechselte Hans das Thema.

»Wir haben nach Spuren von der toten Frau gesucht, von der ich dir erzählt habe.«

»Habt ihr was gefunden?«

»Einen Schuh ein Stück flussaufwärts.«

»Ist sie dort ins Wasser gegangen?«

»Wir nehmen an, dass sie nicht freiwillig ins Wasser gegangen ist. Die Obduktion hat ergeben, dass sie schon tot war, als sie in den Fluss gelangte.«

Lenz räusperte sich. »Und dass sie vor ihrem Tod misshandelt wurde.«

»Misshandelt? Das ist ja grauenvoll!«

»Du sagst es.« Lenz war froh, dass Marius an der Obduktion teilgenommen hatte. Das Absuchen des Isarufers war angenehmer gewesen, auch wenn die Temperatur weit über dreißig Grad gestiegen war. »Lass uns nicht mehr davon reden.«

Hans erzählte von einer Talkshow, die er am vorigen Tag gesehen hatte. Es entsetzte ihn, wie schamlos manche Leute öffentlich auftraten, doch er brachte es auch nicht fertig, den Fernseher auszuschalten.

Als Lenz' Handy klingelte, warf er einen Blick auf das Display.

»Das ist Tanja. Entschuldige, da muss ich rangehen.« Lenz klemmte sich das Handy unters Kinn.

»Hallo, Tanja. Was gibt es?«

»Die Kollegen aus Ingolstadt haben gerade angerufen. Sie haben eine Vermisstenmeldung aufgenommen, die zu unserer Toten passt.«

Instinktiv trat Lenz auf die Bremse. Die Autos hinter ihm hupten. Lenz stellte den Lautsprecher des Handys an und fuhr langsam weiter.

»Bist du noch dran?«, fragte Tanja.

»Ja ... Ich höre!«

»Eine Frau aus der Nähe von Ingolstadt hat ihre Tochter als vermisst gemeldet. Es handelt sich um eine Studentin, die in Schwabing in einer WG wohnt. Sie wollte gestern Abend zum Geburtstag ihrer Mutter nach Hause kommen. Als sie nicht kam, war die Mutter sauer, aber als sie sie heute immer noch nicht erreichen konnte, hat sie angefangen, sich Sorgen zu machen. Sie hat in der WG angerufen, wo sie zuletzt gestern Vormittag gesehen wurde. Sie hat blonde Haare, blaue Augen ... und ein Schmetterlingstattoo am Knöchel.«

»Das passt alles.«

»Sieht so aus. Sie heißt Vanessa Czerny. Die Mutter, Barbara Czerny, möchte heute noch Gewissheit haben«, erklärte Tanja. »Sie kommt in die Gerichtsmedizin. Sie meint, dass sie in einer guten Stunde da sein kann. Ich habe mit Dr. Vogel geklärt, dass noch jemand dableibt.«

»Einer von uns sollte auch dabei sein«, ergänzte Lenz.

»Ich muss jetzt nach Hause, weil die Kinder heimkommen«, sagte Tanja.

»Kein Problem, ich spreche mit Henri. Wir übernehmen das.«

»Lenz?«

»Ja?«

»Gibst du mir nachher Bescheid, ob die Mutter sie wirklich identifizieren konnte?«

»Mach ich. Hast du eine Handynummer von dieser Frau Czerny?«

»Ich schick dir eine SMS.«

»Danke.«

Lenz legte auf. Er sah Hans an. »Wird wohl nichts mit dem Grillabend ...«

»Dachte ich mir schon. Schade.«

»Wer weiß, wie lange wir in der Gerichtsmedizin brauchen. Oder willst du den Abend allein mit Karen und Anna verbringen?«

»Nein, lass mal. Wenn du und Henri nicht da seid ...«

Lenz wendete an der nächsten Kreuzung. Er versuchte, Henri zu erreichen, doch es ging nur die Mailbox dran. Wahrscheinlich war er noch beim Laufen. Lenz hinterließ eine Nachricht.

»Tut mir leid, Papa. Du wirst dir ein Käsebrot machen müssen.«

»Ist nicht das Gleiche wie Karens Kartoffelsalat, aber ich werd's überleben.« Hans sah Lenz verschmitzt an. »Deine Kollegin Tanja hat sich aber nett angehört ...«

In den sechzehn Jahren, in denen Sarah Peschke in der Wäscheabteilung des Oberpollinger als Verkäuferin arbeitete, hatte sie noch nie blau gemacht. Überstunden abgefeiert – das schon. Aber es war das erste Mal, dass sie morgens anrief und eine Krankheit vortäuschte, um nicht zur Arbeit gehen zu müssen. Marcel hatte von Professor Winter eine Krankschreibung bekommen, Sarah natürlich nicht, aber sie hatte ihn nicht allein zu Hause lassen wollen.

Als sie nach der Diagnose von Professor Winter nach Hause gekommen waren, hatte Sarah auf Marcel eingeredet, hatte versucht, ihn davon zu überzeugen, es doch mit einer Chemotherapie zu versuchen. Man wusste doch nie! Vielleicht geschah ein Wunder und Marcel gehörte zu den drei Prozent, die geheilt werden konnten. Wenn er sich gegen die Therapie entschied, dann stand jetzt schon fest, dass er sterben würde.

Marcel hatte immer wieder gesagt, dass er seine verbleibende Zeit nicht in einem Krankenhaus, sondern zu Hause mit ihr verbringen wolle. Er war bereits davon überzeugt, dass er keine Chance hatte und dass die kurze Lebensverlängerung, die eine Therapie ihm unter Umständen bringen würde, nicht den hohen Preis wert war, den sie beide dafür bezahlen mussten: nämlich voneinander getrennt zu sein. Er hatte Sarah in den Arm genommen, sie fest an sich gedrückt und für den Rest des Abends hatten sie einander nicht mehr losgelassen.

Am Morgen hatte Sarah angefangen, im Internet nach Informationen über Prostatakrebs zu suchen. Sie hatte medizinische Seiten besucht, bis ihr der Kopf von den ganzen Fachbegriffen schwirrte. Alles, was sie las, bestätigte das, was Professor Winter zu ihnen gesagt hatte. In dem Stadium, in dem Marcel war, gab es nicht mehr viel Hoffnung.

Als Marcel sich nach dem Mittagessen ein Stündchen hinlegen wollte, suchte sie nach Erfahrungsberichten, konnte aber nicht viele finden. Ein paar ältere Herren hatten ihre Leidensgeschichte ins Netz gestellt, doch in dieser Generation war man entweder weniger mitteilsam oder man hatte noch nicht die Vorteile des Austauschs von Informationen über das Internet erkannt. Keiner der Erfahrungsberichte, die Sarah von Betroffenen mit einer ähnlichen Diagnose fand, war dazu geeignet, Marcel zu überzeugen, denn keiner erzählte von einem Happy End. Tatsächlich war von Schmerzen und Dahinsiechen die Rede, also genau das, was Marcel befürchtete.

Sarah starrte lange auf den Bildschirm, ohne weiterzusuchen. Sie musste der Realität ins Auge sehen, sie würde Marcel verlieren. Wie sollte sie ohne ihn auskommen? Wie sollte sie ohne ihn existieren? Seit sie ihn vor 26 Jahren geheiratet hatte, waren sie nie länger als ein paar Stunden getrennt gewesen. Morgens ging jeder zu seiner Arbeit, danach verbrachten sie den Rest des Tages zusammen. Jeden Abend schliefen sie eng aneinandergekuschelt ein und wachten jeden Morgen gemeinsam auf. Sie brauchten niemanden sonst. Und sie hatten niemanden sonst.

Sarahs Eltern hatten kein Wort mehr mit ihr geredet, seit sie ihnen gesagt hatte, dass sie Marcel heiraten würde und dass keine Macht der Welt sie daran hindern konnte. Sie hatten auf Marcel herabgeschaut, weil er Briefträger war. Sie wollten etwas Besseres für ihre Tochter. Als ob sie selbst zur High Society gehörten! Sarahs Vater war Versicherungsvertreter und ihre Mutter Sekretärin in einer Anwaltskanzlei. Sie hatten fest damit gerechnet, dass Sarah sie früher oder später anflehen würde, wieder zu ihnen zurückkommen zu dürfen. Doch Sarah hatte die Schule abgebrochen, sich einen Job gesucht und nie das Gefühl gehabt, dass ihr an Marcels Seite etwas fehlte. Im Gegenteil – ihre Liebe schien mit den Jahren immer intensiver zu werden. Sarah brauchte keine Luxuswohnung und keinen teuren Urlaub. Sie wohnten in einer kleinen Wohnung, die nicht viel Miete kostete, die sie sich mit einfachen Mitteln gemütlich eingerichtet hatten – schließlich fand man auch auf dem Flohmarkt tolle Stücke, wenn man sich Zeit für die Suche nahm. Sie fuhren einmal im Jahr für eine Woche an den Gardasee und im Sommer zum Wandern in die Berge, das reichte ihnen. Marcel sprach zwar manchmal davon, dass er gern ans Meer wollte, aber letztendlich mieteten sie jedes Jahr wieder die gleiche Ferienwohnung bei Antonio in Bardolino.

Sie hatten keine Kinder. Es schien ein Wink des Schicksals zu sein, dass es nicht klappte. Sarah nahm es nicht schwer – sie hatte ja Marcel. Doch auf einmal vermisste sie die Kinder, die sie nie hatte, die ihr nicht bleiben würden, wenn Marcel nicht mehr da war. Wenn sie allein zurückblieb.

Wie egoistisch, jetzt an sich selbst zu denken! Marcel war derjenige, dem es schlecht ging! Der ihre ganze Liebe und Unterstützung brauchte!

Sarah schaltete den Computer aus. Sie ging hinüber zu Marcel. Sie wusste nicht, ob er schlief. Vorsichtig schob sie die Tür zum Schlafzimmer auf. Marcel lag auf dem Bett, sein Gesicht war schmerzverzerrt, mit einer Hand drückte er gegen den Unterleib. Er hatte Sarah nicht hereinkommen hören. Als sie erkannte, wie er gegen die Schmerzen kämpfte, begriff sie, dass er in den letzten Wochen vor ihr verborgen haben musste, wie schlecht es ihm ging. So hatte sie ihn noch nie gesehen.

Mit drei schnellen Schritten war sie bei ihm und drückte ihn an sich.

»Warum sagst du nichts?«

»Ich wollte nicht, dass du dir Sorgen machst.«

»Und ich will nicht, dass du solche Schmerzen hast!« Sie strich ihm übers Haar. »Ich gehe sofort zur Apotheke und hole die Schmerzmittel, die der Professor dir verschrieben hat.«

»Das hast du jetzt davon, dass du dich mit einem älteren Mann eingelassen hast. Ich wollte niemals, dass du mich pflegen musst.«

»Red nicht solchen Unsinn! Du weißt, dass ich alles dafür tue, damit es dir besser geht.«

Er lächelte. Zum ersten Mal seit der Diagnose. Sarah küsste ihn.

»Ich beeile mich.«

Sarah überprüfte, ob das Rezept noch immer in ihrer Handtasche steckte und machte sich auf den Weg zur Apotheke. Es war nicht weit, Sarah musste nur zwei Straßen überqueren. Sie kannte Joachim Lothar, den Apotheker, schon eine Ewigkeit. In den meisten Fällen ging sie lieber zu ihm als zu einem Arzt, denn er wusste immer einen guten Rat.

Als er das Rezept las, schnellten seine Augenbrauen in die Höhe.

»Das ist ...«< Sein Blick flitzte über das Papier. »Für Ihren Mann ... Von der Urologie im *Rechts der Isar* ... Das ist ein heftiges Schmerzmittel. Darf ich fragen ...?«

»Prostatakrebs«, flüsterte Sarah, obwohl niemand sonst in der Apotheke war. »Wir haben es gestern erfahren ...«

Joachim Lothar griff nach Sarahs Hand und drückte sie fest. Natürlich kannte er Marcel, er holte sich bei ihm im Frühling immer sein Heuschnupfenspray.

»Das tut mir leid zu hören.« Er sah auf das Rezept in seiner Hand. »Dann haben sie ihn nicht dortbehalten für eine Behandlung?«

»Er will keine Behandlung. Sie haben gesagt, dass die Chance, dass er mit Chemotherapie und Bestrahlung geheilt wird, nur bei drei Prozent liegt. Marcel hat keine Hoffnung mehr.«

»Aber dafür starke Schmerzen?«

»Ja.«

»Ich hole Ihnen das Morphin.«

Der Apotheker verschwand im Hinterraum. Als er mit dem Medikament zurückkam, hörte Sarah seine Stimme, bevor sie ihn sehen konnte.

»Vor ein paar Monaten war ein Kunde bei mir, der eine ähnliche Prognose hatte und inzwischen geheilt ist.«

»Geheilt?«

Joachim Lothar legte das Morphium auf die Theke und nickte.

»Es gibt eine Privatklinik im Allgäu, wo die sogenannte direkte Chemotherapie entwickelt wurde.«

»Direkte Chemotherapie?«

»Das Anti-Krebs-Mittel wird nicht in den ganzen Körper geleitet, sondern gezielt in den Tumor und in etwaige Metastasen. Es ist fünfzig- bis hundertfach konzentrierter als eine herkömmliche Chemotherapie, was eine viel höhere Wirkung erzielt und kaum Nebenwirkungen mit sich bringt. Bereits nach dem ersten Zyklus waren die Metastasen bei meinem Kunden verschwunden, er war nach wenigen Wochen vollkommen beschwerdefrei, obwohl ihn die Ärzte vorher aufgegeben hatten.«

Neue Hoffnung flammte in Sarah auf. Vielleicht war Marcel doch nicht zum Tode verurteilt! Wenn die direkte Chemotherapie dem Kunden des Apothekers geholfen hatte, warum sollte sie dann nicht auch Marcel heilen können? Aber warum hatte Professor Winter diese Behandlung nicht vorgeschlagen? Er musste davon wissen, wenn die Therapie nicht nur linderte, sondern sogar einen Patienten vollständig geheilt hatte. So was musste sich doch in Arztkreisen herumsprechen.

»Von so etwas habe ich noch nie gehört ...«

»Die Therapie ist noch nicht anerkannt.« Joachim Lothar zögerte. »Mein Kunde kämpft jetzt vor Gericht mit seiner Krankenkasse, die die Kosten nicht übernehmen will.«

»Hat er alles selbst bezahlt?«

»Er hat eine gutgehende Schreinerei, das war nicht das Problem. Aber er sieht nicht ein, dass die Krankenkasse seine Heilung kein bisschen mitfinanziert. Sie sagen, dass sie eine Palliativtherapie bezahlt hätten, aber nicht die alternative Therapie, die nicht in ihrem Katalog verzeichnet ist.«

»Für seinen Tod hätten sie bezahlt, aber nicht für seine Heilung? Wie krank ist das denn?« Sarah schluckte. Es konnte nur einen Grund dafür geben, warum die Krankenkasse sich weigerte, die Kosten zu übernehmen. »Wie teuer ist so eine direkte Chemotherapie?«

»Mein Kunde hat fast 150.000 Euro bezahlt.«

»150.000?«

Sarahs Hoffnung war mit einem Schlag erloschen. Sie hatten keine 150.000 Euro und sie würden auch nie so viel Geld haben. Keine Bank würde ihnen einen Kredit über eine solche Summe geben, denn sie hatten keinerlei Sicherheiten vorzuweisen.

»Frau Peschke? Geht es Ihnen gut? Sie sind ja ganz blass.«

Der Apotheker sah sie besorgt an.

»Die Therapie werden wir uns nicht leisten können«, sagte Sarah leise. Sie griff nach der Medikamentenpackung. »Aber ich kann wohl davon ausgehen, dass mein Mann das Morphin umsonst bekommt?«

Ihre Stimme klang bitter, doch das war nichts gegen den Groll, den sie in sich spürte. Es war so unfair! Nur weil sie nicht genug Geld hatten, würde Marcel sterben.

»Es ... es tut mir leid«, stotterte der Apotheker. »Jetzt habe ich Ihnen Hoffnung gemacht ... mir war nicht klar, dass das Geld ... Aber warum fragen Sie nicht erst mal bei Ihrer Krankenkasse nach? Vielleicht sehen das nicht alle Krankenkassen gleich ...«

»Das glauben Sie doch selbst nicht, dass eine gesetzliche Krankenversicherung etwas zahlt, was nicht im Leistungskatalog steht. Ganz egal, welche das ist.«

Sarah drehte sich zur Tür. Sie würde nicht mitten in der Apotheke in Tränen ausbrechen.

»Alles Gute, Frau Peschke«, rief Joachim Lothar hinter ihr her.

Tränenblind stolperte Sarah auf den Bürgersteig. Sie bog nach links ab zu der kleinen Grünfläche hinter der Bushaltestelle und ließ sich auf eine der Bänke sinken. So konnte sie nicht zu Marcel nach Hause gehen. Mit dem Wissen, dass er möglicherweise geheilt werden konnte, dass sie die Therapie aber nicht mal auszuprobieren vermochten, wenn nicht plötzlich ein Haufen Geld vom Himmel regnete. Sarah legte den Kopf in den Nacken und sah nach oben; am blauen Himmel war weit und breit keine Wolke in Sicht, es würde weder Geld noch Wassertropfen regnen.

Sarah schloss die Augen. Es war besser, Marcel nichts von der direkten Chemotherapie zu erzählen. Sie konnte sich darüber informieren und mit der Krankenkasse telefonieren, wenn er es nicht mitbekam. Er sollte sich nicht vergeblich Hoffnung machen. Sie würde ihm jetzt seine Schmerzmittel bringen. Und von der möglichen Heilung würde er nur erfahren, wenn sie für ihn auch wirklich Realität werden konnte.

Sarah schob sich auf der Bank nach vorn bis zur Kante und stand auf. Sie ging zurück, vorbei an der Apotheke, am Reisebüro und am Bäcker. An der Ecke stutzte sie und drehte wieder um. Das Reisebüro hatte sie noch nie betreten, sie riefen immer direkt bei Antonio an. Doch jetzt schien das Schaufenster sie magisch anzuziehen.

Wenig später kam Sarah mit einem Haufen Prospekte in der einen Hand und der Medikamentenschachtel in der anderen Hand zurück in die Wohnung. Marcel hatte sich auf dem Sofa hingelegt und den Fernseher eingeschaltet, doch als er sie kommen hörte, machte er ihn aus. Sarah versteckte die Prospekte hinter dem Rücken und gab ihm zuerst das Morphin.

»Nimm nicht zu viel davon. Ich hab noch was mit dir vor, da brauchst du einen klaren Kopf.«

»So?« Marcel sah sie fragend an. »Was hast du denn mit mir vor?«

»Du hast doch gesagt, dass du gern mal ans Meer fahren möchtest.« Sie legte die Prospekte auf seinen Schoß. »Ich finde, es ist allerhöchste Zeit, dass wir das tun! Du musst nur entscheiden, an welches Meer du möchtest; ans Mittelmeer, an die Nordsee oder an die Ostsee.«

Marcel berührte mit einer zögernden Geste die Prospekte und sah dann zu Sarah auf. Er strich zart über ihren Arm und zog sie an sich.

»Du bist der Wahnsinn, Sarah, weißt du das?«

Jetzt also auch noch Dennis, dachte Elisa, als sie ihre Einkäufe in den Kühlschrank schob. Viel passte in ihren Fahrradkorb nicht hinein, deshalb hielt sie fast jeden Tag an dem kleinen Supermarkt an der Ecke und kaufte das Nötigste. Sie füllte ein Glas mit Wasser, ließ sich auf den Sessel fallen und trank es auf einmal leer.

Dennis hatte schon während des Studiums für Elisa geschwärmt. Sie hatte ihm damals klargemacht, dass er für sie nur ein Freund war. Als er ihr den Job bei der *Morgenzeitung* vermittelt hatte, war er schon eine ganze Weile mit Sabine verlobt gewesen. Elisa hatte angenommen, dass seine Gefühle für sie nicht mehr romantischer Natur waren, doch seit ihrem ersten Tag bei der *Morgenzeitung* war sie den Verdacht nicht losgeworden, dass Dennis immer noch in sie verknallt war. Er scharwenzelte ständig um sie herum, machte ihr Komplimente und stritt sich ihretwegen mit Jette. Dass er so extrem auf Elisas vorgetäuschten Flirt mit André reagiert hatte, verriet ihn nun vollends. Sabine konnte einem leidtun.

Elisa hatte vor, ein ernstes Wort mit Dennis zu reden. Sein Verhalten war nicht fair. Sie wollte ihm sagen, dass seine Schwärmerei vollkommen aussichtslos war. Dennis war ein lieber Kerl, aber mehr würde er für sie nie sein. Elisa seufzte. Sie hatte das Gefühl gehabt, in der Redaktion langsam Fuß zu fassen. Aber sie brauchte Gewissheit, dass sie wegen ihrer Arbeit geschätzt wurde, nicht weil Dennis oder André etwas von ihr wollten.

Elisa tauschte die halblange weiße Hose und die Bluse, die sie in der Redaktion getragen hatte, gegen ein luftiges Sommerkleid. Sie stopfte die Kleider, die auf dem Boden ihres Schlafzimmers verstreut herumlagen, in den Wäschekorb, fand es jedoch zu heiß, um auch noch das Bad zu putzen. Es war dringend nötig, aber auf einen Tag früher oder später kam es nicht an. Niemand würde sich daran stören, es gab keine fragenden Blicke mehr von Carsten, dem pingeligen Spießer. In der Wohnung war es warm, Elisa öffnete die Tür zu ihrer kleinen Dachterrasse.

»Hallo, Elisa!«, rief Anna prompt aus ihrem Baumhaus. Sie beugte sich durch das kleine Fenster an der Seite. »Magst du rüberkommen?«

Anna hatte einen schwarzen Streifen auf der Wange. War das Wimperntusche? Hatte sie geweint?

»Gern.« Das Essen konnte noch einen Moment warten.

Elisa lief die Treppe hinunter. Die Wohnungstür im Erdgeschoss war zu. Elisa klopfte an, doch es kam keine Reaktion. Weder Henri noch Karen schienen sich in der Wohnung aufzuhalten. Elisa öffnete die Tür und ging durch das Wohnzimmer. Erst als sie an der offenen Terrassentür angelangt war, sah sie, dass Karen auf der Veranda saß und in einer Zeitschrift blätterte. *Essen & Trinken.* Typisch!

»Hallo, Karen! Ich will nicht stören. Anna hat mich in ihr Baumhaus eingeladen!«

»Ich habe es gehört.« Karen lächelte Elisa wohlwollend zu. »Außerdem stören Sie nie. Sie können jederzeit durch die Wohnung in den Garten gehen, das wissen Sie doch, Elisa!«

»Danke!« Elisa lief schnell weiter, bevor Karen sie in ein Gespräch über ihren Sohn verwickeln konnte. Sie hatte Henri von Anfang an mit Elisa verkuppeln wollen und in ihrer Begeisterung gar nicht mitbekommen, dass Henri bereits Feuer gefangen hatte.

Anna sah Elisa durch die Eingangsluke ihres Baumhauses entgegen. Sie wirkte etwas aufgelöst, stellte Elisa fest, als sie die Strickleiter nach oben geklettert und zu ihr ins Baumhaus gekrochen war. Wie immer trug Anna eine lange schwarze Jeans und ein schwarzes T-Shirt. Ihre dunklen Haare waren wirr auf dem Hinterkopf zusammengesteckt, das Make-up hatte Spuren auf ihrer blassen Haut hinterlassen, aber es war schwer zu sagen, ob Tränen oder Schweiß die dunklen Schatten erzeugt hatten. Elisa sah das Mädchen prüfend an.

»Alles klar bei dir, Anna?«

»Mmh«, machte Anna.

»Was heißt *Mmh*? Ich nehme an, es geht um Tim?«

Anna nickte. Sie hatte Elisa erzählt, dass sie sich in einen Jungen aus ihrer Parallelklasse verliebt hatte. Seit sie Tim im Englischen Garten begegnet war, trafen sie sich manchmal dort. Besonders Annas Hund Luna freute sich über die langen Spaziergänge im Park. Elisa bemerkte erst jetzt, dass Luna gar nicht an ihrem angestammten Platz unter dem Baum lag.

»Er ist voll nett, wenn wir uns im Englischen Garten treffen. Er interessiert sich für Luna und für mich und er spricht auch über sich selbst. Was er mag und was er nicht mag, was ihm wichtig ist, solche Sachen eben. Was man Freunden erzählt.« Anna senkte den Blick und begann, an der Nagelhaut ihres rechten Daumens zu pulen. »Aber in der Schule, da grüßt er mich nicht mal. Er behandelt mich wie Luft. Als ob ich gar nicht da wäre. Wenn ich *Hallo* sage, schaut er durch mich durch und geht weiter, ohne was zu antworten.«

»Das ist übel ...«

»Es kann ja wohl nicht sein, dass er mich nicht sieht!«

»Nein, du bist wirklich nicht zu übersehen.«

In ihrer schwarzen Montur war Anna eine auffällige Erscheinung, vor allem bei dieser Sommerhitze.

»Hast du ihn mal darauf angesprochen, wenn ihr euch im Park seht?«

Anna schüttelte den Kopf.

»Ich trau mich nicht ... Es ist ja nicht so, dass wir schon superdicke Freunde wären. Wir sind uns drei-, viermal im Park über den Weg gelaufen und zweimal hat er mich von dort nach Hause begleitet.«

»Dann verabredet ihr euch nicht für den Park, sondern trefft euch nur zufällig?«

»Ich war in letzter Zeit jeden Nachmittag im Park. Aber er ist nicht immer da.«

»Vielleicht kannst du beim nächsten Mal eine lustige Bemerkung machen. *Du erkennst mich wohl auch nur hier im Park.* So was in der Art. Dann muss er Stellung beziehen.«

Anna sah Elisa zweifelnd an.

»Er wird behaupten, dass er mich in der Schule nicht gesehen hat.«

»Was glaubst du denn, warum er dich nicht grüßt? Weil seine Kumpels blöde Sprüche reißen könnten, wenn er zu einem Mädchen *Hallo* sagt?«

»Er grüßt viele Mädchen.«

Anna pulte weiter an ihrer Nagelhaut.

»Und warum macht er das dann nicht auch bei dir?«

»Ich bin anders als die anderen Mädchen. Ich bin nicht hübsch und niedlich angezogen. Ich habe keine Freundinnen, mit denen ich herumkichere. Wahrscheinlich findet er mich peinlich.«

Elisa horchte auf.

»Warum hast du keine Freundinnen, Anna? Du bist so ein nettes Mädchen. Ich kann nicht glauben, dass du mit niemandem befreundet bist.«

»Ich bin erst vor zwei Jahren auf die Schule gekommen. Als meine Mutter und Jonathan gestorben sind und wir zu Oma gezogen sind. Vorher war ich in Starnberg auf dem Gymnasium. Da kannte ich alle und hatte viele Freunde. Aber hier? ... Die kennen sich alle schon seit dem Kindergarten. Da hat keiner Lust, sich mit 'ner Neuen abzugeben.«

Vor allem nicht, wenn diese Neue einen so abweisenden Eindruck machte wie Anna. Als sie die Schule wechseln musste, hatte sie um ihre Mutter und um ihren Bruder getrauert. Keine Situation, in der man gut gelaunt und offen auf neue Leute zuging. Und dann hatte sie sich anscheinend in ihrer Außenseiterrolle eingeigelt.

»Ich bin überzeugt davon, dass Tim dich mag. Sonst würde er im Park nicht mit dir reden, Anna! Er weiß, dass du nicht peinlich, sondern nett bist.«

»Im Park verstehen wir uns super!«

»Dann frag ihn, warum das in der Schule nicht auch geht! Er muss doch ...«

Elisa wurde von Luna unterbrochen, die aus dem Haus gejagt kam und unter dem Baum herumsprang und bellte, um Anna zu begrüßen. Kurz nach ihr erschien Henri in Laufkleidung auf der Veranda. Er hielt sein Handy in der Hand und sprach mit Karen, die plötzlich verärgert aussah. Als sie mit dem Kopf zum Baumhaus deutete, lief Henri die Treppe herunter und über den Rasen bis zu Luna, die sich wieder beruhigt hatte und zu ihrem bevorzugten Schattenplatz trabte.

»Anna!«

Anna und Elisa beugten sich beide ein Stück aus der Öffnung. Henri trug das Knicks-Shirt, das er Elisa erst vor Kurzem geliehen hatte, als er sie aus Adrian Hildebrands Segelboot befreit hatte. Sie hatte es gewaschen und mit den anderen geliehenen Kleidungsstücken vor der Wohnung im ersten

Stock, wo Henris, Karens und Annas Schlafzimmer waren, auf die Kommode im Treppenhaus gelegt.

»Oh ... Elisa!«

»Hallo, Henri.«

Sie lächelte ihm zu, doch Henri wandte sich an Anna.

»Das Grillen muss leider ausfallen. Lenz hat mir auf die Mailbox gesprochen. Er holt mich gleich ab, wir müssen noch mal los.«

Anna zog eine Grimasse. »Das war ja klar! Du hast keine Zeit zum Grillen, du hast nie Zeit, mit mir zu lernen. Deine Scheißarbeit ist immer wichtiger!«

»Anna, es tut mir wirklich leid! Ich habe nun mal keinen Neun-bis-siebzehn-Uhr-Job ...«

»Als ob so eine blöde Leiche nicht auch noch bis morgen warten könnte!«

»Die Leiche schon, aber nicht ihre Angehörigen, Anna!«

»Habt ihr sie identifizieren können?«, fragte Elisa dazwischen.

»Ich weiß nichts Genaues«, sagte Henri. »Lenz hat mir nur auf der Mailbox hinterlassen, dass es neue Informationen gibt und dass er mich abholt.«

Seine Miene war schwer zu deuten. Selbst wenn er mehr wusste, würde er es Elisa nicht sagen.

»Ich gehe duschen.«

Er drehte sich um und lief immer zwei Treppenstufen auf einmal nehmend ins Haus. Karen sah ihm mit ärgerlichem Blick hinterher und kam zu ihnen herüber.

»Du hattest mal wieder recht, Anna.«

»Schade, dass wir nicht gewettet haben.«

Elisa sah Anna fragend an.

»Ich habe heute Morgen schon nicht daran geglaubt, dass aus dem Grillen was wird, wenn Papa einen neuen Fall hat.«

»Was machen wir jetzt mit dem Essen?«, fragte Karen.

»Wir grillen ohne Papa! Das kann doch nicht so schwer sein.«

Karen verzog das Gesicht. »Meinst du? Ich bekomme nicht mal ein Feuer in Gang, geschweige denn eine ordentliche Glut ...«

»Ich schau mir das mal an.« Anna kletterte die Strickleiter nach unten und lief zum Grill hinüber. Elisa folgte ihr.

»Sie müssen auf jeden Fall mitessen, Elisa. Ich habe so viel eingekauft, weil Lenz und sein Vater auch dabei sein sollten.«

Elisas Magen hatte nichts dagegen einzuwenden.

»Einen Teil des Fleisches kann ich einfrieren«, überlegte Karen laut vor sich hin. »Und der grüne Salat ...«

Luna hob den Kopf und bellte.

»Oma, es hat geklingelt!«, informierte Anna ihre Großmutter.

Karen ging ins Haus und kam kurz darauf mit Henris Partner Lenz Albrecht zurück. Elisa hatte ihn bei einer Pressekonferenz und am Fundort der Leiche in Buchenhain an Henris Seite gesehen, doch sie war ihm noch nicht persönlich begegnet. Er steuerte direkt auf Elisa zu.

»Sie müssen Elisa sein. Freut mich, Sie endlich kennenzulernen!« Elisa schüttelte seine ausgestreckte Hand. Ob Henri mit ihm über sie gesprochen hatte?

»Freut mich ebenfalls!«

Er sah nett aus. Bei der Pressekonferenz hatte sie nur Augen für Henri gehabt, weil sie dort erst begriffen hatte, dass der Sohn ihrer Vermieterin und der Kommissar, aus dem sie dringend ein paar Informationen herauskitzeln wollte, ein und dieselbe Person war. Lenz war groß und schlaksig, beim Lachen bekam er tiefe Grübchen auf den Wangen.

»Hallo, Anna!«, sagte er zu dem Mädchen, das er offensichtlich gut kannte. Sie umarmten sich.

»Hi, Lenz. Kannst du mir mit dem Feuer helfen?«

Lenz machte sich am Grill zu schaffen und schichtete die Holzscheite, die Anna unter den Rost gelegt hatte, zu einer kunstvollen Pyramide auf.

»Tut mir leid, dass es mit dem Grillen für Sie nichts wird«, sagte Elisa.

»Dafür bekomme ich jetzt Ihre Portion!«

Er lachte. »Lassen Sie es sich schmecken.«

»Sie haben herausgefunden, wer die Tote aus der Isar ist?«, fragte Elisa aufs Geratewohl.

»Wir haben eine Vermisstenmeldung hereinbekommen, die mit der Toten übereinstimmt«, erzählte Lenz bereitwillig. »Es könnte sich um eine Studentin handeln.«

»Und Sie treffen sich jetzt mit den Angehörigen zur Identifizierung in der Rechtsmedizin?«

Lenz nickte. Er entzündete das Feuer und richtete sich wieder auf, als das Holz zu brennen begann.

»Die Mutter kommt aus Ingolstadt. Ihre Tochter hatte sie gestern eigentlich zu ihrem Geburtstag besuchen wollen und ist nicht aufgetaucht. In ihrer WG ist Vanessa seit dem Vormittag nicht mehr gesehen worden.«

»Lenz? Möchtest du was trinken?«, rief Karen von der Veranda aus. Elisa stöhnte innerlich. Warum musste Karen Lenz ausgerechnet jetzt unterbrechen? Er war gerade so schön ins Reden gekommen!

Lenz drehte sich zu Karen um.

»Nein, danke. Wir müssen gleich weiter, wenn Henri aus der Dusche kommt. Viele Grüße übrigens von meinem Vater. Es tut ihm sehr leid, dass er deinen Kartoffelsalat verpasst.«

»Ich gebe dir etwas in einer Plastikdose für ihn mit.«

Karen verschwand wieder im Haus.

»Eine Studentin?«, hakte Elisa nach, um das Gespräch fortzusetzen. »Die arme Mutter ...«

Lenz nickte.

»Es ist furchtbar, wenn man ein Kind verliert. Auch wenn es schon erwachsen ist.«

»... und man nicht weiß, mit wem es sich eingelassen hat.«

Elisa stocherte vage weiter. Immerhin hatte in der Pressemeldung gestanden, dass die Polizei von einem Gewaltverbrechen ausging.

»Dazu erfahren wir von der Mutter hoffentlich mehr. Vielleicht kann sie uns sagen, ob ihre Tochter regelmäßig in der Spielbank war oder ob sie Drogen genommen hat.«

»In der Spielbank?«

»Sie hatte einen Chip ...« Lenz brach ab und wurde rot. Elisa konnte seine Gedanken förmlich auf der Stirn lesen: Sie ist nicht nur Karens Untermieterin, sondern auch Journalistin bei der *Morgenzeitung*. »Hören Sie, Elisa, das dürfen Sie nicht in Ihrer Zeitung schreiben. Das soll aus ermittlungstaktischen Gründen nicht an die Öffentlichkeit, verstehen Sie?«

»Klar. Kein Wort von einem Spielbankchip.« Elisa lächelte beruhigend.

»Ich hoffe, die Identifizierung ist nicht so unangenehm für Sie. Keine leichte Aufgabe, eine Mutter ihr totes Kind ansehen zu lassen.«

»Wir müssen sichergehen, dass die Tote wirklich die vermisste Person ist.« Er zögerte. »Manchmal ist es für die Angehörigen danach einfacher. Sie haben mit eigenen Augen gesehen, dass ihr Kind oder Partner nicht mehr lebt. Das kann es leichter machen, den Tod zu akzeptieren ...«

»Aber für Sie wird es dann schwerer, oder? Bis jetzt war die junge Frau ein namenloser Leichnam. Durch die Identifizierung wird sie zu einem Menschen mit einer Geschichte.«

»Und vor allem zu einer Person, die sehr wahrscheinlich geliebt wurde und eine Leere im Dasein von anderen hinterlassen wird. Ich will nicht sagen, dass der Tod eines gewissenlosen Gangsters bei einer Schießerei nicht auch schlimm ist. Aber was mich wirklich berührt, sind die Fälle, bei denen unschuldige Menschen aus dem Leben gerissen werden.«

»So wie die Studentin?«

»Das wissen wir noch nicht, aber mein Gefühl ...« Er brach wieder mitten im Satz ab. »Über meine Gefühle sollte auch nichts in der Zeitung stehen.«

Elisa lachte.

»Keine Sorge. Der Chefredakteur hat nur Interesse an Fakten.«

Lenz stimmte in ihr Lachen ein und zeigte wieder seine Grübchen.

»Ich beneide Sie nicht um Ihre Aufgabe!«

»Lenz!«, rief Henri von der Veranda aus. Er sah stirnrunzelnd zu ihnen und kam nach kurzem Zögern die Treppe herunter. »Ich bin fertig, wir können los!«

»Alles gut mit dem Feuer, Anna?«, fragte Lenz.

Anna nickte. »Das hab ich im Griff. Aber Mathe und Französisch hab ich nicht im Griff.« Sie warf einen vorwurfsvollen Blick zu Henri.

»Kann Oma dir nicht helfen?«

Anna verdrehte die Augen.

»Wohl kaum.«

»Ich kann dir helfen«, mischte Elisa sich ein. »Ich weiß nicht, ob ich dir *alles* erklären kann, aber ich kann es mir ja mal anschauen.«

»Wirklich?« Henri sah sie überrascht an.

»Sonst würde ich es nicht anbieten.«

Annas Augen leuchteten.

»Mit Elisa macht es bestimmt viel mehr Spaß als mit dir!«

Sie drehte sich wieder zum Grill und stocherte mit einem kleinen Stock in der Glut.

»Eine Hand wäscht die andere?«, fragte Henri.

Elisa hielt seinem dunklen Blick stand.

»Nein. Einfach so.«

Sie gab Lenz die Hand.

»Hat mich gefreut, Sie kennenzulernen.«

»Gleichfalls. Mach's gut, Anna.«

»Du auch, Lenz!«

Lenz ging Richtung Treppe. Henri zögerte.

»Danke, dass du dich um Anna kümmerst«, sagte er leise zu Elisa.

»Das mache ich gern.«

Freunde helfen einander. Aber er wollte ja nicht ihr Freund sein. Nicht so.

»Ihr habt eindeutig die unangenehmere Aufgabe heute Abend. Ich hoffe, es wird nicht so schlimm.«

»Das hoffe ich auch.« Endlich zeigte sich in seinen Augen so was wie ein Lächeln. »Sei dir nur nicht zu sicher. Mit Anna zu lernen kann einen auch zur Verzweiflung bringen!«

»Es wird schon gehen!«

»Danke!«

Beim Gehen streifte Henri sie kurz am Arm, doch die Geste war so flüchtig, dass Elisa nicht sagen konnte, ob er sie absichtlich berührt hatte oder nicht. Elisa sah ihm hinterher, bis er im Haus verschwunden war.

»Passt du auf das Feuer auf, Anna? Ich muss noch mal hoch und kurz telefonieren.«

»Ist gut.«

Elisa ging langsam zur Treppe. Als sie hörte, wie die Haustür hinter Henri und Lenz zuschlug, beschleunigte sie ihre Schritte und rannte die Treppe nach oben in ihre Wohnung. Sie schaltete ihr Notebook ein und wartete ungeduldig darauf, dass es hochfuhr.

Was hatte Lenz ihr verraten? Die junge Frau hieß mit Vornamen Vanessa, war Studentin und kam ursprünglich aus der Gegend von Ingolstadt. Elisa musste herausfinden, wie die dortige Lokalzeitung hieß, vielleicht wurde sie in den archivierten Artikeln fündig.

Im Internet stieß sie schnell auf den *Donaukurier*, der in Ingolstadt und Umgebung gelesen wurde, doch dann wurde die Suche schwer. Vanessa war kein seltener Name. Es gab haufenweise Vanessas, die sich mit sportlichen Erfolgen hervorgetan hatten, mehrere Lokalpolitikerinnen trugen diesen Vornamen und ein paar Künstlerinnen namens Vanessa waren schon in der Region aufgetreten.

Elisa versuchte, das Alter einzugrenzen. Wenn sie jetzt Studentin war, hatte sie vielleicht erst im letzten oder vorletzten Jahr ihren Schulabschluss gemacht. Die Schulen veröffentlichten keine Namenslisten ihrer Absolventen, doch Elisa fand mehrere Berichte von Abiturfeiern. Und zweimal wurde eine Schulsprecherin namens Vanessa erwähnt, die bei der Abiturfeier eine Rede gehalten hatte. Elisa hielt die Luft an. Eine Vanessa Martens und eine Vanessa Czerny. Sie suchte bei Facebook weiter. Beide Vanessas schienen dort aktiv zu sein, beide hatten ein Facebook-Profil, das bestätigte, dass sie aus der Ingolstädter Region kamen, die eine war Fan des FC Ingolstadt, die andere mochte die Ingolstädter Band *Slut*. Vanessa Martens hatte dunkelbraune krause Locken und dunkle Augen, sie lachte auf ihrem Profilbild offen in die Kamera. Das Profilbild von Vanessa Czerny zeigte dagegen ein Tattoo. Ein Tattoo von einem Schmetterling. Das Tattoo, das die Polizei zusammen mit der Pressemeldung zur Verfügung gestellt hatte.

Elisa spürte, wie ihr Herz anfing zu klopfen. Sie war auf der richtigen Spur. Die Tote war mit großer Wahrscheinlichkeit Vanessa Czerny. Als Elisa den kompletten Namen in die Suchmaschine des Donaukuriers eingab, erschienen mehrere Artikel, in denen Vanessa in ihrer Rolle als Schulsprecherin erwähnt wurde. Sie war darüber hinaus als Ersthelferin tätig gewesen und hatte Jugendfreizeiten der Kirchengemeinde als Betreuerin begleitet. Sie schien ein engagiertes Mädchen gewesen zu sein! Lenz' Gefühl hatte ihn nicht getrogen, Vanessa Czerny war eine der Guten gewesen, deren Tod eine Lücke hinterließ.

Elisa scrollte in der Liste nach unten, überflog nur noch die Stichwörter, bis sie plötzlich auf eine Todesanzeige stieß, unter der Vanessas Name stand. Barbara und Vanessa Czerny trauerten um ihren Mann bzw. Vater, der nach langer Krankheit verstorben war. Vanessa war zu diesem Zeitpunkt gerade mal acht Jahre alt gewesen.

Als Nächstes versuchte Elisa, mehr über Vanessas Studienzeit in München herauszufinden. Sie war nicht im Telefonbuchbuch verzeichnet. Lenz hatte gesagt, dass sie in einer WG wohnte, ein Festnetzanschluss konnte dann genausogut auf einen ihrer Mitbewohner angemeldet sein. Elisa probierte es mit verschiedenen Suchwortkombinationen, doch in München hatte Vanessa Czerny noch nicht so viele Spuren hinterlassen wie in ihrer Heimat. Auch über die Internetseiten der Uni war nichts weiter herauszufinden.

Elisa sah auf die Uhr. Es dauerte noch etwas, bis die *Morgenzeitung* in Druck ging. Am nächsten Tag würde die Polizei den Namen der Toten bekannt geben, wenn ihre Identität offiziell bestätigt war. Dann würden alle Zeitungen über Vanessa Czerny schreiben. Elisa hatte die Chance, die *Morgenzeitung* in der Berichterstattung ganz nach vorn zu katapultieren. Sie konnten zwar noch nicht viel über Vanessa selbst schreiben und schon gar nichts darüber, wie und warum sie ermordet worden war, aber sie waren zumindest imstande, ihren Namen als Erste zu veröffentlichen.

Sie musste Wolf Borowsky, den Chef vom Dienst, anrufen. Elisa kannte seine Durchwahlnummer nicht auswendig. Gleich am nächsten Tag würde sie sie in ihrem Handy abspeichern. Die Telefonzentrale war nicht mehr besetzt. Elisa versuchte es aufs Geratewohl mit den Durchwahlnummern, die ihr einfielen. Dennis. Keine Reaktion. André. Keine Reaktion. Schließlich versuchte sie es sogar bei Jette, doch auch die war nicht mehr da. Lena! Die Fotografin hatte ihren Platz zwar in der Bildredaktion, aber es war einen Versuch wert.

»Lena Kirchberger«, meldete sie sich prompt.

»Hier ist Elisa. Hallo, Lena.«

»Elisa! Was ist los?«

»Ich muss dringend den Chef vom Dienst sprechen, aber ich weiß seine Durchwahl nicht und die Zentrale ist nicht mehr besetzt.«

Lena lachte.

»Die Nummer vom Chef vom Dienst solltest du im Schlaf kennen!«

»Ich weiß. Kannst du mir weiterhelfen?«

»Ich stelle dich durch!«

»Danke! Arbeite nicht mehr so lange!«

»Wollte gerade gehen!«

»Schönen Feierabend.«

Lena stöhnte.

»Muss meinen Eltern mit der Wäsche helfen. Das wird super!«

»Viel Spaß!«

Lena stellte Elisa zu Wolf Borowsky durch.

»Elisa? Sag nicht, dass du noch was Neues hast! Das Layout ist gerade fertig geworden.« Der Chef vom Dienst hatte sie von Anfang an geduzt. Elisa mochte ihn, auch wenn er manchmal etwas kauzig wirkte. Er schien ganz für seinen Job zu leben. Mit sozialen Kontakten hatte er es dagegen nicht so. Elisa hatte gehört, dass er eine Familie hatte, aber sie glaubte es nicht, denn er war morgens schon da, wenn sie in die Redaktion kam, und saß abends noch lange an seinem Schreibtisch, wenn alle anderen längst nach Hause gegangen waren.

»Ich hätte den Namen der Toten aus der Isar!«

»Nicht dein Ernst!«

»Doch. Es ist noch nicht offiziell bestätigt, aber wir können davon ausgehen, dass es sich um eine gewisse Vanessa Czerny handelt, eine Studentin.«

»Wie hast du das rausgefunden?«

»Ich habe den Vornamen von einem Polizisten ... sagen wir ... aufgeschnappt. Und dann im Internet recherchiert.«

»Du bist der helle Wahnsinn!« Wolf lachte. Er war seit vielen Jahren bei der *Morgenzeitung* und Elisa hatte den Eindruck gewonnen, dass André als Chefredakteur zwar der Kopf der Redaktion war, Wolf jedoch ihre Seele. Er war gern bereit dazu, noch mal sein Layout über den Haufen zu werfen, wenn die *Morgenzeitung* dafür am nächsten Tag die anderen Zeitungen ausstechen konnte.

»Okay ... wir schieben hier auf der Eins noch ein bisschen.« Er überlegte bereits, wie er Platz schaffen konnte. »Und dein Artikel auf der 29 wird länger, da kann ich den Baustellenbericht noch kürzen. Was hast du außer dem Namen noch?«

»Nicht allzu viel. Die junge Frau kam aus der Ingolstädter Gegend, war dort sehr engagiert. Schulsprecherin, Ersthelferin und so. Seit sie zum Studium nach München gekommen ist, habe ich nichts mehr gefunden. Ich weiß nur, dass sie hier in einer WG wohnte. Mehr nicht.«

»Verstehe. Was willst du davon bringen?«

Elisa überlegte. Sie hatte nicht damit gerechnet, dass er ihr vollkommen freie Hand ließ.

»Wir können nicht schreiben, dass ich den Namen aufgeschnappt habe, sonst komme ich in Teufels Küche. Ich würde es gern so darstellen, dass wir sie über das Foto des Tattoos gefunden haben. Das hat die Polizei ja heute offiziell zur Verfügung gestellt.«

»Das haben wir sowieso schon drin. Aber wie sollen wir sie damit gefunden haben?«

»Sie hat ein Foto des Tattoos als Profilbild für ihre Facebook-Seite genutzt. Deshalb bin ich mir auch sicher, dass sie es ist.«

Wolf pfiff durch die Zähne.

»Ich schaue mir das mal an.« Elisa konnte hören, wie er auf seine Tastatur eintippte. »Davon nehmen wir einen Screenshot. Okay, was noch?«

Sie gingen zusammen Elisas Artikel durch und besprachen, was geändert werden sollte. Sie formulierten einen neuen kurzen Text für die Titelseite und passten Elisas Text entsprechend an. Am Ende klang es so, als wäre die Redaktion der *Morgenzeitung* bei ihren Recherchen zu dem Schmetterlingstattoo auf das Profilbild der Studentin gestoßen. Sie deuteten im Text an, dass noch am Abend eine offizielle Identifizierung in der Rechtsmedizin erfolgen würde. Mehr wollte Elisa nicht dazu schreiben. Sie ahnte, dass Henri über den Text nicht glücklich sein würde. Sie griff damit der offiziellen Bekanntmachung seitens der Polizei vor, aber schließlich hatte sie aus den wenigen Informationen, die sie aus Lenz herausgeholt hatte, dank ihrer eigenen Recherche noch erheblich mehr herausgefunden. Den Spielbankchip hatte sie wie versprochen nicht erwähnt. Nicht mal Wolf hatte sie davon erzählt, denn sie hatte gelernt, dass es besser war, mit niemandem über Informationen zu sprechen, über deren Verbreitung sie selbst die Kontrolle behalten wollte.

Aus der Mangel zischte der heiße Dampf nach oben und für einen Moment beschlug Dianas Brille. Es störte sie nicht mehr. Am Anfang hatte sie noch versucht, sich nach hinten zu lehnen, aber dann war es viel schwerer, die Wäsche gleichmäßig gespannt zu halten. Also lieber etwas Dampf im Gesicht und dafür tadellose Tischwäsche, die die penible Müller nicht bemängelte. Es war sowieso so heiß hier unten in der Wäscherei, da kam es darauf auch nicht mehr an.

Diana war immer schnell nassgeschwitzt, denn die körperliche Arbeit war bei dieser Hitze doppelt anstrengend. Ihre Kollegin Yvonne hatte mal ein Thermometer mitgebracht und ein paar Tage lang gemessen; meistens herrschten Temperaturen zwischen 35 und 38 Grad.

Diana schob die nächste Serviette in die Mangel. Die große Tischwäsche mussten sie zu zweit mangeln, bei einem allein verzogen sich die Tischdecken. Die Servietten konnte Diana dagegen auch ohne Hilfe durch das Gerät ziehen. Das erforderte nicht viel Aufmerksamkeit. Sie konnte dabei

ihren Gedanken freien Lauf lassen, wenn sie das Rauschen des Wäsche-
trockners nicht störte, in dem auf der anderen Seite des Raumes die
Frotteehandtücher ihre Runden drehten.

Ein Urlaub mit Sanna, Ann-Kathrin und Corry wäre etwas ganz Besonderes, das war ihr klar. Diana hatte in ihrem ganzen Leben noch nicht so
viel Spaß gehabt wie in den paar Wochen, in denen sie die drei nun kannte.
Ihre neuen Freundinnen nahmen das Dasein nicht so schwer. Sie verstanden
es, den Moment zu genießen. Sie machten sich nicht so viele Sorgen wie
Diana. Vielleicht mussten sie sich auch nicht so viele Sorgen machen, weil
sie genug Geld hatten.

Diana legte die Servietten auf dem Rollwagen für das Restaurant ab. Sie
warf einen Blick zum Wäschetrockner; die Handtücher waren noch nicht
fertig. Yvonne war bereits gegangen. Sie wollte sich mit ihrem Freund treffen und hatte Diana angebettelt, dass sie die Handtücher übernahm. Yvonne
hatte behauptet, dass sie nur noch fünf Minuten brauchten, inzwischen war
schon mehr als eine Viertelstunde vergangen. Diana hätte auch gern Schluss
gemacht, denn sie wollte beim Kontoauszugsdrucker vorbeigehen und nachsehen, wie viel Geld sie genau auf ihrem Konto hatte. Der Gedanke an
einen Urlaub mit den Freundinnen ließ sie nicht los. Es wäre schon schön,
wenn sie dabei sein könnte. Diana konnte sie vor sich sehen, wie sie irgendwo in der Sonne auf einem Liegestuhl saßen mit einem bunten Cocktail in
der Hand und über das Leben lachten ...

»Was ist denn jetzt mit der Bluse für Nummer 117?«, unterbrach eine un-
freundliche Stimme hinter Diana ihre Gedanken. Sie drehte sich um, in der
Tür stand eines der Zimmermädchen. Diana glaubte, sich zu erinnern, dass
sie Sandy hieß. Manchmal, wenn nicht alle Zimmer belegt waren, wurde
eines der Zimmermädchen zu ihnen abkommandiert, um in der Wäscherei
zu helfen. Keine kam gern zu ihnen herunter in die Katakomben des Hotels.
Diese Sandy war bis jetzt höchstens zwei- oder dreimal aufgetaucht, immer
mit dem gleichen widerwilligen Gesichtsausdruck.

»Welche Bluse?«, fragte Diana.

»Die weiße Bluse, die die Frau aus Nummer 117 aufgebügelt haben wollte.
Ich habe längst Feierabend, aber ich könnte sie ihr noch schnell hochbringen, weil sie es so dringend damit hatte.« Sandy beabsichtigte, ein Trinkgeld zu kassieren, das war alles. »Ich habe deiner Kollegin doch gesagt, dass
es eilig ist! Ist die Bluse denn noch nicht fertig?«

Diana zuckte mit den Achseln. Von einer Bluse wusste sie nichts.

»Ich schau mal nach.«

Sie durchsuchte die Wäschekörbe, in denen sie die Kleinteile vorsortierten.
Keine weiße Bluse. Auch Sandy fing an, sich in allen Ecken der Wäscherei

umzusehen. Der Wäschetrockner piepte, die Handtücher waren fertig. Diana seufzte. Es würde wohl noch dauern, bis sie rauskam.

Yvonne war nicht gerade die Hellste. Und leider war sie auch ziemlich vergesslich. Diana hatte sich schon oft gefragt, ob sie manche Dinge – besonders unangenehme Dinge – nicht sogar mit Absicht vergaß. Sie warf einen Blick auf Yvonnes Spind. Tatsächlich hing an dessen Seite eine weiße Bluse auf einem Bügel, eine zerknitterte, ganz offensichtlich nicht gebügelte Bluse. Diana nahm den Bügel und hielt ihn Sandy hin.

»Ist das die Bluse?«

Sandys Gesicht hellte sich nur kurz auf.

»Die ist ja noch gar nicht fertig! Du musst sie jetzt sofort bügeln!« Sie funkelte Diana an. »Ich gehe eine rauchen und wenn ich wiederkomme, ist das Ding fertig, klar?«

Sie drehte sich um und rauschte hinaus. Diana hätte ohnehin nicht gewagt, ihr zu widersprechen. Wenn Yvonne ihr zugesichert hatte, dass die Bluse noch gebügelt werden würde, dann war Sandys Zorn berechtigt.

Diana stellte das Bügeleisen an und beeilte sich damit, sämtliche Falten aus der Bluse heraus zu bügeln. Es war ein unangenehm störrischer Stoff, der sich schwer bändigen ließ, doch Diana brauchte nur ein paar Minuten dafür. Als Sandy zurück in die Wäscherei kam, riss sie ihr wortlos den Bügel aus der Hand und rannte aus dem Raum. Diana leerte den Wäschetrockner und legte die Handtücher zusammen. Dann war sie endlich fertig.

Sie verließ das Hotel durch den Hinterausgang. Es war sommerlich warm, doch im Vergleich zu der dampfigen Luft in der Wäscherei empfand Diana es wie eine Abkühlung, als sie nach draußen kam. Die Sonnenstrahlen glitzerten auf dem See vor der Messe, vom Hotel war es nur ein Katzensprung bis zu den Messehallen. Direkt am Eingang zur U-Bahn war zwar ein Geldautomat der Sparkasse, aber kein Kontoauszugsdrucker. Diana beschloss, nach Hause zu fahren und dort an der Sparkassenfiliale vorbeizugehen. Sie nahm die Rolltreppe hinunter zum Bahnsteig und musste nicht lange auf die nächste U-Bahn warten. Zum Feierabend waren die U-Bahnen voller Menschen. Bei vielen hatte das Deo gegen die Hitze versagt. Diana versuchte, durch den Mund zu atmen und niemanden direkt zu berühren, was in dem Gedränge schwer war.

Sie stieg am Innsbrucker Ring um und war froh, als sie in Neuperlach die U-Bahn verlassen konnte. Von der Station war es nicht weit bis ins Einkaufszentrum, wo eine Filiale der Sparkasse. Diana überschlug im Kopf, dass sie etwa 1.000 Euro auf dem Konto haben musste; der Rest vom Gehalt des Vormonats und die 500 Euro eiserne Reserve, die sie niemals anrührte.

»Du solltest immer 500 Euro in der Hinterhand haben«, hatte ihre Mutter ihr von klein auf eingetrichtert. »Es kann jederzeit ein Notfall eintreten und dann ist es gut, wenn man etwas Geld auf der hohen Kante hat.« Ein Notfall war noch nie eingetreten, der Diana dazu gezwungen hätte, das Geld anzurühren. Doch jetzt war sie bereit, es zu nehmen. Für einen Urlaub hätte sie es normalerweise nicht ausgegeben, aber Diana konnte sich keinen Notfall vorstellen, der es dringender erforderlich gemacht hätte, an ihr Erspartes zu gehen.

Diana trommelte mit den Fingern auf den Kontoauszugsdrucker, als der sich nur langsam ratternd in Betrieb setzte. Sie zerrte an dem Papier, noch bevor der Ausdruck beendet war.

937,46 Euro. Nicht mal 1.000. Das würde nie reichen. Nicht für eine Karibikkreuzfahrt und erst recht nicht für ein paar neue Kleidungsstücke, die sie laut Sanna unbedingt brauchten.

Diana steckte den Kontoauszug achtlos in ihre Tasche und verließ den Sparkassenvorraum. Aus der Traum! Sie hatte zwar befürchtet, dass sie nicht genug Geld auf dem Konto hatte, aber sie hatte auf ein Wunder gehofft. Als nun schwarz auf weiß auf dem Papier stand, dass ihre Ersparnisse sich nicht über Nacht vervielfacht hatten, fühlte sich Diana ernüchtert. Was sollte sie tun? Es gab nichts, was sie sich mehr wünschte als diesen Urlaub mit Sanna, Corry und Ann-Kathrin.

Neben Diana begrüßten sich zwei Frauen lautstark und fielen sich in die Arme. Drei junge Mädchen hatten sich untergehakt und liefen kichernd durch das Einkaufszentrum. Diana spürte die innige Verbundenheit zwischen ihnen. Früher hatte sie es nie vermisst, enge Freundinnen zu haben. Sie war ganz in ihren Beziehungen zu ihren Freunden aufgegangen, hatte nicht mehr gebraucht. Und hätte auch keine Zeit für Freundinnen gehabt, denn wenn es einen Mann in ihrem Leben gab, dann hatte sich alles um ihn gedreht. Bis der Letzte – Carlos – genug von ihr gehabt und sich von ihr getrennt hatte. Doch nun, nachdem sie erfahren hatte, dass nicht alle Frauen übelwollende Zicken waren und dass eine Frauenfreundschaft schön und lustig sein konnte, wollte sie nicht mehr darauf verzichten.

Dianas Blick fiel auf das Schaufenster eines Reisebüros. Muscheln lagen auf kleinen Hügeln aus richtigem Sand, darin steckten verschiedene Angebote für Urlaubs- und Wellnessreisen an der Nord- und Ostsee.

Was, wenn sie einen Alternativvorschlag zur Karibikkreuzfahrt machte? Wenn sie einen Urlaub vorschlug, der günstiger zu bekommen war? Wo man nicht weit zu fliegen brauchte? Diana betrachtete nachdenklich das kleine Modell eines Leuchtturms, das im Hintergrund im Sand stand. Natürlich musste es etwas Besonderes sein. Kein Nullachtfünfzehn-Pauschalangebot.

Aber es war zumindest einen Versuch wert. Sie hatte schon öfter die Reiseprospekte von Aldi und Tchibo durchgeblättert. Da gab es immer mal günstige Angebote in tollen Hotels. Wenn man zum Beispiel in der Nebensaison fuhr ... Diana hatte zu Hause keinen Computer und keinen Internetanschluss, es war am besten, sich gleich hier zu informieren. Sie wollte gerade das Reisebüro betreten, als sie ein Angebot im zweiten Schaufenster auf der anderen Seite der Eingangstür sah. *Eröffnungsangebot*, stand dort in großen roten Buchstaben, *Yoga- und Wellnesswoche in ultramodernem Fünfsterne-Ressort in der Nähe von Kitzbühel für 999 Euro. Inklusive täglicher Massage, umfangreichem Fitnessangebot und Genießer-Vollpension.*

999 Euro. Diana schnappte nach Luft wie ein Fisch auf dem Trockenen. Wenn sie sich noch etwas von Yvonne lieh, war das zu schaffen! Es hörte sich nach Luxus pur an! Das würde auch den anderen gut gefallen! Diana drückte die Tür des Reisebüros auf. Die Dame im Reisebüro empfing sie mit einem freundlichen Lächeln.

»Hoffentlich erfahren wir von der Mutter gleich mehr über das Opfer!«, sagte Lenz und steckte sich den Rest seiner Wurstsemmel in den Mund. Er faltete das Papier sorgfältig und legte es auf der Mittelkonsole ab. »Wenn der Anblick ihrer Tochter sie nicht zu sehr umhaut.«

Henri nickte und kaute. Sie hatten kurz bei einer Metzgerei angehalten und sich etwas zu essen geholt. Jetzt warteten sie in Lenz' Auto vor dem Rechtsmedizinischen Institut auf Barbara Czerny, die ihre Tochter als vermisst gemeldet hatte. Henri spülte den Rest seiner Wurstsemmel mit ein paar Schluck Wasser runter.

»Irgendwie war das nicht befriedigend.« Er faltete das Papier, wie Lenz es getan hatte. »Ich hatte schon beim Laufen so einen Hunger!«

»Schade, dass die Frau ihre Tochter nicht erst morgen vermisst melden konnte. Ich hätte wirklich gern gegrillt«, meinte Lenz.

»Und ich erst! Habe beim Laufen an nichts anderes denken können.«

Lenz griff nach seiner Wasserflasche und trank.

»Deine Elisa ist übrigens eine sehr attraktive Frau!«

»Sie ist nicht *meine* Elisa.«

Lenz ignorierte Henris Einwand.

»Ich kann jetzt verstehen, warum du neulich so große Sorgen um sie hattest. Aber sie sieht nicht nur toll aus, sie macht auch einen extrem netten Eindruck.«

»Und das weißt du, weil du fünf Minuten mit ihr geredet hast?«

»Sie war sehr mitfühlend und hat sich Gedanken darüber gemacht, dass so eine Identifikation auch für uns nicht einfach ist. Außerdem fand ich es nett, dass sie angeboten hat, mit Anna zu lernen.«

»Das stimmt«, gab Henri zu. Damit hatte sie auch ihn überrascht. Vor allem, wenn sie es tat, ohne eine Gegenleistung zu verlangen.

»Ich kenn dich doch, Henri! Sie ist die erste Frau seit Claire, die dich wirklich interessiert.« Lenz sah ihn von der Seite an. »Warum machst du nicht Nägel mit Köpfen?«

»Würde ich ja gern, aber sie will nicht. Sie sagt, sie ist noch nicht über ihren Ex hinweg. Der hat sie mit einer anderen betrogen.«

»Das ist doch eine deiner leichtesten Übungen, sie davon zu überzeugen, dass du so was nie tun würdest. Du bist die treueste Seele, die man sich vorstellen kann.«

Lenz sprach es nicht aus, aber Henri wusste, was er dachte.

Du hast dir jahrelang von Claire auf der Nase herumtanzen lassen und sie sogar noch verteidigt, als nach dem Unfall nach und nach herauskam, dass sie hinter deinem Rücken ihr Comeback geplant hatte.

Es gab wahrscheinlich kaum eine treuere Seele als Henri. Treudoof war er gewesen.

Ein weißer, in die Jahre gekommener Toyota Corolla fuhr langsam auf sie zu. Lenz zückte eine Rolle Pfefferminzbonbons. Henri schob sich eins davon in den Mund.

»Ich glaube, da ist sie.«

Der Toyota stoppte und setzte zum Einparken auf der gegenüberliegenden Straßenseite nach hinten. Zwei Frauen stiegen aus. Henri legte die Wasserflasche in den Fußraum und beeilte sich, aus dem Auto zu kommen. Er ging auf die Frauen zu, Lenz folgte ihm.

»Frau Czerny?«, fragte Henri.

Die kleinere der beiden Frauen nickte.

»Das bin ich.« Sie hatte ein verhärmt wirkendes Gesicht voller Falten, das von kleinen Pudellocken eingerahmt wurde. Der toten jungen Frau sah sie nicht übermäßig ähnlich.

Henri zeigte ihnen seinen Ausweis.

»Henrik Wieland, Kriminalpolizei. Das ist mein Kollege Lenz Albrecht.«

Barbara Czerny deutete auf die Frau neben ihr.

»Das ist meine Nachbarin, Heidrun Merz. Sie hat mich hergefahren.«

Sie gaben sich die Hand.

»Ich konnte sie ja wohl nicht allein fahren lassen«, sagte Heidrun und legte unbeholfen den Arm um Barbaras Schultern. »Wir hoffen so sehr, dass es nicht Vanessa ist ... Das wär' natürlich schlimm für jemand anderen, aber Barbara hat sonst gar niemanden mehr ...«

114

»Können wir jetzt gleich ...?«, unterbrach Barbara ihre Nachbarin.

»Sicher.«

Henri deutete zum Eingang des Rechtsmedizinschen Instituts. Barbara ging mit energischen Schritten los, sie sagte kein Wort mehr. Heidrun Merz plapperte dafür während des ganzen Weges. Erst als sie vor der Tür des Obduktionsraums von Dr. Vogel persönlich empfangen wurden, schwieg sie und sah sich um.

»Sie können hier warten«, sagte Dr. Vogel zu Heidrun Merk und deutete auf einen Stuhl ein Stück weiter hinten im Flur.

»Soll ich dich begleiten, Barbara?« Eine Mischung aus Neugier und Mitgefühl stand ihr ins Gesicht geschrieben.

»Nein!«, sagte Barbara Czerny schärfer als nötig. Mit der Hand hielt sie das Kruzifix, das an einer Kette um ihren Hals hing, so fest, dass ihre Fingerknöchel weiß hervortraten.

»Kommen Sie!«

Henri fasste sie sanft am Ellbogen und schob sie hinter Dr. Vogel in den Raum, in dem die Tote aufgebahrt lag. Ihr Körper war mit einem weißen Tuch bis zum Hals bedeckt, sodass man die Nähte des Y-Schnitts auf ihrem Rumpf nicht sehen konnte. Die Gesichtshaut wirkte wie aus Wachs modelliert, das Gesicht sah unecht aus, wie das einer Puppe.

Henri beobachtete Barbaras Reaktion. Sie riss die Augen auf, schlug die Hand vor den Mund und brach in lautes Schluchzen aus.

»Vanessa! Meine Vanessa!«

Sie umarmte den toten Körper und drückte ihr Gesicht in Brusthöhe auf das weiße Tuch. Ihre Schultern bebten, sie weinte.

Henri merkte, dass Dr. Vogel Barbara von der Toten wegziehen wollte, denn durch ihre Umarmung war das weiße Tuch verrutscht und man sah die grauenvollen Nähte. Er schüttelte den Kopf. Sie mussten ihr noch Zeit lassen, Abschied zu nehmen. Vorsichtig zog Henri den äußersten Zipfel des Tuches zurück, bis der Ansatz der Naht wieder verdeckt war. Barbara merkte nichts davon. Sie hielt den Körper ihrer Tochter weiter umklammert. Langsam ebbten ihre Schluchzer ab. Ihre Schultern strafften sich und sie richtete sich auf, ohne die junge Frau loszulassen. Durch das Tuch hindurch umfasste sie ihre Hand.

»Das ist sie. Das ist meine Vanessa.«

»Es tut uns sehr leid, Frau Czerny. Herzliches Beileid.«

Sie schüttelten ihre freie Hand. Barbara sah Henri mit tränennassen Augen an.

»Was ist mit ihr passiert?«, fragte sie.

»Das wissen wir noch nicht genau. Sie wurde gestern Abend in der Isar treibend aufgefunden. Die Obduktion hat gezeigt, dass sie schon tot war, als sie ins Wasser gelangte. Wir gehen im Moment von einem Gewaltverbrechen aus.«

»Mord?«, flüsterte Barbara. »Wer sollte meine kleine Vanessa ermorden wollen?«

»Wir hatten gehofft, dass Sie uns sagen können, ob Ihre Tochter Feinde hatte?«

»Feinde? Vanessa hatte keine Feinde. Sie war ein Engel. Sie war so ein liebes Mädchen, jeder mochte sie.«

Wie oft hatten sie diesen Satz schon gehört?

»Sie haben angegeben, dass Vanessa Sie gestern besuchen wollte, dass sie aber nicht nach Hause gekommen ist«, sagte Lenz. »Was hatten Sie ausgemacht?«

»Ich hatte gestern Geburtstag ...«

»Herzlichen Glückwunsch!«, warf Lenz ein und erntete einen verständnislosen Blick von Barbara. Nichts schien sie in dieser Situation weniger zu interessieren als ihr eigener Geburtstag.

»Vanessa wollte am Abend zu mir kommen. Wir hatten vor, nach Ingolstadt reinzufahren und essen zu gehen. Aber sie kam nicht.«

»Hat sie sich im Lauf des Tages bei Ihnen gemeldet?«

»Sie hat morgens versucht, mich auf dem Handy anzurufen, aber ich habe es erst später gesehen. Ich hab gearbeitet.«

»Wo arbeiten Sie?« Lenz zog sein Notizbuch heraus.

»Ich bin Altenpflegerin. Ich arbeite bei uns im Ort im Seniorenheim *Lebensabend.*«

Lebensabend? Ernsthaft?

Henri und Lenz wechselten einen Blick, doch Barbara sprach schon weiter.

»Ich hab gleich zurückgerufen, als ich sah, dass sie angerufen hat, aber ich erreichte nur den Anrufbeantworter. Dann habe ich es in ihrer WG versucht, aber dort war sie nicht. Sie hat die Wohnung um kurz nach zehn verlassen, aber niemand wusste, wo sie hingegangen ist.«

»Können Sie uns die Adresse der WG nennen?«

Barbara ließ die Hand ihrer Tochter los und kramte in ihrer Handtasche.

»Ich war erst einmal dort, ich kenne die Adresse nicht auswendig.«

Sie öffnete ein Büchlein mit alphabetischem Adressverzeichnis und suchte die Adresse heraus. Lenz schrieb sie in sein Notizbuch ab.

»Das ist in Schwabing, gar nicht weit weg von der Uni. Vanessa hat Medizin studiert.«

In ihrer Stimme klang Stolz mit.

»Dann wohnt sie schon länger nicht mehr bei Ihnen?«

»Im letzten Herbst hat sie mit dem Studium begonnen. Sie ist ... war jetzt im zweiten Semester.«

»Ihre Nachbarin hat angedeutet, dass Sie außer Vanessa niemanden mehr haben. Was ist mit Vanessas Vater?«

»Mein Mann ist schon vor vielen Jahren gestorben. Er war lange krank.«

»Das tut uns leid«, sagte Lenz.

Henri schwieg. Nichts und niemand würde Barbara in ihrer Trauer auffangen. Ihm war Anna geblieben, als er um Jonathan und Claire trauerte. Ihretwegen war das Leben weitergegangen.

»Gehen wir zu Ihrer Freundin hinaus«, schlug er vor. »Sie ist doch eine Freundin von Ihnen?«

»Ja, das ist sie.« Barbara lächelte unter Tränen. »Es wird sie umhauen. Sie kannte Vanessa von Kindesbeinen an.«

Heidrun sprang auf, als sie auf den Flur traten. Ein Blick in Barbaras Gesicht genügte und sie brach in Tränen aus. Sie umarmte ihre Nachbarin und flüsterte ihr immer wieder ins Ohr: »Es tut mir so leid, es tut mir so leid!«

Dann drehte sie sich plötzlich zu Henri und Lenz um und überschüttete sie mit einem Wortschwall: »Die arme Barbara hat schon ihren Mann verloren und jetzt auch noch Vanessa! Vanessa war so ein gutes Mädchen, wissen Sie? Sie war Schulsprecherin und Ersthelferin und hat sich immer so engagiert. Sie war dermaßen hilfsbereit. Genau wie ihr Vater und ihre Mutter. Und jetzt soll sie tot sein?« Ihre Stimme überschlug sich. »Immer trifft es die Falschen! Ich kenne so viele Leute, die ihr ganzes Leben lang gelogen und betrogen haben und sich kein bisschen um andere scheren. Und die werden uralt, während ein junges, unschuldiges Mädchen sterben muss ...«

»Heidrun!«, bremste Barbara ihre Nachbarin.

»Woran ist Vanessa denn gestorben?«, erkundigte sich Heidrun. »Wenn Sie von der Kriminalpolizei sind ...«

»Wir gehen davon aus, dass sie ermordet wurde, aber wir stehen noch ganz am Anfang unserer Ermittlungen.«

Henri wandte sich an Barbara. »Hatte Vanessa einen festen Freund?«

Barbara schüttelte den Kopf.

»Jetzt nicht mehr. Als sie zum Studium gegangen ist, hat sie hier einen jungen Mann kennengelernt, so einen von und zu. Sie waren vielleicht ein halbes Jahr zusammen, aber vor ein paar Wochen hat er mit ihr Schluss gemacht.«

»Ein von und zu? Wie heißt er denn?«

»Sie hat immer nur von Nick gesprochen. Sie hat ihn nie mit heimgebracht. Ich weiß nicht, wie er heißt. Aber ihre Mitbewohner in der WG werden ihn bestimmt gekannt haben.«

»Wissen Sie, warum er mit ihr Schluss gemacht hat?«

»Sie wollte darüber nicht reden. Sie hat nur gesagt, dass er ein Spießer sei und dass es so besser wäre.«

»Hat sie unter der Trennung gelitten?«

Barbara hob die Schultern.

»Das weiß ich nicht. Sie hat es nur kurz am Telefon erwähnt. Seither war sie nicht mehr zu Hause.«

»Haben Sie regelmäßig miteinander telefoniert?«

»In den letzten Wochen nicht mehr so oft.« Barbara kaute auf ihrer Unterlippe. »Sie hatte nicht viel Zeit. Ständig hat sie sich mit jemandem getroffen oder was für die Uni machen müssen. Dafür hatte ich Verständnis. Sie hatte hier ein neues Leben begonnen. Ein junges Mädchen will ja auch seine Freiheit genießen.«

Heidrun räusperte sich.

»Aber alles, was sie getan hat, hat dir nun auch nicht gefallen! Wenn ich daran denke, wie du dich aufgeregt hast, als sie mit dem Tattoo heimkam!«

Barbara senkte den Blick.

»Das war in der Tat eine Überraschung für mich! Früher hat sie Tattoos abgelehnt. Und plötzlich hatte sie selbst eins.«

»Worauf haben Sie die Veränderung zurückgeführt? Auf den Einfluss des Freundes?«

»Wenn er ein Spießer war?«

Barbara sah Lenz zweifelnd an.

»Ich weiß es nicht. Ich habe mich gefreut, dass sie hier offener geworden ist, dass sie mehr aus sich herausgegangen ist. Ich dachte, sie ist glücklich!«

Von Neuem stiegen ihr Tränen in die Augen. Henri und Lenz wechselten einen Blick. Von Barbara Czerny würden sie nichts Hilfreiches über Vanessas neues Leben in der Stadt erfahren.

»Frau Czerny, haben Sie vielen Dank, dass Sie unsere Fragen beantwortet haben. Wir haben Ihre Telefonnummer und werden uns melden, sobald es etwas Neues gibt.«

»Darf ich noch einmal kurz zu ihr hineinschauen?«, bat Barbara.

Henri warf einen Blick zu Dr. Vogel. Er nickte und hielt ihr die Tür auf. Diesmal ging Heidrun mit hinein. Sie hatte den Arm um Barbaras Schultern gelegt und trat mit ihr neben den aufgebahrten Leichnam.

Dr. Vogel machte Henri und Lenz ein Zeichen, ihm etwas weiter den Flur hinunter zu folgen.

»Ich habe ja gehört, was die Mutter über die Tochter gesagt hat«, flüsterte er hinter vorgehaltener Hand. »Aber ich fürchte, ich kann das mit dem Engel nicht unterschreiben. Ich habe die ersten Ergebnisse aus dem Labor bekommen und die bestätigen meinen Verdacht, dass die Kleine in letzter Zeit ganz ordentlich Drogen konsumiert hat.«

»Man hat keine Einstiche gesehen«, wandte Lenz ein.

»Wir sprechen über Amphetamine und Ähnliches. Crystal Meth und so. Das Zeug wird oral eingenommen und hinterlässt Spuren in der Speiseröhre, im Magen, im Darm. Ihre Haut ist noch wenig angegriffen, deshalb würde ich vermuten, dass sie noch nicht lange Drogen konsumiert hat.«

»Aber sie war schon süchtig?«

»Das geht bei dem Teufelszeug schnell.«

»Dann müssen wir davon ausgehen, dass sie Geld brauchte, um sich Drogen kaufen zu können«, meinte Henri. »Die Mutter sieht nicht gerade so aus, als hätte sie Millionen auf dem Konto.«

»Glaubst du, dass Vanessa angeschafft hat?«, überlegte Lenz laut. »Mit den Dessous, die sie anhatte …«

Henri zuckte mit den Achseln.

»Das Einzige, was ich sicher glaube, ist, dass wir dringend mit ihren Mitbewohnern und ihrem Ex-Freund reden sollten.«

Elisa war der Satz des Pythagoras nicht mehr geläufig gewesen. Sie hatte eine ganze Zeit in Annas Mathebuch gelesen und sich ihre Hefteinträge erklären lassen, bis es ihnen gemeinsam gelungen war, die Höhe der Cheopspyramide zu berechnen.

»Und jetzt sollen wir noch den Weg bestimmen, den eine Maus zurücklegt, wenn sie hier an der Seite nach oben läuft«, sagte Anna. »Wie soll das denn gehen?«

Elisa deutete auf die Skizze auf dem Aufgabenblatt.

»Schau dir das Dreieck an. Diese Seite musst du bestimmen, diese Seite ist die Höhe, die haben wir schon berechnet. Wie lang ist dann die dritte Seite?«

»Die Hälfte von a?«, riet Anna.

»Genau. Setz' die Werte mal in die Formel ein.«

Elisa stand auf und stocherte mit Annas Zweig in den Glutresten herum, während Anna rechnete. Der Großteil der Glut war bereits erloschen, nur in der Mitte glimmten noch ein paar Kohlestücke. Das Grillen mit Anna und Karen hatte Spaß gemacht, war viel besser gewesen, als oben allein in der Wohnung zu sitzen. Karen hatte sich über Elisas Gesellschaft gefreut und noch viel mehr darüber, dass sie nun mit Anna lernte. Sie hatte Elisa und Anna genötigt, gleich unter der Pergola sitzenzubleiben und sofort mit dem Lernen anzufangen, während sie das Geschirr hineintrug.

Henri hatte sich weder bei Karen noch bei Anna gemeldet. Ob die Identifizierung noch im Gang war? Oder ob er mit Lenz gleich weiteren Spuren nachging? Vielleicht der Sache mit dem Spielbankchip? Es musste doch einen Grund dafür geben, dass die Tote den Chip in der Tasche gehabt hatte. Aber welchen?

»184,39 Meter!«, rief Anna. »Kann das sein?«

Elisa ging zum Tisch zurück und überprüfte Annas Rechnung.

»Hm, ist zwar eine irritierend schiefe Zahl, aber aus meiner Sicht hast du richtig gerechnet. Das wird schon stimmen.«

»Juhu, dann sind wir fertig mit Mathe!« Anna schlug ihr Mathebuch mit einem lauten Knall zu. »Jetzt noch Französisch.«

Karen erschien auf der Veranda mit zwei vollen Gläsern in der Hand. Sie lief über den Rasen auf sie zu.

»Ich habe schnell noch einen Smoothie für euch gemacht. Der ist gut fürs Gehirn!«

»Oma!« Anna verdrehte die Augen. »Du weißt genau, dass ich deine Smoothies nicht mag.«

»Den von heute Morgen hast du ja dann doch getrunken!« Karen stellte die Gläser vor ihnen auf den Tisch. »Kommt ihr gut voran?«

»Wir sind mit Mathe schon fertig!«

Anna blätterte in ihrem Französischbuch.

»Das ist toll! Vielen Dank, Elisa.«

»Nichts zu danken. Wenn ich so lecker verpflegt werde, revanchiere ich mich gern.« Sie nahm einen Schluck von dem Smoothie. »Der ist gut!«

Karen strahlte.

»Dann lass ich euch mal wieder ...«

Sie wandte sich zum Gehen.

»Eine Frage noch, Karen«, setzte Elisa an. »Gibt es in München eine Spielbank?«

Erstaunen zeichnete sich auf Karens Miene ab. Sie überlegte kurz.

»In der Stadt gibt es nur Spielhöllen mit Automaten und so. Die richtigen Casinos sind außerhalb. Es gibt eins in Bad Wiessee am Tegernsee. Und vor einiger Zeit soll eins in Grünwald aufgemacht haben. Da war ich aber selbst noch nicht, habe nur davon in der Zeitung gelesen.«

»Grünwald?«

Ganz in der Nähe war die Leiche der jungen Frau gefunden worden. Konnte das Zufall sein?

»Ich glaube, das war sehr umstritten. Man hat befürchtet, dass die neue Spielbank den etablierten ihre Kundschaft wegnimmt, weil es näher an der Stadt ist. Andererseits hatte man festgestellt, dass viele Leute aus München den Weg bis an den Tegernsee scheuen. Deshalb hat sich dann Grünwald als neuer Standort durchgesetzt. Wollen Sie spielen gehen, Elisa?«

»Nein, nein. Ich frage nur zu Recherchezwecken.«

»Jetzt hab ich's!«, rief Anna. Sie schob das Buch zu Elisa und zeigte ihr den Lernstoff.

Annas Großmutter ging hinein.

»Wir machen gerade Landeskunde«, erklärte Anna. »Das alles muss ich können.«

Elisa überflog die Seiten, die Anna ihr zeigte und begann damit, die größten Flüsse Frankreichs abzufragen. Anna kannte nur die ersten zwei, dann riet sie munter drauflos. Auch bei den Symbolen der Französischen Republik brachte sie es lediglich auf die Farben der Nationalfahne. In der falschen Reihenfolge.

»Hast du dir das alles überhaupt angesehen, Anna?«, fragte Elisa. »Ich glaube nicht, dass du wirklich gelernt hast.«

Anna senkte den Blick. Sie spielte an den Eselsohren ihres Matheheftes herum.

»Na ja, ich hab's überflogen.«

»So macht das keinen Sinn, Anna. Weißt du, ich frage dich gerne ab, aber das Lernen musst du schon selbst übernehmen. Bis wann sollst du das können?«

»Wir schreiben wahrscheinlich am Montag eine Ex.«

»Dann würde ich vorschlagen, dass du dich morgen nach der Schule hinsetzt und alles richtig lernst. Nicht nur überfliegen, sondern einprägen! Und morgen frage ich dich dann noch mal ab.«

»Ehrlich?«

»Versprochen. Aber ich erwarte, dass du den Stoff dann auch wirklich beherrschst. Kein Herumraten wie heute!«

»Okay, versprochen.« Anna sammelte ihre Bücher und Hefte ein. »Morgen kann ich's.«

Sie gingen zusammen ins Haus. Elisa bedankte sich bei Karen für das Essen und lief hoch in ihre Wohnung. Automatisch griff sie nach ihrem Handy. Niemand hatte angerufen, niemand hatte eine Nachricht geschickt. Auf Badputzen hatte Elisa immer noch keine Lust. Sie scrollte durch ihre Kontakte. In Hamburg fielen ihr auf Anhieb drei Personen ein, mit denen sie sich jetzt spontan treffen könnte. Hier in München hatte sie nur wenige Bekannte. Dennis, André, Henri, Lena. Davon fielen drei schon mal weg.

Also Lena! Elisa wählte ihre Nummer.

»Hallo, Elisa! Bist du immer noch beim Arbeiten?«

»Nicht wirklich. Mir fällt nur die Decke auf den Kopf und ich habe mich gefragt, ob wir zusammen was unternehmen wollen.«

»Sehr gern!« Das war ein Stoßseufzer, der von Herzen kam. »Ich habe meinen Eltern den ganzen Abend im Haushalt geholfen, Wäsche gewaschen, staubgesaugt, gekocht, Wäsche aufgehängt. Sie sind krank und tun sich beide schwer mit körperlicher Arbeit. Ich helfe ihnen schon gern, aber jetzt reicht's mir gerade so was von! Was wollen wir machen?«

»Warst du schon mal in der Spielbank in Grünwald?«

»Nein! Wie kommst du denn auf die Spielbank?«

Elisa zögerte. Lena lachte.

»Elisa! Hast du etwa eine Recherche am Laufen? Soll ich meine Kamera mitnehmen?«

»Wenn du eine hast, die in ein Handtäschchen passt.«

»Oh ja, wir brezeln uns richtig auf.« Lena kam in Fahrt. »Das macht man doch in einer Spielbank, oder?«

»Ich denke schon.«

»Gut, dann werfe ich mich ins kleine Schwarze. Grünwald sagst du?«

»Ja.«

»Ich hole dich in einer halben Stunde ab.«

Lena fuhr einen Mini. Sie hatte Elisa schon einmal nach dem Volleyballtraining zu Hause abgesetzt, als es so geschüttet hatte, dass Elisa mit dem Bus zum Training gekommen war. Elisa war froh, dass sie nicht den zweiten Abend in Folge mit dem Fahrrad nach Grünwald fahren musste.

Als sie aufgelegt hatte und ins Schlafzimmer ging, um sich umzuziehen, war sich Elisa auf einmal nicht mehr sicher, ob der Ausflug in die Spielbank eine gute Idee war. Vielleicht sollte sie es wie Lena sehen. Sie würden sich dort einen netten Abend machen und sich dabei umsehen. Wenn ihnen etwas auffiel, was mit der Toten zusammenhängen könnte, dann war es gut, und wenn nicht, dann würden sie einfach nur Spaß haben.

Henri sah auf die Uhr. Es war kurz vor halb neun.

»Meinst du, wir treffen um diese Uhrzeit jemanden in einer Studenten-WG an?«

Lenz zuckte mit den Schultern und warf einen Blick in den Rückspiegel. »Keine Ahnung, wann sich Studenten heutzutage auf die Piste begeben. Kann schon sein, dass keiner da ist.«

Dann kamen sie nicht weiter, denn Vanessas Mutter hatte die Namen der Mitbewohner ihrer Tochter nicht gekannt. Sie würden in diesem Fall keine weiteren Personalien ermitteln können.

»Ich hoffe sehr, dass wir von den Mitbewohnern mehr erfahren.«

Henri nickte. »Ich denke, wir können davon ausgehen, dass Vanessa ihrem Mörder erst in ihrem neuen Leben in München begegnet ist. Das scheint sich massiv von ihrem Leben zu Hause bei der Mutter unterschieden zu haben. Plötzlich nahm sie Drogen, hat sich ein Tattoo stechen lassen, das hört sich alles nicht mehr nach der braven Schulsprecherin an. Eine Veränderung, die man der eigenen Mutter sicher nicht auf die Nase bindet.«

»Eine Veränderung, die man aber kaum vor den Leuten verbergen kann, mit denen man zusammenwohnt. Ich glaube ...«

Lenz' Handy, das er in einer Vertiefung auf der Mittelkonsole abgelegt hatte, klingelte.

»Meine Freisprechanlage funktioniert nicht«, sagte er zu Henri. Es hörte sich wie eine Entschuldigung an.

»Ich werde dich schon nicht anzeigen«, lachte Henri ihn aus.

Lenz nahm den Anruf an und klemmte das Handy zwischen Ohr und Schulter.

»Hallo, Tanja ... Nein, hab ich nicht ... Wir sind noch unterwegs ... Barbara Czerny hat ihre Tochter identifiziert ... Ja ... Sie konnte uns nicht viel sagen, deshalb wollen wir jetzt mit Vanessas Mitbewohnern sprechen ... Ich wollte mich danach bei dir melden, wenn wir mehr wissen ... Nein ... Bestimmt, Tanja!«

Henri sah Lenz von der Seite an. War er wirklich rot geworden?

»Wir sind jetzt gleich da, ich muss aufhören, Tanja! ... Ja, mach ich ... Bis dann!«

Lenz legte auf und interessierte sich übermäßig für die Namen der Straßen, die von der Türkenstraße abzweigten.

»Hätte ich gerade schon abbiegen müssen?«

»Nein, es ist die nächste links.«

Lenz fuhr in die Straße, auf die Henri zeigte.

»Hausnummer?«

Henri sah in sein Notizbuch.

»27.«

Lenz hielt vor dem Haus mit der Nummer 27. Wie überall in Schwabing herrschte Parkplatzmangel. Lenz quetschte sich neben einen schief geparkten A6. Er stand halb in einer Feuerwehreinfahrt. Lässig schleuderte er seinen Ausweis unter die Windschutzscheibe.

»Da kommt locker noch ein Löschzug vorbei«, sagte er.

»Locker!«

Sie gerieten öfter mit Politessen als mit Feuerwehrleuten in Konflikt, aber inzwischen hatte sich selbst Lenz ein dickes Fell zugelegt. Sie hatten einfach nicht die Zeit, stundenlang nach einem Parkplatz zu suchen.

Vanessas Name war auf keinem der Klingelschilder zu finden. Sie versuchten es auf gut Glück im Erdgeschoss bei Grauwieler und erfuhren von einem zerknitterten Weiblein, dass im ersten Stock eine Studenten-WG war, direkt über ihr in der Wohnung ihrer alten Freundin Agathe. Deren Kinder hatten sie in ein heruntergekommenes Seniorenheim verfrachtet und vermieteten Agathes Wohnung nun schon seit über zwei Jahren an diese Rotzbengel, die tagsüber schliefen und nachts Radau machten, wie Frau Grauwieler sich ausdrückte. Henri und Lenz bedankten sich für die Auskunft und kletterten ein Stockwerk weiter nach oben.

Bereits im Treppenhaus stieg ihnen der Geruch nach frisch angebratenen Zwiebeln in die Nase und ließ ihnen das Wasser im Mund zusammenlaufen.

»Da ist er wieder, mein Hunger«, murmelte Henri, als er auf die Klingel drückte.

Als die Tür aufging, kam ein weiterer Schwall Zwiebelduft heraus. Eine pummelige junge Frau sah sie fragend an. Sie hatte strähniges aschblondes Haar, das dringend gewaschen werden musste. Henri zückte seinen Ausweis.

»Guten Abend. Henrik Wieland, Kripo, das ist mein Kollege Lenz Albrecht. Ist das hier die WG von Vanessa Czerny?«

»Vanessa ist nicht da.«

»Das wissen wir. Wir möchten mit Ihnen sprechen. Mit Ihnen und den anderen Mitbewohnern.«

Sie riss die Augen auf.

»Was ist denn passiert? Ist was mit Vanessa?«

»Können wir hereinkommen?«

Sie nickte und ließ sie eintreten.

»Wir sind gerade beim Kochen.«

Eine zweite junge Frau streckte ihren Kopf aus einer der Türen, die von dem langen Wohnungsflur abzweigten. Sie trug ihre blonden Haare zu zwei dünnen Zöpfen geflochten und wirkte mit ihren roten Apfelbäckchen, als sei sie dem Etikett eines Vitaminsaftes entsprungen.

»Was ist denn los?«

»Die Herren sind von der Kripo«, erklärte die erste. »Sie wollen mit uns sprechen.«

»Mit uns?«

Etwas Rotes tropfte von dem Schneebesen, den sie in der Hand hielt, auf den Boden. Henri sah genauer hin. Es sah wie Tomatensaft aus.

Sie folgten ihr in die Küche, die jedem Klischee einer WG-Küche gerecht wurde. Neben der Spüle stapelten sich Berge dreckigen Geschirrs, der Tisch war am hinteren Ende überhäuft von offenen Lebensmittelpackungen, Lernmaterialien und Büchern. Der Boden quietschte unter den Fußsohlen. Neben dem Herd hatten sich die zwei Frauen eine kleine Schneise zum Kochen freigeräumt.

»Ich bin Rabea Fuchs«, stellte sich die vor, die ihnen die Tür geöffnet hatte.»Ich hole die Jungs.«

Sie verschwand im Flur. Die andere legte den Schneebesen neben dem Herd ab und drehte sich zu ihnen.

»Ich heiße Vivian Reinold. Alle nennen mich Vivi.«

Sie gaben sich die Hand, Lenz notierte die Namen in seinem Büchlein. Rabea kam zurück in die Küche gefolgt von zwei jungen Männern. Der eine war durchtrainiert und strotzte nur so vor Selbstbewusstsein, der andere wirkte schmächtig und schüchtern.

»Frederik Nachreiner«, stellte sich der erste mit kräftiger Stimme vor. Sein Händedruck war energisch.

»Jakob Kantor.« Die leise Stimme passte zur geduckten Haltung des jungen Mannes.

»Rabea hat gesagt, es ist was mit Vanessa passiert?«, wandte sich Frederik an Henri. Lenz war noch damit beschäftigt, die Namen der Studenten zu notieren.

»Wir müssen Ihnen leider mitteilen, dass Vanessa gestern Abend tot aufgefunden wurde«, erklärte Henri und beobachtete Vanessas Mitbewohner genau. Ihre Reaktionen waren sehr unterschiedlich. Überraschtes Entsetzen bei Frederik, Neugier und Sensationslust bei Rabea und Vivi, Betroffenheit bei Jakob. Tränen konnte er bei niemandem entdecken.

»Was heißt tot aufgefunden?«, erkundigte sich Rabea.»Wurde sie ermordet?«

»Davon müssen wir ausgehen. Ihr Leichnam wurde in der Isar entdeckt.«

»Ist sie ertrunken?«

»Nein, sie muss vorher schon tot gewesen sein.« Henri ließ ihnen einen Moment Zeit, seine Worte zu verdauen. »Wann haben Sie Vanessa zuletzt gesehen?«

»Gestern Vormittag.« Rabea sah ihre Mitbewohner fragend an.»Gegen elf habe ich sie zuletzt gesehen. Dann sind Vivi und ich zur Uni.«

»Ich hab' gestern Morgen noch geschlafen, hatte eine lange Nacht.« Frederik grinste.»Ich habe sie vorgestern zuletzt gesehen, irgendwann am Abend, bevor ich losgezogen bin.«

Alle sahen zu Jakob.

»Ich hatte gestern schon um acht Uhr Vorlesung. Ich habe Vanessa nur kurz gesehen, als ich los bin. Sie musste auf die Toilette, da war sie noch im Nachthemd.«

»Dann haben Sie beide Vanessa zuletzt gesehen.« Henri sprach Rabea und Vivi an. »Hat sie gesagt, was sie vorhatte? Wo sie hinwollte?«

»Nein, das hat sie nicht, oder?«

Rabea sah zu Vivi, die den Kopf schüttelte.

»Wir waren nicht so dick befreundet, dass sie uns alles erzählt hätte. Manchmal habe ich sie tagelang nicht gesehen, wenn sie bei ihrem Freund war. Deshalb haben wir uns auch nicht gewundert, als sie gestern nicht heimkam.«

»Wir fanden es nur etwas merkwürdig, dass sie am Vormittag mit so einem kurzen Minirock und High Heels weggegangen ist«, ergänzte Vivi. »Es ist zwar heiß, aber mit solchen Schuhen ist sie normalerweise nicht in die Uni gegangen.«

Ein Topfdeckel klapperte am Herd, es dampfte. Vivi stellte eine Herdplatte aus und rührte mit ihrem Schneebesen kurz in dem zweiten Topf.

»Wir haben angenommen, dass sie sich mit ihrem Freund Nick getroffen hat«, sagte Rabea. »Der hat jede Menge Kohle, vielleicht hat er sie irgendwo zum Champagnerfrühstück eingeladen.«

Henri warf Lenz einen Blick zu. Vanessas Mitbewohner schienen nicht zu wissen, dass Nick sich von Vanessa getrennt hatte.

»Kennen Sie diesen Nick?«

»Er hat sie manchmal hier abgeholt, aber meistens waren sie bei ihm. Er hat irgendwo in der Maxvorstadt ein Penthouse«, sagte Frederik. »Die Adresse kenne ich nicht, aber ich glaube, sein Name ist Nicolas von Staudt. Er kann Ihnen bestimmt mehr über Vanessa sagen als wir.«

»Demnach hatten Sie mit Vanessa nicht viel zu tun?«

Keiner antwortete, sie sahen sich untereinander an.

»Vanessa ist erst im letzten Herbst eingezogen«, erklärte Rabea schließlich. »Wir anderen wohnen schon länger zusammen. Am Anfang hat sie sich manchmal zu uns gesetzt oder mit uns gekocht. Aber sie schien sich nicht wohlzufühlen, das hat man gemerkt. Als sie dann Nick kennengelernt hat, war sie nicht mehr oft zu Hause. Sie hat an der Uni Freunde gefunden und sich für uns nicht mehr interessiert.«

Klang Rabea beleidigt? Auch Lenz horchte auf, dann hatte Henri den eingeschnappten Unterton nicht eingebildet. Hatte sich die attraktive Vanessa bei ihren Mitbewohnerinnen unbeliebt gemacht, weil sie ihnen nicht genug Aufmerksamkeit geschenkt hatte?

»Können Sie uns Namen von Freunden von Vanessa nennen?«

Rabea und Vivi schüttelten synchron die Köpfe.

»Wir studieren beide Psychologie«, erklärte Rabea, »Vanessa hat Medizin studiert. Da kennen wir niemanden ...«

»Ich studiere Kunst«, sagte Jakob und wurde rot.

Die Blicke der drei anderen streiften Frederik für einen kurzen Moment. Henri hakte nach.

»Und Sie?«, fragte er Frederik direkt. »Was studieren Sie?«

»Medizin. Wie Vanessa. Aber ich bin schon im 5. Semester. Da hat man kaum Berührungspunkte mit Erstsemestern.« Er zögerte. »Ganz am Anfang habe ich Vanessa mal auf ein, zwei Partys mitgenommen. Da hat sie sich gleich mit anderen Leuten angefreundet. Ich habe nicht den Eindruck gehabt, dass sie danach noch meine Hilfe gebraucht hätte, um Kontakte zu knüpfen.«

»Wie hießen die Leute, mit denen sie sich angefreundet hat?«

»Keine Ahnung, ich kenne doch nicht jeden an der Fakultät.«

Und er schien sich auch nicht die Mühe machen zu wollen, zumindest mal kurz darüber nachzudenken, ob ihm nicht noch der eine oder andere Name einfiel.

Jakob räusperte sich.

»Ich glaube, Vanessa war gar nicht mehr mit Nick zusammen.«

»Wie kommst du darauf?«, fragte ihn Vivi.

»Ich bin vor Kurzem mal zu ihr ins Zimmer, weil ich mir was ausleihen wollte, da lag sie weinend auf dem Bett. Ich habe gefragt, was los ist, aber sie hat nur gesagt, dass ich mich rausscheren soll. Auf dem Boden lag das Foto von ihr und Nick, das normalerweise neben dem Bett hing. Es war zerrissen.«

»Haben Sie sie darauf angesprochen?«

Jakob wurde rot.

»Nein. Sie hat sich völlig zurückgezogen.«

»Kannten Sie sie denn besser?«

»Kann man so nicht sagen. Ich mochte sie, aber sie war ...« Er suchte nach dem richtigen Wort. »... distanziert.«

Keiner schien ihnen mehr über Vanessa erzählen zu wollen oder zu können.

»Wir würden uns gern in Vanessas Zimmer umsehen«, sagte Henri.

Jakob, der am nächsten bei der Tür stand, deutete schräg über den Gang. Henri und Lenz zogen sich Latexhandschuhe über und betraten den Raum. Vanessas Mitbewohner blieben an der Türschwelle stehen und beobachteten, wie sie das Zimmer durchsuchten. Im Gegensatz zur Küche war Vanessas Zimmer ordentlich aufgeräumt. Ihr Bett war gemacht, sämtliche Kleidungsstücke hingen fein säuberlich im Schrank und die zwei Bücherstapel auf dem Schreibtisch waren exakt parallel nebeneinander ausgerichtet.

»War das Zimmer möbliert?«, fragte Lenz.

»Jedes Zimmer ist mit Bett, Schreibtisch, Stuhl und Kleiderschrank eingerichtet. Die Kommode und das Regal hat Vanessa von zu Hause mitgebracht«, klärte Rabea sie auf.

»Sie hatte nicht viele Sachen«, sagte Lenz halblaut zu Henri. »Bei einer jungen Frau in diesem Alter erwartet man mehr Klamotten im Kleiderschrank.«

Vanessas Garderobe war in der Tat überschaubar. Sie mochte kräftige Farben, hatte einige extravagante Kleidungsstücke. »Ich glaube, Vanessa hat das meiste secondhand gekauft«, teilte Rabea ihnen mit. »Sie hatte nicht viel Geld. Ihren Mietanteil hat sie oft zu spät bezahlt.« Henri drehte sich weg von der Zimmertür und von Rabeas neugierigen Augen und Ohren.

»Das scheint nicht der Tatort zu sein, aber wir brauchen trotzdem die Spurensicherung. Haare im Bett, Fingerabdrücke auf dem Lichtschalter, das Übliche.«

Lenz nickte und zog sein Handy raus.

»Ich gebe Bescheid.«

Henri zog die beiden Schubladen am Schreibtisch auf. In der einen lagen Stifte, Radiergummis, ein Lineal und leere Collegeblöcke. In der anderen fand er Vanessas Mietvertrag für das WG-Zimmer, einen Impfpass, Vanessas Studienbuch sowie ein kleines Adressbuch, in das Vanessa mit einer typischen runden Mädchenschrift Namen und Adressen eingetragen hatte. Die zugehörigen Telefonnummern waren wahrscheinlich in ihrem Handy gespeichert. Die Adresse von Nicolas von Staudt fand Henri unter S.

»Sie wissen nicht zufällig, ob Vanessa ein Handy bei sich hatte, als sie die Wohnung verließ?«, fragte Henri Rabea und Vivi.

»Sie hatte eine kleine Tasche dabei«, sagte Vivi. »Da war sicher das Handy drin. Und der Schlüssel.«

»In ihren Rock hätte definitiv nichts mehr gepasst«, warf Rabea mit vielsagendem Blick ein.

»Wo ist denn das Bad?«

Sie machten Henri Platz und deuteten auf die Tür gleich neben dem Eingang. Das Badezimmer war weiß gekachelt, in der Dusche quollen mindestens zehn verschiedene Shampoo- und Duschgelflaschen aus einer mehrteiligen Hängeaufbewahrung. Ein nasses Handtuch lag zerknüllt auf dem Boden und die feuchte Luft verriet, dass erst vor Kurzem jemand hier geduscht hatte.

»Jeder hat eine Schublade für seine Utensilien«, erklärte Rabea und deutete auf eine hohe Kommode neben dem Waschbecken. »Vanessa hatte die ganz unten.«

Henri warf einen Blick hinein. Pflege- und Kosmetikartikel, eine Bürste, alles ganz harmlos. Auch hier keine Spur von Drogen.

Er ging zurück in Vanessas Zimmer, die vier Studenten folgten ihm, als wollten sie bloß nichts verpassen.

»Die Spurensicherung kommt so schnell es geht«, sagte Lenz.

»Was immer das heißen mag.« Henri sah auf die Uhr. »Wir sollten gleich noch bei Nicolas von Staudt vorbeischauen. Seine Adresse steht hier in Vanessas Verzeichnis.«

Lenz nickte.

»Das macht Sinn. Er scheint der Einzige zu sein, der uns mehr über Vanessa sagen kann.« Lenz warf einen Blick zu den vier Mitbewohnern und schien das Gleiche zu denken wie Henri. »Wenn wir gehen, bevor die Kollegen von der KT hier sind ... Wir müssen den Raum versiegeln.«

»Hast du ein Siegel dabei?«

»Nicht hier oben, aber im Auto.«

»Gut!« Henri senkte seine Stimme. »Ich finde die vier merkwürdig, aber ich glaube, dass wir mit ihnen im Moment nicht weiterkommen. Dieser Nick könnte sich als hilfreicher erweisen!«

Elisa sah sich neugierig um, als sie neben Lena die Spielbank betrat. Das Casino war in einem modernen Gebäude untergebracht, am Eingang dröhnte aus einem Lautsprecher Lady Gagas *Pokerface*. Innen fühlte man sich eher in ein Grandhotel aus dem letzten Jahrhundert zurückversetzt. Zuerst kamen sie an der Garderobe vorbei, wo eine Frau in ein Strickzeug vertieft war. Bei dieser Hitze hatte niemand eine Jacke abzugeben, sie sah nicht mal auf, als Elisa und Lena vorbeigingen. Durch die gold-weißgestrichenen Flügeltüren betraten sie den großen Saal, in dem sich die Roulette- und Pokertische befanden. Dicker burgunderfarbener Teppichboden verschluckte das Geräusch ihrer Schritte. An der Decke hingen riesige Kristallleuchter, die den Raum in gedämpftes Licht tauchten. Für einen Donnerstagabend war viel los, Elisa hatte mit weniger Spielern gerechnet. Die meisten drängten sich um die Roulettetische. Auch die Bar an der Seitenwand war gut besucht. Am Ende des Raumes ging es durch weit geöffnete Flügeltüren in den nächsten Saal.

»Sehen wir uns erst mal ein bisschen um«, meinte Elisa.

»Was interessiert uns eigentlich genau?«

Sie schlenderten langsam durch den Raum. Elisa bemerkte mehrere Videokameras. Manche waren offen sichtbar an der Wand angebracht, manche etwas versteckt neben einem der Leuchter oder an einer der Säulen im Raum, die den Saal in verschiedene Bereiche unterteilten. Wenn die junge Frau sich hier im Casino aufgehalten hatte, dann würden Henri und seine Kollegen das zweifellos herausfinden, wenn sie die Videobänder überprüften.

»Nichts Konkretes. Ich will mir einfach nur einen Eindruck verschaffen.«

»Sehr gut. Ich hatte befürchtet, dass du Leute interviewen willst und wir richtig arbeiten müssen!«

Lena lachte.

»Ich würde lieber ein bisschen spielen. Ich könnte dringend Geld gebrauchen.«

»Für was?«

»Nichts Konkretes«, wiederholte Lena Elisas Worte. »Aber bei uns ist das Geld immer knapp. Meine Eltern sind beide aus gesundheitlichen Gründen Frührentner. Ihre Rente ist ein Witz, deshalb unterstütze ich sie, so gut es geht.«

Darum also keine Künstlerkarriere, sondern die feste Anstellung bei der *Morgenzeitung.*

Lena deutete auf den Schalter neben dem Eingang, den Elisa beim Hereinkommen nicht bemerkt hatte.

»Da können wir uns Spielchips besorgen.«

»Lass uns noch schauen, wo es durch die Türen hingeht.«

Sie gelangten in einen kleineren Saal, in dem an Spielautomaten gespielt wurde. Der Geräuschpegel war deutlich höher als im großen Saal, es klingelte und schepperte und manche der Automaten schienen auch mit den Spielern zu sprechen. Elisa und Lena drehten auch in diesem Raum eine Runde, doch Lena meinte bald: »Lass uns in den anderen Saal zurückgehen. Hier ist es furchtbar laut. Drüben war es viel netter.«

»Und da drüben wirst du dein Geld noch viel schneller los«, entgegnete Elisa trocken. »Du musst mindestens fünf Euro setzen, da ist man schnell am Limit.«

»Was ist dein Limit?«

Elisa warf einen Blick in ihr Portemonnaie.

»Ein Fünfziger. Und deins?«

Lena kramte in ihrer Handtasche.

»Okay, mit fünfzig Euro bin ich auch dabei!«

Sie gingen zurück, erst durch den kleinen Saal, dann durch den großen. Am Schalter ließen sie sich Spielchips in der kleinstmöglichen Stückelung, also fünf Euro, geben. Es gab sogar Tausender-Chips. Ob die Tote einen Fünfer-Chip oder einen Tausender in ihrer Tasche gehabt hatte? Das war ein großer Unterschied.

Lena steuerte auf einen der Roulettetische zu, an dem gerade nicht viel los war. Sie setzte sich auf einen der freien Hocker und winkte Elisa zu sich. Elisa schob sich auf den Platz neben Lena und begrüßte die anderen Spieler am Tisch; ein Paar in mittlerem Alter, drei Männer im Anzug, die offensichtlich zusammengehörten, und eine junge Frau, die mit dem Muttermal über der Lippe und den langen dunklen Haaren wie Cindy Crawford aussah.

Der Croupier begrüßte sie mit strengem Gesichtsausdruck. Er schien seinen Job ernstzunehmen, auch wenn er wirkte, als sei er einem Mafia-Film entsprungen mit seinen dunklen zurückgegelten Haaren und den Aknenarben im Gesicht. Oder schaute er gerade deswegen so streng? Damit jeder gleich wusste, dass es an seinem Spieltisch korrekt zuging? *Ronny Kretschmann* stand auf seinem Namensschild – das klang nicht nach Mafia.

»Ich setze erst mal auf eine Farbe. Da stehen die Chancen fünfzigfünfzig«, erklärte Lena. »Ich nehme rot. Rot wie die Liebe.«

»Dann nehme ich schwarz«, meinte Elisa. »Mit der Liebe hab ich's gerade nicht so.«

»Faites vos jeux«, sagte der Croupier und sah zwischen ihnen hindurch in die Ferne.

Elisa und Lena setzten einen Chip. Die junge Frau neben ihnen zögerte noch, das Paar sprach sich kurz ab und legte dann einen Jeton auf die Null. Einen Tausender. Elisa beobachtete, wie am ganzen Tisch die Augenbrauen nach oben schnellten. Nur der Croupier und der Tischchef, der schräg neben ihm stand, ließen sich nichts anmerken.

»Zero!«, sagte der Croupier laut an.

Die drei Männer machten ihre Einsätze, im letzten Moment schob die junge Frau einen Zehner-Chip auf eins der Felder am unteren Ende, auf denen eine 12 stand.

»Was bedeutet das?«, flüsterte Elisa.

»Sie hat auf das mittlere Dutzend gesetzt«, flüsterte Lena zurück.

»Dann ist ihre Gewinnchance niedriger als unsere.«

»Aber wenn eine der Zahlen aus dem mittleren Dutzend kommt, dann gewinnt sie mehr als wir.«

»Rien ne va plus«, sagte der Croupier.

Die Kugel rollte gegen die Drehrichtung im Kessel. Alle beugten sich nach vorn und schauten in den Kessel, bis die Kugel zum Stillstand kam und der Croupier die Zahl verkündete. »21.«

»Gewonnen!«, freute sich Lena.

Elisas Chip verschwand zusammen mit dem des Paares unter dem Schieber, mit dem der Croupier die Jetons einsammelte, die verloren hatten. Das Paar stand auf und ging. Die junge Frau neben Elisa freute sich. Die Jetons, die sie erhielt, setzte sie alle wieder, diesmal auf das erste Dutzend und auf Schwarz. Auch Lena wurde mutiger, sie schob gleich zwei Chips auf das Zahlenfeld. Elisa setzte weiterhin vorsichtig nur einen Chip, doch wieder verlor sie.

Innerhalb kürzester Zeit hatte Lena ihren Einsatz vervierfacht, während Elisa ihre fünfzig Euro komplett eingebüßt hatte.

»Bestimmt hast du bald Glück in der Liebe«, meinte Lena tröstend. »Es heißt doch: Pech im Spiel, Glück in der Liebe.«

»Ich weiß nicht ...«

Elisa schob sich von ihrem Hocker, als plötzlich ein Mann in dunklem Anzug mit weißem Hemd und roter Fliege zu ihnen trat. Er trug eine altmodische Brille in Tropfenform und hatte seine dünnen Haare vom Seitenscheitel auf der linken Seite über den Kopf gebügelt, um seine Glatze zu verbergen.

»Sie werden doch nicht schon gehen wollen, schöne Frau?« Er schürzte seine schmalen Lippen und sah aus wie ein empörter Karpfen. »Darf ich mich vorstellen? Hans-Peter Brandt, ich bin der Direktor der Spielbank.«

»Freut mich!« Elisa schüttelte die Hand, die er ihr reichte. »Elisa Gerlach, das ist meine Freundin Lena Kirchberger.«

Er deutete bei beiden einen Handkuss an.

»Amüsieren Sie sich gut bei uns?«

»Sehr!« Lena strahlte.

»Ich hab mein Limit erreicht«, sagte Elisa. »Ich höre jetzt auf. Können Sie mir verraten, wo die Toiletten sind?«

»Neben der Garderobe. Soll ich es Ihnen zeigen?«, bot er beflissen an.

»Das finde ich schon, danke.«

»Aber Sie müssen unbedingt gleich zurückkommen!«

Klar, um noch mehr Geld zu verlieren.

»Unbedingt!«

Elisa spazierte gemächlich durch den großen Saal, sah eine Weile beim Blackjack zu, ohne jedoch die Regeln zu durchschauen, und ging Richtung Garderobe.

Als Elisa sich am Spiegel in der Toilette die Lippen nachzog, trat hinter ihr aus einer der Kabinen die junge Frau, die am Spieltisch neben ihr gesessen hatte. Sie lachte Elisa fröhlich an.

»Bei Ihnen läuft es gerade richtig gut, oder?«

»Ich habe eine Glückssträhne! Es stand in meinem Horoskop und es ist tatsächlich wahr! Ich habe bisher kein einziges Mal verloren!« Sie trat an das Waschbecken neben Elisa und wusch sich die Hände. »Eigentlich bin ich hergekommen, um das Geld für eine neue Waschmaschine zusammenzubekommen. Aber inzwischen habe ich schon weit mehr gewonnen. Wissen Sie, was das für ein tolles Gefühl ist? Ich kann meinen Kindern neue Schuhe kaufen und neue Kleider. Ich muss nicht jeden Cent umdrehen! Ich bin nicht auf die Almosen von meinem Ex angewiesen!«

»Das freut mich für Sie!« Elisa drehte sich zu ihr. »Spielen Sie noch weiter?«

»Solange die Glückssträhne anhält!«, sagte die andere voller Inbrunst.

Elisa kramte in ihrer Tasche.

»Wenn Sie das ganz große Geld gewinnen, darf ich Sie dann mal interviewen? Ich arbeite für die *Morgenzeitung* und solche Geschichten lieben unsere Leser. Leider habe ich gerade keine Karte dabei.«

»*Morgenzeitung*, das kann ich mir merken. Ich melde mich, wenn ich eine Million habe!« Sie lachte und streckte Elisa die Hand hin. »Ich heiße Kristina, Kristina Sommer.«

»Elisa Gerlach.«

»Wenn ich eine Million gewinne, dann dürfen Sie mich gerne interviewen. Aber jetzt muss ich wieder reingehen. Nicht dass meine Glückssträhne abreißt!«

Kristina eilte hinaus, Elisa folgte ihr langsam. Sie schlenderte durch den großen Saal, als sie plötzlich einen Mann sah, der ihr bekannt vorkam. Seine Physiognomie erinnerte an ein Äffchen, obwohl er selbst lang und fast schon dürr war. Sein Gesicht fiel ins Auge. Plötzlich wusste Elisa, wo sie ihn schon gesehen hatte; auf der Pressekonferenz im Polizeipräsidium. Er musste ein Kollege von Henri sein. Sie beobachtete ihn von einer der Säulen aus. Er ging von Spieltisch zu Spieltisch und zeigte den Angestellten des Casinos ein Foto. Einige zuckten zusammen, manche zogen die Augenbrauen hoch, doch alle schüttelten letztlich den Kopf. Falls auf dem Foto die tote Vanessa Czerny zu sehen war, schien keiner sie wiederzuerkennen.

Einer der Croupiers schickte Henris Kollegen zum Direktor der Spielbank, der keine zwei Tische entfernt von Lena mit einigen betagten, doch sichtbar zahlungskräftigen Damen herum schäkerte. Auch Hans-Peter Brandt schüttelte den Kopf. Das bedeutete wohl, dass Vanessa sich wirklich nicht hier im Casino aufgehalten hatte. So wie der Spielbankdirektor auf jeden einzelnen Gast zuging, würde er sich doch bestimmt an sie erinnern? Vielleicht war der Chip aus einer anderen Spielbank? Vielleicht war er nur durch Zufall in Vanessas Tasche gelangt?

Henris Kollege schien zu dem gleichen Schluss zu kommen. Er steckte das Foto ein, nachdem er mit Hans-Peter Brandt gesprochen hatte, und verließ den großen Saal.

Elisa holte an der Bar zwei Caipirinhas und ging damit zu dem Tisch, an dem Lena immer noch spielte.

»Wie läuft es?«

Lena strahlte übers ganze Gesicht. Sie nahm den Cocktail und stieß gegen Elisas Glas.

»Toll! War eine Spitzenidee, hierherzukommen!«

Sie tranken einen Schluck. Lena musterte Elisa.

»Du findest es nicht so gut hier, oder?«

»Gewinnen trägt eindeutig dazu bei, die Laune zu verbessern!«

»Können wir trotzdem noch etwas bleiben? Die Lady hier und ich haben gerade eine Glückssträhne.«

Lena deutete zu Kristina, die inzwischen wieder neben ihr saß.

»Sicher.«

Elisa stocherte mit dem Strohhalm den Rohrzucker am Boden des Glases auf.

»Willst du nicht doch noch mal was setzen?«, fragte Lena.

»Nein, lass nur. Ich habe zurzeit einfach keine Glückssträhne. Ich warte auf die Liebe, die du mir versprochen hast!«

Lena lachte und wandte sich erneut dem Spiel zu. Sie gewann wieder, genau wie Kristina. Gemeinsam wurden die beiden mutiger und setzten immer höhere Beträge auf immer niedrigere Gewinnchancen.

Elisa beobachtete den Croupier genau. Hatte er die Möglichkeit, das Spiel zu beeinflussen? Er warf die Kugel mit Schwung in den Kessel und sie kreiste kleine Ewigkeiten. Es erschien Elisa unwahrscheinlich, dass man die Kugel gezielt platzieren konnte.

Fast wäre Elisa der kurze Blick des Croupiers zu Hans-Peter Brandt, dem Spielbankdirektor, entgangen. Doch als er an den Tisch trat und anbot, den Tischchef abzulösen, wurde ihr klar, dass er es auf das Zeichen des Croupiers hin getan hatte. Er übernahm den Platz des Tischchefs, der nichts gegen eine Pause einzuwenden hatte. Elisa spielte mit dem Glas in ihrer Hand, behielt die beiden Männer jedoch genau im Auge. Der Direktor stellte sich leutselig bei allen vor, die er noch nicht persönlich begrüßt hatte, und wünschte ihnen ein gutes Spiel.

Es ging weiter wie bisher. Lena und Kristina gewannen, immer mehr Mitspieler setzten auf die gleichen Zahlen, auf die die beiden setzten. Irgendwann konnte das für die Bank nicht mehr lukrativ sein. Jedes Mal, wenn sich die Kugel im Kessel drehte, hielt Elisa die Luft an, doch die Glückssträhne riss nicht ab. Elisa zählte mit. Lena und Kristina heimsten neunmal hintereinander große Jetons ein. Längst spielten sie nicht mehr mit Fünfer-Chips. Lena griff nach einem Hunderter-Chip. Sie setzte ihn auf die Elf.

»Du bist ja verrückt!«

»Das ist meine Glückszahl.«

»Meinst du nicht, es wäre besser aufzuhören, wenn es am schönsten ist? Und mit dem sicheren Gewinn heimzugehen?«

»Ich hab hier immer noch einen großen Gewinn.« Lena zeigte auf die Jetons, die sie fein säuberlich vor sich aufgestapelt hatte. »Und vielleicht wird es ja noch mehr?«

»Hören Sie nicht auf Ihre pessimistische Freundin!«, bestärkte sie einer der Kellner, der dabei war, leere Gläser abzuräumen. »Sie können auf keinen Fall mitten in einer Glückssträhne aufhören.«

Lena, die gerade nach ihrem Glas greifen wollte, hielt in der Bewegung inne.

»Rien ne va plus«, sagte der Croupier.

Lena nahm einen Schluck und drehte sich dabei vom Tisch weg.

»Jetzt hab ich auf einmal ein blödes Gefühl!«

Sie schloss die Augen, öffnete sie erst wieder, als der Croupier die 15 ausrief. Lenas Jeton war weg. Kristina, die auf das Carée von 11, 12, 14 und 15 gesetzt hatte, bekam dagegen eine Menge neue Jetons.

»Knapp daneben ist auch vorbei.« Lena griff nach ihrem Jeton-Stapel. »Du hast recht, Elisa. Es ist besser zu gehen, bevor ich meinen ganzen Gewinn wieder verspiele. Schade um den Hunderter!«

Sie stand auf.

»Ich habe mehrere tausend Euro gewonnen, das ist toll für mich! Lassen wir es damit gut sein.« Lena nickte Kristina und den anderen Spielern am Tisch zu. »Auf Wiedersehen!«

»Ich hoffe, Sie haben sich gut amüsiert!«, rief der Spielbankdirektor hinter ihnen her. »Beehren Sie uns bald wieder!«

Sie gingen zum Bankschalter und Lena tauschte ihre Jetons gegen Geld um. Als sie das Casino verließen, sang Lady Gaga wieder *Pokerface*. Die arme Garderobenfrau hörte den ganzen Abend nichts anderes. *Pokerface* in einer Dauerschleife.

Teil 4

W»ie lief es gestern Abend mit dem Lernen?«, fragte Henri Anna, als er sich zu ihr an den Tisch setzte. Sie trug trotz der Hitze, die auch für diesen Tag wieder zu erwarten war, eine lange schwarze Jeans und ein schwarzes T-Shirt. Ihre Haare hatte sie frisch gewaschen, sie hingen offen auf ihre Schultern herab, doch bevor sie zur Schule ging, würde sie sie zu einem wirren Knoten am Hinterkopf zusammenstecken.

»Gut.« Anna unterbrach nur kurz ihr energisches Müsli-Löffeln.

Henri nahm sich ein Brot und bestrich es mit Butter und Marmelade.

»Geht es genauer?«

»Na klar, Herr Kommissar.« Anna lachte, sie war gut gelaunt. »Elisa hat mir erklärt, was ich bei den Mathehausaufgaben machen muss. Und sie hat geschimpft, weil ich meine Vokabeln nicht konnte.«

»Sie hat geschimpft?«, fragte Karen, die in der Küche eine Schüssel aus dem Schrank holte. »Das kann ich mir gar nicht vorstellen. Elisa ist doch immer so nett. Findet ihr nicht auch?«

»Sie ist sehr nett, gell, Papa?« Anna grinste Henri vielsagend an. Sie bekam mehr mit als ihre Großmutter. »Aber schimpfen kann sie trotzdem. Sie hat mich dazu verdonnert, die Vokabeln bis heute Abend zu lernen, dann fragt sie mich wieder ab.«

»Sie lernt noch mal mit dir?«

»Sie hat es versprochen. Und was Elisa verspricht, das hält sie.«

Henri nickte.

»Das glaube ich auch.«

Karen setzte sich zu ihnen an den Tisch. Sie stellte eine kleine Schüssel mit aufgeschnittenen Kiwis zwischen die Marmeladengläser.

»Du bist ja gestern erst spät heimgekommen, Bärchen. Habt ihr denn noch viel über diese Vanessa herausgefunden?«

»Ihre Mitbewohner wussten leider nur wenig über sie und ihren Ex-Freund haben wir nicht zu Hause angetroffen.« Henri stutzte. »Woher weißt du ihren Namen? Den hab ich doch gar nicht erwähnt.«

»Steht in der Zeitung.«

Karen deutete mit dem Kopf auf die *Morgenzeitung*, die auf der Theke zwischen Küche und Esszimmer lag. Henri beugte sich nach hinten und zog sie zu sich. Auf der Titelseite war das Foto von Vanessas Tattoo abgebildet, das sie an die Presse weitergegeben hatten.

Die Tote aus der Isar ist identifiziert: Studentin Vanessa C. aus der Nähe von Ingolstadt, stand in großen Buchstaben darüber. *Lesen Sie mehr dazu im Innenteil.*

Henri schlug die Zeitung auf und überflog den Artikel, an dessen Ende Elisas Name stand. Über das Foto des Tattoos, das Vanessas Profilbild bei Facebook war, hatten sie die Studentin angeblich aufgestöbert. Die offizielle Identifizierung sei im Gange.

»Ist Elisa mir gestern gefolgt?«

Karen und Anna sahen Henri mit großen Augen an.

»Nein! Wir haben zusammen gegessen, dann hat sie mit mir gelernt. Wie soll sie dir gefolgt sein? Und warum sollte sie das tun?«

»Ich habe mich gefragt, wie die *Morgenzeitung* so schnell an den Namen der Toten gekommen ist. Wenn Elisa zu Hause war, kann *sie* mir schlecht nachspioniert haben.«

»Hier steht doch, dass sie sie über das Facebook-Profilfoto gefunden haben«, wandte Anna ein.

»Und wie soll das funktioniert haben? Kann man bei Facebook nach *Profilbild Schmetterlingstattoo* suchen?«

Anna zuckte mit den Achseln.

»Irgendwie werden sie das schon gemacht haben ... Elisa hat dir jedenfalls nicht nachspioniert.«

Karen nahm sich eine Kiwihälfte.

»Ich habe nur mitbekommen, dass Elisa später noch mal weggegangen ist«, sagte sie.

»Später?«

»Nachdem sie mit Anna gelernt hatte. Sie trug ein kurzes schwarzes Kleid und Stöckelschuhe. Darin hat sie dir bestimmt nicht hinterherspioniert.«

»Ist sie damit Rad gefahren?«

»Nein, sie wurde abgeholt.«

»Von wem?«

Karen hob die Schultern.

»Das konnte ich nicht sehen. Ich habe nur ein Auto gehört.«

Henri hätte gern mehr erfahren, doch Karen schien nicht mehr zu wissen.

»Ich nehme die Zeitung mit ins Büro«, sagte er und stand auf. »Bis heute Abend.«

»Bis dann!«

Als Henri ins Auto stieg, fiel ihm Elisas knallrotes Fahrrad ins Auge, das an der Hauswand stand. Es sagte nichts darüber aus, ob sie am Abend wieder nach Hause gekommen war. Wenn sie abgeholt worden war, konnte sie die Nacht auch sonst wo verbracht haben. Was ihn nichts anging.

Ihr Kollege, der Studienfreund, der ihr den Job bei der *Morgenzeitung* beschafft hatte, konnte sie abgeholt haben. Oder der Chefredakteur, der Elisas Arbeit inzwischen zu schätzen wusste. Wenn sie sich auch nach dem Debakel mit ihrem Ex-Freund angeblich nie wieder mit einem Vorgesetzten einlassen wollte. Aber man konnte nie wissen.

Tanja war schon im Büro, als Henri im Trakt der Mordkommission in der Hansastraße ankam. Er traf sie in der Teeküche, als er sich einen Kaffee holte. Tanja rührte mit einem Teebeutel in einer Tasse herum.

»Guten Morgen!«

»Morgen, Henri. Die Spurensicherung hat schon einen kurzen Bericht geschickt. Sie haben in Vanessas Zimmer nichts Verdächtiges gefunden.«

»Keine Drogen? Auch nicht in irgendeinem Versteck?«

Henri und Lenz hatten unter dem Bett, im Schrank und in den Schubladen nachgesehen. Die Spurensicherung untersuchte lose Dielenbretter, Hohlräume hinter einem Schrank oder versteckte Zwischenräume hinter einer Schublade. Sie waren sehr gründlich und wenn sie nichts gefunden hatten, dann konnte man davon ausgehen, dass Vanessa Czerny in ihrer WG keine Drogen aufbewahrt hatte. Aber wo dann?

»Nichts. Weder Drogen noch wirklich persönliche Dinge. Kein Tagebuch, keine Briefe, nichts dergleichen.«

»Briefe schreibt heute eh keiner mehr. Wir müssten einen Blick in ihr Handy werfen, um zu erfahren, mit wem sie Kontakt hatte.«

»Das Handy haben wir leider nicht.«

Tanja warf den Teebeutel in den Mülleimer.

»Besprechung bei euch?«

»Wenn Lenz und Marius da sind.«

Henri überflog die Mail, die Arnie von der Spurensicherung ihnen geschickt hatte. Die Kollegen hatten sechs verschiedene Fingerabdrücke sichergestellt, von denen vier bereits den Mitbewohnern zugeordnet worden waren. Die anderen beiden waren vermutlich Vanessas eigene Fingerabdrücke und die ihres Ex-Freundes. Henri bat Hasi, eine der Sekretärinnen der Mordkommission, um ein Fingerabdruckset, das sie mitnehmen konnten, wenn sie Vanessas Ex-Freund aufsuchten. Am Vorabend hatten sie vergeblich versucht, ihn zu erreichen. Sie hatten ihn weder in seiner Wohnung angetroffen noch ans Telefon bekommen. Bislang hatten sie nur seine Festnetznummer ermitteln können.

Als Lenz und Marius eintrafen, holten sie sich erst noch eine Tasse Kaffee. Währenddessen steckte Polizeioberrat Roman Richter den Kopf durch die Tür.

»Hab in der Zeitung gelesen, dass die Tote aus der Isar identifiziert ist. Gute Arbeit, weiter so! Werde dem Chef gleich davon berichten!«

Er streckte den Daumen nach oben und eilte davon. Henri schüttelte den Kopf. Nicht dass er auf Romans Teilnahme an der Besprechung Wert gelegt hätte. Doch er fand es irritierend, dass Roman seinem Chef allein aufgrund dessen, was er in der Zeitung gelesen hatte, Bericht erstatten wollte. Sicher hatten sie noch nicht viele stichhaltige Informationen, aber mit ein paar zusätzlichen Details hätten sie ihn schon versorgen können.

»Kann es sein, dass Elisa den Namen des Opfers gestern bei dir aufgeschnappt hat, als du mich abgeholt hast?«, fragte Henri, als Lenz seine Kaffeetasse durch die Tür balancierte.

Lenz wurde rot.

»Wie kommst du darauf?«, fragte er zurück.

»Ich kann mir einfach nicht vorstellen, wie sie bei Facebook auf das Profilbild von Vanessa Czerny gestoßen sein sollen.« Henri deutete auf die Zeitung, die zwischen ihnen auf den Schreibtischen lag. »Wenn sie zumindest schon einen Vornamen gehabt hat, dann vielleicht ...«

Lenz stellte die Kaffeetasse ab und überflog Elisas Artikel.

»Hat sie dich ausgequetscht?«

Lenz las zu Ende, bevor er antwortete. Er sah irgendwie erleichtert aus.

»Sie hat nur gefragt, ob wir zur Identifizierung der Toten gehen.«

»Und was hast du ihr gesagt?«

»Dass das der Fall ist. Ihr hat es leidgetan, dass wir das Grillen verpassen und stattdessen einer Mutter ihr totes Kind zeigen müssen.«

Henri nickte. Das hatte sie zu ihm auch gesagt.

»Sie ist clever, sie kann einem ganz schön die Würmer aus der Nase ziehen«, erklärte er.

»Mag sein, aber hier steht doch, dass sie ihr über eine Bildersuche bei Facebook auf die Spur gekommen sind.«

»Papier ist geduldig.«

Lenz zuckte mit den Schultern und setzte sich an seinen Schreibtisch. Tanja und Marius kamen herein, beide hielten eine Tasse in der einen Hand und ihre Notizblöcke in der anderen. Sie ließen sich an den Seiten der Schreibtische von Henri und Lenz nieder.

»In der Spielbank in Grünwald hat keiner das Mädchen gekannt«, legte Marius sofort los. »Keiner vom Personal und keiner von den Gästen.«

»Welches Bild hast du rumgezeigt?«, fragte Tanja.

»Das, was ihr mir gegeben habt.«

»Das von Dr. Vogel? Aus der Rechtsmedizin?«

Marius nickte.

»Wir haben ja kein anderes, oder?«

»Jetzt schon.«

Lenz zog ein Foto von Vanessa aus der Tasche, das sie aus ihrem Zimmer mitgenommen hatten. Sie sprühte darauf geradezu vor Leben, sie war eine attraktive Frau gewesen. Ihre blonden Haare flatterten im Wind und ihre blauen Augen schauten herausfordernd in die Kamera, das Bild war an einem sonnigen Tag im Freien aufgenommen worden.

Einer nach dem anderen sah das Foto an und wahrscheinlich dachten alle das Gleiche: Wer sie so gekannt hatte, würde sie nicht zwangsläufig auf dem Foto wiedererkennen, das Dr. Vogel auf dem Obduktionstisch gemacht hatte. Lenz notierte Vanessas Namen auf dem Whiteboard neben der Tür, daneben schrieb er die Namen ihrer Mitbewohner und ihres Ex-Freunds.

Henri fasste zusammen, was sie von Vanessas Mutter erfahren hatten.

»Als Vanessa noch zu Hause bei ihrer Mutter lebte, war sie ein braves Mädchen. Wir gehen davon aus, dass erst während ihres Studiums etwas geschehen ist, was letztendlich zu dem Mord führte. Deshalb konzentrieren wir uns darauf, Vanessas Umfeld hier in München zu durchleuchten. Ihre Mitbewohner konnten uns leider nur wenig über sie erzählen.«

Sie beschrieben die vier kurz und gaben wieder, was sie von ihnen erfahren hatten.

»Ich möchte, dass ihr Vanessas Mitbewohner gründlich durchleuchtet. Ich bin nicht sicher, ob sie uns wirklich alles gesagt haben, was wichtig sein könnte.«

»Ist dir auch aufgefallen, dass sie öfter zu diesem Frederik hingesehen haben?«, unterbrach Lenz Henri. »Nur kurz, aber sie haben sich mehrmals untereinander seltsame Blicke zugeworfen.«

Henri nickte.

»Deswegen sollten wir versuchen, mehr über sie zu erfahren und weitere Freunde aufzutreiben. Außerdem müssen wir mehr über Vanessas Studienaktivitäten herausfinden. Alles, was wichtig sein könnte. Ich lasse euch Vanessas Adressbuch hier. Zur Not befragen wir alle eingetragenen Personen, um herauszufinden, mit wem sie näher befreundet war.« Henri sah zu Lenz hinüber. »Wir starten einen weiteren Versuch bei Nicolas von Staudt.«

»Soll ich anrufen, ob er zu Hause ist?«

»Ich würde lieber unangekündigt auftauchen. Ich möchte seine Reaktion sehen, wenn er von Vanessas Tod erfährt.«

»Falls er davon noch nicht in der Zeitung gelesen hat ...«

Nicolas von Staudt war offensichtlich kein Abonnent der *Morgenzeitung*. Als er ihnen die Tür zu seiner Penthousewohnung öffnete und sie ihm ihre Ausweise zeigten, sah er sie arglos an. Er war lediglich mit kurzen Sport-Shorts bekleidet. Aus dem Augenwinkel sah Henri, dass Lenz neidisch auf den durchtrainierten Körper starrte; von einem solchen Sixpack war er weit entfernt. Doch nicht nur Nicolas' Körper war sehenswert. Seine markanten Gesichtszüge, der lässige Dreitagebart und das freundliche, offene Lächeln ließen ihm die Frauenherzen sicher nur so zufliegen.

140

»Kommen Sie herein. Entschuldigen Sie meinen Aufzug, ich habe gerade trainiert.«

Er zog sich ein T-Shirt über den Kopf und forderte sie mit einer einladenden Geste auf einzutreten. Was für ein Unterschied zu den dunklen und unordentlichen Zimmern in Vanessas WG! Das lichtdurchflutete Penthouse strahlte ganz in Weiß; der Wohnbereich mit weißen Ledermöbeln ging von einer kleinen Theke, an der zwei Barhocker standen, in einen großzügigen Küchenbereich über. Mitten im Raum führte eine frei schwebende Wendeltreppe nach oben, hinter dem Ledersofa gab die geöffnete Terrassentür den Blick auf eine Dachterrasse frei, von der man eine sensationelle Aussicht über die gesamte Maxvorstadt haben musste.

»Um was geht es denn?«, erkundigte sich Nicolas und nahm einen Granny-Smith-Apfel aus einer großen Glasschale, die bis oben hin mit den leuchtend grünen Äpfeln gefüllt war. Er biss krachend hinein und bedeutete ihnen mit der Hand, auf dem Sofa oder einem der Sessel Platz zu nehmen.

»Herr von Staudt«, setzte Henri an.

»Nick! Sagen Sie Nick zu mir.« Er lächelte immer noch sein Zahnpastalächeln.

»Nick, Sie hatten eine Beziehung mit Vanessa Czerny, ist das richtig?«

Sein Lächeln erstarrte.

»Ja, das stimmt. Wir haben uns allerdings vor ein paar Wochen getrennt. Was ist mit Vanessa?«

»Vanessa wurde ermordet. Ihr Leichnam wurde vorgestern in der Isar gefunden.«

Unter seiner gebräunten Sommerhaut wurde Nicks Gesicht fahl. Er sank auf einen der weißen Sessel.

»Die Tote aus der Isar? Das war Vanessa?«

Henri und Lenz setzten sich gegenüber auf das Ledersofa.

»Ihre Mutter hat sie gestern identifiziert. Es besteht kein Zweifel.«

»Sie wurde ermordet? Was ist passiert?« Die Nachricht von Vanessas Tod schien Nick zu erschüttern. Er wirkte bestürzt.

»Sie war schon tot, als sie ins Wasser gelangte. Wir wissen noch nicht, wie es dazu kam«, wich Henri aus. »Wir versuchen herauszufinden, mit wem Vanessa in letzter Zeit zu tun hatte und was zu ihrem Tod geführt haben könnte.«

Nick sah ihn betroffen an.

»Ich fürchte, da kann ich Ihnen nicht weiterhelfen. Seit der Trennung hatte ich keinen Kontakt mehr zu Vanessa. Ich habe sie weder gesehen noch mit ihr telefoniert.«

»Sie sind sich auch nicht an der Uni über den Weg gelaufen?«

»Nein. Vanessa studiert Medizin und ich BWL und Jura.«

Ein ehrgeiziger junger Mann. Henri zweifelte keine Sekunde daran, dass Nick in der Lage war, zwei Studienfächer gleichzeitig zu bewältigen. »Ich werde in das Unternehmen meiner Eltern einsteigen. Wir stellen Elektronikbauteile her.« Der Ausstattung des Penthouses nach zu urteilen ein sehr erfolgreiches Unternehmen.

»Vanessas Tod scheint Sie zu berühren. Darf ich fragen, warum Sie sich getrennt hatten?«

»Warum wir uns getrennt haben?« Nick sah zur Decke hoch. »Es hat einfach nicht mehr gepasst.«

»Weil Vanessa aus einfacheren Verhältnissen kam?«

Nick sah Henri nachdenklich an.

»Nein, das hat mich nicht gestört. Sie war ein tolles Mädchen, als ich sie kennengelernt habe. Sie hat eine gute Kinderstube genossen, auch wenn sie nicht viel Geld hatten.«

»Aber?«

Nick zögerte. Er stand auf und warf den Apfel, den er angebissen hatte, in der Küche weg. Der Appetit schien ihm vergangen zu sein. Er kam zu ihnen zurück und sah sie offen an.

»Ich will nicht schlecht über Vanessa reden ... Aber ich nehme an, dass Sie sie untersucht haben ... und dass Sie festgestellt haben, dass sie Drogen genommen hat.«

Henri nickte. Er wartete, dass Nick weitersprach.

»Einer von ihren Mitbewohnern hat sie auf eine Party mitgeschleppt, wo ihr jemand eingeredet hat, dass man als Mediziner selbst mal Drogen genommen haben muss, um zu verstehen, wie das so ist.«

Henri und Lenz wechselten einen Blick. Frederik hatte angegeben, dass auch er Medizin studierte. Und dass er Vanessa anfangs auf Partys mitgenommen hatte.

»Hat der Mitbewohner ihr die Drogen gegeben?«

»Soweit ich mich erinnere, hat er nur Witze darüber gemacht und ihr davon abgeraten.«

»Aber er hat sie nicht davon abgehalten, es auszuprobieren?«

»Nein, das hat er nicht. Und leider ist es nicht beim Ausprobieren geblieben.«

Nick fuhr sich mit der Hand über den Drei-Tage-Bart.

»Ich habe ziemlich lange gebraucht, bis ich gemerkt habe, was los ist. Sie hat kein Kokain genommen, kein Heroin, nichts, was Einstiche hinterlässt. Es waren Amphetamine, Crystal Meth und solches Zeug. Ich kenne mich damit nicht aus, ich habe nicht bemerkt, dass sie so was nimmt. Sie war öfter mal aufgedreht, aber das habe ich einfach für ihre Art gehalten, ich kannte sie noch nicht gut.«

»Wie lange waren Sie zusammen?«

Er überlegte.

»Etwa ein halbes Jahr.«

»Und wie kam es dann raus, dass sie Drogen nahm?«

»Sie hat mich beklaut. Sie hat Geld aus meinem Portemonnaie genommen, am Anfang immer wieder kleine Summen, die ich nicht bemerkt habe. Nur manchmal kam es mir komisch vor, dass mein Bargeld jedes Mal so schnell aufgebraucht war. Sie hat den Schmuck versetzt, den ich ihr geschenkt habe. Ich wurde misstrauisch, weil sie nie den Ring getragen hat, den sie von mir zum Geburtstag bekommen hatte. Oder die Ohrringe, die ich ihr zum Valentinstag geschenkt hatte. Sie hat behauptet, dass sie den Schmuck verlegt habe, als ich sie darauf angesprochen habe. Dann hat sie einen Hunderter aus meinem Portemonnaie genommen, von dem ich ganz sicher wusste, dass ich ihn erst kurz vorher aus dem Geldautomaten gezogen hatte. Ich wollte es nicht wahrhaben. Ich bin ihr gefolgt, bis zu einer Spelunke in der Nähe des Bahnhofs. Als ich gesehen habe, wie sie da reingegangen ist, dachte ich mir schon, dass Drogen dahinterstecken.«

»Wie hieß die Spelunke?«, fragte Lenz.

Nick überlegte.

»Es klang besser, als es aussah. Club ... Club Oscar, glaube ich.«

Lenz machte sich eine Notiz.

»Sind Sie ihr in den Club gefolgt?«

»Nein. Ich war so konsterniert, weil ich nie für möglich gehalten hätte, dass sie so etwas tun würde.«

Ob Drogen nehmen oder ihn beklauen, ließ er offen.

»Ich habe sie erst am nächsten Tag mit meinem Verdacht konfrontiert. Ich bin zu ihr in die WG gegangen und habe mich in ihrem Zimmer umgeschaut. Als ich in ihrer Schreibtischschublade die kleinen Pillen gefunden habe, konnte sie es nicht länger abstreiten.«

»In ihrer Schreibtischschublade?«

»Ja, sie hatte das Zeug gar nicht groß versteckt. Dort müssen Sie doch einiges gefunden haben.«

»Wir haben nichts gefunden, keinen einzigen Krümel. Kann es sein, dass sie aufgehört hat, Drogen zu nehmen? Möglicherweise, um Ihre Beziehung zu retten?«

Nick sah sie skeptisch an.

»Das kann ich mir nicht vorstellen. Sie hat nicht versucht, mich umzustimmen. Sie hat nicht mal angedeutet, dass sie für mich damit aufhören würde.«

Er räusperte sich. »Ich habe allerdings auch klargemacht, dass ich mit diesem Dreck nichts zu tun haben möchte, weder jetzt noch in Zukunft.«

»Demnach waren Sie derjenige, der die Beziehung beendet hat?«

»Ja.«

»Hat sie danach noch mal versucht, mit Ihnen Kontakt aufzunehmen?«

»Sie hat mir einmal auf die Mailbox gesprochen und mich übel beschimpft. Ich nehme an, dass sie dabei zugedröhnt war. Seither habe ich nichts mehr von ihr gehört.«

»Können Sie uns weitere Freunde von Vanessa nennen?«

»Wir hatten keine gemeinsamen Freunde. Sie hat sich mit meinen Leuten nicht wohlgefühlt und ich mochte ihre Freunde nicht übermäßig. Meistens waren wir hier zusammen, ohne andere Leute.«

»Aber Sie kannten einige ihrer Freunde?«

»Ihre Mitbewohner natürlich, weil ich manchmal auch bei ihr war. Aber sonst? Nein, ich kann mich an niemanden erinnern.«

»Kein Name, kein Gesicht?«

Nick schüttelte den Kopf.

»Tut mir leid, dass ich Ihnen nicht weiterhelfen kann.«

Wolf Borowsky war bereits da, als Elisa die Redaktion betrat. Er saß am Kopfende des Newsdesks und blätterte in der aktuellen Ausgabe der *Morgenzeitung*. Ausnahmsweise hatte er keinen Telefonhörer in der Hand. Er sah auf und grinste Elisa an.

»Keiner außer der *Morgenzeitung* hat den Namen des Opfers. Gute Arbeit, Elisa!«

»Gutes Teamwork! Wenn ich dich nicht erreicht hätte ...«

»Mich erreichst du immer! Hast du meine Handynummer?«

Elisa schüttelte den Kopf.

»Lena hat mich gestern durchgestellt.«

Wolf kritzelte auf ein Blatt seines Notizwürfels, riss es ab und gab es Elisa.

»Die brauchst du!«

Er hatte nicht nur seine Durchwahl, sondern auch seine Handynummer und seine Privatnummer notiert.

»Werde ich mir gleich einspeichern.«

Elisa ging zu ihrem Platz. Dennis war noch nicht da, Jette saß bereits an ihrem Schreibtisch und tippte stakkatoartig auf ihre Tastatur.

»Guten Morgen«, sagte Elisa.

»Morgen«, knurrte Jette.

Während der Computer hochfuhr, gab Elisa Wolfs Nummern in ihr Handy ein.

»Elisa, du bist die Beste!«

Dennis warf die aktuelle Ausgabe auf seinen Schreibtisch und kam um den Tisch herum zu Elisa. Er drückte sie an sich. Sein beleidigter Abgang vom Vortag schien vergessen zu sein.

»Wie hast du das denn geschafft? Wie hast du den Namen herausgefunden? Und erzähl mir bloß nicht, dass du dir auf gut Glück Facebook-Profilfotos angesehen hast!«

Elisa befreite sich aus Dennis' Umarmung und rollte mit dem Schreibtischstuhl ein Stück von ihm weg.

»Hast du die Info von deinem Vermieter, dem Kommissar?«

»Er ist nicht mein Vermieter! Seine Mutter ist meine Vermieterin.«

»Ist doch egal. Hat er dir den Namen gesteckt?«

»Hat er nicht. Er ist superkorrekt und würde mir nie Informationen geben, die nicht auch jeder andere Journalist bekommt.« Elisa verzog das Gesicht. »Leider.«

Aus dem Augenwinkel sah Elisa, dass Jette grinste. Sie wurde nicht müde zu betonen, dass sie sehr viel mehr aus dem Kontakt zu einem Polizeikommissar machen würde als Elisa. Obwohl Jette sich erst vor Kurzem eine Abfuhr mit einer öffentlichen Rüge von Henri eingehandelt hatte, war sie fest davon überzeugt, dass er springen würde, wenn sie nur mit dem kleinen Finger schnippte. So wie jeder Mann.

Plötzlich sah Jette an Elisa vorbei und ihr Grinsen verwandelte sich in ein verführerisches Lächeln. Sie warf ihre langen Haare nach hinten und reckte das Dekolleté ihres eleganten weißen Sommerkleids in die Höhe. Elisa musste sich nicht umdrehen, um zu wissen, dass André im Anmarsch war. Er sprach in sein Handy, nickte ihnen im Vorbeigehen zu. Jette war drauf und dran aufzuspringen und hinter ihm her in seinen Glaswürfel zu laufen, als André sich noch mal umdrehte und Elisa seinen hochgestreckten Daumen zeigte. Jette wäre gegen ihn geprallt, hätte sie sich nicht schnell gebückt, als wolle sie etwas vom Boden aufheben. Sie wurde rot, doch André beachtete sie gar nicht, sondern betrat sein Büro. Jette richtete sich auf und strich sich die Haare aus dem Gesicht. Sie warf Elisa einen hasserfüllten Blick zu und rauschte aus dem Raum.

»Was ist denn mit der los?« Lena, die neben Elisas Platz aufgetaucht war, sah Jette, die an ihr vorbeigestürmt war, hinterher.

»Frag nicht!« Elisa verdrehte die Augen und wechselte das Thema. »Was macht dein Geldhaufen?«

»Dem geht es gut!« Lena grinste. »Ich schaue ihn mir immer wieder an und überlege, was ich damit mache. Das meiste werde ich meinen Eltern geben, aber irgendwas Schönes mag ich mir auch davon gönnen.«

»An was denkst du so? Klamotten? Schuhe? Eine Tasche?«
Lena schnaubte.
»Vielleicht ein neues Objektiv. Mal sehen.« Sie warf einen Blick zum Newsdesk hinüber. »Ich muss weiter. Mach's gut!«
»Du auch.«
Lena ging zu Wolf Borowsky und sprach kurz mit ihm. Sie lachten, dann verschwand Lena Richtung Bildredaktion. Elisa wollte sich gerade zu ihrem PC umdrehen, als sie sah, dass Jette durch die Tür, die Lena offengehalten hatte, zurück in die Redaktion kam. Elisa schwante nichts Gutes, als sie Jettes finster entschlossene Miene sah, doch sie würdigte sie keines Blickes, sondern ging zu den Kollegen des Landkreis-Ressorts, die an dem Tischblock hinter Elisa platziert waren.

Elisa nahm sich die Notizen vor, die sie am Abend über Vanessa gemacht hatte. Sie hatte einiges über Vanessas früheres Schülerleben herausgefunden, doch über ihr Studentenleben in München wusste sie bis jetzt nur wenig. Dass sie studiert hatte – aber was? –, dass sie in einer WG gelebt hatte – aber wo? – und dass sie ermordet worden war.

Auf ihrer Facebook-Seite gab es keine Hinweise auf Vanessas Aktivitäten in der letzten Zeit. Sie hatte nicht zu denen gehört, die täglich mehrere Selfies posteten. Außer dem Profilbild mit dem Schmetterlingstattoo waren keine Fotos zu sehen. Vanessas Profil gab nur sehr allgemein Auskunft über ihre biografischen Stationen und ihre Vorlieben. Sie mochte die Band »Slut«, sie las gern Paulo Coelho und sie hatte eine Schwäche für belgische Pralinen. Nichts, woran man anknüpfen konnte, um mehr über die junge Frau herauszufinden.

Die Polizei hatte die Identifizierung noch nicht offiziell bestätigt, der Polizeibericht des Tages stand noch aus. Elisa versuchte es telefonisch bei mehreren Stellen an der Uni. In der Studentenkanzlei war man nicht bereit, ihr Auskunft über eine Studentin zu erteilen, wo käme man da hin mit dem Datenschutz? Elisa überlegte. Was könnte Vanessa studiert haben? Sie war in der Schule Ersthelferin gewesen, möglicherweise bestand bei ihr schon länger ein medizinisches Grundinteresse. Es war vorstellbar, dass sie Medizin als Studienfach gewählt hatte.

Elisa suchte die Nummer der medizinischen Fakultät heraus. Dort hatte sie mehr Glück als in der Studentenkanzlei, die Dame am anderen Ende war einem Gespräch mit der Presse nicht abgeneigt. Sie bestätigte, dass Vanessa Czerny im zweiten Semester Medizin studiert hatte und bis jetzt allen Anforderungen des Studiums pünktlich gerecht geworden war. Doch als Elisa nach Vanessas Adresse fragte, war das Mitteilungsbedürfnis der Sekretärin erschöpft. Auch sie verwies auf den Datenschutz. Elisa bedankte sich für ihre Auskünfte und legte auf.

Ob sie sich bei einer Vorlesung unter die Medizinstudenten mischen konnte, um jemanden zu finden, der ihr mehr über Vanessa zu sagen vermochte? Dafür wäre ein Foto hilfreich. Möglicherweise lieferte die Polizei mit dem Pressebericht eins mit?

Elisa surfte durch die Internetseiten der medizinischen Fakultät und versuchte herauszufinden, wann eine geeignete Vorlesung stattfand.

»Wir müssten mal mit euch reden.«

Vinzenz und Biggi von der Landkreisredaktion standen plötzlich zwischen Dennis und Elisa. Sie tauchten immer gemeinsam auf. Dennis hatte Elisa erzählt, dass sie schon seit Jahrzehnten zusammenarbeiteten und sich blind verstanden, während der Rest der Redaktion öfter Probleme mit ihren leicht festgefahrenen Ansichten hatte. Beide waren an die Sechzig und schon seit Ewigkeiten bei der *Morgenzeitung*.

»Es geht um die Tote aus der Isar.«

Vinzenz sah kurz hinüber zu Jette, doch sie war so in ihre Arbeit vertieft, dass sie es nicht zu bemerken schien. Dennis, der gerade das Telefon in die Hand genommen hatte, legte den Hörer wieder zurück.

»Genau betrachtet wurde die Tote ja im Landkreis gefunden. Wir finden, dass *wir* über sie berichten sollten, nicht die Stadtredaktion.«

Dennis runzelte die Stirn.

»Elisa hat bereits am Mittwochabend Wind von dem Leichenfund bekommen. Da ist es doch ganz logisch, dass sie darüber schreibt.«

»Das mag gestern so gewesen sein, weil sie am Mittwoch zufällig vor Ort war, aber es gibt ja keinen Grund, warum das so bleiben muss.«

Vinzenz war der Wortführer der beiden, Biggi stand etwas hinter ihm und sah unbeteiligt auf den Boden. Elisa wollte ihm antworten, doch Dennis sprach weiter für sie.

»Elisa hat auch den Namen der Toten herausgefunden. Findet ihr nicht, dass es wenig Sinn macht, gerade jetzt das Thema zu übergeben, wo sie schon so weit drin ist?«

Darauf wusste Vinzenz nichts zu sagen, dafür sprang Biggi ein: »Sie wurde aber im Landkreis gefunden. Dann sind wir für den Fall zuständig. So war das schon immer.«

»Vanessa Czerny hat in der Stadt gewohnt und möglicherweise hat sich auch der Mord dort ereignet«, sagte Elisa. »Das spricht wiederum für die Stadtredaktion.«

»Was ist denn hier los?«

André bekam in seinem Glaskasten genau mit, was in der Redaktion passierte. Wenn vier Leute beieinanderstanden und sichtlich erregt diskutierten, wollte er wissen warum.

Jette stöhnte lautstark und warf André einen dankbaren Blick zu.
»Gut dass du kommst, André. Die streiten hier so laut über ihre Zuständigkeiten, dass ich mich überhaupt nicht auf meinen Text konzentrieren kann.«

Elisa war sich sicher, dass die ganze Diskussion auf Jettes Mist gewachsen war. Sie wollte erreichen, dass Elisa das Thema weggenommen wurde, damit sie sich nicht weiter profilieren konnte.

»Die Tote aus der Isar wurde im Landkreis gefunden«, erklärte Vinzenz André. »Wir sollten darüber berichten, nicht die Stadtredaktion. Es ist nicht richtig …«

André rollte mit den Augen und schnitt ihm das Wort ab.

»Was soll dieser Unsinn? Das ist Elisas Thema. Sie hat es an Land gezogen und sie wird es auch weiter bearbeiten. Sie macht das ganz hervorragend und da ist es mir vollkommen egal, ob die Leiche hundert Meter auf der einen oder hundert Meter auf der anderen Seite der Grenze zwischen Stadt und Landkreis gefunden wurde.«

Alles wäre gut gewesen, wenn er nach diesen Worten einfach in seinen Glaskasten zurückgegangen wäre, doch André drehte sich noch einmal zu Elisa um und warf ihr ein Lächeln zu, das allen, die es noch nicht mitbekommen hatten, klarmachte, dass seine Entscheidung nichts mit sachlichen Argumenten zu tun hatte.

»Was hältst du von diesem Nick?«, fragte Lenz, als sie wieder in Henris Wagen saßen.

»Er kam mir aufrichtig vor. Er schien Vanessa zu lieben, aber seine Vorbehalte gegenüber den Drogen waren größer.«

»Ein kleiner Saubermann.«

Henri überlegte.

»Schade, dass er nicht mal *eine* Freundin von Vanessa kannte. Wir sollten uns ihr Adressbuch noch mal anschauen. Sie muss sich doch irgendwem anvertraut haben.«

»Ich denke, wir sollten auch der Drogenspur folgen«, meinte Lenz. »Und uns in diesem Club Oscar mal umschauen. Hat Marius nicht früher im Drogendezernat gearbeitet? Vielleicht kann er uns was über den Club sagen?«

»Gute Idee.«

Henri zog sein Handy heraus und wählte Marius' Nummer. Marius sprudelte sofort los.

»Hi, Henri. Also das Adressbuch gibt nicht viel her. Es sind nur wenige Adressen hier in München eingetragen, die meisten sind aus ihrer alten Heimat. Wir sind gerade dabei, die Adressen hier in der Stadt zu überprüfen und die Leute anzurufen, aber bis jetzt haben wir nur mit Kommilitonen von Vanessa gesprochen, die sie noch nicht lange oder nur sehr oberflächlich kannten. Keiner konnte uns mehr über sie sagen, als dass sie ein nettes und attraktives Mädchen war. Habt ihr von dem Ex-Freund mehr erfahren?«

»Nicht wirklich. Seit der Trennung hatten die beiden keinen Kontakt mehr. Vorher hat sie ihn beklaut und den Schmuck versetzt, den er ihr geschenkt hatte, um Geld für Drogen zu haben.«

»Dann war er sauer auf sie?«

»Weniger als man erwarten würde. Ich glaube, er hing immer noch an ihr. Und ihre Diebstähle werden bei ihm kein allzugroßes Loch in die Kasse gerissen haben.«

»Verstehe.«

»Er hat erwähnt, dass er ihr einmal zu einem Club in der Bahnhofsgegend gefolgt ist, wo sie sich seiner Meinung nach mit Drogen versorgt hat. Club Oscar, sagt dir das was? Warte, ich stelle auf laut, damit Lenz gleich mithören kann.«

»Klar, den Club Oscar kenne ich«, schallte Marius' Stimme nun aus dem Lautsprecher. »Das ist ein übles Pflaster. Wir haben da ständig Razzien durchgeführt, aber es hat wenig genutzt. Es wurden weiter Drogen in rauen Mengen konsumiert und wahrscheinlich auch gehandelt. Dort finden regelmäßig sogenannte *After Hours* statt, wo die Leute von Freitagabend bis Sonntag durchfeiern.«

»Von Freitagabend bis Sonntag?«

»Das ist echt krass. Bei so einer Party läuft nonstop megalaute Techno-Musik, alle sind wie in Trance, in jeder Ecke poppen die Leute miteinander. Das hältst du nur durch, wenn du genug Drogen einwirfst.«

»Was wird da konsumiert?«

»Alles! Heroin, Kokain, Hasch, Amphetamine und sogar Ketamin. Das bekommen Tiere, bevor sie geschlachtet werden. Manche nehmen das, um wieder runterzukommen – als *Downer*. Ist echt irre, was wir da alles gefunden haben.«

»Ich will es gar nicht wissen.« Henri schüttelte sich. »Nick von Staudt hat nicht erwähnt, zu welcher Tageszeit er Vanessa dorthin gefolgt ist, und ob dort so eine Dauerparty im Gange war.«

»Kann auch sein, dass sie sich da einfach nur Drogen geholt hat. Es gibt in dem Club einen Dealer, den wir nie drankriegen konnten. Er war nie bei einer *After Hour*, aber ein Junkie hat uns verraten, dass er während der Woche tagsüber dort seine Drogen vertickt und dass jeder das weiß. Dieser Typ scheint allerdings ein Gespür für die Polizei zu haben. Wir haben ihn zwar mehrmals vor Ort angetroffen, aber er hatte nie etwas bei sich, wir konnten ihm nie was nachweisen.«

»Du meinst, Vanessa könnte bei ihm gewesen sein?«

»Das ist denkbar. Dario Ferrari wirkt nicht wie ein Krimineller, der hat sogar was in der Birne. Da traut sich vielleicht auch eine kleine Studentin hin.«

»Dario Ferrari heißt er, sagst du?«

»Ja, Ferrari wie das rote Auto, mit dem er durch die Gegend fährt.«

»Wie ist sein richtiger Name?«

»Das ist sein richtiger Name. Das Auto hat er sich passend zum Namen zugelegt.«

»Als Markenzeichen sozusagen. Das ist ja ein richtiger Witzbold.«

»Du sagst es.«

Henri warf einen Blick auf die Uhr.

»Dann ist er möglicherweise jetzt im Club Oscar anzutreffen?«

»Kann gut sein. Wenn der Ferrari vor der Tür steht, ist er da.«

Marius gab ihnen eine Wegbeschreibung. Es war nicht weit von der Wohnung von Nicolas von Staudt entfernt. Nur ein paar Minuten später parkte Henri vor einer unscheinbaren Tür, über der eine Leuchtschrift angebracht war: Club Oscar. Jetzt – bei hellem Sonnenschein – flimmerte die Schrift nur in blassem Rosa. Wenn es dunkel war, strahlte sie vermutlich in tiefem Rot.

Lenz deutete auf die andere Straßenseite.

»Da ist der Ferrari.«

»Sehr gut.«

Sie stiegen aus.

»Haben wir das Foto von Vanessa dabei?«

Lenz zog es aus der Tasche.

»Ich habe mehrere Kopien gemacht.«

Henri zog die Eingangstür des Clubs auf. Eine Treppe führte in den Keller und endete vor einer weiteren Tür. Sie ließ sich schwer öffnen, vermutlich eine Schallschutztür. In einer kleinen Nische war eine Garderobe untergebracht, bevor es durch einen Vorhang in den Club ging.

Ein südländischer Typ mit einem pickelnarbigen Gesicht kam ihnen entgegen.

»Ciao, Maggie«, sagte er in Richtung Garderobe, ohne dorthin zu sehen.

»Ciao, Ronny«, antwortete ein junges Mädchen, das Henri auf dem Stuhl hinter dem Garderobentresen vorher nicht wahrgenommen hatte.

Die Tür fiel hinter dem Mann ins Schloss. Henri nahm Lenz das Foto aus der Hand und hielt es dem Mädchen hin.

»Kennen Sie diese Frau?«

»Das kann ich Ihnen nicht sagen.« Maggie lächelte und Henri bemerkte erst jetzt, dass sie blind war. Ihre Augen sahen zwar in seine Richtung, doch ihr Blick war leer.

»Entschuldigung, ich habe nicht gemerkt, dass Sie blind sind.«

Sie machte eine wegwerfende Handbewegung. Für ein Etablissement dieser Art war das Mädchen ziemlich bieder gekleidet mit einer hochgeschlossenen weißen Bluse und einer karierten Weste.

»Sagt Ihnen der Name Vanessa Czerny etwas?«

Sie überlegte.

»Nein. Die meisten Leute haben hier keinen Namen. Vanessa sagt mir nichts. Aber fragen Sie doch mal meinen Vater.«

»Ihren Vater?«

»Oscar. Er steht hinter der Theke.«

Sie deutete vage Richtung Vorhang.

»Das machen wir.« Henri drehte sich am Vorhang noch mal um. »Wie machen Sie das mit den Garderobenmarken, wenn Sie die Nummern nicht sehen können?«

Maggie lachte ein kehliges Lachen.

»Wir haben spezielle Marken. Die Nummern sind mit Braille-Schrift gekennzeichnet, ich kann sie fühlen.«

»Verstehe.«

»Wenn ich eine blinde Tochter hätte, würde ich sie trotzdem nicht in so einem Club allein an die Garderobe stellen«, flüsterte Lenz Henri zu, als er den Vorhang zur Seite schob.

»Hören kann ich gut!«, rief Maggie hinter ihnen her. »Ich arbeite nur während der Woche tagsüber hier, wenn Sie das beruhigt. Da ist nicht viel los. Sagen Sie deswegen bloß nichts zu meinem Vater und wenn Sie dreimal von der Polizei sind. Der macht sich eh schon zu viele Sorgen!«

Der Vorhang fiel hinter ihnen zu. Die Augen brauchten einen Moment, um sich an das schummrige Licht im Club zu gewöhnen. Die Wände, die Decke und der Boden waren schwarz gestrichen. Am Rand des Raumes gab es kleine Nischen mit Sitzgelegenheiten und eine Bar. Gegenüber der Bar war ein riesiges DJ-Pult und dazwischen eine große leere Tanzfläche. Henri versuchte, sich vorzustellen, wie es hier am Abend aussah, wenn die After-Hour-Party tobte. Er ahnte, dass seine Fantasie dafür nicht ausreichte.

In einer der Sitznischen waren zwei Männer in eine Diskussion vertieft, an der Bar saß ein einzelner Gast, während der Barkeeper damit beschäftigt war, Gläser zu spülen. Er blickte auf, als Henri und Lenz am Eingang stehenblieben und sah ihnen misstrauisch entgegen. Sie überquerten die Tanzfläche. Henri hielt dem Barkeeper Vanessas Foto hin.

»Kennen Sie diese junge Frau?«

»Wer will das wissen?«

»Die Polizei, du Idiot!«, sagte der Gast an der Bar. Er drehte seinen gedrungenen Körper zu ihnen um. Auf den ersten Blick sah er älter aus als er war, da er nur noch einen schmalen Haarkranz hatte, doch die verbliebenen Haare waren genauso tiefschwarz wie die buschigen Augenbrauen und der Bart. Und seine Haut war glatt wie ein Babypopo. Henri schätzte ihn auf Mitte Dreißig. Er zückte seinen Ausweis.

»Mein Name ist Wieland, das ist mein Kollege Albrecht. Wir sind von der Mordkommission.«

»Oscar. Oscar Schulze«, stellte der Mann hinter der Bar sich vor. Er klang nicht mehr so forsch wie vorher.

Henri sah den anderen Mann fragend an.

»Dario Ferrari«, sagte er.

Henri hielt Vanessas Foto so, dass beide darauf schauen konnten.

»Also noch mal: Kennen Sie diese Frau?«

»Kann schon sein, dass sie mal hier war, aber ich kenne sie nicht wirklich«, sagte Oscar. »Ich hab keine Ahnung, wie sie heißt.«

Dario hob die Schultern.

»Geht mir auch so. Kann sein, dass ich sie mal gesehen habe ... Ist was passiert mit der Kleinen? Sie sagten, Sie sind von der Mordkommission ...?«

»Richtig. Vanessa Czerny – so heißt sie – wurde ermordet. Ihr Leichnam wurde in der Isar gefunden.«

»Die Tote aus der Isar? Davon habe ich gehört!«, rief Oscar.

Dario sagte nichts, er sah Henri und Lenz nur abwartend an.

»Die Tote scheint in letzter Zeit regelmäßig Crystal Meth konsumiert zu haben. Wir haben Hinweise darauf erhalten, dass sie es hier bekommen hat.«

»Hier?!? In meinem Club?!?« Oscar warf Dario einen wütenden Blick zu. »Ihr Bullen versucht immer wieder, mir was anzuhängen, aber das wird euch nicht gelingen. Ich verkaufe keine Drogen! Wenn sie hier Drogen bekommen hat, dann von einem Gast. Von mir auf jeden Fall nicht. Und auch von keinem meiner Mitarbeiter. Wir wollen hier keine Drogen haben, wir haben auch so schon genug Ärger mit euren Razzien.«

»Herr Schulze, uns geht es nicht um die Drogen, wir sind nicht vom Drogendezernat. Uns geht es darum herauszufinden, wer Vanessa Czerny getötet hat. Wenn Sie mit dem Mord nichts zu tun haben, können Sie unbesorgt unsere Fragen beantworten. Wenn Sie sich weigern, wirft das für uns die Frage auf, ob Sie in den Mord verwickelt sind.«

»Mord? Nein, damit habe ich nichts zu tun. Aber mit Drogen habe ich auch nichts zu tun. Und diese Frau kenne ich nicht!« Auf Oscars Hals und auf seinem Gesicht zeichneten sich rote Flecken ab.

»Dann reg dich doch nicht so auf«, schnitt Dario ihm das Wort ab. Er rutschte von seinem Barhocker, schob das Glas, das auf der Theke vor ihm stand und eine durchsichtige Flüssigkeit enthielt, von sich weg und deutete mit dem Kopf zu den Sitznischen.

»Noch ein Wasser, Dario?«, fragte Oscar eilfertig.

Dario würdigte ihn keiner Antwort. Henri und Lenz folgten ihm, Oscar wandte sich wieder seinem Spülbecken zu. Dario wählte die Nische, die am weitesten von den beiden Männern entfernt war. Er ließ sich auf der Bank auf der rechten Seite des Tisches nieder, Henri und Lenz setzten sich ihm gegenüber.

»Woran ist sie gestorben?«

»Sie kennen sie also?«

»Nehmen wir an, also rein theoretisch, dass ich sie hier schon mal gesehen habe.«

»Als sie sich Drogen geholt hat?«

»Kann sein. Ist sie an den Drogen gestorben? Hat sie zuviel genommen?«

Bekam der Dealer plötzlich Gewissensbisse?

»Nein, es waren nicht die Drogen. Sie wurde ermordet. Bevor sie in die Isar geworfen wurde.«

Darios Gesicht zeigte keine Regung.

»Wie wurde sie ermordet? Erstochen? Erschossen? Es gibt tausend Arten, jemanden zu ermorden.«

»Wem erzählen Sie das?« Henri erwiderte Darios dunklen Blick. »Aus ermittlungstechnischen Gründen können wir Ihnen nicht mehr sagen, aber Sie dürfen mir glauben, dass sie an äußerer Gewalteinwirkung gestorben ist.«

Einen Moment herrschte Stille, auch die beiden Männer am anderen Tisch hatten gerade ihre Unterhaltung unterbrochen. Lenz hielt sich zurück und überließ Henri die Gesprächsführung, doch er beobachtete Dario genauso intensiv wie Henri selbst und Henri wusste: Lenz achtete noch viel mehr als er auf alles Unausgesprochene.

»Herr Ferrari, Sie würden uns sehr helfen, wenn Sie uns sagen, was Sie über Vanessa wissen.«

»Sie hat mich an meine kleine Schwester erinnert.« Dario fuhr sich mit Zeigefinger und Daumen über die Augen und sah auf das Foto, das Henri zwischen ihnen auf den Tisch gelegt hatte. »Natürlich war sie blond und meine Schwester ist dunkelhaarig, aber sie hatte irgendwie so einen ähnlichen Blick. Von unten herauf, mit so einem zuckenden Mundwinkel, wenn sie lächelte. Deshalb ist sie mir aufgefallen, wenn sie hier war.«

»War sie öfter hier? Sind Sie öfter hier?«

»Ja und ja.«

»Kam sie regelmäßig, um sich mit Crystal Meth zu versorgen?«

»Kann sein.«

Er würde niemals zugeben, dass sie es von ihm bekommen hatte. Aber immerhin war er bereit, mit ihnen zu reden. Und sofern er nicht der Täter war, konnte er ihnen vielleicht eine Information liefern, an die sie anknüpfen konnten.

»Niemand zwingt die Junkies dazu, das Zeug zu nehmen«, fuhr Dario unvermittelt fort. »Heißt es nicht: Die Freiheit des Einzelnen endet dort, wo die Freiheit des Anderen beginnt? Man ist doch nicht für alle verantwortlich! Jeder kann jederzeit frei entscheiden, ob er Drogen nimmt oder nicht.«

Ein Drogendealer, der sein Handeln philosophisch rechtfertigte, der Kant bemühte, um sich selbst von jeglicher moralischer Mitschuld freizusprechen – das war Henri in seiner Polizeilaufbahn noch nicht vorgekommen. »Ich glaube nicht, dass man bei einer Sucht von freier Wahl sprechen kann«, wandte Henri ein. Als Dario nichts erwiderte, sondern Henri nur interessiert ansah, fuhr er fort: »Wenn ich Kant richtig verstanden habe, sollte das Handeln jedes Einzelnen jederzeit zum allgemeinen Gesetz erhoben werden können. Ich kann mir nicht vorstellen, dass er dabei an Drogenverkaufen dachte.«

Lenz trat Henri unter dem Tisch auf den Fuß. Anscheinend hatte er Bedenken, dass Dario nicht länger kooperativ sein würde, wenn Henri weiter seine selbstgebastelte Weltanschauung infrage stellte. Henri kehrte zu ihrem eigentlichen Thema zurück.

»Wir haben gehört, dass Vanessa in letzter Zeit Geldprobleme hatte. Ist Ihnen aufgefallen, dass sie weniger häufig hierherkam? Dass sie sich seltener Drogen leisten konnte? Falls Sie – rein theoretisch natürlich – überhaupt jedes Mal hier waren, wenn sie kam?«

Henri baute ihm eine Brücke, die Dario zögernd betrat.

»Es könnte sein, dass ich zufällig mitbekommen habe ... dass sie eine ganze Weile Kredit bekommen hat.«

»Kredit? Ist das üblich?«

»Na ja ... natürlich kenne ich mich da nicht wirklich aus ...«

»Natürlich!«

»... aber irgendwie kann man sich doch immer einigen.«

»Bezahlung in Naturalien? Mit gewissen Gegenleistungen?«

»Nein! Das meine ich nicht! Ich rede von einem Zahlungsaufschub.«

»Ist das nicht riskant bei einem Junkie? Verschwindet der nicht auf Nimmerwiedersehen, wenn er das Zeug in der Tasche hat?«

»Nicht wenn er noch mal was haben will. Und nicht wenn er weiß, dass man seine Adresse kennt.«

»Und nicht wenn es ein wehrloses Mädchen ist, das sich einschüchtern lässt?«

»Na ja, so kann man das nicht ...« Dario unterbrach sich selbst. »Also nicht, dass ich das jetzt so genau wüsste. Ich denk mir nur, rein theoretisch, so könnte es ablaufen ...«

»Man vertraut dem Junkie, wenn es sich um ein nettes Mädchen handelt, das einen vielleicht ein bisschen an die eigene Schwester erinnert.«

»Ich habe nie gesagt ...!«

»Nein, schon klar. Also gehen wir mal davon aus, dass Vanessa Kredit hatte. Wie hoch mag so ein Kredit gewesen sein?«

Dario zuckte mit den Achseln.

»Vielleicht mehrere tausend Euro ...«

»Mehrere tausend Euro? Weil sie aussieht wie Ihre Schwester?!?«

»Ich habe nie gesagt ...«

»Ja, ist gut, ich hab's verstanden.« Henri winkte ab. »Sie hat also mehrere tausend Euro Kredit. Und was passiert dann?«

»Ich vermute – also immer noch rein theoretisch – dass es irgendwann keinen Kredit mehr gibt, wenn sie überhaupt kein Geld mehr hat.«

Das war spätestens nach der Trennung von Nick der Fall gewesen. Vanessas Mutter sah nicht so aus, als ob sie ihre Tochter mit größeren Geldbeträgen unterstützen konnte. Und sie wussten nicht, ob Vanessa einen Job gehabt hatte, um neben dem Studium selbst Geld zu verdienen.

»Sie hätte also erst einen Teil ihrer Schulden abbezahlen müssen, bevor sie neue Drogen bekommen hätte?«

»Das ist anzunehmen.«

Dario sah unverbindlich zwischen ihnen beiden hindurch.

»Für jemanden, der süchtig ist, muss das schwierig sein. Würde sie versuchen, sich woanders den Stoff zu besorgen?«

»Mag sein.« Dario schien zu zweifeln. »Oder sie würde neue Wege finden, um an Geld zu kommen.«

»Glücksspiel?«, warf Lenz ein.

»Wie kommen Sie auf Glücksspiel?« Dario runzelte die Stirn.

»Wäre doch eine Möglichkeit.«

Dario zuckte nur mit den Achseln.

»Oder Prostitution?«

Henris Vermutung schien eher mit Darios übereinzustimmen. Er nickte.

»Das halte ich für wahrscheinlicher. Sie sah ja gut aus, das sollte kein Problem für sie gewesen sein.«

»Sie ist also irgendwann wieder mit Geld hier aufgetaucht?«

»Nein, ich habe sie seit Tagen nicht mehr gesehen.«

»Seit Tagen? Geht es etwas genauer?«

Dario überlegte.

»Seit Montag.«

»Heute ist Freitag, am Mittwoch wurde sie ermordet. Und am Montag haben Sie ihr gesagt, dass sie nichts mehr bekommt, wenn sie nicht zahlt.«

»Ich habe gar nichts zu ihr gesagt! Ich habe Ihnen doch gesagt, das ist alles nur eine rein theoretische Überlegung ... Außerdem muss ich jetzt los!«

Dario stand abrupt auf, beugte sich aber noch mal zu ihnen herunter.

»Finden Sie den Typ, der sie umgebracht hat!«

»Das werden wir, früher oder später ...«

Dario eilte über die leere Tanzfläche zum Ausgang.

»Er scheint zu glauben, dass ein Freier sie getötet hat«, meinte Henri zu Lenz.

»Und wenn wir ihn haben, möchte er wahrscheinlich seine Adresse, damit er sich Vanessas Geld von dem holen kann.«

Henri spann Darios Gedanken weiter.

»Gehen wir mal davon aus, dass Vanessa wirklich angeschafft hat, um an Geld zu kommen. Es wäre doch denkbar, dass irgendwelche abartigen Sexspielchen eskaliert sind.«

»Du meinst Fessel- und Knebelspielchen?«

»Genau. Dass sie sich dabei erbrochen hat und an dem Erbrochenen erstickt ist.«

»Und der Typ hat so 'nen Schreck gekriegt, dass er sie in der Isar entsorgt hat?«

»Möglich wär's.«

Henri steckte Vanessas Foto ein und stand auf.

»Mir geht der Spielchip immer noch nicht aus dem Kopf«, sagte Lenz. »Sie kann doch auch versucht haben, sich in der Spielbank Geld zu erspielen. Wir haben in ihrer Schreibtischschublade und auch sonst nirgends Drogen gefunden. Vielleicht hatte sie ihren Vorrat geleert und brauchte dringend Nachschub. Um an Geld zu kommen, hätte sie es durchaus mit dem Glücksspiel versuchen können.«

Henri nickte.

»Ja, der Chip in ihrer Rocktasche deutet darauf hin, dass sie mindestens einmal in der Spielbank war. Wir sollten mit diesem Foto« – er klopfte auf seine Brusttasche – »noch mal in der Spielbank vorbeischauen.«

Elisa hatte herausgefunden, dass um zehn Uhr eine Anatomie-Vorlesung stattfand, die auf dem Stundenplan des zweiten Semesters stand. Wenn sie gegen Ende der Vorlesung am Audimax war, konnte sie die herauskommenden Studenten nach Vanessa befragen. Dafür brauchte sie jedoch ein Foto. Die Pressestelle des Polizeipräsidiums hatte immer noch keins herausgegeben, das würde erst am Mittag zusammen mit dem Pressebericht geschehen.

Im *Donaukurier* hatte sie selbst mehrere Fotos von Vanessa gesehen, erinnerte sich Elisa. Sie suchte die Archivseiten im Internet von Neuem heraus und entschied sich für ein Foto von der Abiturfeier, bei der Vanessa als Schulsprecherin eine Rede gehalten hatte. Sie sah zwar direkt in die Kamera, aber hinter ihr standen zahlreiche Mitschüler, vor denen sie sich nur begrenzt gut abhob. Elisa wählte Lenas Durchwahl.

»Kannst du mir jemanden in der Bildredaktion sagen, der mir einen Ausschnitt aus einem Foto vergrößern kann?«

»Ich kümmere mich darum. Schick es mir zu. Bis wann?«

»Gestern.«

Lena lachte.

»Weil du's bist!«

»Danke!«

Mit dem Foto konnte sie an der Uni mit etwas Glück ein paar Kommilitonen von Vanessa auftreiben. Ein Gespräch mit ihren Mitbewohnern wäre vermutlich noch informativer, denn wer wusste am meisten über Vanessas Leben, wenn nicht die Leute, mit denen sie zusammengelebt hatte? Sie konnten mitbekommen haben, mit wem Vanessa sich getroffen, wann sie sich wo aufgehalten und ob sie etwas getan hatte, was zu ihrer Ermordung geführt hatte.

Wenn Elisa André und allen anderen beweisen wollte, dass sie die beste Redakteurin für dieses Thema war, dann musste sie konkrete Informationen auftreiben. Elisa durchforstete ihre Notizen erneut nach einem Anhaltspunkt. Doch es gab nichts, woraus sich Rückschlüsse auf die Adresse der WG ziehen ließen.

Elisa sah aus dem Fenster. Der Himmel war blau, die Sonne brannte jetzt schon heiß herunter. Es würde nicht mehr lange dauern, bis sie durch die Fenster hereinschien und dann war es auf den Plätzen am Fenster, als ob man unter einem Brennglas saß.

»Fällt dir schon nichts mehr ein?« Jette verzog den Mund zu einem spöttischen Grinsen.

»Ich denke nach«, gab Elisa lahm zurück.

»So, so.« Jette zog die Augenbrauen hoch und hieb von Neuem energisch auf ihre Tastatur ein.

Elisa griff nach ihrem Handy. Sie kannte jemanden, der ihr die Adresse verraten konnte. Fragen kostete ja nichts.

Henri ging nach dem zweiten Klingeln dran.

»Wieland.«

Elisa nahm an, dass er ihre Nummer abgespeichert hatte und sehen konnte, dass sie ihn anrief, aber vielleicht sollte das niemand mitbekommen. Wahrscheinlich war einer seiner Kollegen bei ihm. Sie hörte im Hintergrund ein Auto hupen.

»Hallo, Henri. Hier ist Elisa.«

»Ja, weiß ich.«

Er klang abweisend, aber Elisa ließ sich nicht beirren.

»Ich stecke hier gerade etwas fest. Könntest du mir mit der Adresse von Vanessas WG aushelfen?«

Henri schnaubte.

»Nein, kann ich nicht. Und das weißt du ganz genau.«

»Ich dachte, du könntest vielleicht eine klitzekleine Ausnahme machen.«

Elisa drehte sich zur Seite, als sie sah, dass Jette nicht mehr tippte, sondern zuhörte.

»Ich bin davon überzeugt, dass du es auch so schaffen wirst, die Adresse rauszufinden. Ganz legal, so wie es alle deine Kollegen tun müssen.«

Die Straßengeräusche bei Henri im Hintergrund waren kaum noch zu hören, anscheinend betrat er gerade ein Gebäude. Plötzlich hörte Elisa Lady Gagas *Pokerface*.

»Bist du in der Spielbank?«

»Woher weißt du das?!?« Henris Stimme klang alarmiert.

»Geraten! Wegen der Musik ...«

Also war der Verdacht, dass Vanessa sich in der Spielbank aufgehalten hatte, noch nicht vom Tisch. Hatte man Henris Kollegen mit dem Foto am Abend vorschnell abgefertigt?

»Fragt ihr, ob Vanessa am Tag des Mordes dort war?«

»Elisa!«, setzte Henri an, doch sie ließ ihn nicht zu Wort kommen.

»Ihr solltet nicht nur ein Foto rumzeigen, sondern auch die Aufnahmen der Überwachungskameras überprüfen. Die können nicht lügen. Dann wisst ihr, ob Vanessa dort war oder nicht.«

»Wie kommst du ...?«

»Viel Erfolg.« Elisa legte auf.

Hätte ich mir denken können, dass Henri die Adresse von Vanessas WG nicht rausrückt ...

Das Handy in Elisas Hand klingelte. Ob Henri ...? Doch es war nicht Henri, sondern Sasha.

»Hast du 'ne Minute, Elisa? Ich muss mich mal auskotzen. Du bist die Einzige, die mich versteht!« Sasha brauchte zwischendrin nicht mal eine Pause zum Luftholen machen. »Also, wir fahren jetzt morgen ans Meer, du weißt schon, mein Anwalt, seine Tochter und ich. Er kam gestern Abend zu mir. Wir haben geredet, er hatte etwas Bedenken, ob das so eine gute Idee ist, mit einer Zweijährigen an die Nordsee zu fahren. Dem Kind soll auf keinen Fall was passieren und offensichtlich traut er mir – oder uns – nicht zu, gut auf die Kleine aufzupassen. So wie ich das verstehe, befasst er sich nicht wirklich oft mit den praktischen Fragen der Kinderbetreuung. Ich glaube, er hockt meistens zu Hause, wenn er seine Tochter da hat. Am Ende haben wir uns darauf geeinigt, dass wir es einfach mal versuchen und er hat eine ellenlange Liste geschrieben an Sachen, die wir unbedingt mitnehmen müssen.«

»Das wird schon schiefgehen. Solange sichergestellt ist, dass jederzeit mindestens einer von euch das Kind im Auge behält und sich nicht im Trubel ablenken lässt.«

»Das habe ich mir auch gedacht. Ich verstehe gar nicht, warum er so einen Wirbel darum macht. Warum alles so kompliziert sein soll.«

»Wo ist das Problem, wenn ihr euch am Ende geeinigt habt?«

Jetzt atmete Sasha laut hörbar. Sie sog die Luft ein.

»Ich glaube, *ich* bin das Problem.«

»Du?«

»Als er heute Morgen gegangen ist, war ich mir plötzlich nicht mehr sicher, ob ich das alles haben will.«

»Das Kind?«

»Weniger das Kind. Unter uns gesagt fand ich meine Beiträge zu seiner Liste praktischer und realitätsnäher. Ich glaube, dass ich mich in die Situation reinfinden könnte.«

»Aber?«

»Aber ich weiß nicht, ob ich schon wieder Lust habe auf solche Spielchen. Dass er mir erst nichts von dem Kind erzählt. Dass er mich über sein Verhältnis zur Mutter des Kindes vollkommen im Unklaren lässt. Dass er mir auf einmal auch in vielen anderen Punkten unaufrichtig vorkommt. Ich habe keine Lust mehr, mich verarschen zu lassen. Ich möchte einen Mann, bei dem ich weiß, woran ich bin. Der mit offenen Karten spielt.«

»Man kann wohl nicht alles haben.« Elisa dachte an Henri, der ihr nicht die Informationen gab, die sie brauchte. Doch war das das Gleiche? Was seine Gefühle ihr gegenüber anging, hatte er sämtliche Karten auf den Tisch gelegt.

»Wie meinst du das?«

»Ich hab mich gerade über Henri geärgert, der mir partout nicht mit einer winzigkleinen Information bei meinen Recherchen weiterhelfen will. Ich brauche lediglich die Adresse eines Mordopfers, um die Mitbewohner zu interviewen.«

»Er wird doch sicher nicht der Einzige sein, der die Adresse kennt! Gibt es keine Angehörigen?«

Elisa überlegte.

»Doch ... die Mutter ... natürlich! Das ist die Idee! Danke, Sasha! Das hilft mir weiter!«

»Immer wieder gern«, sagte Sasha trocken.

»Du ... dann muss ich jetzt mal ... das wird sicher morgen gut am Strand ... lass es doch einfach erst mal auf dich zukommen ...«

»Das werde ich tun.« Sasha merkte offensichtlich, dass Elisa das Gespräch beenden wollte. »Viel Erfolg bei deinen Recherchen.«

»Danke!«

Elisa legte auf und blätterte in ihren Notizen. Irgendwo hatte sie den Wohnort von Vanessa in der Nähe von Ingolstadt aufgeschrieben. So viele Czernys würden dort nicht leben, dass es nicht möglich wäre, Vanessas Mutter aufzutreiben.

Henri hielt das Handy für einen Moment unschlüssig in der Hand, bevor er Lenz zur Garderobe folgte. Elisa hatte an dem laut dröhnenden *Pokerface* erkannt, dass er die Spielbank betreten hatte. Ihr entging wirklich nichts. Und sie war clever genug, um selbst aus scheinbar bedeutungslosen Details die richtigen Schlüsse zu ziehen. Henri steckte das Handy in die Tasche und ging hinter Lenz her.

Sein Kollege zeigte der Frau an der Garderobe seinen Ausweis und das Foto von Vanessa Czerny. Sie hatte ihr babyrosa Strickzeug auf den Stuhl gelegt, auf dem sie gesessen hatte, und war an die Garderobentheke getreten. Eine korpulente Frau im Rentenalter, die Lenz neugierig ansah.

»Kennen Sie diese Frau?«, fragte er.

»Ist das die gleiche, wegen der gestern Abend schon ein Polizist hier war?«

»Ja, das war unser Kollege. Da hatten wir nur das Foto aus der Gerichtsmedizin. Hier auf diesem Foto ist sie zu Lebzeiten zu sehen. Vielleicht können Sie sich jetzt erinnern, sie schon einmal hier gesehen zu haben?«

Sie setzte die Lesebrille auf, die an einer Goldkette um ihren Hals hing, und musterte das Foto genau.

»Kann sein, dass sie mal hier war, kann aber auch nicht sein. Bei der Hitze geben zurzeit nicht viele Leute was bei mir ab. Ich kann mich nicht an sie erinnern.«

Sie unterbrach ihre Handarbeit wahrscheinlich nur, wenn jemand an die Theke herantrat. Es war nicht anzunehmen, dass sie jeden registrierte, der an ihrer Garderobe vorbeiging.

»Hatten Sie am Mittwoch tagsüber Dienst?«

Sie überlegte.

»Ja, am Mittwoch habe ich den Tagesdienst von elf bis neunzehn Uhr gemacht. Abends ist meistens meine Kollegin da. Die ist jünger. Und knackiger.« Sie lachte und rollte gleichzeitig mit den Augen.

»Wir würden gern mit dem Direktor der Spielbank sprechen.«

»Ich rufe an.«

Sie telefonierte kurz.

»Herr Brandt wird gleich bei Ihnen sein. Sie können sich gern drinnen ein bisschen umsehen.«

Mit dem Kopf deutete sie auf die großen, offenstehenden Flügeltüren zum Casinosaal. Für den späten Vormittag war mehr los, als Henri erwartet hätte. Zwar wurde lange nicht an allen Spieltischen gespielt, doch sowohl ein Roulettetisch als auch zwei Blackjack-Tische waren von Spielern umringt. Einige trugen sogar Abendgarderobe, die Herren mindestens einen Anzug, die Damen Rock oder Kleid. Da es keine Fenster gab, durch die das Tageslicht hereinschien, verlor man jegliches Zeitgefühl, sobald man die Flügeltüren von der Garderobe passiert hatte.

»Man kann das Geld förmlich riechen«, sagte Lenz.

»Und die Verzweiflung.«

Henri deutete mit dem Kopf auf einen Mann in einem schäbigen Anzug, der leicht schwankend auf sie zukam. Sie wichen ihm aus. Henri konnte hören, dass er unablässig vor sich hin fluchte: »Scheiße, Scheiße, Scheiße.« Eine heftige Alkoholfahne wehte hinter ihm her.

Lenz sah auf die Uhr.

»Die Spielbank hat noch nicht mal eine Stunde lang auf. Wie kann der schon so besoffen sein?«

»Das kann schnell gehen, alles zu verlieren. Und dann brauchst du wahrscheinlich genauso schnell viel Alkohol.«

Henri betrachtete den großen Kristallleuchter an der Decke und den dunkelroten Teppichboden.

»Dafür, dass das Gebäude erst vor Kurzem gebaut wurde, sieht es innen ganz schön plüschig aus.«

»Klassisch, nicht plüschig«, widersprach Lenz. »Ein eleganter Rahmen, in dem sich jeder gleich wie im Millionärsclub vorkommt. Wenn er auch nur mit ein paar Fünfzigern herkommt.«

Ein großer, graumelierter Mann im Anzug trat zu ihnen. Er trug eine Tropfenbrille und eine rote Fliege.

»Sie müssen die Herren von der Polizei sein? Ich bin der Direktor der Spielbank. Brandt mein Name, Hans-Peter Brandt.«

Beim Sprechen sah er aus wie ein Fisch; seine Lippen waren nahezu konturenlos, der Mund spitzte sich zu einem runden Loch. Er gab ihnen die Hand.

»Hauptkommissar Henrik Wieland, das ist mein Kollege Lorenz Albrecht. Wir ermitteln in einem Mordfall und müssen wissen, ob das Opfer sich hier in der Spielbank aufgehalten hat.«

»Wie kommen Sie darauf, dass sie hier war? Ich nehme an, dass es sich um die gleiche junge Frau handelt, nach der gestern bereits einer Ihrer Kollegen gefragt hat.«

»Das ist richtig. Sie trug einen Jeton in der Tasche ihres Rocks, deshalb fragen wir uns, ob sie vor dem Mord hier war.«

»Einen Jeton in der Tasche? Den kann sie ja von sonst wo herhaben! Deswegen können Sie uns doch nicht gleich unter Generalverdacht stellen! Wissen Sie, wir bemühen uns im Namen unserer Gäste um absolute Diskretion und sind nicht begeistert, wenn die Polizei hier herumläuft und mit derart ekligen Fotos die Leute belästigt!« Er sah sie empört an. »Ich habe gestern schon Ihrem Kollegen gesagt, dass ich die Frau auf dem Foto nicht wiedererkenne. Und auch keinem der Mitarbeiter kam sie bekannt vor. Wahrscheinlich war sie niemals hier.«

Lenz zog das Foto aus der Tasche, auf dem Vanessa Czerny lebend zu sehen war.

»Nachdem das Opfer inzwischen identifiziert werden konnte, haben wir ein geeigneteres Foto.« Er hielt es Hans-Peter Brandt hin. »Können Sie sich jetzt an sie erinnern?«

Der Spielbankdirektor warf einen Blick darauf.

»Blonde, schöne Frauen haben wir hier viele. Ich kann mich nicht speziell an diese eine erinnern.«

»Aber Sie können auch nicht ausschließen, dass sie hier war?«

Er hob die Schultern und wölbte seinen Fischmund nach vorn.

»Hm ... nein, das kann ich natürlich nicht. Das heißt aber hoffentlich nicht, dass Sie jetzt wieder hier herumlaufen und unsere Mitarbeiter und Gäste belästigen?«

»Das wird nicht nötig sein.«

Sowohl Hans-Peter als auch Lenz sahen Henri fragend an.

»Wenn wir einen Blick auf die Aufzeichnungen der Videokameras werfen könnten, dann ließe sich schnell feststellen, ob Vanessa sich hier aufgehalten hat. Zum Beispiel am Mittwoch, bevor sie ermordet wurde.«

Henri deutete auf eine der zahlreichen an den Wänden oder den Säulen im Raum angebrachten Kameras, mit denen sämtliche Spieltische überwacht werden konnten.

»Die Aufzeichnungen ... ja ... das ist ... das ist eine gute Idee. Ich weiß nur nicht ... Von der Security ist so früh noch keiner da ... Aber vielleicht kennt meine Sekretärin sich damit aus. Kommen Sie bitte mit zu den Verwaltungsbüros.«

Hans-Peter Brandt führte sie zu einer unscheinbaren Tür in der Ecke des Saals, die er mit einer Zutrittskarte öffnete. Sie gelangten in einen Flur, der mit dem grauen Linoleum auf dem Boden, den beige gestrichenen Wänden und den Leuchtstoffröhren an der Decke nach dem opulent ausgestatteten Spielsaal nüchtern wie der Warteraum einer Behörde wirkte. An der linken Seite gingen Büroräume ab, aus denen Tageslicht in den Flur fiel. Die Mitarbeiter in den Büros mussten nicht den ganzen Tag im Kunstlicht verbringen wie die im Spielsaal. Der Direktor betrat das dritte Büro am Gang, wo eine Frau an einem PC saß, die eine jüngere Schwester der Garderobiere hätte sein können. Auch sie trug eine Lesebrille an einer Goldkette um den Hals und hatte eine ähnliche Figur wie die Frau an der Garderobe.

»Frau Blum, die Herren von der Polizei möchten Einsicht in die Aufzeichnungen der Sicherheitskameras nehmen«, sagte er, ohne sie einander vorzustellen. »Ist von der Security schon jemand da?«

Sie schüttelte den Kopf.

»Die kommen erst später.«

»Tut mir leid ...«, setzte Hans-Peter Brandt an, doch seine Sekretärin unterbrach ihn.

»Das ist nicht schwer, das kann ich Ihnen auch zeigen. Ich muss nur ein bisschen suchen, bis ich den richtigen Zeitpunkt finde.«

»Uns geht es um den Mittwochmittag, sehr wahrscheinlich der Zeitraum zwischen zwölf und drei Uhr. Wir suchen nach dieser Frau.«

Lenz zeigte Frau Blum das Foto von Vanessa. Sie nickte, schob den Stuhl nach hinten und stand auf.

»Das kann einen Moment dauern. Nehmen Sie sich ruhig solange einen Kaffee. Der Pausenraum ist nebenan.«

Sie verschwand den Flur hinunter. Hans-Peter öffnete die Tür zum nächsten Zimmer und deutete auf eine Kaffeemaschine.

»Bedienen Sie sich bitte. Hier haben Sie es bequemer. Ich hole Sie, wenn wir fündig geworden sind.«

Er eilte hinter Frau Blum her. Henri und Lenz betraten den Pausenraum, der mit zwei Sofas und einigen Sesseln einigermaßen gemütlich eingerichtet war. Der Kaffee in der Kanne der Kaffeemaschine war tiefschwarz. Lenz nahm sich eine Tasse. Nachdem er beim ersten Schluck das Gesicht verzog, verzichtete Henri. Er setzte sich auf einen der Sessel und zog sein Handy aus der Tasche.

»Hören wir mal, ob Tanja und Marius schon was Neues für uns haben.«

Er wählte Tanjas Nummer und aktivierte den Lautsprecher des Handys. Nach dem ersten Klingeln hob sie ab.

»Hallo, Henri? Wo seid ihr denn?« Anscheinend stellte auch sie den Lautsprecher ihres Telefons ein, denn plötzlich hallte es im Hintergrund. »Immer noch bei dem Dealer?«

»Nein, inzwischen sind wir in der Spielbank, wir sehen uns gleich die Aufzeichnungen der Überwachungskameras vom Mittwoch an. Nach allem, was wir gehört haben, hat Vanessa dringend Geld gebraucht, um sich neue Drogen beschaffen zu können. Sie hatte bei ihrem Dealer eine Weile Kredit, am Montag hat es ihm dann aber gereicht und er hat ihr gesagt, dass sie erst wieder was bekommt, wenn sie Geld dabei hat.«

»Ein Dealer, bei dem man anschreiben kann? Wo gibt es denn so was?«, fragte Tanja.

»Das muss Dario sein«, mischte sich Marius ein. »Der hat früher schon öfter mildtätige Anwandlungen gehabt. Habt ihr mit ihm geredet?«

»Ja, er gibt zwar nicht zu, dass er persönlich ihr die Drogen verkauft hat, aber er scheint ein Interesse daran zu haben, dass wir Vanessas Mörder finden.«

»Vielleicht weil er sich seine Kohle bei ihm holen will«, warf Lenz ein. »Er hat uns eine rührselige Story erzählt, dass Vanessa ihn an seine Schwester erinnert hat und er ihr deshalb Kredit gewährt hat.«

»Da kann schon was dran sein«, sagte Marius. »Im Drogendezernat haben wir ermittelt, dass seine Familie ihn verstoßen hat, als er nicht bereit war, die familieneigene Pizzeria weiterzuführen. Dort sind wir von einem Mafia-Hintergrund ausgegangen.«

»Ist ja logisch! Wenn man mit der Mafia nichts zu tun haben will, dann wird man Drogendealer«, höhnte Tanja. »Mir kommen die Tränen.«

»Dario Ferrari ist ein Einzelgänger. Ist möglich, dass er seine Familie oder seine Schwester vermisst. Einer meiner Kollegen hatte den Eindruck, dass er verdächtig viel bei Maggie herumhängt, Oscars Tochter, die tagsüber an der Garderobe des Clubs arbeitet.«

»Das blinde Mädchen?«

»Ja, Dario scheint ein weiches Herz zu haben. Der Kollege meinte, dass er in die Kleine verliebt ist. Nicht gerade schlau, in dieser Branche Gefühle zu zeigen.«

»Offensichtlich kann er es sich leisten.«

Lenz nahm einen weiteren Schluck Kaffee. Den Rest leerte er in die Spüle neben der Kaffeemaschine.

»Noch was anderes«, wechselte Tanja das Thema. »Wir haben routinemäßig die Blitzer rund um das Gasthaus zur Mühle, wo die Tote wahrscheinlich in der Isar entsorgt wurde, überprüfen lassen. Kann ja sein, dass der Mörder sich mit überhöhter Geschwindigkeit von dort entfernt hat. Direkt

in der Nähe gab es keine Verkehrskontrollen, aber an der B11 hinter Wolf-ratshausen war ein mobiles Blitzgerät installiert. Haltet euch fest: 57 Treffer! Das dauert Ewigkeiten, bis wir die alle überprüft haben.«
»Habt ihr die Blitzerfotos vorliegen?«, fragte Lenz.
»Schon ...«
»Dann schick mir die mal zu. Vielleicht erkennen wir einen der Geblitzten auf den Videoaufzeichnungen im Casino wieder.«
»Du meinst, sie ist ihrem Mörder dort begegnet?«
»Kann doch sein ...«
Plötzlich platzte Hans-Peter Brandt herein.
»Wir haben sie gefunden!«, rief er und winkte Henri und Lenz zu sich. Henri folgte ihm, Lenz beendete noch schnell das Gespräch mit Tanja. Kurz darauf hörte Henri hinter sich auf dem Flur in regelmäßigen Abständen einen Signalton von Lenz' Handy. Das mussten die Blitzerfotos sein, die Tanja ihm schickte.

Frau Blum saß vor einer Wand, an der zahlreiche Bildschirme befestigt waren. Jeder zeigte eine andere Einstellung. Die Kameras deckten sämtliche Spieltische im großen Saal und auch einen Raum mit Spielautomaten ab, den Henri und Lenz noch nicht gesehen hatten. Die Sekretärin deutete auf den Bildschirm direkt vor ihr, auf dem ein Standbild eingefroren war.

»Das sind die Aufnahmen von der Kamera am Eingang. Hier können Sie sehen, wie am Mittwoch um 12:17 Uhr diese junge Frau die Spielbank betritt.«

Sie spielte die Aufnahme ab. Man sah eine Blondine in kurzem Rock und High Heels, die mit großen Schritten an der Garderobe vorbeiging und un-terhalb der Kamera aus dem Sichtfeld verschwand. Es handelte sich ein-deutig um Vanessa Czerny, die voller Elan – voller Hoffnung? – in die Spiel-bank kam und zu diesem Zeitpunkt nicht ahnen konnte, dass sie ein paar Stunden später tot sein würde.

»Als Nächstes habe ich sie hier an einem der Spieltische gefunden«, sagte Frau Blum und tippte auf dem Schaltbrett vor den Monitoren herum. Das Bild wechselte, jetzt war ein Roulettetisch zu sehen, an dem zwei Männer und eine ältere Frau spielten. Vanessa Czerny trat hinzu. Die Kamera war so eingerichtet, dass sie über die Schulter des Croupiers hinweg die Spieler rund um den Tisch aufnahm, ihre Gesichter, ihre Oberkörper, ihre Hände. Auch der gesamte Spieltisch war zu sehen, um jeglichen Betrug aus-zuschließen.

»Das ist sie, nicht wahr?«, fragte Hans-Peter Brandt. »Jetzt kann ich mich wieder an sie erinnern. Eine attraktive junge Frau, die sofort mit dem ganzen Tisch ins Gespräch gekommen ist.«

Auf dem Bildschirm war gleich darauf zu sehen, wie Hans-Peter an den Tisch trat und Vanessa begrüßte. Er wechselte ein paar Worte mit ihr und ging dann weiter.

»Sie haben sich mit ihr unterhalten?«

»Unterhalten ist zu viel gesagt. Ich habe es mir zur Regel gemacht, dass ich alle Gäste persönlich in der Spielbank willkommen heiße und ihnen viel Glück beim Spiel wünsche. Vielleicht noch etwas Small Talk, das war es dann auch schon.«

»Und mit Vanessa? Haben Sie mit ihr länger gesprochen?«

»Nein, Sie haben es ja gerade gesehen. Ich habe sie begrüßt und ihr Glück gewünscht. Und sie hat so was gesagt wie: ›Das kann ich brauchen‹. Dann bin ich weitergegangen.«

»Können Sie uns sagen, wie erfolgreich sie beim Spielen war? Ob sie etwas gewonnen hat? Oder müssen wir dafür das ganze Band anschauen?«, fragte Lenz.

»Über die Gewinne der Gäste bin ich nicht im Einzelnen informiert. Aber ich kann gern Ronny Kretschmann holen. Das ist der Croupier, den Sie hier an diesem Tisch sehen. Vielleicht kann er sich erinnern.«

Henri nickte.

»Das wäre gut.«

Der Spielbankdirektor verschwand.

»Soll ich das Band weiterlaufen lassen?«, fragte Frau Blum.

»Ja. Wir würden uns gern die Mitspieler von Vanessa Czerny noch genauer ansehen.«

Lenz zog sein Handy, dessen Ton er inzwischen abgestellt hatte, hervor.

»Ich gehe parallel die Blitzerfotos durch, die Tanja mir geschickt hat.«

Er schaute sich erst die drei Personen, die auf dem Bildschirm neben Vanessa zu sehen waren, noch mal intensiv an, dann begann er, auf seinem Smartphone herum zu wischen.

Henri betrachtete Vanessas Gesicht. Sie wirkte entspannt, plauderte erst mit der älteren Frau, bald aber auch mit den beiden Männern am Tisch. Anfangs setzte sie die wenigen Jetons, die sie in der Hand hielt, eher vorsichtig. Doch das Glück war ihr hold. Sie gewann mehrmals und begann dann, gleichzeitig mehrere Jetons an unterschiedlichen Stellen zu setzen. Nun verlor sie auch ab und zu einen Jeton, doch der Gewinn schien meistens höher zu sein. Der Stapel neben ihrer Hand wuchs zusehends. Vanessa hatte ein zufriedenes Lächeln auf dem Gesicht.

Die Tür hinter ihnen ging auf und Hans-Peter Brandt kam mit einem der Croupiers zurück und stellte ihn vor.

»Ronny Kretschmann – die Kommissare Wieland und Albrecht.«

Ronnys lascher Händedruck passte nicht zu seinem verwegenen Äußeren mit dem stechenden Blick, den zurückgegelten Haaren und dem vernarbten Gesicht. Als er sprach, stotterte er leicht.

»Herr Brandt hat mir ge-gesagt, dass Sie was über d-d-die Blonde von Mittwoch wi-wissen wollen.«

»Das ist richtig.« Henri deutete auf den Bildschirm. »Sie können sich also an sie erinnern?«

»Ja klar, ist ja no-noch nicht lang her.«

»Ronny hat ein phänomenales Gedächtnis«, warf Hans-Peter ein. Er war sichtbar stolz auf seinen Mitarbeiter. »Bestimmt weißt du noch, was die Glückszahlen der jungen Frau waren?«

»Sie h-h-hat oft auf die Dr-drei gesetzt.«

Das war Henri auf der Videoaufzeichnung auch schon aufgefallen.

»Es sieht so aus, als ob sie einiges gewonnen hat. Können Sie das bestätigen?«

Ronny nickte. »Ja, sie ha-hatte eine richtige Gl-glückssträhne. Sie hat den Ti-tisch mit einem gr-großen Haufen Jetons verlassen.«

»Über wie viel Geld reden wir da?«

»Acht- o-o-oder neuntausend Euro, schätze i-i-ich.«

Das hatte sich für Vanessa gelohnt. Damit hätte sie ihre Schulden bei Dario bezahlen können und vielleicht wäre auch noch etwas für eine neue Ladung Crystal Meth übrig geblieben.

»Und dann ist sie plötzlich gegangen?«, hakte Henri nach.

Ronny nickte.

»Ma-manche Leute bra-brauchen eine be-bestimmte Summe. We-wenn sie d-d-die haben ...«

»Das ist doch der Typ neben ihr!«, rief Lenz auf einmal. Er hatte weiter die Blitzerfotos durchgeblättert und hielt sein Smartphone nun Henri hin. »Das ist eindeutig der Typ hier neben ihr.«

Er deutete auf den Bildschirm, auf den Mann, der neben Vanessa am Spieltisch zu sehen war. Henri verglich ihn mit dem Typen auf dem Blitzerfoto. Beide Aufnahmen waren nicht hundertprozentig scharf, doch die Ähnlichkeit war unübersehbar: das gleiche kantige Gesicht mit der hohen Stirn, der gleiche Seitenscheitel im dichten Haar und die gleiche markante Nase. Henri sah zwischen den Aufnahmen hin und her. Es handelte sich zweifellos um den gleichen Mann. Auf dem Bildschirm war jetzt zu sehen, wie er mit Vanessa ins Gespräch kam.

»Was haben Sie da?«, fragte Hans-Peter.

»Aufnahmen von Leuten, die kurz nach dem geschätzten Mordzeitpunkt in der Nähe des Ortes, wo die Leiche wahrscheinlich in der Isar entsorgt wurde, geblitzt worden sind«, erklärte Lenz.

»Geblitzt? Und Sie gehen davon aus, dass das der Mörder ... Dieser Mann?« Hans-Peter deutete in Richtung des Bildschirms. »Der war in letzter Zeit häufiger hier, nicht wahr, Ronny?«

Ronny Kretschmann sah genauer hin und nickte.

»Ja, der war öfter da.«

»Immer tagsüber«, fügte Hans-Peter hinzu.

»Können wir sehen, ob er Vanessa gefolgt ist, als sie gegangen ist?«, fragte Henri.

Frau Blum betätigte zwei Knöpfe und die Aufnahme spulte vor. Im Zeitraffer veränderten die Personen am Tisch mit abgehackten Bewegungen ihre Haltung, irgendwann stand die ältere Dame auf und ging weg, dafür kam ein junges Paar an den Tisch dazu. Der Jetonstapel neben Vanessas Hand wuchs und auch im Zeitraffer konnte man erkennen, dass ihr Gesichtsausdruck immer zufriedener wurde. Als sie aufstand und nach hinten aus dem Sichtfeld der Kamera verschwand, dauerte es nicht lange, bis der Mann, der neben ihr gesessen hatte, ebenfalls aufstand und den Tisch verließ.

»Oh mein Gott, das sieht ja so aus, als sei der hinter ihr her, um ihr das Geld abzunehmen!«, rief Hans-Peter aus und spitzte seine Lippen wieder zu einem runden Fischmund. »Das ist ja furchtbar! Er hat sie beraubt und dann getötet!«

Lenz tippte auf sein Smartphone.

»Ich rufe Tanja an. Sie soll über das Nummernschild die Identität von dem Mann ermitteln.«

»Zahlen Sie bar oder mit Karte?«, fragte Kristina die Kundin.

»Bar.«

Sie reichte ihr einen Hunderteuroschein, den Kristina glatt strich, bevor sie ihn in das Fach in der Kassenschublade legte und das Wechselgeld abzählte.

»Vielen Dank für Ihren Einkauf! Einen schönen Tag!«

»Danke gleichfalls!«

Kristina lächelte der Kundin zu und schloss die Kassenschublade schnell. Der Anblick des Geldes, der sie normalerweise kalt ließ, tat heute irgendwie weh. Im Moment war etwa so viel Geld in der Kasse, wie sie am Abend vorher gewonnen hatte. Bevor sie alles wieder verloren hatte.

Sie hatte geglaubt, ihre Glückssträhne würde ewig anhalten, und war leichtsinnig geworden. Es würde nichts werden mit der neuen Waschmaschine, den Fußballschuhen für Max und den neuen Klamotten für Lilli. Kristina hatte alles, was sie gewonnen hatte, verloren.

Als sie am Morgen aufgewacht war und wieder nüchtern war, hatte sie erst mal geweint. Wie hatte sie nur so dumm sein können! Sie hatte sich regelrecht ins Spiel hineingesteigert. Nachdem es so lange so gut gelaufen war, hatte sie nicht wahrhaben wollen, dass das Blatt sich wendete. Im Nachhinein war es Kristina unverständlich, dass sie nicht wenigstens das Geld für die Waschmaschine beiseitegelegt und nicht mehr angerührt hatte. Sie war wie im Rausch gewesen. Und das konnte nicht nur an den Cocktails gelegen haben, die man ihr spendiert hatte. Das Fieber des Glücksspiels hatte sie gepackt und innerhalb kürzester Zeit süchtig gemacht. Süchtig nach dem Gefühl des Gewinnens, nach der Euphorie der Glückshormone.

»Guten Morgen, Cindy!«

Der junge Mann kam immer am späten Vormittag und kaufte sich eine Brezel und eine Flasche Vitaminsaft.

»Gehen Sie heute mit mir aus?«, fragte er – wie immer. Kristina schüttelte lächelnd den Kopf – wie immer.

»Ich geb nicht auf«, sagte er, als sie ihm sein Wechselgeld gab. »Bis morgen, Cindy.«

»Bis morgen.«

Kristina zog die Waren der nächsten Kundin über den Scanner. Das alte Mütterlein kam täglich und kaufte höchstens fünf Produkte. Mehr konnte sie wahrscheinlich nicht tragen. Kristina wusste, dass sie nicht gut hörte, deshalb sagte sie besonders laut: »Das macht 5,27 Euro.«

Die alte Frau gab Kristina einen Fünf-Euro-Schein und schüttete wie jeden Tag ihre Münzen auf dem Band aus. Kristina zählte 27 Cent ab und legte die übrigen Münzen zurück in den alten Ledergeldbeutel der Frau, der ähnlich verschrumpelt war wie ihre Hände.

»Vielen Dank für Ihren Einkauf! Einen schönen Tag!«

»Danke, Fräulein! Ihnen auch!«

Kristina wandte sich der nächsten Kundin zu. Die Frau hatte auf fast Dreiviertel des Bandes ihren Einkauf aufgestapelt, das sah nach der Wochenration für eine Großfamilie aus. Kristina vertrieb sich häufig die Zeit damit, zu überlegen, welche Gerichte man mit den gekauften Produkten zubereiten konnte, doch nicht heute. Ihre Gedanken kehrten zurück in die Spielbank.

Kristina hielt sich für eine überaus rationale Person – ließ man ihre Entscheidung außer Acht, ihr Studium sausen zu lassen und mit dem unzuverlässigen Windhund Charlie eine Familie zu gründen. Abgesehen davon hatte sie einen sehr realistischen und vernünftigen Blick auf das Leben. Viel zu vernünftig und viel zu wenig spontan und abenteuerlustig, wie Charlie gern betont hatte.

Wie war es möglich, dass ihr Gehirn beim Spielen vollkommen ausgeschaltet gewesen war? Dass sie so aus dem Bauch heraus gehandelt hatte?

Ob es eine Substanz gab, die süchtig nach dem Spielen machte? Was, wenn man ihr etwas Derartiges mit den Cocktails verabreicht hatte, die einer der Kellner unablässig an den Tischen angeboten hatte? Kristina war dazu von den drei Männern eingeladen worden, die sich dankbar an ihre Glückssträhne drangehängt hatten. Was, wenn das Casino auf diese Weise den Spieltrieb anfeuerte? Das wäre zumindest eine plausible Erklärung für Kristinas Blackout. Ihr fehlten die Mittel dazu, aber es musste doch möglich sein, eine Probe der Cocktails auf Drogen oder was immer das sein mochte, analysieren zu lassen. Plötzlich fiel ihr ein, wer sich für dieses Thema interessieren könnte.

»Ich schließe meine Kasse gleich und gehe in die Pause«, rief sie ihrer Kollegin Evelyn zu. Die hatte schon die dritte Rauchpause an diesem Tag hinter sich. Kristina saß seit acht Uhr ununterbrochen an der Kasse. Sie kassierte den Großeinkauf und einen jungen Mann, der mehr Chips kaufte, als gut für ihn war, ab und ging dann in den Personalraum an ihren Spind. Sie nahm ihr Handy heraus und wählte die Nummer der Auskunft.

»Verbinden Sie mich bitte mit der *Morgenzeitung*.«

Es dauerte nicht lange, dann sprach Kristina mit dem Lesertelefon der *Morgenzeitung*.

»Ich würde gern mit einer Ihrer Redakteurinnen reden, die ich gestern kennengelernt habe. Ich habe eine Information für sie.«

»Wie heißt die Redakteurin denn?«

»Ich erinnere mich nur an ihren Vornamen. Elisa. Den Nachnamen weiß ich leider nicht mehr.«

»Elisa sagt mir nichts. In welchem Ressort ist sie denn?«

»Das weiß ich nicht.«

»Moment mal.« Die Sprechmuschel wurde abgedeckt, doch Kristina konnte trotzdem das Gespräch im Hintergrund hören.

»Kennst du eine Elisa, die oben in der Redaktion arbeitet?«

»Heißt nicht die neue Stadtreporterin so? Elisa Gerlach?«

»Könnte sein.« Der Ton wurde wieder klar. »Hören Sie? Das muss sich um Elisa Gerlach handeln.«

»Stimmt. Können Sie mich verbinden?«

»Ich stelle Sie hoch in die Redaktion.«

»Danke.«

Es läutete länger, bis endlich jemand abhob.

»Jette Jasmund.«

Die Frau klang mehr als abweisend.

»Mein Name ist Kristina Sommer. Ich hätte gerne mit Elisa Gerlach gesprochen.«

»Die ist nicht am Platz.«

170

»Wann kann ich sie denn erreichen?«

»Keine Ahnung. Die ist wegen einer Recherche unterwegs. Sie hat sich nicht bei mir abgemeldet oder mir verraten, ob und wann sie zurückkommt.«

»Ich hätte eine wichtige Information für sie. Können Sie mir ihre Handynummer geben?«

»Die kenn ich selbst nicht. Ich kann ihr einen Zettel hinlegen, dass Sie angerufen haben, dann kann sie zurückrufen.«

Kristina durfte ihr Handy nicht mit an die Kasse nehmen, aber in diesem Fall würde sie eine Ausnahme machen und es heimlich in ihre Hosentasche stecken.

»Okay, ich gebe Ihnen meine Nummer.«

Kristina diktierte die Nummer langsam. Von Elisas Kollegin kam kein Ton, weder sprach sie die Zahlen nach, noch gab sie durch eine Bemerkung zu verstehen, wenn Kristina mit der nächsten Ziffer fortfahren konnte.

»Wollen Sie sie sicherheitshalber noch mal wiederholen?«

»Nicht nötig.«

»Wenn Sie meinen ...«

Jette Jasmund hatte bereits aufgelegt. Kristina hatte das ungute Gefühl, dass ihre Nachricht Elisa Gerlach nicht erreichen würde.

Henri steuerte gerade den Wagen über die Isar Richtung B11, als Lenz' Handy klingelte. »Das ist Tanja.« Er stellte den Lautsprecher ein.

»Tanja, was hast du für uns?«

»Der Halter des Wagens ist ein gewisser Torsten Schilling, wohnhaft in Grünwald.«

»In Grünwald?«

Henri bremste ab und sah sich nach einer Gelegenheit zum Wenden um.

»Da fahren wir doch gleich mal vorbei.«

Lenz gab die Adresse, die Tanja ihm diktierte, direkt ins Navi ein.

»Ich versuche, noch ein bisschen mehr über Torsten Schilling rauszufinden«, sagte Tanja. »Melde mich dann wieder.«

Das Haus, in dem Torsten Schilling wohnte, war nur ein paar Fahrminuten entfernt. Genaugenommen war es eine Villa, stellte Henri fest, als er davor parkte. Es handelte sich um ein großes, weiß gestrichenes Gebäude mit mehreren Erkern und Balkonen. Alle Fenster waren geschlossen, weiße Markisen schirmten auf der Südseite die Sonnenstrahlen ab.

Lenz drückte auf die Klingel, neben der ein schlichtes, aber sicher nicht billiges Metallschild hing, in das *Schilling* eingraviert war. Mit skeptischen Blicken beäugte Lenz die Überwachungskamera, die den Bereich vor der Klingel erfasste.

»Das Haus sieht nicht so aus, als hätte der Typ es nötig, im Casino eine junge Frau zu überfallen, um ihr das gewonnene Geld abzunehmen.«

Henri nickte.

»Stimmt. Und wenn es um das Geld ging, warum hätte er sie sexuell misshandeln sollen?«

Lenz hob ratlos die Schultern. Er drückte erneut auf die Klingel.

»Scheint niemand da zu sein.«

»Ich schätze, man muss um diese Tageszeit einer Arbeit nachgehen, um in so einer Villa wohnen zu können.«

Henri trat ein paar Schritte vom Haus zurück. Die Doppelgarage war verschlossen, davor war kein Auto zu sehen.

»Wollen Sie zu den Schillings?«, rief eine hohe Stimme vom Nachbargrundstück. Eine Frau im Bikini beugte sich über das Geländer eines direkt in der Sonne gelegenen Balkons. Selbst aus dieser Entfernung konnte Henri erkennen, dass sie einen leuchtend roten Sonnenbrand auf den Schultern hatte. »Da werden Sie kein Glück haben! Simone bereitet ihre Vernissage heute Abend vor und Torsten ist bei der Arbeit.«

»Können Sie uns sagen, wo Torsten Schilling arbeitet?«

»Klar! Er ist bei einer Unternehmensberatung, Terhagen Management Consultants. Die sitzen in der Innenstadt, in der Ludwig- oder Leopoldstraße, das weiß ich nicht genau.«

»Dann schauen wir dort mal vorbei.«

»Würde mich wundern, wenn Sie ihn im Büro antreffen. Torsten ist die meiste Zeit im ganzen Land unterwegs. Projektarbeit bei seinen Kunden, wissen Sie? Aber Sie können es ja mal versuchen.«

»Danke!«

»Kein Problem!«

»Darf ich Ihnen raten, Ihre Schultern zu bedecken? Von hier sieht es so aus, als seien sie schon ganz verbrannt.«

Sie sah an sich herunter und schrie auf.

»Oh je! Sie haben recht! Das ist ja furchtbar! Ich werde gleich aus der Sonne gehen. Danke!«

Sie lief eilig ins Haus.

»Die Polizei, dein Freund und Helfer. Übertreib es mal nicht, Henri!«

Lenz lachte immer noch, als sie in den Wagen stiegen. Henri startete, Lenz googelte die Adresse der Unternehmensberatung.

»Terhagen Management Consultants, Leopoldstraße«, las er vor. »Die machen Marketingberatung.«

»Anscheinend ein lukratives Geschäft.«

Sie brauchten eine gute halbe Stunde, um nach Schwabing zu fahren. Henri ergatterte einen Parkplatz nicht weit entfernt vom Eingang des Gebäudes, in dem die Unternehmensberatung ihren Sitz hatte. Von außen hatte das Haus keinen besonderen Eindruck hinterlassen, doch innen – im Empfangsbereich der Terhagen Management Consultants – legte man ausgesprochen viel Wert auf eine repräsentative Einrichtung. Glänzende Chromtischchen, ein Wartebereich mit Ledersofas und ein ausladender Empfangstresen machten viel her. Am Empfang saß eine Frau mittleren Alters, deren eckige Brille mit dem roten Rand sie streng wirken ließ.

»Wie kann ich Ihnen helfen?«

Sie lächelte ein professionelles Lächeln, das man kaum von einem echten unterscheiden konnte. Henri zeigte ihr seinen Ausweis.

»Henrik Wieland, Kriminalpolizei. Das ist mein Kollege Lorenz Albrecht.«

Sie warf einen kurzen Blick auf den Ausweis und sah Henri gespannt an. Zumindest ihre Neugier war echt.

»Wir würden gern mit Torsten Schilling sprechen. Ist er heute im Haus?«

»Torsten Schilling?« Ihre Augenbrauen erschienen hinter dem oberen Rand ihres Brillengestells. »Herr Schilling arbeitet nicht mehr bei uns.«

»Nein?«

»Er hat vor etwa zwei Monaten das Unternehmen verlassen.«

»Können Sie uns sagen, wo er jetzt arbeitet?«

Sie senkte die Stimme. »So viel ich weiß, hat er noch nichts Neues. Ich sehe ihn manchmal bei den *Coffee Fellows* sitzen, ein Stück die Straße runter.«

»Dann hat er das Unternehmen nicht aus eigenem Antrieb verlassen?«

Sie schüttelte den Kopf.

»Soviel ich weiß, hatte er ein Performance-Problem.«

Henri und Lenz tauschten einen Blick.

»Haben Sie es schon bei ihm zu Hause probiert?«

»Dort ist er nicht.«

»Dann versuchen Sie es mal bei den *Coffee Fellows*. Vielleicht hängt er heute auch wieder dort herum. Oder soll ich Ihnen seine Handynummer geben? Die hat er mitgenommen zu einem privaten Mobilfunktarif, so viel ich weiß.«

»Das könnte uns weiterhelfen.«

Sie schrieb die Nummer auf einen Notizzettel, den sie Henri über den Tresen reichte.

»Steckt er denn in Schwierigkeiten?«

»Das wird sich erst herausstellen, wenn wir mit ihm geredet haben. Danke für Ihre Hilfe.«

»Jederzeit gerne«, flötete sie.

Im Aufzug steckte Henri den Zettel mit der Telefonnummer in die Hosentasche.

»Bevor wir ihn anrufen, schauen wir erst mal bei den *Coffee Fellows* vorbei. Ich würde ungern ...«

»... auf das Überraschungsmoment verzichten«, beendete Lenz Henris Satz und grinste. »Ich weiß.«

»Hab ich das schon mal gesagt?«

»Gelegentlich.« Lenz deutete quer über die Straße. »Da drüben sind die *Coffee Fellows*.«

Sie liefen zwischen zwei Autos über die Straße. Sämtliche Tische draußen vor dem Café waren besetzt und auch drinnen war zur Mittagszeit viel los. Henri ließ seinen Blick über die Besucher schweifen. In einer der Nischen etwas weiter hinten im Café saß ein Mann in dunklem Anzug, der ihm vage bekannt vorkam, vor einem aufgeklappten Notebook.

»Könnte er das sein?«, fragte Lenz im gleichen Moment.

»Auf den Kameraaufnahmen war nicht zu erkennen, dass er schon so grau ist. Aber das scheint Torsten Schilling zu sein.«

Sie bahnten sich einen Weg durch die Leute. Als sie vor dem Mann stehenblieben, sah er auf. Seine Haare waren zwar schon ziemlich grau, doch seine Haut war glatt. Er war höchstens fünfzig. Auf dem Tisch stand ein Teller mit einem leeren Muffinspapier darauf, daneben ein ebenfalls leeres Latte-Macchiato-Glas.

»Torsten Schilling?«

»Ja?«

»Mein Name ist Henrik Wieland, das ist mein Kollege Lenz Albrecht. Wir sind von der Kripo und ermitteln ...«

Er war im Gesicht ganz blass geworden.

»Wie haben Sie mich hier gefunden?«, unterbrach er Henri. »Haben Sie mit meiner Frau geredet? Weiß sie, dass ich meinen Job verloren habe?«

»Nein. Die Rezeptionistin von Terhagen Management Consultants hat uns den Tipp gegeben, dass wir Sie hier finden könnten. Wir haben überhaupt nicht mit Ihrer Frau gesprochen.«

»Ein Glück!« Die Farbe kehrte in sein Gesicht zurück. »Entschuldigen Sie, ich möchte nur unbedingt vermeiden ... Ich habe meiner Familie nichts davon gesagt, dass ich meinen Job verloren habe. Ich dachte, dass ich schnell einen neuen finde.« Er schnippte mit einer verächtlichen Geste gegen das aufgeklappte Notebook. »Ist aber nicht so leicht, wenn die ganze Branche weiß, dass man entlassen wurde, weil man nicht genügend lukrative Projekte an Land gezogen hat. Vorhin habe ich schon wieder eine Absage bekommen.«

»Sie bewerben sich von hier aus?«

Lenz sah sich ungläubig um. Der Geräuschpegel war enorm.

»Zu Hause kann ich mich wohl kaum hinsetzen. Und hier habe ich Internet und kann recherchieren und einigermaßen ungestört mit Headhuntern telefonieren. Nicht gerade zur Mittagszeit, aber wenn weniger los ist ...«

Er klappte das Notebook zu und wies einladend auf den Hocker ihm gegenüber. Lenz setzte sich, Henri zog sich einen weiteren Hocker vom Nachbartisch dazu.

»Sorry, dass ich Sie unterbrochen habe. Worum geht es denn eigentlich?«

»Wir ermitteln in einem Mordfall. Vielleicht haben Sie von der Studentin gehört, die aus der Isar geborgen wurde?«

»Ja, ich habe davon gelesen. Was hat das mit mir zu tun?«

»Sie wurden am Mittwoch in der Nähe des Ortes geblitzt, wo die Leiche in die Isar geworfen wurde.«

»Am Mittwoch?« Er überlegte. »Am Mittwoch bin ich nach Lenggries gefahren. Ich wollte einen alten Kumpel besuchen. Kann sein, dass ich da geblitzt wurde. Auf der B11 fahre ich immer ein bisschen schneller als erlaubt. Wenn man nach den Ortschaften freie Fahrt hat ...«

»Kennen Sie die Spielbank in Grünwald?«

Er zögerte.

»Ja. Ich muss ja zugeben, dass ich dagegen war, dass dort eine Spielbank hinkommt, aber in den letzten Wochen habe ich meine Meinung geändert. Ich war ab und zu dort, wenn das Geld knapp wurde. Ich will ja nicht, dass meine Familie etwas merkt ... wir haben nun mal einen großzügigen Lebensstil ... Na ja, dann habe ich es eben mit dem Glücksspiel versucht. Ich habe immer nur vorsichtig gesetzt und war damit meistens ganz erfolgreich.«

»Am Mittwoch auch?«

»Ja, am Mittwoch habe ich ganz ordentlich gewonnen.«

»Haben Sie diese Frau am Mittwoch in der Spielbank kennengelernt oder kannten Sie sich vorher schon?«

Lenz hielt ihm das Foto von Vanessa Czerny hin. Torsten Schilling warf einen kurzen Blick darauf.

»Ich kenne sie nicht.«

»Schauen Sie genau hin, Herr Schilling. Die Aufzeichnungen der Sicherheitskameras zeigten, dass Sie neben ihr am Spieltisch saßen.«

Torsten nahm Lenz das Foto aus der Hand und betrachtete es genauer.

»Jetzt wo Sie es sagen! Ich hätte sie nicht wiedererkannt. Vielleicht weil ich sie ja eher im Profil gesehen habe.« Er legte das Foto zwischen ihnen auf dem Tisch ab. »Ja, wir saßen nebeneinander am Spieltisch. Ich hatte sie aber noch niemals vorher im Casino bemerkt. Wir kamen zufällig ins Gespräch.

Und ich muss zugeben, dass ich eine Weile mit ihr mitgesetzt habe. Sie hatte so was wie eine Glückssträhne.«

»Und als sie den Tisch verlassen hat, haben Sie auch aufgehört zu spielen?«

»Ich bin los, weil ich ja noch zu meinem Kumpel nach Lenggries wollte. Ich hatte mehr als je zuvor gewonnen, das hat mir erst mal gereicht. Soweit ich es mitbekommen habe, ist die junge Dame an die Bar gegangen.«

»Und Sie? Was haben Sie getan?«

»Ich habe mir den Gewinn auszahlen lassen und bin gegangen.«

»Waren Sie zu einem bestimmten Zeitpunkt mit Ihrem Freund verabredet?«

»Wir waren nicht verabredet. Ich wollte ihn überraschen. Wir haben uns länger nicht gesehen und ich dachte, er würde sich über einen Besuch freuen.«

»Hat er sich gefreut?«

»Er war leider nicht da.«

»Dann sind Sie vollkommen umsonst nach Lenggries gefahren?«

Torsten nickte. »Leider.«

»Demnach gibt es auch niemanden, der bezeugen kann, dass Sie dort waren?«

»Vielleicht hat mich einer der Nachbarn gesehen, als ich geläutet habe? Mein Kumpel hat eine überaus neugierige Nachbarin. Ich kann mich zwar nicht erinnern, ob die Gardine bei ihr am Fenster gewackelt hat, aber ich weiß aus der Vergangenheit, dass sie gern beobachtet, wer bei meinem Freund ein- und ausgeht. Er hat sich darüber beschwert.«

Lenz zog sein Notizbuch heraus.

»Wir benötigen Namen und Adresse Ihres Freundes, um Ihre Angaben zu überprüfen.«

»Selbstverständlich, wenn Ihnen das weiterhilft.« Er diktierte die Adresse seines Freundes. »Aber ich bin doch nicht etwa verdächtig? Ich kannte die junge Frau ja wirklich kaum. Wir saßen nur zufällig beim Spielen nebeneinander. Dann haben sich unsere Wege wieder getrennt.«

»Im Moment ist für uns jeder verdächtig, der irgendwie mit ihr Kontakt hatte. Sicher ist es auch in Ihrem Interesse, dass Ihr Name schnell wieder von unserer Liste gestrichen wird«, meinte Henri.

»Natürlich. Ich tue alles, um Ihre Ermittlungen zu unterstützen.«

»Dann werden Sie auch nichts dagegen haben, wenn unsere Kollegen von der Spurensicherung Ihr Auto untersuchen. Sobald feststeht, dass die Tote nicht darin transportiert wurde, und dass die Nachbarin Ihres Freundes Sie zur fraglichen Zeit in Lenggries gesehen hat, ist jeglicher Verdacht gegen Sie entkräftet.«

»Mein Auto? Das ist gar kein Problem, das können Sie gern untersuchen. Ich wäre Ihnen nur sehr verbunden, wenn das irgendwie diskret geschehen könnte, nicht unbedingt bei mir zu Hause vor der Tür.« Er sah verlegen aus.

»Ich weiß, dass ich meiner Frau bald reinen Wein einschenken muss, dass ich nicht so weitermachen kann. Aber sie muss es nicht gerade heute erfahren. Meine Frau malt und am Abend ist die Vernissage für eine Ausstellung, in die sie viel Zeit und Mühe investiert hat. Es ist für einen guten Zweck, wissen Sie? Das ist für Simone wahnsinnig wichtig. Deshalb wäre es toll, wenn sie gar nichts von alldem hier mitbekommt. Ich könnte ja erzählen, dass ich eine Reifenpanne hatte und das Auto in einer Werkstatt stehenlassen musste. Und Sie nehmen den Wagen einfach mit. Wenn die Untersuchung abgeschlossen ist, dann rufen Sie mich an und sagen mir, wo ich das Auto wieder abholen kann. Wäre das möglich?«

Diana holte tief Luft, bevor sie Sannas Nummer wählte. Ann-Kathrin und Corry waren sicher noch bei der Arbeit, doch Sanna konnte sie wahrscheinlich zu Hause erreichen. Vielleicht hatte sie auch schon ihre Post durchgesehen. Die Frau im Reisebüro war so nett gewesen, Dianas Freundinnen den Prospekt für das Eröffnungsangebot des Wellness-Tempels direkt zuzuschicken.

»Wenn Sie sie zu dieser Reise überreden möchten, dann müssen Ihre Freundinnen unbedingt diese herrlichen Fotos sehen! Wenn Sie wollen, kann ich die Prospekte gleich in die Post geben, dann halten Ihre Freundinnen sie morgen in der Hand.«

Es war nicht schwer gewesen, über ihre Yoga-Lehrerin die Adressen der anderen herauszufinden. Sie hatte mitbekommen, dass die vier sich angefreundet hatten, und fand es nett von Diana, die anderen überraschen zu wollen. Diana hatte den ganzen Tag an nichts anderes denken können als an ihren Urlaub mit Sanna, Ann-Kathrin und Corry. Sogar Yvonne war aufgefallen, dass sie mehrmals in der Arbeit innegehalten und vor sich hin geträumt hatte.

Sanna meldete sich mit fröhlicher Stimme.

»Hier ist Diana. Hallo, Sanna.«

»Diana! Wie schön, dass du anrufst! Ich habe gerade an euch Mädels gedacht.«

»Oh, warum denn?«

»Wegen unseres Urlaubs natürlich. Ich war nicht untätig und habe mich mal nach was Passendem umgesehen.«

»Ich auch! Hast du heute schon deine Post durchgesehen?«

»Meine Post? Warum?« Diana konnte hören, dass Sanna mit Papier raschelte.

»Hast du einen Prospekt bekommen für ein tolles Eröffnungsangebot eines Yoga- und Wellnesshotels in der Nähe von Kitzbühel?«

»Warte mal ...« Sanna blätterte noch immer. Sie schien viel Post zu erhalten. »Diese ganzen Rechnungen. Da ist was ... ja, da ist ein Prospekt.«

»Ich bin zufällig darüber gestolpert und wusste gleich, dass das was für uns wäre. Sieht toll aus, oder?«

»Ja, das ist ganz nett ... Das können wir ja mal für einen Wochenendtrip im Auge behalten. Aber für unseren richtigen Urlaub ist das natürlich nichts!« Sanna holte tief Luft. »Ich habe mir das Kreuzfahrtschiff angesehen, auf dem Ann-Kathrins Chef unterwegs war, die *MS Dolphin*. Das ist der Hammer! Schau es dir doch auch mal im Internet an, das musst du sehen!«

»Oh ... ich habe gerade keinen Internet-Zugang.«

»Egal, du kannst mir glauben, dass das Schiff Luxus pur bietet. Und eine tolle Reiseroute. Ich würde ja gern von New York aus starten, aber dann wird es Ann-Kathrin, denke ich, zu teuer. Also nehmen wir Miami, ab da kostet es in der günstigsten Kabinenkategorie 2.800 Euro für eine Woche.«

»2.800 Euro? Mit Flug?«

»Nein, natürlich nicht. Der kostet noch mal etwa 900 Euro mit Vorabübernachtung und allen Transfers. Und für die zweite Woche habe ich zwei tolle Hotels auf den Cayman Islands gefunden. Das eine ist ein supersüßes Strandhotel für etwa 800 Euro pro Person, das andere ist ein bisschen exklusiver und kostet 1.200 Euro. Ich nehme an, Ann-Kathrin würde lieber das Strandhotel nehmen, sie hat ja gesagt, dass sie nicht das Teuerste vom Teuren möchte. Was meinst du?«

Diana rechnete die Beträge schnell im Kopf zusammen. 4.500 Euro oder 4.900 Euro. Beides konnte sie sich nicht leisten. Sie spürte ein Kribbeln in der Nase. Das Zimmer verschwamm vor ihren Augen.

»Ich ...« Sie räusperte sich. »Ich fürchte, so lange bekomme ich keinen Urlaub.«

»Hast du nicht mehr genug Urlaubstage?«

»Nein, das ist nicht das Problem. Aber ich bekomme keine zwei Wochen am Stück. Wir wären ja eher länger als zwei Wochen weg.« Die erste Träne kullerte über ihre Wange. »Dann werdet ihr ohne mich fahren müssen.«

»Das kommt gar nicht infrage! Du musst auf jeden Fall mitkommen! Ohne dich würde es uns allen keinen Spaß machen!«

»Aber es geht nicht!«

Diana unterdrückte ein Schluchzen.

»Geht nicht, gibt's nicht! Rede erst mal mit deinem Chef. Er wird dich doch mal für zwei Wochen entbehren können.«

»Ich glaube nicht.«

»Versuch es! Rede morgen mit ihm und ruf mich dann gleich an, ja?«

»Ja, mach ich.«

Diana legte auf. Vor dem Telefonat am nächsten Tag graute ihr jetzt schon, aber lieber schob sie es auf ihren Chef, der ihr angeblich keinen längeren Urlaub genehmigte, als zuzugeben, dass sie es sich nicht leisten konnte, mit ihren reichen Freundinnen in die Karibik zu fliegen.

Teil 5

Elisa wartete vor dem Audimax darauf, dass die Türen aufgingen und die Studenten, die die Anatomie-Vorlesung besucht hatten, herauskamen. Sie hielt das Foto von Vanessa Czerny in der Hand, die Vergrößerung war gut geworden. Vanessas Gesicht war scharf abgebildet, ihre Mitschüler verschwammen im Hintergrund zu einer undeutlichen Masse. Von Vanessas Mutter hatte Elisa die Adresse der WG erfahren. Sie wollte schon den Plan, hier an der Uni Kommilitonen aufzutreiben und zu befragen, sausen lassen. Doch dann hatte Lena ihr das ausgeschnittene Foto vorbeigebracht und Elisa war das Gefühl nicht losgeworden, dass sie jede noch so kleine Chance nutzen sollte. Also hatte sie entschieden, zuerst an der Uni vorbeizuschauen und danach die Mitbewohner zu befragen.

Nachdem Vanessas Mutter ihre Irritation darüber, dass eine Journalistin bei ihr anrief, um sie zu interviewen, überwunden hatte, hatte sie bereitwillig von der Kindheit und Jugend ihrer Tochter erzählt. Elisa hatte nur wenige Fragen stellen müssen. Es war, als freue sich Barbara Czerny über die Gelegenheit, mit jemandem über Vanessa zu reden. Doch im Großen und Ganzen erfuhr Elisa nicht viel Neues. Vanessa schien das Leben eines Engels geführt zu haben, als sie noch zu Hause wohnte. Aber warum sie vom Pfad der Tugend abkam und schließlich ermordet wurde – dazu konnte ihre Mutter nichts sagen.

Die Türen des Audimax gingen auf und ein unablässiger Strom Studenten brach über Elisa herein. Sie stellte sich mitten in den Weg und hielt das Foto von Vanessa hoch.

»Kennt einer von Ihnen diese Frau?«, fragte sie mit lauter Stimme. Die meisten warfen nur einen kurzen Blick auf das Foto und gingen weiter. Manche schüttelten den Kopf, manche überlegten, doch es vergingen einige Minuten, bis jemand stehen blieb. Ein junger Mann betrachtete das Foto genauer.

»Sie war hier in der Vorlesung. Nicht heute, aber normalerweise schon.«

»Kannten Sie sie persönlich?«

Er schüttelte den Kopf.

»Nur vom Sehen. Aber warten Sie mal!«

Er drehte sich um und warf einen suchenden Blick zurück durch die Tür des Audimax.

»Alicia!«, rief er und bedeutete einer der Studentinnen, zu ihnen zu kommen. Sie klemmte sich ihre Unterlagen unter den Arm und trat hinaus auf den Flur.

»Bist du nicht erst vor Kurzem mit der ins Gespräch gekommen?«, fragte er sie und deutete auf das Foto in Elisas Hand.

»Ich kenne Vanessa schon länger. Was ist mit ihr?« Sie sah Elisa fragend an und strich sich dabei eine ihrer dicken Locken aus dem Gesicht.

»Vanessa wurde tot aus der Isar geborgen. Die Polizei geht davon aus, dass sie ermordet wurde.«

»Das ist ja schrecklich!« Alicia warf ihrem Bekannten einen entsetzten Blick zu, dann wandte sich wieder an Elisa.

»Aber Sie sind nicht von der Polizei?«

»Nein, ich bin Journalistin. Mein Name ist Elisa Gerlach, ich schreibe für die *Morgenzeitung*. Ich bin auf der Suche nach Freunden von Vanessa, die mir mehr über sie sagen können. Waren Sie eng mit ihr befreundet?«

»Überhaupt nicht.« Alicia zog ihre kleine Stupsnase kraus. »Wir sind uns nur hier an der Uni über den Weg gelaufen. Ich habe sie zufällig bei der Einschreibung kennengelernt. Wir haben teilweise die gleichen Veranstaltungen belegt und uns dabei immer mal wieder getroffen, aber wir haben uns nie zu Hause besucht. Ich wohne am Olympiapark, das ist eh ein Stück entfernt. Soviel ich weiß, hat Vanessa ganz in der Nähe gewohnt, sie hat mich aber nie auf 'nen Kaffee oder so eingeladen. Wenn wir uns an der Uni begegnet sind, haben wir ein bisschen gequatscht oder sind zusammen in die Mensa, das war alles.«

»Wie war Ihr Eindruck von Vanessa?«

Alicia überlegte.

»Sie war immer etwas distanziert. Ich hatte nie das Gefühl, dass sie an einer engeren Freundschaft interessiert gewesen wäre, wie das bei den meisten zu Beginn des Studiums der Fall ist. Aus anderen Bekanntschaften sind schnell Freundschaften geworden, aber mit ihr blieb es oberflächlich, obwohl wir uns immer wieder getroffen haben.« Alicia klemmte sich ihre schwer zu bändigenden Locken hinters Ohr. »Was mir aufgefallen ist: Am Anfang hat sie nicht besonders viel Wert auf ihr Äußeres gelegt, da hat sie triste und langweilige Klamotten angehabt und sich nie geschminkt. Irgendwann hat sich das dann geändert. Sie war flippiger angezogen, hatte immer blauen Lidschatten drauf und hat sich ein Tattoo stechen lassen.«

»Was war Ihrer Meinung nach der Grund für die Veränderung?«

»Ich bin davon ausgegangen, dass es mit ihrem Freund zu tun hatte. Sie hat mir erzählt, dass sie jemanden kennengelernt hat, aber ich habe ihn nie zu Gesicht bekommen.«

»Kann man sagen, dass sie aufgeblüht ist?«

»Einerseits ja, sie hat immer gestrahlt, wenn sie von ihm erzählt hat. Ich glaube, er hieß Nick, ein ziemlich reicher Typ.«

»Auch ein Student?«

»Ja, einer von der Sorte, die mal das Familienunternehmen übernehmen.«

»Nick, und wie weiter?«

Alicia zog die Schultern hoch.

»Keine Ahnung.«

»Und andererseits? Sie haben gesagt, einerseits hat sie gestrahlt ...«

»Andererseits war sie manchmal auch ziemlich komisch drauf. Erst überdreht und dann auf einmal in sich gekehrt, fast niedergeschlagen. Ich habe mich gefragt, ob sie Drogen genommen hat.«

»Hat sie?«

»Keine Ahnung, ich habe sie nicht darauf angesprochen. Es war nur so ein Gefühl von mir, weil ich sie verändert fand. Aber ich weiß es wirklich nicht. Schließlich hatte ich nicht regelmäßig mit ihr Kontakt.«

»Wann haben Sie sie zuletzt gesehen?«

Wieder zog Alicia ihre Nase kraus.

»Ich glaube, das war am letzten Montag.«

»Da habe ich dich mit ihr reden sehen!«, warf der junge Mann ein, der Alicia hergerufen hatte und seither neugierig ihrem Gespräch zuhörte.

»Sie wusste, dass ich in einer Bar jobbe, und sie hat gefragt, ob die dort noch jemanden brauchen könnten. Aber als ich ihr dann gesagt habe, was ich verdiene, hatte sie kein Interesse mehr. Als ob es sich für das Geld gar nicht lohnen würde, den Finger krumm zu machen.«

»Sie hat also einen Job gesucht?«

»Weniger einen Job als einen großen Haufen Geld. Wirklich anstrengen wollte sie sich dafür nicht.«

»Verstehe. Und wie lief es mit dem Studium?«

»Das hat sie ziemlich ernst genommen. Sie hat selten eine Veranstaltung versäumt. Wie ihre Noten waren, das kann ich Ihnen nicht sagen. Darüber haben wir nicht gesprochen.«

»Wissen Sie von Kommilitonen, mit denen Vanessa außerdem Kontakt hatte?«

Alicia sah sich um. Der Hörsaal hatte sich schnell geleert. Im Flur standen noch einige Studenten in Grüppchen zusammen.

»Nein, tut mir leid. Ich weiß von niemandem sonst. Vielleicht können Vanessas Mitbewohner Ihnen mehr erzählen? Ich weiß, dass einer von ihnen – ich glaube, der heißt Frederik Nachreiner – auch Medizin studiert. Er ist allerdings schon im sechsten oder achten Semester. Mit ihm bin ich Vanessa am Anfang mal bei einer Medizinerfete über den Weg gelaufen. Sicher kann er Ihnen noch mehr über sie sagen.«

»Ja, ich hatte vor, als Nächstes in Vanessas WG vorbeizuschauen.«

»Tut mir leid, dass ich Ihnen nicht mehr über Vanessa berichten kann.«
»Das war schon eine ganze Menge, um einen Eindruck von Vanessas Studentenleben zu bekommen. Haben Sie vielen Dank!«
»Gern geschehen.«
Elisa verabschiedete sich von Alicia und ihrem Bekannten, die daraufhin im Treppenhaus verschwanden. Sie zeigte das Foto bei den Studenten im Flur herum, doch niemand schien Vanessa zu kennen. Elisa machte schnell ein paar Notizen, um sich das Gespräch mit Alicia später besser in Erinnerung rufen zu können. Dann stieg sie aufs Fahrrad und fuhr zur WG von Vanessa, die nicht weit entfernt von der Uni war. Elisa klingelte bei *Nachreiner*, das war der Name, den Alicia erwähnt hatte. Vermutlich war dieser Frederik der Hauptmieter der Wohnung. Eine pummelige junge Frau öffnete die Wohnungstür.

»Guten Tag. Mein Name ist Elisa Gerlach, ich arbeite für die *Morgenzeitung*. Ich habe mit Vanessas Mutter gesprochen und sie hat mich an Sie verwiesen. Sie konnte mir nicht viel über Vanessas Leben hier in der Stadt erzählen, aber sie meinte, dass ich mit Ihnen reden soll.«

»*Morgenzeitung* sagen Sie? Kommen Sie rein.« Bereitwillig öffnete sie die Tür. Elisa hatte die Erfahrung gemacht, dass man die Menschen grundsätzlich in zwei Gruppen aufteilen konnte: Die, die gern mit der Presse sprachen, und die, die es vermieden. Die junge Frau gehörte zur ersten Kategorie.

»Ich heiße übrigens Rabea. Rabea Fuchs. Möchten Sie 'nen Kaffee oder ein Wasser?«

»Gerne ein Wasser.«

Draußen war es immer noch heiß und schwül. Elisa schwitzte. Rabea führte sie in eine vollkommen verdreckte Küche, in der sich das Geschirr gefährlich stapelte. Elisa mochte sich nicht vorstellen, welche Bakterienkulturen hier gediehen. Rabea nahm ein sichtbar schmutziges Glas aus dem Schrank und goss Wasser hinein.

»Sind Ihre Mitbewohner auch da?«

»Nur Frederik. Soll ich ihn holen?«

»Gern.«

Rabea verließ die Küche und Elisa nutzte die Gelegenheit, um die Hälfte des Wassers in die Spüle zu gießen und es in dem Moment auf den Tisch zurückzustellen, als Rabea zurück in die Küche kam. Als hätte sie gerade davon getrunken. Hinter Rabea erschien ein breitschultriger junger Mann, der Elisa misstrauisch musterte. Er gehörte eher zur zweiten Kategorie, nahm Elisa an, zu denen, die ungern mit der Presse sprachen. Sie lächelte ihm freundlich entgegen und erklärte auch ihm, dass sie bereits mit Vanessas Mutter geredet hatte.

»Vanessas Mutter wusste nicht viel über das Leben ihrer Tochter, seit sie zu Hause ausgezogen war. Sie hat vorgeschlagen, dass ich mich mit Ihnen unterhalte, um nichts Falsches in der Zeitung zu schreiben.«

Rabea nickte zustimmend.

»Richtig viel wissen wir auch nicht über Vanessa. Wir anderen wohnen schon länger zusammen, sie ist von Anfang an auf Distanz geblieben. Keiner von uns war enger mit ihr befreundet. Wir konnten auch der Polizei nicht viel sagen.«

Natürlich waren Henri und seine Kollegen bereits hier gewesen und hatten Vanessas Mitbewohner befragt.

»Sie haben aber doch bestimmt einiges über den Tagesablauf von Vanessa mitbekommen, über ihre Gewohnheiten, ihre Vorlieben und Abneigungen ...?«

»In letzter Zeit hat sie extrem gern Ravioli gegessen«, erzählte Rabea. »Aus der Dose. Fast jeden Tag. Ich kann das Zeug schon nicht mehr riechen. Wir anderen kochen gern richtig, aber sie hat sich immer nur dieses Zeug aufgewärmt. Wie man das mögen kann?«

Vielleicht war es keine Frage des Mögens gewesen. Ravioli aus der Dose waren jedenfalls ein ziemlich günstiges Essen.

»Und wenn sie keine Ravioli gegessen hat, dann Butterbrot«, ergänzte Frederik. »Als Medizinerin hätte sie es eigentlich besser wissen müssen.«

»Sie studieren auch Medizin?«

Er nickte.

»Ich bin schon im 6. Semester.«

»Haben Sie trotzdem gemeinsame Bekannte oder Freunde gehabt?«

»Nein, das kann man so nicht sagen. Ich hab Vanessa am Anfang zu ein paar Feten mitgenommen und ihr ein paar Leute vorgestellt, aber ich weiß nicht mal, mit wem sie davon weiter Kontakt hatte.«

»Kannten Sie Vanessas Freund?«

»Er war manchmal hier, um sie abzuholen. Meistens waren sie bei ihm, da hatten sie ihre Ruhe.« Frederik grinste.

»Der Freund heißt Nick, wenn ich richtig informiert bin?«

»Nicolas von Staudt. Scheint aber ihr Ex-Freund zu sein. Unser Mitbewohner Jakob meint, dass sie sich vor ein paar Wochen getrennt haben.«

»Gab es für die Trennung einen Auslöser?«

»Keine Ahnung. Ich wusste ja bis gestern nicht mal, dass sie nicht mehr zusammen waren.«

»Das haben Sie auch schon der Polizei gesagt?«

»Ja, natürlich«, sagte Frederik mit Nachdruck. »Obwohl ich nicht glaube, dass Nick was mit Vanessas Tod zu tun haben könnte. Er ist so ein piekfeines Kerlchen, studiert Jura und BWL gleichzeitig.«

»Haben Sie eine Adresse oder Telefonnummer?«

»Nein. Wir wissen nur, dass er irgendwo in der Maxvorstadt wohnt.«

»Ich glaube, er hat Vanessa Klamotten gekauft, weil ihm ihre alten nicht gefallen haben«, meinte Rabea. »Vanessa war so was eigentlich nicht besonders wichtig, aber seit sie mit ihm zusammen war, hat sie ihr Äußeres verändert. Sie hatte coolere Kleider und hat sich geschminkt.«

»Ihm zuliebe?«

»Keine Ahnung. Ich nehme an, dass es ihr auch gefallen hat, besser gekleidet zu sein.«

»Hat sie sich auch sonst verändert?«

»Wie meinen Sie das?«

»War sie nicht nur äußerlich verändert, sondern auch in ihrem Verhalten?«

Rabea und Frederik wechselten einen Blick.

»Nein ... eigentlich nicht ...«, sagte Rabea.

»Und uneigentlich?«

Beide zuckten nur mit den Schultern.

»Eine Kommilitonin von Vanessa, mit der ich gesprochen habe, hat den Verdacht geäußert, dass sie Drogen genommen hat.«

»Das kann ich mir kaum vorstellen«, sagte Frederik schnell.

»Soll sie die etwa auch von Nick bekommen haben? Der hatte im Leben nichts mit Drogen zu tun!« Rabea schüttelte zur Bekräftigung ihrer Worte den Kopf.

»Vielleicht hat sie die Drogen woanders herbekommen?«

»Dafür hätte sie doch gar kein Geld gehabt!«

»Hat sie mit Ihnen darüber gesprochen, dass sie versuchen möchte, in der Spielbank an Geld zu kommen?«

»In der Spielbank? Nein, das hat sie nie erwähnt! Zumindest nicht mir gegenüber.« Rabea sah zu Frederik. »Hat sie dir was von der Spielbank erzählt?«

Er schüttelte den Kopf.

»Ehrlich gesagt halte ich diese Drogen-Theorie etwas weit hergeholt«, meinte Rabea. »Das hätten wir doch bemerkt, wenn sie was genommen hätte! Wir hätten Einstiche in ihren Armen gesehen oder irgendwelchen Müll, Spritzen oder so.«

»Ich finde, darüber sollten Sie in Ihrer Zeitung nichts schreiben, solange die Polizei keine Beweise dafür findet.«

Frederik sah Elisa herausfordernd an.

»Keine Sorge, das hatte ich nicht vor. Ich möchte ein realistisches Bild von Vanessa zeichnen. Und wenn Sie als Mitbewohner nichts von irgendwelchen Drogen wissen, dann hat sie bestimmt auch keine genommen.«

Auch wenn sie nicht die Erste gewesen wäre, die vom braven Land-Ei zum Drogen-Junkie mutierte.

»Ja, dann ... mehr können wir Ihnen wohl auch nicht über Vanessa sagen.« Frederik machte einen Schritt zur Tür. Seine Gesprächsbereitschaft war erschöpft. »Ich habe noch zu tun.«

»Ich will Sie nicht länger stören. Vielen Dank für die Informationen, die Sie mir gegeben haben.«

Rabea begleitete Elisa zur Tür.

»Vanessa war schon nett«, sagte sie. »Nur falls es so geklungen hat, als mochten wir sie nicht. Wir hatten einfach nicht so viel mit ihr zu tun.«

»Ja, das habe ich verstanden.«

»Hat Vanessas Mutter gesagt, ob sie demnächst hier vorbeikommt und ihre Sachen abholt?«

»Davon war nicht die Rede. Ich denke, das müssen Sie mit ihr persönlich besprechen.«

»Klar.«

Rabea sagte es leichthin, doch sie wich Elisas Blick aus. Vermutlich hatte sich noch keiner von Vanessas Mitbewohnern getraut, ihre Mutter anzurufen.

»Auf Wiedersehen.«

Die Tür klappte zu. Elisa lief die Treppe hinunter, erst unten setzte sie sich für einen Moment auf eine Treppenstufe, um Notizen zu machen. Als sie aus dem Haus trat, sah sie unwillkürlich nach oben. Dunkle Wolken hatten sich vor die Sonne geschoben, der Himmel war nicht mehr strahlend blau, sondern grau verhangen. Trotzdem war es immer noch drückend schwül. Wahrscheinlich würde es bald ein Gewitter geben.

Elisa trat in die Pedale. Sie wollte nicht nass werden. Und es wurde langsam Zeit, mit ihrem Artikel zu beginnen.

Jette und Dennis saßen an ihren Plätzen. Jette telefonierte, Dennis sah auf, als Elisa zu ihrer Tischgruppe kam.

»Wie viel hast du?«

Er plante die Seitenaufteilung des München-Teils und musste wissen, wie viel Text Elisa produzieren würde.

»Hat die Polizei inzwischen ein Foto von Vanessa Czerny zur Verfügung gestellt?«

»Ja. Und eine knappe Pressemeldung.«

»Ich habe ihre Mutter, eine Kommilitonin und ihre Mitbewohner interviewt.«

»Eine Seite?«

»Nein. So viel gibt das leider nicht her. Keiner scheint Vanessa wirklich gut gekannt zu haben. Die Geschichte vom braven Mädchen, das in die Stadt kam und dort erst mal aufgeblüht ist, ist weder neu noch originell. Ist in der Pressemitteilung schon von einem Verdächtigen die Rede? Oder von einem Motiv?«

»Nein, sie halten sich bedeckt.«

Elisa öffnete die Seite des Polizeipräsidiums und sah sich den Polizeibericht an. In nüchternen Worten wurde das Foto durch eine Personenbeschreibung ergänzt und mitgeteilt, dass inzwischen die Identität der jungen Frau ermittelt worden war: Vanessa Czerny, eine Studentin, die erst seit einigen Monaten in der Stadt wohnte und ursprünglich aus der Nähe von Ingolstadt kam. Darauf folgte der übliche Zeugenaufruf. Wer Vanessa Czerny gekannt oder gesehen hatte und etwas zur Aufklärung des Mordfalls beitragen konnte, solle sich an die nächste Polizeidienststelle wenden.

Elisa seufzte. Diese Presseinformation brachte sie keinen Schritt weiter. Entweder tappten Henri und seine Kollegen noch vollkommen im Dunkeln oder sie wollten ihre bisherigen Ermittlungsergebnisse nicht an die Öffentlichkeit geben.

Aber sie mussten doch eine Spur verfolgen, wenn Henri heute in der Spielbank gewesen war? Nach der Abfuhr, die er ihr am Vormittag erteilt hatte, konnte sie sich sparen, ihn anzurufen. Er würde ihr nichts sagen.

Elisa machte sich daran, ihren Artikel über Vanessa zu strukturieren. Erst wollte sie über ihre Kindheit und Jugend berichten, dabei bot es sich an, Barbara Czerny, die Mutter, zu zitieren. Dann kam der Umzug nach München. Alicia, Frederik und Rabea hatten ihr einige Anhaltspunkte geliefert. Sie würde das Bild einer engagierten jungen Frau zeichnen, die zu Hause ein mustergültiges Leben geführt hatte und in der Stadt auf Abwege geraten sein musste. Leider waren es genau diese Abwege, die die Leser am meisten interessieren würden. Und leider konnte Elisa dazu am wenigsten schreiben. Die Drogen-Theorie wollte sie nicht veröffentlichen, es war nur ein vager Eindruck von Alicia gewesen und ihre Mitbewohner hatten dem beide widersprochen. Elisa würde sich hüten, in ihrem Text auch nur anzudeuten, dass Vanessa Drogen genommen hatte. Sie hatte inzwischen gelernt, dass aus solchen Verdachtsmomenten und Halbwahrheiten bei der *Morgenzeitung* schnell eine Schlagzeile gemacht wurde. Und über die Spielbankspur, wie Elisa sie für sich nannte, wusste sie noch viel zu wenig.

»Elisa?«, fragte Dennis und griff in die Chipstüte, die vor ihm auf dem Tisch lag. »Fängst du dann mal an mit dem Text?«

»Mach ich.«

Sie übertrug ihre Stichpunkte in eine neue Datei und hatte damit die Gliederung, an der sie sich für ihren Text entlanghangeln konnte. So ließ sich der Artikel schnell herunterschreiben.

Elisa war auf ihre Arbeit konzentriert. Sie merkte nicht, dass André über ihre Schulter las, was sie geschrieben hatte.

»Das ist gut!«

Elisa zuckte zusammen. André legte ihr die Hand auf den Arm. »Entschuldige, ich wollte dich nicht erschrecken. Ich dachte, du hättest mich gehört.«

»Ich war so in den Text vertieft ...«

»Der Artikel ist gut. Ich staune, was du alles über diese Frau herausgefunden hast.«

»Und ich staune, was einem die Leute so alles erzählen.« Elisa runzelte die Stirn. »Ich bin selbst noch nicht zufrieden. Da steht eine Menge über Vanessas früheres Leben. Aber wir können unseren Lesern noch nichts darüber verraten, was zu ihrer Ermordung geführt hat. Rein gar nichts.«

»Wenn die Polizei bis jetzt nichts herausgefunden hat, dann ist das auch nicht unsere Aufgabe.«

»Wahrscheinlich halten sie Ermittlungsergebnisse zurück ...«

»Das mag sein, aber sie werden ihre Gründe dafür haben. Wenn es so weit ist, dann erfahren wir mehr und dann kannst du sicher auch noch weitere Hintergründe recherchieren. Mach dir deswegen keinen Kopf, Elisa! Dein Artikel ist gut, die Leser bekommen Informationen über das Opfer und vielleicht können wir Ihnen in der nächsten Ausgabe schon mehr über den Mord berichten.«

»In Ordnung. Ich gehe noch einmal drüber, dann kann der Text gesetzt werden.«

André nickte ihr zu und ging weiter zu seinem Glaskasten. Elisa verbesserte noch zwei Passagen in ihrem Artikel und speicherte den Text im System ab.

»Ich bin fertig«, sagte sie zu Dennis.

»Ist gut.« Er klickte auf seiner Maus herum und vertiefte sich in den Text auf seinem Bildschirm.

Elisa wollte aufstehen, um sich einen Schokoriegel aus dem Automaten zu ziehen, als ihr Telefon klingelte. Es war die Durchwahl von André. Er saß in seinem Glaskasten und sah angelegentlich zum Newsdesk hinüber.

»Ja?«

»Du hast nicht zufällig Zeit und Lust auf einen kleinen Afterwork-Drink?«

Elisa lehnte sich auf ihrem Stuhl zurück. Sie war froh, dass ihr sofort eine Ausrede einfiel.

»Heute kann ich nicht. Ich wurde zum Lernen engagiert.«

»Zum Lernen? Mit wem musst du denn lernen? Hast du Kinder? Das hast du gar nicht erwähnt!«

André sah nun direkt zu ihr herüber. Elisa lachte.

»Nein, ich habe keine Kinder. Aber meine Vermieterin hat eine Enkeltochter. Genaugenommen eine Enkeltochter mit Französischproblemen.«

»Und du kannst Französisch?« Er schnalzte anzüglich mit der Zunge und lachte über seinen Witz.

»Das wüsstest du wohl gern!«

»Aber hallo!«

»Du kennst meine Antwort.«

»Komm schon, Elisa, wenn nicht heute, dann an einem anderen Abend, okay?«

»Drink vielleicht, Französisch eher nein.«

»Lassen wir das auf uns zukommen.«

Er lachte siegessicher und legte auf. Im gleichen Moment prasselten die ersten Regentropfen gegen die Fensterscheibe neben Elisas Platz. Der Wind peitschte die Tropfen mit Wucht ans Fenster, schnell wurde ein heftiger Regenguss daraus. Elisa zuckte zusammen, als der erste Blitz aufleuchtete, dem schon kurz darauf ein lautes Donnergrollen folgte. Ihr war plötzlich kalt, eine Gänsehaut breitete sich von ihrem Rücken über Arme und Beine aus. Sie schlüpfte in das dünne Jäckchen, in dem sie am Morgen hergeradelt war, doch das half kaum gegen das Frösteln, das ihren Körper zittern ließ.

Bastian hatte gewartet, bis sein Vater von der Arbeit nach Hause kam. Als er hörte, wie der alte Passat vor dem Haus stoppte, sein Vater ausstieg, um das Tor zu öffnen, und dann den Wagen hineinfuhr, klopfte Bastian zum siebten Mal die Unterlagen, die er vorbereitet hatte, zu einem akkuraten Stapel zusammen. Sein Vater schloss das Tor, eilte schnell durch den Regen ins Haus, legte die Schlüssel und seine abgewetzte Aktentasche auf dem Telefontischchen im Flur ab und tauschte die Lederschuhe gegen seine bequemen Pantoffeln. Bastian musste nicht dabei sein, um zu wissen, welche Handgriffe sein Vater nacheinander verrichtete. Es war immer die gleiche Routine.

Bastians Mutter kam aus der Küche, wo sie das Abendessen vorbereitete, und begrüßte seinen Vater.

»Wie war dein Tag, Schatz?«

»Frag nicht! Es war zum Mäusemelken. Gut, dass jetzt Wochenende ist!«

Zum Mäusemelken! Wer sagte heute noch *zum Mäusemelken*? Nur Bastians Vater.

»Und jetzt dieses Mistwetter!« Bastians Vater war genervt. »Ich bin ganz nass geworden bei den paar Schritten vom Auto zum Haus.«

»Es war den ganzen Tag so schwül, ich habe mir schon gedacht, dass noch ein Gewitter kommt«, sagte seine Mutter. »Du musst es so sehen: Für den Garten ist der Regen dringend nötig.«

Bastians Vater knurrte. Er ließ sich nicht gern sagen, wie er etwas zu sehen hatte. Schon gar nicht von seiner Frau.

»Ich muss das nasse Hemd ausziehen.«

»Ja, nicht dass du dich erkältest.«

Bastian hörte, wie sein Vater ins Elternschlafzimmer ging, seine Mutter in die Küche. Am besten wartete er bis nach dem Essen. Jetzt war kein günstiger Zeitpunkt. Er ging zu seiner Mutter in die Küche. Sie hackte gerade Petersilie.

»Soll ich den Tisch decken?«

»Das wäre prima, Bastian. Das Essen ist gleich fertig.«

Freitags gab es immer Fisch, an diesem Abend war es Kabeljau. Bastians Vater erzählte beim Essen von dem Ärger, den er im Büro gehabt hatte. Einige seiner Kollegen waren bereits gegen Mittag zu einer gemeinsamen Wandertour aufgebrochen und hatten ihm einen Haufen Arbeit hinterlassen. Als er sich bei seinem Chef beschwert hatte, hatte der nur kurzangebunden gesagt, dass er froh sei, dass die Kollegen mal ein paar ihrer Überstunden abbauten. Aber doch nicht alle gleichzeitig!

Bastian wartete, bis sein Vater sich abgeregt hatte. Seine Ungeduld wuchs, doch ihm war klar, dass er keine Chance hatte, so lange sein Vater noch auf Hundertachtzig war. Erst nach dem Essen, als sie den Tisch abgeräumt und die Spülmaschine angestellt hatten, war der Zeitpunkt gekommen. Bastian holte seine Unterlagen und ging zu seinen Eltern ins Wohnzimmer. Sein Vater hatte die Zeitung auf dem Couchtisch ausgebreitet und las mit skeptischem Gesichtsausdruck, seine Mutter saß neben ihm und stopfte Strümpfe.

»Kann ich kurz mit euch reden? Ich hab da so eine Idee ...«

Beide sahen auf, betrachteten ihn mit freundlichem, wohlwollendem Blick.

Gut, dass er bis nach dem Essen gewartet hatte.

»Ich habe euch doch schon meinen Fahrradhelm mit den Solarzellen gezeigt, mit dem ich das Handy beim Fahren aufladen kann?«

»Ja. Das hast du sehr schön gemacht«, lobte ihn seine Mutter. »Dein handwerkliches Geschick hast du von deinem Großvater geerbt.«

»Ich habe mir überlegt ... ich will den Helm mit den Solarzellen als Patent anmelden. Eine Kommilitonin hat mich dazu ermutigt. Wenn man sich so eine Idee patentieren lässt, kann man viel Geld damit machen.«

»Tatsächlich?« Bastians Mutter hatte natürlich keine Ahnung von solchen Sachen, sein Vater hörte erst mal zu, wartete ab.

»Ihr kennt doch diese Papiermanschetten, die um Coffee-to-go-Becher gestülpt werden, damit man sich nicht die Finger verbrennt. Der Typ, der die Dinger erfunden hat, ist heute stinkreich.«

Bastians Eltern sahen sich ratlos an. Sie hatten sich noch nie einen Coffee-to-go-Becher irgendwo geholt.

»Na ja ... egal ... Ich habe mich erkundigt, wie das läuft mit so einer Patentierung. Ich habe schon alles vorbereitet. Hier sind die Formulare und die Zeichnung.«

Bastian breitete die Papiere auf dem Tisch aus. Seine Eltern warfen einen Blick darauf, schoben sie sich gegenseitig zu, drehten die Zeichnung, als sei nicht klar, wie man sie halten musste, um oben und unten zu erkennen.

»Das hast du schön gezeichnet«, sagte Bastians Mutter schließlich.

»Mhm ... ich habe mir Mühe gegeben, dass alles professionell aussieht. Ich denke, so kann ich es abgeben ... Es ist nur so, dass eine Patentierung erst mal einen Haufen Gebühren kostet.« Bastian fuhr sich durch die Haare. »1.000 Euro hab ich selbst, aber ich brauche mehr, insgesamt etwa 10.000 Euro ...« Er gab sich einen Ruck. »Deshalb wollte ich euch fragen, ob ihr mir 9.000 Euro leihen könnt. Natürlich bekommt ihr das Geld zurück. Wenn ein Hersteller den Helm produziert, dann habe ich das Geld schnell wieder drin.«

Bastians Mutter sah seinen Vater ratlos an.

»Also, ich weiß nicht ...«

»Wenn ihr keine 9.000 Euro auf der hohen Kante habt, dann würden mir erst mal auch schon 5.000 Euro weiterhelfen. Ich muss nicht unbedingt einen Patentanwalt beauftragen und man muss nicht gleich alles auf einmal zahlen.«

»Wir haben natürlich 9.000 Euro, aber wir werden sie sicher nicht in so eine verrückte Idee investieren!«, polterte Bastians Vater los. »Das ist doch Traumtänzerei! Dein Großvater« – er warf seiner Frau einen kurzen Blick zu – »hat auch immer gedacht, dass er mit seinen Basteleien Geld verdienen könnte, aber daraus ist nie was geworden! Wer soll denn bitteschön für so ein Patent Geld bezahlen?«

»Ein Hersteller von Helmen. Diese Helme werden weggehen wie warme Semmeln, ich schwör's euch!«

»Hast du denn schon mal mit so einem Hersteller geredet?«

»Nein ... das nicht ... aber ich bin mir sicher, dass es genügend gibt, die an der Idee Interesse haben werden.«

»Das ist doch Unsinn!« Bastians Vater fuhr sich über seinen breiten Schnauzbart. »Du solltest weder dein Geld noch deine Zeit mit so was verschwenden. Konzentrier' dich lieber auf dein Studium. Wenn ich das richtig verstanden habe, stehen demnächst einige Klausuren an. Es wäre sinnvoller, sich darauf gründlich vorzubereiten. Ein abgeschlossenes Studium ist was Solideres als solche Erfindungen, die die Welt nicht braucht.«

Er wandte sich wieder der Zeitung zu.

»Nur weil ihr kein Smartphone habt, könnt ihr das gar nicht beurteilen!«, fuhr Bastian auf.»Ich kenne viele Leute, die gern mal so nebenbei ihr Handy aufladen würden, aber unterwegs keine Steckdose haben.«

»Das ist kein Grund, laut zu werden, Bastian«, warf seine Mutter ein.

»Doch!«, rief Bastian verzweifelt.»Ich habe das alles durchdacht! Ich habe die Idee ausgetüftelt und ich habe mir überlegt, wie man den Helm vermarkten könnte, welche Zielgruppe man ansprechen müsste und so weiter. Ich habe alles angewendet, was ich im Studium gelernt habe. Es wird funktionieren, davon bin ich überzeugt!«

»Ich nicht und damit basta!«, sagte Bastians Vater, ohne den Kopf von der Zeitung zu heben.»Unser Geld werden wir nie und nimmer in so ein windiges Projekt stecken. Aber du kannst es mit deinen 1.000 Euro ja mal mit Glücksspiel versuchen, vielleicht vermehrt sich dein Geld.« Er lachte.»Die Wahrscheinlichkeit, dass du damit Erfolg hast, schätze ich ähnlich hoch ein.«

Wütend riss Bastian seine Unterlagen an sich.»Das ist keine schlechte Idee! Aber erwartet nicht, dass ich euch nachher was von dem Geld abgebe!«

Bastian lief aus dem Wohnzimmer. Er knallte die Unterlagen auf seinen Schreibtisch und zog den Umschlag mit den 1.000 Euro daraus hervor. Seine Eltern hatten das Geld, doch sie wollten es ihm nicht geben.

Aber er würde es auch so schaffen! Er würde es ihnen zeigen! Bastian zog das ausgeleierte Sweatshirt über den Kopf, schlüpfte in ein weißes Hemd, sein schwarzes Sakko und eine schwarze Jeans und steckte den Umschlag mit dem Geld in die Hosentasche.

»Ich bin dann mal weg!«, rief er in Richtung Wohnzimmer, nahm den Schlüssel des Passats und lief hinaus. Sein Vater würde das Auto an diesem Abend nicht mehr brauchen, er sah gewöhnlich am Freitagabend den Krimi im Zweiten an. Also konnte Bastian das tun, was er ihm geraten hatte: Sich das nötige Geld in der Spielbank besorgen.

Henri hörte an seinem unverkennbaren Schniefen, dass Roman Richter auf dem Flur im Anmarsch war. Auch Lenz sah auf und verdrehte die Augen. Schon stand Roman auf der Türschwelle. Er wandte sich wie immer ausschließlich an Henri.

»Wir brauchen Ergebnisse! Was ist denn nun mit eurem Verdächtigen? Die Kollegin Coswig hat gesagt, dass ihr eine konkrete Spur habt. Kann ich da heute noch was an die Presse geben?«

Henri hatte seine Mitarbeiter schon oft genug gebeten, Roman keine Zwischeninformationen zukommen zu lassen. Er wurde dann unerträglich und es war nicht länger an ungestörtes Arbeiten zu denken. Roman musste Tanja auf dem falschen Fuß erwischt haben.

»Wir überprüfen gerade verschiedene Anhaltspunkte, Zeugen werden befragt und ein Auto von der Spurensicherung untersucht. Erst wenn die Ergebnisse dieser Untersuchungen vorliegen, können wir Informationen an die Presse weitergeben. Wenn es überhaupt etwas zu berichten gibt.«

»Glaubst du denn nicht, dass der Verdächtige der Mörder ist?«

Henri hob die Achseln.

»Er war sehr kooperativ. Mörder verhalten sich normalerweise anders. Aber das ist nur so ein Gefühl. Ich würde lieber die Fakten abwarten.«

»Ich muss jetzt gleich los, ich habe keine Zeit zum Abwarten.«

Lenz sah demonstrativ auf die Uhr. Keiner von ihnen verließ so früh das Büro.

»Ich habe noch einen Termin«, erklärte Roman.

»Kein Problem.« Henri war die Freundlichkeit in Person. »Die Presseinformation können wir auch übernehmen.«

Roman runzelte die Stirn. Er wusste, dass Henri im Gegensatz zu ihm selbst zu kurzen schriftlichen Statements neigte. Doch was stellte er sich vor? Dass sie jetzt am Abend noch schnell eine Pressekonferenz übers Bein brachen?

»Lass uns in Kontakt bleiben«, sagte Roman. »Falls wir den Täter heute noch überführen können, dann komme ich schnell noch mal rein. Ruf mich unbedingt gleich an, wenn du neue Informationen hast.«

»Mach ich!«

Roman verschwand.

»Vor allem falls *wir* den Täter heute noch überführen können«, meinte Lenz halblaut.

Henri stand auf und ging ins Nachbarbüro, wo sich Tanja und Marius gegenübersaßen.

»Was hast du Roman erzählt, Tanja? Er geht davon aus, dass er heute noch vor die Presse treten muss.«

Tanja wurde rot.

»Er kam zufällig rein, als ihr mich gebeten habt, den Halter des Wagens aufzuspüren, den ihr auf den Aufnahmen der Spielbank-Überwachungskamera wiedererkannt hattet. Das hat Roman gleich brennend interessiert. Nervt er dich jetzt?«

»Nicht mehr als sonst. Zum Glück hat er noch einen Termin außer Haus.«

Tanja sah auf die Uhr.

»Mist! Ich muss auch los!« Im Gegensatz zu Roman arbeitete Tanja Teilzeit. Sie schob die Unterlagen, die vor ihr lagen, zu einem Stapel zusammen, fuhr den Computer runter und griff nach ihrer Tasche.

»Dein Handy«, erinnerte Marius sie, ohne aufzuschauen.

»Richtig, danke.« Tanja zog das Handy, das zum Aufladen auf dem Fensterbrett gelegen hatte, vom Kabel. »Tut mir leid, ich bin mit den übrigen Blitzerbildern noch nicht ganz durch, aber bis jetzt war überhaupt nichts Auffälliges dabei. Ich habe die Halter ermittelt und alles, was ich rausgefunden habe, in eine Tabelle eingetragen. Findet ihr im System. Also, ich muss los!«

»Ja, bis morgen!«

Sie lief eilig nach draußen, Henri hörte, dass sie zu Lenz noch ein kurzes *Ciao* hineinrief, dann war sie weg. Erst jetzt hob Marius den Kopf.

»Ich habe sowohl den Kumpel von Torsten Schilling als auch dessen Nachbarin erreicht. Keiner kann bestätigen, dass er am Mittwoch wirklich in Lenggries war. Der Kumpel hat sich eher gewundert, dass Torsten Schilling ihn besuchen wollte. Sie hatten länger keinen Kontakt mehr, er konnte sich nicht mal daran erinnern, wann sie sich zuletzt gesehen hatten. Er selbst war am Mittwoch wie gewöhnlich bei der Arbeit. Torsten hätte also wissen müssen, dass er ihn nicht antreffen würde.«

»Oha! Und die Nachbarin?«

»Die scheint sich wirklich mehr oder weniger den ganzen Tag in Reichweite des Fensters aufzuhalten und ihre Nachbarn auszuspionieren. Sie konnte mir genau sagen, wer wann wo mit wem auf der Straße war. Sie hat niemanden gesehen, auf den die Beschreibung von Torsten Schilling zutrifft.«

»Dann hat er also kein Alibi für den Mittwochnachmittag.«

»Ich würde eher sagen, dass er kein gutes Alibi hat. Wir können auch nicht beweisen, dass es nicht so war, wie er gesagt hat – solange wir keinen Zeugen haben, der ihn woanders gesehen hat. Außer dem Blitzerfoto gibt es keinen Hinweis und das passt schließlich auch in seine Story.«

Henri überlegte.

»Ich ruf mal in der Spurensicherung an, ob die Untersuchung des Autos schon was ergeben hat. Ob an den Reifen Spuren der Erde nachweisbar sind von der Stelle, wo Vanessas Leiche in die Isar befördert wurde.«

Marius nickte. »Ich mache mit den Blitzerfotos von Tanja weiter.«

»Gut.«

Henri tat sich noch immer schwer damit, Marius' Persönlichkeit einzuschätzen, da er sich im Team zurückhielt und nur wenig über sich preisgab, doch er konnte nicht umhin, anzuerkennen, dass die Arbeit, die er ablieferte, gut war. Er dachte mit. Er wartete nicht darauf, dass Henri ihm sagte, was zu tun war, sondern tat einfach, was getan werden musste. Selbständiges Denken war eine Eigenschaft, die Henri an seinen Mitarbeitern sehr schätzte.

Marius wandte sich wieder dem Bildschirm zu, Henri ging zurück in sein Büro. Er griff nach dem Telefon und wählte die Durchwahl von Arnie, dem Leiter der Spurensicherung.

»Henri!«, dröhnte Arnies laute Stimme kurz darauf aus dem Hörer. »Da habt ihr uns ja ein schönes Rätsel aufgegeben! Aber wir haben es natürlich geknackt.«

»Wie meinst du das?«

»Tu doch nicht so unschuldig! Ihr stellt uns da einen penibel gereinigten Wagen hin und wollt, dass wir unsichtbare Spuren sichtbar machen.«

»Penibel gereinigt?«

»Ja, das Auto muss erst vor Kurzem sowohl außen als auch innen frisch gereinigt worden sein, mit Unterbodenwäsche, Wachs und allem Schickschnack. Das lange Waschprogramm.«

»Also keine Erdpartikel an den Reifen oder Ähnliches?«

»Nein, tut mir leid. Damit kann ich nicht dienen. Außen ist keine noch so kleine Spur zu finden, das Auto ist wie neu.«

»Und innen?«

»Innen dachten wir das auch. Sämtliche Sitzbezüge und Matten sind mit Reinigungsschaum behandelt worden, einer meiner Mitarbeiter analysiert gerade noch, welche Marke verwendet wurde. Wir haben es mit Luminol versucht, um Blutspuren sichtbar zu machen, aber Fehlanzeige.«

»Den Verletzungen nach zu urteilen hat die Tote kein Blut verloren.«

»Wenn, dann nicht in diesem Auto.«

»Aber du hörst dich so an, als hättest du trotzdem was für mich?«

»Natürlich. Wir sind ja nicht umsonst die beste Kriminaltechnik weit und breit.«

»... von der bescheidensten ganz zu schweigen ...«

Arnies Grinsen war durch das Telefon zu hören.

»Dann spuck es aus, bevor du daran erstickst!«

»Wir haben ein Haar gefunden, ein blondes Haar. Es hing am Kofferraumdeckel.«

»Mit Wurzel?« Haare ohne Wurzel waren wertlos. Damit ließ sich kein DNA-Abgleich durchführen.

»Ja, mit Wurzel!« Arnie frohlockte. »Hab das Ding gleich ins Labor geschickt, aber bisher noch kein Ergebnis bekommen.«

»Du bist der Größte, Arnie!«

»Na ja ...« Jetzt wurde das Großmaul doch verlegen.

»Es wäre also denkbar, dass Torsten Schilling die Leiche in seinem Auto transportiert hat? Im Kofferraum?«

Lenz hob seinen Kopf und hörte Henris Gespräch zu.

»Vielleicht in eine Plane eingewickelt oder so.«

»Und beim Herausheben könnte ein Haar am Kofferraumdeckel hängengeblieben sein?«

»Wäre möglich.«

»Torsten Schilling wirft Vanessas Körper in die Isar und ...«

»... verbringt den Rest des Tages damit, sein Auto zu reinigen.«

»Weshalb er sich ziemlich sicher ist, dass keine Spuren mehr zu finden sind und er uns den Wagen getrost zur Untersuchung überlassen kann.«

»Allerdings hat er nicht mit uns gerechnet, mit der besten Kriminaltechnik weit und breit.«

»Genau.« Henri grinste. »Lenz und ich werden dem Mann jetzt einen weiteren Besuch abstatten. Wann können wir mit den Laborergebnissen rechnen?«

»Ich habe es dringend gemacht. Eine ausführliche Analyse dauert natürlich länger, aber ob die DNA von der Haarwurzel mit der von Vanessa Czerny übereinstimmt, müssten sie uns innerhalb der nächsten Stunde mitteilen können.«

»Gib mir dann bitte sofort Bescheid.«

»Natürlich! Eurem Chef auch?«

»Roman? Wie kommst du darauf?«

»Er hat schon ein paarmal angerufen, weil er wissen wollte, ob wir was gefunden haben.«

»Ich hoffe, du hast ihm nichts von dem Haar erzählt. Roman ist imstande und beruft sofort eine Pressekonferenz ein.«

Arnie lachte.

»Mit dem habt ihr's auch nicht leicht. Von mir erfährt er nichts, ich werde mich ab sofort verleugnen lassen, wenn er anruft.«

»Gute Idee.«

Henri würde die Mailbox dran gehen lassen. Er legte auf.

»Ein Haar in Torsten Schillings Wagen?«, fragte Lenz.

»Ein blondes, mit Wurzel, wird gerade mit Vanessas DNA abgeglichen.«

»Das heißt, wir brauchen einen Haftbefehl.«

»Darum kann Marius sich kümmern, wenn das Ergebnis der Labor-Analyse vorliegt und positiv ist. Wir fahren jetzt zu Torsten Schilling und nehmen ihn vorläufig fest. Auch ohne die Laborergebnisse will ich ihn befragen und wenn nötig in die Mangel nehmen. Nach allem, was wir bisher wissen, scheint der Mann ein notorischer Lügner zu sein. Früher oder später wird er sich in irgendwelche Widersprüche verstricken. Und wenn wir die ganze Nacht mit ihm im Vernehmungszimmer sitzen. Wir werden ihn drankriegen.«

Sarah lief – hüpfte fast – die Treppe zu ihrer Wohnung nach oben. Seit sie in der Mittagspause bei der Krankenkasse angerufen hatte, ging es ihr besser. Die Sachbearbeiterin hatte nicht gewusst, ob die Krankenkasse die Therapie bezahlen würde, doch sie war sehr freundlich und keineswegs sofort ablehnend gewesen. Sie wollte sich erkundigen, obwohl sie am Nachmittag bei einer Fortbildung war. In einer Viertelstunde durfte Sarah sie noch mal anrufen.

Den ganzen Nachmittag hatte sie mit Carola gescherzt. Ihre gute Laune war ansteckend gewesen, auch die Kundinnen hatten mitgelacht. Und mehr Wäsche als sonst gekauft.

Sarah steckte den Schlüssel ins Schloss und öffnete vorsichtig die Tür. Falls Marcel schlief, wollte sie ihn nicht wecken. Doch er lag nicht im Bett. Er hatte es sich auf dem Sofa im Wohnzimmer bequem gemacht, umgeben von den Prospekten, die Sarah aus dem Reisebüro mitgebracht hatte. Sarah spannte den nassen Regenschirm im Flur zum Trocknen auf und ging zu ihm hinein. Er sah auf und lächelte, als Sarah auf ihn zukam.

»Wie geht es dir?«

»Gut.«

Sarah küsste ihn und setzte sich auf die Sofakante. Sie griff nach seiner Hand und streichelte sanft über den Handrücken.

»Hast du viel von dem Morphin genommen?«

Als sie am Morgen gegangen war, hatte Marcel starke Schmerzen gehabt und eine große Dosis gebraucht. Marcel schüttelte den Kopf.

»Nachdem ich den Vormittag im Halbdämmer verbracht habe, hab ich nichts mehr genommen. Das war ein ganz komisches Gefühl, nicht klar im Kopf zu sein.« Er zog ihren Kopf an seine Brust. »Ich habe mir lieber die Prospekte angesehen und im Internet nach Informationen gesucht.«

»Und? Hast du etwas Schönes gefunden?«

»Ja!« Er ließ sie wieder los und zog einen der Prospekte zu sich. »Ich würde unheimlich gern mal an die Nordsee. Schau dir diese Bilder an! Kilometerweiter Strand, wir könnten durchs Watt wandern, segeln gehen oder einfach nur in einem dieser Strandkörbe liegen und lesen.«

Sarah betrachtete die Fotos.

»Das sieht toll aus!«

»Ich habe im Internet eine Pension gefunden, direkt hinter dem Deich. Ein kleines reetgedecktes Häuschen in einem verwunschenen Garten. Das wird dir bestimmt gefallen. Schau es dir an, ich habe den PC angelassen.«

Marcel schob Sarah in Richtung des Tischchens, auf dem der Computer stand. Sie betätigte die Maus und der Bildschirmschoner verschwand. Zu sehen war ein zauberhaftes Häuschen inmitten eines Blumenmeeres. Sie scrollte durch die Bilder, die auf der Internetseite zur Verfügung gestellt wurden. Liebevoll eingerichtete Zimmer, ein üppig gedeckter Frühstückstisch im Garten, weitläufiger Strand, bunte Blumen, ein kleines Paradies.

»Wie hast du das gefunden? Das ist traumhaft!«

»Ich habe lange gesucht.« Marcel war sichtbar stolz. »Ich wollte was ganz Besonderes für uns! Die Angebote in den Prospekten haben so unpersönlich gewirkt. Dort habe ich den Ort gefunden, der mir gut gefällt. Die Pension war dann ein Treffer im Internet.«

»Ist es sehr teuer?«

»Nein, keine Angst!« Er grinste. »Die schönen *und teuren* Angebote zeige ich dir erst gar nicht! Dieses hier ist schön und günstig.«

»Meinst du, sie haben in nächster Zeit noch ein Zimmer für uns frei?«

»Ich habe angerufen. Wir könnten Ende nächster Woche kommen.«

»Ende nächster Woche schon!?«

Sarah war hin- und hergerissen, Marcel von der Therapie zu erzählen, aber sie bremste sich selbst im letzten Moment. Solange noch nichts sicher war ...

»Meinst du, du bekommst kurzfristig Urlaub?«

Sarah überlegte.

»Ich denke schon. Die meisten meiner Kolleginnen wollen in den großen Ferien wegfahren. Wenn ich in den Ferien arbeite, lässt der Chef mich jetzt bestimmt weg.«

Sie schluckte und sah Marcel an. Was würde in den Sommerferien sein? Wie würde es ihm in einem Monat gehen?

»Ich frage gleich morgen.«

»Und dann gibst du mir Bescheid und ich rufe direkt in der Pension an.«

Sarah setzte sich wieder zu Marcel aufs Sofa. Er verzog das Gesicht.

»Entschuldige! Hab ich mich auf dich gesetzt?«

»Nein, gar nicht.« Marcel versuchte ein Lächeln. »Ich glaube, die Schmerzen kommen langsam zurück. Außerdem hat mich das Recherchieren angestrengt. Ich bin ziemlich müde.«

»Möchtest du dich noch ein bisschen hinlegen, während ich das Essen vorbereite?«

Marcel nickte.

»Ich gehe rüber ins Schlafzimmer. Im Bett ist es bequemer als auf dem Sofa.« Er richtete sich auf und zuckte dabei zusammen.

»Marcel!«

»Es geht schon.« Marcel presste die Hand auf den Unterleib und stand mühsam auf. Sarah strich über seinen Arm.

»Kann ich dir helfen?«

Er beugte sich vor und küsste sie auf den Kopf.

»Dass du da bist, ist das Beste für mich.«

»Ich wünschte, ich könnte dir deine Schmerzen abnehmen! Soll ich das Morphin holen?«

»Nein, ich lege mich einfach noch ein bisschen hin.«

Er strich zärtlich über ihre Wange und küsste sie erneut.

»Ich liebe dich, Sarah!«

»Ich liebe dich auch!«

Marcel verließ den Raum. Er ging mit kleinen Schritten, und an seinen angespannten Nackenmuskeln konnte Sarah sehen, dass er sich zusammenriss, um sich seine Schmerzen nicht mehr anmerken zu lassen. Am liebsten wäre sie ihm gefolgt und hätte sich zu ihm ins Bett gekuschelt. Ein kurzer Blick auf die Uhr zeigte ihr jedoch, dass sie jetzt Frau Paul, die Sachbearbeiterin bei der Krankenkasse, zurückrufen konnte. Sarah wartete, bis die Wohnzimmertür hinter Marcel zugefallen war, dann griff sie zum Telefon und suchte die Nummer heraus. Nach dem zweiten Klingeln meldete sich Nadine Paul. Sarah versuchte, an ihrem Tonfall zu erkennen, ob sie gute oder schlechte Nachrichten für sie hatte, doch sie klang freundlich und neutral wie bei ihrem Gespräch am Mittag. Sie bedankte sich sogar dafür, dass Sarah sich noch mal bei ihr meldete. Dabei war sie es, die längst Feierabend haben musste.

»Frau Peschke«, begann sie dann und Sarah sank das Herz in die Hose. »Ich habe mich über diese direkte Chemotherapie informiert und muss Ihnen sagen, dass es sich dabei um eine Therapieform handelt, die bislang nicht wissenschaftlich belegt ist. Im Gegenteil: Die Behandlung ist mit zahlreichen Risiken behaftet und noch nicht ausreichend erforscht. Sie ist in unserem Leistungskatalog nicht verzeichnet, weil wir diese Therapie unseren Patienten nicht guten Gewissens empfehlen können.«

»Nicht mal wenn es keine Alternative gibt? Wenn man so verzweifelt ist, dass man alles ausprobieren möchte?« Sarahs Stimme brach.

»Frau Peschke, ich verstehe, dass Sie sich Hoffnung gemacht haben. Vielleicht gibt es Einzelfälle, die gut ausgegangen sind. Wobei wir auch dort nicht wissen, ob es an der Therapie oder anderen Parametern lag. Das ist einfach noch nicht genügend mit Zahlen belegt.« Nadine Paul räusperte sich. »Wir können nicht die Verantwortung dafür übernehmen, dass sich unsere Patienten einer nicht ausreichend erforschten Behandlungsmethode unterziehen.«

»Sie wollen doch vor allem nicht die Kosten dafür übernehmen!« Sarah musste sich zusammenreißen, um nicht laut zu schreien. Marcel durfte sie nicht hören.

»Frau Peschke, das eine hat mit dem anderen nichts zu tun! Wir zahlen sehr wohl für jegliche Therapie, die geboten ist. Leider befindet sich Ihr Mann in einem so fortgeschrittenen Krankheitsstadium, dass nicht mehr viele Optionen bleiben.«

»Ich verstehe. Sie zahlen gern, um ihm sein Sterben zu erleichtern, aber Sie sind nicht bereit, etwas mehr Geld in die Hand zu nehmen, um vielleicht sein Leben zu retten!«

»Sie sagen es selbst, Frau Peschke, sein Leben könnte durch diese Therapie nur *vielleicht* gerettet werden. Wir wissen nicht, ob die Therapie nicht auch einen früheren Tod bedingen kann.«

»Warum lassen Sie es uns nicht einfach ausprobieren?«, rief Sarah verzweifelt.

»Es steht Ihnen natürlich frei, diese Therapie auf eigene Kosten durchführen zu lassen.«

»Wissen Sie, was das kostet?«

»Ich habe mich erkundigt. Der Preis ist für uns ein weiteres Indiz dafür, dass die Klinik, die die Behandlung anbietet, möglicherweise nicht seriös ist.«

Auch Sarah hatte recherchiert.

»Ich bin keine Ärztin, ich kann das nicht beurteilen. Aber anscheinend sind die Medikamente so teuer.« Sie schluckte. »Damit sind wir wohl bei der Frage, wie viel ein Menschenleben wert ist ...«

»Frau Peschke ... so dürfen Sie das nicht sehen!«

»Wie soll ich es denn sonst sehen? Sie verurteilen meinen Mann, den Menschen, den ich über alles liebe, zum Tod, obwohl es eine Möglichkeit gäbe, sein Leben zu retten.«

»Frau Peschke, nicht wir verurteilen ihn zum Tod, sondern diese heimtückische Krankheit! Wenn der Krebs sich einmal so weit im Körper festgesetzt hat, ist es leider meistens zu spät.«

»Und wenn es Ihr Mann wäre? Würden Sie dann nicht auch alles versuchen? Auch eine Therapie, die vielleicht noch nicht hundertprozentig wissenschaftlich erforscht ist, die aber schon einigen Menschen das Leben gerettet hat?«

Das Schweigen am anderen Ende der Leitung war Antwort genug.

»Sehen Sie! Und deshalb möchte ich nichts unversucht lassen.«

»Haben Sie die Möglichkeit, sich das Geld zu leihen?«, fragte Nadine Paul.

»150.000 Euro? Wie stellen Sie sich das vor? Keine Bank der Welt leiht einem so viel Geld, wenn man nicht mindestens eine Immobilie als Sicherheit zu bieten hat. Und leider kenne ich auch niemanden, der mal eben so eine Summe verleihen kann.«

»Es tut mir leid.«

Die Frau von der Krankenkasse schien wirklich Mitleid mit Sarah zu haben. Doch das brachte ihr auch nichts. Sie brauchte kein Mitleid, sie brauchte Geld.

»Ich wünsche Ihnen alles Gute ...«, setzte Nadine Paul an.

»Danke! Auf Wiederhören!« Sarah legte auf. »Und ich wünsche Ihnen die Pest an den Hals!«, sagte sie halblaut. Sie wusste, dass die Frau auch nichts dafür konnte, dass sie nicht diejenige war, die die Entscheidung darüber fällte, ob die Krankenkasse für eine Therapie bezahlte oder nicht, doch sie war diejenige, die Sarah Marcels Todesurteil überbracht hatte. Ob ihre Eltern ihr das Geld leihen konnten? Sarah war bereit, über ihren Schatten zu springen, ihre bösen Worte von damals zu vergessen und Kontakt zu ihnen aufzunehmen. Doch realistisch betrachtet wäre es ein Wunder, wenn sie plötzlich über so viel Geld verfügen könnten. Und ein noch größeres Wunder, wenn sie bereit wären, es ihr für Marcel zu geben, den sie aus tiefstem Herzen hassten.

Sarah wischte sich die Tränen vom Gesicht. Wenn Plan A nicht möglich war, dann sollte es also Plan B werden. Die kleine Pension an der Nordsee. Marcel freute sich darauf. Es war sein Wunsch. Sie würden das Beste daraus machen. Aus jeder einzelnen Minute, die ihnen zusammen blieb.

Als Erstes wollte sie ihm jetzt sein Lieblingsessen kochen, ein indisches Curry aus dem Wok. Sarah ging in den Flur, um die Einkäufe, die sie dort abgelegt hatte, in die Küche zu tragen. Sie warf einen Blick durch die angelehnte Schlafzimmertür, um zu sehen, ob Marcel schlief. Dann würde er erst später essen wollen.

Doch Marcel schlief nicht. Er krümmte sich im Bett zusammen. Sein Gesicht war schmerzverzerrt und von einem Schweißfilm überzogen. Er stöhnte leise, als wolle er nicht, dass Sarah ihn hörte. Sie sollte nicht sehen, dass er litt, weil er wusste, dass sie dann auch leiden würde.

Es half nichts. Auch wenn er es nicht wollte, würde sie ihm jetzt eine weitere Ladung Morphin verpassen. Sie konnte nicht zulassen, dass er solche Schmerzen aushielt, nur um für sie den Helden zu spielen.

Sie ging ins Bad und griff nach der Morphin-Packung. Selbst wenn ihn das Schmerzmittel in Trance versetzte, immerhin musste er keine Schmerzen ertragen. Doch wie sollte er in diesem Zustand an die Nordsee reisen?

»Wir hätten Torsten Schilling vorhin schon mitnehmen sollen«, meinte Henri zu Lenz. Sie waren in seinem Dienstwagen unterwegs nach Grünwald. Der Scheibenwischer quietschte über die Windschutzscheibe. Das Gewitter war weitergezogen, doch es regnete noch immer. »Ich ärgere mich über mich selbst, dass ich mich von seiner Hilfsbereitschaft habe einlullen lassen. Er war dermaßen kooperativ ...«

»Seine Erklärungen klangen plausibel. Er schien einzig und allein besorgt zu sein, dass die Vernissage seiner Frau heute Abend gestört werden könnte. Was nun definitiv der Fall sein wird!« Lenz zog sein Handy aus der Tasche. »Ich gebe meinem Vater Bescheid, dass es später wird.«

Henri wartete, bis Lenz mit Hans telefoniert hatte, dann rief er über die Freisprechanlage zu Hause an. Anna ging ans Telefon.

»Wie war dein Tag?«, fragte Henri.

»Gut!« Anna lachte. »Ich war mit ...« Sie zögerte. »Ich musste in Mathe an die Tafel und die Hausaufgabe vorrechnen. Es war alles richtig, was ich gestern mit Elisa ausgerechnet hatte. Ich habe dafür eine gute mündliche Note bekommen.«

»Das ist super! Du solltest dich bei Elisa noch mal bedanken.«

»Hab ich schon! Sie ist gerade heimgekommen. Jetzt zieht sie sich die nassen Sachen aus, aber dann kommt sie gleich wieder runter und lernt Französisch mit mir.«

»Das ist sehr nett von ihr.«

Henri wusste, dass es eigentlich seine Aufgabe war, mit Anna zu lernen. Doch wann sollte er das tun? Er würde sich auch bei Elisa bedanken. Es war nicht selbstverständlich, dass sie zwei Abende hintereinander für Anna opferte. Ob sie ihm beweisen wollte, dass sie es ernst meinte mit ihrem Freundschaftsangebot? Eine Art von Freundschaft, die sicher auch schön war. Aber das war nicht das, was Henri sich vorstellte.

»Vielleicht könnt ihr Elisa im Gegenzug wieder zum Essen einladen?«

»Ich weiß nicht, ob Oma genug gekocht hat, aber ich kann sie ja mal fragen.«

»Ihr könnt Elisa meine Portion geben. Bei mir wird es heute später.«

»Schon wieder!«

»Sieht so aus, als könnten wir gleich noch eine Verhaftung vornehmen. Dann ist der Fall vermutlich schnell abgeschlossen.«

»Bist du dann morgen Abend da?«

»Ich hoffe doch sehr! Sag Oma liebe Grüße.« Henri räusperte sich. »Und Elisa auch.«

»Mach ich.«

Anna legte auf.

»Nachdem du gerade dein Abendessen so großmütig weitergegeben hast, sollten wir uns vielleicht schnell noch was auf die Hand holen«, meinte Lenz. »Wer weiß, wie lang die Nacht wird.«

Sie hielten kurz bei einem Imbiss und kauften sich Fischsemmeln, die sie auf dem Weg nach Grünwald verzehrten.

»Autofahren und Essen verträgt sich nicht«, sagte Henri, als ein Stück des frittierten Fischs auf seiner Hose landete.

Lenz lachte.

»Karen wird nicht begeistert sein.«

»Wegen des Flecks?«

»Wegen deiner ungesunden Ernährung. Über die der Fettfleck eine klare Sprache spricht.« Lenz konnte seine Schadenfreude nicht verbergen.

»Was soll man machen? Ich wäre jetzt auch lieber zu Hause und würde mit Karen und Anna was Gesundes essen.«

Und mit Elisa. Ob das Essen gesund war, war nebensächlich.

»Ja, genau, etwas Rohkost mit einem Kräuterdip«, spottete Lenz. »Das kann ich mir gut vorstellen ...«

Henris Handy klingelte über die Freisprechanlage, mit der es noch immer verbunden war. Das Display auf der Mittelkonsole zeigte Arnies Nummer an. Henri hob ab.

»Hallo, Arnie. Hast du gute Nachrichten für uns?«

»Das kommt auf die Definition von gut an, weißt du. Man könnte das so oder so sehen ...«

»Hör auf, drumherum zu reden! Ist das Haar von Vanessa oder nicht?«

»Es ist von ihr. Die im Labor sind sich ziemlich sicher.«

»Was heißt ziemlich?«

»97 Prozent.«

»Okay, das reicht uns.«

»Viel Erfolg!«

Arnie legte auf. Henri scrollte nach Marius' Nummer, um ihn damit zu beauftragen, sich um den Haftbefehl zu kümmern.

»Ich mach schon«, sagte Lenz, der nervös wurde, wenn Henri beim Fahren nicht auf die Fahrbahn schaute. Prompt kam ihnen ein Krankenwagen mit Blaulicht und Martinshorn entgegen und Lenz sah Henri vielsagend an.

»Du wolltest Marius anrufen, oder?«

Er hatte das Gespräch mit Marius gerade beendet, als sie in die Straße einbogen, in der die Schillings wohnten. Henri parkte vor dem Haus und sie stiegen aus. Lenz drückte auf die Klingel.

»Ja?«, erklang kurz darauf eine fragende weibliche Stimme.

»Kripo München, wir müssten dringend mit Herrn Schilling sprechen.« Lenz hielt seinen Ausweis vor die Überwachungskamera.

»Er ist nicht da.«

»Sind Sie Simone Schilling?«

»Das ist meine Schwiegertochter. Mein Mann und ich sind heute bei den Kindern, während mein Sohn und Simone bei der Vernissage ihrer Ausstellung sind. Wissen Sie, meine Schwiegertochter ist Künstlerin.«

»Ja, davon habe ich gehört. Können Sie uns die Adresse der Galerie geben, wo die Vernissage stattfindet?«

»Natürlich, das ist eine Galerie in Solln.«

Sie beschrieb ihnen den Weg dorthin.

»Aber Sie werden doch nicht bei der Vernissage stören? Das ist eine wichtige Sache für meine Schwiegertochter.«

»Wir müssen mit Ihrem Sohn reden. Das duldet leider keinen Aufschub.« Ob sie dabei die Vernissage stören würden, war für Henri nebensächlich. Die Verdachtsmomente gegen Torsten Schilling waren inzwischen so erdrückend, dass sie keine Rücksicht mehr auf die sensible Künstlerseele seiner Frau nehmen konnten.

Elisa hängte die nassen Kleider über die Dusche. Sie hatte das Gewitter in der Redaktion abgewartet, doch auf dem Heimweg war sie von einem heftigen Schauer erwischt worden. In diesem Moment hatte sie sich selbst verflucht, dass sie Andrés Angebot abgelehnt hatte und nicht auf einen Afterwork-Drink mit ihm in eine Bar in der Nähe der Redaktion gegangen war. Sie war vollkommen durchnässt in Karens Elysium angekommen. Nach einer heißen Dusche schlüpfte sie in trockene und bequeme Kleider und ab diesem Moment war sie froh, dass sie nicht mit André in einer Bar saß, Konversation machen und sich seiner immer deutlicheren Avancen erwehren musste.

Lieber wollte sie weiter recherchieren. Das Bild, das sie von Vanessa in ihrem Artikel gezeichnet hatte, fand Elisa nicht überzeugend. Sie hatte Fakten aneinandergereiht und interpretiert, doch es schien ihr, dass sie die junge Frau noch nicht richtig zu greifen bekommen hatte. Sie hatte die Adresse von Vanessas Ex-Freund Nicolas von Staudt herausgefunden und war auf dem Heimweg bei ihm vorbeigefahren, doch er war nicht zu Hause gewesen. Sie hatte gehofft, von ihm mehr über Vanessas Leben zu erfahren, über mögliche Freunde und Feinde. Seine Wohnungsnachbarin vermutete, dass er übers Wochenende heim zu seinen Eltern gefahren war. Elisa wollte trotzdem am nächsten Morgen noch mal bei ihm vorbeischauen. Außerdem hatte sie vor, im Internet nach ihm zu suchen. Das Mitteilungsbedürfnis in den sozialen Netzwerken wurde bei ihren Recherchen immer hilfreicher. Manche Leute posteten dort sogar Informationen, die für Strafverfolgungsbehörden interessant waren.

Doch vor der Internetrecherche war Anna dran. Sie war aus der Wohnung im Erdgeschoss gestürzt, als Elisa nach Hause gekommen war, und hatte ihr erzählt, dass sie mit der Hausaufgabe von gestern eine gute mündliche Note in Mathematik bekommen hatte. Sie war sehr stolz gewesen. Elisa hatte ihr versprechen müssen, sich mit dem Duschen zu beeilen.

Elisa lief die Treppe hinunter und klopfte an die Wohnungstür. Karen öffnete.

»Sie brauchen doch nicht anzuklopfen, Elisa! Kommen Sie einfach rein! Es ist so nett von Ihnen, dass Sie Anna beim Lernen helfen! Bärchen hat ja nie Zeit und ich kenne mich mit dem ganzen Kram nicht aus. Und wenn Sie mit dem Lernen fertig sind, dann müssen Sie unbedingt mit uns essen! Ich bestehe darauf! Ich habe frisches Brot gebacken und einen Avocadoaufstrich gemacht und jetzt bereite ich gerade noch einen Salat vor ...«

»Ja, du musst mit uns essen, Elisa!«, unterbrach Anna, die von der Veranda hereinkam, den Redeschwall ihrer Großmutter. »Papa hat angerufen, dass es bei ihm wegen einer Verhaftung später wird, es ist also reichlich Essen da!«

»Wegen einer Verhaftung?« Elisa sah Anna fragend an. Henri war bereits dabei, jemanden zu verhaften!?! »Geht es um den Mord an der jungen Frau aus der Isar?«

Anna zuckte mit den Achseln.

»Keine Ahnung, das hat er nicht gesagt. Nur dass es später wird.« Sie grinste. »Ach ja, er hat außerdem gesagt, dass ich dir schöne Grüße ausrichten soll.«

»Schöne Grüße?«

»Ich schätze, er ist froh, dass du mit mir lernst. Komm, wir setzen uns auf die Veranda. Unter dem Dach ist es trocken.«

Der Regen hatte die schwül-heiße Luft des Tages weggewaschen. Es war angenehm kühl auf der Veranda. Anna ließ sich auf das große Rattansofa fallen, Elisa setzte sich ihr gegenüber auf einen der Sessel.

»Diesmal habe ich den Stoff wirklich gut gelernt!«, kündigte Anna an. Sie lachte.

»Das hoffe ich!«

Anna machte keinen einzigen Fehler. Es war Elisa, die immer wieder in der Spalte verrutschte oder Begriffe doppelt abfragte. Sie war nicht bei der Sache.

Wenn Henri jetzt schon jemanden verhaften konnte, dann musste das mit seinem Besuch in der Spielbank zusammenhängen, oder? Der Chip, den die Tote bei sich gehabt hatte, war möglicherweise die entscheidende Spur gewesen. Unauffällig linste Elisa auf ihre Armbanduhr. Der Redaktionsschluss stand kurz bevor. Selbst wenn Henri jetzt heimkäme, würde es schwierig werden, noch etwas an der morgigen Ausgabe der *Morgenzeitung* zu ändern.

Elisa war froh, als sie mit dem Abfragen fertig war und Annas Französischbuch zuklappen konnte. Auch Anna wirkte erleichtert.

»Ich muss dir was erzählen, Elisa!«, platzte sie heraus.

»Du siehst sehr happy aus. Was ist passiert?«

»Tim hat mich heute geküsst.« Sie strahlte.

»Erzähl!«

»Wir waren im Park, sind mit Luna herumgelaufen. Dann haben wir uns an einem der kleineren Wege, wo nicht so viel los ist, auf eine Bank gesetzt und geredet. Na ja, geredet haben wir eigentlich nicht lange. Tim hat mir den Arm um die Schultern gelegt und mich einfach geküsst. Es war voll schön! Ich hatte richtig Schmetterlinge im Bauch!« Annas Augen leuchteten inmitten des dunklen Make-ups wie zwei Sterne.

»Das freut mich für dich, Anna. Dann seid ihr jetzt offiziell zusammen?«

Anna senkte den Blick.

»Also ... ich weiß nicht ... wir haben nicht so richtig darüber gesprochen. Er hat gesagt, dass er es schön mit mir findet. Aber ich weiß nicht, ob er das gleich an die große Glocke hängen will. Seine Kumpels sind ein bisschen komisch, was das angeht ... Die wollen keine Mädchen in ihrer Clique haben.«

»Ist es für dich so okay?«

Anna lächelte.

»Ja! Ich mag Tim und bin gern mit ihm zusammen. Er ist lustig. Und er kann gut küssen.«

Sie wurde rot.

»Nur küssen?«

»Elisa! Ich bin vierzehn.«

»Ich frag ja nur.« Elisa beugte sich nach vorn und strich sanft über Annas Arm. »Manchmal ist es nur ein kleiner Schritt vom Küssen zu mehr und dann solltest du vorbereitet sein. Ich kann mir vorstellen, dass es dir peinlich ist, mit deiner Oma oder deinem Vater über Verhütung zu sprechen, aber es ist zu wichtig, um *nicht* darüber zu sprechen.«

»Wir haben in der Schule drüber geredet.«

»Das ist gut!«

Elisa sah, dass Anna zögerte. Sie wartete.

»Tim hat mich auch gestreichelt, hier und hier.« Sie deutete auf ihre Brust und ihren Hintern. »Er hat gesagt, dass er meinen Körper schön findet!«

Annas Körper, den sie selbst bei dem heißesten Wetter in ihrer unförmigen schwarzen Montur versteckte? Der Junge musste hellseherische Fähigkeiten haben.

»Meinst du, dass Tim schon viel Erfahrung mit Mädchen hat?«

»Keine Ahnung. Ich habe ihn immer nur mit seinen Kumpels rumhängen sehen.« Anna wurde erneut rot. »Er war ziemlich stürmisch.«

»Würdest du denn überhaupt mehr wollen?«

Elisa wusste, dass Anna vor allem Tim gefallen wollte. Sie hob die Schultern und ließ sie wieder sinken.

»Eigentlich nicht. Ich fand das Küssen schön. Das reicht mir erst mal.«

»Und wenn es nicht mehr reicht, dann sagst du Bescheid, okay? Dann gehe ich mit dir Kondome kaufen, wenn es dir zu peinlich ist, ja? Ich weiß noch, dass mir das alles damals extrem peinlich war.«

»Mit Oma könnte ich darüber nicht reden, so viel steht fest.« Anna wippte mit dem Fuß. »Tim ist so süß! Wenn er lacht, hat er hier so kleine Grübchen.

Er spielt ziemlich viel Fußball. Deshalb ist er voll durchtrainiert, hat knallharte Muskeln ...«

Karen steckte den Kopf durch die Verandatür.

»Seid ihr fertig mit dem Lernen?«

»Anna ist topfit für ihren Test.«

»Dann lasst uns essen.«

Anna sammelte ihre Schulsachen ein. Sie folgten Karen ins Haus. Der Esstisch war üppig gedeckt und sah einladender aus als alles, was Elisa in ihrer Wohnung zustande gebracht hätte. Außerdem war es sehr viel unterhaltsamer, mit Anna und Karen zu essen als oben allein am Tisch zu sitzen. Nach dem Essen ließ sich Elisa schnell überreden, noch zu bleiben und mit ihnen die Chartshow im Fernsehen anzuschauen. Immerhin bestand die Möglichkeit, dass sie von Henri Informationen aus erster Hand bekam, wenn er heimkam.

»Meinst du, die Schwiegermutter ruft bei Torsten Schilling an und warnt ihn vor, dass wir kommen?«, fragte Lenz Henri.

»Wir wollen's nicht hoffen. Laut Navi müssten wir in zehn Minuten dort sein.«

»Sieht schlecht aus.«

Lenz deutete auf die Wagenkolonne, die auf der Oberhachinger Straße, in die sie abbiegen mussten, zu sehen war.

»Was machen die alle hier am Freitagabend?«

»Vielleicht hat es einen Unfall gegeben? Vorhin kam uns doch der Krankenwagen entgegen.«

»Ausgerechnet jetzt!« Henris Finger trommelten auf dem Lenkrad. Mit der anderen Hand tippte er auf dem Navi herum, um sich auf der Karte anzusehen, ob sie den Stau umfahren konnten. »Warten wir ab, ob es nach der Kreuzung besser wird und ob wir über die Isarbrücke rüber zur B11 fahren können.«

Nur quälend langsam ging es weiter. Sie standen gefühlte Ewigkeiten auf einem Fleck, bis sich die Autoschlange wieder ein Stück weiterschob. Als sie zehn Minuten später an der Kreuzung zur Südlichen Münchner Straße angekommen waren, sahen sie, dass die wenigsten Autofahrer sich dafür entschieden, geradeaus in Richtung Isarbrücke weiterzufahren. Dort schien gar nichts mehr weiterzugehen.

Lenz drehte die Lautstärke des Polizeifunks, den sie gewöhnlich ignorierten, hoch und griff nach dem Funkgerät, um zu fragen, was los war, doch aus dem Lautsprecher kam bereits die Antwort.

»...fall auf der Dr.-Carl-von-Linde-Straße.« Es knisterte. »Alle verfügbaren Einheiten zur großräumigen Sperrung der Straße melden.«

Der Wagen vor Henri bog nach rechts ab. Henri zögerte; der Fahrer des Wagens hinter ihm, der ebenfalls abbiegen wollte, hupte.

»Können wir den Unfall nicht irgendwie umfahren?«

Lenz klang betont beiläufig. Er schien an den Tag zu denken, als sie durch eine Meldung im Polizeifunk von Claires und Jonathans tödlichem Unfall gehört hatten.

»Ich kenn mich hier nicht aus und will lieber keine Zeit verlieren.«

Henri ließ den Wagen über die Kreuzung rollen und zog dabei das mobile Blaulicht unter dem Sitz hervor.

»Wofür haben wir das Ding denn?«

Einen Moment später war das Blaulicht auf dem Dach befestigt. Es nieselte leicht, Henri zog schnell die Hand zurück und schloss das Fenster bis auf einen schmalen Spalt. Er schaltete Blaulicht und Martinshorn ein und fuhr an den stehenden Autos vorbei nach vorn. Der Stau zog sich die ganze Emil-Geis-Straße entlang bis über die Grünwalder Brücke. Dann konnten Henri und Lenz die Unfallstelle sehen. Ein schwarzer BMW X5 lag umgekippt mit den Rädern nach oben. Wie eine Ziehharmonika waren das Dach und die Motorhaube zusammengeschoben. Überall lagen Scherben und Blechteile auf der Straße. Ein zweites Auto war nicht zu sehen, anscheinend war der BMW die Böschung herabgestürzt. Er hatte eine Spur aus umgeknickten Bäumchen und aufgewühlter Erde hinterlassen.

Henri fuhr näher an die Unfallstelle heran und sah, dass er sie nicht passieren konnte, denn neben dem Autowrack stand ein Krankenwagen und blockierte die andere Straßenseite. Die Sanitäter waren gerade dabei, eine Person aus dem BMW zu bergen. Hinter der Unfallstelle standen zwei Streifenwagen, mehrere Beamte in Uniform schwirrten herum und versuchten, die Schaulustigen, die aus ihren Autos ausgestiegen waren, fernzuhalten. Einer der Uniformierten kam zu ihnen. Henri ließ das Autofenster herunter und zeigte dem Kollegen seinen Ausweis.

»Kripo, wir sind auf dem Weg zu einer Verhaftung. Dauert es noch länger, bis wir hier durchkönnen?«

»Ich glaube nicht. Sieht so aus, als ob die Frau gleich ins Krankenhaus gebracht werden kann, dann ist der Krankenwagen weg. Es ist noch kein Leichenwagen da, um den Toten abzutransportieren.«

Er deutete mit dem Kopf zu der Böschung. Dort lag der Körper eines Mannes. Er hatte eine Kopfwunde und mehrere Schnittwunden, überall auf seinem weißen Hemd war Blut zu sehen. Henri drehte den Kopf weg, genauso hatte Jonathan auf den ersten Blick auch ausgesehen.

»Was ist passiert?«, fragte er den jungen Verkehrspolizisten.

»Wir nehmen an, dass der Wagen dort oben mit überhöhter Geschwindigkeit von der regennassen Fahrbahn abgekommen ist. Die Leitplanken werden gerade ausgetauscht, deshalb wurde der Wagen nicht aufgehalten und ist anscheinend geradewegs gegen einen Baum geprallt, bevor er die Böschung runtergestürzt und umgekippt ist. Es war kein zweites Auto in den Unfall verwick...«

»Das ist Torsten Schilling!«, rief Lenz plötzlich und zerrte sich den Gurt vom Leib. »Die grauen Haare, das weiße Hemd, die dunkle Anzughose.«

Er stürzte aus dem Auto, Henri und der Beamte folgten ihm. Erst jetzt sah Henri, dass der Mann mit völlig verdrehten Gliedern auf dem Boden lag, es sah aus, als sei er aus dem Auto geschleudert worden. Es *war* Torsten Schilling. Seine blauen Augen waren weit aufgerissen, der Schädel an der Seite merkwürdig verformt. Hose und Hemd waren nass und schmutzig, als sei der Körper die Böschung heruntergerollt. Und überall war Blut.

»Das gibt es doch nicht!« Lenz sah Henri ungläubig an. »Das ist der Mann, den wir verhaften wollten«, erklärte er dem Verkehrspolizisten.

Henri drehte sich zum Wrack des BMW um, aus dem die Sanitäter inzwischen eine blonde Frau gezogen und auf eine Trage verfrachtet hatten. Sie blutete aus einer Wunde am Kopf. Das musste Simone Schilling sein.

»Was ist mit ihr?«

»Sie ist bewusstlos. Sie war zwar angeschnallt, aber es sieht nicht gut aus. Ich nehme an, sie bringen sie nach Harlaching.«

Henri sah den Beamten fragend an.

»Torsten Schilling war demnach nicht angeschnallt?«

»Nein, er muss aus dem Wagen katapultiert worden sein.«

Henri und Lenz wechselten einen Blick.

»Ihr habt nicht zufällig sein Handy irgendwo gefunden, dass man nachprüfen könnte, ob er gerade einen Anruf bekommen hat?«

Der junge Kollege schüttelte den Kopf. Lenz sah Henri an und riss die Augen auf. »Du meinst, dass er absichtlich gegen den Baum gefahren ist, nachdem seine Schwiegermutter ihm Bescheid gesagt hat, dass wir ihn sprechen möchten?«

Henri hob die Schultern.

»Auszuschließen ist es nicht. Ich denke, wir sollten noch mal mit ihr reden.«

»Mit wem?«, fragte der Verkehrspolizist.

»Mit der Mutter des Mannes. Wir kommen gerade von dort.«

»Dann übernehmt ihr die Information der Familie?«

Henri nickte. Er tauschte mit dem Beamten seine Kontaktdaten aus. Durch den Regen gingen Henri und Lenz zurück zum Auto.

»Heute findet wohl keine Vernissage statt«, stellte Lenz fest.

Es war bereits das dritte Mal an diesem Tag, dass sie vor der Villa der Schillings ins Auto stiegen, dachte Lenz. Beim ersten Mal hatten sie nur einen vagen Verdacht gehabt, beim zweiten Mal waren sie dem Täter knapp auf den Fersen gewesen und jetzt – beim dritten Mal – war ihr Fall gelöst, wenn auch auf eine andere Art als ihnen lieb war. Ein Geständnis wäre befriedigender gewesen als ein weiterer Todesfall.

Die Eltern von Torsten Schilling hatten vollkommen hysterisch auf die Nachricht vom Unfall ihres Sohnes und ihrer Schwiegertochter reagiert. Henri hatte darauf bestanden, erst mit den Eltern allein zu sprechen, ohne die drei halbwüchsigen Kinder. Doch kaum hatten die Großeltern erfahren, was passiert war, waren sie in lautes Wehklagen ausgebrochen und hatten ihren Gefühlen freien Lauf gelassen, ohne sich über die der Kinder Gedanken zu machen. Das Mädchen und die zwei Jungen hatten es nicht mehr im Nebenraum, in den sie geschickt worden waren, ausgehalten und waren zu ihnen ins Wohnzimmer zurückgekommen. Als sie ihre Großeltern sahen, wussten sie sofort, dass etwas Schreckliches passiert war. Das Mädchen und der kleinere Junge waren in Tränen ausgebrochen, der ältere Junge hatte vergeblich darum gekämpft, die Fassung zu bewahren. Er hatte als Einziger genauer erfahren wollen, was passiert war.

Als die Großeltern darauf drängten, sofort ins Krankenhaus aufzubrechen, hatte Lenz den Eindruck, dass sie den Tod ihres Sohnes nicht wahrhaben konnten und wollten. Lieber im Krankenhaus am Bett der Schwiegertochter sitzen als sich damit auseinandersetzen, dass Torsten tot war. Auch Henris Hinweis, dass Simone Schilling sehr wahrscheinlich operiert wurde und sie gar nicht zu ihr konnten, hielt ihre Schwiegereltern nicht davon ab, die Enkel zur Eile anzutreiben.

Immerhin konnten Henri und Lenz sie dazu bringen, Simones Eltern und den Galeristen, bei dem die Vernissage stattfinden sollte, zu verständigen. Außerdem erfuhren sie, dass Torstens Mutter ihren Sohn nicht angerufen hatte, um ihm zu sagen, dass die Polizei ihn dringend sprechen wollte.

»Ich bin froh, dass sie das nicht getan hat. Irgendwie hätte ich mich schuldig gefühlt, wenn er wegen unserer Ermittlungen diesen Unfall gebaut hätte«, sagte Lenz, als sie im Auto saßen.

»Wir wissen immer noch nicht, ob er mit Absicht gegen den Baum gefahren ist«, meinte Henri und startete den Wagen. »Wenn ihn unsere Fragen am Nachmittag so unter Druck gesetzt haben ...«

»Das hätte er doch nicht getan, wenn seine Frau neben ihm saß. So wie ich das verstanden habe, hat er sie angebetet.«

»Eine Kurzschlusshandlung?«

»Oder es war nur ein ganz normaler Unfall.«

Henri sah Lenz fragend an und zog dabei eine Augenbraue hoch.

»Was immer ein ganz normaler Unfall sein mag ...«

Er wandte den Blick wieder nach vorn auf die Fahrbahn. Obwohl sich der Stau an der Emil-Geis-Straße inzwischen aufgelöst hatte, fuhr Henri nicht geradeaus Richtung Isarbrücke, sondern bog nach rechts auf die Südliche Münchner Straße ab. Vermutlich wollte er nicht noch mal an der Unfallstelle vorbeifahren. Was immer dort für ihre Ermittlungen von Interesse war, würde die Spurensicherung für sie dokumentieren.

»Sieht so aus, als könnten wir den Mord an Vanessa mit Torsten Schillings Tod abschließen.«

Henri nickte. »Ich mag es zwar nicht, wenn noch Fragen offenbleiben, auf die wir wahrscheinlich niemals eine Antwort erhalten werden. Aber Torsten Schillings offensichtlich erlogenes Alibi und Vanessas Haar in seinem Wagen lassen keine andere Schlussfolgerung zu, als dass er der Täter ist.«

»Welche Fragen sind für dich noch offen? Denkst du nicht auch, dass er Vanessa aus der Spielbank gefolgt ist, um ihr das Geld abzunehmen? Dass sie Sex hatten und das dabei was schiefgelaufen ist ...«

»Warum hätte er mit ihr schlafen sollen? Er hätte ihr das Geld doch auch einfach so abnehmen können.«

»Vielleicht war ihm klar, dass er sie loswerden musste, damit sie ihn nicht anzeigen konnte.«

»Und deshalb hat er mir ihr Sex gehabt und das Ganze dann wie eine verunglückte SM-Nummer ausgehen lassen? Ich weiß nicht ...«

Bei ihrem letzten Fall hatten sie es mit einem vorgetäuschten Sexualdelikt zu tun gehabt. Der Täter hatte sich nicht wirklich an seinem minderjährigen Opfer vergangen, sondern nur versucht, die Tat wie einen Sexualmord aussehen zu lassen.

»Wir sollten uns morgen noch mal die Aufzeichnungen der Sicherheitskameras in der Spielbank vornehmen und uns ansehen, wann genau die beiden das Gebäude verlassen haben und ob sie zusammen gegangen sind. Torsten Schilling hat uns vermutlich auch in diesem Punkt belogen. Wir brauchen stichhaltige Beweise, um rekonstruieren zu können, was passiert ist.«

»Was genau beim Unfall geschehen ist, wird uns Simone Schilling sagen können, wenn sie aufwacht.«

»Sofern sie je wieder das Bewusstsein erlangt ...«

»Ich finde es merkwürdig, dass Torsten Schilling nicht angeschnallt war«, überlegte Lenz. »Das könnte ein Indiz dafür sein, dass er absichtlich den Wagen von der Straße gelenkt hat. Wenn er vorhatte, sich umzubringen, dann war ihm klar, dass er erheblich schwerer verletzt werden würde, wenn er nicht angeschnallt war.«

Henri antwortete nicht. Sein Sohn Jonathan war damals auch nicht angeschnallt gewesen. Er war aus dem Auto geschleudert worden und hatte so schwere Verletzungen erlitten, dass er sofort tot gewesen war. Hätte Claire den Unfall überlebt, hätte Henri ihr schwere Vorwürfe gemacht, weil sie nicht darauf geachtet hatte, dass Jonathan sich anschnallte. Der Gutachter hatte später gesagt, dass Jonathan den Unfall überlebt hätte, wenn er angeschnallt gewesen wäre.

Henri sah geradeaus vor sich auf die Straße. Seine Kiefermuskeln waren angespannt, doch er sagte nichts. Schweigend fuhren sie über die Südliche Münchner Straße zurück in die Stadt.

»Zur U-Bahn oder zum Auto?«, fragte Henri.

»Zum Auto bitte. Ich habe morgen früh einen Arzttermin mit meinem Vater. Hab ihn extra auf die Sondersprechstunde am Samstag gelegt, in der Hoffnung, dass wir keinen akuten Fall haben.« Auch wenn Samstag war, würden sie sich am nächsten Tag im Büro treffen. Es gab noch genug zu tun, bevor sie die Akte Vanessa endgültig schließen konnten. »Jetzt, wo der Fall gelöst ist, ist das kein Problem, wenn ich später komme, oder?«

»Sicher nicht.«

Henri war entspannt, was die Arbeitszeiten seiner Mitarbeiter betraf. Er wusste, dass sie alle bei akuten Ermittlungen sehr viel mehr Stunden ableisteten, als in ihrem Vertrag stand.

Die Mordkommission hatte ihre Büros nicht im Polizeipräsidium, sondern in zusätzlich angemieteten Räumen in der Hansastraße. Henri ließ Lenz vor dem Gebäude aussteigen und fuhr von dort weiter nach Hause. Er würde in dieser Nacht vermutlich nicht viel schlafen. Bilder wie die am Unfallort weckten in ihm Erinnerungen an den Unfall von Claire und Jonathan und diese Erinnerungen lösten entsetzliche Alpträume aus. Henri sprach nicht viel darüber, doch Lenz wusste, dass er starke Schlafmittel einnahm, um wenigstens ein paar Stunden tief und fest schlafen zu können.

Lenz ging hinunter in die Tiefgarage zu seinem Auto. Er setzte sich hinters Steuer und schaltete das Radio an. Nach der Stille in Henris Wagen hatte er das Bedürfnis, andere Leute zu hören. Lenz rief kurz bei seinem Vater an, um ihn zu fragen, was er essen wollte. Hans freute sich, dass Lenz auf dem Heimweg war, und sagte, dass es ihm ganz egal sei, was er zum Essen mitbringe. Nur nicht unbedingt dieses merkwürdige asiatische Essen aus dem Pappbecher.

Im Radio kamen die Nachrichten. Henri hatte entschieden, erst am nächsten Tag die Presse zu informieren. Die meisten Zeitungen hatten bereits Redaktionsschluss gehabt, es machte also keinen Unterschied. Und auch mit Roman würde Henri nicht mehr reden. Der war in der Lage, am Freitagabend noch einen großen Zirkus zu veranstalten, nur um sich selbst zu ersparen, am Samstag ins Büro zu kommen. Mit Marius hatten sie schon gesprochen. Er sollte den Kontakt zum Krankenhaus halten, um zu erfahren, wie es Simone Schilling ging und wann sie ansprechbar war.

Lenz wählte Tanjas Handynummer.

»Hallo, Lenz!«

Sie klang atemlos.

»Stör ich?«

»Nein! Nein, überhaupt nicht! Gibt's was Neues?«

»Allerdings!«

Lenz erzählte Tanja, was passiert war, seit sie das Büro verlassen hatte. Sie hörte zu, ohne ihn zu unterbrechen.

»Bist du noch dran?«, fragte Lenz, als er geendet hatte.

»Ja. Ich bin sprachlos! Das war heute Nachmittag nicht abzusehen, dass der Fall so eine dramatische Wendung nehmen würde.« Sie seufzte. »Da wäre ich gern dabei gewesen.«

»Sag das nicht! An der Unfallstelle war es grauenvoll. Der Tote und seine verletzte Frau, das ganze Blut, die Scherben, das zertrümmerte Auto ...«

Lenz stockte und schwieg.

»Und Henris Kampf gegen seine eigenen Dämonen, nehme ich an?«, fragte Tanja behutsam. Auch sie kannte Henri inzwischen gut genug, um zu ahnen, was eine solche Situation für ihn bedeutete.

»Ja ... er war ziemlich fertig, hat auf der Rückfahrt so gut wie kein Wort mehr gesagt. Auch wenn es fast zwei Jahre her ist, wirft ihn so was immer noch aus der Bahn. Ich habe gar nicht mehr gewagt, über den Unfall zu reden, um ihn nicht noch mehr zu quälen ... Jetzt im Nachhinein bin ich nicht sicher, ob das richtig war. Vielleicht wäre es besser gewesen, darüber zu sprechen. Vielleicht *möchte* er darüber reden, vielleicht würde es ihm guttun?«

»Mach dir darüber keinen Kopf, Lenz. Ich bin überzeugt davon, dass er es sagen würde, wenn er darüber sprechen will. Du kennst doch Henri. Er zieht sich lieber zurück. Wenn, dann wärst sicher du derjenige, mit dem er reden würde. Du bist nicht nur sein Partner, sondern auch sein bester Freund!«

»Meinst du?«

»Davon bin ich überzeugt. Er weiß, dass er mit dir reden kann, wenn er das will. Du bist der beste Freund, den man sich denken kann!«

Lenz wurde rot und war froh, dass Tanja ihn nicht sehen konnte.

»Danke!«

»Ich danke dir, dass du mich angerufen hast!«

Henri lenkte den Wagen unter den Carport und machte den Motor aus. Er blieb sitzen, wollte noch nicht hineingehen. Er war nicht in der Stimmung, mit Anna zu scherzen oder sich Karens Vorwürfe anzuhören, weil er schon wieder erst spät nach Hause kam. Der Anblick des Unfallautos und des blutüberströmten Leichnams von Torsten Schilling hatte die Erinnerungen an Claires und Jonathans Tod wachgerufen. Nicht nur die Bilder, die sich auf immer in seinem Gedächtnis eingebrannt hatten, waren wieder präsent gewesen, sondern auch die Gefühle, die ihn damals überwältigt hatten. Torsten Schillings Eltern und Kinder hatten seinen Tod heute noch verdrängen können, als sie voller Sorge um Simone Schilling ins Krankenhaus aufgebrochen waren. Doch irgendwann in den nächsten Tagen würden sie die große schwarze Leere spüren, die er in ihrem Leben hinterließ. Man konnte nur hoffen, dass Simone Schilling überlebte und die Kinder nicht zu Vollwaisen wurden.

Es half nichts, Henri konnte nicht ewig im Auto sitzen bleiben. Vielleicht hatte er Glück, was bedeutete, dass Anna in ihrem Zimmer Musik hörte und Karen noch einen Spaziergang mit Luna und ihrer Freundin Gesa machte. Henri stieg aus. Elisas Fahrrad stand an der Hauswand. Mit *ihr* würde er gern den Rest des Abends verbringen, doch es war besser, ihr aus dem Weg zu gehen. Solange sie noch keine offizielle Pressemeldung herausgegeben hatten, durfte er nicht mit ihr über den Fall sprechen. Nicht auszudenken, was Roman ihm erzählen würde, wenn er ausgerechnet aus der *Morgenzeitung* erfuhr, dass der mutmaßliche Mörder bei einem Unfall ums Leben gekommen war.

Als Henri das Haus betrat, hörte er die Erkennungsmelodie der Chartshow. Natürlich. Es war Freitagabend und Anna liebte die Sendung, in der unter verschiedenen thematischen Schwerpunkten eine Zeitreise durch die Pop- und Rockgeschichte angetreten wurde. Henri erwog, sich direkt nach oben zu verziehen, doch wenn er nicht Bescheid gab, dass er da war, würde Karen sich irgendwann Sorgen machen.

Henri drückte die Klinke zur Erdgeschosswohnung nach unten und betrat das Wohnzimmer. Karen saß in einem der Sessel und strickte, Anna hatte sich auf dem Boden lang ausgestreckt. Auf dem Sofa saß Elisa und sah mit den beiden fern. Alle drei hoben synchron die Köpfe und sahen ihn an.

»Hallo, Ladys.«

»Papa!«

Henri beugte sich zu Anna hinunter und gab ihr einen Kuss. Sie umarmte ihn.

»Schaust du mit, Papa?«

»Lass deinen Vater doch erst mal ankommen«, ermahnte Karen Anna.

»Möchtest du noch was essen, Bärchen? Habt ihr den Täter gefasst?«

»Nein, ich möchte nichts essen. Wir haben uns unterwegs was geholt ... Aber danke.«

Karen bemerkte nicht, dass er ihre zweite Frage nicht beantwortet hatte. Elisa schon. Sie sah Henri fragend an.

»Möchtest du was trinken?«, fragte Karen. »Ich habe Elisa den Rest aus der offenen Weinflasche angeboten, aber du kannst ja noch eine aufmachen, wenn du willst.«

Henri schüttelte den Kopf.

»Lass mal.«

»Komm, Papa, schau mit«, forderte Anna ihn von Neuem auf. »Heute geht es um die besten One-Hit-Wonder. Das gefällt dir bestimmt.«

Henri setzte sich neben Elisa auf das Sofa.

»Was ist denn jetzt mit eurer Verhaftung?«, wollte Anna wissen.

»Frag nicht.« Henri fuhr sich durch den Bart. Vor Elisa würde er nichts erzählen, auch wenn sie ihn noch so gespannt ansah. Henri schaute zum Fernseher, tat so, als interessiere ihn die Sendung. Anna und Elisa unterhielten sich über die Musik, über die Interpreten und deren Frisuren und Kleider, Karen strickte, sie ließen Henri in Ruhe. Elisa schien zu merken, dass Henri immer noch angespannt war. Nach einer Weile schob sie das Weinglas, das vor ihr auf dem niedrigen Couchtisch stand, hinüber zu ihm.

»Ich glaube, du hast den Wein nötiger als ich«, sagte sie leise. »Oder nicht?«

»Kann sein.«

Sie nahm das Glas in die Hand und gab es ihm, dabei berührten sich ihre Finger. »Danke.«

Elisa lächelte und sah wieder zum Fernseher. Henri nahm einen Schluck. Der Wein war gut. Er trank noch einen Schluck und spürte, wie der Alkohol sich in seinem Körper ausbreitete. Dass er und Lenz etwas gegessen hatten, war schon eine Weile her. Doch Henri hatte keinen Hunger. Der Wein war jetzt genau richtig.

Henri lehnte sich zurück. Elisa sah ihn an.

»Besser?«

Er wandte sich zu ihr und sein Knie berührte ihr Bein.

»Viel besser!«

Sie sahen beide wieder zum Fernseher, doch Henris Knie blieb an Elisas Bein gelehnt. Es war, als übertrug sich ihre Ruhe auf ihn. Elisas Nähe war tröstlich und entspannend, ihre Gegenwart verdrängte die Unfallbilder aus seinem Kopf.

Teil 6

Am Wochenende war in den Büros der Mordkommission deutlich weniger los als sonst. Zwar waren auch Ermittler aus den anderen Teams da, doch das Sekretariat war nicht besetzt und auch Roman kam nur herein, wenn es sich nicht vermeiden ließ. Was sich direkt auf den Geräuschpegel auszuwirken schien.

Henri stellte die Kaffeemaschine an und unterhielt sich kurz mit einem Kollegen aus dem Nachbarteam über dessen aktuellen Fall. Mit einer Tasse Kaffee und den Croissants, die er sich unterwegs beim Bäcker geholt hatte, setzte er sich an den Schreibtisch. Er war extra früh aufgebrochen, um Roman eine fertige Pressemeldung präsentieren zu können, wenn er sich bei ihm meldete. Henri hatte ihm am späten Abend noch auf die Mailbox gesprochen, als er sicher sein konnte, dass Roman bereits im Bett lag und nicht mehr auf die Lösung des Falls reagieren würde.

Die Pressemeldung hatte höchste Priorität, alles andere konnten sie nach und nach erledigen, wenn der Bericht der Spurensicherung von der Unfallstelle vorlag und sich feststellen ließ, wann Vanessa Czerny und Torsten Schilling die Spielbank verlassen hatten. Sie würden rekonstruieren müssen, wo sie hingegangen waren und was dann dort geschehen war.

Henri hatte unerwartet gut geschlafen und fühlte sich frisch und ausgeruht. Er brauchte nicht lange, um die wichtigsten Fakten in einer knappen Pressemeldung zusammenzufassen. Er sprach von Torsten Schilling als dem mutmaßlichen Mörder der Studentin Vanessa Czerny und übernahm für die Beschreibung des Unfallhergangs die Formulierung des Verkehrspolizisten. Der Wagen war bei regennasser Fahrbahn von der Straße abgekommen und die Böschung hinunter gestürzt, die zu diesem Zeitpunkt nicht abgesichert war, da die Leitplanken erneuert wurden. Dass sie über Selbstmord spekuliert hatten und dass noch nicht alle Fragen im Zusammenhang mit Vanessas Tod geklärt waren, erwähnte Henri nicht.

»Morgen!«

Marius schaute vom Flur herein. Er sah müde aus. »Konntest du nicht mehr schlafen oder warum bist du so früh schon da?«

»Ich konnte ausgesprochen gut schlafen, deshalb bin ich so früh da.«

»Ist ja nicht auszuhalten, wie wach du bist.« Marius kam ins Zimmer und setzte sich auf Lenz' Platz. »Ich bin gerade am Krankenhaus vorbeigefahren, am Telefon wollten die keine Auskunft geben.«

»Und?«

215

»Simone Schilling wurde gestern Abend operiert. Die Operation ist gut gelaufen, sie haben sie danach absichtlich ins Koma befördert, damit ihr Körper sich erholen kann.«

»Also keine Befragung?«

Marius schüttelte den Kopf.

»Wie lange soll sie im Koma bleiben?«

»Nicht allzu lange. Heute auf jeden Fall noch, danach hängt es von ihrem Zustand ab.« Marius klopfte auf das Handy in der Brusttasche seines Hemdes. Daneben prangten rote Flecken, die verdächtig nach Tomatensoße aussahen. »Ich habe eine Krankenschwester beauftragt, mich zu informieren, wenn sich an Simone Schillings Zustand etwas ändert.«

»Gut.« Henri deutete auf seinen Bildschirm. »Ich bin gleich mit der Pressemeldung fertig, nehme die Info über Simone Schillings Gesundheitszustand noch auf.«

Marius nickte und stand auf.

»Ist die Kaffeemaschine schon an?«

Henri deutete mit dem Kopf auf seine Tasse.

»Ich brauch jetzt dringend einen.«

Marius schlurfte aus dem Raum. Henri setzte an, um Marius' Information in der Pressemeldung zu ergänzen, als sein Telefon klingelte. Nicht das Handy, sondern der Festnetzapparat auf Henris Schreibtisch. Romans Handynummer wurde auf dem Display angezeigt. Er schien fest davon auszugehen, dass Henri im Büro war.

»Guten Morgen, Roman.«

»Morgen.« Er sprach gehetzt. »Hab gerade deine Nachricht abgehört. Ist ja toll, dass jetzt alles aufgeklärt ist! Aber ich kann heute auf keinen Fall ins Büro kommen. Wir sind bei einem Geburtstag, einer meiner Freunde aus dem Golfclub feiert groß. Ein wichtiger Mann aus der Automobilbranche. Er hat zu einer Schifffahrt auf dem Chiemsee eingeladen, das Boot wartet nicht auf uns.«

Es geht doch nichts über einen berechenbaren Vorgesetzten.

»Kein Problem, Roman. Wir haben alles im Griff. Ich gebe gleich eine Pressemeldung raus, das wird angesichts der unspektakulären Lösung des Falles reichen.«

»Lies mir mal den Text vor«, forderte Roman Henri auf.

Wie im Kindergarten.

Erwartungsgemäß war Romans Aufmerksamkeit beim dritten Satz erschöpft. Nach dem vierten unterbrach er Henri.

»Ja, das kannst du so an die Pressefuzzis weitergeben.«

»Gut. Dann viel Spaß auf dem Chiemsee!«

»Danke!« Roman räusperte sich.

»Ach ja, Henri ... gute Arbeit. Ich bin zufrieden mit euch, ist immer gut, wenn man schnell Ergebnisse hat.«

»Genau.«

Henri legte kopfschüttelnd auf. Wenigstens würde Roman sie für den Rest des Wochenendes in Ruhe lassen. Henri griff erneut nach dem Telefonhörer, um sich mit dem Pressesprecher abzustimmen. Er wollte die Pressemeldung abhaken und sich endlich um das kümmern, was ihm selbst am wichtigsten erschien, nämlich hieb- und stichfeste Beweise zu sammeln, die auch den allerletzten Zweifel daran aus der Welt schafften, dass Thomas Schilling Vanessa Czernys Mörder war.

Bastian lief mit federnden Schritten aus der Postfiliale. Die Frau am Schalter hatte sich nicht dafür interessiert, dass sein Päckchen an das Patentamt gerichtet war. Er hatte sie erst darauf aufmerksam machen müssen, dass sie es keinesfalls mit Schwung hinter sich ins Regal werfen durfte. Obwohl er auf jede Seite mit großen Buchstaben VORSICHTIG TRANSPORTIEREN geschrieben hatte, hatte sie schon ausgeholt.

Nachdem er die Antragsformulare bereits am Vortag säuberlich ausgefüllt hatte, hatte es nicht lange gedauert, das Päckchen am Morgen fertigzumachen. Das Geld für die Patentierung steckte als dickes Bündel in seiner Hosentasche. Gleich am Montag würde er es auf sein Konto einzahlen und von dort alle anfallenden Gebühren begleichen können. Dass er nicht schon früher auf die Idee gekommen war, sich das nötige Geld zu erspielen! Es war so kinderleicht gewesen, hatte sogar Spaß gemacht.

Er würde Mara fragen, ob sie mal in die Spielbank mitkam. Aber vorher wollte er sie zum Essen einladen. Als Dankeschön, dass sie ihn auf die Idee mit der Patentierung gebracht hatte. Bastian hatte mehr Geld gewonnen, als er dafür brauchte. Er konnte Mara richtig stilvoll ausführen, das würde ihr gefallen.

Bastian ging auf den Passat zu, den er vor der Postfiliale am Bürgersteig geparkt hatte. Er stutzte. An der rechten Beifahrertür war eine Beule, die ihm noch nie vorher aufgefallen war. Bastian bückte sich und betrachtete die Delle genauer. Die Beule sah frisch aus, ihre Ränder waren nicht rostig, es war lediglich an einigen Stellen etwas von dem dunkelblauen Lack des Passats abgesprungen. Bastians Vater war pingelig, was das Auto anbelangte. Wenn er selbst die Beule hineingefahren hätte, dann wäre der Wagen längst in der Werkstatt. Also musste Bastian sie verursacht haben.

Er überlegte. Heute war er nur von zu Hause zur Post gefahren, das war ein kurzer Weg, auf dem er weder mit einem anderen Auto noch mit einem

Absperrpfosten oder Ähnlichem kollidiert war. Demnach war es wohl gestern passiert. Er konnte sich nicht daran erinnern, beim Fahren gegen etwas geprallt zu sein. Das hätte er gemerkt! Vielleicht war ihm jemand auf dem Parkplatz der Spielbank ans Auto gefahren und hatte sich dann einfach aus dem Staub gemacht. Bastians Vater würde toben, wenn er die Beule sah. Kippe musste ihm helfen. Er war früher in Bastians Klasse gewesen und betrieb jetzt hinter der Tankstelle seines Vaters eine kleine private Werkstatt. Es gab keine festen Öffnungszeiten. Am Samstagmorgen um diese Uhrzeit lag Kippe vermutlich in dem zugigen Raum neben der Werkstatt, in den er vor ein paar Jahren eingezogen war, auf dem Bett und schlief den Rausch vom vorigen Abend aus.

Bastian setzte sich hinters Steuer und fuhr den Passat hinüber, lenkte ihn an der Tankstelle vorbei nach hinten auf den Hof. Kippe saß vor der Werkstatt auf einem Klappstuhl in der Sonne. Die Zigarette in seiner Hand machte seinem Namen alle Ehre.

Bastian wusste, dass viele *ihn* für einen Nerd hielten, doch im Vergleich zu Kippe war er völlig normal. Kippe war ein Bastler, kein Erfinder wie Bastian. Seine Leidenschaft waren Autos. Er kannte sich mit sämtlichen Marken aus, es gab keine Reparatur, die er nicht durchführen konnte. Er lief ständig unrasiert und ungewaschen herum, hatte überall auf seinem Blaumann Ölflecken und das Schwarze unter seinen Nägeln würde sich nie mehr entfernen lassen. Doch selbst die feinsten Ladys vertrauten ihm ihre teuren Schlitten an, weil sie wussten, dass er sie wieder hinbekam.

Bastian stieg aus. Kippe grinste ihm entgegen.

»Bastian!«

»Kippe! Lange nicht gesehen. Wie geht's?«

»Prächtig!« Kippe deutete mit der Hand, in der er die Zigarette hielt, auf den Passat. »Hast du deinem Papi eine Beule ins Auto gefahren?«

»Ehrlich gesagt hab ich keinen Schimmer, wie das passiert ist. Ich glaub, mir ist auf dem Parkplatz einer draufgefahren.«

»Parkplatz, soso.«

»Ist ja auch egal. Ich weiß nur, dass es Ärger gibt, wenn ich das Auto so heimbringe. Du kannst doch da bestimmt was machen?«

Kippe stand auf und sah sich die Beule an. Die Zigarette kam dem Lack gefährlich nahe, doch sie berührte ihn nicht.

»Das wird aber nicht billig!«

»Du wirst ja nicht massenhaft Ersatzteile brauchen.«

Kippe grinste und Bastian konnte seine schiefen, braunen Zähne sehen.

»Meine Arbeitszeit ist kostbar. Für jede angefangene Stunde 100 Euro. Bar auf die Kralle.«

»Kein Problem.«

Bastian fühlte nach dem Geldbündel in seiner Hosentasche. Kippe würde nicht länger als eine Stunde brauchen. Er verschwand in seiner Werkstatt und kam kurz darauf mit einem Pümpel zurück. Er setzte ihn über der Beule an und ein paar Sekunden später war kaum noch etwas davon zu sehen. Nur die Stellen, wo der Lack abgesplittert war, zeugten noch von der Delle. Man musste allerdings schon sehr genau hinsehen, um sie wahrzunehmen.

»Soll ich da noch mit Lack drübergehen? Dann sieht man gar nichts mehr.«

»Wenn du das noch in der angebrochenen Stunde hinkriegst?«

»Ich schau mal, was sich machen lässt.« Kippe grinste. »Der Lack kostet natürlich extra.«

»Natürlich.«

Hauptsache, Bastians Vater bemerkte nicht, dass der Wagen beschädigt worden war.

Als Elisa durch die Innenstadt zur Redaktion radelte, war es sonnig, aber nicht mehr so schwülwarm wie in den vergangenen Tagen. Der Regen hatte die Luft geklärt, es war angenehm kühl. Henris Auto hatte nicht unter dem Carport gestanden. Elisa ging davon aus, dass er im Einsatz war. Ob sie am Vortag bereits jemanden festgenommen hatten? Oder ob sie kurz davor standen? Henri hatte kein Wort dazu gesagt, als er neben ihr auf dem Sofa saß, aber seine Anspannung war deutlich spürbar gewesen.

Nicolas von Staudt, der Ex-Freund von Vanessa Czerny, war immer noch nicht in seiner Wohnung anzutreffen. Es sah aus, als sei er wirklich übers Wochenende weggefahren. Elisa würde versuchen, seine Telefonnummer herauszubekommen.

In der Redaktion der *Morgenzeitung* war nicht so viel los wie sonst. Samstags wurde die Montagsausgabe vorbereitet, die dünner ausfiel als die Wochenendausgabe. Wolf Borowsky, der Chef vom Dienst, war natürlich da. Er plante gerade mit dem Ressortleiter die Sportseiten, blickte jedoch auf und nickte Elisa zu, als sie vorbeiging. Sie hatte damit gerechnet, in der Stadtredaktion allein zu sein, doch Jette saß bereits an ihrem Tisch und sah Elisa mit unfreundlicher Miene entgegen. Von Dennis, der eigentlich Dienst hatte, war weit und breit nichts zu sehen und auch Andrés Glaskasten war verwaist.

»Hast du auch noch was Aktuelles?!?«, fragte Jette.

»Guten Morgen!« Elisa legte ihre Tasche ab und schaltete den Computer an.

»Nur dass du es gleich weißt«, giftete Jette, »wir haben nicht mehr viel Platz. Ich habe mit Dennis abgesprochen, dass ich eine ganze Seite für die Charity-Party bekomme. Wir haben so viele hammermäßige Fotos, das kommt megacool.«

Wahrscheinlich hatte Jette ihren Bussi-Bussi-Freundinnen versprochen, dass sie in die Zeitung kommen würden.

»Reg dich ab, ich muss erst mal schauen, ob es überhaupt schon neue Infos gibt.«

Jette funkelte Elisa an und tippte weiter an ihrem Text. Ihre rot lackierten Fingernägel waren so lang, dass sie bei jeder Taste, die sie berührte, laut auf die Tastatur klackten. Das Rot ihres Nagellacks war das gleiche wie auf ihren Lippen und auf der Spitze, die das Dekolleté ihres weißen Sommerkleids zierte; selbst am Samstagmorgen war Jette perfekt gestylt. Elisa trug ein schwarzes Top, eine legere schwarz-weiß-gemusterte Viskosehose und Riemchensandalen. Anfangs war sie von Jettes Auftritten beeindruckt gewesen, doch sie hatte schnell bemerkt, dass nicht *sie under*dressed, sondern Jette völlig *over*dressed in der Redaktion erschien.

Elisa blätterte die aktuelle Ausgabe der *Morgenzeitung* durch, während der Computer hochfuhr, was eine geraume Zeit dauerte. Dann öffnete sie den Polizeibericht. Sie konnte sehen, dass erst eine knappe halbe Stunde vergangen war, seit die letzte Meldung eingestellt worden war: Der mutmaßliche Mörder von Vanessa Czerny war am frühen Abend bei einem Verkehrsunfall ums Leben gekommen. Henri und sein Team hatten herausgefunden, wer Vanessa getötet hatte und bevor sie ihn verhaften konnten, war er bei einem Unfall gestorben. Seine Frau lag schwerverletzt im Krankenhaus.

Henri hatte den halben Abend neben Elisa gesessen und mit keiner Silbe erwähnt, wie dramatisch die Ermittlungen ausgegangen waren. Er hätte zumindest erzählen können, dass der Fall gelöst war. Dass sie herausgefunden hatten, wer Vanessa getötet hatte. Auch die Information, dass der Täter inzwischen selbst tot war, wäre interessant gewesen.

War es höhere Gerechtigkeit, wenn derjenige, der Vanessa getötet hatte, kurz darauf einem Unfall zum Opfer fiel? Elisa überflog die Pressemeldung ein zweites Mal. Über den Täter stand nicht viel darin: Torsten S., Unternehmensberater aus Grünwald, dem Vanessa nach aktuellem Ermittlungsstand in der Spielbank in Grünwald begegnet war. Vanessa hatte die Spielbank kurz vor ihrem Tod mit einem ansehnlichen Gewinn verlassen. Es sei bewiesen, dass sie im Wagen von Torsten S. transportiert worden war, die genauen Umstände ihres Todes müsse die Mordkommission noch rekonstruieren.

Henri hatte das alles schon gewusst, als er neben Elisa auf dem Sofa gesessen hatte. Und er hatte kein Wort gesagt. Weil er Bedenken hatte, dass sie die Informationen noch am gleichen Abend weitergab? Die *Morgenzeitung* hatte längst Redaktionsschluss gehabt, die aktuelle Ausgabe war lange vorher in Druck gegangen. Deswegen hätte er sich keine Sorgen machen müssen.

Wahrscheinlicher war, dass er Elisas unweigerlichen Nachfragen aus dem Weg hatte gehen wollen. Sie musste sich jetzt wie alle anderen Journalisten mit den knappen Informationen aus der Pressemeldung begnügen.

»So ein Mist!«, stöhnte Elisa halblaut. Warum war Henri nur so überkorrekt? Jette, die sofort Ärger witterte, hob den Kopf.

»Was ist denn? Haben die den Mörder von deiner Isar-Leiche gefasst?« Elisa nickte.

»Du bekommst maximal eine Spalte!«

»Mehr brauche ich nicht.«

»Nein? Rückt dein Kommissar keine Infos raus?«

Jette grinste schadenfroh. Sie hatte ein untrügliches Gespür dafür, wie sie mit wenigen Worten ganz tief in der Wunde bohren konnte.

»Das ist nicht der Punkt!«, behauptete Elisa. »Es hat sich herausgestellt, dass es eigentlich kein komplizierter Fall war. Es ging letztendlich um Geld.«

»Es geht immer um Geld. Oder um Liebe.«

Jette wandte sich wieder ihrem Bildschirm zu. Elisa las die Pressemeldung ein drittes Mal. Die Polizei stellte kein Bildmaterial zur Verfügung. Sie musste also selbst versuchen, ein Foto von Torsten S. aufzutreiben. Mit den Suchworten *Unternehmensberater, Torsten S.* und *Grünwald* würde sie nicht weit kommen, sofern der Mann nicht eine eigene Unternehmensberatung geführt hatte, in deren Namen sein Vorname vorkam. Elisa probierte diverse Wortkombinationen in der Suchmaschine. Ohne Erfolg. Sie überlegte. Ein Unternehmensberater nutzte sicherlich soziale Netzwerke zur Kontaktpflege. In Facebook stieß sie auf mehrere Einträge von Männern, die Torsten hießen und in Grünwald wohnten, doch bei keinem fing der Nachname mit einem S an. Vielleicht war Facebook nicht das richtige Netzwerk. Elisa probierte es bei Xing. Auch hier gab es in Grünwald mehrere Torstens. Einer davon hieß Schilling mit Nachnamen. Der Mann auf dem dazugehörigen Foto sah sympathisch aus, gar nicht wie ein Mörder. Da Elisa selbst nicht bei Xing registriert war, konnte sie nicht sehen, bei welchem Unternehmen Torsten Schilling aktuell arbeitete, sie vermochte nur seine vorherigen Arbeitsstationen nachzuverfolgen. Das waren zumindest ein paar Anhaltspunkte. Elisa gab die Unternehmensnamen zusammen mit *Torsten Schilling* in die Suchmaschine ein und erzielte einige Treffer. Sie wollte den ersten Link anklicken, als ihr Telefon klingelte. Die Nummer auf dem Display sagte Elisa nichts.

»*Morgenzeitung*, Gerlach«, meldete sie sich.

»Hier ist Kristina Sommer. Spreche ich mit Elisa Gerlach?«

»Ja.«

Der Name kam Elisa vage bekannt vor.

»Ich habe gestern schon mal angerufen, aber ich bin nicht sicher, ob es Ihnen Ihre Kollegin ausgerichtet hat.«

»Hat sie nicht.« Elisa warf einen Blick hinüber zu Jette, die vollkommen in ihre Arbeit vertieft war.

»Wir haben uns vorgestern in der Spielbank in Grünwald kennengelernt ...« Plötzlich sah Elisa wieder das hübsche Gesicht mit dem Leberfleck und den glatten dunklen Haaren vor sich.

»Richtig! Die Frau mit der Glückssträhne! Haben Sie die Million gewonnen?«

»Nein, leider rufe ich nicht deshalb an. Ich habe zwar einiges gewonnen, aber dann habe ich alles wieder verloren.«

»Alles?!?«

»Alles! Auch das Geld für die Waschmaschine und für die Schuhe und Klamotten für meine Kinder.«

»Das tut mir leid! Wie ist das passiert?«

»Das ist mir ehrlich gesagt auch ein Rätsel. Sie werden mich für verrückt halten, aber leider ist das die bittere Wahrheit. Ich habe *alles* wieder verloren. Dabei bin ich normalerweise ein vorsichtiger Mensch, das müssen Sie mir glauben. Ich kann mir im Nachhinein nicht erklären, wie ich mich so habe hinreißen lassen können.« Kristina machte eine kurze Pause. »Der Grund, warum ich Sie anrufe, ist: Ich vermute, dass man mir irgendwas in den Drink getan hat. Ich weiß nicht, ob es Drogen gibt, die spielsüchtig machen oder so. Vielleicht haben Sie Interesse, der Sache nachzugehen und in Ihrer Zeitung darüber zu schreiben, um die Leute zu warnen. Ich kenne mich mit so was ja nicht aus, aber mir kommt es einfach merkwürdig vor. Ich war wie im Rausch und konnte nicht aufhören.«

»Haben Sie viele Drinks gehabt?«

Immerhin bestand die Möglichkeit, dass es nur eine größere Menge Alkohol gewesen war, die bei Kristina Sommer für einen Blackout gesorgt hatte.

»Nur zwei Cocktails. Da bin ich ganz sicher.«

»Haben Sie die selbst bezahlt oder wurden sie Ihnen spendiert?«

»Einen habe ich selbst bezahlt, mit einem meiner Chips. Direkt bei einem dieser Kellner, die mit Tabletts herumgelaufen sind und Drinks an den Spieltischen verkauft haben. Den anderen haben mir die drei Männer spendiert, die bei uns am Tisch gespielt haben. Erinnern Sie sich?«

»Die haben den Cocktail auch bei einem der Kellner gekauft, die herumgelaufen sind?«

»Ja, ich denke schon.«

Elisa machte sich Notizen. »Dann ist Ihr Verdacht, dass die Spielbank irgendwelche Drogen oder was auch immer in die Drinks mischt, damit die Leute beim Spielen alle Hemmungen verlieren?«

»Ich weiß nicht.« Kristina zögerte. »An meinem Tisch saß ein Typ, der nicht von der Spielbank war. Er hat mich die ganze Zeit angegafft. Und als alle meine Spielchips weg waren, hat der Croupier mir ein Angebot gemacht.«

»Ein Angebot?!«

»Er hat gesagt, dass ich alle meine Chips zurückbekomme, wenn ich mit dem Typen in ein Zimmer gehe und nett zu ihm bin.«

»Das hat der Croupier Ihnen vorgeschlagen?!? Dass Sie alle Ihre Chips zurückbekommen?«

»So hat er es gesagt.«

»Von ihm oder von dem Mann?«

»Das weiß ich nicht. Mit dem Mann selbst habe ich nicht geredet, es war der Croupier, der das Angebot gemacht hat.«

»Und dann? Haben Sie es angenommen?«

»Sicher nicht! Für was halten Sie mich? Ich bin doch keine Prostituierte! Ich lasse mich nicht von so einem Kerl für Sex bezahlen und wenn es noch so ein großer Haufen Spielchips war! Ich habe dem Croupier gesagt, dass er mich mal sonst wo kann und bin gegangen.«

»Hat er versucht, Sie aufzuhalten? Oder der Mann?«

»Nein. Sie haben mir nur beide blöd hinterhergesehen, das habe ich gemerkt.«

»Können Sie mir den Mann beschreiben?« Elisa hatte das Xing-Foto von Torsten Schilling vor sich auf dem Bildschirm. »Hat er einen Seitenscheitel?«

»Ja, das stimmt.«

»Graumeliertes Haar?«

»Eher braun.«

»Hatte er blaue Augen?«

»Ich glaube schon. Irgendwie hatte er so einen Schlafzimmerblick.«

Torsten Schilling hatte auf dem Foto keinen Schlafzimmerblick, er sah den Betrachter hellwach mit weit geöffneten Augen an.

»Kann ich Ihnen ein Foto zuschicken?«, fragte Elisa.

»Und ich soll Ihnen sagen, ob es sich dabei um den Mann handelt?«

»Genau.«

»Okay.« Kristina gab Elisa ihre Handynummer, sie hatte von einer Festnetznummer angerufen. Elisa machte mit ihrem Smartphone ein Foto des Bildes auf dem Bildschirm und schickte es ihr.

»Nein, das ist er nicht«, sagte Kristina kurz darauf. »Wie kommen Sie auf diesen Mann? Wer ist das?«

»War nur so eine Idee von mir.« Elisa dachte nach. »Haben Sie sich denn nach den Drinks stark betrunken gefühlt? Hatten Sie einen Filmriss?«

»Ich war etwas angeheitert, das muss ich zugeben. Wie ich nach und nach alles verloren habe, daran kann ich mich gar nicht richtig erinnern, es war wie im Rausch. Erst als ich aus der Spielbank rauskam, bin ich langsam wieder nüchtern geworden. Ich habe mich so geärgert! Erst über die beiden Kerle und dann über mich selbst.«

»Könnte man Ihnen K.-o.-Tropfen in die Cocktails geschüttet haben, ohne dass Sie es gemerkt hätten?«

»Das wäre möglich, ich hatte die Gläser schräg hinter mir auf einem kleinen Tisch abgestellt. Den hatte ich nicht permanent im Auge.«

»Verstehe. Ich denke, ich werde mich noch mal in der Spielbank umschauen. Wissen Sie, wie der Croupier hieß?«

»Darauf habe ich nicht geachtet. Aber es war derselbe, bei dem Sie mit Ihrer Freundin auch gespielt haben.«

Der Mafioso, sieh an.

Den würde Elisa sofort wiedererkennen.

»Sie sollten in Ihrer Zeitung die Leute warnen, falls in der Spielbank mit solchen Tricks gearbeitet wird, um den Spielern das Geld aus der Tasche zu ziehen.«

»Ich werde der Sache auf jeden Fall nachgehen. Vielen Dank für den Tipp!«

»Wenn Sie verhindern, dass noch mehr Leute dort reingelegt werden, bin ich schon zufrieden! Dann hätte es wenigstens etwas Positives, dass mir das passiert ist.«

Sie schien nicht mal in Betracht zu ziehen, mit ihrer Geschichte zur Polizei zu gehen und eine offizielle Untersuchung der Vorgänge einzufordern. Hatte sie Angst, dass man ihr nicht glauben würde? Dass man sie belächeln würde? K.-o.-Tropfen in den Drinks – das klang tatsächlich nach einer billigen Retourkutsche eines Spielers, der alles verloren hatte.

Elisa sah Lena, die am Newsdesk mit Wolf Borowsky sprach. Sie winkte ihr zu und bedeutete ihr, herüberzukommen. Schnell beendete sie das Gespräch mit Kristina und versprach ihr, sich wieder bei ihr zu melden.

»Lena, hast du Lust, heute noch mal in die Spielbank zu gehen?«

Jette sah hoch und warf Elisa einen irritierten Blick zu. Sie senkte ihren Kopf zwar zurück über die Tastatur, doch ihre Fingernägel klackten nicht länger auf den Tasten.

»Heute ist es schlecht.« Lena wurde rot. »Ich bin verabredet.«

»Schade, dann muss ich allein gehen.«

»Ich dachte, die Spielbank ist nicht länger von Interesse?«

»Doch, plötzlich ist sie sogar von zweifachem Interesse.« Elisa legte den Finger auf die Lippen und deutete mit dem Kopf zu Jette. Lena verstand und wandte sich zum Gehen.

»Ein andermal gern.«

»Viel Spaß heute Abend bei deiner Verabredung!«

Lena grinste nur und ging weiter zur Tür. Elisa stand auf und holte sich eine Tasse Kaffee an der Kaffeebar. Während sie Zucker hinein rührte, dachte sie über das nach, was sie von Kristina Sommer erfahren hatte. Wenn sie nachweisen konnte, dass in der Spielbank mit K.-o.-Tropfen das Verhalten der Spieler beeinflusst wurde, war das bereits eine explosive Story. Doch wenn das Ganze auch noch mit dem Mord an Vanessa Czerny zusammenhing? Selbst wenn Kristina Torsten Schilling auf dem Foto nicht als den Mann wiedererkannt hatte, der möglicherweise mit dem Croupier unter einer Decke steckte, konnte es einen Zusammenhang zwischen dem Betrug und Vanessas Tod geben. Und dann war das nicht länger nur eine Bombenstory, sondern ein Fall für die Polizei.

Elisa stellte den Kaffee neben der Maschine ab und zog ihr Handy aus der Hosentasche. Diesen Anruf wollte sie nicht innerhalb von Jettes Radarsystem tätigen. Henri meldete sich nach dem zweiten Klingeln.

»Elisa!« Seine Stimme klang zumindest nicht unfreundlich. »Warum habe ich geahnt, dass du bald anrufen wirst?«

»Wegen eurer knappen Pressemeldung?«

»Knapp? Da steht alles drin, was die Öffentlichkeit wissen muss.«

»Aber leider nicht alles, was wir Journalisten brauchen, um einen guten Job zu machen.«

»Komm schon, Elisa, ein bisschen Herausforderung muss sein!«

»Heißt dieser Torsten unter Umständen Schilling mit Nachnamen?«

»Elisa, wie hast du ... Du weißt genau, dass ich dir das nicht sagen kann.«

»Also ja.«

»Elisa ...«, setzte Henri an, doch sie unterbrach ihn.

»Henri«, sagte sie im gleichen Tonfall wie er, »du weißt genau, dass ich nie den kompletten Namen in die Zeitung schreiben würde. Dass ich ihn aber kennen muss, um recherchieren zu können.«

»Offensichtlich weißt du dir auch so zu helfen.«

»Aber nur weil die Leute reichlich Informationen über sich ins Netz stellen, ohne zu ahnen, dass mal ein Zeitpunkt kommt, an dem ihre Kontaktfreude oder ihr Hang zur Selbstdarstellung – wie immer du das nennen willst – sich negativ auswirken kann.«

»Du wirst es nicht glauben, da geht es uns wie euch Journalisten: Auch für unsere Ermittlungsarbeit sind die sozialen Medien ein Segen.«

»Leider steht darin nicht *alles*, was man wissen möchte.«

»Aber wahrscheinlich genug.« Elisa nahm einen Schluck Kaffee.

»Der eigentliche Grund, warum ich anrufe, ist ein anderer.«

»Nämlich?«

»Diesmal habe ich eine Information für dich. Zufällig war ich vorgestern in der Spielbank in Grünwald ...«

»In der Spielbank?!? Elisa, komm mir nicht mit *zufällig*! Was hast du da gemacht?«

»Gespielt. Mit einer Freundin. Nichts weiter. Auf jeden Fall bin ich da mit einer Frau ins Gespräch gekommen, die mir jetzt eine abenteuerliche Geschichte erzählt hat. Ich habe keine Ahnung, ob ein Zusammenhang zu euren Ermittlungen besteht, aber so oder so scheint einiges in dieser Spielbank nicht ganz koscher zu sein.« Elisa holte Luft und sprach schnell weiter, bevor Henri sie unterbrechen konnte. »Sie hat anfangs ziemlich viel gewonnen. Und dann alles wieder verloren. Sie hat den Verdacht, dass man ihr K.-o.-Tropfen in ihre Drinks gegeben hat, denn sie scheint ansonsten eher der vorsichtige und rationale Typ zu sein. Sie kann sich nicht erklären, wie sie sich sonst hätte verleiten lassen, ihren ganzen Gewinn aufs Spiel zu setzen. Sie hatte zwei Cocktails, der Alkohol allein kann sie also nicht so enthemmt haben, aber sie meinte, dass sie wie in einem Rausch war, an den sie sich jetzt gar nicht mehr richtig erinnern kann.«

»Hat sie einen Verdacht, wer ihr die K.-o.-Tropfen verabreicht haben könnte?«

»Nein. Sie hatte ihr Glas nicht immer im Blick, jeder könnte etwas hineingeschüttet haben. Aber es kommt noch besser: Als sie alles verspielt hatte, hat der Croupier sie angesprochen. Sie bekäme alle Jetons, die sie vorher gewonnen hatte, zurück, wenn sie sich mit einem Mann, der auch am Tisch saß, aber nicht selbst mit ihr geredet hat, auf ein Zimmer zurückzieht und ihm gefällig ist.«

»Der Croupier hat das für den Typen ausgehandelt?«

»Ausgehandelt kann man wohl nicht sagen. Sie hat dem Croupier gesagt, dass er sie mal sonst wo kann und ist gegangen.«

»Und der andere Mann? Wer war das?«

»Das weiß sie nicht. Auf jeden Fall nicht Torsten Schilling, falls ich den richtigen gefunden habe. Silbergraues Haar, Seitenscheitel, blaue Augen, Typ geschleckter Businessman?«

Henri lachte.

»Das kommt hin. Du bist wirklich der Wahnsinn, Elisa, wie du den jetzt so schnell auftreiben konntest.«

»Ich sag's ja, dass wir beide profitieren könnten, wenn wir zusammenarbeiten. Ich habe sogar *noch was* für dich.«

»Ach ja?«

»Den Namen des Croupiers: Er heißt Ronny Kretschmann. Ich finde, dass ihr den dringend überprüfen solltet. Auch wenn das nicht unbedingt mit dem Mord an Vanessa Czerny zu tun haben muss, scheint der Mann doch irgendwie in dubiosen Machenschaften mit drinzustecken.«

»Das hört sich danach an. Ich werde mit den Kollegen vom K3 sprechen, ob sie ihn kennen. Und ob sie wissen, was in dieser Spielbank in den Hinterzimmern abgeht. Ist es möglich, dass das alles erst mal unter uns bleibt, Elisa?«

»Ja.« Elisa warf einen Blick hinüber zu Jette. Sie tippte inzwischen wieder. Bei dieser Entfernung konnte sie unmöglich gehört haben, was Elisa mit Henri besprochen hatte. »Ich konzentriere mich erst mal auf Torsten Schilling, du musst dir keine Sorgen machen. Ich kann genauso verschwiegen sein wie du gestern ...«

»Elisa ...«

»Aber bei dieser Geschichte hatte ich einfach kein gutes Gefühl, deshalb musste ich dich anrufen.«

Bei Henri im Hintergrund wurde es laut, Elisa hörte mehrere Stimmen durcheinanderreden. In der Mordkommission war auch am Samstag was los. Die Stimmen wurden leiser, vielleicht hatte Henri den Raum verlassen.

»Das war gut, dass du das gemacht hast! Wir werden der Sache nachgehen. Können wir deine Quelle direkt befragen?«

»Ich hatte nicht den Eindruck, dass sie viel Wert darauf legt, mit der Polizei zu reden. Sie scheint sich zu schämen, dass sie so blöd war, ihren ganzen Gewinn wieder zu verspielen.«

»Aber du hältst sie für glaubwürdig?«

»Ja.«

»Das reicht mir erst mal.« Henri zögerte. »Elisa, ich weiß zu schätzen, dass du mir diese Informationen weitergibst. Ich höre heraus, dass du sauer bist, weil ich gestern Abend nichts erzählt habe, aber du weißt, dass ich das nicht darf.«

Anscheinend war Henri jemand, der die Dinge beim Namen nannte. Das gefiel Elisa, dann konnte auch sie offen sein.

»Ich würde mir wünschen, dass du mir vertraust. Du solltest wissen, dass ich nicht leichtfertig mit Informationen umgehen würde, die ich von dir bekomme. Denk doch mal *darüber* nach.«

»Das mache ich.« Die Stimmen bei Henri wurden wieder lauter. »Elisa?«

»Ja?«

»Ich fand das Fernsehen mit dir gestern Abend sehr schön. Ich werde auch noch mal über das Freundschaftsding nachdenken.«

»Tu das.« Elisa lächelte.

»Ich muss jetzt zur Besprechung.«

»Ja, lass dich nicht aufhalten.«

»Mach's gut.«

»Du auch!« Elisa lächelte. Ihr hatte das Fernsehen mit Henri auch gefallen.

Henri steckte sein Handy in die Hosentasche und ging zurück zu seinem Büro. Die anderen warteten schon auf ihn, Lenz auf seinem Platz, Tanja auf der Schreibtischkante und Marius lehnte an der Wand.

»Sorry, muss kurz noch mal telefonieren.«

Henri wählte die Handynummer von Dr. Vogel, dort meldete sich die Mailbox. Erst als er die Festnetznummer im Büro nahm, erreichte er den Rechtsmediziner persönlich. Henri fragte, ob Dr. Vogel Spuren von K.-o.-Tropfen in Vanessas Körper gefunden hatte, was er verneinte. Doch wenn Henri den Verdacht hätte, dass die Tote K.-o.-Tropfen verabreicht bekommen hatte, dann könne er ihr Haar darauf testen lassen. Wenn in Blut und Urin nichts mehr nachweisbar war, konnte das Haar immer noch darüber Auskunft geben, ob sie mit einer solchen Substanz außer Gefecht gesetzt worden war.

Als Henri aufgelegt hatte, sah er in fragende Gesichter.

»Das ist nur so eine Idee, ich sage nachher noch was dazu. Gehen wir erst mal durch, was wir sonst haben.«

Marius meldete sich sofort zu Wort.

»Simone Schilling ist nach wie vor nicht ansprechbar. Sie hat die Operation gestern gut überstanden, wird aber noch sediert, damit ihr Körper sich erholen kann.«

»Wird sie durchkommen?«, fragte Tanja.

Marius nickte.

»Zumindest hat das die Krankenschwester gesagt, die ich heute früh gesprochen habe.«

»Es wäre gut, wenn wir möglichst bald mit ihr reden könnten«, sagte Tanja.

»Die Spurensicherung ist noch dabei, das Wrack von Simone Schillings Auto zu untersuchen. Der Wagen scheint so kaputt zu sein, dass sie nicht in der Lage sind, sichere Schlussfolgerungen zu ziehen.«

»Hast du mit Arnie gesprochen?«

»Ja. Er sagt, dass sie aus den Beschädigungen nicht ablesen können, ob es sich um einen Unfall oder Selbstmord gehandelt hat. Auf der regennassen Fahrbahn konnten sie keine Bremsspuren sichern. Der Wagen muss frontal gegen einen Baum geprallt sein und hat sich dann die Böschung hinunter mehrfach überschlagen.«

»Für einen Selbstmord spricht am ehesten die Tatsache, dass Torsten Schilling nicht angeschnallt war«, meinte Lenz. »Aber so wie er über seine Frau gesprochen hat, kann ich mir nicht vorstellen, dass er sie mit in den Tod reißen wollte.«

»Wir werden abwarten müssen, bis Simone Schilling uns sagen kann, wie es zu dem Unfall kam«, sagte Henri. »Bis dahin möchte ich noch eine andere

Spur verfolgen. Ich weiß nicht, ob ein Zusammenhang zu dem Mord an Vanessa Czerny besteht, aber ich habe einen Tipp bekommen, dass in dieser Spielbank nicht alles mit rechten Dingen zugeht.«

»Deshalb die Frage nach den K.-o.-Tropfen?«

Henri nickte.

»Eine Frau, die vorgestern ziemlich viel gewonnen und dann alles wieder verloren hat, hat den Verdacht geäußert, dass man ihr was in den Drink gekippt hat. Sie scheint Erinnerungslücken zu haben und kann im Nachhinein nicht verstehen, wie sie so leichtsinnig sein konnte, ihren Gewinn zu verspielen.«

»Hat sie die Spielbank angezeigt?«

»Nein, sie hat sich an die Presse gewandt.«

Lenz grinste.

»Und die Presse hat sich an dich gewandt! Lass mich raten: Ich würde darauf tippen, dass sie das in Gestalt von Elisa getan hat.«

Tanja und Marius kannten Elisa nicht persönlich, doch bei ihrem letzten Fall hatten sie mitbekommen, dass die neue Untermieterin von Henris Mutter Journalistin war und erheblich zur Aufklärung beigetragen hatte.

»Richtig!« Henri überging Lenz' Grinsen. »Elisa scheint diesmal einzusehen, dass es besser ist, wenn die Polizei ermittelt ...«

»Glaubt sie denn, dass die Spielbank K.-o.-Tropfen in die Drinks gibt?«

»Ihre Informantin schien einen der Croupiers verdächtig zu finden. Er hat der Frau das Angebot unterbreitet, dass sie sich ihre verlorenen Jetons sozusagen zurückverdienen könne, wenn sie dafür einem Mann, der auch gerade dort gespielt hat, für Sex zur Verfügung steht.«

»Wann war das? Vorgestern sagst du? Könnte der Mann Torsten Schilling gewesen sein?« Tanja dachte schneller als die anderen.

»Auf diese Idee ist Elisa auch gekommen, aber ihre Quelle scheint den Mann anders zu beschreiben. Über ihn wissen wir nichts. Aber den Croupier würde ich gern näher überprüfen. Wenn er so ein Angebot unterbreitet, muss er den Mann ja kennen.«

»Und vielleicht war das auch nicht das erste Mal.«

»Du meinst, dass in der Spielbank systematisch die Notlage von Frauen ausgenutzt wird, die gerade einen Haufen Geld verloren haben?«

»Ist die Frau denn mit dem Mann mitgegangen?«

»Nein. Sie hat die Spielbank verlassen.«

»Wer weiß, bei wie vielen Frauen die Nummer schon geklappt hat? Wenn jemand dringend Geld braucht, ist er zu einigem bereit ...«, überlegte Tanja.

»Lasst uns beim K3 anrufen, ob die uns was zu dem Croupier oder zu der Spielbank sagen können.«

Das K3 war das Fachdezernat für Organisierte Kriminalität und Banden-kriminalität. Dort war man auch für Glücksspiel zuständig. Henri stellte den Lautsprecher seines Telefons an, sodass das Läuten im ganzen Raum zu hören war.

»Lehmann«, tönte eine bekannte Stimme aus dem Lautsprecher.

Henri hatte mit den meisten Kollegen vom K3 schon mal zusammen-gearbeitet, mit Peter Lehmann verstand er sich am besten.

»Henri Wieland. Hallo, Peter!«

»Henri, lange nicht gesehen! Wie geht's dir?«

»Gut. Und dir?«

»Bei mir fängt gleich das Wochenende an, war nur kurz drinnen, weil ich einen Bericht fertigschreiben musste.«

»Hast du noch einen Moment für uns? Ich sitze hier mit meinem Team und wir hätten ein paar Fragen zur Spielbank in Grünwald.«

»Meine Freundin holt mich in zehn Minuten ab, bis dahin könnt ihr fragen, so viel ihr wollt.«

»Wisst ihr was über Unregelmäßigkeiten in der Grünwalder Spielbank?«

»Am Anfang gab es dort einige Vorfälle. Die Spielbank gibt es erst seit etwa einem Jahr.«

»Welcher Art waren die Vorfälle?«

»Spieler haben sich beschwert, Geräte seien manipuliert worden. Es gab keine Beweise oder so, aber wir hatten das Gefühl, dass die zuständigen Beamten von der Spielbankaufsicht ihre Kontrollen eher lasch gehandhabt haben. Um dem Verdacht, dass sie bestochen wurden, entgegenzuwirken, hat man sie ausgetauscht und den schärfsten Hund der Spielbankaufsicht nach Grünwald geschickt. Er heißt Volker Frohmüller. Seit er dort das Regiment führt, gab es keinen einzigen Vorfall mehr, der Typ ist ein fieser Pedant. Ich glaube, die sind dort alle ziemlich genervt von seinen ständigen Kontrollen. Und von seiner ständigen Anwesenheit. Ich habe gehört, dass er permanent in der Spielbank herumhängt und persönlich aufpasst, dass niemand gegen die Regeln verstößt.«

»Sagt dir der Name Ronny Kretschmann was?«

»Das ist einer der Croupiers. Wie kommst du auf den?«

»Er hat einer Dame ein unanständiges Angebot gemacht. Sie könne sich ihre verlorenen Jetons durch Sex zurückgewinnen.«

»Sex mit ihm?!?«

»Nein, mit einem anderen Gast des Casinos, über den wir leider nicht mehr wissen. Könnte es sein, dass das eine Masche ist, die öfter angewendet wird?«

»Keine Ahnung. Wir haben Kretschmann durchleuchtet, als am Anfang die Betrugsvorwürfe laut wurden, aber wir haben nichts gefunden. Er hat früher mal Drogen genommen, ist aber seit einem Entzug vor anderthalb Jahren clean. Scheint ein ziemlicher Eigenbrötler zu sein, hat mit keinem der Kollegen näher zu tun. Ich kann mich noch erinnern, dass der Direktor gemeint hat, er sei nicht die ideale Besetzung als Croupier, weil er leicht stottert, aber dafür hat er ein extrem gutes Zahlengedächtnis, weshalb er ihn dann doch eingestellt hat. Ich schicke dir gerade mal zu, was wir über ihn zusammengestellt haben.«

»Danke.«

»Ihr meint also, dass Kretschmann Sex vermittelt zwischen Frauen, die einen Haufen Geld verloren haben, und Männern, die einen Haufen Geld gewonnen haben? Hat jemand Anzeige erstattet?«

»Nein, das ist bis jetzt nur ein Verdacht.«

Ein kurzes Pling kündigte an, dass Henri eine E-Mail bekommen hatte.

»Ich fürchte, diese Art von Zuhälterei wird sich schwer nachweisen lassen, wenn ihr keine konkrete Zeugenaussage habt.«

»Es sieht so aus, als seien K.-o.-Tropfen im Spiel.«

Peter pfiff durch die Zähne.

»Holla, das ist dann eine andere Nummer. Hat Kretschmann die der Frau in den Drink gekippt?«

»Das weiß sie nicht, sie scheint einen Filmriss gehabt zu haben.«

»Kann man mit der Frau reden? Hast du ihre Personalien?«

»Nein.«

»Kannst du die auftreiben? Dann würde ich am Montag gern mal mit ihr sprechen und eine Haarprobe von ihr untersuchen lassen. Jetzt muss ich leider los. War's das?«

»Ja, danke. Schönes Wochenende!«

»Euch auch!« Peter legte auf. Es tutete aus dem Lautsprecher. Henri öffnete die Mail, die Peter ihm geschickt hatte und überflog die Zusammenfassung. Tanja beugte sich nach vorn, um auf Henris Bildschirm schauen zu können. Marius und Lenz kamen herüber. Lenz deutete auf das Foto von Ronny Kretschmann, das am oberen Rand des Dokuments eingefügt war.

»Der kommt mir irgendwie bekannt vor.«

»Klar, mit dem haben wir geredet, als wir in der Spielbank die Video-aufzeichnungen angesehen haben.«

»Nein, den habe ich irgendwo anders schon mal gesehen.« Lenz betrach-tete das Foto aus zusammengekniffenen Augen. Ronny Kretschmann trug darauf nicht den Anzug, den er in der Spielbank angehabt hatte, sondern war leger mit einem weißen T-Shirt und einer Lederjacke bekleidet.

»Da steht auch nicht mehr als das, was Peter uns gerade gesagt hat«, meinte Tanja, die bereits fertiggelesen hatte. »Ich denke ...«

»Jetzt weiß ich's!« Lenz schlug mit der flachen Hand auf den Tisch, sodass alle zusammenzuckten. »Den haben wir gesehen, als wir im Club Oscar waren. Weißt du noch, Henri? Als wir reingegangen sind, ist der gerade rausgekommen.«

Henri konnte sich nicht an ihn erinnern, nur an das blinde Mädchen an der Garderobe.

»So viel zum Drogenentzug«, warf Marius ein.

Lenz sah Marius nachdenklich an. »Wenn er inzwischen wieder Drogen nimmt, dann braucht er mehr Geld, als er als Croupier verdient.«

»Und deshalb verdient er sich noch ein bisschen was dazu, indem er den Männern in der Spielbank die Frauen zuschanzt?«, hakte Tanja nach.

»Kann doch sein.«

»Überlassen wir den Kollegen vom K3 herauszufinden, ob das eine einmalige Aktion war oder ob Ronny Kretschmann seinen Vermittlungsdienst in größerem Stil betreibt«, meinte Henri. »Unser Job ist, genau zu rekonstruieren, was sich am Tag von Vanessas Tod in der Spielbank zugetragen hat. Wir müssen herausfinden, ob Torsten und Vanessa die Spielbank gemeinsam verlassen haben, ob er ihr gefolgt ist und was dann passiert ist. Dafür sollten wir die Videobänder des Tattages komplett sichten. Wir haben ja bisher nur einzelne Ausschnitte gesehen.«

»Ich kann hinfahren und die Bänder in der Spielbank holen«, bot Marius an. »Ihr habt doch alle Familie, mit der ihr den Samstag verbringen wollt. Ich hab eh nichts vor, ich kann hinfahren.«

»Das ist supernett, Marius«, sagte Tanja. »Ich hatte den Kindern versprochen, dass ich mit ihnen in den Tierpark gehe. Sie freuen sich bestimmt, wenn ich nicht so spät heimkomme.«

Tanja sah zu Henri. »Oder sollen wir die Videobänder gleich durchsehen?«

»Das machen wir am Montag, das reicht auch noch. Nachdem Torsten Schilling tot ist, haben wir keinen Zeitdruck mehr. Geh schon, Tanja, du musst wirklich nicht den Samstag im Büro verbringen.«

»Okay, ich mach mich auf den Weg.«

»Soll ich dich fahren?«, fragte Lenz. »Dann bist du schneller daheim.«

Tanja kam mit den öffentlichen Verkehrsmitteln und hatte eine längere Anreise zur Arbeit, bei der sie zweimal umsteigen und dann noch ein Stück laufen musste. Sie freute sich über Lenz' Angebot. Sie wohnte weiter draußen als Lenz, doch es war immerhin die gleiche Richtung.

»Gerne.«

Tanja und Lenz verschwanden, Marius folgte ihnen langsam.

»Danke, dass du rausfährst«, rief Henri ihm hinterher.

»Vielleicht spiele ich eine Runde Blackjack«, kam es aus dem Flur zurück. Henri hatte keine Ahnung, ob Marius das ernst meinte. Er griff nach seinem Handy und wählte Elisas Nummer.

»Henri, das ist aber praktisch, dass du gerade anrufst«, sagte sie statt einer Begrüßung.

»Praktisch? Warum?«

»Ich hätte da noch eine Frage.«

»Ich auch.«

»Du zuerst.«

»Ich habe mit einem Kollegen gesprochen, der fürs Glückspiel zuständig ist. Er hat gesagt, die Spielbank in Grünwald werde so intensiv kontrolliert, dass Betrug kaum möglich ist. Er hält es eher für wahrscheinlich, dass sich der Croupier mit seinen Vermittlungsdiensten noch ein bisschen was dazuverdient, was man ihm jedoch kaum als Zuhälterei auslegen können wird. Aber als ich dem Kollegen von den K.-o.-Tropfen erzählt habe, ist er hellhörig geworden. Er würde gern mit deiner Quelle sprechen und mit einer Haaranalyse überprüfen, ob ihr tatsächlich eine K.-o.-Substanz verabreicht wurde.«

»Kann man das im Nachhinein noch feststellen?«

»Im Blut und Urin sind solche Stoffe nur kurz nachweisbar, in den Haaren auch noch nach längerer Zeit.«

Elisa überlegte.

»Ich denke nicht, dass sie dagegen etwas einzuwenden hat. Ihr ist ja daran gelegen, dass so was in Zukunft unterbunden wird. Ich gebe dir ihre Kontaktdaten, aber es wäre nett, wenn ihr mir noch Zeit lasst, um sie vorzuwarnen.«

»Der Kollege wird sich sowieso erst am Montag bei ihr melden, er ist gerade ins Wochenende gegangen.«

»Okay. Sie heißt Kristina Sommer.« Elisa blätterte hörbar in irgendwelchen Papieren, dann diktierte sie Henri eine Telefonnummer. »Kann ich dich jetzt auch noch was fragen?«

»Fragen kannst du alles, ob du eine Antwort bekommst, kann ich dir nicht versprechen.«

Elisa schnaubte. Wahrscheinlich hatte sie jetzt wieder diese senkrechte Falte auf der Stirn.

»Kann es sein, dass Torsten Schilling zurzeit arbeitslos war? Dass er deswegen in der Spielbank war? Ich habe recherchiert, dass er bei der Unternehmensberatung, bei der er zuletzt gearbeitet hat, gehen musste.«

»Ja, es stimmt, er hatte seinen Job verloren. Er hat versucht, das vor seiner Familie geheimzuhalten. Deshalb sollten sie es jetzt nicht aus der Zeitung erfahren.«

»Hast du es ihnen nicht gesagt?«

»Seine Frau liegt noch im Koma. Ich werde mit ihr sprechen, wenn sie wieder zu sich kommt. Ich denke, für den Rest der Welt ist es nicht von Interesse.«

»War er im Casino, um dort das Geld zu gewinnen, das er nicht mehr verdienen konnte?«

»So ungefähr.«

»In der Pressemeldung habt ihr nur geschrieben, dass der Täter seinem Opfer in der Spielbank begegnet sein muss und dass ihr nachweisen könnt, dass er sie in seinem Auto transportiert hat.«

»Alles andere ist nicht relevant, glaub mir, Elisa!«

»Aber es muss doch irgendwas zwischen den beiden passiert sein!«

»Wir sind gerade dabei, darüber mehr herauszufinden. Dazu kann ich nicht mehr sagen, nicht mal, wenn ich dürfte. Wir wissen es selbst noch nicht.«

»Ihr habt keine genaue Todesursache angegeben. Nur dass Vanessa schon tot war, als sie in der Isar gelandet ist.«

»Das ist richtig.«

»Was war denn nun die Todesursache? Wurde sie erstochen, erdrosselt, erschossen?«

»Elisa, das ist Täterwissen. Wir haben unsere Gründe, wenn wir bestimmte Detailinformationen nicht an die Öffentlichkeit geben.«

»Ich würde es auch nicht in den Artikel schreiben.« Ihre Stimme wurde weich, bekam einen bittenden Unterton. »Ich verspreche es! Es ist nur für meinen Hinterkopf!«

»Elisa, hör auf damit. Ich kann es dir nicht sagen.«

»Na gut, dann eben nicht.« Jetzt war nichts Weiches mehr in ihrer Stimme. »Dann noch einen schönen Tag!«

Sie hatte aufgelegt, bevor Henri noch etwas erwidern konnte.

Warum war sie nicht einfach Lehrerin? Oder Zahnärztin? Irgendetwas anderes als Journalistin ...

Diana zog mit Yvonne eine Tischdecke nach der anderen durch die Mangel. Sie waren ein eingespieltes Team. Am Abend vorher hatte im Restaurant des Hotels eine Firmenfeier stattgefunden, bei der erheblich mehr Tischwäsche als an normalen Freitagabenden angefallen war. Diana schätzte, dass sie für den verbliebenen Wäscheberg noch mindestens drei Stunden brauchten. Sie freute sich schon auf den freien Sonntag.

Yvonne hatte Streit mit ihrem Freund. Sie war schlecht gelaunt und ließ es an den Tischdecken aus. Sie zerrte sie an ihrer Seite ungeduldig aus der Mangel, sodass sie Falten warfen, doch das störte Yvonne nicht. Sie faltete sie hastig zusammen und legte sie auf den Wagen für das Restaurant. Diana war froh, als sie mit den Tischdecken fertig waren. Sie ging hinüber zu den

Trocknern und faltete die Handtücher zusammen. Yvonne bügelte im Nebenzimmer. Ohne ihre schlechte Laune flogen Dianas Gedanken viel weiter. Wahrscheinlich war es am besten, sich die Idee mit dem gemeinsamen Urlaub aus dem Kopf zu schlagen. Das Wellnesshotel wäre schön gewesen, aber wenn es den anderen nicht gefallen hätte, dann hätte Diana den ganzen Urlaub ein schlechtes Gewissen gehabt. Die Karibik konnte sich Diana nicht leisten, selbst wenn sie an ihre eiserne Reserve ging und sich von Yvonne noch etwas lieh. Sie hatte behauptet, dass sie klären musste, ob sie so lange Urlaub bekam, doch sie würde überhaupt nicht mit der blöden Müller, ihrer Vorgesetzten, darüber reden. Dass sie noch genug Urlaubstage hatte, stand außer Frage. Sie würde einfach später bei Sanna anrufen und ihr sagen, dass sie keinen Urlaub bekam. Das war's dann. Ihre Freundinnen würden zusammen eine tolle Zeit haben und Diana würde jede Minute an sie denken.

Im Nebenzimmer klingelte das Haustelefon. Kurz darauf streckte Yvonne den Kopf durch die Tür.

»Das war die Müller. Du sollst zu Direktor Taubert kommen! Was will der denn von dir?«

Diana kannte den Hoteldirektor natürlich, doch sie hatte noch nie mehr als zehn Worte mit ihm gewechselt. Ab und zu verirrte er sich zu ihnen in die Katakomben und machte etwas Smalltalk, aber in seinem dunklen Anzug stand ihm schnell der Schweiß im Gesicht und dann verzog er sich wieder.

»Keine Ahnung.« Diana strich sich die Hände an ihrem Kittel ab. »Hat die Müller nicht mehr gesagt?«

»Nein, nur dass du hochkommen sollst. Jetzt gleich.«

»Okay.« Diana zog ihren Pferdeschwanz fest und schob die Brille hoch. »Dann geh ich mal.«

Sie war schon am Lastenaufzug, als ihr einfiel, dass sie sich noch kurz frischmachen könnte. Aber war es gut, den Hoteldirektor warten zu lassen? Sicher nicht! Was immer er von ihr wollte? Diana hatte keinen blassen Schimmer, warum er *sie* sprechen wollte, warum er nicht einfach mit der Müller reden konnte.

Dianas Schritte wurden langsamer, je näher sie den Direktionsräumen kam. Hier, im zweiten Stockwerk, hielt sie sich so gut wie nie auf. Zaghaft klopfte sie an die Tür von Berndt Tauberts Sekretärin.

»Kommen Sie rein, Frau Weinhold!« Die Sekretärin begrüßte sie mit einem freundlichen Lächeln. Sie deutete auf die geöffnete Tür zum Büro des Hoteldirektors. »Gehen Sie gleich durch. Herr Taubert erwartet Sie schon.«

Diana brachte kein Wort heraus. Erst als sie die Türschwelle überschritten hatte, wurde ihr klar, dass sie etwas sagen musste. Berndt Taubert saß an seinem Schreibtisch und blätterte in einem Haufen Unterlagen. Diana räusperte sich.

»Sie wollten mich sprechen?«, piepste sie.

Der Hoteldirektor sah hoch und lächelte.

»Frau Weinhold, danke, dass Sie gleich hochgekommen sind. Setzen Sie sich doch!«

Er deutete auf den Stuhl vor seinem Schreibtisch. Diana ließ sich auf der Stuhlkante nieder. Sie wusste nicht, wohin mit ihren Händen und schob sie unter die Beine.

»Ich habe gerade einen Anruf von einer gewissen Sanna Valentin bekommen. Das ist eine Freundin von Ihnen?«

Diana nickte beklommen. Warum hatte Sanna bei Berndt Taubert angerufen?

»Sie hat sich dafür stark gemacht, dass ich Ihnen Urlaub gebe, weil sie mit Ihnen verreisen möchte.«

Sanna hatte angerufen, um sich dafür einzusetzen, dass Diana bei ihrem Freundinnenurlaub dabei sein konnte! Diana stiegen Tränen in die Augen.

»Aus irgendeinem Grund scheint sie anzunehmen, dass Sie hier bei mir im Vorzimmer sitzen ...?« Der Direktor sah Diana fragend an. Sie schlug die Augen nieder. »Wie dem auch sei! Ich habe mich erkundigt und erfahren, dass Sie noch reichlich Resturlaub haben. Ich weiß gar nicht, wie Ihre Freundin auf die Idee kommt, das könne nicht für einen dreiwöchigen Urlaub reichen?«

Diesmal erwartete er eine Antwort.

»Der Urlaub ist nicht das Problem ...«, begann Diana.

»Sondern?«

»Ich kann es mir nicht leisten.« Jetzt war es heraus. »Deshalb habe ich behauptet, dass ich nicht so lange Urlaub bekomme.«

Diana wich seinem Blick aus. Eine Träne lief langsam über ihre Wange nach unten.

»Was hat Ihre Freundin denn geplant?«, erkundigte sich Berndt Taubert in sachlichem Ton.

»Wir sind zu viert. Es soll eine Kreuzfahrt und ein anschließender Urlaub in der Karibik werden.«

»Wow! Und Sie würden gern mitreisen, haben aber nicht genug Geld dafür?«

Diana nickte. Sie rutschte auf ihren Händen hin und her und wünschte sich weit weg aus diesem Büro.

»Ich habe Ihrer Freundin bereits zugesichert, dass Sie den Urlaub bekommen. Sie kann sehr hartnäckig sein ...«

»Das geht nicht!« Diana sah den Hoteldirektor entsetzt an. Er hatte ihre Ausrede zunichtegemacht. »Sie verstehen das nicht! Ich kann Sanna und den anderen nicht sagen, dass ich es mir nicht leisten kann! Sie würden mich nie mehr dabeihaben wollen! Wenn ich schon nicht mit in den Urlaub fahren kann, dann möchte ich wenigstens dabei sein, wenn wir uns hier treffen. Aber wenn sie erfahren, dass ich gelogen habe, dann werden sie nichts mehr mit mir zu tun haben wollen.«

Diana brach in Tränen aus. Berndt Taubert nestelte ein Taschentuch aus einer Packung und gab es ihr.

»Na na«, sagte er in beruhigendem Ton. »Ich hatte den Eindruck, dass es Ihrer Freundin sehr wichtig war, dass Sie mitkommen können. Dass ihr an Ihnen als Person gelegen ist. Meinen Sie nicht, dass Sie noch mal mit ihr darüber reden sollten?«

»Nein!« Niemals! Niemals würde Diana zugeben, dass sie gelogen hatte. Es war viel zu spät, um jetzt noch die Wahrheit zu sagen. Sanna, Ann-Kathrin und Corry würden sie verachten. Zu Recht.

»Würde Ihnen dann vielleicht ein Gehaltsvorschuss weiterhelfen und eine verfrühte Auszahlung des Weihnachtsgelds?«

Dianas Kopf schnellte hoch. »Wie meinen Sie das?«

»So wie ich es sage. Ich weiß, dass Sie eine unserer fleißigsten und loyalsten Mitarbeiterinnen sind. Das sehe ich, wenn ich unten bei Ihnen in der Wäscherei vorbeischaue, und das hat mir Ihre Vorgesetzte, Frau Müller, bestätigt. Ich wäre bereit, Ihnen einen Gehaltsvorschuss zu gewähren, wenn Ihnen damit geholfen ist.«

»Wirklich?« Diana sah Berndt Taubert an und bemerkte zum ersten Mal, dass er strahlend blaue Augen hatte, die voller Wohlwollen auf sie gerichtet waren.

»Wirklich!«

Plötzlich rückte der Urlaub in greifbare Nähe. Wenn sie einen Gehaltsvorschuss und das Weihnachtsgeld bekam, sich von Yvonne etwas leihen konnte, dann müsste der Restbetrag doch irgendwie aufzutreiben sein. Es wäre so schön, mit den Freundinnen zu verreisen!

»Nett, dass du mich mitnimmst«, sagte Tanja, nachdem Lenz aus der Tiefgarage gefahren und auf die Hansastraße gebogen war. »Dann bin ich erheblich schneller zu Hause.«

»Ist doch klar! Deine Kinder freuen sich bestimmt, wenn ihr mehr Zeit im Tierpark verbringen könnt.«

Lenz war seit Ewigkeiten nicht mehr im Tierpark gewesen. Es wäre ihm albern vorgekommen, als Erwachsener allein dorthin zu gehen. Doch mit Tanja und ihren Kindern würde es bestimmt Spaß machen.

»Wenn Henri darauf bestanden hätte, wäre ich noch geblieben, aber so ist es mir lieber.«

Sie schwiegen eine Weile. Lenz fuhr über den Ring und bog auf die A94. Sie wohnten beide im Osten der Stadt.

»Wenn du willst, kann ich dich regelmäßig mitnehmen«, schlug Lenz vor. »So weit wohnen wir ja nicht voneinander entfernt. Dann müsstest du dich nicht immer mit den öffentlichen Verkehrsmitteln herumschlagen.«

»Das ist nett, aber meistens arbeitest du ja länger als ich.«

»Für den Heimweg geht es natürlich nicht, aber ich könnte dich morgens auf dem Hinweg abholen.«

Lenz sah aus dem Augenwinkel, dass Tanja kurz zu ihm herüberschaute.

»Danke für das Angebot, aber der Hinweg ist nie das Problem, da habe ich eine gute Verbindung.«

»Du wärst nicht so lange unterwegs ...«, insistierte Lenz.

»Das stört mich nicht. Ich lese meistens in der Bahn.«

»Ist es nicht stressig, die Kinder morgens in den Kindergarten zu bringen und dann den Bus erwischen zu müssen?«

»Wir haben unseren eingespielten Ablauf, das klappt gut. Im Moment sind sie ja beide noch im Kindergarten, erst ab September wird das komplizierter, wenn Jona in die Schule kommt.«

»Mein Angebot gilt dann immer noch.«

»Danke, aber mach dir deswegen keine Gedanken. Ich hab das alles im Griff.« Tanjas Miene wurde verschlossen. Diesen Gesichtsausdruck bekam sie immer dann, wenn es um ihre Berufstätigkeit und ihre Kinder ging. Abrupt wechselte sie das Thema. »Sag mal, was ist da eigentlich mit Henri und dieser Elisa? Wie kommt es, dass sie ihm Tipps zu den Ermittlungen gibt?«

»Wahrscheinlich möchte sie im Austausch ein paar Tipps für ihre Zeitungsartikel.«

Tanja nickte.

»Klingt logisch. Aber da wird sie sich bei Henri die Zähne ausbeißen.«

»Das scheint für ihn nicht einfach zu sein. Ich glaube, er mag sie sehr.«

»Wie ist sie denn so? Kennst du sie persönlich?«

»Ich habe sie nur mal kurz gesehen, als ich Henri abgeholt habe. Viel kann ich dir nicht über sie sagen. Sie ist sehr nett und sie sieht super aus.«

»Soso.« Tanja sah auf der Beifahrerseite aus dem Fenster. »Das ist für euch Männer doch immer am wichtigsten.«

Tanjas wunder Punkt waren die paar Kilo Übergewicht, die sie seit ihren Schwangerschaften auf den Hüften hatte.

»So ein Quatsch! Für Henri spielt es eine viel größere Rolle, dass sie von Anfang an Zugang zu Anna hatte und gut mit ihr auskommt, sie lernt sogar mit ihr für die Schule. Dass sie gut aussieht, ist nur ein weiterer Pluspunkt.« Den er, Lenz, nicht unbedingt hätte hervorheben müssen. Schnell redete er weiter. »Sie ist ein ganz anderer Typ als Claire. Die kanntest du doch auch?«

»Ja, sie ist mir ein paar Mal begegnet.«

»Claire war wie eine zarte Elfe, die Henri vor den Widrigkeiten des Lebens beschützen musste. Elisa ist dagegen eine Frau, die mit beiden Beinen fest auf dem Boden steht. Ich habe den Eindruck, das gefällt ihm.«

»Und sie? Ist sie interessiert?«

»Sie scheint noch nicht über ihren Ex hinweg zu sein, der sie betrogen hat.«

»Oh!« Tanja grinste. »Aber wir wissen ja, dass Henri hartnäckig sein kann.«

»Das stimmt. Ich würde es ihm wünschen. Sie passen gut zusammen, glaube ich.«

»Dann bist du gar nicht selbst an ihr interessiert?«

»Wie kommst du denn *darauf*?!?«

»Hat sich so angehört.«

»So ein Quatsch!«

»Ach richtig, du hast dich ja in die Kassiererin in der Kantine verguckt. Hat sie denn inzwischen schon mal mit dir geredet?«

Wie peinlich! Selbst Tanja hatte seine alberne Schwärmerei mitbekommen. Und dass sie vollkommen aussichtslos war.

»Die ist doch viel zu jung für mich!«, behauptete Lenz rundheraus. Er fuhr von der Autobahn herunter und bog auf die Schnellstraße ab. »Jetzt musst du mir sagen, wo es hingeht.«

Tanja wies ihm den Weg. Keiner setzte die Unterhaltung fort. Als Lenz vor Tanjas Elternhaus anhielt, in dem sie in der Souterrainwohnung lebte, sausten mehrere Kinder mit Rollern und anderen Fahrzeugen über die wenig befahrene Straße.

»Sind das deine Kinder?«, fragte Lenz.

»Nicht alle.« Tanja lachte. »Das Mädchen da hinten auf dem Dreirad ist Mia und der Junge da drüben auf dem Roller ist Jona.«

Die Kinder wurden erst auf sie aufmerksam, als Tanja aus dem Auto stieg. Sie winkten und kamen auf sie zugefahren.

»Mama! Du bist schon da!«, freute sich das kleine Mädchen.

»Was ist das denn für ein Auto?«, fragte ihr Bruder.

»Das ist das Auto von meinem Kollegen Lenz, der mich netterweise heimgebracht hat.«

Lenz winkte den Kindern zu. Sie winkten verhalten zurück.

»Papa ist da!«, teilte Jona seiner Mutter mit.

»Ja, ich habe seinen Wagen gesehen.« Tanja drehte sich noch mal zu Lenz um. »Danke für's Mitnehmen. Schönes Wochenende!«

»Euch auch! Viel Spaß im Tierpark!«

Tanja hörte ihn schon nicht mehr. Sie hatte die Autotür zugeschlagen und lief hinter den Kindern her zum Haus.

Teil 7

Elisa hatte ihren Artikel über den Tod von Torsten Schilling an Wolf Borowsky übergeben. Es war kein journalistisches Meisterwerk. Doch angesichts der knappen Informationen, die Henri und sein Team zur Verfügung gestellt hatten, war nicht zu erwarten, dass die Konkurrenz mehr bringen würde. Es sei denn, auch dort hatte jemand herausgefunden, dass Torsten Schilling arbeitslos gewesen war, und hatte weniger Skrupel als sie, diese Information zu veröffentlichen.

Als Elisa durch den Englischen Garten nach Hause fuhr, war es nicht leicht, mit dem Fahrrad durch die Horden an Fußgängern zu kommen, die sich an diesem lauen Samstagabend durch den Park schoben.

Kristina Sommer hatte sich bereit erklärt, mit Henris Kollegen zu sprechen, wenn sie auch der Auffassung war, dass sie nichts wirklich Substanzielles beitragen könnte. Nach über zwei Tagen waren sicher keine Rückstände von K.-o.-Tropfen mehr in ihrem Blut oder Urin nachweisbar. Außerdem meinte Kristina, dass ihre Erinnerung an den Abend immer noch merkwürdig verschwommen war.

Elisa hatte Henri den Tipp weitergegeben, doch wenn er das Thema an seine Kollegen vom Glücksspiel-Dezernat weiterreichte, würde sie nichts über deren Ermittlungen erfahren. Sie kannte keinen dieser Kollegen und Henri würde kaum einen Kontakt herstellen. Er fand es ja schon nervig genug, dass *sie seine* Kontaktdaten hatte und sich lieber an ihn als an die Pressestelle wandte.

Sollte das, was Kristina in der Spielbank erlebt hatte, kein einmaliger Vorfall sein, wäre das eine Riesenstory. Man müsste es schaffen, im Casino in eine ähnliche Situation wie Kristina zu kommen, überlegte Elisa. Ohne natürlich einen der Cocktails dort zu trinken. Dann könnte man den Croupier beobachten und vielleicht auch den Mann ausmachen, mit dem Kristina Sex hatte haben sollen. Möglicherweise konnte sie eine Probe eines Drinks hinausschmuggeln und untersuchen lassen?

In Elysium angekommen, stellte Elisa ihr Rad ab und lief die Treppe nach oben in ihre Wohnung. Sie warf ihre Tasche auf den Sessel und klappte den Laptop auf. Im Internet suchte sie nach Laboratorien für toxikologische Analysen. Gleich das erste Labor, das sie sich näher ansah, befand sich in einer Parallelstraße zur Redaktion. Am Wochenende war dort niemand erreichbar, doch auf der Internetseite des Labors stand, dass man dort auch private Untersuchungen in Auftrag geben konnte. Was immer das kosten würde. Bei der *Morgenzeitung* wäre man davon nur begeistert, wenn eine richtig gute Story heraussprang.

Elisa klickte weiter. Zum Thema K.-o.-Tropfen gab es reichlich Informationen. Sie erfuhr, dass diverse sedierende Substanzen als K.-o.-Tropfen genutzt werden konnten, die je nach Dosis und individueller Verfassung unterschiedlich stark anschlugen. Für alle Substanzen galt, dass sie etwa fünfzehn bis zwanzig Minuten nach Einnahme die Aktivität des Gehirns und des zentralen Nervensystems verlangsamten und dadurch sowohl entspannend als auch enthemmend wirkten. Betroffene merkten meistens nur, dass ihnen übel wurde, als hätten sie zuviel getrunken, las Elisa. Zwar konnte man noch normal reden und sich bewegen, doch bereits nach kurzer Zeit war man völlig willenlos, durchlebte eine Art Blackout, wie Kristina Sommer ihn Elisa geschildert hatte. Später konnte man sich nicht mehr daran erinnern, was unter dem Einfluss der Drogen mit einem geschehen war. Die Wirkung hielt je nach Substanz und Dosis zwischen zwei und vier Stunden an.

Würde sie es schaffen, eine Probe von einem Getränk aus der Spielbank zu schmuggeln, falls sie in einer ähnlichen Situation wie Kristina war und man ihr einen Drink anbot? Zu zweit wäre es leichter, die Drinks im Auge zu behalten und heimlich eine Probe davon zu nehmen, doch Lena, die einzige Person, die dafür infrage kam, Elisa zu begleiten, hatte keine Zeit. Sie musste es allein hinbekommen.

Elisa klappte den Laptop zu und machte sich auf die Suche nach dem Flachmann, den ihr Bruder Jasper ihr geschenkt hatte, als sie sich anschickte, in den Süden zu ziehen.

»So was brauchst du, wenn du in die Berge gehst«, hatte er behauptet. Elisa hatte nicht angenommen, dass sie ihn so bald benutzen würde. Der Flachmann war ganz hinten in ihrem Küchenschrank. *Nordlicht* stand darauf. Elisa lächelte wehmütig. Sie vermisste Jasper.

Der Flachmann roch neu, als Elisa ihn öffnete und daran schnüffelte. Sie spülte ihn gründlich mit heißem Wasser aus. Er passte in ihr Handtäschchen. Sie steckte ihr Handy, den Schlüssel und etwas Geld dazu.

Ob sie überhaupt in einem Ausmaß wie Kristina gewinnen würde? Beim letzten Mal hatte sie keinen Erfolg gehabt. Damals saßen mit Lena und Kristina zwei lebhafte und attraktive Frauen am Tisch. Vielleicht war es kein Zufall gewesen, dass immer eine der beiden, aber niemals Elisa, die nicht gerade eine Stimmungskanone gewesen war, gewonnen hatte. Was, wenn der Betrug doch schon beim Spiel begann? Elisa würde es herausfinden!

Sie zog diesmal nicht das kleine Schwarze, sondern ein auffälliges leuchtend rotes Sommerkleid mit dünnen Spaghettiträgern an. Ihre Brüste hoben sich deutlich sichtbar aus dem engen Satinstoff des Oberteils, der Rock fiel in zarten Volants und umschmeichelte Elisas lange Beine vorn nur bis zum Knie. Das Kleid war sexy genug, um auch im Casino als Abendkleid durchzugehen. Elisa würde damit bemerkt werden. Sie trug ihre gelockten Haare offen und schminkte sich stark. Als sie einen Lippenstift im gleichen Rotton wie das Kleid fand, war sie zufrieden. Elisa schlüpfte in hochhackige Schuhe und drehte sich vor dem Spiegel. Selbst Jette würde an diesem Outfit nichts auszusetzen haben! Henri wollte Elisa in diesem Aufzug allerdings nicht begegnen. Er musste nicht wissen, dass sie schon wieder in der Spielbank recherchierte. Und dass sie sich dafür so zurechtgemacht hatte.

Sie horchte ins Treppenhaus und erst als sie sich vergewissert hatte, dass alles still war, schlich sie die Treppe hinunter. Obwohl es langsam dämmerte, war die Luft noch warm, als Elisa zur Tramhaltestelle lief. Sie wollte mit der Trambahn bis zum Stachus fahren und von dort mit der S-Bahn bis Grünwald kommen. Von der S-Bahn-Haltestelle fuhr ein Bus bis zur Spielbank, der letzte an diesem Tag. Zurück würde sie ein Taxi nehmen müssen. Während der Tramfahrt suchte sie die Nummer eines Grünwalder Taxiunternehmens heraus und speicherte sie in ihrem Handy.

Als Elisa in der S-Bahn saß und Grünwald langsam näherkam, zog sie ihr Handy erneut aus der Tasche. Sie wählte Jaspers Nummer, wollte ihm erzählen, wofür sie den Flachmann benutzte, doch sie hörte nur seine Stimme auf der Anrufbeantworteransage. Elisa hinterließ eine kurze Nachricht. Dann rief sie bei ihrer Schwester an.

»Elisa, schön dass du dich meldest!«

»Ich wollte hören, wie euer Tag am Strand war!?«

»Ganz okay. Na ja, nein, eigentlich nicht ... Ich bin noch hier bei ihm, er bringt die Kleine gerade ins Bett.«

»Wie war es mit ihr?«

»Sie ist ganz süß. Sie ist nicht das Problem.« Sasha senkte die Stimme. »Aber *er* hat sich merkwürdig verhalten.«

»Inwiefern?«

»Erst mal war ich überrascht, dass er seiner Ex offensichtlich nichts von mir erzählen möchte. Er hat der Kleinen eingebläut, dass sie sagen soll, sie sei allein mit ihm am Strand gewesen. Als ob die was ausplaudern kann, mit den paar Worten, die ihr zur Verfügung stehen – sie scheint in ihrer Sprachentwicklung etwas zurück zu sein! Aber er hat es durchgezogen. Kein Kuss, keine Berührung, auf getrennten Handtüchern sitzen.«

»Das klingt wirklich merkwürdig!«

Die S-Bahn hielt in Grünwald. Elisa stieg aus und erwischte gerade noch den Bus Richtung Spielbank.

»Und dann hat er mich die ganze Zeit von oben herab belehrt«, sprach Sasha inzwischen weiter. »Klar hab ich kein Kind und weiß vieles nicht, aber er scheint mir auch kein Experte zu sein. Er hat mir verboten, der Kleinen von den Apfelschnitzen zu geben, die ich extra mitgenommen hatte, sie durfte die ganze Zeit nur diese trockenen Reiswaffeln essen. Was soll denn bitteschön an Apfelschnitzen verkehrt sein?«

»Sicher nichts.«

»Eben. Aber er hat ein Riesendrama daraus gemacht. Und er fand es unverantwortlich, dass ich sie ohne Windel herumlaufen lassen wollte. Dabei hat das arme Kind einen total roten Popo, dem hätte etwas frische Luft gutgetan. Er hat alles, was ich gesagt oder gemacht habe, abgelehnt.«

»Vielleicht war das nur wegen der Kleinen?«

»Ich fürchte, wenn ich unsere früheren Treffen und vor allem unseren beruflichen Kontakt Revue passieren lasse, dann muss ich zugeben, dass er eigentlich immer schon so besserwisserisch aufgetreten ist.« Sasha zögerte. »Ich weiß echt nicht, ob ich das auf Dauer wirklich will. Und ob ich das nötig habe.«

»Was heißt das?«

»Dass ich nicht mal sicher bin, ob ich heute Nacht hierbleibe. Weißt du, wenn sich das schon nach so kurzer Zeit abzeichnet ... Ich habe einfach keine Lust auf solche Machtspielchen, denn das ist es doch, worauf es letztendlich hinausläuft. Er vermittelt mir ständig den Eindruck, dass er kompetenter ist als ich, dass ich mich seiner Meinung unterzuordnen habe. Und er will mir ständig Vorschriften machen, das geht gar nicht!«

Sasha hatte sich noch nie von jemand anderem Vorschriften machen lassen, weder von ihren Eltern noch von ihren Geschwistern. Sie würde nicht bei einem Mann damit anfangen, den sie gerade mal drei Wochen kannte.

Elisa lachte. »Nein, das geht gar nicht! Vielleicht solltest du ...«

»Er kommt zurück, ich muss aufhören. Mach's gut, Elisa.«

»Du auch, Sasha.«

Elisa war sich ziemlich sicher, dass der Anwalt in dieser Nacht allein in seinem Bett liegen würde. Sasha ließ sich von niemandem etwas bieten. Sie hatte sich auch immer darüber aufgeregt, wie Carsten Elisa behandelt hatte. »Lass dich doch von ihm nicht so herumkommandieren!«, hatte sie nicht nur einmal zu Elisa gesagt. »Er nutzt dich aus und du machst auch noch alles, was er will. Dabei ist er nur in der Redaktion dein Chef, nicht zu Hause und nicht in eurer Beziehung!«

Elisa hatte nicht nur viel mehr Haushaltspflichten als er übernommen. Sie hatte sich ihm auch in vielen anderen Punkten untergeordnet. Sasha hatte recht. Sie hatte es nicht nötig, vor diesem Anwalt zu kuschen.

Und genauso wenig hatte Elisa es nötig, sich noch mal auf eine Beziehung einzulassen, in der sie nicht gleichberechtigt war. André war der gleiche Typ wie Carsten, auch er würde beruflich und privat den Ton angeben wollen. Er war ihr Chef und selbst wenn er ihre Leistungen und ihre Persönlichkeit respektierte, vermittelte er wie Carsten den Eindruck, dass er sich ihr überlegen fühlte und dass er die Spielregeln zwischen ihnen vorgeben wollte.

Mit Henri war es ganz anders. Elisa hielt einen Moment inne, verwundert über ihre eigenen Gedanken. Henri sprach nicht mit ihr über seine Ermittlungsergebnisse, doch ansonsten war er von einer einnehmenden Offenheit. Er begegnete Elisa auf Augenhöhe und niemals hatte sie den Eindruck, dass er sich ihr überlegen fühlen könnte oder dass er es darauf anlegte, sie zu dominieren.

Doch wenn er ihr nicht mal genug vertraute, um mit ihr über seine Ermittlungen zu sprechen? Wenn er überzeugt davon war, dass sie Ermittlungsergebnisse, wenn nötig, nicht auch mal zurückhalten konnte, dann schätzte Henri ihre Freundschaft offensichtlich anders ein als sie?

Der Bus hielt am Friedhof. Die Spielbank befand sich schräg gegenüber am Ortsausgang von Grünwald, umgeben von hohen Bäumen. Für den Bau der Spielbank war eine Schneise in den Wald geschlagen worden, hatte Elisa bei ihren Recherchen erfahren.

Sie stieg aus dem Bus und steckte das Handy, das sie immer noch in der Hand gehalten hatte, in ihre Tasche. Dabei stieß sie an den Flachmann. Sobald sie das Laborergebnis bekam, würde sie es an Henri weitergeben, um ihm zu zeigen, dass sie sein Vertrauen verdiente. Er sollte sehen, dass es ihr nicht nur um ihre Story ging, sondern auch darum, die Ermittlungen der Polizei zu unterstützen.

Sie ging die breite Treppe zum Eingang der Spielbank nach oben, trat durch die große Tür und hörte den wummernden Rhythmus, der für sie auf immer mit dieser Spielbank verbunden sein würde. Lady Gaga sang *Pokerface*.

Sarah hatte ihre Kollegin Carola in ihren Plan eingeweiht. Carola hatte sie gemustert und ihr unumwunden in breitestem Sächsisch mitgeteilt, dass sie unmöglich in dem beigefarbenen Rock und der geblümten Bluse, womit sie zur Arbeit erschienen war, in eine Spielbank gehen konnte. Pragmatisch wie Carola war, hatte sie schnell eine Lösung parat. Sie verschwand für eine Weile in der Abteilung für Abendkleider und kam mit einem hellblauen Traum aus Seide und Organza wieder, der hervorragend zu Sarahs blauen Augen passte.

»Das ist nicht dein Ernst?!?«

»Ist nur geliehen.« Carola winkte großspurig ab. »Schlüpf mal rein!«

Sarah schlich in eine der Umkleidekabinen. Für einen Samstag war in der Wäscheabteilung wenig los. Die meisten dachten bei dem herrlichen Sommerwetter nicht daran, shoppen zu gehen.

Das Kleid passte wie angegossen, es ließ sogar die kleinen Polster an Hüfte und Po auf wundersame Weise verschwinden. Und da es bodenlang war, sah man kaum, dass Sarahs Schuhe mit den niedrigen Keilabsätzen nicht richtig dazu passten.

»Ich weiß nicht ...«

Sarah schlüpfte schnell aus dem Kleid.

»Ich schon.« Carola nahm den Bügel, kaum das Sarah das Kleid wieder darauf gehängt hatte, und trennte das Preisschild ab. »Ich hebe das auf und am Montag bringen wir es zurück. Du solltest nur nicht ins Schwitzen kommen!«

Das war leichter gesagt als getan. Nach Feierabend zog Sarah das Kleid an und machte sich auf den Weg nach Grünwald. Sie hatte Marcel erzählt, dass sie auf einer kleinen Mädelsparty bei Carola eingeladen war. Er hatte ihr zugeredet hinzugehen, obwohl sie wusste, dass er an den letzten Abenden froh gewesen war, wenn sie nach der Arbeit nach Hause kam und ihn in den Arm nahm. Als sie in der S-Bahn saß, wäre sie am liebsten sofort wieder ausgestiegen. Sie musste sich selbst ermahnen, dass sie es schließlich für ihn tat, für die Therapie, die Marcels Leben retten sollte.

Auf dem Weg von der S-Bahn zum Bus merkte Sarah, dass die Leute sie in ihrem Abendkleid anschauten. Als ob sie ahnten, dass sie sich nur verkleidet hatte, dass sie sonst keine Frau war, die die Blicke der Männer auf sich zog. Marcel versicherte ihr zwar immer, dass sie wunderschön sei, doch Sarah mochte weder ihr dünnes, glattes Haar noch ihren kurzen Körper. Lediglich ihr herzförmiges Gesicht betrachtete sie im Spiegel gern. Sarah stolperte über den Saum des langen Kleides. Nun schwitzte sie doch.

In der klimatisierten Spielbank war es im Gegensatz zu draußen angenehm kühl. Laute Musik übertönte die Gespräche der Spieler. Angesichts der piekfein gekleideten Leute war Sarah nun doch dankbar für das Abendkleid. Ihr eigener Kleiderschrank hätte nichts Geeignetes aufzuweisen gehabt.

Sarah sah sich um. Kartenspiele kamen nicht infrage, sie verstand weder die Regeln von Poker noch von Blackjack. Sie würde es mit Roulette versuchen. Als Kind hatte sie manchmal mit ihren Eltern mit einem kleinen Spielzeug-Roulette gespielt. Sie wusste nicht mehr genau, welche Gewinnchancen man bei welchem Feld hatte. Auf Rot und Schwarz konnte man seinen Einsatz verdoppeln, genau wie auf Gerade und Ungerade. Alles andere musste sie sich erst wieder ins Gedächtnis rufen.

Sarah hatte ihr gesamtes Bankkonto leergeräumt. Sie wechselte das Geld in Jetons und ging zu den Roulettetischen. Am vordersten Tisch spielten nur

Männer, dort wollte Sarah sich nicht dazusetzen. Am Tisch daneben war das Publikum gemischt, es wurde gelacht. Sarah sah einen freien Hocker neben einer jungen Frau, die ganz in Rot gekleidet war.

»Ist hier noch frei?«, fragte sie.

»Natürlich, setzen Sie sich.«

Die Frau lächelte sie freundlich an.

»Danke.«

Sarah ließ sich vorsichtig auf dem Hocker nieder und zog den Stoff des Kleides unter ihrem Po und ihren Beinen glatt. Das Kleid durfte auf keinen Fall zerknittern.

Unsicher nickte Sarah den anderen Spielern am Tisch zu. Auf der gegenüberliegenden Seite saßen zwei Männer und eine Frau, die Frau gehörte offensichtlich zu dem Mann an ihrer Seite, denn sie legte besitzergreifend ihre Hand auf seine. Neben der Frau in Rot saß ein weiteres Paar. Sarah grüßte auch den Croupier, der am Ende des Tisches stand, und den Tischchef auf seiner anderen Seite, doch beide nickten ihr nur kurz zu und richteten ihre Aufmerksamkeit wieder auf das Spiel.

Die Frau in Rot setzte gleich drei Jetons auf einmal auf eine Gruppe von vier Zahlen; auf die 20, die 21, die 23 und die 24. Sie lachte dabei laut, warf ihre dunklen Locken zurück und zupfte an einem Träger ihres Kleides herum. Sarah entging nicht, dass alle Männer am Tisch die Frau anstarrten. Demjenigen, der ihnen allein gegenübersaß, gingen geradezu die Augen über, als er ihr in den Ausschnitt glotzte.

Sarah schob einen Jeton auf Rot. Sie wollte es erst mal langsam angehen lassen. Der Croupier beförderte den Jeton vom Rand in die Mitte des Feldes.

»Rien ne va plus«, sagte er.

Alle Augen richteten sich auf die Kugel, die im Kessel ihre Kreise drehte.

»23«, verkündete der Croupier, als sie zum Stillstand kam.

Sarah hatte gewonnen – fünf Euro immerhin.

Auch die Rote, wie Sarah sie insgeheim nannte, hatte gewonnen. Sie jubelte laut, denn sie bekam 24 Jetons zurück, das Achtfache von dem, was sie gesetzt hatte. Sogar ihr Lippenstift leuchtete im gleichen Rot wie ihr Kleid. Sarah bereute bereits, dass sie neben ihr Platz genommen hatte.

Ein Kellner mit einem Tablett voller Gläser trat von hinten an sie heran.

»Haben Sie einen Wunsch?«

»Nein, danke, im Moment nicht«, wehrte Sarah ab. Sie konnte nicht das Geld, das sie gewann, gleich wieder vertrinken.

»Für mich auch nicht«, flötete die Rote laut neben ihr. »Ich muss erst noch ein bisschen gewinnen, dann kann ich mir einen Drink leisten.«

Wieder lachte sie laut. Sie drehte sich zu Sarah.

»Wenn wir bei der ersten Million angekommen sind, gönnen wir uns einen Drink, oder was meinen Sie?«

»Ich fürchte, das dauert noch.«

»Setzen Sie mit mir! Ich habe gerade eine Glückssträhne«, rief die Rote und platzierte fünf Jetons zwischen zwei Zahlen; 25 und 26, eine rot, eine schwarz. Sarah setzte wieder einen Jeton auf Rot. Diesmal gewann die 25. Die Rote klatschte in die Hände und raffte die Jetons, die der Croupier zu ihr herüberschob, an sich.

»Sehen Sie, Sie haben auch gewonnen. Sie hätten mehr setzen sollen!«

Sie nickte Sarah aufmunternd zu. In ihren Augen blitzte etwas. Sarah war sich nicht sicher, ob sie ihr zugezwinkert hatte. Vielleicht war sie doch nicht so übel. Trotzdem wagte Sarah nicht, mehr zu setzen. Sie blieb bei einem Jeton. Wenn daraus mehr wurde, setzte sie nur den Gewinn und legte den Einsatz auf ihren Stapel, wenn sie ihn verlor, musste sie einen Jeton von ihrem Stapel nehmen. Sarah gewann häufiger, als sie verlor, doch bei ihren kleinen Einsätzen dauerte es lange, bis ihr Stapel sichtbar größer wurde. Nach einer knappen Stunde hatte sie gerade mal 2.000 Euro gewonnen, überschlug sie. Dabei brauchte sie so viel mehr!

Wann immer Sarah wie die Rote setzte, gewann sie. Die Frau schien wirklich eine Glückssträhne zu haben. Sie setzte inzwischen richtig große Beträge und sie gewann weiterhin. Ihr Stapel war mittlerweile so groß, dass sie mehrmals auf die nächstgrößeren Jetons umgestiegen war.

Sarah hörte auf, ihre Jetons auf andere Zahlen als die Rote zu setzen. Sie hatte sie ja aufgefordert, mit ihr mitzusetzen Sie strahlte sie an und sie freuten sich gemeinsam, als sie gewannen.

Sarah wurde mutiger. Schließlich wollte sie Marcels Leben retten. Da kam sie mit Fünf-Euro-Einsätzen nicht weit. Sie tauschte einen ganzen Haufen ihrer kleinen Jetons gegen einen einzigen. Kurz drückte sie den Tausender fest in ihrer Hand zusammen, dann setzte sie ihn auf die 32, genau neben den Jeton der Roten. Sarah schloss die Augen. Sie hörte die Kugel im Kessel laufen und wagte nicht hinzuschauen.

Zufrieden registrierte Henri, dass Elisas Fahrrad immer noch unter dem Carport stand, als er vom Joggen nach Hause kam. Während des Laufens war ihm klargeworden, dass er den Abend wieder mit ihr verbringen wollte, auch wenn sie ihr letztes Telefonat so abrupt beendet hatte. Nach dem Abendessen würde er zu ihr hochgehen und sie auf ein Glas Wein einladen.

Im Haus streifte Henri die Laufschuhe von den Füßen und ging in die Wohnung. Luna lief durch die offene Verandatür hinaus in den Garten. Henri holte sich eine Wasserflasche und trank die Hälfte auf ex aus.

»Da bist du ja endlich, Bärchen!«, rief Karen von der Veranda. »Wir essen in einer Viertelstunde. So willst du dich ja wohl nicht an den Tisch setzen!« Henri drückte Karen einen Kuss auf die Wange und machte Anstalten, sie zu umarmen.

»Bleib mir vom Leib!«, kreischte sie und flüchtete in die Küche.

Anna steckte ihren Kopf aus der Tür des Baumhauses.

»Pfui, Papa, du bist ja total nassgeschwitzt.«

»Stell dir vor, ich war gerade laufen. Du kannst mich beim nächsten Mal gern begleiten!«

Anna verschwand wieder im Baumhaus. Henri ging nach oben und duschte. Als er zurückkam, saßen Karen und Anna bereits am Tisch unter der Pergola, Karen schöpfte Gazpacho aus einer großen Schüssel in die Teller.

»Lecker«, sagte Henri. »Gazpacho ist angenehm bei dieser Hitze!«

Anna verzog das Gesicht und rührte skeptisch in der kalten Suppe.

»Kochen wir eigentlich im Urlaub selbst oder gehen wir auch mal Pizza essen?«

Es waren nur noch wenige Wochen bis zu den Sommerferien. Gleich zu Beginn der Ferien wollten sie zu dritt nach Elba reisen, wo sie eine Ferienwohnung gemietet hatten. Früher, als Henri noch ein Kind war, hatten sie öfter Urlaub auf Elba gemacht. Claire hatte exklusivere Ziele bevorzugt. Als Karen Elba vorschlug, war Henri sofort einverstanden gewesen. Dort würde sie nichts an Claire und Jonathan erinnern. Elba würde ihnen allen guttun.

»Sicher gehen wir auch mal essen«, sagte Henri, bevor Karen Einspruch erhob. »Wir können grillen, wir haben die freie Wahl.«

Er hatte sich noch nicht viele Gedanken über den Urlaub gemacht, seit sie die Fähre und die Wohnung gebucht hatten. Die Arbeit beherrschte alles und verdrängte selbst Urlaubsgedanken. Henri wusste, dass er erst einen freien Kopf für den Urlaub haben würde, wenn sie es schafften, den Mord an Vanessa Czerny innerhalb der nächsten zwei Wochen zu rekonstruieren und den Fall damit abzuschließen.

»Aber wir müssen nicht essen gehen«, meinte Karen. »Ich kann uns schon was kochen.«

»Du sollst doch auch Urlaub haben, Mama!«

»Ach das bisschen Kochen ...«

Henri lehnte sich zurück und sah unauffällig hoch zu Elisas Wohnung. Die Tür zur Dachterrasse war zu. Das war ungewöhnlich. Normalerweise riss Elisa am Abend die Fenster sperrangelweit auf.

»Papa!?« Anna schien Henri etwas gefragt zu haben.

»Bist du in Gedanken schon wieder bei der Arbeit?«, rügte Karen ihn.

»Nein, nicht bei der Arbeit.«

Henri zwang sich dazu, Annas und Karens Gespräch zu folgen. Später, nach dem Essen, würde er zu Elisa hochgehen. Doch so weit kam es nicht.

Anna sprang auf, sobald sie mit dem Essen fertig waren, und verkündete, dass sie zu Elisa hochschauen würde, weil sie etwas mit ihr besprechen müsse. Henri und Karen räumten den Tisch ab und füllten die Spülmaschine. Kurz darauf stand Anna wieder neben ihnen.

»Das ging schnell!«, meinte Henri.

»Elisa ist nicht da.«

»Ihr Rad steht unter dem Carport.«

»Sie ist aber nicht da. Ich war in der Wohnung.«

»Anna! Du kannst nicht einfach in Elisas Wohnung gehen«, erklärte Karen.

»Ich hab geklopft!«

»Trotzdem. Stell dir vor, sie liegt im Bett und will schlafen.«

»Liegt sie nicht, ich hab nachgeschaut«, sagte Anna trotzig und verschwand nach draußen.

Als alles weggeräumt war, folgte Henri Anna. Sie musste im Baumhaus sein, denn Luna lag unter der Strickleiter auf dem Rasen.

»Kann ich hochkommen, Anna?«

»Hm.«

Das war wohl als klares Ja zu interpretieren.

Henri kletterte die Strickleiter hinauf und zwängte sich durch die enge Öffnung ins Baumhaus. Anna sah nicht begeistert aus, aber das tat sie eigentlich nie.

»Was wolltest du denn mit Elisa besprechen? Magst du vielleicht mit mir darüber reden?«

Anna zuckte mit den Achseln und zupfte an der Decke herum, auf der sie saßen.

»Ich bin vielleicht nicht so ein guter Gesprächspartner wie Elisa ... Aber ich versichere dir, dass ich genauso wie sie Anteil daran nehmen möchte, wie es dir geht. Ich weiß, dass ich nicht genug Zeit für dich habe, Anna. Aber das heißt nicht, dass ich nicht wissen will, was dich beschäftigt.«

»Schon klar, Papa.«

»Sicher?«

Sie nickte.

»Komm her!«

Anna kuschelte sich in Henris Armbeuge wie sie es früher als kleines Mädchen oft getan hatte. Sie drückte sich an ihn und er presste seine Lippen in ihre Haare. Es dauerte eine Weile, bis Anna zu sprechen begann.

»Da ist ein Junge, den ich mag. Und sag jetzt nicht, dass ich dafür noch zu jung bin!«

»Ich hab gar nichts gesagt.«

Henri war froh, dass Elisa ihn vorgewarnt hatte.

»Kenn ich den Jungen?«

»Ich glaube nicht. Er ist in meiner Parallelklasse. Er heißt Tim. Und er ist voll süß.«

Henri lächelte.

»Heißt das, dass er süß *aussieht* oder dass er süß *ist?*«

»Beides!«

»Und er? Findet er dich auch süß?«

Kaum zu glauben, dass ein Fünfzehnjähriger sich die Mühe machte, hinter Annas spröden Panzer zu schauen.

Doch sie nickte.

»Hat er gesagt.«

»Gehst du mit ihm? Oder wie nennt man das heutzutage?«

Anna druckste herum.

»Na ja ... irgendwie nicht offiziell ...«

»Nicht offiziell?!?«

»Nicht so, dass es die ganze Schule mitbekommt. Er hat so blöde Kumpels ...«

»Aha ... Aber wenn ihr nicht in der Schule zusammen seid, wo seht ihr euch dann?«

»Im Englischen Garten. Wir haben uns dort getroffen, als ich mit Luna unterwegs war, und sind ins Gespräch gekommen. Na ja ... seitdem treffen wir uns öfter dort ...«

Und tut was?

Henri wusste nicht, wie er das fragen sollte, was er wissen wollte. Im Gespräch mit seiner Tochter galten andere Regeln als im Zeugenverhör. Jetzt, nachdem Anna ihm von Tim erzählt hatte, wollte er sie nicht vor den Kopf stoßen.

»Was wolltest du mit Elisa besprechen?«, fragte er schließlich. »Ich nehme an, dass sie schon länger von Tim weiß ...«

Anna senkte verlegen den Kopf.

»Es ist leichter, mit ihr darüber zu reden als mit dir oder mit Oma.«

Henri drückte Anna an sich.

»Das glaube ich dir. Aber vielleicht willst du es trotzdem mal mit mir versuchen?«

Anna überlegte. Dann nickte sie.

»Tim will mit mir schlafen«, sagte sie leise.

Henri hielt die Luft an. Anna war vierzehn.

»Und du? Was willst du?«, schaffte er es zu fragen.

Anna sah ihn verwundert an.

»Bist du nicht dagegen? Findest du nicht, dass ich dafür noch zu jung bin?«

»Natürlich finde ich es früh, Anna. Aber ich gebe mich keinen Illusionen hin, dass ihr es nicht auch ohne mein Einverständnis tun würdet. Deshalb ist es mir wichtiger herauszufinden, ob du selbst schon bereit dazu bist oder ob du es nur machen würdest, um ihm einen Gefallen zu tun.«

»Ich weiß nicht ... Ich finde es schön, wenn er mich küsst. Aber wenn er mich überall anfasst, dann ist das ein komisches Gefühl.«

»Tut er das, dich überall anfassen?«

»Na ja ... heute haben wir uns auf eine Bank gesetzt und haben uns geküsst und dann hat er mich in den Arm genommen ... so wie du jetzt ... und dann hat er mich gestreichelt. Am Bein ... und hier.«

Sie deutete auf ihre Brust.

Der Junge schien zielstrebig zu sein.

»Und das löst bei dir ein komisches Gefühl aus?«

Anna nickte.

»Dann lass dir Zeit, Anna. Bis du selbst so weit bist! Jungen in dem Alter sind ziemlich triebgesteuert. Lass dich von ihm nicht zu etwas überreden, was du nicht möchtest!«

Anna schwieg.

»Und wenn er nicht warten kann, dann ist er es nicht wert, hörst du?«

»Hm«, machte Anna.

»Was hältst du davon, wenn du Tim mal zu uns einlädst? Dann können wir ihn kennenlernen und er uns.«

Anna sah Henri zweifelnd an.

»Was ist?«

»Das ist peinlich, wenn du ihn so einem Verhör unterziehst und Oma ihn über gesundes Essen vollquatscht. Das machen wir nur, wenn Elisa auch da ist.«

»Wie du möchtest.«

Anna überlegte. »Okay, ich frag ihn, ob er mal kommen will. Aber du musst versprechen, dass du dann nicht so den Bullen raushängen lässt.«

Henri lachte.

»Das verspreche ich. Aber nur, wenn er nett zu dir ist. Wer nicht nett zu meiner Tochter ist, der bekommt es mit dem Bullen-Vater zu tun.«

Anna drückte sich erneut an Henri.

»Ich hab dich lieb, Papa.«

»Ich dich auch, Anna.«

Sie hielten sich lange in den Armen, bis Karen herauskam. Sie hatte den Fernseher eingeschaltet und eine von Annas Lieblingssendungen entdeckt. Henri und Anna kletterten aus dem Baumhaus, Anna lief eilig hinter Karen ins Haus.

Henri sah zu Elisas Fenster hoch. Immer noch verschlossen. Er holte sich die Zeitung aus dem Haus und setzte sich unter die Pergola. Von dort würde er mitbekommen, wenn Elisa heimkam. Und bis dahin würde er lesen, was sie in der *Morgenzeitung* geschrieben hatte.

Doch Henri war noch nicht beim München-Teil angelangt, als sein Handy klingelte. Es war Dr. Vogel, der Rechtsmediziner.

»Die Haaranalyse wird noch dauern, so was geht nicht so schnell«, sagte er ohne große Begrüßung. Henri brauchte einen Moment, bevor er verstand, dass Dr. Vogel von Vanessa Czernys Haaren sprach. »Aber ich habe mir ihr Blut und ihren Urin noch mal genauer angesehen, nachdem Sie den Verdacht geäußert haben, dass die Tote mit K.-o.-Tropfen außer Gefecht gesetzt wurde.«

»Und? Wurde sie? Haben Sie Rohypnol oder so was gefunden?«

»Ich kann nichts nachweisen, weder Rohypnol noch eine andere Substanz. Aber das heißt nicht, dass sie nichts davon verabreicht bekommen hat. Erst die Haare werden Aufschluss darüber geben, ob sie K.-o.-Tropfen bekommen hat oder nicht.«

»Wir sind also genauso schlau wie vorher?«

»Kann man so sagen«, gab Dr. Vogel zu.

»Dann sollten Sie jetzt auch mal Feierabend machen. Es ist Samstagabend.«

»Ich habe noch zu tun.«

»Ein neuer Fall?«

»Nicht für Sie. Ihre Kollegen haben den Fall übernommen. Seien Sie froh. Ist unappetitlich!«

Henri beendete das Gespräch. Er sah nach oben, Elisa war immer noch nicht zu Hause. Henri blätterte weiter. Neben Elisas Artikel über Vanessa Czerny war ein kleines Foto von ihr abgebildet. Kein Passfoto, sondern eines, das sie vor einem verschwommenen Hintergrund zeigte, vielleicht an ihrem Arbeitsplatz in der Redaktion. Sie hatte erzählt, dass sie alle in einer großen Halle saßen und die Schreibtische nach den einzelnen Ressorts zusammengeschoben waren. Auf dem Bild leuchteten Elisas blaue Augen lebhaft, der Blick aus dem kleinen Foto spiegelte ihre ganze Persönlichkeit wider.

Henri blätterte um. Doch er kam nicht weiter. Sein Handy klingelte erneut. Diesmal war es Sönke. Am Samstagabend?

»Alles in Ordnung bei dir?«, fragte Henri.

»Klar! Ich dachte, ich melde mich einfach so mal, damit du nicht mehr sagen kannst, dass ich nur anrufe, wenn ich Geld brauche.«

»Gute Idee!« Henri lachte.

»Ich habe ab Montag einen richtig großen Job in Aussicht. Dann bekommst du deine Kohle zurück!«

»Das freut mich für dich! Was ist das für ein Job?«

»Die Illustration eines Kinderbuches. Ich bin da in so einem Netzwerk ...«

»Ein Kinderbuch?«

Die Comics, die Sönke Henri manchmal zuschickte, waren alles andere als kindgerecht. Im Gegenteil – die meisten waren ziemlich makaber.

»So was kann ich auch«, beteuerte Sönke. »Du wirst staunen.«

»Gerne!«

»Und du? Wie läuft es bei dir? Hast du den Mörder der Leiche von neulich gefunden?«

»Sieht so aus.«

»Dann kannst du dich ja wieder ganz auf die Mieterin konzentrieren. Wie läuft es mit ihr?«

»Nicht so gut. Ich hätte gern heute Abend ein Glas Wein mit ihr getrunken, aber sie ist nicht da. Ich fange langsam an, mir Sorgen um sie zu machen. Beim letzten Mal, als sie verschwunden war, hatte sie ein durchgeknallter Mörder verschleppt.«

»Vielleicht trifft sie sich bloß mit Freunden?«

»Sie kennt noch nicht besonders viele Leute hier.«

Im besten Fall war sie mit der Fotografin unterwegs, mit der sie sich angefreundet hatte. Im schlimmsten Fall hatte sie eine Verabredung mit dem Chefredakteur. Henri hatte sein Bild in der Zeitung gesehen und musste zugeben, dass er nicht schlecht aussah.

»Ich habe das Gefühl, sie weicht mir aus!«

»Ist doch super, wenn sie nicht so klammert. Du hast erst vor Kurzem gesagt, dass du dich nicht mehr fest binden willst, dass du nie wieder deine Freiheit aufgeben willst.«

»Hm ...«

»Oder hast du deine Meinung geändert?«

»Na ja ...«

Sönke lachte.

»Verstehe! Mit ihr ist alles anders.«

Sönke machte sich noch eine Weile über Henri lustig, bevor sie das Gespräch beendeten. Seine Worte blieben in Henris Gedächtnis hängen.

Ja, mit Elisa war es anders. Und deshalb wollte er sie sehen. Mit ihr reden. Henri saß noch lange im Garten, als es längst dunkel war. Elisas Fenster blieb geschlossen, in der Wohnung war kein Licht zu sehen. Auch als Karen und Anna zum Schlafen hochgingen, blieb Henri unten. Er ließ die Wohnungstür offen stehen, sodass er die Haustür im Blick hatte, und streckte sich im Wohnzimmer auf dem Sofa aus.

Elisa tat es unendlich leid, ihre gewonnenen Jetons wieder verspielen zu müssen. Am liebsten hätte sie das ganze Geld eingepackt und wäre nach Hause gefahren. Was sie damit alles tun könnte! Nach mehreren Stunden hatte sie über hunderttausend Euro gewonnen. Doch sie musste das Geld nicht als persönlichen Gewinn, sondern als Rechercheeinsatz betrachten. Sollte sich Kristinas Verdacht bewahrheiten, dann würde sie alles wieder verlieren, damit sie nach dem hohen Gewinn umso tiefer fiel. Dass es Zufall oder eine Glückssträhne war, dass Elisa so viel Geld gewonnen hatte, daran glaubte sie längst nicht mehr. An diesem Spieltisch wurde mit Sicherheit manipuliert. Die Hände des Croupiers waren immer in Bewegung. Er arbeitete blitzschnell, hielt seine Hände über dem Tisch, neben dem Tisch, an der Tischkante und, wenn Elisa sich nicht täuschte, auch manchmal kurz darunter. Doch niemals lange genug, als dass es aufgefallen wäre. Was machte er da? Konnte er den Kessel abbremsen? Oder war er in der Lage, die Kugel bereits so in den Kessel hineinzuwerfen, dass sie nach dem Kreisen auf der von ihm gewünschten Zahl landete? Der Croupier und der Tischchef zeigten undurchdringliche Gesichter.

Elisa beobachtete auch den Mann auf der anderen Tischseite genau. Mit seinem hängenden Augenlid hatte er unbestreitbar einen Schlafzimmerblick. Das musste der Mann sein, von dem Kristina gesprochen hatte. Doch auch er verhielt sich unverdächtig. Er spielte unauffällig mit kleinen Beträgen. Weniger unauffällig starrte er Elisa und der blonden Frau neben ihr in den Ausschnitt. War das hier seine Aufrisswiese? Wartete er darauf, dass Frauen einen Riesenbatzen Geld verloren und er dann als Retter in der Not auftreten konnte – im Gegenzug für ein paar läppische sexuelle Gefälligkeiten? Er sah nicht aus, als hätte er Geld zu verschenken in seinem dunkelblauen Anzug, der offensichtlich nicht für seinen Körper maßgeschneidert war.

Mit der Frau im blauen Kleid an Elisas Seite saßen gleich zwei potenzielle Opfer am Tisch. Die Frau hatte anfangs konservativ gesetzt, erst als Elisas Glückssträhne sich mit nur wenigen Verlusten als dauerhaft erwies, war sie mutiger geworden. Für sie handelte es sich offensichtlich nicht um ein Spiel. So angespannt wie sie war, schien sie das Geld wirklich zu brauchen.

»Einen wunderschönen guten Abend, die Damen!« Hans-Peter Brandt, der Spielbankdirektor, stand plötzlich hinter ihnen. »Darf ich Sie noch persönlich begrüßen und Ihnen viel Glück wünschen? Ich bin der Direktor ...«

Er stutzte, als Elisa sich zu ihm umdrehte.

»Wir kennen uns ja schon!«, rief er aus. »Sie waren doch erst vor ein paar Tagen hier! Schön, dass Sie uns wieder beehren.«

»Leider war ich beim letzten Besuch nicht sehr erfolgreich, dafür läuft es heute besser!« Elisa deutete auf den großen Haufen Jetons vor ihr auf dem Tisch.

»Das freut mich für Sie!«

Der Direktor verzog keine Miene, wahrscheinlich konnte es ihm persönlich egal sein, ob Elisa seine Spielbank mit viel oder wenig Geld verließ. Im Schnitt gewann die Spielbank immer. Hans-Peter Brandt ging um den Tisch herum und schüttelte jedem einzelnen Spieler die Hand. Der mit dem Schlafzimmerblick lehnte sich nach hinten und sie sprachen kurz miteinander. Wenn das der Mann war, den Kristina gemeint hatte, dann musste er Stammgast im Casino sein. Er sagte dem Direktor etwas ins Ohr, der sah kurz zu ihnen hinüber, lachte laut auf und ging weiter.

Als kurz darauf wieder einer der Kellner mit einem Tablett voller Gläser in die Nähe des Tisches kam, winkte ihn der Mann her.

»Ich möchte eine Runde für den ganzen Tisch ausgeben!«, rief er. »So gute Stimmung hat man selten beim Roulette! Ist Champagner für alle in Ordnung?«

Er lachte, griff nach den Gläsern, deren Boden unterschiedlich gefärbt war, und verteilte sie an die Spieler. Elisa und die Frau neben ihr bekamen beide ein Glas mit rotem Boden.

Elisa beugte sich mit einer schnellen Bewegung zu ihrer Sitznachbarin.

»Seien Sie vorsichtig mit den Drinks hier«, flüsterte sie ihr zu.

Die Frau riss ihre blauen Augen auf, doch sie fragte nicht nach. Wie Elisa prostete sie den anderen am Tisch zu und tat so, als ob sie trank. Auch ihre Lippen blieben verschlossen.

»Dem edlen Spender vielen Dank für den Champagner! Ich heiße Elisa Gerlach.« Normalerweise waren schnelle Verbrüderungsszenen nicht Elisas Ding, doch sie wollte den Namen des Spielers erfahren. »Mit wem haben wir denn das Vergnügen?«

»Namen sind Schall und Rauch«, erwiderte der Mann und lächelte undurchsichtig.

»Ich heiße Sarah«, sagte die Frau in Hellblau.

Elisa stieß mit ihr an. »Freut mich!«

Beide stellten die Gläser auf dem Rand des Spieltischs ab, ohne wirklich davon getrunken zu haben.

»Ihre Einsätze bitte!«, sagte der Croupier.

Elisa setzte 1.000 Euro auf die Null. Sarah streckte den Arm in die gleiche Richtung aus, doch Elisa drehte sich zu ihr und bedeutete ihr mit einem kurzen, kaum wahrnehmbaren Kopfschütteln, es nicht zu tun. Sie wollte sie nicht mit ins Unglück reißen, wenn sie das Geld so offensichtlich brauchte. Sarah runzelte die Stirn, dann platzierte sie ihren Jeton zwischen der 23 und der 24, die ihnen ganz am Anfang schon Glück gebracht hatten.

»Rien ne va plus!«

Die Kugel rollte und rollte.

»24.«

Jetzt ging es also los. Der Croupier strich Elisas Jeton ein. Für Sarah zählte er einen großen Stapel ab und schob ihn zu ihr hinüber. Sarah sah Elisa fragend an, doch sie zuckte nicht mit der Wimper. Sie bemerkte, dass der Mann mit dem hängenden Lid sie von der anderen Tischseite beobachtete. Elisa verlor nicht immer, der Trend zeigte jedoch eindeutig nach unten. Wenn sie kleinere Beträge setzte, dann gewann sie auch mal, doch sobald sie mehr setzte, war das Geld weg. Bei Sarah war es genau umgekehrt. Sie setzte nicht mehr auf die gleichen Zahlen wie Elisa. Sie hatte eine eigene Glückssträhne.

Als Elisa nach einiger Zeit einen kleinen Gewinn einfuhr, prostete der Mann ohne Namen ihr über den Tisch zu. Es wurde Zeit, die Probe abzufüllen, bevor er misstrauisch wurde, wenn ihr Glas trotz des vorgetäuschten Trinkens voll blieb. Sie prostete zurück und tat wieder so, als ob sie einen Schluck nahm. Mit dem Glas in der Hand rutschte sie vom Hocker und sagte halblaut zu Sarah: »Ich muss mal eben verschwinden. Passen Sie auf meinen Platz und auf meine Jetons auf?«

»Sicher.«

Sarah nickte ernsthaft. Sie würde Elisas Jetons nicht aus den Augen lassen. Elisa hielt ihr Glas unauffällig in der Hand, sie verdeckte es zum Tisch hin mit ihrem Körper und nahm es vor den Bauch, als sie sich umdrehte. Mit kleinen Schritten stöckelte sie zur Toilette. Wer sie beobachtete, musste annehmen, dass sie leicht angetrunken war.

Sie trat in den kleinen Vorraum neben der Garderobe, von dem es zu den Toiletten ging, als sie die Stimme des Spielbankdirektors hinter sich hörte.

»Aber meine Liebe, Sie werden doch nicht mit Ihrem Champagnerglas auf die Toilette gehen wollen? Unsere Toiletten sind zwar sehr sauber, aber ob das hygienisch ist? Man weiß ja nie, ob sich alle Damen nach dem Toilettengang die Hände waschen.« Er fasste nach ihrem Handgelenk und nahm das Glas. »Ich halte es solange für Sie.«

»Das ist nicht nötig, Sie haben sicher anderes zu tun«, wehrte Elisa ab und streckte die Hand nach dem Glas aus.

»Unsinn, ich warte gern hier auf Sie.«

»Es könnte länger dauern«, behauptete Elisa.

»Dann stelle ich es bei Ihnen an den Tisch zu der reizenden Dame neben Ihnen, ja?«

Ohne eine Antwort abzuwarten, machte er kehrt und verschwand im Spielsaal. Das war schiefgegangen! Hatte er geahnt, dass sie eine Probe des

Drinks abfüllen wollte, oder war er tatsächlich wegen der Hygiene im Waschraum besorgt?

Elisa ging hinein. Es sah sauber aus, wenn auch zu dieser fortgeschrittenen Stunde nicht mehr makellos. Sie war schnell fertig. Wenn sie schon nicht den Drink abfüllen konnte, dann würde sie die Zeit zum Herumschnüffeln nutzen. Vielleicht fand sie das Hinterzimmer, das Kristina erwähnt hatte. Elisa war im Vorraum eine dritte Tür aufgefallen, auf der *Zutritt verboten* stand. Sie überlegte nicht lange und schlüpfte hindurch. Hinter der Tür führte eine Treppe in den Keller. Unten reihte sich in einem schmalen Flur ein Raum an den anderen. Zwei Leuchtstoffröhren tauchten den Flur in ein gespenstisches fahles Licht. Elisa öffnete die Türen, die nicht verschlossen waren, und warf einen Blick hinein. Unmengen von Getränkekartons, Flaschen, Erdnussdosen und Toilettenpapier waren in den einzelnen Räumen gestapelt. Am Ende des Flurs stand eine Tür weit offen, ein weicher, warmer Lichtschein fiel in den Flur. Elisa schlich vorsichtig näher. Ihre Vorsicht war unbegründet. Es war niemand außer ihr im Keller, auch in diesem Raum hielt sich kein Mensch auf. Auf den ersten Blick sah das Zimmer einladend und gemütlich aus. Ein breites Bett war mit einem roten Satintuch bezogen, Bettwäsche gab es nicht. Daneben stand eine niedrige Lampe mit ebenfalls rotem Lampenschirm, die das angenehme Licht verströmte, das Elisa vom Flur aus gesehen hatte. Das musste das Hinterzimmer sein, das der Croupier Kristina gegenüber erwähnt hatte. Elisa zog ihr Handy heraus und machte ein paar Fotos, bevor sie sich näher umschaute. Am Kopfende des Bettes befand sich ein verschnörkeltes Gitter. Hinter dem Bett stand eine dunkle Truhe mit Eisenbeschlägen. Elisa klappte den Deckel hoch und fuhr zurück. In der Truhe lagen Peitschen, Handschellen, Lederriemen, Dildos und Sexspielzeuge, deren Sinn sie nur erahnen konnte. Wenn das keine Story war! Kristina hatte gut daran getan, aus der Spielbank zu fliehen. Doch wie viele Frauen mochten auf das Angebot des Croupiers und des Mannes mit dem hängenden Augenlid schon eingegangen sein? Elisa knipste ein paar weitere Fotos, dann verschloss sie die Truhe und eilte schnell die Treppe nach oben.

Es fiel ihr schwer, sich nichts anmerken zu lassen, als sie wieder an den Tisch trat. Ihre Mitspieler nahmen kaum Notiz davon, nur Sarah lächelte ihr entgegen.

»Der Direktor hat Ihr Glas gebracht. Ich habe gut darauf aufgepasst.«

»Danke, das ist sehr lieb von Ihnen!«

Elisas kleiner Jetonstapel lag unverändert auf dem Tisch, der von Sarah schien weiter gewachsen zu sein. Elisa setzte und verlor, setzte und verlor. Als der Mann auf der anderen Seite des Tisches aufstand, beobachtete sie aus den Augenwinkeln, was er vorhatte. Er kam zu ihr herüber und lehnte sich rechts neben ihr über den Spieltisch, sodass seine Schulter ihre berührte.

»Sie trinken ja gar nichts«, raunte er in ihr Ohr. Er roch nach Alkohol und Schweiß. »Mögen Sie keinen Champagner? Soll ich Ihnen einen Cocktail bestellen?«

Er drehte sich zu ihr, umfasste dabei ihren Oberarm und zwang sie damit, sich auch zu ihm zu drehen.

Das reicht, dachte Elisa. Weiter würde sie nicht gehen. Sie würde auf keinen Fall mit diesem widerwärtigen Kerl das Zimmer im Keller betreten. Aber sie brauchte noch die Getränkeprobe. So wie er insistierte, mussten in dem Champagner K.-o.-Tropfen oder andere Drogen sein.

»Ich liebe Champagner!«, versicherte sie ihm und schenkte ihm ein treuherziges Lächeln. »Ich denke nur nicht daran zu trinken, weil ich so aufgeregt bin wegen des Spielens.«

»Dann lassen Sie uns anstoßen!«

Er hob sein Glas, das er von der anderen Tischseite mitgebracht hatte, und reichte Elisa ihr Glas. Sie nahm es, hob es langsam an, runzelte dann jedoch die Stirn und stellte es wieder auf dem Tisch ab.

»Was ist?«, fragte er ungeduldig.

»Entschuldigen Sie, ich bekomme gerade einen Anruf. Ich kann die Vibration in meiner Handtasche spüren.«

Elisa nestelte in ihrer Tasche und trat schnell einige Schritte vom Tisch weg. Sie zog das Handy aus der Tasche und presste es ans Ohr. Sie bewegte die Lippen, als ob sie mit jemandem sprach, lachte und ging immer weiter vom Tisch weg.

Was sollte sie tun? Sie brauchte die Getränkeprobe, um einen Beweis zu haben. Doch der Typ würde jetzt nicht mehr lockerlassen. Sie konnte in der nächsten halben Stunde unmöglich wieder auf die Toilette gehen, ohne dass er misstrauisch wurde. Sie musste auf andere Weise an die Probe kommen.

Elisa wählte die Nummer des Taxistands, die sie abgespeichert hatte, und bestellte ein Taxi zur Spielbank.

»Es wird nur ein paar Minuten dauern, dann ist jemand bei Ihnen«, sagte der Mann von der Taxizentrale.

»Ein paar Minuten? Okay.«

Elisa legte auf, sah auf die Uhr. Kurz nach drei. Viel später, als sie gedacht hatte. Sie ging zurück zum Tisch.

»Alles in Ordnung?«, fragte der Mann und fasste sie erneut am Arm an.

»Ja, alles bestens.« Sie lächelte und griff nach ihren Jetons. »Jetzt muss ich doch endlich mal wieder gewinnen. Ich brauche das Geld so dringend!«

»Ach ja?«

Elisa stapelte alle verbliebenen Jetons auf einen Haufen und schob sie auf die 24.

»Ich habe so ein Gefühl, dass die 24 mir Glück bringen wird!«, sagte sie laut.

»Dann drücke ich Ihnen die Daumen!«

Stattdessen drückte er ihren Arm.

»Zero«, verkündete der Croupier wenige Augenblicke später.

»Das gibt es doch nicht!«, rief Elisa aus. »Ich hab alles verloren! Wie konnte das nur passieren?«

Sie dachte an den Tag, als ihr Großvater gestorben war, und sofort liefen Tränen über ihre Wangen. Sie drehte sich zu dem Mann mit dem hängenden Lid.

»Sie haben es doch gesehen! Erst habe ich so viel gewonnen und jetzt alles wieder verloren! Was soll ich denn nur machen?«

»Ich hätte da eine Idee«, raunte er in ihr Ohr. »Ich würde dir die verlorenen Jetons ersetzen, wenn du dafür ein bisschen nett zu mir bist.«

Seine Hand wanderte an ihre Brust und sein Blick in ihr Dekolleté. Elisa sah auf die Uhr. Es waren knapp fünf Minuten vergangen. Sie griff nach dem Glas und kippte den gesamten Inhalt auf einmal hinunter.

»Das kann ich nicht!«,sagte sie zu ihm, schnappte sich ihre Tasche und lief zur Tür. Hinter sich hörte sie Lady Gagas *Pokerface*.

Teil 8

Gewinnen macht durstig«, dachte Sarah. Ihr Mund war völlig ausgetrocknet. Sie fuhr mit der Zungenspitze über ihre spröden Lippen und spürte den Durst noch viel mehr. Sie hätte sich gern direkt an der Bar etwas zu trinken geholt, aber sie wollte ihre Jetons nicht allein lassen. Dieser Elisa hätte sie sie anvertraut, doch nachdem sie überstürzt verschwunden war, sah niemand sonst am Tisch so vertrauenswürdig aus, dass Sarah ihre Jetons im Wert von fast 130.000 Euro dort liegenlassen hätte. Und mitschleppen wollte sie den großen Berg auch nicht. Außerdem bestand die Gefahr, dass ihre Glückssträhne abriss, wenn sie den Tisch verließ. Das konnte sie so kurz vor dem Ziel nicht riskieren.

Sarah warf einen Blick auf das Glas vor ihr auf dem Tisch. Der Champagner sah eigentlich ganz normal aus, keine Trübung, nichts. Und Elisa, die sie gewarnt hatte, mit den Drinks vorsichtig zu sein, hatte ihren Champagner schließlich auch getrunken. Sie hatte das ganze Glas in einem Zug in sich hineingekippt. Dann konnte es ja wohl nicht so schlimm sein. Sarah nippte an dem Glas, trank ein, zwei Schlucke. Sie hatte noch nicht oft Champagner getrunken, er schmeckte nicht so besonders, wie man meinen sollte, aber es war okay. Die Flüssigkeit im Mund und im Hals tat gut. Noch ein Schluck.

Der Mann, der perplex neben Sarah stehengeblieben war, als Elisa weinend zum Ausgang gelaufen war, trat näher an sie heran.

»Trinken wir darauf, dass wir beide mehr Glück haben als die Dame im roten Kleid.«

Er hob sein Glas und stieß mit Sarah an.

»Sie haben ja fast keinen Champagner mehr!« Er machte einem der Kellner ein Zeichen. »Bringen Sie der jungen Dame noch ein Glas Champagner!«

»Das ist nicht nötig ...«, wollte Sarah widersprechen, doch der Mann winkte ab.

»Ich habe gewonnen«, sagte er und zeigte ihr seine Hand voller Jetons, »ich möchte Sie gern einladen.«

»Das ist nett, danke!«

Sarah wandte sich wieder dem Spiel zu. Als sie den Kopf zum Roulettetisch drehte, schwindelte ihr kurz. Sie hielt sich am Tisch fest. Der Mann griff nach ihrem Arm, hielt sie am Ellbogen umfasst.

»Alles in Ordnung?«

»Ja ... danke, es geht schon.«

Sarah überlegte. In der vorigen Runde hatte die Null gewonnen. Sie hatte es gespürt, sie hatte 1.000 Euro auf die Null gesetzt und 36.000 zurückbekommen. Sie brauchte nur noch einen einzigen solchen Gewinn, dann hatte sie das Geld für Marcels Therapie beisammen. Wenn sie den Einsatz erhöhte und gleichzeitig nicht ganz so riskant setzte, konnte sie es schaffen. Sarah setzte 10.000 Euro auf das obere Drittel.

»Sie sind eine mutige Frau!«, raunte ihr der Mann ins Ohr. Die 13 gewann. Sarahs Jetons verschwanden. Sie schluckte. Es konnte nicht sein, es durfte nicht sein, dass ihre Glückssträhne aufhörte! So kurz vor dem Ende! Sie musste nur noch ein einziges Mal gewinnen! Nur noch ein einziges Mal! Sarah wurde es heiß, sie trank gierig aus dem neuen Glas, das der Mann ihr reichte.

»Faites vos jeux!«

Die Stimme des Croupiers dröhnte in Sarahs Ohren. Sie tastete nach ihren Jetons, bekam sie zu greifen, doch der aufgedruckte Betrag verschwamm vor ihren Augen. Sarah nahm eine Handvoll und legte sie auf Rot. Rot wie die Liebe, sie war sich ganz sicher, dass diesmal Rot gewinnen würde. »Ich setze im Namen der Liebe«, dachte sie und musste selbst über die feierlichen Worte in ihrem Kopf lachen.

»13«, verkündete der Croupier erneut.

Sarahs Blick hetzte über den Spieltisch. Die 13 war schwarz. Wieder verloren. Ihre Glückssträhne war zu Ende. Ihre Eingebungen waren nicht mehr richtig. Wenn es so weiterging, würde sie innerhalb kürzester Zeit alles verlieren und dann konnte Marcel die Therapie nicht machen. Dann würde Marcel ...

Sarah schluchzte laut. Sie versuchte, ihre Tränen zu unterdrücken, doch sie konnte nicht verhindern, dass sie sich von ihren Wimpern lösten und über die Wangen auf ihr Kleid tropften. Wie peinlich! Die anderen Spieler am Tisch taten so, als ob sie nichts merkten. Nur der Mann neben ihr tätschelte beruhigend Sarahs Arm.

»Nur weil Sie zweimal nicht gewonnen haben, müssen Sie doch nicht gleich so traurig sein«, sagte er.

»Doch! Ich brauche das Geld! Ich brauche 150.000 Euro und ich war so nah dran! Und jetzt ist meine Glückssträhne vorbei! Ich habe auf einmal so ein komisches Gefühl, bestimmt gewinne ich jetzt nichts mehr.«

»Laut Wahrscheinlichkeitsrechnung ...«

»Ich scheiß auf die Wahrscheinlichkeitsrechnung! Ich weiß, dass ich nichts mehr gewinnen werde!« Die Tränen flossen über Sarahs Wangen. Sie klaubte die Jetons, die vor ihr auf dem Tisch lagen, zusammen und ging damit in Richtung Kassenschalter. Das ganze Casino drehte sich um sie, doch sie fiel nicht um. Der Mann folgte ihr und zog sie kurz vor dem Schalter an die Wand.

»Weißt du was? Du gefällst mir!«, sagte er. »Ich würde dir meine Jetons dazugeben, wenn du noch ein bisschen Zeit mit mir verbringst ...«

Er hielt ihr seine Hand hin, in der fünf Jetons lagen. Sarah kniff die Augen zusammen, um erkennen zu können, was darauf stand. 10.000 Euro. Er hatte Jetons im Wert von 50.000 Euro in der Hand! Hatte er vorher nicht mit kleineren Beträgen gespielt? Sarah konnte sich nicht mehr daran erinnern.

»Was heißt das, Zeit mit dir verbringen?«, fragte sie mit zittriger Stimme.

Er trat näher und beugte sich an ihr Ohr.

»Es gibt hier unten im Keller einen Raum, in den man sich zurückziehen kann, wenn man sich zu zweit amüsieren möchte ...«

Er sagte nicht mehr, hielt ihr nur die Jetons hin. 50.000 Euro. Damit hätte sie die Summe, die sie brauchte. Sie sah zu ihm hoch, sah ihn plötzlich zweimal. War sie von zwei Gläsern Champagner schon betrunken? Sarah schüttelte den Kopf und blinzelte. Eigentlich sah er ganz nett aus mit seinem schläfrigen Blick, irgendwie wirkte er wie ein biederer Familienvater. Sie straffte die Schultern, deutete auf die Jetons in seiner Hand und sagte: »Ich will die Jetons vorher haben!«

»Sicher«, sagte er. »Du kannst sie gleich mit deinen eintauschen.«

»Und nur mit Kondom.«

»Selbstverständlich!«

Er drückte ihr die Jetons in die Hand.

»Geh nur, hol dir das Geld!«, sagte er.

Wieder erfasste eine Hitzewelle Sarahs Körper. Sie hielt sich an dem Tresen fest, über den sie die Jetons zum Umtauschen schob. Der Kassierer lächelte sie an.

»Herzlichen Glückwunsch zu Ihrem Gewinn!«, sagte er.

»Danke.«

Sarah stopfte das Geld in ihre Tasche. Der Mann erwartete sie am Ausgang des Saals. Mühsam setzte Sarah einen Fuß vor den anderen, doch sie schaffte es. Der Mann lächelte ihr entgegen und sie erwiderte sein Lächeln. Er umfasste ihren Oberarm mit festem Griff und zog sie an sich.

»Komm, lass uns Spaß haben!«

Die Stadt flog an Elisa vorbei; Lichter, Autos, Häuser tauchten auf und verschwanden. Immer geradeaus durch die dunkle Nacht. Elisa strengte sich an, versuchte, ihren Blick auf die Rücklichter eines Autos zu fokussieren, war aber schon wieder weitergeglitten, bevor das Bild scharf wurde. Sie schloss die Augen.

»Geht's eana guad?«, dröhnte eine Stimme an ihr Ohr. Sie riss die Augen auf, sah in die Richtung, aus der die Stimme gekommen war. Nach vorn. Sie saß in einem Auto, vorn saß ein Mann, der sich zu ihr drehte.

»Müssen's brechen?«

Elisa schüttelte den Kopf. Augenblicklich wurde ihr schlecht.

»Glei samma do.«

Elisa schloss die Augen. Nur ein klein wenig schlafen. Sie wollte nur schlafen.

»Des macht dann 42,50.«

Elisa fuhr hoch, wie aus tiefstem Schlaf. Sie hatte die Worte des Mannes gehört, aber sie verstand nicht, was er von ihr wollte. Er knipste ein Licht an und drehte sich zu ihr um.

»Geld!«, rief er. »42,50. Ham's koa Geld?«

»Doch ... Geld ...« Elisa nestelte am Verschluss ihrer Handtasche. Da musste Geld sein ... sie hatte doch ... Er riss das Papierstück an sich, das sie in der Hand hielt, und steckte es in ein großes Portemonnaie. Dann drehte er sich wieder zu ihr um.

»Mia san do!«, rief er.

Elisa nickte.

»Wollen's net aussteign?«

»Doch ...«

Müde hob Elisa die Hand, wusste aber nicht, was sie damit tun sollte.

»Kruzifix!«

Er stieg aus dem Auto und verschwand. Dann wurde auf einmal die Tür neben Elisa aufgerissen. Grob fasste der Kerl Elisa am Arm und zog sie aus dem Auto.

»Gibt es Probleme?«, fragte auf einmal eine Stimme, die Elisa bekannt vorkam. Es war Henri, der hinter dem Mann auftauchte.

»Zvui Alkohol. Des is imma a Problem. G'hört de zu Eana? Auf de soitens bessa aufbass'n!!«

»Das mache ich in Zukunft!« Henri umfasste Elisas Arm und zog sie von dem Mann weg. »Hat sie bezahlt?«

»Na ... i kriag no 42,50.«

»42,50 Euro? Sind Sie in der ganzen Stadt spazierengefahren? Woher kommen Sie denn?«

»Grünwald. An der Spielbank ist's einstiegn.«

Richtig, ins Taxi war sie eingestiegen.

»An der Spielbank?« Henri sah von dem Taxifahrer zu Elisa und zurück. Der Taxifahrer hielt die Hand auf und sah Henri auffordernd an.

»42,50«, wiederholte er.

»Schtimmt nisch!«, brachte Elisa heraus. »Hab schon ...«

Henri sah den Mann mit strengem Polizistenblick an.

»Ich glaube, Sie sollten sich ganz schnell verdünnisieren, bevor ich mir Ihre Nummer notiere.«

Der Kerl hob die Hände und ging langsam rückwärts.

»Is ja gut. Wär' 'ne Entschädigung!«

Henri warf einen Blick ins Taxi.

»Sieht nicht so aus, als sei eine Entschädigung nötig.«

Er knallte die Autotür zu und führte Elisa zum Haus. Sie hörte den Motor des Taxis hinter sich aufheulen, als sie die Stufen zur Tür hochgingen. Ihr Blick streifte kurz den Schriftzug an der Hauswand. *Elysium.* Endlich wieder zu Hause.

Henris Arm lag um Elisas Rücken. Sie lehnte sich an ihn, roch seinen vertrauten Zitrus-Duft. Jetzt wurde alles gut.

Was war es noch gewesen, was sie Henri sagen wollte?

»Was hast du denn schon wieder in der Spielbank gemacht, Elisa?«

Er hielt sie mit einer Hand fest, schloss mit der anderen die Haustür.

»Ich wollte ...« Elisa kämpfte mit den Worten. Ihr fielen einfach nicht die richtigen ein. »Ich wollte ... wegen ... habe dir doch ...«

Henri sah sie besorgt an.

»Meine Güte, du hast ganz schön einen sitzen. Komm, ich bring dich hoch ins Bett, damit du deinen Rausch ausschlafen kannst.«

Wieder legte er den Arm um Elisa, doch sie schüttelte heftig den Kopf.

Sie musste ihm unbedingt etwas sagen. Aber was?

Sie fasste nach seiner Hand und zog daran. Er betrachtete sie genauer.

»Hast du geweint? Ist in der Spielbank was passiert?«

Sie nickte.

»Tropf ... Tropfen«, brachte sie hervor. »In mir.«

Henri sah sie einen Moment lang fragend an, dann verstand er. Seine Augen weiteten sich.

»Du wolltest der Sache mit den K.-o.-Tropfen auf den Grund gehen und hast jetzt selbst welche bekommen? Warum trinkst du denn dort was, wenn du weißt, dass die Gefahr besteht, dass jemand dir so ein Zeug ins Getränk kippt?«

Das waren zu viele Worte, Elisa verstand nicht, was er von ihr wollte.

»Probe ...«, artikulierte sie mühsam. »Labor.«

Henri sah sie ungläubig an.

»Du willst eine Blut- oder Urinprobe abgeben, um zu beweisen, dass die dort wirklich Frauen mit K.-o.-Tropfen außer Gefecht setzen?«

Endlich hatte er verstanden! Elisa sank augenblicklich in sich zusammen, Henri bekam sie gerade noch zu fassen und trug sie ins Wohnzimmer zum Sofa, wo er sie ablegte. Elisa schloss die Augen. Nur fünf Minuten schlafen.

Sie bekam nicht mit, wie Henri telefonierte. Sie bekam nicht mit, wie besorgt er sie betrachtete, wie er zögerte, bevor er sie in sein Auto verfrachtete. Und sie bekam nicht mit, wie sie zum rechtsmedizinischen Institut fuhren.

Erst als er sich über sie beugte, um den Sicherheitsgurt zu lösen und sie aus dem Wagen zu holen, wurde sie wach. Irritiert sah sie sich um.

»Wo? ... Was? ...«

»Wir sind am rechtsmedizinischen Institut. Dr. Vogel, unser Pathologe, meinte, es wäre gut, wenn er dich gleich untersuchen könnte.«

»Untersuchen?«

»Du hast K.-o.-Tropfen eingenommen, in der Spielbank, kannst du dich erinnern?«

Elisa gab sich wirklich Mühe, doch in ihrem Kopf war nur Leere. Sie griff nach Henris Hand, die er ihr hinhielt, und stieg aus.

»Geht es?«

»Mmm.«

Elisa machte zwei Schritte und knickte mit dem Fuß um. Henri fing sie auf, legte den Arm um sie und führte sie zum Eingang.

»Fühlst du dich langsam besser?«

»Weiß nicht.«

Wie durch Watte nahm Elisa wahr, dass sie an der Tür von einem kauzigen Mann in weißem Kittel abgeholt wurden, der offensichtlich der Pathologe war, von dem Henri gesprochen hatte. Elisa meinte, ihn schon einmal gesehen zu haben. Er führte sie in einen großen Sektionsraum im Keller. Wie im Fernsehen.

Der Arzt ließ Elisa auf einem unbequemen Stuhl Platz nehmen und untersuchte sie. Er sah ihr mit einem komischen Licht in die Augen und nahm ihr Blut ab. Die beiden Männer wandten sich ab, sprachen miteinander, doch Elisa konnte nicht hören, was sie sagten. Schließlich drehte sich Henri zu ihr.

»Meinst du, du schaffst es, in diesen Becher zu pinkeln?«

Er hielt einen weißen Plastikbecher in der Hand.

»Klar!«, sagte Elisa und griff ins Leere.

Henri warf dem Arzt einen kurzen Blick zu, der nickte mit Nachdruck.

»Komm, ich bring dich zur Toilette.«

Er umfasste Elisas Ellbogen und zog sie hoch.

»Du kannst aber nicht mit reinkommen«, sagte Elisa und kicherte.

»Stell dir vor, das will ich auch nicht.«

Henri öffnete die Tür zur Damentoilette und bugsierte Elisa in eine Kabine.

»Schaffst du den Rest allein?«

Sie nahm den Becher aus seiner Hand und nickte. Henri zog die Tür zu.

»Ich warte draußen.«

Elisa kämpfte mit den Volants ihres Kleides. Sie konnte nicht sehen, ob der Becher an der richtigen Stelle war, aber es hörte sich so an. Erleichtert zog sie sich wieder an und verließ die Kabine. Sie stellte den Becher ans

Waschbecken, wusch sich die Hände und betrachtete sich im Spiegel. Der Abend hatte Spuren hinterlassen, Elisas Make-up war verwischt. Sie entfernte die Wimperntusche von ihrer Wange und zupfte ihre Haare zurecht. Ihre Augen flackerten unruhig hin und her, Elisa konnte ihr Herz im ganzen Körper schlagen spüren.

»Besser?«, fragte Henri, als sie zu ihm hinaus auf den Flur trat.

Elisa nickte.

»Kannst du dich erinnern, wer dir die Tropfen ins Getränk gekippt hat?«

Angestrengt dachte Elisa nach.

»Ich weiß es nicht ... es war Champagner. Ein Tablett, das der Kellner gebracht hat, für den ganzen Tisch ... ich hab nicht gesehen, wie jemand was reingetan hat ... Da war so ein komischer Typ ...«

»Was für ein Typ? Von der Spielbank?«

»Nein! Ein Gast. Er hat am gleichen Tisch gespielt wie ich. Er sah so aus, wie Kristina ihn beschrieben hat. Mit einem Schlafzimmerblick.«

»Schlafzimmerblick?«

Henri sah Elisa an, als zweifelte er an ihrem Verstand.

»Ich hab dir doch erzählt, dass der Croupier ihr vorgeschlagen hat, sich das Geld mit Sex mit einem Kerl zurückzuverdienen. Und dieser Kerl war auch da, an meinem Roulettetisch.«

»Und du glaubst, dass *er* dir die K.-o.-Tropfen ins Glas geschüttet hat?«

»Ich weiß es nicht.« Elisa hob die Schultern und hätte beinahe den Inhalt des Bechers verschüttet. Sie konnte sich nicht erinnern. Der ganze Abend hatte sich in ihrem Kopf in unzusammenhängende Erinnerungsfetzen aufgelöst.

Sie übergaben die Urinprobe an den Pathologen, dessen Namen Elisa nicht mehr wusste.

»Geben Sie mir gleich Bescheid, wenn Sie die Ergebnisse haben, Dr. Vogel?«, fragte Henri.

»Sicher.«

Die Männer schüttelten sich die Hand, auch Elisa streckte dem Pathologen ihre Hand hin. Sie verabschiedeten sich und verließen den Raum. Elisa ging neben Henri den langen Gang entlang, als plötzlich eine weitere Erinnerung zurückkam.

»Da war so ein Raum ... im Keller ... auch an so einem langen Flur.«

»In der Spielbank? Was hast du da im Keller gemacht?«

»Ich hab mich umgeschaut. Eigentlich wollte ich eine Probe von dem Drink in meinen Flachmann füllen.« Elisa tastete nach ihrer Tasche. »Meine Tasche ist weg! Ich hatte eine Tasche dabei.«

»Wir haben sie zu Hause gelassen, Elisa«, sagte Henri in beruhigendem Tonfall. »Mach dir keine Sorgen, sie liegt zu Hause.«

»Waren wir zu Hause?«

Es war schwer, sich zu erinnern. In Elisas Kopf herrschte Chaos.

»Du bist mit dem Taxi nach Hause gekommen. Erinnerst du dich an den Taxifahrer, der zweimal kassieren wollte?«

Elisa schüttelte den Kopf. Henri drückte sie an sich. Elisa meinte, eine flüchtige Berührung seiner Lippen an ihrer Schläfe zu spüren, doch dann war der Moment schon wieder vergangen.

»Weißt du, was alles hätte passieren können?«, fragte Henri. »Es war ganz schön riskant, dich selbst als Transportgefäß für Beweismittel zu benutzen.«

Da war der Gedanke wieder, den Elisa vorher versucht hatte, zu fassen zu bekommen.

»Ich wollte eigentlich den Flachmann nehmen! Aber dann konnte ich das Glas nicht unbemerkt mit auf die Toilette nehmen.«

»Und deshalb hast du den verseuchten Champagner in dich reingekippt?«

»Mmm ...« Elisa dachte nach. »Davor war ich im Keller. Es war so ein langer Flur wie hier.«

Sie waren am Ende des Flurs angekommen und stiegen die Treppen nach oben. Henri hatte immer noch einen Arm um Elisas Rücken gelegt.

»Da war ein Raum ... mit einem großen Bett ... und eine Truhe mit Sexspielzeug. Peitschen und Handschellen und so was. Und der Typ wollte, dass ich mit ihm in das Zimmer gehe.«

»Hat *er* dir den Raum gezeigt?«

»Nein! Ich habe im Keller geschnüffelt. Da hab ich den Raum gesehen. Und als der Typ davon angefangen hat, dass ich ihn dahin begleiten soll, hab ich das Taxi gerufen und den Champagner getrunken.«

Henri sah sie kopfschüttelnd an.

»Du bist wirklich verrückt, Elisa, weißt du das?«

»Nur manchmal. Nur ein kleines bisschen.«

Sie lächelte. Jetzt kam ihr ihre Idee selbst töricht vor.

»Ich hätte nicht gedacht, dass die Tropfen *so* reinhauen! Gut, dass du noch wach warst.«

»Ich hab mir Sorgen um dich gemacht.«

Und deshalb war er noch nicht schlafen gegangen?

»Wirklich?«

»Wirklich!«

Elisa verlor sich in dem Blick aus Henris dunklen Augen. Bevor er etwas sagen konnte, waren sie am Ausgang angekommen. Elisa drückte die Tür nach draußen auf und blinzelte.

»Es wird schon hell«, sagte sie.

Schweigend gingen sie zu Henris Auto, er hielt ihr die Beifahrertür auf und half ihr beim Einsteigen. Seine Fürsorge war süß. Doch als er um das Auto herumgegangen und an der Fahrerseite eingestiegen war, hatte sein Gesicht einen konzentrierten, sachlichen Ausdruck angenommen.

»Bist du dir ganz sicher mit dem Raum im Keller?«

Elisa nickte.

»Da hatte ich noch nichts getrunken.«

»Das hört sich für mich nach einem abgekarteten Spiel an. Wenn wir nachweisen können, dass man dir K.-o.-Tropfen verabreicht hat und dass es dort einen Raum für Sexspielchen gibt ...«

»Aber wir wissen nicht, wer alles dahintersteckt. Leider habe ich den Namen von dem Typen mit dem Schlafzimmerblick nicht rausbekommen.«

Henri zog sein Handy hervor.

»Ich schicke eine Zivilstreife in die Spielbank, die sollen sich unauffällig nach dem Kellerraum umsehen und nach einem Mann – wie hast du gesagt? – mit Schlafzimmerblick.«

»Er hat ein hängendes Augenlid. Sie erkennen ihn bestimmt sofort. Aber was ist, wenn er einfach alles abstreitet?«

»Ich werde den Leuten sagen, dass sie sich erst mal nur umschauen sollen.«

»Zum Keller geht es durch die Tür neben den Toiletten, auf der *Kein Zutritt* steht.«

Henri zog eine Augenbraue hoch und grinste. »Verstehe.«

Er wählte eine Nummer und wurde weiterverbunden. Er schilderte seinem Gesprächspartner kurz die Lage und forderte ihn dazu auf, besonders vorsichtig vorzugehen. Elisa lehnte sich im Sitz zurück und schloss die Augen.

»Müde?«, fragte Henri, als er das Gespräch beendet hatte.

»Irgendwie nicht. Ich glaube, ich habe vorhin richtig tief geschlafen. Jetzt geht es mir wieder besser.«

»Das ist gut.«

Henri startete den Wagen und wendete vor dem rechtsmedizinischen Institut. Schweigend fuhr er los. Elisa betrachtete ihn von der Seite.

»Warum runzelst du die Stirn?«

»Tu ich das?«

»Ja.«

»Ich denke nach.«

»Worüber?«

Henri sah kurz zu Elisa, richtete den Blick dann wieder auf die Straße.

»Vanessa Czerny wurde vor ihrem Tod sexuell misshandelt. Wir müssen herausfinden, ob sie sich in diesem Raum in der Spielbank aufgehalten hat.«

»Du meinst, auch sie wurde Opfer der K.-o.-Tropfen-Masche?«

»Weder in ihrem Blut noch in ihrem Urin wurden Rückstände von K.-o.-Tropfen gefunden. Aber man muss auch berücksichtigen, dass sie einige Zeit im Wasser war und erst am nächsten Tag obduziert wurde. Keine Ahnung, ob solche Substanzen dann noch nachweisbar gewesen wären.«

»Kann die Spurensicherung herausfinden, ob sie in diesem Raum war?«

»Ich hoffe es. Wir sind bisher davon ausgegangen, dass sie mit Torsten Schilling die Spielbank verlassen hat. Aber vielleicht war er nur einer von vielen Männern, die den Raum im Keller für ihre Spielchen nutzen.«

»Geduldet vom Casino? Ein ganz spezielles Bordell?«

Elisa schüttelte sich. Sie hatte die Handschellen und die Peitschen gesehen. Wie viele Frauen waren dort schon gequält worden?

»Ich weiß es nicht ... Das ist ein Fall für meine Kollegen vom K3. Für uns hat es erst mal Vorrang aufzuklären, ob Vanessa betroffen war. Oder ob sie unabhängig von diesen Machenschaften die Spielbank verlassen hat.«

»Wie wollt ihr das herausfinden?«

»Mithilfe der Kameraaufzeichnungen, auf die du uns netterweise hingewiesen hast.« Henri lächelte. »Wäre schön, wenn von all dem erst mal noch nichts in der Zeitung steht.«

»Ein Maulkorb?«

»Das klingt nicht schön.«

»Aber das meinst du.« Elisa wollte jetzt nicht über einen Zeitungsartikel nachdenken. »Wirst du mir sagen, was bei der Analyse der Proben herauskam?«

»Natürlich, Elisa. Du bist das Opfer. Du wirst es als Erste erfahren.«

Auf den Straßen war nicht viel los, sie waren schnell zu Hause. Henri parkte unter dem Carport. Als sie ausstiegen, liefen zwei Frauen mittleren Alters im Dirndl vorbei und grüßten sie lachend. Ob sie auch auf dem Heimweg von einer irrsinnigen Nacht waren?

»Wahrscheinlich wäre es am Vernünftigsten, wenn du dich jetzt hinlegst«, sagte Henri.

»Und du nicht?«

»Ich brauch nicht viel Schlaf. Ich kann jetzt nicht mehr schlafen.«

»Und ich *möchte* nicht schlafen! Es ist so ein herrlicher Morgen.«

Die Sonne würde jeden Augenblick aufgehen, die Luft war klar und frisch, nicht so schwül und stickig wie in den letzten Tagen.

»Wollen wir nicht noch etwas draußenbleiben?«

»Bist du sicher?«

Sein Blick war immer noch besorgt.

»Ja, ganz sicher.«

»Dann habe ich eine Idee.«

»Was für eine Idee?«

»Lass dich überraschen!« Er lächelte. »Ist dir warm genug in deinem Kleid?«

»Ja.«

»Dann komm.«

Henri griff nach Elisas Hand und zog sie mit sich. Sie hatte daran gedacht, sich in den Garten zu setzen und gemeinsam einen Kaffee zu trinken. Doch Henri hatte etwas anderes vor. Er ging mit ihr am Isarufer entlang in Richtung Tivolibrücke.

»Sag schon, wo gehen wir hin?«

»Ich möchte dir etwas typisch Münchnerisches zeigen, das kaum ein Tourist zu Gesicht bekommt. Sogar viele Einheimische waren noch nie dort.«

Sie liefen über die Brücke und Elisa sah immer mehr Menschen in Tracht, die in der gleichen Richtung unterwegs waren.

»Was ist da los?«

Henri lächelte geheimnisvoll.

»Du musst dich noch kurz gedulden ...«

Sein Handy unterbrach ihn. Henri warf einen Blick auf das Display.

»Sorry, da muss ich dran gehen. Das sind die Jungs von der Zivilstreife. Wieland«, meldete er sich. Er hörte zu und legte dabei seine Stirn in Falten.

»Kein Raum? Aber da muss einer sein! ... Ich? Nein ... Ich habe eine zuverlässige Quelle.« Er lächelte Elisa zu. »Genau, die Tür neben den Toiletten ... die Treppe runter und dann irgendwo in diesem Flur ...«

»Ganz hinten, am Ende«, warf Elisa ein.

»Ganz hinten, am Ende«, wiederholte Henri für seinen Gesprächspartner.

»Nichts? Das ist seltsam. Ja, okay ... gut ... Nein, besser nicht ... danke ... Ja, ich melde mich.«

Er legte auf.

»Weder ein Zimmer noch ein Typ mit Schlafzimmerblick. In der Spielbank scheint nicht mehr viel los zu sein. Im Moment kommen wir da nicht weiter.«

»Warum haben deine Kollegen den Raum nicht gefunden? Haben sie in alle Räume hineingesehen? Keiner war verschlossen, sie hätten den Raum doch finden müssen!«

Henri hob die Schultern.

»Der Kollege hat alles gründlich durchsucht, sagt er. Wir werden uns morgen noch mal dort umschauen. Wenn deine Probe positiv ist, dann bekommen wir leicht einen Durchsuchungsbeschluss. Jetzt läuft in der Spielbank nichts mehr, die schließen bald.« Henri steckte das Handy in die Hosentasche. »Komm, gehen wir weiter.«

Sie hatten inzwischen die Isar überquert, folgten den Leuten in Tracht. Ein leises Summen lag in der Luft, wie von einem riesigen Bienenschwarm. »Jetzt bin ich wirklich gespannt.«

Henri lächelte nur. Er hatte nach dem Telefonat nicht mehr nach Elisas Hand gegriffen, sie fühlte sich seltsam leer an. Je näher sie dem Englischen Garten kamen, desto lauter wurde das Summen. Sie bogen ab zum Chinesischen Turm, an dem Elisa jeden Morgen auf dem Weg in die Redaktion vorbei radelte, und Elisa stoppte abrupt. Rund um den Chinesischen Turm strömte ein buntes Menschenmeer, auf den Bänken des Biergartens saßen die Leute, dazwischen flanierten die, die keinen Platz mehr gefunden hatten; viele trugen Tracht, manche sonderbar altmodische Gewänder mit einem Häubchen, einem Zylinder oder einem blumengeschmückten Strohhut auf dem Kopf. Die frühen Sonnenstrahlen tauchten die Szene in ein goldenes Licht.

»Da staunst du, was?« Henri sah Elisa von der Seite an. Sie nickte.

»Was ist hier los?«

»Das ist der Kocherlball. Das ist eine Tradition aus früheren Zeiten, als das Küchenpersonal – also die *Kocherl* – und die anderen Dienstboten sich sonntags in aller Frühe zum Tanzen getroffen haben, wenn ihre Herrschaften noch geschlafen haben.« Henri deutete auf ein großes Podium links neben dem Turm. »Siehst du die Musikerplätze da drüben? Ab sechs wird zum Tanz aufgespielt, dann heißt es *Alles Walzer*.«

»Und die Leute tanzen?«

»Walzer und andere Tänze, die Schritte erklärt die Tanzmeisterin. Nicht alle tanzen. Manche sind froh, dass sie einen Sitzplatz ergattert haben, den geben sie nicht so schnell auf.« Henri nahm Elisas Hand. »Komm, wir drehen eine Runde und schauen, ob wir uns irgendwo dazusetzen können. Bis sechs dauert es noch.«

Er führte sie vorbei an Tischen, auf denen weiße Tischdecken ausgebreitet waren und mehrarmige Kerzenleuchter mit brennenden weißen Kerzen standen. Manche hatten Frühstück in Plastikdosen dabei, andere tafelten auf feinem Porzellan.

»Essen darf man mitbringen, die Getränke muss man hier kaufen«, erklärte Henri. »Hast du Hunger oder Durst?«

»Was ist das für ein Gebäck, das die Leute essen?«

»Das sind Auszogne, ein Schmalzgebäck, das früher angeblich über dem Knie ausgezogen wurde. Ich hole uns welche, die musst du unbedingt probieren.«

Henri zog Elisa zu einem Verkaufsstand. »Einen Kaffee dazu?«

»Gerne.«

Sie balancierten die Tassen und die Auszognen bis zu einem dicken Baumstumpf, der als Stehtisch diente. Zwei ältere Damen in schwarzen Spitzenkleidern mit ausladenden Blumenhüten waren gerade fertig mit ihrem Streuselkuchen und machten ihnen Platz. Elisa biss herzhaft in das zuckrige Gebäck und merkte erst in diesem Moment, wie hungrig sie war.

»Gut?«

»Lecker!« Elisa biss gleich noch mal hinein. Die Zuckerkristalle knirschten zwischen ihren Zähnen, das süße Gebäck jagte einen Energieschub durch ihren Körper. Sie aßen schweigend, Elisa war schneller fertig als Henri.

»Noch eine Runde? Oder magst du Weißwürste? Die gibt es da drüben.«

»Danke, vielleicht später. Im Moment bin ich völlig zufrieden.« Elisa trank einen Schluck Kaffee und sah sich um. »Hoffentlich begegnen wir meiner Kollegin Jette nicht.«

»Wie kommst du darauf?«

»Sie hat bei der Themenverteilung zugesagt, dass sie einen Artikel über den Kocherlball schreibt. Ich wusste natürlich noch nicht, worum es sich dabei handelt. Dachte, das ist eins ihrer Society-Events.«

Henri lachte und warf die Servietten, auf denen die Auszognen serviert worden waren, in einen Mülleimer.

»Ich fürchte, diese Art von Society ist nicht ganz das, was deine Kollegin interessiert.«

Eine stark geschminkte Drag Queen stöckelte auf hohen Absätzen an ihnen vorbei, gefolgt von einem völlig betrunkenen Mann in verwahrloster Ledermontur. Eine Gruppe junger Mädchen in kurzen Dirndln mit kunstvollen Flechtfrisuren kam von der anderen Seite. Elisa wusste gar nicht, wo sie zuerst hinschauen sollte.

»Lass uns die Kaffeetassen mitnehmen und einen Platz suchen.«

Henri nahm erneut Elisas Hand und bahnte sich einen Weg durch die Menge. Suchend sah er sich um.

»Sieht aus, als stehen da drüben gerade zwei auf.«

Schnell zog Henri Elisa hinter sich her.

»Ist da frei?«, fragte er die Frauen und Männer, die am Tisch sitzengeblieben waren.

»Nur wenn ihr nicht raucht!«, rief eine der Frauen und die anderen klatschten Beifall.

»Tun wir nicht!«, versprach Henri und sah Elisa fragend an. »Oder möchtest du rauchen?«

»Nein, wie kommst du darauf?«

Sie setzten sich. Die anderen am Tisch nahmen ihr Gespräch wieder auf.

»Ich weiß noch so wenig über dich, Elisa«, sagte Henri. »Ich habe dich noch nie mit einer Zigarette gesehen, aber ich habe keine Ahnung, ob du rauchst!?«

»Nur wenn ich sehr betrunken bin«, erwiderte Elisa lachend. »Also eher selten.«

Henri beugte sich über seine Kaffeetasse nach vorn.

»Wenn du sehr betrunken bist! Erzähl!«

»Wird das ein Verhör oder ein Gespräch?«

»Ein Gespräch. Ich möchte mehr über dich erfahren. Das ist so unter Freunden, dass man sich für den anderen interessiert.«

»Du hast also über das Freundschaftdings nachgedacht?«

»Hab ich.« Henri fuhr sich über den kurz gestutzten Bart. »Ich dachte mir, man muss nehmen, was man kriegen kann.«

»Sehr klug!«

»Nicht wahr?« Was ihn nicht daran hinderte, wieder nach ihrer Hand zu greifen. »Also, erzähl mir von deinen Lastern!«

»Können wir nicht mit einem harmloseren Thema anfangen?« Elisa lachte.

»Was schlägst du vor?«

Elisa überlegte.

»Ich würde gern wissen, wie du auf die Idee gekommen bist, Kriminalkommissar zu werden? Wolltest du das schon immer?«

Henri sah Elisa erstaunt an, doch dann nickte er. Er nahm einen Schluck Kaffee und überlegte.

»Mein Vater hatte den Wunsch, eines Tages sein Architekturbüro an seine Söhne zu übergeben. Leider hat sich keiner von uns besonders dafür interessiert. Sönke hat zumindest ein Talent zum Zeichnen, aber er wusste schon früh, dass er lieber Comics oder Karikaturen zeichnet, als die Statik von Häusern zu berechnen. Mir hat mein Vater keinerlei Talent zum Zeichnen vererbt ...«

»Dafür spielst du wunderschön Klavier«, warf Elisa ein.

Henri lächelte.

»Danke, aber damit kann man kein Architekturbüro leiten. Also kam mein Vater, als ich sechzehn war, auf die glorreiche Idee, mich für ein Jahr als Gastschüler zu einem befreundeten Architekten nach New York zu schicken, in der Hoffnung, dass es Howard gelingen würde, mein Interesse für die Architektur zu wecken.«

»Ich schätze mal, der Plan ist schiefgegangen.«

»Richtig. Ich ging zur Highschool und sollte nach der Schule in Howards Büro aushelfen. Das einzige, was mir dabei klar wurde, war, dass ich weder die Fantasie noch den Willen hatte, Häuser zu bauen. Sehr viel mehr interessierte ich mich für die Geschichten, die Howards Frau Lynn abends beim Essen erzählte. Sie arbeitete als Kriminalpolizistin und war gerade einem

Serienmörder auf der Spur. Eine richtig eklige Geschichte – wie aus dem Fernsehen. Ich war fasziniert von dem Fall, von Lynns Ermittlungen. Wie sie versuchte, der Bestie beizukommen. Mit logischem Denken und einer klugen Interpretation der Spuren, die er hinterließ. Sie erzählte mir immer mehr von dem Fall, der mich bald nicht mehr losließ. Tatsächlich konnte ich einen wichtigen Hinweis zur Lösung beitragen. An dem Tag, als der Mörder geschnappt wurde, stand mein Entschluss fest, Kriminalpolizist zu werden.«

»Deine Eltern waren sicher sehr erfreut, das zu hören.«

»Es war nicht so schlimm wie befürchtet. Howard hatte meinem Vater schon mitgeteilt, dass es mit der Architektur und mir nichts werden würde. Da war es auch schon egal, wenn ich stattdessen zur Polizei ging.«

»Karen scheint stolz auf dich und deine Arbeit zu sein.«

»Das war ein langer Weg bis dahin!« Henri grinste. »Jetzt du! Wie bist du Journalistin geworden?«

»Bei uns zu Hause stand schon früh fest, dass einer meiner älteren Brüder das Hotel unserer Eltern übernehmen würde. Ich musste mir also etwas anderes suchen. In der Schule war ich schon immer gut in Deutsch, irgendwann wurde ich für die Schülerzeitung angeworben, so hat sich das dann entwickelt. Am Ende war ich Chefredakteurin des *Küstennebels* ...«

»*Küstennebel* ist ein ungewöhnlicher Name für eine Schülerzeitung.«

Elisa lachte.

»Aber ein guter! Wenn ich das nächste Mal zu Hause bin, bringe ich dir einen *Küstennebel* mit. Das ist ein Schnaps. Also ein schön mehrdeutiger Name für eine Zeitung!« Sie trank von ihrem Kaffee und dachte zurück. »Vom *Küstennebel* war es dann nicht mehr weit bis zur Journalistenschule. Voilà.«

»Ich lese deine Artikel sehr gern. Sie sind informativ und unterhaltsam, manchmal lustig, manchmal nachdenklich. Man merkt, dass du dich für die Themen wirklich interessierst. Und für die Leute, um die es dabei geht.«

»Eine gewisse Grundneugier schadet bestimmt nicht! Das ist ganz ähnlich wie bei deinem Beruf.«

»Nur dass die Leute bei mir nicht so leicht ihr Herz öffnen.«

»Das liegt vielleicht daran, dass du mit ihnen sprichst, wenn sie in irgendeiner Form mit dem Tod konfrontiert sind. Das ist eine Extremsituation.«

Henri verzog das Gesicht.

»Meine vierzehnjährige Tochter schüttet auf jeden Fall lieber dir als mir ihr Herz aus. Immerhin hat sie mir gestern Abend von Tim erzählt.«

»Siehst du, ich wusste, dass sie mit dir darüber reden würde! Sie hat einfach noch Zeit gebraucht.«

»Nett, dass du das sagst, aber ich hatte das Gefühl, dass sie hauptsächlich deshalb mit mir gesprochen hat, weil du gerade nicht da warst.«

»Hat Tim sie weiter bedrängt?«

»Er will mit ihr schlafen.«

»Das dachte ich mir schon. Der Junge legt ein ganz schönes Tempo vor. Was hast du Anna geraten?«

»Zu warten, bis sie selbst so weit ist. Ich hab ihr gesagt, dass sie Tim mal einladen soll, damit wir ihn kennenlernen können, aber das will sie nur machen, wenn du dabei bist.«

»Ich?«

»Sie hat Angst, dass es peinlich wird, wenn ich ihn verhöre und Mama ihn über gesundes Essen vollquatscht.«

Elisa lachte.

»Da hat sie vielleicht nicht ganz unrecht.«

»Hey«, protestierte Henri lachend, wurde aber gleich wieder ernst. »Ich finde es schön, dass Anna mit dir reden kann. Versteh mich nicht falsch, ich möchte nicht die Verantwortung für meine Tochter loswerden, ich freue mich sehr, wenn sie auch mit mir spricht! Aber ich glaube, für ein Mädchen in ihrem Alter ist es wichtig, eine weibliche Bezugsperson zu haben. Eine, die nicht so alt wie ihre Großmutter ist. Eine, mit der sie sich gern austausch. Sie hat sich in den letzten zwei Jahren so zurückgezogen. Es ist schön zu sehen, dass sie langsam wieder aus ihrem Panzer herauskommt.«

»Anfangs hatte ich den Eindruck, dass sie ein schlechtes Gewissen hatte, als sie sich in Tim verliebt hat. Als ob sie sich keine Glücksgefühle gestatten würde, weil sie gleichzeitig noch um ihre Mutter und ihren Bruder trauert.«

Elisa fing Henris Blick auf. Er nickte.

»Gut beobachtet. Sie hat sich vollkommen in ihrer Trauer eingeigelt. Allein diese schwarzen Klamotten! Ich wünschte, sie würde sie ablegen. Das wäre eine große Befreiung für sie.«

»Ich denke, das wird nicht mehr lange dauern. Irgendwann wird sie es von selbst tun.«

»Meinst du?«

Henris Blick war voller Zweifel.

»Ja, da bin ich sicher. Mit deiner Hilfe. Und wahrscheinlich auch mit der von Tim.«

Elisa lachte, doch Henri blieb ernst.

»Und mit deiner?«

Elisa nickte.

»Danke!« Henri drückte ihre Hand fester. »Ich bin wirklich sehr froh, dass du in unser Leben geschneit bist!«

»Ich auch.« Elisa fuhr mit dem Daumen über Henris Handrücken. Sie trank ihren Kaffee aus. Die Kaffeetasse unterbrach ihren Blickwechsel. Elisa sah sich um. Es wurde immer voller auf dem Platz rund um den Chinesischen Turm. Auf dem Podium waren Musiker in verschiedenen Trachten dabei, ihre Instrumente auszupacken. Das Sonnenlicht wurde heller, doch es würde noch dauern, bis die Sonne zu den Baumwipfeln hochstieg und von dort auf sie herunter schien.

Eine Gruppe Frauen in Dirndln ging lachend an ihnen vorbei. Jedes Dirndl und jede Schürze hatte eine andere Farbe. Selbst die weniger schlanken machten darin eine gute Figur.

»Schön, so ein Dirndl«, sagte Elisa.

»Dein Kleid ist auch sehr schön.«

»Es passt nur nicht hierher.«

»Unsinn, es sieht aus, als hättest du die Nacht durchgemacht.«

Elisa lachte.

»Nicht nur das Kleid sieht danach aus, mein Gesicht fühlt sich auch so an.«

»Keine Sorge, du bist wunderschön! Außerdem schaut bei diesem Kleid niemand auf deine Augenringe, glaub mir!« Er feixte. »Ein Dirndl würde dir auch gut stehen. Meine Mutter hat inzwischen einen ganzen Schrank voll.«

»Und das als Nordlicht!«

»Du bist zwar ähnlich groß wie sie, aber viel schmaler, sonst könntest du dir bei ihr eins leihen.«

»Trägt Anna ein Dirndl?«

»Nein, ich habe sie ewig nicht im Dirndl gesehen. Ich weiß, dass sie sich eins von Claire aufgehoben hat, aber sie hat es noch nie angezogen, obwohl es ihr inzwischen passen müsste. Claire war nicht besonders groß.«

»Hatte Anna ein gutes Verhältnis zu ihrer Mutter?«

Henri runzelte die Stirn und zögerte. Er wich Elisas Blick aus.

»Entschuldige, wenn ich zu direkt bin«, ruderte Elisa zurück. »Das geht mich nichts an, nicht wahr? Die Fragerei ist eine Berufskrankheit.«

»Du hast ein Talent, mit deinen Fragen direkt zum Kern der Dinge vorzudringen. Vom Dirndl zu Annas Verhältnis zu Claire innerhalb von drei Sätzen. Wow!«

»Entschuldige. Wenn es dir unangenehm ist, darüber zu sprechen, dann ...«

»Nein, das ist es nicht, überhaupt nicht«, beteuerte Henri und sah sie wieder an. »Ich weiß, dass du nicht aus Sensationslust fragst oder so was, sondern weil dir an Anna liegt und weil du sie verstehen möchtest.« Henris dunkle Augen glänzten. »Deine Worte sind nicht nur Worte, Elisa. Du lässt Taten folgen, das gefällt mir. Du fragst, weil du Anna helfen möchtest.«

»Das würde ich gerne. Sie ist so gefangen in ihren widersprüchlichen Gefühlen. Die Pubertät ist sowieso schwierig genug und sie hat außerdem mit ihrer Trauer zu kämpfen.«

Henri sah Elisa nachdenklich an.

»Anna und Claire hatten nie ein besonders inniges Verhältnis. Claire hatte nach Annas Geburt heftige Depressionen, ihre Eltern haben sich meistens um Anna gekümmert, wenn ich bei der Arbeit war. Es wurde erst besser, als Claire wieder Konzerte gegeben hat, erst dann hat sie Annas Existenz akzeptiert. Sie war nicht bereit, sich und ihre Karriere für ein Kind einzuschränken. Ich nehme an, Anna hat das unterbewusst gespürt. Sie hat als kleines Kind alles getan, um Claire zu gefallen, doch sie konnte es ihr nie recht machen.«

»War das bei Jonathan anders?«

»Jonathan war ziemlich unabhängig, von klein auf. Und Claire hatte bei ihm schon eine Auszeit hinter sich und erkannt, dass das nicht unbedingt das Ende für ihre Karriere sein musste. Bei ihm hat sie vieles lockerer gesehen. Ihr Verhältnis zu ihm war nie so verkrampft wie zu Anna. Obwohl sie letztendlich nach seiner Geburt doch nicht so schnell wieder auftreten konnte, wie sie sich das vorgestellt hat. Ihr Vater hatte einen Schlaganfall und ihre Eltern sind für die Kinderbetreuung ausgefallen. Anstatt unsere Kinder bei ihnen abzugeben, war sie dazu gezwungen, ihre Eltern zu unterstützen.«

Henri sah an Elisa vorbei in die Ferne.

»Das war sicher eine schwere Zeit«, sagte sie mitfühlend.

»Ja, das war es. Claire blieb zu Hause, doch sie ließ uns alle fühlen, wie sehr sie darunter litt. Sie war extrem launisch, man wusste bei ihr nie, woran man war. Im einen Moment war sie zuckersüß und freundlich, im nächsten Moment schroff und distanziert.«

»Das ist nicht leicht für ein Kind.«

»Das ist für niemanden leicht. Das frisst jegliche Liebe auf. Aber Anna hat es immer wieder versucht. Sie hat sich mit all ihrer Kinderliebe an Claire geklammert und hat damit genau das Gegenteil von dem erreicht, was sie wollte. Claire kam sich eingeengt vor und hat sie erst recht zurückgewiesen.«

»Ein übler Kreislauf.«

Henri nickte.

»Und dann war Claire tot und Anna zog sich zurück hinter ihren schwarzen Panzer. Erst seit du hier bist, scheint der Panzer Risse zu bekommen.«

»Oder seit sie sich in Tim verliebt hat?«

Henris Lächeln verzog sich zu einer Grimasse.

»Meinetwegen auch das.«

»Die Liebe heilt viele Wunden, hat mein Großvater mal gesagt.«

»Ein kluger Mann, dein Großvater.«

»Ich vermisse ihn sehr.«

Elisas Blick schweifte über die Menge. Sie hatte nicht mitbekommen, dass der Tanz längst begonnen hatte. Der Boden vor dem Podium war voller

Paare, die sich im Takt der Musik drehten. Auf dem hinteren Teil des Podiums war eine kleine Tanzfläche, wo ein Paar die Schritte vormachte, die von der Menge unten nachgetanzt wurden. Auf dem vorderen Teil des Podiums hatten zwei Kapellen Platz gefunden, die abwechselnd aufspielten.

»Eine Polka!«, stellte Henri fest. »Magst du?«

Elisa hatte mit Jasper die Tanzstunde besucht, die Polka war einer ihrer Lieblingstänze gewesen. Jasper hatte seine Schwester ohne Rücksicht auf Verluste herum gewirbelt.

»Gerne.«

Sie standen auf und liefen hinüber zur Tanzfläche.

»Das ist wie im Film«, sagte Elisa. »Die ganzen Leute, die schönen Trachten, die irren Kostüme, die Musik, der Tanz – irgendwie surreal, wie in einer anderen Zeit.«

»Ich mag die friedliche Stimmung. Hier vergisst man, dass Menschen aufeinander losgehen, einander töten. Der Ball ist wie eine kleine Insel in der Wirklichkeit.«

Henri zog Elisa an sich und wirbelte im nächsten Augenblick mit ihr auf die Tanzfläche. Es war eine schnelle Polka. Sie hatten nicht viel Platz, doch Henri fand immer wieder eine Lücke, in die sie hineintanzen konnten. Er führte Elisa zwar rücksichtsvoller, aber genauso schwungvoll wie Jasper.

»Weiter?«, fragte Henri, als die Polka endete. Elisa nickte atemlos.

»Das war der Wahnsinn!«

»Ich hatte noch nie eine Tanzpartnerin, die fast so groß ist wie ich«, sagte Henri. »Mir war nicht klar, was das ausmacht.«

Elisa lachte.

»Ich hatte außer meinem Bruder Jasper noch nie einen Tanzpartner, bei dem ich so hohe Schuhe tragen konnte!«

Sie tanzten Rheinländer, Czardas und Tänze, deren Namen Elisa nicht kannte oder nicht verstand.

»Auseinander, zusammen, Wechselschritt, drehen!«

Die Tanzmeisterin sagte an, die Menge wiegte sich im Takt. Dirndl, karierte Hemden, Lachen, Dienstbotenhäubchen, Lederhosen, glückliche Gesichter, ins Haar geflochtene Blumen, Zylinder – bei jeder Drehung sah Elisa etwas anderes. Es war ein buntes Meer der Freude.

»Alles Walzer!«, rief die Tanzmeisterin.

Henri zog Elisa an sich. Sie walzten im Takt der Musik am Rand der Tanzfläche entlang. Elisa schloss kurz die Augen. Henri hatte recht. Alles andere verschwand; der Abend in der Spielbank, der Mord an Vanessa Czerny, Anna, die Redaktion, Dennis, André, Jette, sogar Carsten. Es gab in diesem einen Moment nur sie und Henri auf ihrer kleinen Insel.

Henri hielt mit beiden Händen Elisas Taille und blieb stehen.

»Alles in Ordnung?«

Elisa öffnete die Augen und sah geradewegs in Henris dunkle Augen, in denen sich ein Kaleidoskop von Gefühlen spiegelte.

»Ja, jetzt ist gerade alles in Ordnung.«

Ein tanzendes Paar rempelte sie an, doch sie merkten es kaum. Henri kam näher. Er ließ Elisas Taille los und umfasste ihr Gesicht.

»Ich wünschte, ich könnte ein paar *deiner* Wunden heilen«, sagte er leise.

»Es sieht so aus, als ob dir das schon ganz gut gelingt«, flüsterte Elisa zurück.

Henri lächelte und beugte sich zu ihr nach vorn. Er küsste sie auf den Mund, erst ganz zart, dann, als sie seinen Kuss erwiderte, mit all den Gefühlen, die sie in seinem Blick gesehen hatte. Es gab nur noch sie und Henri.

Es war nicht so, dass Henri nach Claires Tod nicht schon andere Frauen geküsst hatte, aber es war das erste Mal, dass es sich richtig anfühlte. Elisas Lippen waren weich, sie erwiderte Henris Kuss, strich mit den Händen über seinen Rücken und drückte sich an ihn.

Henris Handy klingelte. Er reagierte nicht, wollte Elisa nicht loslassen, doch sie wich zurück.

»Dein Handy.«

»Ich bin nicht da.«

Henri küsste Elisa, doch das Handy hörte nicht auf zu vibrieren. Elisa löste sich von ihm.

»Du solltest drauf schauen, wer es ist. Um diese Uhrzeit muss es wichtig sein«, sagte sie.

Es war Marius. Henri nahm das Gespräch an.

»Du hast besser einen guten Grund, warum du mich jetzt anrufst!«

»Hab ich! Ich bin im Krankenhaus, weil sie mich verständigt haben, als Simone Schilling aus dem Koma aufgewacht ist. Sie hat verlangt, mit der Polizei zu sprechen.«

»Sie selbst will mit uns reden?«

»Ja, ich war gerade kurz bei ihr. Halt dich fest! Sie hat gesagt, dass sie von einem anderen Auto von der Straße gedrängt wurden.«

»Nein!«

»Doch! Kannst du kommen? Sie will wissen, was los ist, und in was ihr Mann da verwickelt war. Ich habe keine Ahnung, was ich ihr erzählen kann und was nicht.«

»Weiß sie, dass er tot ist?«

»Das war ihre allererste Frage. Sie wollten es ihr erst sagen, wenn ihr Zustand stabiler ist, aber sie hat nicht lockergelassen. Kannst du kommen?«

»Harlaching, oder?«

»Ja.«

Henri sah zu Elisa.

»Ich muss weg«, erklärte er leise.

Sie nickte.

»Ich komme«, sagte er zu Marius, beendete das Gespräch und steckte das Handy in seine Hosentasche.

»Es tut mir leid, Elisa.«

Sie legte den Zeigefinger auf seine Lippen.

»Es ist okay, das ist dein Job. Gehen wir.«

Sie nahm seine Hand und zog ihn von der Tanzfläche zum Parkausgang an der Tivolistraße. Claire hätte eine Riesenszene gemacht. Elisa sagte einfach nur, *das ist dein Job*. Als sie aus dem Gedränge heraus waren, sah sie ihn lächelnd an.

»Ich glaube, ich könnte jetzt doch etwas Schlaf vertragen. Es war ein bisschen viel für eine Nacht.«

Im hellen Licht sah Henri die Ringe unter ihren Augen.

»Arme Elisa! Hätten wir doch nicht mehr auf den Ball gehen sollen?«

»Doch, unbedingt!« Ihre blauen Augen strahlten. »Diesen Teil der Nacht möchte ich nicht missen. Ich glaube, im Nachhinein betrachtet hätte ich mir den Teil mit den K.-o.-Tropfen sparen sollen.«

»Was tut man nicht alles für eine gute Story?«, zog er sie auf.

»Ich weiß ja noch nicht mal, ob eine gute Story daraus wird.« Elisa sah Henri von der Seite an. »Rufst du mich an, wenn du eine Bestätigung aus der Rechtsmedizin bekommst? Oder wenn ihr den Raum in der Spielbank gefunden habt?«

»Wenn du mir versprichst, dich zu Hause auszuschlafen und nicht mehr auf eigene Faust zu ermitteln. Schon gar nicht, wenn solche Tropfen im Spiel sind.«

Elisa nickte.

»Mach ich! Das war nicht gerade eine meiner besten Ideen. Ich habe ehrlich gesagt nicht besonders lange darüber nachgedacht.«

Sie liefen über die Tivoli-Brücke und bogen nach links ab. Elisa zog die hohen Schuhe aus und ging barfuß weiter.

»So geht es schneller.«

Sie hielt die Schuhe in der einen Hand und fasste mit der anderen wieder nach Henris Hand. Er verschränkte seine Finger mit ihren.

»Wird es *dir* nicht zuviel?«, fragte Elisa. »Du hast kein bisschen geschlafen. Und jetzt musst du arbeiten ...«

»Ich hab gerade Energie getankt!«

Elisa lächelte. Henri legte den Arm um sie, zog sie kurz an sich und drückte ihr einen Kuss auf die Schläfe. Sie legte den Kopf an seine Schulter und sie gingen den Rest des Weges eng umschlungen. Als sie zu Henris Auto kamen, sagte Elisa:»Ich hab keinen Schlüssel dabei.«

»Ich mach dir auf.«

»Hoffentlich schlafen Karen und Anna noch.«

Henri warf einen Blick auf die Uhr.

»Bestimmt. Deine Tasche liegt unten in der Wohnung.«

»Ich hol sie mir gleich.«

Henri zog den Hausschlüssel aus der Hosentasche und schloss die Tür auf. Elisa blieb neben ihm stehen.

»Pass auf dich auf!«, sagte sie.»Nimm keine Getränke von Fremden an.«

Henri zog sie an sich und küsste sie.

»Und du schlaf dich aus!«

Noch ein Kuss, dann machte Elisa sich von ihm los und ging ins Haus. Ihr war anzusehen, dass sie dringend Schlaf brauchte. Henri wusste, dass er jetzt keine Ruhe finden würde. Er setzte sich ins Auto und startete. Auf den Straßen war immer noch nichts los, er war schnell in Harlaching. Länger dauerte es, auf dem Krankenhausgelände das Gebäude zu finden, in dem Simone Schilling lag. Henri rief Marius an und ließ sich den Weg beschreiben. Der Kollege erwartete ihn am Eingang der Intensivstation.

»Simone Schilling wird gerade untersucht, sie haben den Arzt hergerufen, der sie operiert hat. Sie hatte innere Verletzungen.«

»Hat sie nicht auch am Kopf geblutet?« Henri versuchte, sich den Anblick vom Unfallort ins Gedächtnis zu rufen, aber die Bilder waren verschwommen.

»Sie hat auch einen Verband um den Kopf, aber die Verletzung scheint weniger kritisch zu sein als die anderen.«

»Hast du mit dem Arzt gesprochen?«

»Bisher nur mit der Krankenschwester. Der Arzt scheint ihr Mann zu sein. Sie geben Bescheid, wenn sie mit der Untersuchung fertig sind. Dann können wir noch mal zu ihr rein.«

»Und sie hat gesagt, dass sie von der Straße gedrängt wurden?«

»Von einem dunklen Wagen, der ihnen gefolgt war.«

»Sie wurden verfolgt? Was war das für ein Wagen?«

Marius hob die Schultern und ließ sie wieder fallen. Er trug immer noch das Hemd mit den roten Flecken.

»Sie war nach dem Aufwachen benommen. Die Krankenschwester hat mich nur angerufen, weil Simone Schilling danach verlangt hat. Als ich hier war, wollte sie mir bloß ein paar Minuten mit ihr geben. Und dann kam schon der Arzt.«

Sie warteten. Fünf Minuten. Zehn Minuten.

Wie viele Küsse wären das noch gewesen?

»Kennst du den schon?«, fragte Marius. »Das Wartezimmer beim Arzt ist voll, und die Zeit schleicht mühsam dahin. Irgendwann steht der Patient auf, nimmt seinen Mantel und murmelt: ›Ich gehe nach Hause und sterbe eines natürlichen Todes ...‹.«

Henri verdrehte die Augen. Marius' Witze nervten ihn.

Nach einer Viertelstunde ging die Tür zur Intensivstation auf, ein Arzt in weißem Kittel rauschte heraus, gefolgt von einer Krankenschwester in blauer Pflegeuniform.

»Dr. Mangold«, sagte der Arzt und schüttelte Henris Hand. Er redete weiter, ohne auf eine Antwort zu warten. »Frau Schilling ist wach, Sie können für ein paar Minuten zu ihr, wenn das wichtig für Ihre Ermittlungen ist, aber dann soll sie wieder schlafen. Schwester Michaela wird Sie zu ihr bringen.«

Er war im Begriff weiterzulaufen, doch die Schwester hielt ihn am Arm fest.

»Soll ich die Eltern von Frau Schilling anrufen?«

Er schnaubte unwillig und schüttelte ihre Hand ab.

»Ganz sicher nicht, sonst hätte ich es gesagt. Es reicht vollkommen, wenn sie im Lauf des Vormittags hier aufschlagen. Falls noch was mit Frau Schilling ist, ich bin auf sieben.«

Schwester Michaela verzog keine Miene. Sie öffnete die Tür zur Intensivstation für Henri und Marius, während der Arzt den Flur hinuntereilte.

»Bitte hier entlang.«

Simone Schillings Kopf war von einem dicken weißen Verband bedeckt. Ihre Arme, die auf der Bettdecke lagen, waren unversehrt, doch der Tropf und die vielen Geräte, an die sie angeschlossen war, machten deutlich, dass ihr Zustand immer noch ernst war. Sie war blass.

»Frau Schilling, wir geben den Herren von der Kriminalpolizei fünf Minuten«, sagte Schwester Michaela.

Simone Schilling nickte. Die Schwester ging hinaus. Henri gab Simone die Hand.

»Henri Wieland. Frau Schilling, mein Beileid zum Tod Ihres Mannes.«

»Danke.« Ihre Miene verschloss sich. »Ich habe Ihrem Kollegen schon gesagt, dass uns ein Wagen gefolgt ist, der uns von der Straße gedrängt hat. Können Sie mir sagen, in was mein Mann da verwickelt war?«

»Im Moment noch nicht, aber ich hoffe, dass wir das bald herausfinden. Was war das für ein Wagen?«

»Ein Passat. Schwarz oder dunkelblau.«

»Sind Sie sicher mit dem Modell? Wenn er Ihnen gefolgt ist ...«

282

»Er war mir schon vorher aufgefallen. Er kam uns entgegen, als wir aus unserer Einfahrt herausgefahren sind. Wir wollten zu meiner Vernissage ...« Sie blinzelte kurz, fuhr dann fort. »Unsere Straße ist nicht sehr stark befahren. Da fällt ein fremdes Auto auf. Noch dazu ein alter Passat. Ich weiß noch, dass das Kennzeichen mit M - AX begann. Torsten und ich haben Witze gemacht, als das Auto gewendet hat und uns gefolgt ist. ›Jetzt fährt Max hinter uns her‹, hat Torsten gesagt.«

»Und er blieb die ganze Zeit hinter Ihnen?«

»Bis wir die Kurven nach der Grünwalder Brücke hochgefahren sind. Torsten hat in den Rückspiegel geschaut und gefragt: ›Was macht Max denn jetzt? Der wird uns doch nicht hier überholen wollen?‹ Ich habe durchs Seitenfenster gesehen, wie er beschleunigt hat, und als er auf einer Höhe mit uns war, hat der Fahrer das Lenkrad ruckartig nach rechts gezogen und uns von der Straße gedrängt.«

»Konnten Sie den Fahrer des Passats sehen?«, fragte Marius.

»Ja, aber nur kurz.«

»Kannten Sie ihn?«

Simone Schilling wollte den Kopf schütteln, was ihr mit dem Verband nicht gelang. Ihr Gesicht verzog sich für einen Moment vor Schmerz, doch sie straffte tapfer ihre Schultern und antwortete.

»Nein. Ich habe den Mann noch nie gesehen.«

»Würden Sie ihn wiedererkennen?«

Sie überlegte.

»Ich weiß nicht. Es ging alles so schnell. Nein, ich glaube nicht, dass ich ihn wiedererkennen würde. Die Scheiben meines Wagens sind getönt, Torsten war zwischen uns, ich konnte den Mann nicht wirklich gut sehen. Und dann sind wir schon gegen den Baum geprallt. Mein Mann wurde aus dem Wagen geschleudert, er hat sich nie angeschnallt. Und dann hat sich alles gedreht. Mehr kann ich Ihnen nicht sagen.«

In ihren Augen standen Tränen. Die Krankenschwester, die zur Tür hereinkam, sah sie besorgt an. »Ich glaube, jetzt reicht es.«

»Nur eine Frage noch«, sagte Henri schnell. »Erinnern Sie sich noch daran, wie das Kennzeichen nach M - AX weiterging?«

»Nein, es tut mir leid. Darauf habe ich nicht geachtet. Können Sie den Mann nicht finden, wenn Sie nicht das ganze Kennzeichen haben?«

»Doch, wir finden ihn. Das verspreche ich Ihnen. Jetzt lassen wir Sie in Ruhe. Gute Besserung.«

Henri schob Marius zur Tür. Die Krankenschwester nickte ihm zu und trat zu Simone Schilling ans Bett. Sie gab ihr ein Kleenex, damit sie ihre Tränen abtrocknen konnte. Henri zog die Tür hinter sich zu.

»Das dauert ewig, bis wir alle Fahrzeughalter überprüft haben, deren Kennzeichen mit M - AX beginnt«, stöhnte Marius. »Kann man die Suche über den Fahrzeugtyp eingrenzen?«

»Tanja kennt sich damit aus.«

»Ich ruf sie an.«

Marius zückte schon sein Handy.

»Vielleicht können wir die Suche von vornherein in Grenzen halten«, überlegte Henri. »Wenn wir davon ausgehen, dass das alles mit Torsten Schillings und Vanessa Czernys Begegnung in der Spielbank zusammenhängt, dann sollten wir zuerst überprüfen, ob jemand aus der Spielbank – ein Angestellter oder einer der Gäste – einen dunklen Passat mit diesem Kennzeichen fährt.«

»Eine der Überwachungskameras nimmt auch die Ein- und Ausfahrt zum Parkplatz auf. Das hat mir gestern einer von der Security erklärt, als ich die Aufnahmen abgeholt habe.«

»Hast du das Band von dieser Kamera auch mitgenommen?«

»Ich habe alles mitgenommen. Alle Aufnahmen ab dem Tag, an dem Vanessa Czerny getötet wurde. Das sind keine Videobänder, die haben alles digitalisiert. Der Security-Typ hat mir sämtliche Filme auf einen USB-Stick gespielt.«

»Wo ist der USB-Stick jetzt?«

»In meinem Auto.«

»Dann treffen wir uns gleich im Büro und schauen uns die Aufnahmen an.«

»Ich ruf Tanja an und frage, wie man die Kennzeichen-Suche am besten eingrenzen kann. Dann können wir die parallel laufen lassen.«

»Ich gebe Lenz Bescheid. Sieht so aus, als ob wir einiges zu tun haben.«

Sie trennten sich am Parkplatz, jeder fuhr mit dem eigenen Auto ins Büro. Inzwischen war es kurz vor halb neun. Henri rief bei Lenz an, der seinem Vater noch das Frühstück hinstellen wollte und dann auch ins Büro kommen würde. Elisa schlief bestimmt tief und fest. Henri war nicht müde, er ahnte nur, dass das Sichten der Videoaufzeichnungen ermüdend sein würde.

Es dauerte nicht lange, bis sich das ganze Team im Büro versammelt hatte. Tanja war auch gekommen, sie kümmerte sich um die Suche nach dem Fahrzeughalter des Unfallwagens. Marius ließ die Kennzeichen der Spielbank-Angestellten überprüfen. Lenz sichtete die Aufnahmen, die am Abend des Unfalls auf dem Parkplatz der Spielbank gemacht worden waren. Henri übernahm die Aufzeichnungen vom Nachmittag, als Vanessa Czerny gestorben war, um herauszufinden, ob sie mit Torsten Schilling die Spielbank verlassen hatte. Sie waren noch in die Videoaufzeichnungen vertieft, als Tanja und Marius in ihr Büro herüberkamen.

»Ihr könnt euch nicht vorstellen, wie viele Kennzeichen es gibt, die mit M - AX beginnen«, sagte Tanja. »Jetzt ist es endlich gelungen, die Suche auf einen Passat einzugrenzen, aber die Abfrage läuft noch.«

»Von den Angestellten scheint keiner einen dunklen Passat zu fahren, weder mit diesem noch mit einem anderen Kennzeichen«, erklärte Marius.

»Wir haben anhand der Mitarbeiterliste, die ich gestern mitgenommen habe, jeden Einzelnen überprüft ...«

»Da!«, rief Lenz aus und deutete auf seinen Bildschirm. »Ein dunkler Passat mit dem Kennzeichen M - AX 5781 verlässt den Parkplatz der Spielbank. Um 18:27 Uhr. Eine knappe Viertelstunde bevor die Schillings von der Straße gedrängt werden.«

Tanja und Marius traten hinter Lenz und sahen auf seinen Bildschirm.

»Kann man den Fahrer erkennen?«, fragte Henri.

»Nein, die Sonnenblende ist runtergeklappt.«

Tanja griff sich ein Post-it und notierte das Kennzeichen.

»Das haben wir gleich.«

Sie ging hinüber in ihr Büro, Marius folgte ihr. Henri ließ die Aufnahme auf seinem Bildschirm weiterlaufen. Er sah, wie Vanessa am Roulettetisch saß, wie sie mit Torsten Schilling sprach, aber auch mit den anderen Spielern am Tisch. Im Hintergrund war zu sehen, dass sonst an keinem Tisch gespielt wurde. An einem Mittwochnachmittag war in der Spielbank nicht viel los. Henri sah sich die übrigen Mitspieler genau an. Keiner der Männer hatte ein hängendes Augenlid.

Als Henri zu dem Moment kam, an dem Vanessa Czerny den Spieltisch verließ, wurde er wieder aufmerksamer. Er beugte sich nach vorn, beobachtete wie auch Torsten Schilling aufstand und Vanessa folgte. Aus der Perspektive dieser Kamera war nicht zu erkennen, ob beide Richtung Ausgang gingen. Henri ließ die Aufnahme weiterlaufen und staunte, als plötzlich zu sehen war, dass Vanessa zurück an den Tisch kam. Sie hielt ein Glas in der Hand und breitete ihre Jetons wieder vor sich aus. Sie hatte sich nur etwas zu trinken geholt. Auch Torsten Schilling balancierte ein Glas in der Hand, um diese Uhrzeit musste man anscheinend selbst zur Bar gehen, um sich einen Drink zu besorgen. Vanessa setzte sich auf den Platz, auf dem sie vorher schon gesessen hatte. Daneben hatte sich inzwischen eine andere Frau niedergelassen, sodass Torsten gezwungen war, sich einen neuen Platz zu suchen. Er saß nun nicht mehr neben Vanessa, was jedoch keinen zu stören schien. Beide spielten weiter, ohne noch einmal das Wort an den anderen zu richten.

Henri spielte die Aufnahme schneller ab, im Grunde war nichts anderes zu sehen, als dass Vanessa und Torsten ihre Einsätze machten und mal gewannen und mal verloren. Henris Gedanken schweiften ab, doch plötzlich stutzte er. Vanessas Jeton-Stapel war auf einmal viel niedriger als vorher. Sie musste häufiger verloren als gewonnen haben. Henri schaltete auf Normalgeschwindigkeit zurück. Vanessas Spielchiphaufen war deutlich geschrumpft. Ihr Gesichtsausdruck war nicht mehr so zufrieden wie vorher.

»Der Passat ist um 19:07 Uhr wieder zurück auf den Parkplatz der Spielbank gekommen«, sagte Lenz.

»Er ist zurück zur Spielbank gekommen?!«

Lenz nickte.

»Kann man jetzt den Fahrer erkennen?«, fragte Henri.

»Nein, die Sonnenblende ist wieder runtergeklappt und das Auto verschwindet schnell seitlich aus dem Blickfeld der Kamera.«

»Um 19:07 Uhr sagst du?«

Henri überlegte und drehte sich zu dem riesigen Stadtplan, der hinter ihm an der Wand hing.

»Das kommt hin, wenn man bedenkt, dass er nach dem Unfall nicht mehr über die Grünwalder Brücke zurückfahren konnte. Er musste entweder bis zum Tierpark oder bis nach Schäftlarn fahren, um zur nächsten Brücke über die Isar zu kommen, wenn er zurück zur Spielbank wollte. Beides scheint mir etwa gleich weit entfernt zu sein. Wenn der Unfall gegen 18:40 Uhr war, dann hat er eine knappe halbe Stunde gebraucht, um zurückzufahren.«

»Aber warum in aller Welt ist er zur Spielbank zurückgefahren? Das Auto muss doch beschädigt worden sein, als er den Wagen der Schillings von der Straße geschubst hat. Man sollte annehmen, dass man ein kaputtes Auto eher versteckt abstellt ...«

»... um es schnellstmöglich reparieren zu lassen.«

»Der Fahrzeughalter heißt Herbert Gschwendtner«, platzte Tanja herein. »59 Jahre alt, wohnhaft in Freimann, Sachbearbeiter bei einer Versicherung.« Sie stand auf der Türschwelle und sah Henri und Lenz triumphierend an.

»Den schauen wir uns näher an!«, meinte Henri und griff nach seinem Autoschlüssel.

»Und seinen Wagen!« Lenz stand ebenfalls auf. »Falls der nicht längst auf dem Hinterhof einer Autowerkstatt steht.«

»Soll ich auch mitkommen?«, fragte Tanja.

»Mir wäre es lieber, wenn du hier weitermachst.« Henri deutete mit dem Kopf auf die Aufnahmen aus der Spielbank von Vanessas Todestag. »Ich habe soeben festgestellt, dass Vanessa bei den ersten Aufnahmen, die wir gesehen haben, noch gar nicht die Spielbank verlassen hat. Sie hat sich nur etwas zu trinken geholt, genau wie Torsten Schilling auch. Dann haben sie weitergespielt. An der Stelle, wo ich gerade gestoppt habe, scheint Vanessas

Glück sie im Stich gelassen zu haben, sie hat nicht mehr so viele Jetons vor sich liegen wie vorher.«

»Aber der Croupier hat doch gesagt, dass sie das Casino mit einem ordentlichen Gewinn verlassen hat!«, warf Lenz ein.

»Vielleicht ging es später wieder aufwärts. Schau du bitte weiter, Tanja, damit wir erfahren, wann Vanessa Czerny und Torsten Schilling die Spielbank verlassen haben und ob sie dabei zusammen waren.«

»Mach ich. Hier ist die Adresse von diesem Gschwendtner in Freimann.«

Tanja reichte Henri einen Zettel und setzte sich auf seinen Schreibtischstuhl.

»Bis später!«

Henri eilte hinter Lenz her aus dem Büro. Was hatte der Mordanschlag auf die Schillings – denn anders konnte man den »Unfall« inzwischen kaum noch bezeichnen – mit dem Mord an Vanessa Czerny zu tun? Vielleicht würden sie von Herbert Gschwendtner eine Antwort auf diese Frage bekommen.

Auf der Fahrt nach Freimann redeten Henri und Lenz nicht viel. Das Navi wies ihnen den Weg in ein Wohngebiet, in dem sich Ein- und Mehrfamilienhäuser aneinanderreihten. Henri stoppte vor einem eingewachsenen Haus mit halbrund geformten Fenstern. Darunter hingen Blumenkästen mit Geranien. Auf der rechten Seite konnten sie hinter einem Gittertor einen dunklen Wagen stehen sehen.

»Das ist der Passat!«, sagte Lenz.

Sie stiegen aus und warfen einen Blick auf das Auto.

»Das Kennzeichen stimmt.«

»Soweit ich das von hier erkennen kann, ist keine Beule zu sehen«, stellte Henri fest.

»Oder sie wurde bereits beseitigt.«

»Fragen wir mal.«

Henri drückte auf die Klingel. Es dauerte geraume Zeit, bis jemand öffnete. Ein Mann mit schütterem, leicht angegrautem Haar in einem ebenso grauen Anzug stand auf der Türschwelle und sah sie unfreundlich an.

»Was ist?«, bellte er barsch.

Henri hob seinen Ausweis hoch, den der Mann über die Entfernung von der Gartenpforte bis zur Haustür niemals lesen konnte.

»Kriminalpolizei«, sagte er. »Sind Sie Herbert Gschwendtner?«

Der Mann nickte und betätigte einen Türöffner neben sich. Die Gittertür an der Gartenpforte summte und Lenz drückte sie auf. Sie gingen hinein und folgten dem Weg aus Waschbetonplatten bis zum Haus.

»Wieland, Albrecht«, stellte Henri sie kurz vor und gab Herbert Gschwendtner kurz Zeit, um den Ausweis anzuschauen. Unsicher sah er sie an.

»Warum wollen Sie mich sprechen?«

»Wir möchten von Ihnen wissen, wo Sie sich vorgestern Abend, also am Freitag, zwischen 17 und 21 Uhr aufgehalten haben.«

»Hier zu Hause natürlich. Ich sehe mir immer den Freitagskrimi im Zweiten an.«

»Waren Sie die ganze Zeit zu Hause? Der Krimi beginnt meines Wissens erst um Viertel nach acht. Waren Sie vorher noch unterwegs? Mit dem Auto?«

»Nein, ich war hier zu Hause. Ich habe mit meiner Frau zu Abend gegessen und die Zeitung gelesen. Als ich damit fertig war, habe ich den Fernseher eingeschaltet.«

»Kann Ihre Frau das bezeugen?«

»Selbstverständlich.« Er drehte sich um und rief ins Haus: »Rita! Kommst du bitte mal?« Dann wandte er sich wieder an Henri und Lenz. »Warum fragen Sie mich das alles?«

»Wir ermitteln in einem Mordfall und haben Grund zu der Annahme, dass Ihr Wagen ...«

Eine Frau im gleichen Alter wie Herbert Gschwendtner erschien neben ihm in der Tür. Sie trug ein rosafarbenes Kostüm.

»Müssen wir schon los?«, fragte sie ihren Mann, schaute dann erst zu Henri und Lenz. »Guten Morgen.« Ihre Stimme ging fragend nach oben.

»Die Herren sind von der Kriminalpolizei. Sie wollen wissen, wo ich am Freitagabend war. Kannst du ihnen das bitte sagen?«

»Am Freitagabend?« Sie überlegte kurz. »Mein Mann war hier. Wir haben zusammen den Krimi angeschaut – wie immer.«

»Sie wollen auch wissen, wo ich davor war.« Herbert Gschwendtner sah nicht seine Frau an, sondern Henri.

»Wo sollst du denn gewesen sein?« Und dann zu Henri und Lenz: »Wo soll er denn gewesen sein? Er ist wie immer gegen fünf nach Hause gekommen, dann haben wir gegessen und während ich die Küche aufgeräumt habe, hat mein Mann die Zeitung gelesen. Er war die ganze Zeit hier.«

»Wir haben Grund zu der Annahme, dass Ihr Wagen in einen Unfall verwickelt war, denn wir haben Aufnahmen des Kennzeichens zu Ihnen zurückverfolgt. Dürfen wir mal einen Blick darauf werfen?«

»Wenn es schnell geht.« Herbert schien langsam wieder Oberwasser zu bekommen. »Wir müssen gleich los zum Gottesdienst.«

Er tauschte eilig die karierten Pantoffeln an seinen Füßen gegen braune Lederslipper aus, dann ging er vor Henri und Lenz auf dem Waschbetonfließenweg zum Auto hinüber. Rita folgte ihnen.

»Bitte! Da sehen Sie, dass der Wagen vollkommen in Ordnung ist. Ich kann also nicht nur nicht in einen Unfall verwickelt gewesen sein, ich war es auch nicht!«

Henri und Lenz gingen um den Passat herum. Die rechte Seite war die interessante, denn dort musste der Passat mit dem Wagen der Schillings kollidiert sein. Henri erwartete, eine Beule zu sehen oder zumindest tiefe Kratzer im Lack, doch da war nichts.

»Das gibt es doch nicht!«, murmelte Lenz neben ihm. Er beugte sich hinunter und nahm den vorderen Kotflügel näher in Augenschein. »Obwohl ...« Lenz hielt den Kopf schräg und musterte das Blech aus verschiedenen Blickwinkeln.

»Schau mal hier, Henri. Das sieht für mich so aus, als sei frischer Lack aufgetragen worden. Was meinst du?«

Henri ging in die Hocke und betrachtete die Stelle, auf die Lenz zeigte. Wenn man genau hinschaute, konnte man erkennen, dass sich eine zweite Schicht Lack von der übrigen Fläche abhob. Er sah hoch und bemerkte, dass die Gschwendtners verstohlen Blicke austauschten. Henri richtete sich wieder auf.

»Wenn Sie sagen, dass Sie den ganzen Freitagabend zu Hause waren, könnte dann jemand anders mit dem Auto unterwegs gewesen sein?«

»Na ja ...«, Herbert drückste herum. »Unser Sohn vielleicht. Aber er hatte keinen Unfall, er war bei einem Freund, hat er gesagt.«

»Ist Ihr Sohn zu sprechen?«

»Bastian schläft wahrscheinlich noch. Er ist Student, Sie können sich bestimmt denken, wie das am Sonntagmorgen so ist mit dem Aufstehen ...« Rita lachte verlegen. »Er wird wieder bis tief in die Nacht am Computer gesessen haben ...«

»Wecken Sie ihn bitte trotzdem jetzt«, unterbrach Henri sie. »Es ist wichtig. Wir müssen mit ihm sprechen.«

Sie sah erst zu ihrem Mann, dann tippelte sie ins Haus zurück. Henri zeigte Herbert die Stelle mit dem doppelt aufgetragenen Lack.

»Es sieht so aus, als sei Ihr Wagen sehr wohl in einen Unfall verwickelt gewesen. Ich werde die Spurensicherung herholen, damit das Auto näher untersucht wird.«

»Die Spurensicherung!«, raunte Herbert, der erfahrene Krimizuschauer, beeindruckt. »Dann gehen wir wohl heute nicht zum Gottesdienst.«

»Eher nicht.«

Henri zog sein Handy aus der Tasche und rief Tanja an.

»Kannst du die Spurensicherung nach Freimann schicken? Es wurde offensichtlich versucht, die Spuren des Unfalls zu vertuschen. Ich möchte, dass sich das unsere Experten anschauen.«

»Hat Arnie Dienst?«

»Ich glaube nicht, ruf mal auf der zentralen Nummer an.«

»Mach ich. Vorher habe ich aber noch was für dich, Henri.«

»Nämlich?«

»Die Aufnahme der Sicherungskamera, die ich mir gerade angesehen habe, ist plötzlich abgebrochen.«

»Was meinst du mit abgebrochen?«

»Schwarzer Bildschirm. Plötzlich war nichts mehr zu sehen.«

»Hast du die anderen Dateien durchgesehen? Vielleicht geht es woanders weiter.«

»Ich bin gerade noch dabei! Aber die anderen Dateien sind alles durchgängige Aufnahmen über einen längeren Zeitraum, nur eben von unterschiedlichen Kameras aufgenommen.«

»Und ausgerechnet die Aufnahme, auf der Vanessa und Torsten zu sehen sind, bricht ab? Was hast du gesehen, bevor es endet?«

»Vanessa hat immer mehr verloren. Sie wirkte ziemlich verzweifelt. Mehr kann ich dir nicht sagen.«

»Warum kommt mir das merkwürdig vor, dass ausgerechnet diese Aufnahme abbricht?«

Tanja schwieg.

»Okay, dann schick mal die Spurensicherung her.«

»Warte, Henri, noch eins: Martin Sobotta, unser lieber Pressesprecher, ist soeben mit seinem Praktikanten vorbeigekommen. Er ist zum Briefing in einem anderen Fall hier in der Mordkommission und hat spitzgekriegt, dass sich in unserem Fall gerade auch einiges tut. Was soll ich ihm sagen?«

Henri dachte nach.

»Er kann schon mal eine kurze Meldung vorbereiten: Wir gehen inzwischen davon aus, dass der Unfall, bei dem der potenzielle Mörder von Vanessa Czerny umkam, ein Mordanschlag war, und dass der Fall neu aufgenommen wird. Die Meldung soll aber noch nicht raus, ich hoffe, gleich noch mehr Informationen zu bekommen. Sag ihm, ich melde mich bei ihm.«

Henri steckte das Handy weg und gab Tanjas Informationen an Lenz weiter, wurde jedoch unterbrochen, als Rita zu ihnen zurückgetippelt kam. Ihr folgte ein junger Mann in Jeans und einem grasgrünen T-Shirt mit Werbeaufdruck. Seine dunklen Haare standen nach allen Seiten ab, es war offensichtlich, dass Rita ihn gerade aus dem Bett geholt hatte. Er war barfuß.

»Bastian, sag guten Morgen zu den Herren von der Kriminalpolizei«, sagte seine Mutter zu ihm.

»Morgen«, knurrte Bastian.

»Waren Sie am frühen Freitagabend mit dem Passat Ihres Vaters unterwegs?«, fragte Henri.

Jetzt war Bastian wach. Er riss die Augen auf und sah von Henri zu Lenz und von Lenz zu seinem Vater.

»Bastian! Was hast du mit dem Auto gemacht?« Herbert baute sich vor seinem Sohn auf. »Hattest du einen Unfall damit? Und hast du danach versucht, den Unfall zu vertuschen?«

»Nein!«, rief Bastian. »Ich hatte keinen Unfall!«

»Wo warst du?«

»Ich ... ich war ... in der Spielbank. Ihr wolltet mir doch das Geld nicht geben für die Patentierung. Und du hast gesagt, ich soll es mit Glücksspiel versuchen. Das hab ich gemacht!«

»Du warst in der Spielbank!« Die Stimme von Rita überschlug sich. »Bastian!«

»Ich hab gewonnen! Genug Geld für meine Patentierung. Ich habe gestern alles abgeschickt.« Bastian sah seine Eltern trotzig an.

»Sie waren also in der Spielbank«, hakte Henri ein. »Von wann bis wann waren Sie dort?«

»Keine Ahnung! Ich schätze, ich war so gegen sechs dort, vielleicht ein bisschen früher. Und gegangen bin ich erst gegen elf.« Er grinste. »Es dauert ganz schön, bis man so viel Kohle zusammen hat!«

»Und Sie haben die Spielbank zwischendrin nicht verlassen?«

»Nein, hab ich nicht.«

»Wie erklären Sie uns dann, dass der Passat Ihres Vaters um zwanzig nach sechs den Parkplatz des Casinos verlassen hat und erst eine knappe Stunde später wiederkam?«

»Wie bitte?« Bastian sah Henri verständnislos an. »Das kann nicht sein! Ich war die ganze Zeit in der Spielbank! Ich bin nicht zwischendrin weggefahren!«

»Auf den Aufnahmen der Sicherheitskameras ist zu sehen, wie das Auto vom Parkplatz fährt und später wiederkommt.«

»Mit mir am Steuer? Das ist unmöglich! Ich war nicht weg! Fragen Sie die Leute in der Spielbank! Da hängen doch überall Kameras rum. Auf den Aufzeichnungen muss zu sehen sein, dass ich die Spielbank nicht verlassen habe!«

»Kann es sein, dass Ihnen jemand den Autoschlüssel weggenommen hat?«, fragte Lenz. »Ohne dass Sie es bemerkt haben?«

Bastian überlegte.

»Ich hatte ein Sakko an. Der Schlüssel war in der Tasche des Sakkos. Mir war ziemlich warm. Als ich gesehen habe, dass es in der Spielbank nicht so steif zugeht, wie ich dachte, hab ich das Sakko ausgezogen. Ich hab es auf einen Hocker neben mir gelegt.«

»Hätten Sie bemerkt, wenn sich jemand den Schlüssel für eine Weile ausgeliehen hätte?«

»Wahrscheinlich nicht. Ich war ziemlich ins Spiel vertieft.« Bastian wurde rot. »Als ich zum Wagen zurückkam, habe ich mich gewundert, weil ich geschworen hätte, dass ich einen Platz weiter vorn geparkt hatte. Das Auto stand aber ganz hinten in der Reihe, direkt neben der Hecke.«

»War es beschädigt?«

Bastians Gesicht war nicht mehr nur leicht rot, sondern verfärbte sich tief dunkelrot.

»Ich hab's nicht gleich bemerkt. Erst am nächsten Tag. Ich dachte, dass mir auf dem Parkplatz einer reingefahren sein muss.«

»Und dann hast du es schnell reparieren lassen, damit ich nichts merke!«, regte sich Bastians Vater von Neuem auf. »Wahrscheinlich von deinem sonderbaren Kumpel hinter der Tankstelle.«

»Als er dir den neuen Auspuff eingebaut hat, hattest du nichts gegen ihn!«, schnappte Bastian zurück.

»Weil es günstig war!« Herbert deutete auf das Auto. »Aber das hier hat er nicht ordentlich hinbekommen, das fällt total auf!«

»So ein Quatsch! Du hast überhaupt nichts gemerkt, als ich gestern damit heimkam! Nur weil die Polizei es dir jetzt gezeigt hat ...«

»Ich muss Sie bitten, das Auto nicht mehr anzufassen«, mischte sich Henri ein. »Die Spurensicherung wird untersuchen, ob sich fremde Fingerabdrücke darauf befinden. Man wird auch Ihre Fingerabdrücke nehmen, um sie abgleichen zu können.«

»Ich bleibe hier und nehme die Personalien und Aussagen auf, bis die Kollegen da sind«, sagte Lenz.

»Dann fahre ich zurück ins Büro. Sieht so aus, als wären wir noch eine ganze Weile mit den Aufzeichnungen der Sicherheitskameras beschäftigt.«

Obwohl Sarah bei Carola geduscht hatte, meinte sie immer noch die Hände der beiden Männer auf ihrem Körper zu spüren, als sie die Treppe zu ihrer Wohnung hochstieg. Die Hände, die Zungen, die Fesseln, die Körper, die Peitschen ...

Denk nicht mehr daran! Denk nicht mehr daran, beschwor sie sich immer wieder selbst und umfasste die Tasche, in der das Geld steckte.

Sarah schob den Schlüssel ins Schloss der Wohnungstür und atmete tief ein. Es war schon zehn, Marcel war sicher wach. Er war kein Langschläfer. Sarah schob die Tür auf und ging hinein.

»Sarah?« Seine Stimme kam aus dem Schlafzimmer.

Sie eilte zu ihm. Marcel lag im Bett, er war blass und seine Haare waren schweißverklebt.

»Du liegst ja noch im Bett!«

Sarah küsste ihn und sah ihn voller Sorge an. Marcel winkte ab.

»Ich bin aufgestanden, um zu frühstücken. Danach wollte ich mich nur noch so lange hinlegen, bis du nach Hause kommst.« Er strich ihr über die Wange und betrachtete sie mit einem zärtlichen Blick. »Wie war es bei Carola? Hattet ihr Spaß bei eurer Mädelsparty?«

In Sarahs Erinnerung blitzte ein Bild von den zwei Männern auf. Der eine hielt sie fest, der andere kam auf sie zu, mit einem ekelhaften Grinsen im Gesicht und einer Peitsche in der Hand. Sie schüttelte den Kopf, um das Bild loszuwerden.

»Nein?«, fragte Marcel besorgt. »Ich dachte, wenn du sogar dort übernachtest, dann muss es gut sein?«

Carola hatte ihm eine Nachricht von Sarahs Handy geschickt. Sarah war nicht mehr dazu in der Lage gewesen, nachdem sie sich in die Wohnung ihrer Freundin geschleppt hatte.

»Es war ... es war keine Mädelsparty«, platzte Sarah heraus. »Ich wollte es dir vorher nicht sagen, weil ich dir keine unnötigen Hoffnungen machen wollte ...«

»Wovon redest du, Sarah?«

»Ich war in der Spielbank und ich habe beim Roulette wahnsinnig viel Geld gewonnen und jetzt kannst du die Therapie machen, die dir das Leben retten wird!«

Sarah öffnete ihre Tasche und leerte das Geld auf dem Bett aus. Marcel sah sie verständnislos an. Ungläubig betrachtete er die vielen Geldscheine.

»Wovon redest du, Sarah?«, fragte er wieder.

»Das hab ich doch gerade gesagt!«, meinte Sarah ungeduldig. Sie griff sich eine Handvoll Geldscheine und hielt sie Marcel vors Gesicht. »Du wirst leben, Marcel! Ich bin so glücklich!«

Sie umarmte ihn, lachte, weinte, drückte ihn fest an sich. Marcel strich über ihren Rücken, eher beruhigend als erfreut.

»Von welcher Therapie sprichst du?«, fragte er behutsam.

Sarah lehnte sich zurück und sah ihn an, während sie sprach.

»Es gibt eine Therapie, bei der das Krebsmittel direkt in den Tumor gespritzt wird. Herr Lothar, du weißt schon, der Apotheker, hat mir davon erzählt. Einer seiner Kunden, der eine ähnliche Diagnose hatte wie du, hat die Therapie gemacht und stell dir vor, er ist heute geheilt!«

»Langsam!«, unterbrach Marcel Sarahs aufgeregten Redefluss. »Was für eine Therapie ist das?«

»Sie nennt sich direkte Chemotherapie, eben weil das Medikament hochkonzentriert direkt in den Tumor gespritzt wird. Das ist viel effektiver, als den ganzen Körper damit zu belasten. Man wird in mehreren Zyklen behandelt und hat während der Therapie so gut wie keine Nebenwirkungen.« Sarah holte Luft. »Das Problem ist, dass die Therapie extrem teuer ist und dass die Krankenkasse sie nicht bezahlt. Angeblich ist das noch nicht genug erforscht. Aber ich habe Berichte gefunden von Leuten, die dort waren – es ist eine Privatklinik im Allgäu ... sie sind heute wieder vollkommen gesund. Du musst diese Therapie unbedingt machen, Marcel! Dann wirst du auch wieder gesund!«

Sarah sprang auf und holte die Mappe mit den Ausdrucken, die sie im Bücherregal versteckt hatte. Sie blätterte das Papier auf das Geld, das auf Marcels Schoß lag.

»Hier! Da kannst du alles nachlesen!«

Marcel überflog die Schlagzeilen.

»Das ist unglaublich! Warum erzählen einem die Ärzte nichts davon?«

»Die Frau von der Krankenkasse hat gemeint, dass die Therapie noch nicht anerkannt ist. Ich verstehe das nicht, wenn sie doch schon so vielen Menschen das Leben gerettet hat. Vielleicht sagen sie das nur, weil es zu teuer ist ...«

Marcel sah Sarah mit einem Lächeln an.

»Und du spazierst einfach in die Spielbank und kommst mit einem großen Haufen Geld zurück.«

Ganz so einfach war es nicht gewesen, aber das würde Marcel nie erfahren.

»Du bist der Wahnsinn, Sarah!«

»Ich liebe dich so sehr!« Sie klammerte sich an ihn. »Ich musste das tun! Ich kann nicht ohne dich leben!«

Er hielt sie fest. Wieder hatte Sarah das Bild eines der Männer vor Augen. Am Anfang war es nur einer gewesen, der, den sie in den Raum begleitet hatte. Irgendwann war der zweite dazugekommen. Ihre Erinnerungen waren verschwommen. Sarah hatte geschrien, sie hatten sie geschlagen, überall waren ihre Hände gewesen, grob und gierig hatten sie nach ihr gefasst. Sarah bohrte ihren Kopf in die Kuhle unterhalb von Marcels Schlüsselbein. Sein T-Shirt wurde nass von ihren Tränen.

»Danke, Sarah!« Er presste seinen Mund in ihr Haar. »Warum weinst du? Jetzt wird doch alles gut!«

»Ich bin so glücklich!«, schluchzte sie.

Marcel umfasste ihren Kopf und küsste sie.

»Seit wann weißt du von der Therapie?«

»Seit drei Tagen.«

»Du hast das alles allein mit dir ausgemacht ...«

»Das war das Schwerste, nicht mit dir darüber zu reden. Aber ich wollte erst sicher sein, dass du die Therapie wirklich machen kannst.« Sarah strich mit der Hand über das Geld. »Morgen rufen wir als Erstes in der Klinik an.«

Marcel lächelte. Er war nicht mehr so blass wie vorher, seine Augen glänzten. Sarah schob die Ausdrucke zu ihm.

»Lies, Marcel! Bei dir wird es wie bei diesen Menschen laufen, sie werden dich auch heilen. Davon bin ich überzeugt!«

»Du bist mein Engel, Sarah!« Marcel küsste sie wieder. »Ich liebe dich mehr, als alle Worte sagen können.«

Sarah erwiderte seinen Kuss, doch als er seine Zunge in ihren Mund schob, wand sie sich aus seiner Umarmung.

»Lies, Marcel.« Sie stand auf. »Ich muss Zähne putzen und duschen.«

Henris Kuss war intensiv, so zärtlich und gleichzeitig so leidenschaftlich, dass Elisa ein Schauer über den Rücken lief. Er hielt sie fest in seinen Armen, drückte sie an sich, um sie dann loszulassen und ihr ins Ohr zu raunen: »Geh mit mir in den Keller.« Verwundert lehnte Elisa sich zurück und öffnete die Augen. Es war nicht Henri, der sie im Arm hielt, sondern der Mann mit dem hängenden Augenlid, dessen Blick nicht länger ein Schlafzimmerblick war. Er sah sie gierig und lüstern an.

Elisa fuhr hoch. Sie lag in ihrem Bett, die Sonne schien durch das Dachfenster herein. Nur ein Traum, dachte sie erleichtert. Es hatte sich so real angefühlt. Diese Nacht war verrückt gewesen. Außergewöhnlich. Erst die Spielbank, dann der Ausflug in die Rechtsmedizin, der Kocherlball und schließlich der Kuss.

Der Wecker zeigte an, dass es kurz vor eins war. Elisa schob sich aus dem Bett und ging hinüber in den Wohnraum, wo die Dachterrassentür offen stand. Im Garten war niemand, auch auf der Veranda konnte Elisa keine Stimmen hören. Henri war wahrscheinlich noch im Einsatz, aber von Anna und Karen war ebenso wenig zu sehen. Elisa schloss die Tür, es kam nur heiße Luft herein, denn die Sonne brannte auf die Dachterrasse herunter. Sie fühlte sich verschwitzt. Und hungrig.

Im Kühlschrank fanden sich ein paar Äpfel und ein Joghurt. Elisa schnitt einen Apfel auf und gab ihn mit dem Joghurt in eine Schüssel. Sie schüttete Haferflocken und Nüsse darüber und verrührte alles. Am Nachmittag hatte sie einkaufen gehen wollen, doch dann war ihr die Idee gekommen, noch mal in die Spielbank zu fahren, und sie hatte nicht mehr daran gedacht, ihren Kühlschrank aufzufüllen.

Nach dem improvisierten Frühstück stellte Elisa sich unter die Dusche. Das Wasser war erfrischend, sie fühlte sich gleich viel besser. Wann wird Henri die Ergebnisse aus dem Labor haben?, überlegte sie, als sie sich anzog. Elisa war sich inzwischen zwar sicher, dass sie K.-o.-Tropfen verabreicht bekommen hatte, aber erst, wenn sie die Bestätigung aus dem Labor hatte, konnte sie in der Zeitung darüber schreiben. Doch auch dann wusste sie noch nicht, wer hinter dem Komplott steckte. Sicherlich der Mann mit dem

Schlafzimmerblick. Vielleicht auch der Croupier? Einer der Kellner? Oder noch andere Spielbankmitarbeiter?

Henri hatte seine Kollegen in die Spielbank schicken wollen. Es war fraglich, was Elisa von deren Ermittlungen erfahren würde. Am besten wäre es, schon ein bisschen Hintergrundmaterial zu recherchieren, um dann schnell einen Artikel schreiben zu können, wenn die Polizei die Machenschaften in der Spielbank aufdeckte.

Elisa beschloss, in die Redaktion zu fahren. Immerhin war es auch möglich, dass Henri und seine Kollegen im Mordfall Vanessa Czerny inzwischen weitere Informationen veröffentlicht hatten. So wie Elisa den Anruf am Morgen verstanden hatte, war Henri ins Krankenhaus gerufen worden, wo man die Frau von Torsten Schilling nach ihrem Unfall behandelte. Wenn durch ihre Aussage wieder Bewegung in den Fall gekommen war ...

Als Elisa die letzte Treppenstufe hinunterlief, wurde die Wohnungstür im Erdgeschoss aufgerissen. War Henri doch schon wieder da? Elisa fuhr herum. Es war Anna.

»Hallo, Elisa.«

»Hi, Anna. Wie geht's dir?«

»Gut. Ich will gleich mit Luna in den Park gehen.« Sie lächelte. *Und Tim treffen.*

»Viel Spaß!«

»Elisa, bist du heute Nachmittag zu Hause?«

»Ich denke schon. Ich will nur eben für ein, zwei Stunden in die Redaktion fahren. Warum fragst du?«

»Ich backe 'nen Kuchen. Ich will Tim fragen, ob er zu uns kommt. Papa hat gesagt, dass ich ihn mal einladen soll. Wär schön, wenn du auch da wärst.«

»Das lasse ich mir nicht entgehen!« Elisa drückte Anna an sich. »Ruf mich einfach kurz an, wenn ich noch nicht zurück bin, und gib mir Bescheid, wann du Tim erwartest.«

»Mach ich!« Anna grinste. »Bis später!«

Sie verschwand in der Wohnung und Elisa machte sich auf den Weg in die Redaktion. Als sie am Chinesischen Turm vorbei radelte, hatte der Platz den magischen Zauber des Morgens verloren. Die Sonne leuchtete grell vom Himmel, im Biergarten und an der Bühne waren Aufräumarbeiten im Gang und nur noch ein paar wenige Nachtschwärmer schliefen unter den Bäumen ihren Rausch aus. Elisa fuhr an der Stelle vorbei, wo sie und Henri sich geküsst hatten. Was Henri jetzt wohl machte? Seit sie wach war, hatte Elisa immer wieder auf ihr Handy gesehen, doch bislang hatte er noch nicht versucht, sie zu erreichen.

In der Redaktion war wenig los. Wolf Borowsky war natürlich da. Er war immer da. Ob er wirklich Familie hatte, wie Dennis Elisa erzählt hatte?

Wenn, dann schien er sich nicht übermäßig gern dort aufzuhalten, nicht mal am Sonntag. Elisa winkte ihm im Vorbeigehen zu. Sie ließ sich auf ihrem Platz nieder und fuhr den Computer hoch. Dennis und Jette waren nicht da. Als Erstes checkte Elisa den Polizeibericht. Es gab noch keine neue Meldung über den Mordfall Vanessa Czerny. Was immer Henri und seine Kollegen von Simone Schilling erfahren hatten, es hatte ihnen nicht sofort die Auflösung des Falles beschert.

Elisa konzentrierte sich auf ihre Recherchen zur Spielbank. Sie sammelte allgemeine Informationen über die Spielbank Grünwald, die es noch nicht lange gab und deren Bau eine heftige Auseinandersetzung vorangegangen war. Aus den archivierten Artikeln der *Morgenzeitung* erfuhr Elisa, dass sich der erbitterte Streit zwischen Casinobefürwortern und Casinogegnern über Monate hingezogen hatte. Weder die Anwohner von Grünwald noch die Betreiber der Spielhallen in der Stadt waren begeistert gewesen von der Idee, in derartiger Lage eine weitere staatliche Spielbank einzurichten. Doch die Gemeinderäte von Grünwald hatten fette Einnahmen für den Gemeindehaushalt gewittert und sich mit einer massiven Kampagne für den Bau des Casinos eingesetzt. Man hatte sich schließlich darauf geeinigt, die Spielbank nicht in der Ortsmitte, sondern am Ortsausgang gegenüber des Friedhofs zu errichten.

Elisa fasste die wichtigsten Informationen für einen Hintergrundartikel zusammen. Dann schrieb sie aus ihren Notizen alles heraus, was sie über K.-o.-Tropfen recherchiert hatte, und ergänzte das, was sie nun aus eigener Erfahrung darüber wusste. Zumindest das, woran sie sich erinnerte.

Wo konnte sie noch einhaken? Henri hatte gesagt, die Spielbank werde intensiv kontrolliert, sodass Betrug auszuschließen sei. Doch waren die Glückssträhnen, die Kristina und sie selbst gehabt hatten, realistisch? Und die anschließenden Pechsträhnen? Wohl kaum ...

Elisa hatte sich den Namen des Croupiers gemerkt – Ronny Kretschmann –, doch das nützte wenig. Keine ihrer üblichen Quellen brachte Informationen über ihn zutage, er war auch in den sozialen Medien nicht präsent, Ronny Kretschmann schien ein unbeschriebenes Blatt zu sein.

Die Suche nach Informationen über Hans-Peter Brandt, den Spielbankdirektor, war ergiebiger. Die *Morgenzeitung* selbst hatte ein Interview mit ihm veröffentlicht, als die Spielbank eröffnet worden war, und daneben wusste das Internet noch einiges über seine beruflichen Stationen vor der Spielbankleitung. Er war Finanzbeamter gewesen und hatte bei der Spielbankaufsicht gearbeitet.

Elisa holte sich einen Kaffee und fing an, das Interview aus dem Archiv der *Morgenzeitung* zu lesen, als Jette hereingestürmt kam. Sie war nicht so figurbetont gekleidet wie sonst und auch nur wenig geschminkt, sie trug ein für ihre Verhältnisse unscheinbares graues T-Shirt über einem weißen Rock und Flipflops. Was vermutlich weniger dem Sonntag geschuldet war, als dass sie nicht damit rechnete, André in der Redaktion anzutreffen.

»Was machst du denn hier?«, raunzte sie Elisa an.

»Arbeiten«, sagte Elisa freundlich. »Und du?«

»Ich muss den Artikel zum Kocherlball schreiben. Hoffentlich hat der Fotograf viele gute Bilder abgeliefert.«

Sie ließ sich auf ihren Platz fallen und startete den PC.

»Warst du nicht gemeinsam mit ihm dort?«

Jette grinste.

»Ich war gar nicht dort. Sonntags ist mir mein Schlaf echt wichtiger als mich für so einen Volkstanzkram in aller Herrgottsfrüh aus dem Bett zu quälen.«

»Wie willst du dann den Artikel schreiben?«

»Wir nehmen viele Bilder und der Text ist doch immer das Gleiche. Ich mische drei alte Artikel zusammen und voilà: Schon haben wir den Artikel. Nur das Wetter ist jedes Jahr anders, ansonsten ist das immer das gleiche Rumgehopse.«

Jette sah sich die Bilder an, die der Fotograf ihr geschickt hatte. Sie stöhnte.

»Was ist das denn für ein Idiot?! Die Aufnahmen sind total verschwommen. Was soll man denn mit diesen Bildern anfangen?«

Elisa ging um die Schreibtische herum und betrachtete über Jettes Schulter die Fotos auf ihrem Bildschirm. Man sah Tänzer in der Bewegung, tatsächlich waren die Bilder nicht ganz scharf, doch sie gaben den Schwung und den Rhythmus wider, in dem die Paare sich auf der Tanzfläche bewegt hatten.

»Das nächste Mal schicke ich Lena wieder hin, die macht wenigstens gute Bilder!«, schimpfte Jette. »Was soll ich denn damit anfangen?«

»Ich finde die Aufnahmen gelungen. Wenn man dazu die Tänze beschreibt ...«

»Wie soll ich denn die Tänze beschreiben? Ich weiß ja nicht mal, wie die heißen!«

»Wenn du möchtest, kann ich den Teil schreiben«, sagte Elisa, ohne lange nachzudenken. »Ich war zufällig dort.«

Jette drehte sich um und sah Elisa mit weit aufgerissenen Augen an.

»Du warst dort?«

»Ja ... wie gesagt ... es war zufällig. Ich wohne nicht weit von dort entfernt.«

»Und du hast da mitgetanzt?«

Elisa nickte.

»Mit wem?«, wollte Jette wissen.

»Das geht dich gar nichts an«, sagte Elisa ruhig.

In Jettes Kopf arbeitete es sichtbar. Sie entschied sich für die für sie bequemste Lösung.

»Also wenn ich ein bisschen was Allgemeines über den Kocherlball schreibe, dann lieferst du die persönlichen Eindrücke vom Tanzen?«

»Meinetwegen.«

Gemeinsam wählten sie zwei Fotos aus, dann begannen sie zu schreiben. Es fiel Elisa nicht schwer, sich den Tanz vom frühen Morgen in Erinnerung zu rufen und die Erinnerung in Worte zu fassen.

»Guten Morgen, die Damen!« Plötzlich stand André hinter Dennis' Schreibtisch. »So fleißig am Sonntag?«

»Wir machen den Kocherlball-Artikel fertig«, erklärte Jette. Immerhin versuchte sie nicht, Elisas Mitarbeit unter den Teppich zu kehren. Doch André war nicht blöd. Er wusste, dass der Kocherlball Jettes Thema war und dass es einen anderen Grund dafür geben musste, dass Elisa anwesend war.

»Gibt es sonst was Neues? Vielleicht im Mordfall Vanessa Czerny?«

Er sah Elisa an und sie überlegte, was sie ihm sagen konnte und was nicht. Henri hatte sie gebeten, die Informationen zu den K.-o.-Tropfen in der Spielbank noch zurückzuhalten. Also musste sie André etwas anderes hinwerfen.

»Es scheint so, als sei Simone Schilling, die Frau des mutmaßlichen Mörders, aus dem Koma erwacht. Mehr ist noch nicht bekannt.«

»Das wäre ein Knaller, wenn wir ihre Aussage in der morgigen Ausgabe hätten. Ich möchte, dass du dich dahinterklemmst, Elisa! Ruf diesen Kommissar an, den du kennst, und bohr nach. Der Kocherlball ist ja ganz nett, aber die Leser wollen am Montagmorgen was Spannenderes haben!«

Mit diesen Worten ging er weiter und verschwand in seinem Glaskasten. Elisa sah ihm hinterher. Gerade hatte er sich genau wie Carsten angehört. Wie der große Chef, nach dessen Pfeife alle tanzen mussten.

Elisa beendete den Satz, den sie angefangen hatte, als André aufgetaucht war. Dann schrieb sie den nächsten, dann noch einen. Sie wollte sich von André nicht vorschreiben lassen, wie sie zu arbeiten hatte. Sie konnte nicht einfach so bei Henri anrufen und nach Simone Schillings Aussage fragen. Vielleicht war es möglich, sich nach der Analyse ihre Blut- und Urinprobe zu erkundigen, aber selbst das würde Henri nerven. Er hatte versprochen, sich bei ihr zu melden. Wenn sie jetzt bei ihm anrief, würde Henri annehmen, dass sie seinen Kuss erwidert hatte, um leichter an Informationen zu kommen. Sie hoffte, dass er gespürt hatte, dass das eine mit dem anderen nichts zu tun hatte.

Elisa beendete ihren Artikel zum Kocherlball und sah zu Jette hinüber, die gerade ein Telefonat beendet hatte.

»Fügst du den Text zusammen?«

»Ja, schick mir deinen Teil rüber!«

Damit war die Sache für Jette erledigt.

Ein Danke wäre zu viel erwartet.

Elisa rief erneut den Polizeibericht auf. Vielleicht gab es inzwischen eine offizielle Information. Doch Henri und seine Kollegen hatten keine weitere Pressemeldung veröffentlicht. Unschlüssig betrachtete Elisa die Überschriften der vorigen Meldungen, die sie schon mehrfach gelesen hatte.

»Warum telefonierst du nicht?«

Wieder hatte sie André nicht kommen hören. Er baute sich neben Elisa auf.

»Seit ich hier bin, habe ich dich noch nicht telefonieren sehen. Wie willst du denn was über die Aussage von Simone Schilling herausfinden, wenn du den Kommissar nicht anrufst?«

Hatte er sie die ganze Zeit aus seinem Glaskasten heraus beobachtet?

»Ich habe erst mal den Text fertig gemacht ...«

»Und *ich* hatte dich gebeten, herauszufinden, was da gerade bei den Ermittlungen los ist. Elisa, es wäre schon schön, wenn du ...«

»*Ich* hätte da was für dich, André!«, mischte sich Jette ein. »Ich habe gerade *meine* Quelle bei der Polizei angerufen und weißt du, was ich erfahren habe?«

Sie sah André und Elisa triumphierend an.

»Nein, aber du wirst es uns sicher gern verraten.«

»Natürlich, denn das ist ein Hammer!« Jette fuhr sich langsam mit der Zunge über die Lippen. »Der Unfall, bei dem Torsten Schilling ums Leben kam, war gar kein Unfall, sondern ein Mordanschlag. Er wurde von der Straße abgedrängt, jemand wollte ihn loswerden. Man weiß nicht, ob ein zweiter Mörder dort draußen herumläuft, der den Mörder von Vanessa Czerny getötet hat, oder ob Torsten Schilling sie gar nicht getötet hat, sondern jetzt selbst ein Opfer des eigentlichen Mörders wurde!«

Auf der Rückfahrt von Freimann zum Büro hatte Henri bereits bei Tanja angerufen und sie gebeten, anhand der Aufzeichnungen der Sicherheitskameras zu überprüfen, ob Bastian Gschwendtner am Freitagabend zum Zeitpunkt des Unfalls die Spielbank verlassen hatte oder ob er die Wahrheit gesagt und die ganze Zeit gespielt hatte. Tanja und Marius waren nicht sicher gewesen, ob sie die richtige Person als Bastian Gschwendtner identifiziert hatten. Als Henri den Flur der Mordkommission betrat, ging er direkt zu ihnen.

»Habt ihr ihn gefunden?«

Tanja deutete auf den Bildschirm vor sich.

»Ist er das?«

Henri warf einen Blick über ihre Schulter. Auf dem Standbild sah er Bastian Gschwendtner am Roulettetisch. Er trug ein ordentliches weißes Hemd, seine Haare waren jedoch genauso zerzaust wie am Morgen, als seine Mutter ihn aus dem Bett geholt hatte.

»Ja, das ist er.«

»Dachte ich es mir doch!« Tanja sah kurz zu Marius hinüber, der nur mit den Schultern zuckte. Sie ging in der Aufnahme ein Stück zurück und sprang so lange hin und her, bis sie den Zeitpunkt erwischt hatte, an dem Bastian sich an den Tisch setzte. Auch Marius kam um den Tisch herum und zu dritt starrten sie auf Tanjas Bildschirm.

»Da ist schon wieder Ronny Kretschmann, der gleiche Croupier wie bei Vanessa Czerny«, stellte Henri fest.

Und der gleiche Croupier wie bei Elisa und ihrer Quelle, der Frau, die ihr von dem unsittlichen Angebot erzählt hatte.

Bastian spielte von Anfang an mit hohen Einsätzen. Er schien zu schwitzen, zog sein Jackett bereits nach zwei Runden aus und legte es achtlos neben sich auf einen Hocker. Außer ihm waren zu diesem Zeitpunkt nur wenige Spieler am Tisch. Bastian gewann mehrmals hintereinander, dann verlor er zwar auch, doch seine zufriedene Miene und der wachsende Jetonstapel vor ihm auf dem Tisch zeigten, dass er grundsätzlich auf der Gewinnerspur war. Sie konnten sehen, dass Hans-Peter Brandt, der Spielbankdirektor, seine obligatorische Begrüßungsrunde machte und mit jedem der Spieler ein paar Worte wechselte. Bastian schien die Störung zu nerven, er sah nicht sonderlich begeistert aus, doch das hielt Hans-Peter Brandt nicht davon ab, ihn eine Weile zuzutexten.

»Ab welcher Uhrzeit wird es interessant?«, fragte Marius.

»Zwanzig nach sechs«, antworteten Henri und Tanja gleichzeitig. Tanja zeigte auf die Anzeige, die unten rechts in der Aufnahme zu sehen war.

»Nur noch fünf Minuten«, sagte sie. »Jetzt wird sich gleich herausstellen, ob ...«

Henris Handy klingelte. Es war Dr. Vogel. Henri ging hinaus auf den Flur und nahm den Anruf an.

»Haben Sie die Testergebnisse?«

»Ihre Freundin«, er räusperte sich kurz, schien auf einen Kommentar von Henri zu warten. Als nichts kam, fuhr er fort: »Ihre Freundin hatte eine hübsche Ladung Gammahydroxybuttersäure intus.«

»Gamma was?«

»Gammahydroxybuttersäure, kurz GHB, auch bekannt als Liquid Ecstasy.«

»Wirkt das wie K.-o.-Tropfen?«

»Es scheint viele Leute zu geben, die sich das Zeug bewusst als Rausch- und Partydroge einwerfen. Aber ja – diese Substanz ist auch dazu geeignet, jemanden außer Gefecht zu setzen, da die Wahrnehmungsfähigkeit eingeschränkt wird und die Opfer bis zu einem gewissen Grad willenlos werden.«

»So was dachte ich mir. Können wir das Ergebnis auch noch schriftlich bekommen? Das wird den Staatsanwalt schnell überzeugen, einen Durchsuchungsbefehl zu unterschreiben.«

»Ich schicke es Ihnen per Mail.«

Henri beendete das Gespräch. Er behielt das Handy in der Hand, ging hinüber in sein Büro und wählte Elisas Nummer.

»Henri!« Sie klang erfreut.

»Guten Morgen, Elisa. Hast du gut geschlafen?«

Sie lachte.

»Nicht ganz so lange wie ich nach dieser Nacht erwartet hätte. Wie geht es *dir* so ganz ohne Schlaf?«

»Gut. Die Energie hält noch an.«

Er konnte ihr Lächeln durch das Telefon nicht hören, doch er sah sie vor sich, wie sich ihr Mund verzog und ihre Augen strahlten.

»Bist du im Büro?«

»Ja. Und du? Legst du dich zur Erholung noch ein bisschen in den Garten?«

»Ich bin in der Redaktion.«

Warum überraschte ihn das nicht?

»Dr. Vogel hat sich gerade bei mir gemeldet. Er hat bestätigt, dass du K.-o.-Tropfen in dir hattest. Gammahydroxybuttersäure.«

»GHB, davon hab ich gelesen.«

»Schreibst du schon an einem Artikel über deine Erlebnisse in der Spielbank?«

»Nein, ich recherchiere nur ein bisschen. Hab was über K.-o.-Tropfen zusammengeschrieben und über die Spielbank allgemein. Damit wir gleich was haben, wenn deine Kollegen zuschlagen. Den Croupier habt ihr überprüft, hast du gesagt, oder?«

»Die Kollegen vom K3 haben uns ihre Akte zur Verfügung gestellt. Angeblich ist der Typ sauber, hat früher mal Drogen genommen, dann aber einen Entzug gemacht. Allerdings meint Lenz, sich daran zu erinnern, dass er uns über den Weg gelaufen ist, als wir uns vor Kurzem mit einem Dealer unterhalten haben.«

»Er nimmt also wieder Drogen?«

»Sieht so aus.«

Elisa überlegte. Oder sie machte sich Notizen.

»Ich habe den Eindruck, dass das Roulettespiel manipuliert wird. Gibt es da nicht so etwas wie eine Spielaufsicht?«

»Doch! Einer meiner Kollegen vom K3 hat mir gesagt, dass nach einigen anfänglichen Vorfällen einer der strengsten Beamten die Kontrolle über die Spielbank in Grünwald übernommen hat. Mit dem müssen sie sich jetzt dringend mal unterhalten.«

»Weißt du, wie er heißt?«

Henri zögerte.

»Volker Frohmüller. Elisa ...«

»Ich weiß, Henri. Ich werde nichts schreiben, bevor nicht deine Kollegen den Herren dort das Handwerk gelegt haben. Du kannst mir vertrauen!«

»Das tue ich.« Henri hatte plötzlich das dringende Bedürfnis, Elisa in den Arm zu nehmen und ihre weichen Lippen zu küssen. »Danke, dass du mit der Veröffentlichung wartest. Bei uns hat gerade der Mordfall Vanessa Czerny Priorität, aber ich werde den Kollegen die Testergebnisse gleich weiterleiten, wenn ich sie schriftlich vorliegen habe, und sie auf die Spielbank ansetzen.«

»Meine Kollegin Jette behauptet, dass der Unfall, bei dem Vanessa Czernys Mörder gestorben ist, gar kein Unfall war, sondern ein Mordanschlag. Stimmt das?«

»Wo hat sie das denn her?!?«

»Von einer Quelle bei der Polizei.«

»Das ist ja interessant.«

»Stimmt es denn?«

»Ja, das wissen bis jetzt aber nur sehr wenige Leute. Hat sie erwähnt, wer ihre Quelle ist?«

»Nein, sie tut sehr geheimnisvoll.«

Bis jetzt waren nur Lenz, Tanja, Marius und die Leute von der Spurensicherung eingeweiht. Für Lenz und Tanja würde Henri seine Hand ins Feuer legen, bei Marius war er sich nicht sicher. Und die von der Spurensicherung kannte er nicht mal alle namentlich. Er würde der Sache später nachgehen müssen.

»Ist sie jetzt für die Berichterstattung über den Mord an Vanessa Czerny zuständig?«

»Nein, das bin ich.«

Sie stellte keine Fragen, überließ es Henri, ob und welche Informationen er ihr gab. Sie würden später sowieso noch eine Pressemeldung herausgeben, noch vor dem Redaktionsschluss der Zeitungen, also konnte er ihr genauso gut auch gleich etwas über den Ermittlungsstand sagen.

»Das Auto der Schillings wurde von der Straße gedrängt. Wir haben den Fahrer des anderen Wagens ermittelt, er behauptet aber, den ganzen Abend ohne Unterbrechung in der Spielbank verbracht zu haben. Das überprüfen wir gerade.«

»Wie heißt der Mann? Ist das der mit dem Schlafzimmerblick?«

»Nein, der ist es nicht. Es könnte sein, dass dem Mann nur der Schlüssel entwendet wurde, dass sich jemand sein Auto ausgeliehen hat, um den Unfall zu verursachen. Das ist im Moment alles noch Spekulation. Ich hoffe, wir können das schnell aufklären.« Henri zögerte. »Wir schicken später eine Pressemeldung raus ... Wenn du willst, telefonieren wir dann noch mal.«

»Ja, ich will!«, sagte Elisa aus tiefstem Herzen. Sie lachten. »Danke, Henri.«

»Keine Ursache.«

»Ich werde dich nicht enttäuschen. Es ist schön, dass du mir vertraust.«

»Du küsst sehr überzeugend.«

Elisa schnalzte mit der Zunge.

»Ich hoffe, das ist nicht der einzige Grund für deinen Sinneswandel.«

»Nein, meine Liebe. Ich habe dir ja schon gesagt, dass ich auf das Gesamtpaket stehe.«

Das klang ernster als beabsichtigt. Auch Elisa wurde ernst.

»Das mit dem Freundschaftsdings haben wir jedenfalls nicht lange durchgehalten.«

»Macht nichts«, sagte Henri großzügig und sie lachten wieder. »Ich wäre jetzt gern bei dir.«

»Wünsch dir nicht so was! Meine Kollegin Jette würde dich sofort mit Haut und Haar verspeisen!«

»Deine Kollegin Jette reizt mich leider gar nicht.« Henri senkte seine Stimme, obwohl er allein im Büro war. »Aber ich hätte nichts gegen einen *deiner* Küsse einzuwenden.«

»Ich könnte ihn dir für später in Aussicht stellen. Dann hast du etwas, auf das du dich freuen kannst.«

»Das klingt gut.«

»Ich will dich jetzt nicht länger von der Arbeit abhalten. Je schneller ihr mit den Ermittlungen vorankommt, desto früher sehen wir uns.«

»Bis später, Elisa.«

»Bis später, Henri.«

Sie legten auf. Henri merkte, dass er immer noch lächelte. Er ging hinüber zu den anderen.

»Und?«, fragte er. »Hat Bastian Gschwendtner die Spielbank verlassen?«

Tanja und Marius schüttelten synchron den Kopf.

»Er saß den ganzen Abend auf seinem Platz am Spieltisch und ist nur einmal kurz aufgestanden, um zur Toilette zu gehen. Das war jedoch lange nach der fraglichen Zeit.«

»Also hat er die Wahrheit gesagt. Dann muss sich jemand seinen Autoschlüssel ausgeliehen haben.«

»Wir versuchen schon die ganze Zeit, herauszufinden, wer sich seinem Jackett genähert haben könnte, aber es ist hoffnungslos. Aus jeder Kameraperspektive, die wir geprüft haben, liegt das Ding im toten Winkel.

Hier können wir den Kragen erkennen, aber es ist nirgendwo zu sehen, ob jemand in die Tasche gegriffen und den Schlüssel herausgezogen hat.«

Teil 9

Zum Telefonieren hatte sich Elisa hinter die Kaffeebar zurückgezogen, doch ihr war bewusst, dass Jette und André sie beobachteten. Sie beabsichtigte nicht, ihnen Rechenschaft darüber abzulegen, was Henri ihr anvertraut hatte. Solange seine Informationen nur einen Zwischenstand betrafen ...

Sie ging hinüber zum Newsdesk und sprach Wolf Borowsky, den Chef vom Dienst, an.

»In die Ermittlungen zum Mordfall Vanessa Czerny ist wieder Bewegung gekommen. Kann sein, dass ich meinen Artikel später noch mal ändern muss.«

»Brauchst du mehr Platz?«

»Wahrscheinlich. Ist das noch möglich?«

»Ich kann schon noch was schieben.« Wolf schob seine Brille auf die Stirn und sah Elisa an. »Stehen sie vor einer Verhaftung?«

Elisa hob die Schultern.

»Ich glaube, das wüssten die Polizisten selbst gern.«

»Dann brauchst du Platz auf der Eins, oder?«

»Wofür braucht sie Platz auf der Eins?«

André hatte sich schon wieder angeschlichen.

»Falls der Mörder von Vanessa Czerny heute noch gefasst wird«, sagte Wolf. André sah ihn mit hochgezogenen Augenbrauen an und drehte sich zu Elisa.

»Hast du neue Informationen?«

»Noch nichts Konkretes.«

»Hat deine Quelle Jettes Informationen bestätigt?«

Elisa nickte.

»Gut. Und du wirst auf dem Laufenden gehalten?«

Sie nickte wieder. André lächelte.

»Wusste ich doch, dass auf dich Verlass ist.« Er strich sanft über ihren Unterarm. »Sehr gut, Elisa.«

Sie ließ ihren Arm aus seiner Reichweite fallen. Sein Lob hatte plötzlich einen faden Beigeschmack. Sie wandte sich an Wolf.

»Ich gebe dir Bescheid, sobald ich was Neues erfahre.«

Er lächelte.

»Ich bin bis zum Redaktionsschluss hier.«

Elisa nickte.

»Dann bereite ich schon mal was vor.«

Sie ließ die beiden Männer stehen und ging zurück zu ihrem Platz. Sie würde André noch nichts von ihren Recherchen in der Spielbank erzählen. Sollte er doch jemand anderem Druck machen.

Als Erstes notierte Elisa den Namen des Beamten von der Spielbankaufsicht, den Henri ihr genannt hatte. Sie wollte mehr über diesen Volker Frohmüller herausfinden. Wenn das Roulettespiel systematisch manipuliert wurde, dann musste der Mann das doch bemerkt haben! Oder er steckte selbst in der ganzen Sache mit drin ...

Auf Elisas Bildschirm war immer noch das Interview mit Hans-Peter Brandt, das in der *Morgenzeitung* erschienen war, geöffnet. Sie überflog die ersten Zeilen, las sich dann fest. Hans-Peter gab sich im Interview jovial und leutselig wie im persönlichen Gespräch. Er hob mehrfach das soziale Engagement der Spielbank hervor und betonte, wie wichtig ihm die Unterstützung von karitativen Einrichtungen im Umfeld der Spielbank sei. Auf die Frage des Reporters – der Elisas Vorgänger gewesen sein musste –, warum er die großzügigen Spenden vor allem für Kinderbetreuungseinrichtungen zur Verfügung stellte, antwortete er, dass er selbst als Kind in ein Internat abgeschoben worden sei und genau wisse, wie verloren sich ein Kind in einem Waisenhaus oder einem Kinderheim fühle. Mit den Spenden unterstütze er bevorzugt pädagogische Projekte, die die Betreuungssituation verbesserten.

Elisa suchte weiter. Sie fand heraus, dass Hans-Peter Brandt während seiner Zeit beim Finanzamt verheiratet gewesen war mit einer Frau, deren Namen in Elisas Ohren thailändisch klang. Auf der Heiratsanzeige war ein Foto abgebildet. Hans-Peters Frau war wesentlich jünger als er. Und wesentlich attraktiver. Die Ehe war geschieden worden, nicht lange bevor Hans-Peter zur Spielbankaufsicht gewechselt war. Elisa notierte den Namen der Frau, konnte aber auf Anhieb nichts weiter über sie herausfinden. Sie suchte im Telefonbuch, dort war der Name nicht registriert. Entweder hatte sie ihn nicht eingetragen oder sie war nach der Scheidung weggezogen.

Dann eben Volker Frohmüller! Elisa gab seinen Namen in mehrere Suchmaschinen ein und aus verschiedensten Quellen fügte sich ein Bild des Beamten zusammen. Er lebte mit seiner Frau und vier Kindern im Speckgürtel von München. Frohmüllers Frau arbeitete bei einer Illustrierten, von ihr gab es zahlreiche Fotos im Internet. Sie war keine attraktive Frau, hatte einen harten Zug um den Mund. Elisa scrollte sich durch die Bilder und plötzlich stockte ihr der Atem, als sie ein Foto sah, auf dem Carmen Frohmüller bei einem Sommerfest neben ihrem Mann Volker abgebildet war. Volker hatte ein herabhängendes Augenlid. Er war der Unbekannte aus der Spielbank! Elisas Gedanken fuhren Karussell. Wenn der Beamte der Spielbankaufsicht höchstpersönlich im Keller Frauen vernaschte, die beim Spielen verloren hatten, dann konnte man mit Sicherheit davon ausgehen, dass beim Roulette nicht alles mit rechten Dingen zuging und dass der Aufsichtsbeamte das nicht nur billigte, sondern förderte.

Elisa griff nach ihrem Handy und wählte Henris Nummer.

»Elisa!« Sie hörte Schritte, vielleicht verließ er den Raum, in dem er sich gerade befand. »Welche Freude, deine Stimme schon so bald wieder zu hören!«

»Dir wird die Freude vergehen, wenn du hörst, warum ich anrufe.«

»Niemals!« Er lachte.

»Im Ernst, Henri! Weißt du, was ich gerade herausgefunden habe?«

Sie erzählte es ihm.

Henri zog das Foto, das er bereits während des Gesprächs mit Elisa in der Google-Bildersuche gefunden hatte, aus dem Drucker und ging damit zurück in Tanjas und Marius' Büro.

»Ist euch dieser Typ auf den Aufzeichnungen der Sicherheitskameras aufgefallen?«

Tanja und Marius betrachteten das Foto und schüttelten den Kopf.

»Wer ist das?«

»Volker Frohmüller, der Beamte von der Spielbankaufsicht. Es sieht so aus, als ob er in der Spielbank Frauen anquatscht, die beim Roulette verloren haben, und ihnen anbietet, ihren Gewinn mit etwas Sex im Keller zurückzuverdienen.«

Tanjas Augen weiteten sich.

»Der Beamte von der Spielbankaufsicht? Das wäre krass! Hast du das von deinem Pressekontakt?«

Henri nickte.

»Elisa war selbst in der Spielbank und wurde von ihm angegraben, nachdem ihr K.-o.-Tropfen verabreicht worden waren. Sie ist sich ziemlich sicher, dass das Spiel manipuliert wird. Die Kollegen vom K3 werden ihre Freude haben. Für uns stellt sich natürlich die Frage, ob Volker Frohmüller etwas mit Vanessas und Torstens Tod zu tun hat.«

Tanja griff nach ihrer Maus.

»Schauen wir uns noch mal die Aufzeichnungen von Vanessas Todestag an, ob dieser Frohmüller darauf zu sehen ist.«

Sie klickte mit der Maus ein paarmal, dann erschien die Szene auf dem Bildschirm. Man sah Vanessa Czerny, Torsten Schilling, eine ältere Dame und einen Mann in mittleren Jahren am Roulettetisch. Der Mann war nicht Volker Frohmüller. Er hatte dunklere Haare und seine Augenlider waren vollkommen in Ordnung, keines hing nach unten.

»Tanja, lass das Band weiterlaufen und schau dir an, ob er noch dazukommt. Parallel gehen wir bei dir, Marius, die Aufzeichnungen vom Freitag durch, vom Zeitpunkt als die Schillings von der Straße gedrängt wurden.«

Marius, der wie Henri über Tanjas Schulter auf deren Bildschirm geschaut hatte, ging um die Tische herum zu seinem Platz. Auch er klickte ein paarmal mit der Maus, dann erschienen die Aufnahmen von Bastian Gschwendtner beim Roulette. Von Volker Frohmüller war nichts zu sehen.

»Er könnte auch an jedem anderen Roulettetisch gesessen haben«, gab Marius zu bedenken.

Henri nickte.

»Nach allem, was ich von Elisa weiß, scheint er sich bevorzugt an dem Tisch aufgehalten zu haben, an dem Ronny Kretschmann als Croupier tätig war. Aber das kann natürlich Zufall gewesen sein. Wir müssen auch sämtliche anderen Kameraeinstellungen überprüfen.«

Marius stöhnte.

»Das kann ewig dauern!«

Henri ging darauf nicht ein.

»Ich möchte mir selbst noch mal die Szene anschauen, bei der die Aufnahme plötzlich abbricht. Ich bin drüben an meinem Platz.«

Er ging hinüber in sein Büro und holte sich die fragliche Sequenz auf den Bildschirm.

»Da bin ich wieder!« Lenz kam ein paar Minuten später herein und ging zu seinem Platz. »Die Kollegen von der Kriminaltechnik haben mich mit zurückgenommen.«

»Haben sie am Wagen der Gschwendtners Spuren gefunden?«

»Jede Menge Fingerabdrücke. Es wird eine Weile dauern, bis alles ausgewertet ist.«

»Wir haben inzwischen die Aufnahmen überprüft. Bastian Gschwendtner hat die Spielbank nicht verlassen. Es muss sich tatsächlich jemand den Autoschlüssel ausgeliehen haben, aber auf den Aufnahmen ist die Jacke, in deren Tasche der Schlüssel war, nicht ganz zu sehen. Deshalb wissen wir nicht, wer den Schlüssel herausgenommen hat.«

Lenz zog eine Grimasse.

»Wir scheinen heute wirklich kein Glück zu haben. Einer von der Spusi hat schon angekündigt, dass sich keine fremden Fingerabdrücke am Wagen der Gschwendtners finden lassen werden, weil es am Freitag geregnet hat.«

»Hoffen wir, dass der Täter sich innen im Auto verewigt hat. Wir könnten dringend ein paar handfeste Beweise brauchen.«

Henri erzählte Lenz von Elisas Hinweis auf Volker Frohmüller. Lenz sah zu Tanja und Marius hinüber, doch keiner der beiden hatte den Beamten der

Spielbankaufsicht bis jetzt auf den Aufnahmen identifizieren können. Henri sah sich die Szene an, in der Vanessa das Glück verlassen hatte. Auch hier war Volker Frohmüller nicht zu sehen. Der Spielbankdirektor kam kurz an den Tisch, verteilte Drinks und richtete ein paar aufmunternde Worte an Vanessa, doch sie schien ihn kaum wahrzunehmen. Wie gebannt starrte sie auf die Kugel, die sich im Kessel drehte, und schloss kurz die Augen, als sie begriff, dass sie wieder verloren hatte. Dann brach die Aufzeichnung plötzlich ab. Henris Bildschirm wurde schwarz. Er versuchte, die Abspielmarkierung weiter nach vorn zu schieben, doch die Aufnahme war komplett abgeschlossen. Er öffnete die Aufzeichnung der Kamera, die auf die Garderobe gerichtet war, doch auch diese Aufnahme endete abrupt. Es gab keine weiteren Aufzeichnungen vom Rest dieses Tages.

Henri sprang vom Mittwoch zum Freitag. Er wollte sehen, ob auch Bastian irgendwann verloren hatte. Im Zeitraffer ließ Henri die Aufnahme ablaufen. Bastians Gesichtsausdruck veränderte sich proportional zum Anwachsen des Jetonsstapels vor ihm. Erst wich nur die Anspannung von ihm, dann lächelte er und schließlich strahlte er bei jedem weiteren Gewinn übers ganze Gesicht. In Bastians Nähe war kein Glas zu sehen, er hatte offensichtlich in der Spielbank nichts zu sich genommen.

Marius kam herein und wandte sich an Henri.

»Weißt du, was mir gerade aufgefallen ist?«

»Nein. Sag es mir!«

»Ich habe mir sämtliche Aufnahmen zur Zeit des vermeintlichen Unfalls angesehen, also aus allen Kameraperspektiven. Auf dem Parkplatz wird leider nur die Ein- und Ausfahrt überwacht, da kann man nicht sehen, wer in das Gschwendtner-Auto einsteigt. Aber ich habe mir die Aufnahmen der Kamera an der Garderobe angesehen, wo man sieht, wer die Spielbank verlässt ...«

Marius sah von Henri zu Lenz.

»Mach's nicht so spannend«, sagte Lenz.

»Hans-Peter Brandt hat die Spielbank verlassen. Und zwar um 18:23 Uhr, kurz bevor der Passat vom Parkplatz fährt. Und ab da ist er auf keiner Aufzeichnungen zu sehen, erst wieder gegen Viertel nach sieben.«

»Der Direktor?!«

»Also doch nicht der Beamte von der Spielbankaufsicht?«

»Hans-Peter Brandt war es auch, der Vanessa einen Drink serviert hat, vielleicht mit K.-o.-Tropfen. Ich habe den Verdacht, dass in dieser Spielbank ein größeres Komplott abläuft. Es wird Zeit, dass wir in das Wespennest stechen.«

Henri nahm sein Telefon in die Hand.

Diana blinzelte. Ohne ihre Brille sah sie ihre Umgebung nur verschwommen. Wo war die Brille? Sie konnte sich nicht erinnern. Diana lag auf einem Bett, die Hände waren über den Kopf nach hinten geschlagen. Sie wollte sie zu sich ziehen, aber es ging nicht. Was war mit ihren Armen? War sie festgebunden? Wo war sie? Diana riss die Augen auf und versuchte zu erkennen, wo sie war. Es gab keine Fenster in dem Raum, nur schummriges rotes Licht. Dianas Blick glitt über das Bett, ihre Sicht war immer noch verschwommen. War sie nackt?! Ihre Haut glänzte im rötlichen Schein des Lichtes, da waren keine Kleidungsstücke. Was war passiert? Warum lag sie hier nackt und offensichtlich an das Bett gefesselt? Sie musste sich erinnern! Was war geschehen?

Da war ein Mann gewesen. Eine schemenhafte Erinnerung tauchte in Dianas Erinnerung auf. Ein Mann, der nett zu ihr gewesen war. Der sie getröstet hatte. Warum hatte er sie getröstet? Wie ein Blitz zuckte das Bild eines Roulettetischs in Dianas Gedächtnis auf. Richtig ... sie war in die Spielbank gegangen, um das Geld für die Reise mit ihren Freundinnen zu gewinnen. Der Vorschuss von Berndt Taubert und das Geld von Yvonne hatten nicht ganz gereicht – dieses *Dolphin*-Schiff war verdammt teuer –, doch Diana war zuversichtlich gewesen, dass sie den fehlenden Betrag mit vorsichtigem Setzen in der Spielbank auftreiben konnte. Und tatsächlich hatte sie gewonnen. Anfangs kleine Summen, dann immer mehr. Sie hatte fast die fehlenden 1.500 Euro zusammengehabt ... doch dann war sie leichtsinnig geworden ... Sie hatte alles wieder verloren. Der Mann hatte ihr einen Drink spendiert. Er war freundlich gewesen und hatte ihr Komplimente gemacht. Und dann brach Dianas Erinnerung ab. So sehr sie sich auch bemühte, sie konnte sich nicht daran erinnern, wie sie auf dieses Bett gekommen und warum sie nackt war. Und sie hatte keine Ahnung, wie lange sie hier schon lag.

Diana drehte ihren Kopf, um zu erkennen, ob noch jemand im Raum war. Ohne Brille wurde ihr Blick nicht klarer, auch wenn sie das Gefühl hatte, dass sich ihre Wahrnehmung schärfte. Da war niemand, sie war allein. Keine Spur von dem Mann, dessen Bild erneut aus den Tiefen ihrer Erinnerung auftauchte. Er musste sie hierher gebracht haben. Was hatte er zu ihr gesagt? Was hatte er mit ihr gemacht? Warum war er jetzt verschwunden?

Diana fuhr sich mit der Zunge über die Lippen. Sie fühlten sich geschwollen an, die Berührung tat weh. Diana zerrte an den Fesseln, die ihre Hände an das Bett ketteten, doch die Metallringe gaben nicht nach. Sie gruben sich nur tiefer ins Fleisch und schnitten in die Haut.

Ein leichter Luftzug strich über Dianas Körper. Sie wandte den Kopf. Die Tür war geöffnet worden. Der Mann stand auf der Schwelle und sah zu ihr. Auch ohne Brille konnte sie erkennen, dass sich sein Mund zu einem breiten

Grinsen verzog. Er schloss die Tür hinter sich und kam zu ihr ans Bett. Mit einem Finger strich er ihren Arm entlang.

»Hast du mich schon erwartet? Möchtest du weitermachen, ja?« Sein Finger fuhr langsam zu ihrer Brust. Mit Daumen und Zeigefinger umschloss er ihre Brustwarze und zog daran, bis Diana stöhnte. »Leider sind meine Vorräte erschöpft. Ich hätte dir gern noch einen speziellen Drink gemischt. Aber wenn ich dich so anschaue, dann glaube ich, dass du ohnehin noch zugedröhnt bist, oder?«

Er lachte leise und rieb ihre Brustwarze zwischen den Fingern.

»Nicht ...«, brachte Diana heraus und zerrte an den Fesseln.

»Du sprichst mit mir, wie schön!« Er neigte sich über sie und wisperte in ihr Ohr. »Weißt du, was ich von dir hören möchte? Ich möchte, dass du mir sagst, du liebst mich!«

Er biss in ihr Ohrläppchen, saugte daran und kniff gleichzeitig in ihre Brustwarze. Diana stöhnte.

»Das macht dich geil, hab ich recht?« Mit der anderen Hand fuhr er grob zwischen ihre Schenkel. »Du magst es, wenn der Mann dir zeigt, wer das Sagen hat, nicht wahr? Du magst es auf die harte Tour!«

Er legte sich halb auf sie, sie spürte seinen Atem auf dem Hals und seine Erektion an ihrer Hüfte.

»Komm, sag es! Ich will es hören!«

Was wollte er von ihr? Diana hatte Mühe sich zu konzentrieren. Seine Hände waren überall.

»Sag es!«, drängte er. »Oder möchtest du die Peitsche spüren? Die hat dir gefallen, nicht wahr?«

Plötzlich ließ er von ihr ab, glitt vom Bett und richtete sich gleich darauf vor ihr auf. Er hielt einen Gegenstand in der Hand, den er durch die Luft pfeifen ließ. Eine Peitsche mit einem ganzen Bündel beweglicher Stränge am Ende. Knapp neben ihrem Gesicht schlugen sie auf dem Bett auf, Diana hörte nur ein schnelles Zischen. Dann spürte sie etwas Dünnes, Weiches an ihren Beinen. Langsam ließ er die Stränge von ihren Füßen nach oben gleiten. Sie fielen auf beiden Seiten des Beines hinunter, glitten daran entlang, bis er an ihrer Scheide angekommen war. Dort hielt er kurz inne, ließ die Stränge auf ihr tanzen und zog sie dann mit langsamen kreisförmigen Bewegungen über ihren Bauch und ihre Schenkel. Immer wieder streifte er ihre Scheide, berührte sie mit dem Knauf. Und dann ließ er die Peitsche mit einer schnellen, kräftigen Bewegung auf der Innenseite ihrer Schenkel aufschlagen. Diana schrie.

»Das gefällt dir, nicht wahr! Sagst du es jetzt? Komm, sag es!« Wieder ließ er die Peitsche herunterzischen.

»Was ... Was soll ich ...?« Diana hätte alles getan, um den Schmerzen ein Ende zu bereiten, aber sie begriff nicht, was er von ihr wollte.

»SAG DASS DU MICH LIEBST!«, zischte er.

»Ich liebe dich!« Sie spuckte die Worte aus, doch er hörte nicht auf. Wieder und wieder schlug er sie mit der Peitsche. Diana fing an zu schreien. Wenn sie noch immer in der Spielbank waren, dann musste sie doch jemand hören!

»Hilfe!«, rief sie, so laut sie konnte.

»Dir werde ich das Maul stopfen!« Er ließ von ihr ab, Diana wand sich, doch die Fesseln hielten sie fest. Dann war er schon wieder über ihr. Er stopfte ihr eine Kugel von gummiartiger Konsistenz in den Mund und befestigte sie mit einem Band, das er ihr über den Kopf zog. Dianas Schreie erstickten. Die Kugel schien ihren ganzen Mund auszufüllen. Sie bekam nur noch schwer Luft, hatte das Gefühl, gleich in Ohnmacht zu fallen. Diana würgte.

Peter Lehmann vom K3 war nicht begeistert gewesen, als Henri ihn am Sonntag angerufen hatte, doch als er erfuhr, dass der Direktor der Spielbank und der Beamte der Spielbankaufsicht in einen groß angelegten Betrug verwickelt zu sein schienen, reagierte er sofort und aktivierte sein Team. Henri hatte einen Durchsuchungsbefehl besorgt und weitere Unterstützung beim Zugriff vor Ort angefordert. Sie trafen sich auf dem Friedhofsparkplatz gegenüber der Spielbank. Einen Teil der Leute schickten sie auf die Rückseite des Gebäudes, um die Notausgänge abzusichern. Mit den anderen gingen sie nun auf den Eingang zu. Marius hatte Fotos von den drei Hauptverdächtigen verteilt: Volker Frohmüller, Hans-Peter Brandt und Ronny Kretschmann. Beim Zugriff sollte das Hauptaugenmerk darauf liegen, den Croupier von seinem Spieltisch zu entfernen, damit er keine Spuren des Betrugs verschwinden lassen konnte. Allein für ihn waren drei Mann extra abgestellt.

Sie waren schon halb an der Garderobiere vorbei, als sie von ihrem Strickzeug aufsah und den Polizistenpulk wahrnahm.

»Was ist denn hier los? Was machen Sie da?«, rief sie hinter ihnen her, doch Peter Lehmann hatte bereits die Tür zum großen Saal geöffnet. Die drei Männer, die in Zivil gekleidet waren, schnappten sich Ronny Kretschmann und zogen ihn vom Roulettetisch weg, Peter steuerte auf Volker Frohmüller zu, der an Ronnys Tisch gespielt hatte und nun aufsprang. Der Mann mit dem hängenden Augenlid. Elisa hatte ihn gut beschrieben.

»Was soll das? Lehmann, was wollen Sie hier?«

Er kannte Peter natürlich.

»Wir machen eine kleine Razzia.«

»Das müssen Sie mit mir absprechen! Ich bin hier im Dienst, Sie können doch keine Razzia durchführen, ohne das mit mir abzusprechen!« Peter hielt den Durchsuchungsbefehl hoch.

»Doch, kann ich. Und Sie werden vor allem dann nicht informiert, wenn der Verdacht besteht, dass Sie selbst in illegale Machenschaften verwickelt sind.«

»Ich? Das ist ja wohl die Höhe!« Volker Frohmüller ereiferte sich. Sollten sich die Kollegen vom K3 um ihn kümmern. Henri scannte den Saal. Keine Spur von Hans-Peter Brandt.

»Wo ist der Direktor?«, fragte er Frohmüller.

Der zuckte nur mit den Achseln.

»Keine Ahnung. Ich bin doch nicht sein Babysitter.«

»Wir gehen runter in den Keller«, sagte Henri zu Lenz, der neben ihm stand. Er drehte sich zu Tanja und Marius. »Schaut ihr in seinem Büro nach.«

Henri und Lenz gingen zurück in den Vorraum und bogen an der Garderobe zu den Toiletten ab. Wie Elisa es Henri beschrieben hatte, gab es neben den Toiletten eine dritte Tür, auf der *Zutritt verboten* stand. Direkt dahinter führte eine Treppe nach unten. Henri zog seine Waffe. Schnell und leise liefen sie die Treppe hinunter. Aus dem Keller war nichts zu hören, sie sahen nur einen langen Flur, der von ein paar Leuchtstoffröhren notdürftig beleuchtet wurde. Alle Türen entlang des Gangs waren geschlossen.

»Elisa hat gesagt, dass sich der Raum ganz am Ende des Flurs befindet.« Sie lauschten an den anderen Türen und öffneten sie, wenn nichts zu hören war. Es handelte sich um Lagerräume, in denen Getränkekisten und massenhaft Toilettenpapier aufbewahrt wurde. Sie näherten sich der letzten Tür am Ende des Ganges. Henri lauschte erst wieder, dann nickte er Lenz zu und riss sie auf. Noch ein dunkler Lagerraum, in dem sich niemand aufhielt. Elisa hatte von einem Bett gesprochen, doch in keinem der Räume stand ein Bett. Hatte sie sich alles nur eingebildet?

Neben der Tür stand ein Schrank. Lenz öffnete ihn und sah hinein.

»Putzzeug«, sagte er. Ein Eimer und ein Wischmopp standen darin.

Henri trat neben ihn und tastete die Rückwand des Schrankes von innen ab.

»Keine Geheimtür. Aber irgendwo hier am Ende des Flurs muss das Zimmer sein, das Elisa gesehen hat.«

Er trat einen Schritt zurück und musterte die Wand.

»Wenn dieser Raum auf der Höhe der Wand endet, dann muss dort rechts noch was sein.« Er warf einen Blick in den letzten Raum auf der linken Seite. Dann öffnete er die Tür des letzten Raums auf der rechten Seite. »Siehst du? Dieser Raum endet sogar noch weiter vorn. Die Wand schließt bündig mit dem Ende des Flurs ab, aber hier links sehen wir, dass der Raum nach hinten geht. Hinter diesem Schrank muss ein weiterer Raum sein.«

Sie steckten ihre Köpfe wieder in den Schrank, tasteten die Rückwand ab, doch es war keine versteckte Tür zu finden. Henri betrachtete den Schrank von außen. »Schau mal, der steht gar nicht auf dem Boden auf! Der Schrank hängt an der Wand.«

»Der muss aus Sperrholz sein, so leicht wie er ist.«

Sie umfassten die Außenwände und zogen daran. Der Schrank bewegte sich bis zu einem Widerstand. Erst, als sie den überwunden hatten, bewegte er sich weiter. Und plötzlich konnten sie unterdrücktes Stöhnen hören. Henri packte den Griff der Waffe fester. Er nickte Lenz zu und mit einem Ruck zogen sie den Schrank zu sich. Wie eine Tür schwang das Wandstück, an dem er befestigt war, nach außen auf.

In Sekundenbruchteilen erfasste Henri, was vor ihm geschah. Eine nackte Frau lag auf einem breiten Bett, ihre Hände waren hinter ihrem Kopf an das Gitter gefesselt, auf ihrem Körper zeichneten sich rote Striemen ab, ihre Augen waren angstvoll aufgerissen, sie hatte einen Knebel im Mund und würgte. Mit ihren dunklen Haaren und der schlanken Figur erinnerte sie Henri für einen Moment an Elisa. Über ihr kniete Hans-Peter Brandt und schwang eine Peitsche. Henri zielte.

»Lass!« Lenz drängte an ihm vorbei, fing den Arm von Hans-Peter, der sie noch nicht bemerkt hatte, in der Luft auf und ließ Handschellen um seine Handgelenke schnappen. Sie zerrten ihn von der Frau herunter. Er schien nicht zu begreifen, was mit ihm geschah, wirkte wie von Sinnen. Abgesehen von der Tatsache, dass die drei obersten Knöpfe seines weißen Hemdes offenstanden, war er vollständig bekleidet.

Henri riss als Erstes den Knebel aus dem Mund der Frau. Sie spuckte und schnappte nach Luft. »Es ist vorbei!«, sagte Henri. »Wir sind von der Polizei. Es ist vorbei, er kann Ihnen nichts mehr tun.«

Sie nickte und schloss die Augen. Sie war völlig erschöpft.

»Wo ist der Schlüssel für die Handschellen?«, fuhr Henri den Spielbankdirektor an. Er grinste nur dümmlich, Henri baute sich drohend vor ihm auf.

»Er liegt da drüben auf dem kleinen Tischchen«, sagte Lenz. »Ich bringe ihn weg. Kümmerst du dich um die Frau?«

»Ruf einen Notarzt und schick Tanja runter. Sie soll Wasser mitbringen.«

Lenz bugsierte Hans-Peter aus dem Raum. Henri öffnete die Handschellen, mit denen die Frau an das Gitter des Bettes gefesselt war. Er zerrte den roten Bezug unter der Matratze hervor und schlug ihn über den nackten Körper der Frau. Scheiß auf die Spuren, sie hatte genug gelitten.

»Danke«, murmelte sie.

Henri deckte sie zu und wünschte, er hätte geschossen.

Elisa ertappte sich dabei, wie sie einen weiteren Blick auf das Handy-Display warf. Wahrscheinlich zum fünften Mal innerhalb der letzten Viertelstunde. Doch das Handy blieb still, Henri hatte sich noch nicht wieder bei ihr gemeldet.

Jette hatte sich bereits vor einer Stunde mit einem süffisanten Lächeln verabschiedet. »Hoffentlich kommen die Infos vor dem Redaktionsschluss. Viel Spaß beim Warten«, hatte sie geflötet und André in seinem Glaskasten zum Abschied zugewunken. Er hatte nur kurz die Hand gehoben, dann war Jette abgerauscht.

Elisa hatte mehrere Texte vorbereitet, aber noch keinen von ihrer lokalen Festplatte ins Redaktionssystem hochgeladen. Sie war vorsichtig geworden, seit Jette und Dennis Informationen, die sie noch hatte zurückhalten wollen, ohne Rücksprache mit ihr in der Zeitung veröffentlicht hatten.

Nachdem Elisa das Foto von Volker Frohmüller gesehen hatte, ging sie davon aus, dass er mit dem Croupier unter einer Decke steckte, doch so lange Henri diese Einschätzung nicht bestätigte, konnte sie nichts darüber schreiben. Wenn es so war, dass die beiden Männer zusammenarbeiteten, dann hatten sie sich am Abend vorher nichts anmerken lassen. Elisa hatte keinen einzigen verräterischen Blick bemerkt, obwohl sie alle am Tisch genau beobachtet hatte.

Aus dem Augenwinkel sah Elisa, dass André in seinem Glaskasten aufstand und zu ihr herüber kam.

»Immer noch nichts?«, fragte er.

Elisa schüttelte den Kopf.

»Ich muss jetzt los, bin zum Essen eingeladen«, sagte André. »Außerdem ist bald Redaktionsschluss. Ich hätte die Sache wirklich gern unter Dach und Fach. Kannst du nicht noch mal nachhaken?«

»Ich kann nicht einfach in einen Polizeieinsatz platzen.«

»Weißt du denn, ob es überhaupt einen Einsatz gibt?«

»Es hat sich so angehört.« Elisa verschränkte die Arme vor der Brust. »Wolf hat gesagt, dass wir noch etwas Zeit haben und dass er mit mir wartet.«

»Soso, hat Wolf das gesagt.« André warf einen kurzen Blick zu Wolf Borowsky hinüber und runzelte die Stirn. »Dann werde ich mich mal an ihn wenden.«

Die beiden Männer diskutierten am Newsdesk, doch Elisa hatte keine Lust, zu ihnen hinüberzugehen. Immer wieder sahen sie auf die Uhr. Schließlich kam André zurück. »Ich habe mich mit Wolf abgesprochen. Falls es ein Problem gibt, könnt ihr mich jederzeit erreichen.«

»Prima!«, sagte Elisa neutral. »Viel Spaß bei deiner Einladung. Lass dir das Essen gut schmecken!«

»Das werde ich.« André lächelte Elisa zu. »Du könntest mitkommen.«
Ein gutes Essen klang verlockend, nachdem Elisa sich zwischendrin nur zwei belegte Brote geholt hatte. Doch sie schüttelte den Kopf und deutete auf den Bildschirm.

»Ich bin mir sicher, dass es nicht mehr lange dauert. Wenn es neue Informationen gibt, möchte ich hier sein.«

»Verstehe. Als Chefredakteur halte ich das für eine sehr lobenswerte Einstellung.«

»Aber?«

»Habe ich aber gesagt?«

Elisa lachte. »Nein, hast du nicht.«

Er zwinkerte ihr zu, der Blick aus seinen eisgrauen Augen wurde plötzlich weich.

»Rufst du mich an, wenn du weißt, was Sache ist?«

»Mach ich.«

Er legte kurz die Hand auf ihre Schulter.

»Dann bis später.«

»Bis dann.«

André verließ die Redaktionshalle. Jetzt waren nur noch Wolf und Elisa da. Wolf las auf seinem Bildschirm die Online-Ausgabe der Konkurrenz, so viel Elisa erkennen konnte. Sie selbst feilte weiter an ihren Formulierungen.

Es vergingen noch über zwanzig Minuten, bis der Anruf von Henri kam. Elisa riss das Handy ans Ohr.

»Geht's dir gut, Henri?«, fragte sie.

Er zögerte. »Nicht wirklich«, sagte er mit leiser Stimme.

»Wo bist du?«

»In der Spielbank. Wir haben den Raum im Keller ausfindig gemacht. Der Direktor der Spielbank war gerade dabei, eine junge Frau übel zu misshandeln.«

»Der Direktor?!?«

»Das scheint ein richtiger Sadist zu sein, steht auf SM-Spielchen und so was. Die Ärmste wäre fast erstickt. Sie wird gerade vom Notarzt behandelt.«

»Dann hat Volker Frohmüller von der Spielbankaufsicht nichts mit alldem zu tun?«

»Er lungert auch hier rum, streitet zwar alles ab, aber wir gehen von einem Komplott der drei Männer aus, nach allem, was du mir erzählt hast. Der Croupier lässt die Frauen erst gewinnen und dann verlieren und die beiden anderen machen sich deren Notlage zunutze. Nachdem ich gerade gesehen habe, wie die Frau geknebelt war, nehme ich an, dass Vanessa Czerny genau auf diese Art hier umgekommen ist.«

»Und wie kam Torsten Schilling ins Spiel?«

»Wir vermuten, dass sie ihn mit Geld unter Druck gesetzt haben, dass er die Leiche entsorgen soll, aber das können wir noch nicht beweisen. Wir wissen auch nicht, ob er derjenige war, der den Spielchip in Vanessas Rocktasche gesteckt hat. Vielleicht wollte er, dass sie gefunden wird und dass eine Spur in die Spielbank führt.«

»Was kann ich schreiben?«

»Du kannst über den Betrug in der Spielbank schreiben. Wir wissen noch nicht genau, wie das Spiel manipuliert wurde, aber das werden die Kollegen bald herausfinden. Es würde uns helfen, wenn ihr einen Zeugenaufruf abdruckt, dass sich Frauen melden sollen, die etwas Ähnliches wie du in der Spielbank erlebt haben.«

Elisa machte sich eine Notiz.

»Bei jeder Polizeidienststelle?«

»Oder direkt im Präsidium.«

»Kannst du mir den Namen des Opfers nennen?«

»Ich weiß ihn selbst nicht, die Frau steht noch unter Einfluss der K.-o.-Tropfen. Meine Kollegin Tanja ist bei ihr. Ich denke, es wird noch etwas dauern, bis wir sie befragen können. Sie ist in deinem Alter, schätze ich; sieht dir ein bisschen ähnlich.« Henris Stimme wurde noch leiser. »Ich hätte fast auf ihn geschossen.«

»Aber nur fast?«

»Lenz war schneller und hat ihm Handschellen angelegt.«

Sie schwiegen für einen Moment.

»Ich wäre jetzt gern bei dir«, sagte Elisa.

»Noch lieber wäre ich bei dir. Allein der Anblick dieses Raumes verursacht Brechreiz.«

»Bist du dort drinnen?«

»Nein, ich warte vor der Tür, bis die Untersuchung beendet ist.«

Elisa sah den langen, schummrig beleuchteten Flur vor sich.

»Vernehmt ihr die drei Männer heute noch?«

»Für die Betrugssache sind die Kollegen vom K3 zuständig, aber wir wollen wissen, was Vanessa Czerny zugestoßen ist.«

»Was kann ich über ihren Tod schreiben?«

»Bisher haben wir nur Vermutungen, keinerlei Beweise.«

»Dann schreibe ich es genau so. Dass ihr Überlegungen anstellt, ob sie in dem Kellerraum bei extremen Sexspielen ums Leben gekommen ist.«

»Die Spurensicherung wird hier alles auf den Kopf stellen und wir hoffen, dass sie Beweise finden. Mehr kann ich dir noch nicht sagen.« Henri räusperte sich. »Das ist schon sehr viel mehr, als die anderen Redaktionen haben. Eine offizielle Pressemeldung werden wir sicher erst nach deren Redaktionsschluss rausgeben.«

»Ich weiß das zu schätzen, Henri. Danke.«

»Ich muss jetzt aufhören.«

»Ich hoffe, ihr bekommt schnell ein Geständnis.«

»Das hoffe ich auch.«

Henri legte auf. Elisa sah auf die Notizen auf ihrem Block, ohne sie zu lesen. Er hatte sich bedrückt angehört. Was er gesehen hatte, machte ihm zu schaffen. Der Anblick der misshandelten Frau musste schrecklich gewesen sein.

Elisa holte sich die Artikel auf den Bildschirm.

»Wolf!«, rief sie quer durch die Redaktion. »Wir müssen die Eins kippen!«

Sie lud die Fotos, die sie in dem Kellerraum gemacht hatte, von ihrem Handy auf den Server. Auch das hatte sie vorher nicht gewagt. Doch nachdem Henri diesen Teil der Story bestätigt hatte, konnte sie sie verwenden.

Wolf Borowsky kam zu Elisa herüber. Sie zeigte ihm die Fotos und Texte auf dem Bildschirm. »Den Text über die drei Männer muss ich noch anpassen, diese beiden über das Casino und die K.-o.-Tropfen stelle ich gleich ins System, dann kannst du sie dir holen. Und die Fotos von der Folterkammer im Keller kannst du auch nehmen.«

»Auf den Fotos ist ja gar niemand zu sehen«, beschwerte sich Wolf.

»Hast du erwartet, dass eins der Opfer dort für uns posiert? Wir können froh sein, dass wir *diese* Aufnahmen haben.«

Wolf beugte sich über Elisas Schulter.

»Ist das Sexspielzeug, da in der Kiste? Dann wird es gehen.«

»Wolf, du bist ekelhaft! Ich hätte nicht gedacht, dass du so sensationslüstern bist.«

Er zuckte gleichmütig mit den Schultern.

»Nicht *ich* will das sehen. Unsere Leser wollen das sehen, deshalb werden eine ganze Menge mehr morgen früh am Kiosk nach der *Morgenzeitung* greifen. Die Menschen sind ekelhaft und schlecht, von Natur aus, glaub mir.«

Elisa wollte widersprechen, doch Wolf hatte sich bereits umgedreht und ging zum Newsdesk zurück. Elisa wandte sich den Texten zu. Sie korrigierte und ergänzte sie mit den Informationen, die sie von Henri bekommen hatte. Als sie die Texte hochlud, war sie nur noch froh, damit fertig zu sein. Auch wenn sie nicht viel über das Martyrium der Frau wusste, hatte ihre Fantasie eine ausreichend grauenvolle Vorstellung davon entwickelt. Elisa spürte keine Genugtuung mehr darüber, dass die *Morgenzeitung* die Geschichte als erste bringen würde. Sie hatte nur noch Mitleid mit allen Frauen, die in diesem Kellerraum misshandelt worden waren.

Tanja schob die Tür mit dem angehängten Putzschrank auf und schaute zu Henri heraus.

»Kannst du mir einen Gefallen tun?«, fragte sie.

»Wie geht es ihr?«, wollte Henri gleichzeitig wissen und steckte das Handy weg.

»Sie kommt immer mehr zu sich. Sie hat uns gesagt, dass sie Diana Weinhold heißt. Ich habe mit ihrem Handy eine Freundin verständigt, die sie abholt. Sie möchte nicht ins Krankenhaus und der Arzt meint auch, das sei nicht notwendig. Kannst du die Freundin oben abholen und herbringen? Sie muss jeden Augenblick eintreffen.«

»Natürlich. Ist die Untersuchung abgeschlossen?«

»Ja, der Arzt hat Blut- und Urinproben genommen und ihre Verletzungen dokumentiert.«

»Sind ihre Kleider hier?«

»Ja, haben wir alles in einer Ecke gefunden, auch ihre Brille.« Tanja wackelte ungeduldig mit dem Kopf. »Jetzt geh schon und hol die Freundin. Sie heißt Sanna Valentin.«

Henri lief mit großen Schritten den langen Flur entlang und nahm an der Treppe immer zwei Stufen auf einmal. Er wollte oben gerade nach der Klinke greifen, als die Tür von der anderen Seite geöffnet wurde. Einer der Uniformierten, die am Eingang zur Spielbank postiert worden waren, stand vor Henri, hinter ihm eine gepflegte Blondine, die etwas älter als Diana Weinhold sein musste.

»Die Dame sagt, sie sei eine Freundin des Opfers und wurde gebeten herzukommen«, erklärte der Beamte.

»Sind Sie Sanna Valentin?«, fragte Henri.

Sie nickte.

»Was ist mit Diana? Man hat mich nur gefragt, ob ich zu ihr kommen kann. Ich weiß gar nicht, was geschehen ist.«

Henri nickte dem Uniformierten zu und bedeutete Sanna Valentin, ihm in den Keller zu folgen.

»Ihre Freundin war Gast hier in der Spielbank und ist Opfer eines Komplotts geworden. Wir gehen davon aus, dass man sie erst gewinnen und dann verlieren ließ und dass ihr das verlorene Geld anschließend gegen sexuelle Gefälligkeiten angeboten wurde. Leider waren die nicht so harmlos, wie es sich wahrscheinlich angehört hatte.«

Sanna schlug die Hand vor den Mund.

»Du meine Güte! Wurde sie vergewaltigt?«

»Wir wissen noch nicht genau, was passiert ist, da wir sie noch nicht befragen konnten. Sie hat vermutlich K.-o.-Tropfen verabreicht bekommen, meine Kollegin sagt, dass sie langsam wieder klarer wird.«

Sanna Valentins High Heels klapperten über den gefliesten Flurboden.
»Hat Diana darum gebeten, dass man mich anruft?«, fragte sie.
»Das kann ich Ihnen nicht sagen, ich war nicht bei ihr drinnen. Warum fragen Sie?«
»Wir kennen uns noch nicht sehr lange. Ich freue mich, dass Diana mich bei sich haben möchte.«
»Vielleicht wird das keine angenehme Aufgabe«, warnte Henri sie.
Sanna warf ihm einen kühlen Blick zu.
»Das macht nichts. Freundinnen sind immer füreinander da.«
Sie waren am Ende des Flurs angelangt. Henri klopfte durch den Schrank, bevor er die Tür dahinter einen Spalt weit aufzog. Tanja drückte von innen dagegen.
»Kommt rein.«
Diana Weinhold saß auf dem Bett, auf dem sie misshandelt worden war. Sie trug jetzt einen dunklen Rock und ein Top mit einer dünnen Bluse darüber. Ihr Blick durch die dicke Brille war klar, die Wirkung der K.-o.-Tropfen hatte offensichtlich nachgelassen. Sanna Valentin drängte sich an Henri vorbei und schloss ihre Freundin in die Arme.
»Diana! Wie geht es dir? Was kann ich für dich tun?«
»Sanna.« Diana sah ihre Freundin an, wirkte unsicher. »Danke, dass du gekommen bist! Ich wusste nicht ...«
»Das ist doch selbstverständlich.« Sanna setzte sich neben Diana und legte den Arm um ihre Schultern. Sie sah ihre Freundin prüfend an. »Ich hatte gar keine Ahnung, dass du eine Brille trägst. Steht dir gut!«
»Danke«, sagte Diana leise und lächelte.
»Was ist passiert?«, fragte Sanna. »Warum gehst du überhaupt allein in die Spielbank? Das hätte mir doch auch Spaß gemacht. Ich wäre gern mitgekommen.«
»Ich wollte Geld gewinnen, viel Geld ... für die Reise.« Diana senkte den Kopf und flüsterte nur noch. »Ich wollte so gern mitkommen, aber ich hab nicht genug Geld ... Deshalb bin ich hergekommen ...«
»Du wolltest Geld für die Reise gewinnen? Und dann hast du verloren?«
Henri sah, dass Tanja dem Gespräch der Freundinnen genauso aufmerksam lauschte wie er. Der Notarzt packte im Hintergrund seine Tasche ein.
»Der Direktor der Spielbank hat mir angeboten, dass er mir das Geld gibt, wenn ich mit ihm hier runtergehe ...«
»Der Direktor?«, unterbrach Sanna sie. »Das Fischmaul? Den kenne ich. Ich war hier schon mal mit meinem Ex-Mann zum Spielen und wir haben ihn nur Fischmaul genannt. Du warst wirklich bereit, mit *diesem* Kerl Sex zu haben?!?«

»Ich wollte so gern mitkommen ...«

»Warum hast du denn nichts gesagt? Ich dachte, du verdienst Geld wie Heu in deinem Hotel?«

Diana schüttelte den Kopf.

»Ich arbeite nicht im Sekretariat des Direktors, das war ein Missverständnis. Ich arbeite in der Wäscherei.«

»Aber warum hast du uns das denn nicht erzählt?«

»Ich hab mich geschämt ... ihr wart alle so ... cool und reich ... und ich wollte mit euch befreundet bleiben ...«

»Aber du bist doch mit uns befreundet – ganz egal wie viel Geld du hast!« Sannas Arm fiel von Dianas Schultern. »Hältst du uns wirklich für so oberflächliche Zicken, dass wir eine Freundschaft daran bemessen, wie viel jemand verdient? Ist das dein Ernst?«

Diana hielt den Kopf gesenkt.

»Ich hab nicht viele Freunde. Ich hatte Angst, dass ich euch auch wieder verliere, wenn ihr merkt, dass ich nicht mit dem Geld um mich werfen kann.«

»Du bist ganz schön blöd, weißt du das?« Sanna funkelte Diana an und riss sie gleich darauf in die Arme. »Ich mag dich sehr gern, weißt du das? Am liebsten von euch allen mag ich dich! Und es ist mir vollkommen egal, wie viel Geld du hast, du blöde Kuh!«

Sie drückte ihre Freundin an sich.

»Wirklich?«, schniefte Diana. »Auch wenn ich jetzt nicht mit auf die Reise kommen kann?«

»Wer sagt das denn?« Sanna lachte. »Natürlich kommst du mit. Ich lade dich ein. Mein Ex zahlt mir genug Geld, dass es für uns beide reicht.«

»Das kann ich nicht annehmen.«

»Natürlich kannst du das. Das musst du sogar! Ohne dich verreisen wir nicht!« Sanna Valentin wandte sich an Henri und Tanja. »Kann ich Diana jetzt mitnehmen?«

»Eine ausführliche Aussage können wir morgen aufnehmen«, sagte Henri, »wenn Sie uns nur noch sagen, ob außer dem Spielbankdirektor noch jemand beteiligt war?«

Diana schüttelte den Kopf.

»Nein, da war niemand sonst.«

»Können Sie sich an den Namen des Croupiers erinnern, an dessen Tisch Sie gespielt haben?«

»Ich glaube, auf seinem Schildchen stand Ronny ... Ronny Kretschmer oder so.«

»Kretschmann?«

Diana nickte.

»Ja, Kretschmann.«

Tanja zog das Foto von Volker Frohmüller aus der Tasche.

»War dieser Mann auch an Ihrem Tisch?«

Diana sah kurz auf das Foto.

»Ja, er saß mir eine Weile gegenüber. Dann kam der Direktor an den Tisch und sie haben sich kurz unterhalten. Es sah aus, als hätten sie gestritten, aber ich konnte nicht verstehen, über was sie geredet haben. Nach dem Streit ist dieser Mann« – sie deutete auf das Foto – »aufgestanden und weggegangen. Ich glaube, er hat sich an einen anderen Tisch gesetzt.«

Henri nickte.

»Das können wir über die Aufzeichnungen der Videokameras nachvollziehen. Alles andere hat Zeit. Ihre Personalien haben wir, wir melden uns morgen bei Ihnen.« Er wandte sich an Sanna. »Danke, dass Sie Frau Weinhold nach Hause bringen und sich um sie kümmern.«

»Möchtest du nicht lieber mit zu mir kommen?«, fragte Sanna Diana. »Ich wohne ganz in der Nähe. Du kannst duschen oder ein Bad nehmen, ich mache uns was Feines zum Essen und in Nullkommanix hast du das alles vergessen!«

Sannas Handbewegung umfasste den ganzen Raum, erst jetzt sah Diana sich um. Sie schauderte und stand entschlossen auf.

»Ja, lass uns hier weggehen. Ich komme gern mit zu dir.«

Henri und Tanja begleiteten die Frauen nach oben. Dort war die Musik verstummt, kein *Pokerface* mehr zu hören. Tanja notierte die Kontaktdaten von Sanna Valentin, dann verließen die beiden die Spielbank. Sanna hatte den Arm um Diana gelegt und drückte sie beim Gehen an sich.

»Die Ärmste!«, sagte Henri.

»Wenn sie Glück gehabt hat, waren die K.-o.-Tropfen so stark, dass sie das meiste nicht mitbekommen hat«, meinte Tanja. »Das Einzige, was sie vorhin immer wieder gesagt hat, war, dass er wollte, dass sie *Ich liebe dich* sagt. Das ist doch echt krank!«

Sie gingen in den großen Spielsaal. Es waren keine Gäste mehr da. Die Spielbank war geschlossen worden, alle Anwesenden hatten ihre Personalien hinterlassen müssen. Die Angestellten der Spielbank hielten sich im Pausenraum auf, sie sollten einzeln befragt werden. Die Spurensicherung war bereits dabei, Proben von den Getränken zu nehmen und den Bereich hinter der Bar zu durchsuchen. Henri war froh, Arnie Arnold zu sehen. Er bat ihn, sich persönlich den Kellerraum vorzunehmen. Wenn jemand eine Spur von Vanessa dort finden würde, war das Arnie.

Peter Lehmann vom K3 betrat den großen Saal durch die Tür zu den Verwaltungsräumen. Als er Henri sah, kam er zu ihm.

»Wir haben die drei Hauptverdächtigen zur Vernehmung in Einzelräume gesteckt. Hans-Peter Brandt behauptet, der Sex mit Diana Weinhold sei einvernehmlich gewesen, Volker Frohmüller und Ronny Kretschmann streiten ab, mit all dem überhaupt etwas zu tun zu haben.«

»Wir brauchen also Beweise.«

Peter grinste und winkte Henri und Tanja mit sich.

»Meine Kollegen haben gerade etwas gefunden, deshalb haben sie mich rufen lassen.«

Er ging zu dem Roulettetisch, an dem Ronny Kretschmann gearbeitet hatte, als sie hereingekommen waren. Einige der Kollegen krochen auf dem Boden unter dem Tisch herum und leuchteten mit Taschenlampen nach oben.

»Hier sind Magneten angebracht!«, rief einer von ihnen Peter entgegen. »Wir brauchen die Kamera, um sie zu fotografieren, bevor wir sie abmachen. Sie sind nicht besonders groß. Wer die benutzt hat, muss viel geübt haben.«

»Ich hoffe, sie sind groß genug, dass ein schöner Fingerabdruck darauf Platz hat«, meinte Peter. »Das reicht mir schon, um die Jungs mitzunehmen und einzubuchten. Oder wollt ihr sie gleich noch wegen des Mordfalls vernehmen?«

»Frohmüller war an diesem Tag nicht in der Spielbank und Kretschmann die ganze Zeit am Spieltisch, sie können nichts mit dem Mord zu tun haben. Aber mit dem Direktor würde ich gern ein Wörtchen wechseln.«

Henri schickte Tanja los, um Lenz und Marius zu suchen.

»Dann nehmen wir erst mal nur die zwei mit!«

Peter gab einem Kollegen, der neben ihm stand, einen Wink und kurz darauf wurden Ronny Kretschmann und Volker Frohmüller abgeführt. Ronny hielt den Kopf gesenkt, seine Schultern hingen nicht nur wegen der Handschellen nach unten. Er wusste, dass der Betrug entdeckt worden war. Volker wehrte sich gegen die Beamten, die ihn abführten. Er zerrte an den Handschellen und empörte sich lautstark.

»Ich habe mit illegalen Machenschaften nichts zu tun!«, rief er Peter zu. »Seit ich die Kontrolle hier übernommen habe, hat es keinerlei Vorfälle mehr gegeben. Wenn jetzt plötzlich einer der Croupiers betrügt, heißt das noch lange nicht, dass ich etwas damit zu tun habe ...«

»Ich bin mir sicher, dass die Analyse der Gewinnzahlen ergeben wird, dass Sie als Aufsichtsbeamter bei bestimmten Häufungen längst hätten misstrauisch werden müssen«, rief Peter hinter ihm her.

»Ich habe außerdem eine Zeugin für euch, die nicht vom Direktor der Spielbank, sondern von Volker Frohmüller einen K.-o.-Drink spendiert bekommen hat und dann von *ihm* zu einem Stelldichein im Keller aufgefordert wurde.«

»Hat Frohmüller sie auch ...«

»Nein, sie ist rechtzeitig gegangen. Aber sie ist Journalistin und wird morgen in ihrer Zeitung einen Zeugenaufruf abdrucken, dass sich Frauen melden sollen, die in der Spielbank Ähnliches wie sie erlebt haben. Ich schätze mal, dass sich da die eine oder andere findet, die gegen Volker Frohmüller aussagt.«

»Sehr gut!« Peter streckte den Daumen nach oben. »Ich kümmere mich darum, dass die Herren angemessen untergebracht werden. Für Brandt halte ich auch eine Zelle frei.«

Peter freute sich sichtbar über den Fang, den sie gemacht hatten.

»Wir schicken ihn dir dann, wenn wir hier fertig sind.«

Peter winkte und ging Richtung Ausgang.

»Sorry, dass wir dich am Wochenende gestört haben!«, rief Henri hinter ihm her.

»Passt schon!«

Peter grinste und verschwand durch die Tür. Henri zog sich an die Wand des Spielsaals zurück und machte ein paar eilige Notizen in sein Büchlein. Nach dem, was er im Keller gesehen hatte, war er überzeugt davon, dass Hans-Peter Brandt für Vanessas Tod verantwortlich war, dass er sie ähnlich wie Diana gefesselt, geknebelt und missbraucht hatte und dass sie dabei an ihrem Erbrochenen erstickt war. Doch sie konnten nicht beweisen, dass er es gewesen war, der sie in den Keller geführt hatte.

Tanja erschien mit Lenz und Marius im Schlepptau. Henri fasste seine Schlussfolgerung für die Kollegen zusammen.

»Wir müssen den Security-Leuten auf den Zahn fühlen wegen der gelöschten Aufnahmen vom Tattag. Ich möchte wissen, ob Hans-Peter Brandt sie damit beauftragt hat, die Aufzeichnungen zu vernichten. Oder ob er selbst dazu in der Lage wäre. Übernehmt ihr das bitte«, sagte er zu Tanja und Marius. Er sah Lenz an. »Wir werden uns jetzt den Direktor persönlich vornehmen.«

»Er ist unter Bewachung in einem der Büros. Ich weiß, wo wir hinmüssen.«

Hans-Peter Brandt stöhnte auf, als sie den Raum betraten. Der uniformierte Kollege verzog keine Miene. Er stand neben der Tür, während der Spielbankdirektor mit Handschellen an einen Stuhl fixiert war.

»Ich habe doch schon mit Ihrem Kollegen gesprochen! Soll ich jetzt alles noch mal mit Ihnen durchkauen? Ich hatte mit der Dame einvernehmlich Sex und das war's!«

»Wir glauben nicht, dass es das war«, sagte Henri und ließ sich auf dem Stuhl hinter dem Schreibtisch nieder. Lenz lehnte sich an einen Aktenschrank. »Wir glauben, dass Sie zusammen mit dem Croupier Ronny

Kretschmann und unter Duldung des Beamten von der Spielbankaufsicht Frauen gezielt das Geld aus der Tasche gezogen und von ihnen verlangt haben, dass sie Ihnen sexuell gefällig sind.«

»Das ist doch Unsinn! Wann immer ich mich im Keller mit einer Dame vergnügt habe, ist sie freiwillig mit mir mitgegangen.«

»Nachdem Sie ihr K.-o.-Tropfen verabreicht haben?«

»Das habe ich nicht nötig!«, behauptete Hans-Peter und spitzte seine Fischlippen.

»Bei Diana Weinhold wurden Blut- und Urinproben genommen, das werden wir ja dann sehen, ob sie K.-o.-Tropfen bekommen hat«, sagte Henri ruhig.

»Wenn das der Fall war, dann muss ihr die jemand anderes in den Drink gekippt haben«, fuhr Hans-Peter hoch. »Ich auf jeden Fall nicht! Sie haben überhaupt keine Beweise für Ihre unverschämten Anschuldigungen!«

Damit hatte er leider recht.

»Ich würde gerne noch mal mit Ihnen über Vanessa Czerny sprechen. Hat sie Sie auch in den Keller begleitet?«

»Nein, das hat sie nicht getan!« Hans-Peter hielt Henris Blick stand, er starrte ihn herausfordernd an.

»Unsere Kollegen untersuchen gerade den Raum im Keller nach Spuren von ihr. Ich könnte mir durchaus vorstellen, dass sie ein Haar oder so von der Toten finden.«

»Dann muss sie mit jemand anderem im Keller gewesen sein. Mit mir jedenfalls nicht!«

»Wer hat denn noch Zugang zu dem Raum?«

»Jeder. Der Raum ist nicht abschließbar, wie Sie ja gesehen haben.«

»Kennt denn jeder Ihrer Mitarbeiter die Tür hinter dem Putzschrank?«

»Natürlich nicht! Dieser Raum wird sehr diskret genutzt.«

»Von wem?«

»Von mir.«

»Von wem noch?«

Zum ersten Mal zuckten Hans-Peters Augen unsicher hin und her. Er überlegte, was er sagen konnte und was nicht.

»Ich habe Volker Frohmüller mal von einem meiner Schäferstündchen im Keller erzählt. Es könnte sein, dass er den Raum dann auch genutzt hat ...«

»Aber das wissen Sie nicht sicher?«

»Nein, über so was redet man besser nicht zu viel.«

»Kann es sein, dass Volker Frohmüller am vergangenen Mittwoch mit Vanessa hier im Keller war?«

»Am vergangenen Mittwoch?« Hans-Peter Brandt überlegte.

»Nein, ich glaube, am Mittwoch war er nicht hier, weil er ein Meeting mit seinen Kollegen von der Spielbankaufsicht hatte. Das hat er zumindest gesagt.«

»Wer hat den Raum außer Ihnen beiden genutzt?«

»Ich habe wirklich keine Ahnung.« Hans-Peter zog die Schultern bis zu den Ohren hoch und ließ sie betont langsam wieder sinken. »Natürlich wäre es möglich, dass sich auch Gäste dorthin zurückgezogen haben.«

»Gäste? Wie sollten sie von dem Raum erfahren?«, fragte Lenz. »Vermieten Sie ihn etwa auch?«

»Unsinn!« Hans-Peter sah Lenz ungehalten an. »Wir sind ja kein Bordell!«

»Aber wie sollten sich Gäste in den Raum im Keller verirren? Noch dazu, wenn er hinter dem Pseudoputzschrank versteckt ist?«

»Vielleicht kannte einer der beiden den Raum schon? Nehmen wir mal an, dass die junge Dame öfter hier war und der Kollege von der Spielbankaufsicht sie mal mit in den Keller genommen hat. Dann kannte sie den Raum. Und dann konnte sie auch mit einem der Gäste hinuntergehen.« Hans-Peter sah Henri fragend an und wölbte dabei seine Fischlippen nach außen. »Hatten Sie nicht eigentlich schon den Täter gefunden, der dann bei einem Unfall gestorben ist? Das stand doch so in der Zeitung?«

Er versuchte erneut, Torsten Schilling den Mord in die Schuhe zu schieben.

»Torsten Schilling wurde ermordet. Wir gehen davon aus, dass es sich um den gleichen Täter wie bei Vanessa Czerny handelt.«

»Er wurde ermordet? In der Zeitung stand etwas von einem Unfall.«

»Da hat die Zeitung sich geirrt. Wo wir gerade beim Thema Unfall sind: Können Sie uns sagen, wo Sie sich am Freitagabend zwischen 18:15 Uhr und 19:15 Uhr aufgehalten haben?«

»Am Freitagabend? Da war ich natürlich hier in der Spielbank.«

»Wir haben auf den Aufnahmen der Sicherheitskameras gesehen, dass Sie die Spielbank um 18:23 Uhr verlassen haben.«

»Vielleicht war ich kurz zum Luftschnappen draußen, aber die genaue Uhrzeit kann ich Ihnen nicht sagen.«

»Nach unseren Erkenntnissen haben Sie die Spielbank erst eine knappe Stunde später wieder betreten.«

»Das ist nicht möglich! Ich mache immer nur ein paar Minuten Pause. Gerade an einem Freitagabend ist um diese Uhrzeit schon viel los. Da könnte ich unmöglich länger weggehen.«

»Aber die Kamera hätte doch aufzeichnen müssen, wann Sie die Spielbank wieder betreten haben.«

»Die Kamera am Haupteingang? Aber nein! Ich mache manchmal eine Runde um das Gebäude und dann gehe ich hinten am Notausgang wieder hinein.«

»Gibt es dort auch Kameras?«

»Nein, wofür denn? In diesem Bereich halten sich ja keine Gäste auf.«

Hans-Peter Brandt grinste – wohlwissend, dass sie nicht beweisen konnten, dass er es gewesen war, der sich Bastian Gschwendtners Auto ausgeliehen hatte, um die Schillings damit von der Straße zu drängen.

»Mir reicht es jetzt!«, polterte er los. »Sie behandeln mich wie einen Schwerverbrecher. Ich möchte mit einem Anwalt sprechen ...«

Die Tür ging auf und Tanja steckte ihren Kopf herein. Sie hatte das gleiche Grinsen auf dem Gesicht wie Hans-Peter Brandt zuvor.

»Den Anwalt werden Sie brauchen«, sagte sie trocken zu Hans-Peter. »Kommt ihr bitte mal?«

Henri und Lenz gingen hinaus zu Tanja auf den Flur. Sie zog die Tür hinter ihnen zu und winkte ihnen, ihr zu folgen.

»Wir haben uns die Security-Leute einzeln vorgenommen und einer hat angefangen zu singen, als er mitbekommen hat, dass wir in einem Mordfall ermitteln. Hans-Peter Brandt hatte ihn angewiesen, die Aufnahmen vom Mittwoch ab dem Zeitpunkt zu löschen, an dem er selbst darauf in Aktion getreten ist. Herr Yilmaz, besagter Security-Mitarbeiter, war davon ausgegangen, dass es nur darum ging, Brandts Sex-Eskapaden zu vertuschen.«

»Demnach war bekannt, was in dem Raum im Keller vor sich ging?«

»Nicht wirklich. Den Raum kennt angeblich keiner, es gab nur Gerüchte, dass Brandt öfter mal mit weiblichen Gästen verschwunden ist.«

»Und dieser Yilmaz fand es normal, dass Brandt ihn dazu aufgefordert hat, einen Teil der Aufnahmen zu löschen?«

»Der Direktor scheint zu wissen, dass sich ein Teil von Yilmaz' Familie illegal im Land aufhält. Das reibt er ihm immer dann unter die Nase, wenn er solche Gefälligkeiten einfordert. Nebenbei bemerkt scheint das Brandts generelle Politik zu sein. Erkan Yilmaz hat angedeutet, dass Brandt nur Leute angestellt hat, die er irgendwie in der Hand hat und erpressen kann.«

Tanja öffnete die Tür zu dem Raum, in dem sie schon beim ersten Mal die Aufzeichnungen der Sicherheitskameras auf der Monitorwand angesehen hatten. Marius saß neben einem dunkelhaarigen jungen Mann im schwarzen Anzug vor den Monitoren. Aus seinem Hemdkragen hing an einem Spiralkabel ein Ohrstöpsel herunter.

»Das ist Erkan Yilmaz von der Security«, stellte Tanja ihn Henri und Lenz vor. »Meine Kollegen Wieland und Albrecht.«

Sie gaben ihm die Hand. Sein Händedruck war weich wie der Blick aus seinen großen dunklen Augen. An seiner Schläfe lief ein Schweißtropfen herunter.

»Herr Yilmaz hat zwar die Aufnahmen gelöscht, wie Hans-Peter Brandt ihm aufgetragen hatte, doch er hat davor eine Kopie davon gemacht.«

»Warum haben Sie das getan?«

Erkan Yilmaz sah Henri mit weit aufgerissenen Augen an.

»Ich habe gemerkt, dass es für Herrn Brandt sehr wichtig war. Ich wollte, dass er mich nicht mehr erpressen kann.«

»Wenn Sie selbst etwas gegen ihn in der Hand haben?«

Erkan nickte.

»Was ist auf den Aufnahmen zu sehen?«

»Schaut es euch an.«

Marius deutete auf einen der Monitore und gab Erkan ein Zeichen, die Aufzeichnung abzuspielen. Das Standbild bewegte sich, man sah Vanessa Czerny am Spieltisch sitzen. Ihr Gesichtsausdruck war nicht gut zu erkennen, ihre Körperhaltung drückte jedoch Niedergeschlagenheit aus. Der Jetonstapel vor ihr auf dem Tisch war auf zwei einzelne Spielchips zusammengeschrumpft.

»Nette Frau«, warf Erkan ein. »Ich kann nicht glauben, dass sie tot sein soll.«

Im nächsten Moment trat Hans-Peter Brandt zu Vanessa und reichte ihr ein Glas. Er redete kurz auf sie ein, lächelte dabei freundlich und brachte sie damit dazu, ihr Glas in einem Zug leerzutrinken.

»Also hat auch sie K.-o.-Tropfen bekommen, sie waren nur nicht mehr nachweisbar«, meinte Marius, der die Aufnahme offensichtlich schon mehrmals angesehen hatte.

Vanessa verspielte ihre beiden letzten Jetons. Hans-Peter Brandt legte tröstend den Arm um ihre Schultern und redete weiter auf sie ein. Nach einer Weile nickte sie, dann rutschte sie vom Stuhl und ging mit ihm aus dem Saal. Marius zeigte auf einen der anderen Bildschirme.

»Normalerweise müsste man sie jetzt hier an der Garderobe vorbei nach draußen gehen sehen, das hätte dann die nächste Kamera aufgezeichnet. Doch wir haben die ganze folgende Stunde kontrolliert. Vanessa Czerny hat die Spielbank nicht durch den Hauptausgang verlassen.«

»Gibt es keine Kamera, die den Bereich bei den Toiletten abdeckt?«

»Nein. Es gibt immer wieder schwarze Löcher, die von keiner der Kameras eingefangen werden. Wir können nicht sehen, wie die beiden in den Keller gegangen sind.« Marius hob die Hand und deutete auf einen weiteren Bildschirm. »Hier haben wir noch etwas Interessantes. Wir sehen etwa eine Dreiviertelstunde später, wie Hans-Peter Brandt den Spielsaal wieder betritt und eine kurze Unterredung mit Torsten Schilling hat, der gerade dabei ist, gewaltig zu verlieren.«

Erkan Yilmaz betätigte einen Knopf und es kam Leben in die Szene. Man sah, wie Hans-Peter auf Torsten einredete. Torsten stellte ein paar Zwischenfragen, meistens redete jedoch Hans-Peter. Schließlich nickte Torsten und Hans-Peter gab dem Croupier ein Zeichen.

»Jetzt kommt's!«, kündigte Marius an.

Hans-Peter verließ den Tisch, es war zu sehen, dass er zum Nachbartisch hinüberging und dort ein paar Gäste mit einem freundlichen Lachen und vermutlich ein bisschen Smalltalk begrüßte. Torsten setzte einen Jeton auf eine einzelne Zahl – die 13, soweit Henri das erkennen konnte – und gewann. Marius drehte sich zu ihnen um.

»Das geht jetzt noch eine ganze Weile so weiter. Torsten Schilling gewinnt einen Riesenhaufen Kohle, lässt sich das Geld auszahlen und verlässt den Spielsaal. Und auch er verschwindet, ohne den regulären Ausgang zu passieren. Stattdessen sehen wir hier« – Marius deutete auf einen anderen Bildschirm – »wie er zwanzig Minuten später vom Parkplatz fährt.«

»Aufnahmen vom hinteren Teil des Parkplatzes gibt es nicht, oder?«

»Nein, wir können nur die Ein- und Ausfahrt beobachten. Man muss zugeben, dass die Kameras geschickt platziert sind, wenn man unbeobachtet verschwinden will. Es ist nahezu unmöglich, jemanden ohne Unterbrechung im Blick zu behalten.«

»Wo ist Brandt zu diesem Zeitpunkt?«

»Er ist für eine Weile aus dem Sichtfeld der Kameras verschwunden. Im Spielsaal taucht er erst in dem Moment wieder auf, als Torsten Schilling vom Parkplatz fährt.«

»Das bestätigt unseren Verdacht, was passiert ist, aber wir haben immer noch keinen Beweis«, fasste Henri zusammen. »Danke, Herr Yilmaz, dass Sie uns die Aufnahmen zur Verfügung gestellt haben.«

»Der Chef muss nicht wissen, dass Sie sie von mir haben, oder?«, fragte Erkan mit leiser Stimme.

»Nein, das muss er nicht wissen. Wir können sagen, dass unsere Techniker sie rekonstruieren konnten oder so was.«

Erkan nickte erleichtert.

»Meine Familie ...«, setzte er an.

»Ihre Familie hat damit nichts zu tun!«, fiel Tanja ihm ins Wort. »Machen Sie sich keine Sorgen. Nicht wahr, Henri, wir haben kein Interesse an der Familie von Herrn Yilmaz? Uns geht es nur darum, den Mord aufzuklären.«

»So ist es«, bestätigte Henri.

»Verstehe.« Erkan lächelte breit. »Kann ich dann gehen? Die Kollegen werden sich wundern, wenn ich so lange weg bin.«

»Gehen Sie nur.«

Erkan schlüpfte durch die Tür nach draußen.

»Wir müssen bluffen«, sagte Henri zu den anderen. »Spulst du noch mal zurück zu der Stelle, wo Hans-Peter Brandt am Spieltisch auf Torsten Schilling einredet?«

Marius dachte nach, auf welchem Bildschirm sie diese Szene angesehen hatten, und betätigte die Steuerungstastatur, als hätte er noch nie etwas anderes gemacht. Doch auch wenn seine Bewegungen professionell aussahen, dauerte es eine Weile, bis die Aufnahme erschien, die Henri sehen wollte.

»Der Direktor beugt sich über Torsten Schillings Schulter, das ist sehr gut! Beide sprechen frontal in die Kamera.«

»Das nutzt uns aber nichts, wenn wir nicht hören können, was sie sagen. Oder kannst du neuerdings Lippenlesen?«

»Ich nicht, aber der offizielle polizeiliche Lippenleser.«

»Der wer?!? So was haben wir überhaupt nicht.«

»Das weiß doch Hans-Peter Brandt nicht. Kannst du das stoppen und mir einen Ausdruck von diesem Bild machen?«

Marius hielt die Aufnahme an.

»Wie ein Ausdruck geht, weiß ich nicht.«

»Wir machen einfach ein Foto vom Bildschirm.«

Lenz schob Marius beiseite und beugte sich nach vorn. Mit dem Handy machte er mehrere Aufnahmen des Standbilds. Henri warf einen Blick darauf.

»Gut. Gehen wir zurück zu unserem Herrn Direktor.«

»Zu viert?«

»Natürlich. Er soll gleich wissen, dass sein letztes Stündlein geschlagen hat.«

Hans-Peter Brandt war mehr als irritiert, als gleich vier Polizisten den Raum betraten, nachdem man ihn so lange mit dem Uniformierten alleingelassen hatte. Henri baute sich vor ihm auf, die anderen verteilten sich hinter Henri.

»Herr Brandt, glücklicherweise konnten die verlorengegangenen Aufnahmen der Sicherheitskameras vom Tag, an dem Vanessa Czerny umkam, wiederhergestellt werden.«

Hans-Peter wurde weiß im Gesicht, sagte jedoch nichts.

»Wir können jetzt genau rekonstruieren, wer sich wann wo aufgehalten hat und wer wann mit wem geredet hat.«

»Das ist schön für Sie!«, blaffte Hans-Peter. »Aber damit können Sie gar nichts beweisen!«

»Wenn Sie sich da nur nicht irren!«

Hans-Peter grinste plötzlich und die Farbe kehrte in sein Gesicht zurück..

»Sie können ja auf den Aufnahmen nachsehen, mit wem diese Valerie oder Vanessa oder was weiß ich in den Keller hinuntergegangen ist.«

»Sie wissen so gut wie ich, dass keine der Kameras den Raum vor den Toiletten erfasst. Dafür haben wir aber eine andere interessante Szene entdeckt.« Henri machte eine Pause und wandte sich an Lenz, der ihm sein Handy reichte. Henri drehte es in der Hand hin und her und gab nur langsam den Blick für Hans-Peter auf das Display frei. »Wir haben eine Aufnahme von Ihnen in angeregtem Gespräch mit Torsten Schilling. Kurz nach dem Zeitpunkt, der als Todeszeit von Vanessa Czerny bestimmt wurde.«

So genau hatte Dr. Vogel den Todeszeitpunkt zwar nicht ermitteln können, aber es war immerhin möglich, dass es sich so abgespielt hatte. Hans-Peter warf nur einen kurzen Blick auf das Handy. »Ich unterhalte mich mit allen Gästen der Spielbank, das habe ich Ihnen doch schon gesagt.«

»Aber sicher unterhalten Sie sich nicht mit allen Gästen der Spielbank über Tote, die abtransportiert werden sollen. Ich bin zwar nicht so gut wie unser Experte im Lippenlesen, aber so viel konnte selbst ich dem Gespräch entnehmen.«

Hans-Peter wurde noch blasser im Gesicht als zuvor.

»Experte für Lippenlesen?«, flüsterte er. Einen Moment später überschlug sich seine Stimme. »Hören Sie! Ich habe diese Frau nicht ermordet! Es war ein Unfall! Sie ist erstickt! Ich konnte ja nicht ahnen, dass sie auf einmal anfängt zu kotzen. Ich habe es erst nicht mitbekommen. Und als sie so geröchelt hat, da war es zu spät. Sie wollte gefesselt und geknebelt werden und dann war der Knebel im Weg. Der ganze Mund war voller Kotze. Ich konnte doch nicht da reinlangen! Das war so ekelhaft! Und dann hat sie plötzlich gezuckt und danach hat sie sich nicht mehr gerührt. Das war ein Unfall! Das müssen Sie mir glauben!«

Henri konnte den Ekel, den er beim Anblick des Mannes empfand, nur schwer unterdrücken. Er bemühte sich um einen neutralen Gesichtsausdruck, um ihn zum Weiterreden zu bewegen.

»Was ist dann passiert?«

»Dieser Schilling war ein Idiot, ich hätte es gleich wissen müssen, dass auf ihn kein Verlass war. Dieses Weichei! Er hat alles kaputt gemacht, weil er sich nicht an den Plan gehalten hat! Er war schon öfter in der Spielbank gewesen, ich wusste, dass er regelmäßig viel Geld braucht. Ich habe ihm gesagt, dass er sie im Sylvensteinspeicher versenken soll, da hätte man sie niemals gefunden. Aber dann ist der Idiot geblitzt worden, hat Panik bekommen und hat sie nur ein Stück isaraufwärts in den Fluss geworfen.«

»Er hatte kein Problem damit, eine Leiche für Sie zu entsorgen?«

»Na ja ... er hat sich schon ganz schön geziert. Ich habe ihm erklärt, dass sie ein Junkie sei, die in der Toilette an einer Überdosis gestorben ist, und dass ich keine negative Publicity für die Spielbank brauchen könnte und sie deshalb loswerden will. Ich musste ihm einen ganzen Haufen Geld dafür geben, dass er sie wegschafft.«

»Deshalb haben Sie dann selbst gehandelt, als es darum ging, Torsten Schilling loszuwerden?«

»Der hätte früher oder später gequatscht! Ich habe nicht gedacht, dass Sie ihn so bald finden. Er musste einfach schnell von der Bildfläche verschwinden.«

»Warum hat Ronny Kretschmann nicht wieder jemanden gewinnen lassen, der das übernimmt?«

»Das hätte alles zu lange gedauert!«

»Hat Ronny Geld dafür bekommen, dass er das Spiel manipuliert hat? Für seine Drogensucht?«

Henri hielt die Luft an. Das war vielleicht ein bisschen viel für *ein* Geständnis, doch Hans-Peter hörte nicht auf zu reden, nachdem er einmal damit angefangen hatte.

»Ronny hat immer mehr von dem Zeug gebraucht, das war ganz praktisch. Er hat gemacht, was man ihm gesagt hat, ohne viele Fragen zu stellen.«

»Und Volker Frohmüller hat beide Augen zugedrückt, wenn er auch ab und zu mit einer Dame im Keller verschwinden durfte?«

»Der gute Volker war sexuell wirklich frustriert. Mit seiner Frau lief gar nichts mehr, da hat er sich gefreut, wenn ich ihm gelegentlich Frischfleisch angeboten habe. Er war ganz neugierig auf mein Spielzeug im Keller, wollte wissen, was man damit machen kann und war begeistert, als ich es ihm gezeigt habe. Und ab und zu verlangte er auch etwas Geld.«

Aus dem Augenwinkel sah Henri, wie Tanja sich abwandte. Ihr wurde die Schilderung von Hans-Peter zu viel. Es waren nicht so sehr seine Worte als die unbeteiligte Haltung, mit der er seine Taten beschrieb. Als ob es das Normalste der Welt sei, andere Menschen so für die eigenen Zwecke zu benutzen. Er sah inzwischen an Henri vorbei auf einen Punkt hinter ihm an der Wand und hatte jegliche Verteidigungshaltung aufgegeben. Es war, als hielte er eine Vorlesung über seine Privatphilosophie.

»Wissen Sie, für Geld würden die meisten Leute alles tun. Für Geld kann man alles bekommen.«

»Außer wahre Gefühle, nicht wahr?«

Hans-Peters Blick kehrte zu Henri zurück. »Wie meinen Sie das?«

»Sie wollten, dass Ihre Opfer *Ich liebe dich* sagen, stimmt das? Aber mit Liebe hat das nichts zu tun, denn Liebe ist etwas, was man nicht erzwingen kann, nicht mit Gewalt und nicht mit Geld.«

»Sie sagen es alle – früher oder später!«

»Aber es bedeutet nichts, wenn sie es nicht auch so meinen. Wenn sie es nur sagen, weil Sie sie dazu zwingen.«

»Sie sagen es, weil sie es meinen, das ist doch klar!« Plötzlich senkte er den Blick. »Nur Vanessa hat es nicht gesagt. Sie hat sich geweigert, bis zum Ende.«

Elisa hatte nicht mehr an Annas Einladung zum Kuchenessen gedacht, bis sie nach Hause kam und vor ihrer Wohnungstür einen Teller mit einem großen Stück Nusskuchen darauf vorfand. Sie nahm den Teller mit hinein in die Wohnung, legte ihre Tasche ab und ging hinaus auf die Dachterrasse. Es dämmerte bereits, Elisa konnte nicht erkennen, ob Anna im Baumhaus war, doch sie sah Luna, die auf dem Rasen lag und ihren Kopf hob, als sie Elisa witterte.

»Anna?«, rief Elisa leise.

Der Kopf des Mädchens erschien im Eingang des Baumhauses.

»Hallo, Elisa. Du warst aber lange weg!«

»Ich musste ein paar mehr Texte schreiben, als ich gedacht hatte. Danke für den Kuchen! Warum hast du nicht angerufen, als Tim gekommen ist?«

»Er ist nicht gekommen.«

»Nein?!? Warum nicht?«

Elisa konnte Annas Gesichtsausdruck nicht erkennen.

»Keine Ahnung, er hat sich nicht mehr gemeldet.«

»Du hattest ihm doch gesagt, dass du einen Kuchen gebacken hast?«

»Ja. Als er gehört hat, dass meine Familie da sein wird, hat er gesagt, dass er erst mal schauen muss.«

»Was muss er schauen?«

»Ob er nicht zu Hause bei seiner Familie sein muss. Er wollte mir noch mal schreiben.«

»Hat er aber nicht?«

»Hat er nicht.«

»Hast du ihm geschrieben?«

Anna schüttelte den Kopf.

»Ich wollte nicht wie eine Klette klingen.«

»Ich hätte auch nicht geschrieben.«

Elisa biss ein Stück von dem Kuchen ab.

»Dumm von ihm, sich diesen leckeren Kuchen entgehen zu lassen.«

»Oma und ich haben die Hälfte davon allein aufgegessen.«

»Dein Papa ist noch nicht zurück, oder?«

»Nein, er musste heute arbeiten. Immer muss er am Sonntag arbeiten.«
»Soviel ich weiß, haben sie heute einen Durchbruch bei den Ermittlungen
gehabt. Wenn dieser Fall abgeschlossen ist, hat er bestimmt mehr Zeit.«
»Dann kommt der nächste Fall. So ist es doch jedes Mal!«
»Ach, Anna ...«
Elisa suchte nach tröstenden Worten, als Karen auf die Veranda trat und
die Treppe hinunter in den Garten ging.
»Anna!«, rief sie zum Baumhaus hoch. »Dein Vater hat gerade angerufen,
bei ihm wird es später, er muss noch eine Pressemeldung abstimmen oder so.«
»Siehst du, Elisa!«, rief Anna zu Elisa hinüber. Karen sah zu ihr hoch.
»Guten Abend, Elisa.«
»Guten Abend.«
»Sie mussten heute aber auch lange arbeiten, oder? Ich habe Sie gerade
erst heimkommen hören.«
Elisa lächelte. Karen machte nicht mal ein Geheimnis daraus, dass sie ihre
Mitbewohner auf Tritt und Schritt beobachtete. Ob sie auch mitbekommen
hatte, wie Elisa in der Nacht von der Spielbank nach Hause gekommen war?
Und wie Henri sie nach dem Kocherlball heimgebracht hatte?
»In der Redaktion war heute viel zu tun. Sie können es morgen in der
Zeitung lesen.«
»Haben Sie über Henris Fall geschrieben? Den Mord an dieser Studentin?«
»Unter anderem.«
»Ich finde, da könnte er Ihnen doch ein paar Informationen unter der
Hand stecken. Soll ich mal mit ihm reden?«
»Tun Sie das.«
Elisa hatte Mühe, ernst zu bleiben. Karen wandte sich an Anna.
»Und du, junges Fräulein, kommst jetzt da runter und machst dich bettfertig!«
»Kann ich nicht noch ein bisschen aufbleiben? In der Schule läuft so
kurz vor den Ferien nichts mehr. Die letzten Noten wurden am Freitag
gemacht.«
»Du musst trotzdem früh aufstehen. Komm, Anna, es ist Zeit für dich.«
Murrend kletterte Anna die Strickleiter hinunter und lief an Karen vorbei
zum Haus.
»Gute Nacht, Anna«, rief Elisa hinter ihr her.
»Nacht!«
Anna verschwand unter dem Balkon. Karen verabschiedete sich von Elisa
und folgte ihr. Elisa setzte sich auf einen der Klappstühle und aß den
Kuchen.
Karen hatte gesagt, dass es bei Henri später werden würde. Elisa war müde,
aber sie wollte wach bleiben, bis er heimkam. In der Zwischenzeit konnte sie

bei Sasha anrufen. Elisa holte sich etwas zu trinken und setzte sich mit dem Telefon auf die Dachterrasse. Sasha ging nach dem ersten Klingeln dran.

»Warte, Elisa, ich muss den Film anhalten, ich finde nur gerade die Fernbedienung nicht.« Man hörte Stimmen und ein Klirren im Hintergrund, einen Fluch von Sasha, dann war es ruhig. »So, jetzt bin ich wieder da.«

»Was schaust du?«, fragte Elisa und hatte eine Ahnung.

»*Stolz und Vorurteil*.«

Wann immer Sasha am Ende einer Beziehung stand, kehrte sie zu Mr Darcy zurück. Damit ich den Glauben an die Liebe nicht verliere, sagte sie.

»Also ist Schluss mit dem Anwalt?«

»So was von!« Sasha schnaubte. »Wir hatten gestern eine unangenehme Diskussion. Er hat überhaupt nicht verstanden, warum ich Probleme mit seinem Verhalten habe. Ob ich immer so zickig sei? Er hält sich für einen Experten in Kinderfragen und ich soll mir nicht anmaßen, etwas besser zu wissen. Und es ist ja wohl immer noch seine Entscheidung, wann er seiner Ex von mir erzählt.« Sasha holte Luft. »Bin ich zickig, Elisa?«

»Du bist vieles, Sasha, aber sicher nicht zickig!«

»Danke, das wollte ich hören! Mir scheint, der Gute verträgt keine Kritik, er ist ziemlich von sich selbst überzeugt. Von der Sorte hatte ich echt schon genug!«

»Dann doch lieber wieder Mr Darcy?«

»Genau.«

»Obwohl das auch kein einfacher Mann ist.«

»Welcher Mann ist das schon? Was macht eigentlich dein Kommissar? Hast du die Informationen bekommen, die du brauchst?«

»Ja ... ich kann nicht klagen. Wir waren letzte Nacht auf einem Ball und haben getanzt ...«

»Getanzt? Auf einem Ball?«

»... und wir haben uns geküsst.«

»Respekt, Elisa! Gestern hat sich das nicht nach bevorstehenden Küssen angehört. Was ist passiert?«

»Wir haben geredet, getanzt, irgendwie kam es dann dazu. Mit Henri ist es ganz anders als mit Carsten. Ich kann es nicht beschreiben. Es fühlt sich irgendwie richtig an.«

»Das freut mich, Elisa! Nach dem ganzen Scheiß mit Carsten hast du jemanden verdient, der gut zu dir ist. Das ist er doch?«

»Sehr.«

Elisa lächelte.

»Hat er zufällig einen Bruder?«

»Hat er!«

»Wie ist der so?«

»Ich kenne ihn nicht, ich weiß nur, dass er in Berlin lebt und Grafiker ist. Und dass seine Mutter ihn Tiger nennt.«

»Du verarschst mich!«

»Nein, wirklich! Henri nennt sie Bärchen.«

»Bärchen! ... Diese Familie muss ich mir anschauen. Hast du was dagegen, wenn ich demnächst auf einen Besuch vorbeischaue?«

»Nein, das wäre toll. Du fehlst mir so, Sasha!«

»Jaja ... du hast doch gar keine Zeit, mich zu vermissen, wenn du mit Rumknutschen beschäftigt bist.«

»Unsinn, ich würde mich riesig freuen, wenn du kommst!«

»Abgemacht!«

Sie redeten noch über eine halbe Stunde lang, dann meinte Elisa, im Treppenhaus Schritte zu hören, und beendete das Gespräch. Doch es war nur Karen, die in den ersten Stock hochstieg, um schlafen zu gehen. Elisa ließ ihre Wohnungstür offen stehen. Sie wollte Henri nicht verpassen, wenn er heimkam. Sie setzte sich in Großvaters alten Ohrensessel und versuchte zu lesen, doch immer wieder fielen ihr die Augen zu.

Elisa schreckte hoch, als sie Schritte auf den Stufen hörte. Sie warf einen Blick auf die Uhr. Es war mehr als eine Stunde später, sie musste eingeschlafen sein. Elisa stand auf und ging hinaus.

»Henri?«, wisperte sie.

Sein Kopf erschien über dem Geländer.

»Du bist noch wach!«

»Fast!«

Elisa ging ihm entgegen, Henri kam zu ihr herauf, auf der Hälfte der Treppe trafen sie sich. Beide zögerten. Elisa wollte Henri umarmen und küssen, doch er umfasste ihren Arm und hielt sie damit auf Distanz. Er sah müde aus, hatte dunkle Ringe unter den Augen.

»War es schlimm?«, fragte Elisa.

»Hans-Peter Brandt hat gestanden. Der Croupier Ronny Kretschmann musste nach seiner Ansage die Frauen gewinnen und verlieren lassen und Volker Frohmüller hat sämtliche Augen zugedrückt, wenn er auch ab und zu mal mit einer in den Keller gehen durfte. Und bei Vanessa Czerny habe es lediglich einen kleinen Unfall gegeben.«

Henri klang bitter. Elisa strich mit ihrer freien Hand sanft über seine Wange.

»Wie geht es der Frau, die du bei ihm gefunden hast?«

»Besser. Eine Freundin kümmert sich um sie.«

Henri machte einen Schritt rückwärts, ging eine Stufe nach unten. Elisa beugte sich nach vorn und küsste ihn auf den Mund.

»Wie wäre es, wenn ich mich um dich kümmere?«, flüsterte sie.

»Elisa, ich bin müde ... können wir morgen reden?«

Elisa lehnte sich zurück und sah ihm in die Augen. Er wich ihrem Blick aus, sein Gesichtsausdruck war verschlossen.

»Was hast du?«

Henri runzelte die Stirn.

»Ich komme gerade aus dem Büro, weil ich noch eine Pressemeldung rausschicken musste, damit mein Chef mich morgen nicht fragen kann, wie es möglich ist, das die *Morgenzeitung* so viele Informationen hat, wenn wir noch gar nichts veröffentlicht haben.«

»Das tut mir leid. Ich wollte nicht, dass du meinetwegen zusätzlichen Stress hast.« Henri sah wirklich fertig aus. »Dann verzichte ich in Zukunft lieber auf Vorabinformationen.«

»Elisa, das sagst du jetzt! Aber du weißt selbst, dass es unrealistisch ist. Du wirst bei jedem einzelnen Fall Informationen für deine Berichterstattung brauchen.«

»Was willst du damit sagen? Dass du deswegen nicht mit mir zusammen sein möchtest?«

»Elisa, es ist einfach eine blöde Situation. Du bist Stadtreporterin, du bist für Kriminalfälle zuständig. Wir würden immer wieder in solche Konflikte geraten. Ich habe dir heute Interna aus den Ermittlungen weitergegeben. Als ich gerade auf dem Heimweg im Auto saß, ist mir klargeworden, dass ich das nicht kann! Es wäre ein permanenter Eiertanz, das wird niemals gutgehen.«

»Dann sind deine Bedenken größer als deine Gefühle?«

Henri hielt Elisas Blick stand.

»Elisa, du weißt, dass ich dich sehr mag. Lass uns Freunde sein. Alles andere ist zu kompliziert.«

»Freunde?«, echote Elisa.

»Freunde!«

»Warum gibst du uns nicht wenigstens eine Chance, es auszuprobieren?«

»Ich kann nicht.«

»Henri, du bist erschöpft nach diesem langen Tag. Lass uns in ein paar Stunden reden. Du schläfst dich aus und morgen sieht die Welt schon ganz anders aus.«

Elisa strich über Henris Hand, die auf dem Treppengeländer lag. Er zog sie weg und ging eine weitere Stufe nach unten.

»Nein, Elisa. Schlafen wird nichts daran ändern.« Seine Miene war undurchdringlich. »Du hast es selbst gesagt, du willst keine komplizierte Beziehung mehr. Mir geht es genauso. Ich hatte eine komplizierte Ehe, mein Bedarf ist gedeckt. Lass uns Freunde sein.«

Freunde! Die Vorstellung war nach der letzten Nacht absurd, doch Elisa war klar, dass es keinen Sinn machte, mit ihm zu diskutieren; er war seit über vierzig Stunden auf den Beinen. Sie nickte.

»Freunde.«

War das ein kurzes Lächeln auf Henris Gesicht?

»Freunde«, bekräftigte er.

Dann drehte er sich um und lief die Treppe hinunter.

Danksagung

Zuerst möchte ich allen Leserinnen und Lesern von *Liebe. Schmerz. Tod.* danken, deren positives Feedback mich darin bestärkt hat, die Krimireihe mit Elisa Gerlach und Henri Wieland fortzusetzen. Ich hoffe, dass der zweite Band bei Ihnen nun genauso gut angekommen ist! Wenn Ihnen *Glück. Spiel. Mord.* gefallen hat, würde ich mich über eine Rezension auf Ihrem bevorzugten Bücherportal oder eine persönliche Rückmeldung per E-Mail an kontakt@livmorus.de sehr freuen. Schließlich schreiben wir Autoren für Sie, liebe Leserinnen und Leser, deshalb ist Ihr Feedback enorm wertvoll für uns. Danke!

Vielen Dank auch an meine lieben Testleser, die mir schon zu einem frühen Zeitpunkt Mut gemacht haben, den Schritt an die Öffentlichkeit zu wagen, an Anke Höhl-Kayser für das sorgfältige Lektorat sowie an Anne Gebhardt für das schöne Cover. Und natürlich an Janina und Julia fürs intensive Korrekturlesen.

Wenn Sie noch mehr über Elisa, Henri und andere Figuren erfahren wollen, dann schauen Sie auf www.livmorus.de vorbei. Dort finden Sie zusätzliches Bonusmaterial und Sie können sich zum Newsletter anmelden, der Sie über das Erscheinen weiterer Bände der Krimireihe informiert. Auf www.facebook.de/livmorus gibt es außerdem immer aktuelle Informationen.

Ich freue mich darauf, von Ihnen zu hören!
Ihre Liv Morus